O REACIONÁRIO

NELSON RODRIGUES

O REACIONÁRIO
MEMÓRIAS E CONFISSÕES

4ª EDIÇÃO

EDITORA
NOVA
FRONTEIRA

Copyright 2017 by Espólio de Nelson Falcão Rodrigues

Direitos de edição da obra em língua portuguesa no Brasil adquiridos pela Editora Nova Fronteira Participações S.A. Todos os direitos reservados. Nenhuma parte desta obra pode ser apropriada e estocada em sistema de banco de dados ou processo similar, em qualquer forma ou meio, seja eletrônico, de fotocópia, gravação etc., sem a permissão do detentor do copirraite.

Editora Nova Fronteira Participações S.A.
Rua Candelária, 60 · 7º andar · Centro · 20091-020
Tel.: (21) 3882-8200

CIP-Brasil. Catalogação na fonte.
Sindicato Nacional dos Editores de Livros, RJ.

R614r

    Rodrigues, Nelson, 1912-1980
O Reacionário: memórias e confissões / Nelson Rodrigues - [4. ed.] - Rio de Janeiro: Nova Fronteira, 2021.
    640p.

    ISBN: 9786556402086

    1. Crônica brasileira. I. Título.

17-39533   CDD: 869.98
                                  CDU: 821.134.3(81)-8

A meu irmão íntimo Walter Clark, gênio da televisão

"Eu não existiria, sem as minhas repetições."

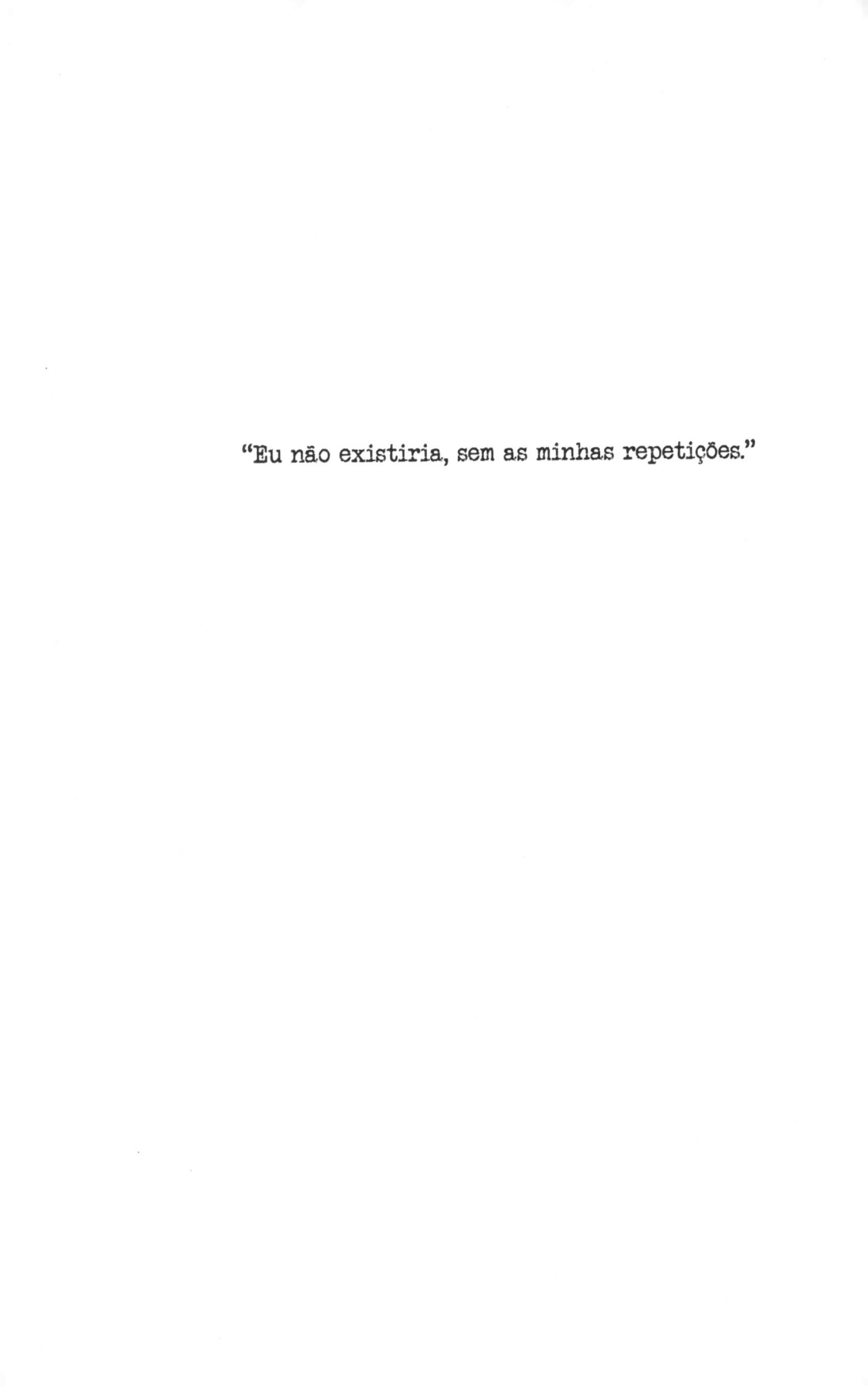

Sumário

Nota do editor..13
Prefácio, Carlos Heitor Cony..............................15
Prefácio à primeira edição, Gilberto Freyre.......18
1 O mistério da elegância................................21
2 A viagem fantástica do Otto..........................26
3 Tempo de papelotes.....................................30
4 O Dr. Alceu contra o Dr. Alceu......................35
5 O pai anônimo..40
6 O vício doce e vil..45
7 Terra em transe..49
8 A influência da minissaia nas leis da Economia..53
9 O menino de Pernambuco............................58
10 A menina..63
11 Uma paisagem sem paulistas......................68
12 Esse Stans Murad.......................................73
13 Os passarinhos milionários.........................79
14 A desumanização da manchete...................84
15 Mário Filho...88
16 Os mortos em flor.......................................92
17 A montanha mágica....................................96
18 A casa dos mortos....................................100
19 Mudou a história americana.....................104
20 Eis um brasileiro que não é uma casaca....109

21 Estrela 114
22 Uma bica entupida há mil anos 119
23 Crônica do nosso tempo 123
24 A folha de parreira 129
25 A mulher da gargalhada 134
26 História de Lemos Bexiga 138
27 O sanduíche encantado 143
28 A devolução da alma imortal 148
29 Paulo Rodrigues 152
30 Arte de senhoras gordas 158
31 E disse a noiva: – As mulheres só deviam amar meninos de 17 anos 162
32 Pessoas, mesas e cadeiras boiavam no caos 167
33 O autor sem apoteose 172
34 Nascera para ser um pobre-diabo 176
35 Quase enforcaram o autor como um ladrão de cavalos 181
36 A atriz inteligente 186
37 Colégio religioso 191
38 O nosso anticomunismo odeia a Mercedes 196
39 Os setenta anos de Gilberto Freyre 201
40 A morte do ser humano 206
41 O homem que ainda fala em "Pátria" 211
42 Vamos salvar o Piauí do seu ufanismo 217
43 Memória 222
44 Lembranças de Campos do Jordão 226
45 As ações 231
46 A grande viúva 235
47 Os cínicos 240
48 O Piauí admite tudo, menos espinhas 245
49 Segredos da vida jornalística 250
50 Palavras aos inteligentíssimos diretores paulistas 255

51 É uma selva de redatores, repórteres
e estagiárias... 260
52 Esse moço, Stans Murad 264
53 Crime contra o Piauí 269
54 A bela vitória brasileira 274
55 O Palhares com Eros, Marx e Freud 279
56 Sua vida foi um momento da consciência
brasileira 284
57 Os estudantes são uma aristocracia intocável 289
58 Kafka 293
59 O trem fantástico 298
60 Casamento sem palavras 303
61 O grande homem 308
62 Os que propõem um banho de sangue 313
63 As insônias exemplares 318
64 Pisado até morrer 324
65 Piauí já tem o seu estadista 329
66 A chanchada histórica 334
67 Ninguém torce pelo Flamengo 339
68 Era o Bonsucesso sem Nordeste e com esquadra 343
69 Notas sobre o erotismo internacional 348
70 A morte, essa velha senhora 353
71 Marxismo e asma 358
72 A Semana do Exército 363
73 Nada mais antigo do que o passado recente 368
74 Os mortos sem espelho 372
75 À sombra dos crioulões em flor 377
76 E, de repente, viu a morte, cara a cara 382
77 Quem extravasa ódio? 387
78 Temos, no Rio, uma fabulosa mulher de papel 392
79 Degradação da vida e da morte 397
80 Um senhor chamado Gilberto Freyre 402
81 O maior berro do mundo 407

82 O sono dos círios 412
83 O grito 416
84 A cruz perdida 420
85 Memória nº 24 424
86 Memória nº 25 428
87 O paletó 432
88 Memória nº 27 436
89 A hediondez caça-níqueis 440
90 E o ator teve que brigar, fisicamente, com o Itamaraty 445
91 O século XX acaba sem ter começado 449
92 O velho Machado teria escrito uma página divina sobre o novo Senado 454
93 Moacir Padilha 458
94 Conversas brasileiras com o Presidente Médici 462
95 O grande ausente 467
96 Teatro e vida 472
97 Inimiga pessoal da mulher 478
98 A Perimetral Norte 483
99 A lagartixa na maionese 487
100 O jovem sábio 492
101 Adeus à sordidez 497
102 E, de repente, todos perceberam o óbvio ululante: — era uma catástrofe idiota 502
103 Bochechas e papadas 506
104 Este mundo sem nenhum amor 511
105 O nu mata o passado 516
106 História da bofetada 521
107 Fazer ou não fazer psicanálise de grupo 525
108 O brasileiro, esse imperialista 530
109 Era um pesadelo com cem mil defuntos 535
110 O canalha nº 3 540
111 A eternidade do canastrão 544

112 O filhote do Demônio 549
113 Foi um pesadelo humorístico 554
114 As palavras corrompidas 559
115 Saiu baratíssima a *Apolo 8* 564
116 Jovens e velhos 568
117 O milionário não sabe comer 572
118 É a única solidão do Brasil 577
119 Censura 581
120 Marido de esposa "simpática" 585
121 A bandeira humilhada e ofendida 590
122 Meditação sobre o impudor 595
123 A nudez mais humilhada e mais ofendida 599
124 Inteligência invertebrada 604
125 O grande inimigo do escrete: – o "entendido" 609
126 Nunca foi tão vivo o "padre de passeata" 614
127 As duas realidades 619
128 A morte da crítica literária 623
129 História de mulher 628
130 Meu pai 632
Índice 636

Nota do editor

Entre os quatro livros de crônicas de Nelson Rodrigues publicados durante sua vida, *O Reacionário* é o mais plural e o que cobre a maior extensão de sua contribuição para os jornais. Ao contrário de *Memórias — A menina sem estrela*, *O óbvio ululante* e *A cabra vadia*, o autor selecionou textos de todo o período em que escreveu as colunas "Memórias" no *Correio da Manhã* e "Confissões" em *O Globo*.

Cobrindo de março de 1967 até abril de 1974, essas crônicas traçam um perfil de Nelson e expõem os momentos fundamentais para ele se tornar quem era. Podemos pensar que foi essa a intenção do autor ao selecionar crônicas mais antigas, do *Correio da Manhã*, que falam de sua estada em Campos do Jordão para tratar de tuberculose, da recepção de suas primeiras peças teatrais e das tragédias que abalaram sua família, como a morte de seus irmãos Paulo e Roberto. A importância dos eventos narrados em *O Reacionário* pode ser exemplificada por uma das crônicas sobre o assassinato de Roberto Rodrigues: "O meu teatro não seria como é, nem eu seria como sou, se eu não tivesse sofrido na carne e na alma, se eu não tivesse chorado até a última lágrima de paixão o assassinato de Roberto." Para fechar essa sua autobiografia em fragmentos, Nelson Rodrigues escolheu outra de suas "Memórias": uma homenagem emocionada ao pai, Mário Rodrigues, jornalista que foi um modelo para toda a vida profissional do filho.

Em busca de Nelson como ele é e como ele queria que o vissem, esta edição recupera a estrutura do livro publicado em 1977, mas abre ao leitor algumas possibilidades além do texto. Mantivemos a sequência original e os parágrafos numerados como se fossem tópicos, que dão ao texto um ritmo peculiar, e, ao final de cada crônica, informamos a data e o jornal em que foi publicada originalmente, além de indicar se ela já havia sido incluída pelo autor em algum de seus outros livros. As três crônicas do *Correio da Manhã* que Nelson manteve sem título na edição de 1977 foram identificadas pela numeração usada no jornal ("Memória nº 24", "Memória nº 25" e "Memória nº 27"). Ao final do volume, acrescentamos um índice onomástico para facilitar eventuais consultas.

Prefácio
O paraíso perdido de Nelson Rodrigues

A literatura brasileira tem dois casos: o de Machado de Assis e o de Nelson Rodrigues. Não se compreende como o primeiro, por suas origens e ascensão social, tenha sido o autor que viu o homem como ele é: "Não tive filhos, não transmiti a nenhuma criatura o legado da nossa miséria." "Ao vencedor as batatas!" O segundo viu a vida como ela é. Tanto Machado como Nelson foram obsessivos e contraditórios naquilo que foram em si mesmos e que deixaram como imagens de um tempo não datado, mas intemporal.

O pessimismo de Machado não combinava com a sua postura pessoal e social. O reacionarismo de Nelson não combinava com a revolução que promoveu em nosso teatro e na feitura do texto literário.

Ninguém poderá negar o pessimismo de um e o reacionarismo de outro. Foram réus confessos. E não apenas no conteúdo de suas obras, mas na forma de escrevê-las. No fundo, foram dois moralistas que tiveram piedade do homem mas não perdoaram a sociedade pelo que ela faz com o indivíduo.

As crônicas de *O Reacionário* são ao mesmo tempo memória e confissões de uma das últimas fases de Nelson. São também pleonásticas, pois em tudo o que fazia, teatro, crônicas, romance, entrevistas, sempre apelava para a memória e para a necessidade de se confessar em público. Não temia a redundância, a repetição de fatos e expressões, tornando-se de longe o maior fabricante de bordões de nossa literatura.

Ruy Castro deu-nos o melhor retrato de Nelson como o anjo pornográfico, muito mais anjo do que pornográfico. Aliás, não aceito que ele seja pornográfico em nenhum sentido. Nem mesmo em política, apesar de seu autoconfessado reacionarismo. Foi, sim, um anjo corajoso, talvez equivocado em sua função de anjo que tentava guardar um paraíso que nunca existiu mas do qual o homem seria expulso.

Nelson não temia embarcar em canoas que ele próprio considerava furadas mas que ele tinha como as únicas para transportar a humanidade de volta ao paraíso imaginário em que talvez não acreditasse. Essa busca do paraíso perdido encontrou nele uma dose de provocação que o tornou odiado por moralistas e progressistas.

Ao leitor de hoje, Nelson pode parecer um louco ao defender, por exemplo, não apenas a ditadura, mas um dos símbolos mais ostensivos da repressão e da tortura instaladas no Brasil após 1964. São inúmeras as louvações prestadas, por exemplo, ao Presidente Médici, que tem o seu nome ligado à fase mais repugnante do regime militar. A ira contra as esquerdas chegou ao ponto de fazê-lo elogiar realizações inúteis, como a Transamazônica, na miopia equivalente com que escolheu personagens que lutavam contra o arbítrio como alvos preferenciais de suas críticas, na maioria das vezes debochativas. É o caso de sua birra contra o "Dr. Alceu", contra Dom Hélder, contra os padres de passeata, contra as estagiárias de pé-sujo.

"Tudo passa" era um dos bordões machadianos que ele usava com frequência. As crônicas de Nelson, ao contrário de seu teatro, são datadas; é tributo que o gênero paga ao cronos, o tempo, a data. Mas o charme, a invenção de sua linguagem independente do conteúdo continuam fazendo dele um caso excepcional e glorioso em nossa literatura.

Carlos Heitor Cony

Prefácio à primeira edição
Nelson Rodrigues, escritor

Dizem-me que um "colunista" — pobre palavra de origem tão nobre quanto, quase sempre, degradada — estranhou que, em artigo para uma revista do Rio, eu considerasse Nelson Rodrigues não só "um novo Eça de Queirós" como, na prosa jornalística, "mais vigoroso do que Eça".

Nada mais cristalinamente exato como equivalência. Estou agora mesmo procurando desenvolver num pequeno ensaio o que chamo "sugestões para uma sociologia das equivalências literárias". Uma sociologia que, dentro da Sociologia da Literatura, considere equivalências de conteúdos sociais — em poemas, em romances, em ensaios, em peças de teatro — ao mesmo tempo que coincidências de formas de expressão literária. Aliás, no trabalho que acabo de escrever para ser lido no Pen Club, no Rio, já me aventuro a esboçar algumas dessas sugestões. Desenvolvidas, serão expostas noutra conferência, a ser proferida em São Paulo.

As equivalências da espécie aqui sugerida existem. Precisam, é certo, de ser identificadas com extrema acuidade. Mas, uma vez identificadas, dão ao estudo comparado de literaturas que se faça sob um critério sociológico, complementar do estético, uma extraordinária riqueza.

Nelson Rodrigues avulta na literatura atual do Brasil como o nosso maior teatrólogo. O maior de hoje e o maior de todos os tempos. Pode ser considerado um equivalente, nesse setor, do Eugene O'Neil: do que foi O'Neil na literatura dos Estados Unidos.

Mas ele é também o mais incisivamente escritor, sem deixar de ser vibrantemente jornalístico, dos cronistas brasileiros de hoje. O maior dos jornalistas literários — potencialmente literários — que tem tido o Brasil. Nesse setor é um equivalente do que foi e é — quem o superou? — Eça de Queirós na literatura portuguesa. Apenas com esta diferença, no brasileiro há um vigor de expressão maior do que em Eça — um Eça até hoje inatingido e, talvez, inatingível, na graça artística que soube dar ao seu jornalismo literário.

Por jornalismo literário não se deve entender o jornalismo que se ocupe de assuntos literários; e sim o que se caracteriza pela potência literária do jornalista-escritor. Um característico relativamente fácil de ser captado: contanto que se dê tempo ao tempo.

O escritor-jornalista ou o jornalista-escritor é o que sobrevive ao jornal: ao momento jornalístico. Ao tempo jornalístico. Pode resistir à prova tremenda de passar do jornal ao livro.

As correspondências de Eça de Queirós, de Paris e da Inglaterra, para jornais portugueses e brasileiros, passaram a ter seu maior esplendor quando publicadas em livro. E esse esplendor continua. Enquanto artigos, para o momento em que apareceram em jornais, magníficos — magníficos como pura expressão jornalística —, reunidos em livros não resistem à terrível prova: morrem. Fenecem. Rosas de Malherbe. Conchas de Émerson. Vários exemplos poderiam ser invocados dessa precariedade da expressão apenas jornalística: os artigos reunidos em livro de Costa Rego — jornalista magistral; os de Aníbal Fernandes — outro jornalista magistral; os de Plínio Barreto — ainda outro jornalista admirável. Mas admiráveis, os três, quando lidos quentes e quase intoleráveis quando frios.

Em Nelson Rodrigues, como em Eça de Queirós, o escritor vence o tempo como escritor, embora servindo-se do jornal; da correspondência para jornal; do comentário ao acontecimento do dia. Nelson Rodrigues é, dos dois, o mais vigoroso nessa espécie de expressão literária: a transferível de jornal para livro. Ele é lido em livro, tão forte de virtude literária, quanto lido em jornal. Repete Eça. Repete Eça neste particular, com maior vigor do que Eça.

Gilberto Freyre

1. O mistério da elegância

1 A verdadeira grã-fina tem de ser a antigrã-fina. Dirão vocês que estou fazendo um reles jogo de palavras. Deixem-me porém continuar. A partir do momento em que identificamos a grã-fina como tal — já deixou de ser grã-fina ou por outra: — jamais teve nada a ver com o grã-finismo.

2 Se acontece assim com as mulheres, também com os homens e, repito, também com os homens. Há sujeitos que põem na testa a manchete em oito colunas: — "Eu sou grã-fino." Realmente grã-fino seria se, em vez do Antonino, fosse almoçar numa casa de pasto, ali, atrás da Quinta da Boa Vista. E, então, o gerente dizia, atrás da registradora, com um bárbaro sotaque luso: "Conheço aquele gajo do falecido Proust." E estaria anunciando uma dessas verdades totais.

3 É o que sucede com o elegante. Claro que o elegante não precisa ser, obrigatoriamente, grã-fino. Se isso parece óbvio, direi que o óbvio também é filho de Deus. Vou lhes contar agora um pequeno e luminoso episódio. Vamos lá. Há uns dez anos, ou por aí, havia, em Madri, um diplomata cinquentão que era uma figura curiosíssima. Mas vejam: — curiosíssima sem que se soubesse por que curiosíssima.

4 Quando passava, era muito olhado. E olhado com um misterioso prazer visual. As pessoas perguntavam, umas às outras: — "Por que será que eu gosto tanto de olhar o inglês?" Era bonito? Não era bonito. Simpático? Nem isso. Feio? Também não. A rigor, não tinha, com os demais, nenhuma forte dessemelhança que justificasse uma curiosidade assim obsessiva.

5 Até que, um dia, fizeram uma enquete na Europa, para saber qual era o mais elegante europeu do século. A revista, autora da enquete, ouviu figuras de todas as classes e profissões. Costureiros, poetas, artistas, mímicos, princesas, veterinários e domadores. Para que vocês tenham uma ideia do inquérito, direi que até a Greta Garbo opinou. E uma unanimidade compacta consagrou, como o europeu mais elegante do século, o singularíssimo inglês de Madri. Todos os *madrileños* o olhavam, e não sabiam por que o olhavam. Estava desfeito o mistério: — era a elegância.

6 Madri inteira percebeu então o seguinte: — a elegância é invisível. Causa um prazer, cuja origem escapa à nossa percepção. Vejam agora a reação do eleito. Ao saber que fora consagrado como o *europeu mais elegante*, fez um escândalo. Antigamente, usava-se muito a expressão *debulhou-se em lágrimas*. Pois foi o que fez o homem: — debulhar-se em lágrimas. A reportagem não entendeu coisíssima nenhuma. Chorando, saiu ele de casa, atravessou o jardim, com toda a matilha jornalística atrás. Na calçada, sentou-se no meio-fio e continuou chorando. Os repórteres perguntaram, aflitos: — "Mas o que é que houve, *Sir* Fulano de Tal?" Ele explicou: — "Se descobrirem que eu sou elegante, já não sou mais nada!"

7 Sua elegância deixara de existir, a partir do momento em que perdera a invisibilidade. Foi mais ou menos isso que eu disse ao Salim Simão e ao Alfredo Machado que almoçaram comigo, ontem, no Bigode do Meu Tio. Como se sabe (e eu não sei se sabem), o Salim esteve, há pouco, em Londres; e depois, em Nova York. Dos Estados Unidos, já falou nesta coluna. E, ontem, deu-nos as suas impressões da Inglaterra e, em especial, de Londres.

8 Tudo em Londres o impressionou. Mas diga-se: — impressionou a favor. Todavia, uma coisa o espantou mais do que as outras. No centro de Londres, com um sol de rachar catedrais, viu um inglês, de casaca e cartola, deslizando como um cisne. Salim tomou aquele choque. Em seguida, viu outro inglês, de sol a pino, também de casaca e cartola. E outro, mais outro, outro mais. Não dava para entender. O Simão, que é, como se sabe, um extrovertido ululante, pôs-se a berrar: — "Mas o que é isso? O que é isso?"

9 Bem. Nem o berro, nem o silêncio do Salim, em Londres, fizeram o menor efeito. Hoje nada espanta ninguém. Mas Londres é a menos espantada das cidades. Se o inglês da casaca e cartola estivesse nu, não seria olhado por ninguém. Portanto, lá diz-se tudo, faz-se tudo, acontece tudo com prodigiosa naturalidade. Eu é que, na minha crassa e espessa ingenuidade, insisti: — "Tens certeza, ó Salim, tens certeza de que os ingleses, ao meio-dia, com um sol homicida, andam de casaca e cartola, a pé?" Salim pousou a mão numa Bíblia imaginária. Disse: — "Palavra de honra."

10 Se dava a palavra de honra, era certo que existiam o inglês, e a casaca e a cartola. Eu ia fazer outra pergunta, quando o Salim deu o berro: — "Olha o Walter Clark!" Realmente, entrava no Bigode do Meu Tio o gênio da televisão. Se Londres não se espantou com o berro do Simão, posso dizer que essa potência vocal ainda faz efeito no Brasil. Logo, todas as mesas se voltaram para conhecer o autor do berro. Ergue-se o Salim e vai, atropelando os garçons, abraçar o recém-chegado. Houve uma gargalhada recíproca. O Machado também foi abraçar o Walter (com a mesma troca de gargalhadas). Salim voltava, atropelando novamente garçons e pratos.

11 Senta-se e, crispando a mão no meu braço, pergunta: — "Sabe o que eu descobri agora, neste minuto?" Fez suspense: — "Imagina." Eu não fazia a mínima. E então explodiu: — "Walter Clark é o sujeito mais elegante do Brasil!"

12 Quis duvidar: — "Não brinca!" Repetiu: — "Estou falando sério. Nunca falei tão sério na minha vida!" Vibrava: — "Olha a camisa! o paletó! o colarinho! e os sapatos!" Foi naquele momento que me ocorreu a lembrança do inglês de Madri. A certeza do Salim já me contaminava. Disse-me: — "Realmente, sempre gostei de olhar o Walter Clark."

13 Vaidosíssimo da própria sagacidade, o bom Salim não parava mais: — "Olha. Vou te dizer o que Walter está vestindo. Escuta só: — linho irlandês, que não existe mais nem na Irlanda e que só o Walter usa." Salim dá um novo arranco, para falar da camisa: — "Estilo hippie, genuinamente inglesa, só encontrada em Kings Royal Street, Londres. Vai vendo, vai vendo." Eu já estava fascinado. O Simão, excitadíssimo, foi adiante: "Calçados de artesanato calabrês."

14 Fez uma pausa e prosseguiu: — "Gravata de padrão exclusivo. Ia-me esquecendo: — há mais. Abotoadura de desenho também exclusivo." Mas, como só o Salim falava, tomei-lhe a palavra. Vendi meu peixe: — "Mas não conheces uma coisa." Simão tomou um susto: — "O que é que eu não conheço?" E eu: — "Os suspensórios!" Aquilo doeu no Salim e o humilhou. Não conhecia, nem de nome, nem de vista, nem de referência, os suspensórios.

15 Ofendido, porque desconhecia uma peça tão vital, teve uma curiosidade envergonhada: — "E que tal?" Fiz ver ao Simão que nada sabe do Walter Clark quem desconhece os suspensórios. "Como são? como são?", pedia o Salim. Eu os descrevi e, se não me engano, saí-me bem. Os suspensórios do Walter lembravam os do gângster da Grande Depressão.

Têm desenhos de vaquinhas, cabritos, carneirinhos, corações flechados, querubins, peixinhos, cupidos.

16 Salim animou-se de novo: — "Melhor ainda. Vem reforçar minha tese. Quase ninguém usa suspensórios. O vulgo prefere cinto." E Salim achava uma delícia que os suspensórios do nosso *irmão íntimo* fossem como que um presépio liliputiano. Mas fiz uma observação que, de momento, eu próprio não sabia se era ou não restritiva: — "Há certo anacronismo na elegância do Walter."

17 Salim exultou: — "Exatamente. Esse anacronismo é o toque de gênio." Realmente, todo mundo se veste como todo mundo. Só o Walter Clark se veste como Walter Clark. "Nem em Londres eu vi um Walter Clark", concluiu Salim Simão, agitadíssimo.

O Globo, 9/3/1971

2. A viagem fantástica do Otto

1 Já disse e aqui repito: — o episódio da véspera é tão passado, e passado tão defunto como a vacina obrigatória. Faço esta ressalva para incluir, nestas "Confissões", o meu almoço de ontem com o Otto Lara Resende. Tudo aconteceu, ali, num restaurante amigo da rua Santa Clara. Éramos cinco: — Otto, eu, meu filho Joffre, o Hélio Pellegrino e o Vinicius de Moraes.

2 Não era um Otto qualquer que estava diante de nós, mas um Otto recém-chegado. E aquele que chega é sempre um ser comovido e transcendente. Vinha ele da fabulosa Escandinávia; andara no Polo, vejam vocês, no Polo; passara três ou quatro dias em Paris. (Não falemos de Paris, que é um lugar-comum irrespirável.)

3 Como o Otto vivera uma experiência polar, nós o recebemos como se fora um Byrd, um Amundsen. Se ele saltasse de um trenó, puxado por uma dúzia de caninos brancos, não me admiraria nada. E coincidiu a chegada do Otto com a passagem de uma mulata grávida. Improvisou-se uma relação cinematográfica entre as duas imagens: de um lado, a mulata com os flancos plenos, saturados de vida fecunda; de outro lado, o escritor prenhe também de experiências, descobertas, espantos, visões. Houve um momento em que me veio a tentação fatal de perguntar-lhe: — "O Polo existe mesmo?"

4 Vocês se lembram dos *Sertões*, quando Euclides diz que o sertanejo é, antes de tudo, um forte. Foi mais ou menos assim, com esse tom euclidiano, que o Otto declarou o seguinte: — "O norueguês é um chato." Mas não vejam, aí, nenhuma intenção restritiva. Em absoluto. O que ele quis dizer, se bem o entendi, é que falta ao norueguês a luminosidade da molecagem brasileira. Por toda a Escandinávia, não ouviu ele uma única e escassa piada. E como pode um povo viver, e sobreviver, sem piada?

5 Otto desembarcara em Oslo e quinze minutos depois, não mais, já bocejava num tédio de Nero de Cecil B. De Mille. Durante os dias que lá permaneceu, não foi olhado por ninguém, jamais. O brasileiro tem por tudo um entusiasmo visual que não existe na Escandinávia. Lá as pessoas olham pouco. E, por vezes, o Otto perdia a noção da própria identidade. Na emergência, puxava a carteirinha do Félix Pacheco, via a própria cara e repassava o próprio nome. E, então, certo de que continuava sendo Otto Lara Resende, de São João del-Rei, suspirava: — "Ainda bem, ainda bem."

6 Mas o Otto que partiu era um e o Otto que voltou é outro. Na sua viagem, aprendeu esta coisa estarrecedora: — "O desenvolvimento não é solução." Ao sair do Brasil, era um paladino do Desenvolvimento, disposto a atirar o seu dardo contra a soldadesca inimiga. Mas salta na Noruega, o país mais desenvolvido do mundo, e percebe todo o seu equívoco funesto. Imaginem que entra numa fábrica. Ele e seus companheiros são conduzidos por um funcionário norueguês, que é um bobo integral, de uma polidez hedionda. Cada operário, ali, tinha um automóvel. Era de uma espessa, inconsolável tristeza.

7 Sem ser olhado por ninguém (nenhum operário lhe concedeu a graça de um olhar), o Otto foi varado por uma certeza inapelável: — o desenvolvimento humaniza a máquina e maquiniza o homem. O escritor patrício teve vontade de conversar com as máquinas e de lubrificar as pessoas. E baixou-lhe uma náusea total das novas técnicas. Viu uma máquina de fazer embrulhos que o deslumbrou. Visitou outras fábricas. Em todas, o mesmo operário inverossímil. Não havia a menor dúvida: — na Escandinávia as máquinas são mais tratáveis, mais sensíveis, mais inteligentes, de uma sociabilidade muito mais fina do que as pessoas.

8 E ele, só pensando na volta, continuou somando dados sobre o desenvolvimento. Outra descoberta: — não há mulher bonita no país desenvolvido. Pode parecer mentira: — não há. E o Otto explica: — a beleza tem de ser uma exceção. A partir do momento em que todos são bonitos, ninguém é bonito. A norueguesa é sempre igual a outra norueguesa. Os noruegueses são parecidos entre si como soldadinhos de chumbo. E olhando para todos os lados, e não vendo um único bucho, o Otto começou a sentir um absurdo tédio visual. Como se não bastasse a padronização de caras, corpos, costumes, usos, ideias, valores, há também a estandardização da paisagem. Tudo prodigiosamente igual. Aquele que viu uma paisagem norueguesa pode ir tratar da vida, porque já conhece todas as outras paisagens. É trágica a falta de imaginação da paisagem, no país desenvolvido.

9 E há tanta ordem, tanto asseio, tanta disciplina, tanta organização de vida, que o Otto compreendeu por que o escandinavo se mata. Ao apertar a mão de um norueguês, tinha vontade de perguntar-lhe: — "Quando é o suicídio?" Quanto a amar, o que se vê é um amor sem mistério, suspense, angústia e abraços. Sem um mínimo de morbidez, ninguém consegue gostar de ninguém. O amor ou é puro desejo ou, menos do que isso, a posse sem desejo.

10 Em plena Oslo, o Otto experimentou uma dilacerada nostalgia do subdesenvolvimento brasileiro. Revirava-se, insone, na cama, pensando no nosso Ponta de Cem Réis, nos oitis do Boulevard (não há mais oitis no Boulevard, mas ele queria vê-los assim mesmo). Tinha saudade até dos gatos vadios do Campo de Santana. Ainda por cima, estava gripado. Só o brasileiro tem a desfaçatez de ir ao Polo gripado.

11 Finalmente, tomou o avião de volta. Desceu em Paris e achou Paris abominável. Passou, lá, uma tarde inteira, fazendo a seguinte e desesperadora constatação: — todo mundo usava o mesmo sapato. Fosse como fosse, descobrira que o desenvolvimento é burro. Ao passo que o subdesenvolvimento pode tentar um livre, desesperado, exclusivo projeto de vida. O desenvolvido para se realizar tem que ser o suicida.

12 O Otto desembarca no Rio, finalmente. Entre parênteses devo dizer que não incluí o seu nome na lista dos meus amigos. Mas ele o é. Por ressentimento eu o excluí. Mas é, repito, meu amigo. E como ia dizendo: — o Otto salta e cruza com um vago conhecido. O sujeito abre-lhe os braços, num berro: — "Otto, meu amor!" Foi um abraço tremendo, de meia hora. Nem era conhecido, ou por outra: — o sujeito só o conhecia de televisão. O recém-chegado viu, nessa cordialidade ululante, o Brasil. No país desenvolvido, tal efusão seria considerada deslavada pederastia. Almoçando na rua Santa Clara, o meu amigo contou-me essas e outras passagens que não posso referir. Eis o vaticínio do Otto: — as máquinas norueguesas, de tão humanizadas, acabarão dando bananas em todas as direções.

Correio da Manhã, 18/5/1967

3. Tempo de papelotes

1 Eu ia começar a escrever sobre os terroristas. Mas resolvo esperar mais um dia. Se me perguntarem o que espero, não saberei responder. Estamos todos esperando algo, esperando, esperando. Por hoje, volto às minhas lembranças de repórter de polícia.

2 Terminei o capítulo anterior com a infiel saltando de uma janela. Era dia útil, hora de movimento. Imagino a pergunta do leitor: — "Morreu?" Eu responderei, citando Machado de Assis. Segundo este, é melhor cair das nuvens do que de um terceiro andar. Pois a infeliz caiu do terceiro andar em cima de um toldo de lona. Foi um assombro na rua. De repente, todos viram aquela mulher voar pela janela, virar duas cambalhotas e derramar-se dois andares abaixo.

3 Saía pela janela, como entrara pela porta, isto é, vestidíssima. Desabou de chapéu e, o que é mais surpreendente, de sombrinha. Havia, na época, uma modinha de forte sugestão erótica que dizia assim: — "Cobre, me cobre, que eu tenho frio." (Não sei por que falei da modinha.) Foi um corre-corre na rua Ramalho Ortigão. Os curiosos, embaixo, podiam perguntar: — "Por que a sombrinha?" Seja como for, foi um escândalo total.

4 Era uma senhora gorda numa época de gordas. Em 1920, quem não era gorda? Tinha os flancos fortes, potentes de fecundidade. E, todavia, o toldo de lona suportou o baque e não houve morte, nem fratura, nada. A infiel foi recolhida, salva. E desceu abraçada à sombrinha. Quanto ao sedutor, nós o deixamos debaixo da cama. No quarto, está o marido armado e homicida. Como a adúltera, saíra pela janela, o Casanova devia ser a vítima única e obrigatória.

5 Disse eu que o marido puxara o revólver. Engano. Em vez de revólver, leia-se bengala. Naquele tempo, ainda se lavava a honra a bengaladas. E, no entanto, aconteceu esta coisa surpreendente: — a partir do momento em que a culpada se atirou de cabeça, o amante tornou-se um pobre-diabo, secundário, irrelevante e, eu diria mesmo, inexistente. O senador foi à sacada espiar o resultado da queda. Do alto, viu a mulher esperneando em cima do toldo. Desatinado, virou-se e esbarrou com o Don Juan que não estava mais debaixo da cama. Balbucia: — "Quem é o senhor?"

6 Agora um dado, sem o qual o episódio perde todo o caráter da época: — ambos estavam de fraque. Em 18, 19, o brasileiro vestia-se bem, tanto para dar bengaladas, como para levá-las. Por um desses lapsos fatais, o nosso Disraeli já não se lembrava mais da própria honra. Atirou-se pela escada abaixo. O sedutor pôde enfiar o chapéu, descer e sumir para sempre.

7 Dois ou três latagões retiraram do toldo a traidora. Rouca de pavor, só dizia: — "Ele quer me matar! Ele quer me matar!" Perguntaram: — "Quem?" E ela: — "Meu marido!" Eis que surge, ali, o marido arquejante. A mulher era uma menina de medo: — "Não quero morrer! Não quero morrer!" Mas era evidente que o marido perdera toda e qualquer intenção homicida. Veio para a mulher, lançou-se nos braços da mulher, ela nos dele, os dois aos soluços.

8 Esse perdão fulminante causou, entre os presentes, um escândalo mudo. O senador não teve uma palavra dura, absolutamente. Ela é que, atracada ao marido, gemia: — "Você me perdoa? Me perdoa?" A resposta foi nobilíssima: — "O que passou, passou." O pior foi quando os dois embarcaram num táxi (táxi de cadeirinha, diga-se). Juntara gente e nós sabemos que o povo não entende o perdão e prefere o tiro. O casal partiu debaixo de uma vaia triunfal.

9 Disse eu que, no fim de um ano de *métier*, o repórter de polícia adquire uma experiência de Balzac. Com seis meses de atividade profissional, eu julgava conhecer todas as danações do homem e da mulher. Eu poderia, se quisesse, organizar um prodigioso elenco de infiéis. Mas, sempre que esbarrava num caso de adultério, eu me perguntava: — "Por quê?" Ali, não entendia que alguém pudesse trair alguém. E ia — com uma tenaz e não sei se compadecida ou perversa curiosidade — apurando todas as causas de infidelidade.

10 Outro dia, uma revista perguntou: — "A mulher trai por quê?" Vejamos. Umas por vingança, outras passatempo, ou tédio, ou dinheiro. Lembro-me de uma que era casada com o mais doce, o mais solidário, o mais abnegado dos maridos. Quando perguntaram por que o enganava, explicou: — porque, certa vez, vira uma brotoeja em sua pálpebra. Tanto bastou. A brotoeja matara o amor. Eis o que apurei lidando com as tragédias passionais: — o marido enganado perdoava muito menos o adultério por amor. Se a mulher vivia uma frívola e caprichosa aventura, ele não sofria tanto. Mas quando era amor, triste, dilacerado e súplice amor, os maridos queriam dar tiros em todas as direções.

11 Ainda no meu primeiro ano de repórter de polícia, trabalhei num crime que me assombrou. Imaginem vocês um rapaz e uma menina que se casam, ela com 16, ele com 18 anos. Já pelas idades, podia-se temer pela sorte de tal casamento. E, de fato, já na primeira manhã da lua de mel, os dois não se entendiam mais. Hoje, os mais atilados sabem que a mulher pode ter qualquer idade. Não o homem. Diz o meu amigo Raul Brandão: — "O homem não pode ter 18 anos." Aos 18 anos, não sabemos nem como se diz bom dia a uma mulher. Para o homem, o amor não é gênio, nem talento e sim tempo, *métier*, sabedoria adquirida. Fiz as considerações acima para concluir: — o homem devia nascer com 35 anos feitos.

12 O amor do adolescente casal não durou 24 horas. No dia seguinte, bem cedinho, a menina queria voltar para a casa dos pais. Claro que a mãe de um lado, a sogra do outro, e o pai e o sogro servindo de coadjuvantes, impediram a separação. E como a menina resmungasse, o velho pulou: — "Te dou uma surra de cinto!" Andando de um lado para outro, arquejava: — "Comigo não tem esse negócio de filha casada. Filha casada também apanha."

13 Dois dias depois, segundo o testemunho dos vizinhos, ela estava namorando gregos e troianos. Moravam na rua Barão de Bom Retiro, uma rua que começa e não acaba mais. E contam que, ainda não fizera um mês de casada, e já atirava beijos para os desconhecidos que passavam no bonde. Mais um pouco e era vista, com um Fulano, no Jardim Zoológico. Ficava atirando biscoitos para a macaca. O companheiro, ao lado, dava-lhe na face beijos curtos e rápidos.

14 Uma vizinha, por sinal médium vidente, insinuou o vaticínio: — "Teu marido te dá o tiro." Achou graça; e tinha um riso lindo, de gengivas translúcidas e sadias. E sempre a viam com um namorado novo. (Nunca era o mesmo.) O marido sabia, e a mãe, a sogra, o pai, todos sabiam. Mas essa própria abundância quantitativa era uma espécie de desculpa: — se tinha tantos, não era amor. E só uma coisa horrorizava os familiares e vizinhos: — o marido manso que ia para a sinuca, enquanto a mulher, bem acompanhada, ia para o Jardim Zoológico; e, lá, dava biscoitos à macaca.

15 De repente, a garota mudou. Começou a ficar triste, não ria alto, nem atirava mais beijos para os homens dos bondes e dos automóveis.

Deixou de se pintar. Um dia, vira-se para o marido: — "Ou você dorme na sala ou eu." O outro não entendeu nada. Apanhou o travesseiro e foi dormir na sala. Até que, uma tarde, foi vista, não sei onde, passeando com um desconhecido, de mãos dadas. Na hora de se despedir, o outro beijou-lhe a mão. E tudo ficou espantosamente claro. Era agora a mulher de um só. Amava. E, porque era amor, tomou ódio do marido, da sogra, das cunhadas. O ser amado era já um senhor, grisalho e triste.

16 E, então, a sogra passou a telefonar-lhe; e dizia-lhe palavrões. Uma noite, a moça estava diante do espelho, pondo papelotes nos cabelos. Súbito, o marido puxa o revólver. Ela não fugiu, nem gritou. Disse: — "Atira." O outro puxou o gatilho três vezes; e, por três vezes, a mulher crispou-se. Depois, a cabeça tombou. E, quando os outros entraram, ela estava quieta na sua morte, pendida de sonho.

O Globo, 9/9/1969[1]

---

[1] Crônica também publicada em *A cabra vadia*.

4. O Dr. Alceu contra o Dr. Alceu

1 Ao contrário do que possam pensar, não me espantam, nem me irritam, certas reações pueris do Dr. Alceu. São pueris, e daí? Nós, os velhos, precisamos de um mínimo de puerilidade encantada, sem a qual seríamos múmias inteiramente gagás. Digo mesmo que esse pouco de infância, ou melhor dizendo, de juventude, é um íntimo, um esplêndido tesouro.

2 Na semana passada, dizia-me um admirador do mestre: — "É um menino, Alceu é um menino." Concordei, mas fazendo a ressalva: — "Está certo. Mas é preciso não exagerar." Eis o que eu queria dizer: — O Dr. Alceu exagera além de todos os limites de nossa paciência. Nunca me esqueço de um dos seus artigos: — "A revolta juvenil." Não há dúvida que, em tal página, o menino devora o adulto.

3 Há pouco tempo, Tristão de Athayde surpreendia o país com uma proposta extraordinária. Simplesmente, ele queria liberdade para os entorpecentes. Há jovens, de ambos os sexos, inclusive meninas de 12 anos, que se autodestroem. Conheço uma menina, dos seus 15 anos, filha de um amigo meu. A garota se viciou a partir da maconha (é universalmente sabido que a maconha abre uma janela para o infinito. A maconha é o começo de um processo, muitas vezes irreversível. E a filhinha do meu amigo entrou justamente nesse processo irreversível).

4 Se o Dr. Alceu tivesse seus 10, 12 anos, diríamos: — "Não sabe o que diz." Mas como não tem os 12 anos, que o salvariam, devemos concluir que sabe, sim, sabe o que diz. O problema do Dr. Alceu é o da repressão. É contra qualquer repressão. — "E os traficantes?", perguntará o leitor, no seu desolado escândalo. Transfiro a pergunta ao mestre: — "E os traficantes?" No seu artigo que li, reli, não há uma palavra contra os traficantes. Vejam bem: — se bem o entendi, o nosso Tristão não admite repressão nem contra os traficantes.

5 A partir deste artigo, o Dr. Alceu perde a capacidade de espantar a sua plateia. Mas diz a minha vizinha gorda e patusca: — "A gente vive aprendendo." E o que é que nos ensinou mais o mestre de várias gerações? Seu artigo tem passagens realmente extraordinárias. Por exemplo, esta aqui:— "Entre nós, como na União Soviética."

6 Vocês entenderam essa? O que faz o nosso Governo aqui, faz o Governo soviético lá. E o pior é que não sabíamos e jamais nos constara que estivéssemos também sob o regime comunista. E o nosso bom Alceu, de posse do segredo, só *agora*, e tardiamente, faz a revelação. Não há a menor diferença entre o Brasil e a Rússia.

7 De acordo. Se Alceu o diz, Alceu o sabe. Mas não resisto à tentação de perguntar-lhe: — "De que hospício você nos escreve, ó Alceu?" Não sei se vocês me entendem. Mas é assim que a Rússia trata os intelectuais como o Alceu. O sujeito é enfiado num hospício, amarrado num pé de mesa e dão-lhe água numa cuia de queijo palmira. Se em vez de ser brasileiro, fosse russo, o Dr. Alceu, submetido a um tratamento de choques, estaria louco varrido, rasgando dinheiro na esquina mais à mão.

8 Mas o trecho citado justifica uma dúvida: — terá um escritor, do peso, da responsabilidade e da idade do Dr. Alceu, o direito de achar (ou fingir que acha) que o Brasil e a Rússia são a mesma coisa? Matamos aqui doze milhões de camponeses de fome punitiva? Houve algo parecido, em nossa história, com o Grande Terror? Assassinamos milhões em nossos expurgos hediondos? Temos, em nossa história, uma ignomínia parecida com o pacto germano-soviético? Mas, repito a pergunta: — terá um escritor o direito de passar adiante a mais sinistra inverdade, desde Pero Vaz Caminha? Mas o grave é que o Dr. Alceu sabe que não é assim. E por que, então, nega a evidência objetiva e até espetacular?

9 Nem se pense que é esta a única passagem interessante do artigo. Ele começa citando o que escreveu um grande publicista norte-americano. Diz o publicista: — "A mais velha civilização me parece ser também a mais jovem." Como se vê, trata-se da China. Mas o Dr. Alceu cita um americano e eu, para refutar James Reston, cito o próprio Dr. Alceu. Pois foi o mesmíssimo Alceu que escreveu um violentíssimo artigo contra a mais jovem civilização do mundo. Tratando do caso de freiras, que rapazes da Guarda Vermelha acharam por bem estuprar, clamava o mestre: — "É de fremir." Não só fremiu, como ainda lhe acrescentou um ponto de exclamação e reticências. Em que palavra devemos confiar? Na do grande publicista norte-americano ou na do notável publicista brasileiro? Parece que, de então para cá, o mestre deixou de fremir e chama de jovem (e por que jovem?) uma ditadura sanguinária. Afirma Tristão de Athayde que, depois de matar quase setenta milhões de chineses, Mao Tsé-tung está fazendo, com sua Revolução Cultural, algo de incomparável no mundo moderno.

10 O surpreendente é que só agora o Dr. Alceu vem à boca de cena e, limpando um imaginário pigarro, anuncia: — "Sou admirador da Revolução Cultural." Mas vejamos. Será lícito falar em Revolução Cultural num país que ignora a descida do homem na Lua? Dirão vocês: — "Isso é apenas uma notícia." Mas pode-se falar em Revolução Cultural num país onde o povo não tem acesso à notícia, à simples notícia? Há tempos, falei no pronunciamento de um congresso de oculistas em Pequim. Entre outras descobertas menores, os congressistas chegaram à conclusão definitiva de que os textos de Mao Tsé-tung curam a cegueira.

11 Ninguém me contou, eu próprio li. Aí está a maior consequência da Revolução Cultural chinesa: — os textos de Mao aplicados, sob a forma de compressa, curam qualquer cegueira. E sabem quem é o autor, ou autora, de um fanatismo de tamanha obtusidade? A Revolução Cultural.

12 Mas, de passagem, o mestre escreve sobre a reação do jovem americano contra a decrepitude da civilização norte-americana. Antes de continuar, o que é que o Dr. Alceu chama de jovem revolução nos Estados Unidos? Foi a bacanal de Woodstock. Trezentos mil jovens, de ambos os sexos, que ao mesmo tempo que se drogavam, praticavam as mais tenebrosas formas de perversão sexual. Ou a jovem revolução está na depredação gratuita, na depredação idiota de algumas das maiores universidades do mundo? Ou estará no gesto da atriz nua que usa a bandeira americana como papel higiênico?

13 Mas pergunto: — que fez essa juventude? Eu já me daria por satisfeito se, um dia, tivesse inventado um comprimido, um Melhoral. Antes um comprimido do que nada. Aí está a palavra: — a juventude não faz nada e repito: — exatamente nada. Quando nasceu, as gerações passadas deram-lhe, de mão beijada, na bandeja, a maior nação do mundo, a mais moderna, a mais rica, a mais culta. E, então, por não ter feito nada, põe-se a contestar, a injuriar tudo o que já estava feito. Os mais velhos podiam replicar-lhe. "Mas faça alguma coisa. Não precisa muito. Alguma coisa."

14 E, súbito, o mestre, possuído por uma dessas certezas inapeláveis e fatais, fala da importância crescente do fenômeno da idade, no conjunto dos fatores sociais modernos. Idades, sabemos que há várias. Estará Tristão falando ainda do jovem? Se é do jovem, pediria ao mestre que apresentasse um líder de dezessete, dezoito, dezenove anos. O grande líder juvenil, que conhecemos, é exatamente Mao Tsé-tung, com seus 84 anos de idade. Em dado momento, para o nosso divertido horror, o Dr. Alceu fala nos acontecimentos de 1968 na França.

15 O mestre admite que a agitação estudantil não teve grandes consequências visíveis. Aqui acrescento: — nem invisíveis. Ou por outra: — houve, sim, as consequências visíveis. Refiro-me aos automóveis virados, aos paralelepípedos arrancados e à Bolsa incendiada. Fora disso, a jovem revolução não deixou nem mesmo uma frase, uma única e escassa frase. O mestre insiste na Razão da Idade. A razão deixa de ser o que sempre foi, isto é, uma lenta, progressiva, dilacerada conquista espiritual. Pelo fato de ter nascido em 1963, e só por isso, o sujeito passa a ter razão. Olho, ainda uma vez, o artigo do mestre. Gostaria de vê-lo escrever sobre a jovem irracionalidade que sopra em todos os países e em todos os idiomas.

O Globo, 2/10/1971

5. O pai anônimo

1 No meio de um sarau de grã-finos, sou apresentado a um dos decotes presentes. Inclino-me: — "Muito prazer." E o decote: — "O senhor é que é o Nelson Rodrigues, o reacionário?" Digo-lhe: — "Exatamente, Nelson Rodrigues, o reacionário." Insiste: — "O senhor é reacionário e ainda confessa?" E eu: — "Pois é." O decote fez um comício: — "Pessoal! Venham ver um reacionário!" Outros decotes apareceram. Senti-me olhado como um urso de feira. Uma grã-fina veio me dizer: — "Aposto que você é contra a educação sexual."

2 Declarei que achava, sim, a educação sexual uma das mais sinistras imposturas da nossa época. E, pelo resto da noite, sofri, sem um gemido, o sarcasmo de uns sessenta casais. O marido da dona da casa, com uma compassiva ironia, suspirou: — "Nelson, como você é antigo!" Os outros, todos os outros, atribuíam-me a mesma e insuportável antiguidade. Ao sair daquele palácio, eu me sentia uma múmia, com todos os achaques de uma múmia.

3 Vejam vocês: — devo à educação sexual uma série de gravíssimas experiências da vida. Nunca me esqueço daquela tarde no emprego. Tinha eu na ocasião um secretário chamado "Pão Doce" (apelido que, não sei por que, me parece do mais puro Dostoiévski. Quero crer que Pão Doce é tão patético como Marmeladov, pai de Sônia). Mas, como ia dizendo: — chego à redação e o Pão Doce vem correndo avisar: — "Tem um cara te procurando." E repetia, de olho rútilo: — "Um cara!"

4 Estava excitado como se fosse a polícia. Tiro o paletó e o ponho na cadeira. O Pão Doce indaga: — "Mando entrar?" Puxo um cigarro: — "Manda." Com pouco mais, volta o Pão Doce acompanhado. Era um senhor, grisalho, bem-posto, um ar do Major Anthony Eden, quando este era major e tinha 37 anos. "Tenha a bondade." Sentou-se. "Com licença." O Pão Doce retira-se. E então, começa uma conversa que me deu, do princípio ao fim, uma sensação de um vil pesadelo.

5 Só agora me lembro que o desconhecido não me disse o nome. Vejam vocês: — conversamos duas horas e não sei como se chama (e, como permanece anônimo, o nosso diálogo parece cada vez mais irreal). Eis como se apresentou: — "Sou um pai." Explicou em seguida: — "Vim de São Paulo especialmente." (Estou fazendo o "suspense" que ele fez comigo.) Pausa. Diga-se de passagem que o "diálogo" foi um monólogo. Só ele falava e só eu ouvia.

6 Durante cerca de duas horas desfiou a sua história ou, melhor dizendo, a história de sua filha. É uma menina de oito anos, linda, linda, de olhos azuis. Digo "olhos azuis" e já não sei se ele falou dos "olhos azuis". Matriculou a menina num colégio religioso, o melhor, o mais caro de São Paulo. "Sou católico", informa, e ajuntou: — "Praticante." Quase o interrompi para dizer-lhe que no Brasil de hoje o verdadeiro católico é um ser em solidão total. O Pai baixa a voz: — "Mas não sou católico pra frente."

7 No colégio referido só existem meninas de luxo, de famílias também de luxo. O Pai estava muito feliz vendo a garota à sombra das freiras em flor. Aconselhava aos amigos: — "Põe lá a tua filha! Colégio-padrão, colégio ideal." Até que um dia, é convocado para uma reunião de pais e freiras. Disse no telefone: — "Pois não, pois não! Irei, com muito prazer." E na hora marcada, estava lá, com a elegância de um Major Anthony Eden mais moço. Inclina-se diante de uma freirinha: — "Por obséquio, onde é a reunião dos pais?" A outra sorria: — "Por aqui." Ele a seguiu.

8 E houve a reunião. O Pai chegou, cumprimentou a madre, sorriu para os outros pais e sentou-se. A madre estava falando com uma mãe grã-fina. Dava explicações: — "A educação sexual aqui começa aos quatro anos de idade!" O Pai imagina: — "Devo ter ouvido mal." Fez a pergunta: — "Qual é mesmo a idade?" Resposta: — "Quatro anos." Um outro pai indaga: — "E as crianças entendem?"

9 Todos ali eram pessoas esclarecidas, atualizadas, em dia com as novas verdades. Mas houve, ainda assim, uma dúvida geral. Os presentes se entreolhavam. Havia, sim, uma perplexidade no ar. E o Pai, sem nada dizer, imaginava um jardim de infância onde aos quatro anos as garotinhas teriam suas ideias, seus pontos de vista sobre Freud. A diretora explica, deleitada: — "As meninas aprendem vendo figurinhas."

10 O coração do Pai começou a bater mais forte. Continuava a explicação: — "As meninas veem as figuras e aprendem tudo." O Major Anthony Eden já não sabia o que pensar, nem o que dizer. Teve vontade de perguntar se não seriam aquelas as tais "gravuras obscenas" que a polícia não deixa vender. Mas calou-se.

11 E por que garotinhas de quatro anos teriam de ver as "gravuras obscenas" que a Madre não achava obscenas? Veio o esclarecimento: — "É preciso acabar com o tabu do sexo!" Disse isso e sentia-se a sua gloriosa satisfação. Afirmava, olhando em torno, exultante: — "Sexo não pode ter mistério. A criança precisa saber que o sexo é como." A diretora parou, um momento, procurando a imagem exata. Disse, afinal: — "Como beber um copo de água." O sujeito bebe água quando tem sede. Esse copo de água é o sexo. Uma grã-fina cochicha, deliciada: — "Muito interessante."

12 O Pai já está sentindo uma dor do lado esquerdo, com reflexo pelo braço. E continua ouvindo. Então, a propósito não sei de que filme, alguém fala em "prostituição". A freira deu a resposta fulminante: — "Ser prostituta é uma profissão como outra qualquer." Houve uma concordância quase unânime. Fora umas duas ou três perplexidades, aqueles pais e aquelas mães balançavam a cabeça: — "Realmente, realmente." O Pai balbuciou: — "Profissão, como outra qualquer? E a senhora tem certeza?" A outra é superiormente irônica: — "Não vamos discutir o óbvio."

13 E, então, o pai ergueu-se. Estava numa indignação homicida. Mas, como um bem-educado, preservava a polidez até no ódio. Despediu-se de todos, desculpou-se: — "Preciso ir. Estão me esperando." Saiu, desafinado. E agora, diante de mim, dizia: — "Um colégio de religiosas. Entende? De religiosas. E ensina que a prostituta é uma profissional como um ourives, ou um protético, ou um bombeiro hidráulico, ou um estofador. A cafetina também não tem nenhum problema. É outra profissional do sexo. Deve descontar para o Instituto."

14 O outro horror do pobre homem eram as "figurinhas obscenas". Dizia-me: — "O senhor me entende? Um jardim de infância de meninas de quatro anos é quase um berçário. O senhor já imaginou freiras mostrando, num berçário, fotografias ignóbeis? Se um jornaleiro vendesse, para velhos bandalhos, faunos senis, tais gravuras, seria preso, apanharia na polícia, seria processado, o diabo. E por que um colégio de luxo, e religioso, pode fazer o que é proibido a um pobre jornaleiro?"

15 Eu queria falar e não tinha o que dizer. Bati-lhe nas costas: — "É a Igreja pra frente." E repeti: — "É a Igreja pra frente." O outro concordou, numa amargura hedionda. Sentiu-se um católico de uma outra Igreja, talvez de um outro Cristo. Estendeu-me a mão, envergonhado do próprio horror. Suspira: — "Pelo menos, desabafei." E partiu, sem deixar o nome. É tão anônimo como alguém que ainda não nasceu, que ainda vai nascer ou talvez não nasça nunca.

O Globo, 28/1/1972

6. O vício doce e vil

1 Bem, vamos falar de teatro. Começarei perguntando: que é reputação? Eis a verdade: — o que nós chamamos reputação é a soma de palavrões que inspiramos através dos tempos. Não sei se em toda parte será assim. No Brasil, é. Nada mais pornográfico, no Brasil, do que o ódio ou a admiração. E uma das minhas experiências dramáticas mais consideráveis foi a seguinte:

2 Era ali, no antigo Teatro Serrador. A companhia da minha irmã Dulce Rodrigues estava levando a minha peça *A mulher sem pecado*, remontada por Rodolfo Mayer (*A mulher sem pecado* fora o meu primeiro texto teatral). Silêncio total na plateia. A peça vivia esse ponto de crise, que um poeta chamou de tensão dionisíaca. Eis o que acontecera no palco: — o personagem central que passara, até então, por paralítico, ergue-se da cadeira de rodas. "Não sou paralítico, nunca fui paralítico", é ele próprio quem o diz.

3 Pois quando o mistificador se levanta, e confessa, ele próprio, a farsa crudelíssima, acontece o absurdo. Uma senhora da plateia — e que comia pipocas na primeira fila — deixa escapar um palavrão. E não em surdina. Foi, realmente, um palavrão nítido, límpido, inequívoco. Como havia um silêncio de morte, o som torpe ocupou todo o espaço acústico do teatro. Foi ouvido da primeira à última fila, inclusive no palco.

4 Todo o elenco olhou a espectadora, gorda como uma viúva machadiana. E como fazia calor, alguém julgou perceber, no seu pescoço, um colar de brotoejas. O falso paralítico, que se mata no final, ao encostar na fronte o cano do revólver, ainda a olhava, num mudo escândalo desolado. Eis o que eu queria dizer: — a obscenidade não foi, de modo algum, um protesto.

5 Pelo contrário: — era a adesão mais frenética ao espetáculo. Há um momento, numa peça, em que rompe, das profundezas da plateia, um êxtase cálido, irresistível. E o palavrão da gorda marcou, justamente, o instante de graça plena. Na minha perplexidade, quis parecer-me que só a admiração pornográfica é válida.

6 Muito tempo depois do espetáculo, e com o teatro já vazio, ainda estava, no ar, o palavrão em flor. Contei o episódio para concluir: — foi montado, na cidade, e no resto do país, todo um folclore pornográfico em torno do meu nome e de minha obra. Sim, durante muito tempo a minha glória foi a soma de todos os palavrões que eu merecia das salas, esquinas e botecos.

7 Tudo começou quando? A partir de *Álbum de família*, continuando em *Anjo negro*, *Senhora dos afogados*, até meu texto mais recente, *Toda nudez será castigada*. Diziam de mim o diabo. Lembro-me de uma senhora que afirmou o seguinte: — "Eu dormia, vejam vocês, eu fazia a minha sesta num caixão de defunto." E se o ouvinte fazia um esgar de dúvida, logo a santa senhora jurava: — "Pela vida dos meus filhos!" Uma outra descobriu que eu sou necrófilo.

8 Eu me imaginava pulando o muro do cemitério, e violando túmulos recentes. Ou, então, de mãos entrelaçadas, num caixão, ensaiando a minha própria morte. Tudo, rigorosamente tudo, eu devo ao meu teatro. Sim, a imagem que as minhas peças vendem do autor é a de um sujeito agarrado às abjeções mais tenebrosas. Certa vez, um garoto perguntou, festivamente, ao meu filho Joffre: — "Teu pai é pederasta?" Joffre, ainda adolescente, teve de agredir, fisicamente, o amigo ingênuo.

9 Lembro-me também da estreia da minha peça *Perdoa-me por me traíres*, no Municipal (foi produtor do espetáculo, e um dos intérpretes, o ator Gláucio Gil, que morreria anos depois, diante das câmeras e microfones, fuzilado por um enfarte). Metade da plateia aplaudia, outra metade vaiava. E, súbito, num dos camarotes, ergue-se o então vereador Wilson Leite Passos. Empunhava um revólver como um Tom Mix. Simplesmente, queria caçar meu texto, à bala.

10 Não creio que haja, no drama, desde os gregos, outro exemplo de um original dramático quase fuzilado. Aos 54 anos de vida, eu paro um momento e penso nos amigos e inimigos dos meus textos. Sempre os tive, uns e outros, em generosa abundância. E ainda não sei, francamente, não sei, qual o mais pernicioso para o artista, se o que admira, se o que nega. Ou por outra: — sei.

11 Eu devo muito, e, quase dizia, eu devo tudo aos que me chamam, por exemplo, de "cérebro doentio". Quando o vereador puxou o revólver, eu me senti justificado, teatral e humanamente. Eu estava no palco, representando (embora sabendo que sou o pior ator do mundo, quis me unir à sorte de uma peça que eu sabia polêmica). Eu me lembro que, a propósito de *Perdoa-me por me traíres*, o Dr. Alceu Amoroso Lima escreveu: — "Uma peça cuja abjeção começa pelo título."

12 Quando li isso, no Dr. Alceu, fui possuído por uma certeza feroz: — "Estou certo." Certo, moral, social, dramaticamente certo. E mais certo ainda como cristão. O Tristão, que anda escasso de Jesus, indigente de Cristo, disse isso. Eu me lembrei de meu pai, que, na sua justiça muito mais lúcida e mais compassiva, escrevia: — "Quantas mulheres existem sem o direito de se conservarem fiéis?"

13 Mas, dizia eu que devo muito aos inimigos e muito pouco, ou quase nada, aos admiradores. Os meus admiradores quase me perderam. Quando escrevi *Álbum de família*, Manuel Bandeira declarou, em entrevista a *O Globo*, entre outras coisas, que eu era, "de longe, o maior poeta dramático que já apareceu em nossa literatura". É, como se vê, um elogio de ardente seriedade. E quem o assina é um dos maiores poetas da língua.

14 Mas, não sei se, hoje, Manuel Bandeira diria o mesmo. Há anos que deixei de merecer o seu louvor. E é maravilhoso que assim o seja. Os admiradores, inclusive o poeta, quase provocaram a minha morte artística. Eis a amarga verdade: — durante algum tempo, eu só escrevia para o Bandeira, o Drummond, o Pompeu, o Santa Rosa, o Prudente, o Tristão, o Gilberto Freyre, o Schmidt. Não fazia uma linha, sem pensar neles. Eu, a minha obra, o meu sofrimento, a minha visão do amor e da morte. Tudo, tudo passou para um plano secundário ou nulo. Só os admiradores existiam. Só me interessava o elogio; e o elogio era o tóxico, o vício muito doce e muito vil. Pouco a pouco, os que me admiravam se tornaram meus irresistíveis coautores. E quando percebi o perigo, o aviltamento, comecei a destruir, com feroz humildade, todas as admirações do meu caminho.

Correio da Manhã, 14/4/1967

7. Terra em transe

1 Como é antigo o passado recente! — eis a exclamação que não me farto de repetir. E realmente — como a melindrosa de 1929 é anterior a Sarah Bernhardt. Como o Ford de bigode é mais velho do que a charrete de *Ben-Hur*. Aí está o óbvio que ninguém enxerga. E, no entanto, qualquer memorialista tem escrúpulo de fazer a História da véspera. Meu Deus, o que aconteceu ontem ou, menos do que ontem, o que aconteceu há quinze minutos pertence tanto ao passado defunto como a primeira audição do *Danúbio azul*.

2 Bem. Fiz este breve reparo para referir uma dura experiência que acabo de sofrer, na carne e na alma. Foi sexta-feira e, portanto, há 72 horas. Saímos os dois casais: — eu e Lúcia, Celso Bulhões da Fonseca e Teresa. Eis o nosso destino: — Bruni Copacabana. Íamos ver *Terra em transe*, de Glauber Rocha. Na própria tarde, sexta-feira, perguntei a um conhecido: — "Bom o filme?" E o sujeito, que é um legionário da esquerda-idiota, respondeu: — "Fascista." Insisti: — "Rapaz, não perguntei se era fascista. Perguntei se era bom."

3 (Singular geração esta que anda por aí. Imaginem rapazes e raparigas — digamos "raparigas" como Júlio Diniz — que se fingem mais imbecis do que são. E assim desponta nas esquerdas brasileiras um tipo único, inédito, empolgante de cretino. É o débil mental por simples pose ideológica; e o sujeito se põe a babar na gravata, achando que só assim serve ao socialismo.)

4 Diga-se de passagem que tivemos, eu e o desafeto de *Terra em transe*, uma discussão truculenta. Disse-lhe que, para meu gosto, tanto fazia o filme comunista, fascista, espírita, budista, macumbeiro ou jacobino. Eu queria, apenas, com minha feroz simplicidade, que fosse um bom filme e nada mais. O bate-boca não chegou a nenhuma conclusão inteligente. Por fim, perdi a paciência e fiz-lhe o apelo: — "Não me cumprimente mais. É favor. Me negue o cumprimento."

5 Largo o falso idiota (realmente é um rapaz de talento), apanho um táxi e passo na casa do Hélio Pellegrino. Lá encontro o Gilberto Santeiro, jovem cineasta patrício. O cinema brasileiro tem uma meia dúzia (não mais) de rapazes prodigiosos. São possessos de sua arte. Potencializados de paixão, chegam a meter medo. E o nosso Gilberto Santeiro é um dos que matam e morrem por cinema. Pergunto-lhe: — "Que tal *Terra em transe*?" Deu-me a resposta fanática: — "Genial!"

6 A fé sempre me comove, mesmo que o santo ou o deus não a mereça. Duas mãos postas e mais a luz de um círio fazem uma cena irresistível. O Gilberto Santeiro não tinha a vela, mas estava quase de mãos postas. E assim, crispado de uma fé autêntica, ele me tocou. Levantei-me: — "Gilberto, vou ver o filme e depois te falo."

7 Confesso que, na casa do Hélio Pellegrino, comecei a gostar de *Terra em transe*. Mais tarde, entrando no Bruni Copacabana, não tinha mais dúvida: — "Gostei", eis o que pensava. E já me via dizendo ao Gilberto Santeiro: — "Genial!" Na porta do cinema, paro um momento. Outro rapaz, flor das esquerdas, veio me dizer: — "O elenco não gosta do filme. Está indignado. Acha o filme fascista." O sujeito afirmou-me, quase sob a palavra de honra, que Paulo Autran, Danuza, e outros, e outros, estrebuchavam de furor impotente e sagrado. Não sei se é verdade. Passo adiante o que me foi dito.

8 A indignação de um elenco não é um fenômeno novo para mim. A maioria dos meus intérpretes representa os meus textos com o maior desprazer e humilhação. Mas, como ia dizendo: — entrei no cinema e vi o filme. Entre parênteses, acho comovente a figura de Glauber Rocha por muitos motivos, inclusive este: — é um neurótico. Está a um passo da loucura; e essa proximidade me parece vital para a obra de arte. Não me venham falar de Goethe, que era um suicida e o mais lúgubre dos suicidas: — o fracassado. E nós sabemos que o brasileiro não tem nenhum motivo para ser neurótico. Cada um de nós há de morrer agarrado a sua angústia.

9 Fiz, durante *Terra em transe*, o que fez, tempos atrás, Cyro dos Anjos, ao lado de Carlos Castello Branco. O autor de *Abdias* assistia a minha peça *Doroteia*, no já demolido Teatro Fênix. E o tempo todo Cyro cochichava para o Castelinho: — "Que mistificação! Que mistificação!" Sexta-feira, sessão de dez a meia-noite, eu repetia: — "Que mistificação! Que mistificação!" E o Celso Bulhões da Fonseca ouvia e calava. Durante as duas horas de projeção, não gostei de nada. Minto. Fiquei maravilhado com uma das cenas finais de *Terra em transe*.

10 Refiro-me ao momento em que dão a palavra ao povo. Mandam o povo falar e este faz uma pausa ensurdecedora. E, de repente, o filme esfrega na cara da plateia esta verdade, mansa, translúcida, eterna: — o povo é débil mental. Eu e o filme dizemos isso sem nenhuma crueldade. Foi sempre assim e será assim, eternamente. O povo pare os gênios, e só. Depois de os parir, volta a babar na gravata.

11 Saio do cinema e, antes de entrar no automóvel do Celso, faço este resumo crítico: — "*Terra em transe* é um texto chinês de cabeça para baixo." A plateia não entendera nada, mas, coisa curiosa: — suportara as duas horas com uma paciência ou, mais do que isso, com um respeito e um silêncio totais. Era como se estivéssemos, todos, numa igreja. E se por lá aparecesse uma mosca, seu voo faria um ruído insuportável. (Súbito, descubro que não há moscas na missa.) Domingo, encontrei-me, no Estádio Mário Filho, com o Luís Carlos Barreto. Desfechei-lhe a piada: — "Um texto chinês de cabeça para baixo." Cuidei que ele ia revidar, irado. Pelo contrário: — achou uma graça infinita. Soube posteriormente, que anda, por toda a parte, fazendo uma promoção feroz da graça cruel.

12 E, no entanto, *Terra em transe* não morrera para mim. Da madrugada de sexta para sábado e domingo, continuei agarrado ao filme. E sentia por dentro, nas minhas entranhas, o seu rumor. De repente, no telefone, com o Hélio Pellegrino, houve o berro simultâneo: — "Genial!" Está certo o Gilberto Santeiro, quase um menino. Sim, pálido de certeza como um fanático. Nós estávamos cegos, surdos e mudos para o óbvio. *Terra em transe* era o Brasil. Aqueles sujeitos retorcidos em danações hediondas somos nós. Queríamos ver uma mesa bem-posta, com tudo nos seus lugares, pratos, talheres e uma impressão de *Manchete*. Pois Glauber Rocha nos dera um vômito triunfal. *Os sertões*, de Euclides, também foi o Brasil vomitado. E qualquer obra de arte, para ter sentido no Brasil, precisa ser esta golfada hedionda.

Correio da Manhã, 16/5/1967

8. A influência da minissaia nas leis da Economia

1 Eu não insinuarei nenhuma novidade se disser que, muitas vezes, são as pequenas causas que fazem as grandes tragédias. É preciso tomar cuidado com o "irrelevante", o "secundário", o "intranscendente", o "sem importância". Nunca me esqueço de um dos maiores espantos da minha infância. Foi na rua Alegre, em Aldeia Campista.

2 Teria eu meus seis, meus sete anos. Perto da gente, morava o "casal feliz". Ponho as aspas porque o fato o merece. Vamos que eu pergunte, ao leitor, de supetão: — "Você conhece muitos casais felizes?" Aí está uma pergunta trágica. Muitos afirmam: — "A coabitação impede a felicidade", etc., etc. Não serei tão radical. Nem podemos exigir que o marido e mulher morem, um no Leblon e outro para lá da praça Saens Peña. Seja como for, uma coisa parece certa: — o "casal feliz" constitui uma raridade.

3 Normalmente, marido e mulher têm uma relação de arestas e não de afinidades. Tantas vezes a vida conjugal é tecida de equívocos, de irritações, ressentimentos, dúvidas, berros, etc., etc. Mas o "casal feliz" de Aldeia Campista conseguira, graças a Deus, eliminar todas as incompatibilidades. Era a mais doce convivência da rua, do bairro, talvez da cidade. Quando passavam, de braços, pela calçada, havia o sussurro espavorido: — "Olha o casal feliz!" Da minha janela, eu os via como dois monstros.

4 Segundo o testemunho da criada, dos vizinhos, fornecedores, o tratamento recíproco era de "meu bem", "benzinho", "meu amor", "querida", "coração". Estavam casados há quinze anos e não havia, na história desse amor, a lembrança de um grito, de uma impaciência, de uma indelicadeza. Até que chegou um dia de carnaval e, justamente, a terça-feira gorda. O marido saiu para visitar uma tia doente, não sei onde. A mulher veio trazê-lo até o portão. Beijaram-se como se ele estivesse partindo para a guerra. E, no penúltimo beijo, diz a santa senhora: — "Meu filho, vem cedo porque eu quero ver as sociedades." Ele fez que sim. E ainda se beijaram diante da vizinhança invejosa e frustrada. Depois, ela esperou que o outro dobrasse a esquina.

5 Todos os anos, o marido a levava para ver os préstitos. E para provar, mais uma vez, a similitude de gostos e destinos, ambos eram democráticos. E as horas foram passando. A partir das seis da tarde, ficou a esposa no portão. Sete, oito, nove da noite. Os despeitados, que sempre os há, perguntavam, melífluos: — "Seu marido está demorando, hein, D. Fulana?" Os relógios não paravam. Dez da noite, onze. E, por fim, o marido chegou. Onze. Vinha em pânico. Dizia: — "Perdão, perdão!" Ela perguntou: — "São horas?" Quis arrastá-la: — "Vamos entrar, que eu te explico." Desprendeu-se, num repelão: — "Não entro nada!" Pediu, desatinado: — "Olha os vizinhos!" E ela: — "Os vizinhos que se danem!" Esganiçou-se: — "Foi um papel de moleque! Sim, senhor: — de moleque!" As janelas estavam apinhadas. Ele gritou também: — "Cala a boca! Cala a boca!" Berrou, cara a cara com o marido: — "Quem é você pra me mandar calar a boca?" As janelas, abarrotadas, viam e ouviam tudo.

6 Quando ele disse — "Vai-te pra o diabo que te carregue!" — a mulher dava pulos na calçada: — "Te bebo o sangue! Desgraçado!" O "casal feliz" foi parar no distrito. Pois bem. Contei o episódio para mostrar como o "irrelevante", o "sem importância" influem nas leis do amor e do ódio. Por causa de uma mísera terça-feira gorda, ruía por terra toda uma pirâmide de afinidades laboriosamente acumuladas. No dia seguinte, separaram-se para sempre.

7 Vocês querem saber, decerto, porque pensei no "casal feliz". Explico: — acabo de ler um artigo admirável do Ministro Delfim Netto. Que página lúcida, aguda, exata, de Economia! Entre parênteses, confesso que tenho, pela Economia e pelos economistas, um divertido horror. Certa vez, fui a um sarau de grã-finos. E lá estava, justamente, um economista. No meio da sala, debaixo do lustre, fazia um sucesso total. A superioridade do economista sobre o resto dos mortais é que fala do que ninguém entende. Se uma girafa aparecesse, ali, de repente, não seria tão olhada, apalpada, farejada.

8 Ah, quando leio o nosso Ministro da Fazenda, estou sempre pensando, ralado de frustração: — "Eis um economista." Voltando ao seu artigo. Que diz o caro Delfim Netto? Se bem o entendi, diz que a causa da crise, na indústria de tecidos, é a minissaia. Só estou imaginando a perplexidade amarga do leitor. Minissaia? Pode parecer, aos menos informados, que se trata de uma opinião de costureiro. Absolutamente. Fala o economista.

9 Por que está mal a indústria? Segundo Delfim Netto, porque as mulheres compram menos fazenda. E ele o afirma usando critérios científicos e exatos. Vocês entendem? Para nós, profanos, analfabetos natos em Economia, a minissaia tem várias consequências, inclusive esta: quem a usa não pode sentar-se. Reparem como caiu muito o número das mulheres sentadas. A minissaia envolve também o problema do pudor. Dirá alguém que o pudor é algo de tão antigo, fenecido, espectral como o primeiro espartilho de Sarah Bernhardt. Mas vem o economista e explica: — a sorte de uma indústria depende da saia que sobe ou da saia que desce. Se sobe dois palmos, um palmo e meio, há falências, desemprego, miséria. Os industriais estouram os miolos; e os operários têm que estender o pires à frívola e distraída caridade pública. Agora a outra hipótese: — se, inversamente, a saia desce, cessa a Grande Depressão, jorra a abundância, o operário pode jogar nos cavalos, é uma euforia de homens, mulheres e crianças. O patrão pode dar à mulher joias de quinhentos milhões de cruzeiros antigos.

10 Quando acabei de ler o artigo do Ministro Delfim, liguei para todos os telefones do Silveirinha, quero dizer do Guilherme da Silveira Filho. Eu queria perguntar-lhe: — "Silveirinha, tudo é assim tão simples?" Custava crer que o circunstancial tivesse tal influência nas leis da Economia. Será que as crises que abalam o país têm pretextos tão irrelevantes? Por outro lado, não me parecia correto que a Economia tivesse a simplicidade transparente que lhe atribuía o nosso Delfim. De mais a mais, o Silveirinha era homem de tecido. Para minha desventura, não o encontrei em lugar nenhum.

11 Voltei, então, ao ministerial artigo. Reli-o da primeira à última linha. E, novamente, instalou-se em mim o puro horror. É que, em dado momento, o articulista explica por que estão caindo as vendas de sapatos. Eu podia imaginar todas as razões, secretas, inconfessas ou ostensivas, menos as que o nosso Ministro insinua. Imaginem que compramos menos sapatos porque compramos mais automóveis.

12 O leitor há de pensar que leu mal. Não. Leu certo. É o que afirma Delfim Netto. Ficamos sabendo que há também uma crise de sapatos. E pior: — o brasileiro está no seguinte e crudelíssimo dilema: — ou compra sapatos ou compra automóveis. Caso prefira o carro, tem que andar descalço. Eu posso imaginar a cena. O brasileiro raspa todas as economias e vai à agência de automóvel. Chega lá, adquire um Galaxie inenarrável. No seu interior, há cascata artificial, com filhote de jacaré.

Paga e embolsa o recibo. Eis senão quando, olhando para baixo, nota o funcionário, com discreto espanto: "O senhor esqueceu os sapatos." Ao que responde o freguês: — "Não, meu amigo. Tive de optar entre os sapatos e o automóvel." É a opção de qualquer brasileiro, vivo ou morto: — ou tem sapatos ou tem automóvel. Como somos perdulários, exibicionistas, todos preferimos o Galaxie, o Bentley, o Mercedes, e renunciamos ao mocassim.

13 Quem o diz, e o diz muito bem, com nitidez e profundidade, é o ilustre Delfim Netto. E, segundo o grande economista, ou somos uma nação que põe sapatos e vai de taioba, ou vai de Galaxie e anda descalça. Sim, descalça, exibindo toda a fauna, toda a flora de calos esplêndidos.

O Globo, 26/4/1969

9. O menino de Pernambuco

1 Certas frutas desapareceram. Por exemplo: — carambola. Há trinta anos, não vejo um mísero pé de carambola. Nem goiaba. As goiabeiras sumiram dos quintais. E pior: — os quintais também sumiram. O que há é a solidão dos apartamentos.

2 Por que é mesmo que estou dizendo isso? Eu ia falar das pitangas de minha infância. É outra fruta em vias de extinção. Coisa curiosa.[2] Toda minha infância tem gosto de pitanga e de caju. Pitanga brava e caju de praia. Hoje tenho 57 anos bem sofridos e bem suados (confesso minha idade com um cordial descaro, porque, ao contrário do Tristão de Athayde, não odeio a velhice). Mas como ia dizendo: — ainda hoje, quando provo uma pitanga ou um caju contemporâneo, sou arrebatado por um desses movimentos proustianos, por um desses processos regressivos e fatais.

---

[2] Crônica publicada originalmente no *Correio da Manhã* de 17/2/1967 e no livro *Memórias — A menina sem estrela*. Na edição do jornal *O Globo* de 9/10/1970, Nelson Rodrigues fez modificações, como a inclusão do primeiro parágrafo e das primeiras frases do segundo.

3 E volto a 1913, ao mesmo Recife e ao mesmo Pernambuco. Mas não era mais Capunga e sim Olinda. Alguém me levou à praia e não sei se mordi primeiro uma pitanga ou primeiro um caju. Só sei que a pitanga ardida ou o caju amargoso foi a minha primeira relação com o universo. Ali, eu começava a existir. Ainda não vira um rosto, um olho, uma flor. Nada sabia dos outros, nem de mim mesmo. E, súbito, as coisas nasciam, e eu descobria uma pitangueira ou um cajueiro.

4 Que idade teria eu? Eis o que me pergunto: — que idade teria eu? Um ano, um ano e pouco, sei lá. Ou menos, talvez menos. Minha família morava diante do mar. Mas o mar antes de ser paisagem e som, antes de ser concha, antes de ser espuma — o mar foi cheiro. Há ainda um cavalo na minha infância profunda. Mas também o cavalo foi cheiro. Antes de ser uma figura plástica, elástica, com espuma nas ventas — o cavalo foi aroma como o mar.

5 1913. O que a memória consciente preservou de Olinda foi um mínimo de vida e de gente. Eu me lembro de pouquíssimas pessoas. Por exemplo: — vejo uma imagem feminina. Mas é mais um chapéu do que uma mulher. Em 1913, mesmo meu pai e minha mãe pareciam não ter nada a ver com a vida real. Vagavam, diáfanos, por entre as mesas e cadeiras. Depois, eu os vejo parados, com uma pose meio espectral de retrato antigo. Mas nem meu pai, nem minha mãe falavam. Eu não os ouvia. O que me espanta é que essa primeira infância não tem palavras. Não me lembro de uma única voz.[3] Não há um canto de galo no meu primeiro e segundo ano de vida. O próprio mar era silêncio.

6 Falei do mar e volto a ele. Tenho umas poucas obsessões que cultivo, com paciência e amor. Uma delas é o mar. Qualquer praia vagabunda, mesmo a de Ramos, tem para mim um apelo mortal. Às vezes

---

3 Aqui Nelson suprimiu a frase: "Não guardei um 'bom-dia', um gemido, um grito."

penso que já morri afogado em vidas passadas ou morrerei afogado em vidas futuras.[4]

7 Em 1914 houve o incidente de Sarajevo. Caçaram o arquiduque a tiros, bombas. Meu pai soube, e minha mãe, e meus tios, e as visitas. Mas na hora do atentado, eu não sabia que o arquiduque, já ferido de morte, soluçava para a mulher: — "Vive para os nossos filhos!" Era um defunto falando para uma defunta. Aquele homem assumia, ali, a sua plena e inefável miserabilidade. Deixava de ser um uniforme, um penacho, um par de botas. As medalhas escorriam sobre as tripas à mostra. E as esporas triunfais estavam agora geladas. Na hora de morrer, e quando sabe que está morrendo — o homem tem um olhar súplice e insuportável de criança batida. Não, não, um olhar de contínuo. Sempre imagino que o arquiduque austríaco, com os intestinos de fora, morreu como o último dos contínuos.

8 Era a guerra. Um ano depois, nascia mais um, lá em casa. Era o sexto filho. Meu pai já espalhara por toda Recife: — "Se for menino, vai se chamar Joffre." E veio um menino, de cabelo de fogo. Esse irmão, que se uniria a mim como um gêmeo, ia morrer, aos 21 anos, tuberculoso. Depois da Revolução de 30, e até 35, eu e toda minha família conhecemos uma miséria que só tem equivalente nos retirantes de Portinari. Ainda agora, quando me lembro desse período, tenho vontade — vontade mesmo — de me sentar no meio-fio e começar a chorar. Eu e meu irmão Joffre passamos fome e foi a fome que estourou nossos pulmões. Mas não quero misturar datas e contarei tudo isso, a seu tempo. (Naquela época, os jornais davam à tuberculose o nome imaculado de "peste branca". Por uma associação meio idiota, eu me lembro de Moby Dick, a "baleia branca". Mas, estou divagando, e me desculpem.)

9 Voltemos à guerra, isto é, à Primeira Grande Guerra. Meu pai embarcou para o Rio em 1915 (jornalista de combate, com tremendo potencial de

---

[4] E neste trecho: "Gosto até de cheiro de peixe podre."

ira, ele sempre imaginou que ia morrer assassinado). Pernambuco tornara-se pequeno para a sua ambição jornalística. Largou emprego, largou tudo, e disse a minha mãe: — "Você me espera. Se arranjar emprego, mando buscar você. Se não arranjar, volto." Partiu. Meu pai era gago e daí, talvez, a ternura que eu tenho por todos os gagos. Que figura doce era meu pai e capaz de cóleras tamanhas. Cóleras contra os outros, contra o mundo mas trêmulo de ternura para a mulher e para os filhos. Morreu aos 44 anos de idade e jamais me deu um vago e merecido cascudo. Na hora, porém, do revide polêmico, era um Zola a descompor o exército francês. Mas meu pai não era homem de passar muito tempo longe de minha mãe.

10 No dia em que desembarcou no Rio, deu-lhe uma santa e provinciana pusilanimidade. Sua vontade foi voltar, correndo. O que ele não sabia, nem podia imaginar, é que minha mãe estava empenhando joias, o diabo. Meu tio Augusto protestou: — "Não faça isso. É loucura!" Ela não aceitou nenhum argumento, nenhum raciocínio: — "Vou, porque vou, vou mesmo." Linda, minha mãe. Tenho retratos seus da mocidade e posso repetir: — linda, minha mãe. Um dia, meu pai recebe o telegrama: — "Embarco hoje, navio tal. Beijos." E lá ficou ele como uma barata tonta, lendo e relendo aquilo. Vinham minha mãe e seis filhos, o último de colo. Esse batalhão de crianças ia inundar o Rio de Janeiro. Diga-se de passagem que, há muito tempo, minha mãe vinha martelando meu pai: — "Vamos para o Rio. Você tem que ir para o Rio."

11 Uma coisa é certa: — meu pai só ficou por causa de minha mãe. E quando entramos no navio, a Europa continuava morrendo e matando. Segundo dizia o *Eu sei tudo*, os alemães arrancavam o olho dos prisioneiros com o dedo em gancho. Só os alemães estupravam, só os alemães espetavam criancinhas na ponta das baionetas. Durante a viagem, meus irmãos mais velhos, Milton e Roberto, estavam eufóricos. A campanha submarina alemã espalhava o terror por todos os mares. Meus irmãos queriam ser torpedeados e, se morrêssemos todos, seria ótimo, ótimo.

Quanto a mim, não me lembro de nada, ou por outra: — o que me ficou do navio foi a lembrança de uma delicada escarradeira de louça, com flores desenhadas em relevo. Finalmente chegamos. No cais, estavam meu pai e Olegário Mariano, o poeta.

12 Eu só imagino a pungência, a plangência da cena. Minha mãe descendo a escadinha, com a filharada atrás, e sem um tostão (o dinheiro das joias fora todo gasto nas passagens e em poucas gorjetas de bordo); e meu pai, sem emprego, rigorosamente sem emprego, ou melhor: — meu pai arranjara um emprego e fora despedido. Saímos dali e fomos — meus pais, com a filharada — para a casa de Olegário. Lá, passamos não sei se vinte dias, um mês. Mas falei em Olegário e preciso contar um episódio que ocorreria trinta e poucos anos mais tarde. Tivemos um bate-boca, pelo telefone, de uma espantosa violência. Houve de parte a parte, os insultos mais pesados. Olegário berrava: — "Eu te matei a fome! Eu te matei a fome!"

O Globo, 9/10/1970

10. A menina

1 Volto aos meus quatro anos. E, de repente, os cegos apareceram. Ou por outra: — antes dos cegos, vi uma menina, de pé no chão. A menina corre, atravessa a rua e vai beijar a mão de um padre. Durante toda a minha infância, na rua Alegre, havia sempre um padre e sempre uma menina para lhe beijar a mão. Mas como ia dizendo: — a pequena, dos seus sete anos, voltou para a calçada de cá. A batina continuou e sumiu, lá adiante, na primeira esquina.

2 A menina sumiu também, como se jamais tivesse existido. Anos depois, mudamos para a Tijuca, rua Antonio dos Santos (depois seria Clóvis Beviláqua). Perto de nós, morava o juiz Eurico Cruz e, ao lado, o senador Benjamin Barroso. Eis o que quero dizer: — nos dois ou três anos de Tijuca, não vi um único e escasso padre. Havia uma igreja — e ainda há — na esquina de Barão de Mesquita com Major Ávila. Lembro-me da igreja, dos santos e não dos padres.

3 Fiz o parênteses e volto à rua Alegre. Depois que o padre dobrou a esquina, os cegos apareceram. Eram quatro e um guia. Estavam de chapéu, roupa escura, colarinho, gravata, colete, botinas. Juntaram-se na esquina da farmácia e tocaram violino. Não acordeão, não sanfona, mas violino. Saí da janela, fiz a volta e fui ver, de perto, os ceguinhos. Eram portugueses. E o curioso é que, por muitos anos, só conheci cegos portugueses. Brasileiro, nenhum.

4 Fiquei, ali, na esquina, em adoração. E os cegos — todos de chapéu — tocaram uns vinte minutos. Lembro-me bem: — um deles tinha, atravessando o colete de um bolso a outro bolso, uma corrente de ouro. No fim, o guia passou o pires. Cada um pingou seu níquel. E, então, voltei correndo para casa. Não falei com ninguém, meti-me na cama. Minha vontade era morrer. Fechei os olhos, entrelacei as mãos, juntei os pés. Morrer. Minha mãe entrou no quarto; pousou a mão na minha testa: — "O que é que você comeu?" Comecei a chorar, perdido, perdido.

5 E, de repente, uma certeza se cravou em mim: — eu ia ficar cego. Deus queria que eu ficasse cego. Era a vontade de Deus. Mas falei em quatro anos. Engano, engano. Eu tinha seis anos e não quatro. Nasci em 1912 e isso aconteceu em 1918, na Espanhola e antes da Espanhola. Tenho certeza: — seis anos. Nunca mais me esqueci dos cegos e posso repetir, sem medo da ênfase: — nunca mais. Mas por que, meu Deus, por que pensava neles, dia e noite? Pode parecer uma fantasia de menino triste. E se disser que, já adulto, homem-feito, a obsessão continuava intacta? Obsessões, sempre as tive. Mas essa nunca me abandonou. Aos 30 anos, 35, 40, eu sonhava com os cegos; e os via escorrendo do alto da treva.

6 Quando minha família já ia sair de Aldeia Campista para a Tijuca, aconteceu o seguinte: — um menino, que brincava muito comigo, apanhou um canário e picou com o alfinete os olhos do passarinho. Eu me senti, eu, aquele canário de olhos furados. Eu me imaginei cego, em casa, vagando por entre mesas e cadeiras. Meninas, senhoras, visitas teriam pena de mim, amor por mim. Na rua, diriam: — "Naquela casa, mora um menino cego." Mas quando mudamos para a Tijuca, já não estava tão certo se seria mesmo eu o cego. Podia ser minha mãe, ou um dos meus irmãos. Talvez Roberto. Milton, não, nem Mário. Sempre imaginei que meu pai, jornalista de férias tremendas, morresse, um dia, assassinado. Já minha mãe tinha um problema de visão. Mas fosse eu, minha mãe, meu irmão, alguém ficaria cego, alguém. Eis a verdade: — ano após ano, me convencia de que os cegos do violino insinuavam um vaticínio. Meu Deus, não fora por acaso que, um dia, quatro cegos tocaram embaixo de minha janela, ou pertinho de minha janela. Tocavam para mim, não para os outros, não para ninguém, tocavam para um menino de seis anos.

7 Até os dez anos, doze, não tive medo das trevas. Houve um momento em que teria a vaidade de ser o único menino cego da rua. Mas o tempo foi passando. E o pavor veio com a idade. Adulto, eu não fazia mistério: — "Se eu ficar cego, meto uma bala na cabeça." Não "uma bala na cabeça"; daria um tiro no peito, como Getúlio. Ah, Getúlio estourou o coração, mas preservou sabiamente a cara para a História e para a Lenda. Pelo vidro do caixão, o povo espiou o rosto, o perfil, intactos. Kennedy, não. A bala arrancou-lhe o queixo forte, crispado, vital. Tiveram que fechar o caixão. O povo precisa ver o seu líder morto. Nada, nem medalha, nem estátua, nem cédula, nem selo substitui o último rosto, o rosto morto.

8 Muitos anos depois, conheci Lúcia. Lembro-me que, numa de nossas conversas, falei-lhe assim: — "Desde criança, tenho medo de ficar cego. Mas se isso acontecesse, eu..." Fiz a pausa e completei: — "... eu meteria uma bala na cabeça." Isso era e não era uma agressão sentimental, uma espécie de terrorismo. Afinal, o amoroso é sincero até quando mente. No fundo, no fundo, as minhas palavras queriam dizer outra coisa, ou seja: — "Mesmo cego, eu viveria se você me amasse." Por outro lado, sei que não é normal essa fixação numa fantasia infantil. Mas não tenho medo de confessar a minha morbidez, nem ela me envergonha. Eu a compreendo e a recebo como uma graça de Deus.

9 Mas estas notas não estariam completas se eu não lhes acrescentasse uma explicação. Quero dizer que o medo de uma utópica cegueira, apenas sonhada, me tornou humanamente melhor. Ou, se não me tornou melhor, me deu vontade obsessiva de ser bom. Mas como ia dizendo, continuou o meu romance com Lúcia. Pouco a pouco, fui dizendo as coisas que são tudo para mim: — "Todo amor é eterno e, se acaba, não era amor." E dizia: — "Quem nunca desejou morrer com o ser amado, não amou, nem sabe o que é amar." As nossas conversas eram tristes, porque o amor nada tem a ver com a alegria e nada tem a ver com a felicidade. Quando nos casamos, eu lhe disse: — "Nem a morte é a separação." Ela concordou que nada é a separação.

10 Depois, a gravidez. Ah, quando eu soube que ela só podia ter filho com cesariana. Não me falem em fio da navalha. *O Fio da navalha* é um título de romance ou de filme. Mil vezes mais frio, e diáfano, e macio, e ímpio, é o fio do bisturi da cesariana. O marido, cuja mulher só pode ter filho com cesariana, terá de amá-la até a última lágrima.

11 "Se for menina, o nome é Daniela", disse Lúcia. Achei um nome doce e triste (gosto dos nomes tristes) de personagem de Ëmily Bronte. Uma noite, Lúcia foi internada, às pressas, na Casa de Saúde São José. Parto prematuro. Minha mulher chega com Dr. Cruz Lima e D. Lidinha. Dr. Marcelo Garcia e Dr. Silva Borges já estavam lá. Foi uma correria de médicos, enfermeiras, irmãs. Dr. Waldyr Tostes ia fazer o parto. Naquela noite, pensei muito no *staretz* Zózimo. Sim, na bondade absurda, senil e terrível do personagem dostoievskiano. Há um momento em que somos o *staretz* Zózimo. Dr. Marcelo Garcia era o *staretz*, e o Dr. Silva Borges, e o Dr. Waldyr Tostes. Dr. Cruz Lima também era o *staretz* Zózimo. Tudo aconteceu numa progressão fulminante. Daniela nasceu e não queria respirar. Dr. Marcelo Garcia fazia tudo para salvar aquele sopro de vida. De manhã, quase, quase a perdemos. A irmã, desesperada, batizou minha filha no próprio berçário. Dr. Cruz Lima, Dr. Marcelo, Dr. Silva Borges lutaram corpo a corpo com a morte. Mudaram o sangue da garotinha. E ela sobreviveu.

12 Lúcia quis ver a filha no dia seguinte. E veio numa cadeira de rodas, empurrada por D. Lidinha. Voltou, chorando, dilacerada de felicidade. Também fui espiar Daniela pelo vidro do berçário. Uma enfermeira aparece e me pergunta, risonhamente: — "O senhor é o avô?" Respondi, vermelhíssimo: — "mais ou menos." Mais uma semana, Lúcia e Daniela vinham para casa. Tão miudinha a garota, meu Deus, que cabia numa caixa de sapatos. Dois meses depois, Dr. Abreu Fialho passa na minha casa. Viu minha filha, fez todos os exames. Meia hora depois, descemos juntos. Ele estava de carro e eu ia para a TV Rio; ofereceu-se para levar-me ao Posto 6. No caminho, foi muito delicado, teve muito tato. Sua compaixão era quase imperceptível. Mas disse tudo. Minha filha era cega.

Correio da Manhã, 7/3/1967[5]

---

[5] Crônica também publicada em *Memórias — A menina sem estrela*.

11. Uma paisagem sem paulistas

1 Um dia, sentei-me para escrever sobre Mata Hari. O que me impressionava na sua figura não era a figura, nem seu fuzilamento, nem as paixões e suicídios que ateou na *belle époque*. Sempre achei secundários, irrelevantes, anedóticos, tais dados biográficos. Para mim, o que a valorizava, o que a dramatizava, era esta singularidade — tinha um seio só.

2 Que eu saiba, foi a única mutilação invejada. Mas como ia dizendo: — comecei a escrever sobre a espiã e eis que voltou a primeira frase: — "A pior forma de solidão é a companhia de um paulista." Nada descreve o meu espanto, quase o meu horror. Não havia a menor, a mais remota relação entre uma coisa e outra. Por que o paulista? Eu ia escrever sobre a *belle époque* parisiense, com seus cafés literários, as suas plumas, as suas lantejoulas.

3 Mas vejam vocês como é irresistível a vaidade autoral. Imediatamente, a frase passou a ser mais importante do que Mata Hari, do que seu fuzilamento, do que seus amores e, até, do seu busto mutilado. Eu teria de encaixá-la de qualquer maneira, no artigo. Passei a olhar Mata Hari como um súbito trambolho.

4 Podia transferir a frase para o dia seguinte. Mas entendo que não se adia um olhar, um sorriso, uma carícia. Tomei afinal coragem e comecei a crônica assim: — "A pior forma de solidão é a companhia do paulista." E que mais? Continuei: — "Mas não era isso o que eu queria dizer. O que eu queria dizer é que", etc., etc. Satisfeito o meu narcisismo estilístico, passei à *belle époque*.

Aliás, cumpre esclarecer: — a *belle époque* não é bem uma época, mas um jardim. Um jardim cheio de faunos e ninfas de tapete.

5 No dia seguinte, dobro uma esquina e ouço o meu nome: — "Nelson, Nelson!" — Viro-me e vejo uma senhora que eu conhecia de beijar-lhe a mão, como no princípio do século. (Era paulista e eu não sabia que era paulista.) Ah, tratou-me com amizade e quase com amor. "Li sua crônica", disse-me. Pensei que estivesse fascinada pela espiã de um seio só. Mas logo me desiludiu. Começou a falar e não parou mais. "Aquilo que você disse, como é verdadeiro." Repetiu: — "A pior forma", etc., etc.

6 Casara-se três vezes com paulistas. Afirmou-me, com a sua autoridade de vítima, que a minha frase era uma dessas verdades estaduais inapeláveis e eternas. Contou-me as suas experiências matrimoniais. Tivera com o primeiro marido uma convivência de silêncios. Jurou: — "Não exagero." Ela, um silêncio, ele, outro silêncio. Graças a Deus, o marido roncava e o ronco ainda é uma forma de comunicação. Um dia, ele morreu. Era tão silencioso, morto, como em vida. A paulista casou-se outra vez e passava seis meses sem um "bom-dia". Morreu o segundo. Veio o terceiro casamento. Graças a Deus, o novo marido também roncava. E, de noite, insone, ela ficava ouvindo o ronco, sim, um ronco que terminava em assovio.

7 Os três maridos eram três gênios para fazer dinheiro. Tinham três ou quatro fábricas, três ou quatro fazendas. Trabalhavam 22 horas por dia.

E não podiam amar. Amor é a arte do lazer. O amoroso precisa de tempo. Havia entre ela e os três maridos, a separá-los, a epopeia industrial.

8 Agradeci à santa senhora a sua efusão e nos despedimos. Por coincidência, encontrei-me depois com Ângelo Simões Arruda, também de São Paulo. Mas quando lhe falei em paulista tomou-me a palavra: — "Não há mais paulistas." E como eu duvidasse, explicou-me que São Paulo é uma paisagem sem paulistas. Fiz espanto: — "E esse pessoal? E essa multidão?" O Ângelo Simões Arruda foi taxativo: — "São os não paulistas, os antipaulistas. Ocuparam São Paulo. Hoje, os paulistas são minoritários. Formam uma meia dúzia acuada." E repetia: — "Os verdadeiros paulistas são, em São Paulo, como porto-riquenhos nos Estados Unidos."

9 Confesso que os testemunhos da santa senhora e do Ângelo Simões Arruda pareceram-me singularmente patéticos. Bem. Estou falando tudo isso, porque passei, no princípio da semana, dois dias em São Paulo. Com duas horas, e não mais, percebi que há, realmente, um fatal abismo entre o carioca e o paulista. Foi no almoço que percebi toda a verdade. Imaginem que entrei no, talvez, melhor restaurante da cidade. Todas as mesas ocupadas, gente até no lustre. Comi o meu bom filé. Depois, escolhi a sobremesa: — melão. Enquanto o garçom ia e vinha, levantei-me e fui lá dentro. Quando volto, olho e não vejo ninguém, a não ser os garçons e as moscas vadias.

10 Imaginei-me vítima de uma alucinação. Quando o garçom chegou com o melão, perguntei-lhe, irritado: — "Cadê o pessoal que estava aqui? Isso não estava cheio?" O garçom pôs o prato na mesa: — "Perfeitamente." E eu: "Não tem mais ninguém, por quê?" Antes de responder, indagou: — "O senhor é do Rio?" Era do Rio. Deu a explicação sucinta e lapidar: — "Aqui trabalha-se."

11 O que, evidentemente, não se dá no Rio. No Rio, três amigos que se juntam num restaurante só saem quatro horas depois. No mínimo, no mínimo. Ah, os nossos papos não acabam nunca. Mentimos muito, porque não há longa conversa sem um belo repertório de mentiras. E porque trabalha, o paulista é triste; sim; é taciturno. E o nosso horizonte é luminoso e profundo, ao passo que São Paulo não tem horizonte, simplesmente não tem horizonte. Ou por outra: — o horizonte paulista está a cinco metros do sujeito e é uma parede. Durante as 48 horas de São Paulo, eu sentia a insuportável falta de alguma coisa. De alguma coisa que eu não sabia o que era. Seria da gravata, ou dos sapatos, ou da bengala? Esta eu não uso e a gravata e os sapatos estavam nos lugares próprios.

12 E, súbito, descubro: — o que me faltava era a paisagem. Tenho um amigo carioca, radicado em São Paulo, que, de vez em quando, apanha o carro e vem para o Rio, numa velocidade uniforme de 180 quilômetros. Um psicanalista já o advertiu: — "Rapaz, você está querendo morrer." Simplesmente, ele vem ao Rio olhar o poente do Leblon. A falta que eu sentia, mais do que uma paisagem qualquer, era do poente do Leblon. São Paulo não tem poente.

13 Mas sofri também da falta humana. Quis alguém que falasse comigo. Mas entendam: não era a conversa prática, concreta, objetiva. Só entendo o papo carioca — vadio, irresponsável, quase delirante. E ninguém estava disposto a perder tempo e paciência comigo. Com meia hora, passei a exalar uma depressão hedionda. Na primeira noite, porém, encontrei-me com o pessoal de teatro. Era um grupo de seis ou sete. Imediatamente, instalou-se, na sala, uma colmeia de palavrões. Não me lembro de uma frase, e explico: — não houve uma frase. Só palavrões.

14 Fiz o que tinha de fazer lá e voltei para o Rio. Trazia comigo o peso de cinquenta anos de solidão. Tratei de chamar o Miguel Lins, meu "irmão íntimo" e uma das mais doces figuras deste país. No telefone, fiz-lhe o apelo: — "Vamos almoçar? no Cartum?" E assim nos encontramos, na Tijuca. Contei-lhe a minha viagem a São Paulo, isto é, a viagem para a solidão. "O paulista quase não fala." Foi aí que o Miguel Lins perguntou: — "Você conhece o Severo Gomes?"

15 Conhecia, sim. E o Miguel Lins: — "Você não acha uma grande figura?" Concordei com a maior efusão. O amigo já inundado de simpatia diz: — "Pois é paulista ou você não sabia que era paulista?" No caso de Severo Gomes, eu não ligava o nome à pessoa. Perdão. Eu não ligava o nome ao Estado. Lembrei-me da primeira vez em que nos vimos. Foi, se não me engano, num sarau de grã-finos. (Conviver com os grã-finos é uma maneira de conhecer o Brasil.) Uma grã-fina arrastou-me: — "Você vai conhecer o homem mais inteligente que eu já vi." Era o Severo Gomes. (Segundo Miguel Lins, ele é o paulista que fala.) Fala e pensa como estadista.

16 E quando ele começou a falar, todo mundo parou. Imaginem umas trinta grã-finas e outros tantos grã-finos fascinados, e repito: — fascinados pela música verbal de Severo Gomes. Bem sei que o espírito muito claro é geralmente muito frio. Santiago Dantas tinha uma inteligência que queimava de tão gelada. Já Severo Gomes tem limpidez e paixão. Na mesa do Cartum, dizia-me Miguel Lins: "Você tome nota. Esse paulista, esse Severo Gomes tem um destino" — e repetiu: — "Um grande destino."

O Globo, 7/3/1970

12. Esse Stans Murad

1 Eu teria o quê? Uns 17, 18 anos. Naquela época, conheci Osvaldinho. Tinha a minha idade ou por outra: — era mais velho. Estou certo: — era mais velho, pouco mais velho, dois anos ou três, sei lá. Coisa curiosa. Não se conhecia um defeito ou virtude em Osvaldinho que o distinguisse dos demais. Nunca vi ninguém mais parecido com todo mundo. Não sei se me entendem. Era o que se poderia chamar de *homem comum*.

2 E como *homem comum*, tinha essa mediocridade de *virtudes* e *defeitos* que faz, por exemplo, o bom marido. Não seria jamais nem santo, nem demônio. E nós sabemos que a mulher não quer nem um, nem outro. Segundo me disse, há poucos dias, uma prima do Palhares: — "A mulher quer um homem que não seja nada."

3 Osvaldinho era comum até no diminutivo (nada mais carioca, nada mais brasileiro, nada mais classe média do que o diminutivo). Perguntará o leitor por que estou eu a perder tempo com uma mediocridade total. Calma. Agora vem o transcendente. Um dia, vou dobrando uma esquina e esbarro no Osvaldinho.

4 Agarra-me e cochicha: — "Seja bom, Nelson, seja bom." Instala-se em mim um sentimento de culpa. Pergunto: — "Mas como? Por que bom?" Olha para os lados e fala ainda mais baixo: — "Só a bondade resolve." Senti o amigo tão patético que fiz, ali mesmo, em cima da calçada, um rápido exame de consciência. E concluí, para mim mesmo: — "Posso não ser dos melhores, mas também não sou dos piores." E eu: — "Mas escuta, Osvaldinho, o que é que houve? O que é que há?" Fez mistério, fez suspense: — "Não se esqueça, Nelson. A bondade é tudo." E partiu.

5 Pela primeira vez, Osvaldinho deixava de ser como todo mundo. Aquilo era o começo. E, desde então, passou a dizer para os amigos, os conhecidos e até desconhecidos: — "Só me interessa a bondade. É preciso que todos sejam bons." A coisa foi numa progressão alarmante. O pai, que gastava todo o ordenado nos cavalos, caiu em pânico. O clínico da família, consultado, mandou levá-lo ao psiquiatra. Este o recebeu e começou: — "O que é que você está sentindo?" O psiquiatra fora colega do pai do rapaz no Pedro II. Osvaldinho responde: — "Doutor, eu não sou bom, o senhor não é bom, ninguém é bom."

6 Toda acusação apavora. Um santo chamado de canalha há de tremer em cima dos sapatos. Se não me engano, contei aqui o que aconteceu, certa vez, num sarau de grã-finos. Imaginem que eles, os grã-finos, estavam jogando víspora. Ora, o sujeito que, nesta altura dos acontecimentos, joga víspora, está salvo. Não há nada, mais inocente, mais imaculado. E, súbito, um dos presentes berra: — "Olha o rapa."

7 O que houve a seguir foi indescritível. Grã-finas saltaram pela janela, esconderam-se debaixo das mesas, trancaram-se no banheiro. Assim é o brasileiro: — um sujeito atormentado por culpas imaginárias. Durante toda a consulta, Osvaldinho repetiu: — "O senhor não é bom, doutor, o senhor não é bom." E, realmente, aquele psiquiatra famoso cometera uma ação que ainda o envergonhava e havia de envergonhá-lo até o fim de seus dias. Eis o episódio: — examinava uma louca, quando esta lhe cospe na cara. E o psiquiatra, furioso, agride a doente, a sapatadas. Ora, tal fato acontecera, por coincidência, na véspera. E o Osvaldinho com o estribilho crudelíssimo: — "O senhor não é bom, doutor, não é bom!" O psiquiatra já queria chorar.

8 Resumindo, o meu amigo acabou internado e morrendo meses depois, na casa de saúde. Até o fim, foi perseguido pela mesma obsessão de bondade. Mas se vivo fosse, e conhecesse o Dr. Stans Murad, não poderia dizer o mesmo. Se há homem bom, rigorosamente bom, é exatamente o Dr. Murad. Bom a toda hora e em toda parte. Bom para o Ministro, para o contínuo, para o funcionário, para a datilógrafa, e tanto para os poderosos, como para o pobre-diabo.

9 E coisa singularíssima: — é bom as 24 horas do dia. Não sei se vocês repararam, mas isso é raro na criatura humana. Temos uma bondade frívola, distraída, relapsa. Fazendo as contas, somos bons, por dia, de quinze a vinte minutos. E se é assim com todo mundo, muito mais com o médico. Claro que há a exceção para um Paulo Filho, meu amigo há quarenta anos. Ou um Carlos Cruz Lima. Ou um Sílvio Abreu Fialho, que se crispou de piedade ao constatar que minha garotinha era cega. E, como esses, há outros, claro. O Dr. Edmundo Blundi, o Dr. João Elias Antonio, um dos maiores neurocirurgiões do continente.

10 Normalmente, a bondade do médico tem horário. À noite, depois de certa hora, quer dormir. E, durante o seu bem-aventurado sono, não é mais médico, não fez juramento, não tem diploma. Mas o Dr. Stand Murad é bom também de madrugada. Não importa a hora do dia e da noite. Ele pode dormir, mas a sua misericórdia, não. A sua compaixão está sempre em vigília.

11 Dirão os idiotas da objetividade: — "O médico também precisa dormir." Precisa, mas não pode. Por exemplo: — o cardiologista. Há enfartes que só se manifestam de madrugada, às três, quatro da madrugada. E, se o enfarte não tem horário, por que o cardiologista há de ter? A verdade é que o médico não possui vida própria. Sua vida é a do cliente. Por isso, se o médico quer dormir ou namorar na hora do enfarte alheio — não deve ser médico. Quem o obrigou a ser médico, quem? E assim a mulher de médico. Quer ir ao teatro, ao cinema, namorar o marido? Então mude de marido, ou se case com um ourives. Dirão vocês que eu estou aqui a falar de um médico utópico, que nunca existiu e nunca existirá.

12 Pois existe. Um deles chama-se Dr. Stans Murad. Hoje ninguém é mais importante do que o cardiologista. A moda do analista está passando, assim como passou o fraque, o espartilho, o charleston. Mais um pouco, e teremos de procurar um analista nas lojas de antiguidades. Vivemos uma época essencialmente cardiológica, e não afrodisíaca como imaginam os idiotas da objetividade. É certo que há mulher nua por toda parte, e pior: — há homem nu por toda parte. Todo mundo parece interessadíssimo em se despir. Exato, exato. Mas, esteja a pessoa nua ou vestida, é suscetível a qualquer momento de problema cardiológico. O sujeito que se deita não sabe se acordará entre os mortos.

13 De mais a mais, o cardiologista não tem, como o analista, dez anos para curar o doente. Ou melhor: — dez anos para NÃO curar o doente. Não há no enfarte a paciência das neuroses. O que a doença exige do cardiologista é a ação fulminante. E se o médico diz no telefone: — "Não saio a essa hora", o sujeito morre (e por vezes docemente, como quem passa de um sono a outro sono).

14 Quantas vezes o doente e a família não exigem o milagre? Dirão ainda os idiotas da objetividade: — "Não há milagre." Mas acreditem: — o médico, tipo Murad, faz muitas vezes coisas que são milagres. Não sei se me entendem. Mas é como se Deus pousasse a mão no médico ou no doente. E então o que acontece? O doente acorda de sua morte, como na ressurreição de Lázaro.

15 Aquele que não acredita na ressurreição de Lázaro não deve tentar a medicina. E o cardiologista, sobretudo, que lida com a morte diretamente, que vê a morte cara a cara, o cardiologista, dizia eu, precisa admitir todas as possibilidades e mais esta: — o milagre. Falo por mim mesmo.

16 Duas vezes o Dr. Stans Murad me salvou a vida. Não sei se vocês sabem que, há uns seis meses, fui operado de urgência. Tudo aconteceu no Mário Filho. De repente, comecei a sentir a vista turva, as pernas bambas. Tive a sensação de quem está morrendo. A meio metro de mim, estavam os meus irmãos íntimos, Marcelo Soares de Moura e Francisco Pedro do Couto. Mas senti que nos separava uma distância infinita, espectral. Mal tive forças para dizer: — "Chama o médico, Marcelo." Imaginei que era a hemorragia interna. E aprendi naquele momento que a hemorragia interna é a pior forma de solidão.

17 Quando o Dr. Augusto Paulino me abriu, na casa de saúde, lá estavam as duas úlceras, sangrando. Terminada a operação, feita magistralmente, tive broncopneumonia, parada respiratória e enfarte. Dr. Stans Murad, com a minha irmã Stela, também cardiologista, ficou, em pé, horas e horas diante do monitor. O monitor é um estranhíssimo aparelho, que acompanha os batimentos cardíacos e apita na hora do enfarte. Ouviu-se o apito. Chegou o momento em que estive, digamos assim, tecnicamente morto. Chegaram às redações a notícia da minha morte. E os bons colegas trataram de fazer a notícia. Se é verdade o que de mim disseram os necrológios, com a generosa abundância de todos os necrológios, sou de fato um bom sujeito. Mas o Dr. Stans Murad me salvou com a fanática obstinação do médico que não faz concessões à morte. Um mês depois, outro enfarte. E novamente Dr. Stans Murad me salva.

18 Se me perguntarem por que estou dizendo tudo isso, explicarei. Na semana passada, o Dr. Stans Murad foi o primeiro colocado num concurso para a docência livre de cardiologia da Faculdade de Medicina da Universidade Federal. Concorriam os grandes talentos da nossa moderna cardiologia. Vocês podem imaginar como uma banca examinadora é cruel. Mas, na hora das notas, eis o que se ouvia: — Stans Murad, dez, e dez, e dez, e dez. Mas ainda não foi tudo. Presidia a mesa o Dr. Magalhães Gomes, notabilíssimo cardiologista e mestre de várias gerações. E o que este disse, com uma veemência que chegava ao patético, de Stans Murad, consagrou o jovem médico para sempre.

O Globo, 17/8/1971

13. Os passarinhos milionários

1 Para Salvatore Ruberti, a música existe em forma atmosférica. Ele a respira, dia e noite. Que dizer de mim? Sou um analfabeto musical. É um defeito que não escondo e que estou sempre disposto a confessar, com nobilíssimo impudor. De vez em quando, sento-me perto da minha vitrola e repasso todo Vicente Celestino. Vocês talvez não acreditem, se eu lhes disser que "O ébrio" ou "Coração materno" causam-me uma leve, muito leve, quase imperceptível embriaguez auditiva.

2 Felizmente, um analfabeto musical tem sempre outro analfabeto musical para lhe fazer companhia e participar da mesma e eterna vergonha. E já me ocorre o nome, citadíssimo nesta coluna: — Otto Lara Resende. O curioso é que o mistério de nossa amizade repousa em uma série de coincidências. Senão vejamos: — ele não entende de pintura, nem eu; eu não entendo de música, nem ele. De futebol, a mesma coisa. E porque não entendemos nada de futebol, Deus nos fez o favor de confirmar todas as nossas intuições, palpites, vaticínios. O escrete ainda estava aqui, vaiado até os ossos, e eu e Otto desafiávamos gregos e troianos. Dizíamos: — "Esse caneco é barbada." E foi, com perdão da palavra, barbada. "Vamos ganhar andando", afirmava o Otto. E ganhamos andando. Na véspera da finalíssima, o Otto saiu apostando: — "Sou Brasil e dou dois." Papamos o título e o meu irmão íntimo levou quinze dias caçando os devedores relapsos.

3 Ao passo que os entendidos juravam, de pés juntos, que o Brasil ia perder todas. Eu falei também da pintura. Isso mesmo. Sempre que nós nos encontramos, sussurramos um para outro: — "Nós somos dois idiotas plásticos." Outro dia, num sarau de grã-finos, o Otto teve um arroubo insopitável. No meio da sala, abrindo os braços para o lustre, clamou: — "Eu sou três vezes analfabeto: em pintura, em música, em futebol!" Foi aplaudido de pé, e quase pediram bis como na ópera.

4 E assim a nossa amizade se fez de ignorância solidária. Se me perguntassem por que estou dizendo tudo isso, explicarei. O caso é que eu ia começar esta crônica falando da opereta *A casa das três meninas*. Mas teria que dar a autoria. Por outro lado, uma dúvida já me torturava: — seria mesmo opereta? Parecia-me que o autor era Schubert. E se não fosse? Acabei ligando para o Otto: — "Sabes quem é o autor da *Casa das três meninas*? Ele reagiu com uma ira soberba. Do outro lado da linha, atirava rútilas patadas. Berrava: — "Eu não admito! Eu não admito!"

5 O que é que ele não admitia? Vejamos. Assim como o Dâmaso Salcede não admitia desaforos, assim o Otto não admite perguntas musicais. "Se quer ser meu amigo, não me faça mais isso!" E, por fim deu-me o conselho: — "Dirija-se a Eurico Nogueira França." Imediatamente, disquei para o nosso maior crítico musical: — "Eurico, me tira de uma dúvida, aliás duas dúvidas. Primeira: *A casa das três meninas* de quem é?" Eis a resposta fulminante: — "Schubert." Deslumbrado, disse: — "Acertei. Eurico, acertei!" Fiz a segunda pergunta: — "É ópera?"

6 Tremi, quando respondeu: — "Opereta." Minha gratidão não teve limites: — "Obrigado, Eurico, obrigado!" E, assim, eu, o Otto e o leitor ficamos sabendo, pasmos, que *A casa das três meninas*, além de ser opereta, é de Schubert. Nessa mesma noite, o Otto compareceu a um sarau de grã-finos. Ao ser apresentado a um Ministro, perguntou-lhe: — "Sabia V. Exa que *A casa das três meninas* é de Schubert?" O Ministro recuou: — "De Schubert?" Sentindo a dúvida ministerial o meu amigo concluiu de olho rútilo: — "Informação de cocheira."

7 Pouco depois, o Ministro estava perguntando aos garçons: — "Quem é aquele rapaz? Sim, aquele, de nariz grande? Otto, não é? Entende de música pra cachorro." As grã-finas se aproximaram, em alarido: — "Eu não sabia que você tinha essa cultura musical." O Otto baixa a vista, escarlate de modéstia: — "Dá pros gastos." No fim do dia, recebia o convite para ser crítico musical de três jornais. Respondeu que ia estudar a proposta de cada um. Mas advertiu: — "Sou, antes de tudo, profissional." O que, trocado em miúdos, queria dizer que não trabalhava de graça.

8 O leitor há de querer saber por que minha obsessão pela *Casa das três meninas* e o Otto. É o seguinte: — tempos atrás o grande Lara andou perguntando a vários milionários patrícios: — "Como é que se ganha dinheiro, muito dinheiro, dinheiro às pampas?" As respostas foram coincidentes: — "Ganha-se dinheiro" — afirmaram os milionários — "acordando às seis horas da manhã, com os passarinhos." Ao Otto, pareceu formidável que o poder econômico fosse uma questão de despertador. Nessa noite, pôs o despertador para as seis da manhã.

9 De manhã bem cedinho, estava na janela. Perguntou ao primeiro pardal: — "Você é rico?" E o outro, debulhado em lágrimas: — "Só não morri de fome por que não ganho pro enterro." O seguinte passarinho morava em Vaz Lobo, numa casa de cômodos, e todas as manhãs tinha que entrar na fila do banheiro coletivo. Assim o Otto viu mil e quinhentos passarinhos. Um deles ganhava o salário-mínimo e, por isso, era tido como um nababo. Otto perguntou: — "Mas vocês não acordam às seis horas?" Todos acordavam às seis horas, quando não tinham a insônia das dívidas. O meu amigo ficou na dúvida: — ou eram vigaristas os passarinhos, ou eram vigaristas os milionários.

10 Escrevi sobre os passarinhos do Otto. Depois, relendo a crônica, senti que estava ali um bom título para Schubert. Sim, um título que tinha um frescor de fonte e idílio, como, por exemplo, *A casa das três meninas*. Se vivo fosse, o bom Schubert havia de fazer uma opereta e dar-lhe o nome ventilado, paisagístico, de *Os passarinhos do Otto*.

11 Como sou um homem de imaginação, pareceu-me estar vendo a noite de estreia. Vestidos longos, decotes, sandálias de prata, perucas de Paulina Bonaparte. O vendedor de programas apregoando: — "Libreto completo da opereta *Os passarinhos do Otto*. E o Otto, na frisa, muito olhado, estaria cheirando uma camélia. Pensei então em escrever o presente artigo.

12 Antes, porém, de fazer a promoção, eu precisava que o principal interessado concordasse. O Otto podia não gostar. Ou por outra: — o Otto sempre gosta. Mas seus amigos, parentes, serviçais podiam não gostar. É curioso, muito curioso. Sempre que o cito, com intenção obviamente promocional, chovem os protestos. O Carlos Drummond não falha com seu irado telefonema: — "O Nelson Rodrigues está te levando ao ridículo. Reaja." E o Otto, feliz de ver seu nome impresso, geme: "Vou reagir. No quinto ato dou-lhe um tiro." Um dia o meu amigo abriu-me a alma de par em par: — "Quando me derem o Prêmio Nobel, o Carlos Drummond dirá que a Academia Sueca está me levando ao ridículo." E disse mais o Otto: — "Nelson, quero que você compreenda. Não sou eu, são os outros, outros." Compreendi então por que o Sartre diz que o inferno são os outros. No caso do Otto, o inferno é o Carlos Drummond. O Drummond e seus amigos mineiros.

13 Eis a minha dúvida: — valia a pena promover a opereta *Os passarinhos do Otto* sem seu prévio conhecimento? Acabei decidindo que devia primeiro consultá-lo. Liguei para a sua residência. De lá, informaram: — "Está na Loja de Frases." Vocês sabem, certamente, que neste final de século os maiores sucessos do Rio são a Loteria Esportiva e a Loja de Frases.

14 Sendo o maior talento verbal do Brasil, o Otto não tirava nenhum partido desse prodigioso dom. Até que, um dia, chamo-o a um canto e dou-lhe a sugestão: — "Por que é que você não vende, não aluga as suas frases?" Vira-se para mim, pálido de espanto: — "Vender, alugar?" Fiz-lhe ver o óbvio, isto é, que ninguém pode viver sem frases. O Otto, de olho rútilo e lábio trêmulo, disse: — "Eu sempre fui escravo das frases. Agora chegou a minha vez. Elas vão trabalhar por mim."

15 Quando cheguei, para falar-lhe da opereta, a fila da Loja de Frases dava duas voltas no quarteirão. As frases estavam faturando horrores. Justamente, o meu irmão íntimo atendia uma senhora gorda. Ela, com gazes enroladas nas varizes das canelas, pedia, de mãos postas: — "Quero uma frase, Professor Otto, para o batizado do meu filho." A imprensa, nacional e estrangeira, tomava notas. O mago das frases, como já o chamam, andava de um lado para outro. Súbito estaca: — "A senhora quer frase usada ou zero quilômetro?" A outra, que, debaixo do sol, tinha no pescoço um colar de brotoejas, disse: — "Zero quilômetro." O Otto, os olhos fechados, balbuciante, parecia rezar. De repente, explode: — "Já tenho a frase." Silêncio atroz. O professor vira-se para a freguesa e diz-lhe: — "Mas vale quem Deus ajuda do que quem cedo madruga." Então a robusta senhora, em seu plástico e acrobático entusiasmo, teve arrancos triunfais de cachorro atropelado.

O Globo, 17/1/1972

14. A desumanização da manchete

1 Sou da imprensa anterior ao *copy desk*. Tinha treze anos quando me iniciei no jornal, como repórter de polícia. Na redação não havia nada da aridez atual e pelo contrário: — era uma cova de delícias. O sujeito ganhava mal ou simplesmente não ganhava. Para comer, dependia de um vale utópico de cinco ou dez mil réis.

2 Mas tinha a compensação da glória. Quem redigia um atropelamento julgava-se um estilista. E a própria vaidade o remunerava. Cada qual era um pavão enfático. Escrevia na véspera e no dia seguinte via-se impresso, sem o retoque de uma vírgula. Havia uma volúpia autoral inenarrável. E nenhum estilo era profanado por uma emenda, jamais.

3 Durante várias gerações foi assim e sempre assim. De repente, explodiu o *copy desk*. Houve um impacto medonho. Qualquer um na redação, seja repórter de setor ou editorialista, tem uma sagrada vaidade estilística. E o *copy desk* não respeitava ninguém. Se lá aparecesse um Proust, seria reescrito do mesmo jeito. Sim, o *copy desk* instalou-se como a figura demoníaca da redação.

4 Falei no demônio e pode parecer que foi o Príncipe das Trevas que criou a nova moda. Não, o abominável Pai da Mentira não é o autor do *copy desk*. Quem o lançou e promoveu, como já escrevi, foi Pompeu de Sousa. Era ainda o *Diário Carioca*, do Senador Danton. Não quero ser injusto, mesmo porque o Pompeu é meu amigo. Ele teve um pretexto, digamos assim, histórico, para tentar a inovação.

5 Havia na imprensa uma massa de analfabetos. Saíam as coisas mais incríveis. Lembro-me de que alguém, num crime passional, terminou assim a matéria: — "E nem um goivinho ornava a cova dela." Dirão vocês que esse fecho de ouro é puramente folclórico. Não sei e talvez. Mas saía coisa parecida. E o Pompeu trouxe para cá o que se fazia nos Estados Unidos — o *copy desk*.

6 Começava a nova imprensa. Primeiro, foi só o *Diário Carioca*; pouco depois, os outros, por imitação, o acompanharam. Rapidamente, os nossos jornais foram atacados de uma doença grave: — a objetividade. Daí para o idiota da objetividade seria um passo. Certa vez, encontrei-me com o Moacir Werneck de Castro. Gosto muito dele e o saudei com a maior efusão. E o Moacir, com seu perfil de Lord Byron, disse para mim, risonhamente: — "Eu sou um idiota da objetividade."

7 Também Roberto Campos, mais tarde, em discurso, diria: — "Eu sou um idiota da objetividade." Na verdade, tanto Roberto, como Moacir são dois líricos. Eis o que eu queria dizer: — o idiota da objetividade inunda as mesas de redação e seu autor foi, mais uma vez, Pompeu de Sousa. Aliás, devo dizer que o *copy desk* e o idiota da objetividade são gêmeos e um explica o outro.

8 E toda a imprensa passou a rasar a palavra "objetividade" como um simples brinquedo auditivo. A crônica esportiva via times e jogadores "objetivos". Equipes e jogadores eram condenados por falta de objetividade. Um exemplo da nova linguagem foi o atentado de Toneleros.

Toda a nação tremeu. Era óbvio que o crime trazia, em seu ventre, uma tragédia nacional. Podia ser até a guerra civil. Em menos de 24 horas o Brasil se preparou para matar ou para morrer.

9 E como noticiou o *Diário Carioca* o acontecimento? Era uma catástrofe. O jornal deu-lhe esse tom de catástrofe? Não e nunca. O *Diário Carioca* nada concedeu à emoção, nem ao espanto. Podia ter posto na manchete, e ao menos na manchete, um ponto de exclamação. Foi de uma casta, exemplar objetividade. Tom estrito, e secamente informativo. Tratou o drama histórico como se fosse o atropelamento do Zezinho, ali da esquina.

10 Era, repito, a implacável objetividade. E, depois, Getúlio deu um tiro no peito. Ali, estava o Brasil, novamente, cara a cara com a guerra civil. E que fez o *Diário Carioca*? A aragem da tragédia soprou nas suas páginas? Jamais. No princípio do século, mataram o Rei e o Príncipe Herdeiro de Portugal. (Segundo me diz o luso Álvaro Nascimento, o Rei tinha o olho perdidamente azul.) Aqui, o nosso *Correio da Manhã* abria cinco manchetes. Os tipos enormes eram um soco visual. E rezava a quinta manchete: "Horrível emoção!" Vejam vocês: — "Horrível emoção!"

11 O *Diário Carioca* não pingou uma lágrima sobre o corpo de Getúlio. Era a monstruosa e alienada objetividade. As duas coisas pareciam não ter nenhuma conexão: — o fato e a sua cobertura. Estava um povo inteiro a se desgrenhar, a chorar lágrimas de pedra. E a reportagem, sem entranhas, ignorava a pavorosa emoção da população. Outro exemplo seria ainda o assassinato de Kennedy.

12 Na velha imprensa, as manchetes choravam com o leitor. A partir do *copy desk*, sumiu a emoção dos títulos e subtítulos. E que pobre cadáver foi Kennedy na primeira página, por exemplo, do *Jornal do Brasil*. A manchete humilhava a catástrofe. O mesmo e impessoal tom informativo. Estava lá o cadáver ainda quente. Uma bala arrancara o seu queixo forte, plástico, vital. Nenhum espanto da manchete. Havia um abismo entre o *Jornal do Brasil* e a cara mutilada. Pode-se falar na desumanização da manchete.

13 O *Jornal do Brasil*, sob o reinado do *copy desk*, lembra-me aquela página célebre de ficção. Era uma lavadeira que se viu, de repente, no meio de uma baderna horrorosa. Tiro e bordoada em quantidade. A lavadeira veio espiar a briga. Lá adiante, numa colina, viu um baixinho olhando por um binóculo. Aí estava Napoleão e ali estava Waterloo. Mas a santa mulher ignorou um e outro; e veio para dentro ensaboar a sua roupa suja. Eis o que eu queria dizer: — a primeira página do *Jornal do Brasil* tem a mesma alienação da lavadeira diante dos napoleões e das batalhas.

14 E o pior é que, pouco a pouco, o *copy desk* acabou fazendo do leitor um outro idiota da objetividade. A aridez de um se transmite ao outro. Eu me pergunto se, um dia, não seremos, nós, cem milhões de *copy desk*. Cem milhões de impotentes do sentimento. Ontem, falava eu do pânico de um médico famoso. Segundo o clínico, a juventude está desinteressada do amor ou por outra: — esquece antes de amar, sente tédio antes do desejo.

O Globo, 22/2/1968[6]

---

6 Crônica publicada em *A cabra vadia* com o título de "Os idiotas da objetividade". Na edição de *O Reacionário* de 1977 foi suprimido o último parágrafo: "15 Dirá alguém que o jovem é capaz de um sentimento forte. Tem vida ideológica, ódio político. Não sei se contei que vi, um dia, um rapaz dizer que dava um tiro no Roberto Campos. Mas o ódio político não é um sentimento, uma paixão, nem mesmo ódio. É uma pura, vil, obtusa palavra de ordem."

15. Mário Filho

1 Numa de minhas peças, diz um personagem que usamos, na terra, um falso nome e uma falsa cara. Vejam bem: — nem a cara, nem o nome têm nada a ver com a nossa identidade profunda. E, quase sempre, o homem nasce, vive e morre sem ter contemplado jamais o seu rosto verdadeiro, e sem ter jamais conhecido o seu nome eterno. Por isso, direi que o Maracanã é quase um milagre.

2 O Maracanã jamais foi Maracanã. Ou por outra: — como acontece com os homens, o estádio também recebeu um nome errado. E foi preciso que Mário Filho morresse, de repente, numa madrugada do setembro, para que todos percebessem a verdade jamais desconfiada. O Maracanã era Mário Filho e não Maracanã. E devia ter-se chamado Mário Filho antes da primeira estaca e quando era apenas um sonho riscado num papel.

3 Sempre que penso em Mário Filho é como se ele morresse de novo. Tudo aconteceu de repente, na madrugada. Célia liga para minha irmã médica, Stela. O próprio Mário fala: — "Stela, essa dor que eu estou sentindo no braço não pode ser normal. Não é normal." Stela, que não gosta de tratar de pessoas da família, disse que ia telefonar para o médico.

Mário deixou o telefone; deitou-se de bruços. Um minuto depois não respondia mais. Estava morto.

4 Vejam: — morreu às quatro da manhã. Estive, no seu quarto, da meia-noite à uma. E o que me espanta, até hoje me espanta, é que eu não tenha percebido a morte. Sempre digo que a morte é anterior a si mesma. E Mário Filho começara a morrer muito antes. Há uma bondade de quem vai morrer, há uma lucidez de quem vai morrer. Lembro-me de que, nos últimos dias, foi um ser prodigiosamente bom, tão úmido de ternura, tão crispado de compaixão, e de amor estremecido.

5 Falei dos "últimos dias". Mas sempre foi, desde menino, desde a rua Alegre, de uma bondade desesperadora. Bom a cada minuto. Bom de uma bondade que, por vezes, nos agredia e nos humilhava. E tinha a alegria de ser bom. Vejam os seus retratos: — era uma cara toda feita de alegria. Grato à vida, nunca se arrependeu de ser humano, de ser nosso semelhante (o que me está doendo, na carne e na alma, é que não dissemos tudo um ao outro. Aquele que está morrendo tem palavras extremas para dizer e palavras extremas para ouvir. Mas algo me travou a mim e a ele; tive talvez vergonha de ser meigo e calei a palavra do amor tão ferido).

6 Meu Deus, gostaria de dar uma ideia da extensão, movimento e profundidade de sua obra. Quem era Mário Filho? Foi um desses homens fluviais, que nascem de vez em quando. Disse "fluvial" e explico: — imaginem um rio que banhasse e fertilizasse várias gerações. Assim foi Mário Filho. Durante quarenta anos não houve cronista, não houve talento, vocação, em todo o Brasil, que não tenha sido por ele fecundado.

7 Hoje, eu e meus colegas andamos por aí, realizados, bem-sucedidos; temos automóveis e frequentamos boates; e o nosso palpite tem a imodéstia de última palavra. Mas pergunto: — o que era e como era a crônica esportiva antes de Mário Filho? Simplesmente não era, simplesmente não havia. Sim, a crônica esportiva estava na sua pré-história, roía pedra nas cavernas. (Não exagero; vejam nas minhas palavras a simples e exata veracidade histórica.)

8 Bem me lembro do antigo cronista. Era um tipo de alto patético, mais humilhado e mais ofendido do que o Marmeladov do *Crime e castigo*. Quando ria, ou sorria, mostrava uma antologia de focos dentários. Era uso, então, entre os clubes, oferecer um lanche à crônica. Nada mais pungente e plangente do que a voracidade com que então agredíamos os biscoitos e os sanduíches.

Lembro-me de um colega que agarrou pelo gargalo, e quase esganou uma garrafinha. Tive a sensação de que ia engolir aquilo, com chapinha e tudo, como os elefantes de circo.

9 Até que, um dia, surgiu Mário Filho. O cronista esportivo passou a existir, profissionalmente, a partir de sua entrevista com Marcos Mendonça. A matéria inundava um espaço jamais concedido ao futebol: meia página. E o pior era a linguagem estarrecedora. Os melhores jornalistas da época escreviam de fraque. E Mário Filho usava a palavra viva, úmida, suada. A entrevista de Marcos Mendonça foi, para nós, do esporte, uma Semana de Arte Moderna. Pouco depois, graças a Mário Filho, os clássicos e as peladas invadiram o espaço sagrado da primeira página. Antes, só o assassinato do Rei de Portugal merecia manchete. E, súbito, o grande jogo começou a aparecer, no alto da página, em oito colunas frenéticas. O cronista mudava até fisicamente. Por outro lado, seus ternos e gravatas acompanhavam a fulminante ascensão social e econômica.

10 E o rio continuou o seu curso generoso, umedecendo e fecundando a aridez do caminho. Mas não vou contar tudo o que fez Mário Filho, porque ele não parou nunca. Com seu formidável élan promocional, trouxe novas massas para o futebol. A geração do Maracanã não imagina como a multidão é coisa recente. Olhem as fotografias do Rio antigo. O brasileiro andava só, sim, o brasileiro andava desacompanhado. Quando três sujeitos se juntavam, as instituições tremiam. O público era escasso, era ralo nos velhos campos. Eis o que eu queria dizer: — Mário Filho criou e dinamizou as multidões do futebol brasileiro.

11 Como ele recriou o Fla-Flu. Ora, o Fla-Flu, sem esta abreviação, existia desde 1912 ou 1911. E, um dia, Mário resolveu potencializar o velho clássico, tão velho que era anterior à Primeira Batalha do Marne. Preliminarmente, mudou o nome para Fla-Flu. Em seguida, montou um folclore fascinante sobre o jogo superconhecido e desgastado. E, de repente, o Fla-Flu extroverteu todo o patético, todo o sortilégio que trazia no ventre. O mito, por ele projetado, magnetizou todo um povo.

12 Mas dizia eu que o verdadeiro nome do Maracanã sempre foi "Mário Filho". Nós é que éramos cegos para o óbvio ululante. Quando se pensou no estádio, nasceu uma discussão de um absurdo feroz: devia ser no Derby ou em Jacarepaguá. Mário Filho via Jacarepaguá quase como outro país, outro idioma. O estádio tem de ser encravado aqui. Todas as manhãs, vinha ele, como o paladino do certo, do justo, arremessar seu dardo contra as hordas do erro. E assim, salvou o estádio. Foi uma de suas vitórias mais lindas. Depois, lançou a Copa Rio, um acontecimento do futebol mundial; e faria também o Rio-São Paulo, que se transformaria no "Roberto Gomes Pedrosa". Quando trouxe os remadores de Cambridge, a cidade veio para a Lagoa. Meio milhão de pessoas.

13 Devemos a ele os Jogos da Primavera, os Jogos Infantis. Pouco antes de morrer, deu-nos o Torneio de Pelada, empreendimento único no Brasil e no mundo, com mais de mil times e uma massa de dezesseis mil jogadores. Sempre teve a nostalgia do gigantesco. E era um maravilhoso escritor. Amigos, o verdadeiro rosto é o último e repito: — o rosto do morto não mente, não trai, não finge. Eu me vejo, naquela tarde, velando o seu corpo. Debrucei-me tantas vezes sobre ele. Jamais alguém teve, em vida, um rosto tão doce, e tão compassivo, e tão irmão; e jamais duas mãos entrelaçadas foram tão santas.

Correio da Manhã, 21/5/1967

16. Os mortos em flor

1 De vez em quando me pergunto: — "Que fim levou o Dr. Isaac Brown?" (morreu recentemente). Era médico e, ao mesmo tempo, chefe de taquígrafos da Câmara. Em 1934, quando caí doente, foi chamado por minha irmã Stela. E lá vinha ele, a qualquer hora do dia e da noite. Da Tijuca para Ipanema. Morávamos, então, na rua Prudente de Morais, sobrado, quase esquina com Montenegro.

2 Bem sei que a medicina é, hoje, um voraz, um escorchante sacerdócio. E Brown nunca me cobrou um tostão, nunca. Vinha da Tijuca, o que era quase outro país, quase outro idioma. Era de uma bondade grave, bondade triste. Pôs o ouvido nas minhas costas, de um lado e de outro. Eu o vejo, ainda mais grave e ainda mais triste, dizendo: — "Sinais discretos."

3 O que se escondia, ou por outra, o que não se escondia por trás da suavidade da voz e das maneiras, era uma doença mortal. Eu estava tuberculoso. E o Dr. Brown foi, na minha vida, um momento da bondade humana. Ao entrar na sala, via a miséria; no corredor, a miséria; no quarto, a miséria. Falou com o radiologista, que não cobrou a chapa;

falou com o Aloísio de Paula, que também não me cobrou a consulta. E ainda arranjou remédios, tudo de graça.

4 Com trinta e nove, quarenta de febre, ninguém tem medo. Naquela época, os jornais chamavam a tuberculose pelo nome nupcial voluptuoso e apavorante de "peste branca". Hoje, não. Hoje há lesões que somem em quinze dias. Em 1934, porém, havia ainda o terror. Lembro-me de um vizinho que apanhou, como então se dizia, uma "fraqueza". Ao amanhecer do quarto dia, ao saber que estava tuberculoso, meteu, como Getúlio, uma bala no peito. E seu feio medo descansou na morte.

5 Se me perguntarem por que fiquei doente, direi apenas: — fome. Claro que entendo por fome a soma de todas as privações e de todas as renúncias. Não tinha roupa ou só tinha um terno; não tinha meias e só um par de sapatos; trabalhava demais e quase não dormia; e, quantas vezes, almocei uma média e não jantei nada? Tudo isso era a minha fome e tudo isso foi a minha tuberculose.

6 E mais: eu estava sem autoestima. Não tinha amor, nenhum amor por mim mesmo. Certa vez, descia as escadas de *O Globo* e cruzo com um *boxeur* e meu amigo de infância, o Camarão. Ele solta o berro jucundo e fraternal: — "Filósofo! Filósofo!" Os outros também me chamavam de "filósofo" por causa do meu desleixo agressivo e constrangedor. E ainda outros perguntavam, numa curiosidade séria — "Esse cara é maluco?"

7 Brown e Aloísio de Paula achavam que eu devia ir para Campos do Jordão. Segundo se dizia, inclusive os dois médicos, o clima de lá era uma maravilha. Aloísio de Paula tinha uma dramática experiência pessoal. Fora doente pulmonar e curara-se em Campos do Jordão. Imediatamente Brown escrevia para os sanatorinhos, pedindo uma vaga gratuita. Vejam vocês: — gratuita.

8 Ele achava que eu não podia pagar nada. Seu amigo de Campos do Jordão, e interno do Sanatorinho, Dr. Hermínio, respondeu dias depois: — "Arranjei uma vaga de indigente. Pode mandar o homem." Era eu o indigente; e teria o meu teto, a minha cama, o meu pão, sem pagar nada, graças a minha indigência. Bem me lembro do dia em que subi. Talvez não voltasse, talvez morresse lá.

9 Mas havia uma dúvida: — e Roberto Marinho? Ele teria que dar licença, com vencimentos integrais. Mas eu imaginava: — "Apenas licença e sem vencimentos, não serve." Não podia subir sem um tostão no bolso. Meu irmão Mário Filho foi falar com o "querido diretor". Na mesa grande, Roberto ouvia e, ao mesmo tempo, fazia desenhos, a lápis, num papel. Mário disse tudo. E quando acabou, Roberto, sem parar de desenhar, respondeu: — "Claro. Continua recebendo, do mesmo jeito. O tempo que for preciso. Quero que fique bom. O resto não interessa."

10 Na viagem de trem, tive remorso e vergonha. Quase todos os dias, ia para o arquivo, e, lá, dizia horrores do diretor. Era uma besta, um analfabeto, um cretino e não sei mais o quê. Roberto fizera outro jornal, não euclidiano. Antes dele, a página de esportes de *O Globo* era algo de antigo, obsoleto, nostálgico como o primeiro espartilho de Sarah Bernhardt. Roberto chamou Mário Filho e tudo mudou. O futebol, o boxe, o basquete encontraram todo um novo tratamento plástico, lírico, dramático.

11 Isso aconteceu no esporte e no resto. Mas Roberto não mudou sem ferir, sem humilhar uma rotina sagrada. Os velhos, os velhos. Eles ficavam no canto, rosnando os seus rancores ou entretidos com velhíssimas nostalgias. Dizia-se de Roberto: — "Não entende nada, não sabe nada." E agora, no trem, vinha-me uma vergonha tardia, um remorso inútil. Ao mesmo tempo, pensava na morte. E se eu morresse em Campos do Jordão?

12 Só não queria a morte de sangue. Já em Campos do Jordão, fui certa vez testemunha de uma cena que ainda hoje está em mim. Vejo uma moça entrando numa sala. Ela para. O rádio tocava, se bem me lembro, uma rumba. A mocinha faz um movimento de dança. Ia visitar o namorado. Mas como eu ia dizendo: — dá uns passos e sente um gosto esquisito. Põe o dedo na língua e olha: — saliva e sangue. A hemoptise começava. Veio a primeira golfada. Nunca imaginei que o sangue pudesse ser tão vermelho. Todos correram. A moça foi carregada, deitada numa cama. Quando o médico veio, pedia, entre uma golfada e outra: "Doutor, me salve, doutor!" O sangue não parava, nem parou. Morreu ao amanhecer. Estava morta e teve uma última golfada de vida.

Correio da Manhã, 5/4/1967 [7]

---

[7] Crônica também publicada em *Memórias — A menina sem estrela*

17. A montanha mágica

1 Tomo o bondinho para Campos do Jordão. 1935.[8] A fome é casta. Era isso que repetia para mim mesmo, a caminho da montanha. Fiz baldeação em Pindamonhangaba (nem sei se é assim que se escreve). Lá o pequenino bonde esperava. A castidade da fome era minha experiência recente. E ia aprender, em Campos do Jordão, que não há doença mais erótica do que a tuberculose.

2 Bem. Agora, não é assim. Falo do tempo em que a tuberculose tinha o nome parnasiano de "peste branca". Em 1934, ainda não se esgotara a boa época do pneumotórax. E, se não me engano, saltei em Pindamonhangaba em abril. O frio já começara em Campos do Jordão. Mas falei nas tremendas fixações eróticas da velha tuberculose. E vou contar, rapidamente, certo episódio do sanatório.

---

[8] Crônica também publicada em *Memórias — A menina sem estrela*. Para a edição de *O Reacionário* de 1977, Nelson Rodrigues acrescentou a pequena contextualização que inicia o texto.

3 É o caso de um cantor de tango que veio de Santos para a montanha. Cantor de tango, mas brasileiro de Jabuticabal. Tinha uma cavidade num dos pulmões e fazia pneu. Ganhou uma cama de canto, na minha enfermaria. No meio do tratamento, apanhou uma pleuris. Mais um pouco e a água virou pus.

4 Aí começou o martírio. Era queimado, ao mesmo tempo, pelo frio e pela febre. 39, 40, 39, 40. Tinha uma mulher, uma filhinha, e não recebia carta de ninguém. Repetia, dia e noite: — "Ainda não morri e já me esqueceram." Falava como se o tuberculoso fosse o mais traído dos seres. Uma noite, ouve-se o seu grito: — "Sangue, sangue." Alguém acende rapidamente a luz. Era a hemoptise. Veio o médico de plantão. Ainda me lembro do olho enorme do medo.

5 Depois, soube que ele cantava tango em cabarés ordinaríssimos de cais. Mas não tinha salário; punha um pires ou um prato, no chão, como um cego, e os crioulões de estiva, marinheiros louros e as prostitutas bêbadas pingavam, lá, a sua moeda. Mas ele estava morrendo. E, súbito, começou a odiar a mulher. Cachorra, cachorra. Xingou-a de todos os nomes. Era terrível de se ver a sua agonia pornográfica.

6 Quiseram levá-lo para o isolamento. Reagiu, babando sangue: — "Morro aqui, aqui." Queria morrer no meio dos outros, olhando alguém. E, então, foi deixado em paz. Horas antes de morrer, deixou de odiar a esposa. Agora o ódio era um desejo triste, tardio, inútil. A enfermaria toda, numa unanimidade homicida, queria a sua morte. Nenhuma pena e só irritação. E o que assombrava era que ainda tivesse sangue para jorrar no balde.

7 Bem me lembro da sua última manhã. Só os olhos viviam, só os olhos vazavam luz. Cerca de umas nove, dez horas, entra a crioula baiana, D. Maria, que todas as manhãs varria a enfermaria. O médico e o enfermeiro tinham acabado de sair. Os outros doentes estavam na varanda, tomando sol nas pernas. E na enfermaria, o moribundo levantava-se do fundo de sua agonia. Via a preta (magra e velha), varrendo, mudando os lençóis e as fronhas. Saltou da cama e veio, cambaleando, atropelar a criada. Esta pula para trás, desprende-se, uma fúria. As canelas finas e espectrais não sustentaram mais o moribundo. Quando os outros entraram, viram no chão a ossada aluída. Era, sim, apenas uma ossada com uma pele diáfana por cima.

8 A baiana apanhara a vassoura, a mãos ambas, e ia fender-lhe o crânio. Os outros carregaram o homem de Jabuticabal, enquanto a arrumadeira esganiçava palavrões. E ali morreu o cantor, agarrado a seu último desejo. Daí a pouco, o corpo era retirado para a capelinha. Mas a agonia lasciva contaminara toda a enfermaria. Não se falou em outra coisa, só de mulheres. E cada qual teve uma súbita e inconsolável nostalgia de antigos, espectrais namoros. Um era viúvo; e pôs-se a falar, com sombrio élan, da falecida. Era gorda. E na enfermaria o sujeito, lembrando os desejos fenecidos, gabava as graças físicas da mulher. E dizia-lhe das carnes: "Pareciam gelatina." A saudade carnal dava-lhe uma salivação intensa.

9 Mas tudo isso que contei aconteceu muito depois. Preciso falar do primeiro dia de Campos do Jordão. Salto na estação e sou ferido pelo frio. Lembro-me do sujeito que me dizia: "Em Campos do Jordão até os pardais têm hemoptise." Pois bem. Tomo o táxi: "Me leva no Sanatório Popular." O chofer diz: "Ah, o Sanatorinho." Eu estava tão abatido que o diminutivo me fez bem. Sanatorinho. Gostei da ternura inesperada do nome. Sanatorinho.

10 Da estação até lá era uma distância bem pequena: talvez uns cinco minutos. Mas ia olhando, pessoas, casas, árvores, animais, com uma curiosidade intensa, devoradora. De 1934 para cá, já rolaram 33 anos. E tudo está vivo, tenso, em mim. Ainda hoje, tenho de pinheiro, de certos verdes, de penhascos, uma espécie de ódio paisagístico. É que não perdoo nada: nada em Campos do Jordão, nem seus luares, nem suas estrelas e céus.

11 Salto no sanatório. Era todo construído em madeira. Imaginei, apanhando o troco do chofer: um incêndio ali havia de lamber tudo num minuto. Pouco depois, estava apertando a mão de Dr. Hermínio, o amigo do Dr. Brown. Dou-lhe a carta. Estou vendo a cara do Hermínio cheia de espinhas (naquele tempo o brasileiro tinha mais espinhas). Ele acabou de ler; guarda a carta e começa.

12 "O Brown diz que você não pode pagar nada. Você não pode pagar?" Um escrúpulo doeu em mim; mas tomei coragem e respondi, vermelho, mas firme: "Não posso pagar." Hermínio enfiou as duas mãos no bolso do avental: "Você vai ficar na enfermaria de indigentes." Acho que fiquei branco. No Rio, ouvira falar em "indigente". Mas a palavra me soara impessoal; havia entre mim e ela uma distância; não me sentira "o próprio indigente". Agora a indigência me tocava, e comprometia, e feria. Vamos andando, eu e o Hermínio, para a outra sala. Ele ia explicando: "Lá os doentes, em bom estado, como você, varrem a enfermaria, mudam a roupa de cama. Serviço leve." Paro: "Quer dizer, Dr. Hermínio, que vou ter que varrer, mudar a roupa de cama, não é, Dr. Hermínio? E só." Ele completou: "Uma vez por semana, serve à mesa."

Correio da Manhã, 6/4/1967

18. A casa dos mortos

1 Volto a 1935. Estou no Sanatorinho, de Campos do Jordão.[9] A ala dos indigentes era do outro lado. Parei no meio do corredor. Na dispneia da fúria, comecei: — "Quer dizer, Dr. Hermínio, que eu, eu vou ter que varrer, mudar a roupa de cama e, ainda por cima servir à mesa?" O médico dizia, risonhamente: — "Mas é o que todos fazem. Quem precisa, faz." Disse "quem precisa, faz" de uma maneira cordial, quase doce e, ao mesmo tempo, firme, inapelável.

2 Até aquele momento, tudo me parecia irreal. Irreal a tuberculose; fantástico Campos do Jordão. E o próprio Sanatorinho, feito de madeira, como se fosse de brinquedo, era parecidíssimo com um sonho. Olhei em torno. Nunca me esqueço: — vi um doente apanhando e desatarraxando uma escarradeira de bolso e lá cuspindo. Comecei a detestar o Dr. Hermínio, os internados e até a tarde que descia, invisível, por trás dos pinheiros.

---

[9] Da mesma forma que na crônica anterior, Nelson abre esta sequência com uma pequena contextualização. O texto também foi selecionado para o livro *Memórias — A menina sem estrela*.

3 Todo mundo me olhava. E a nossa conversa, no fim do corredor, era a vida real. Comecei a viver, e só então, a minha tuberculose. Disse-lhe: — "Dr. Hermínio, vamos fazer o seguinte. Quanto é que se paga aqui por mês?" Eu me imaginava mudando a fronha dos travesseiros e varrendo a enfermaria. Dr. Hermínio respondeu: — "Bem. Tem quarto particular e enfermaria. Enfermaria, 150 mil réis." Ergui o rosto: — "Pago os 150 mil réis. Pago."

4 Ele me olhava com uma simpatia divertida: — "Como quiser." Havia um leito vago na enfermaria. Pouco depois, vinha a mala e eu fui ocupar a minha cama. Ficava numa extremidade, junto da janela. O Dr. Hermínio explica, sumariamente: — "Café na mesa, das sete às nove; almoço, às onze e meia; repouso absoluto, de uma às três; jantar, às seis; silêncio, às nove." Era a casa dos mortos. Casa dos mortos.

5 Na enfermaria existiam todas as formas da doença: a mais comum, pulmonar; de laringe; óssea e outras, sei lá. Hoje o tuberculoso nem tosse; e não deixa a sua casa, os seus móveis, os seus afetos. Ainda outro dia, me dizia um tuberculoso recente: — "Eu não sei o que é tosse, o que é expectoração, o que é febre." Mas em 35, fui encontrar, na enfermaria, lesões de quinze, dez, oito anos; e a noite era uma fauna misteriosa e tristíssima de tosses.

6 Saiu Dr. Hermínio e fiquei, junto da cama, mudando a roupa. Vesti o pijama de lá e, por baixo deste, um suéter grosso. Troquei as meias por outras de lá. E sentei-me na cama. Tinha medo, eis a verdade, tinha medo. Nunca houve um homem tão só, homem mais só. Pensava: — "Se eu piorar, desço imediatamente. Quero morrer em casa."

7 Vou comparar outra vez o velho doente e o novo. O tuberculoso de hoje, salvo os casos agudos, namora, casa, beija. Naquela época havia o pavor do contágio. Eu me lembro que, nos primeiros dias de Campos do Jordão, perguntei aos médicos: — "Entre marido e mulher há contágio?" Dependia. Falaram em contágio maciço. Beijo era contágio maciço.

8 Dizia eu, num capítulo recente, que o tuberculoso era, então, o mais traído dos seres. Na minha segunda ou terceira noite de sanatório, conversamos sobre o nosso feio destino. Lembro-me de um baiano, comerciante em joias (não sei se em joias, se em espelhos). Fizera, há pouco, toracoplastia, a monstruosa operação. Sem várias costelas, ele adernava para um lado. E dizia, numa fúria de mutilado: — "O sujeito aqui recebe carta na primeira semana; menos na segunda; menos ainda na terceira; e nada a partir da quarta."

9 Agora me lembro: — chamava-se Lemos. Falava muito nas próprias costelas: — "O sujeito que faz essa operação tem que amar vestido." E havia por trás de suas palavras uma vaidade absurda do ombro pendido e da cicatriz. Levantava a camisa e mostrava o corte, radiante. Suspirava: — "Vou ficar aqui, morrer aqui. Se descer, mato a minha mulher. Mato." Estava casado, continuava casado. E há dez anos não recebia uma carta, um bilhete, um recado, nem da mulher, nem dos filhos. Lembro-me que, certa vez no almoço, comendo cozido, afirmou com uma satisfação terrível: — "Eu estou morto, eu morri."

10 A partir de certa hora, nas trevas começavam as tosses da madrugada. Eis o que eu queria dizer: — as tosses tinham o seu momento, como o canto dos galos. E eu me lembro que, por vezes, a enfermaria ficava acordada, até tarde, tecendo no escuro as suas fantasias eróticas. Lembro-me de um que dizia: — "Preciso de um romance. Um romancezinho. Sem romance, não vai." E, uma noite, me perguntaram: — "E você?" Queriam a minha opinião. Como eu era jornalista, trabalhava no *Globo*, era muito ouvido e muito adulado.

11 Diziam de mim: — "Tem o intelectual muito desenvolvido." Respondi: — "Eu sou do amor eterno." O baiano da toracoplastia teve um riso feroz: — "Você fala assim porque tem todas as costelas. Eu, não. A mim dão bola de cachorro." Ah, o desejo era triste no Sanatorinho.

12 Eu estava lá há um mês, um mês e pouco, quando apareceu uma égua em nosso mato. Lindo, lindo animal. E como era uma figura plástica, elástica, ornamental, e de nariz fino, e crinas de flama, alguém disse: — "Cavalo árabe." Até que, uma tarde, aparece, no mesmo terreno do Sanatorinho, um cavalo. Era o casal. Por certo o recém-chegado não era bonito, nem elástico, nem lustroso como a companheira. Mais vira-lata do que árabe. Tinha um ruço manchado e as orelhas pendiam humilhadíssimas.

13 Já tocara o repouso absoluto. Duas e tanto da tarde. E todos os doentes, inclusive os febris, apinhavam as janelas. Eu fui um dos que subiram na cama e espiaram a cena. O cavalo rondava, grave e triste, a companheira. Entre os dois, uma distância de uns dez metros. Os doentes esperam cinco, dez, quinze minutos. Um de nós grita: — "Vai, seu bobo!" Outro estrebucha: — "Sua besta!" Houve um momento em que o animal se afastou. Rompeu um desespero no Sanatorinho.

14 Ele está longe, olhando para o fundo da tarde. Até que, de repente, volta. O Sanatório em peso deixa de respirar. Ardiam, em todas as janelas, as fomes de sexo. O desejo anônimo e geral também pastava. Ninguém dizia nada. Um internado, que ia morrer dois dias depois, agarrava-se ao vidro, na dispneia pré-agônica. Não sei quanto tempo passamos, ali, com as sacadas debruçadas sobre aquele amor. Depois, ainda olhamos o cavalo que se retirava, levando a tristeza grave da posse falhada. Os doentes saíram das janelas como que derrotados. Só o baiano da toracoplastia teve uma prodigiosa crise de choro. Soluçava: — "Vou descer pra Salvador. Vou matar minha mulher." Ninguém disse nada. O sonho subia de nossas entranhas como uma golfada.

Correio da Manhã, 7/4/1967

19. Mudou a história americana

1 Aproveitei minha última gripe para meditar sobre os Estados Unidos. E coincidiu que eu encontrasse um velho número do *Time*. Não sei se a grande revista é mesmo grande revista e desconfio que nós lhe atribuímos uma importância que ela não tem, nem merece. Já no fim da gripe, recebi a visita de um vizinho e leitor. Afirmou-me ele que o *Time* é uma leitura supérflua e não vital. Perguntou-me: — "O senhor não acha?" Tenho medo das pessoas que vivem de certezas. Sinto que o vizinho é dos tais que avançam, erguem a fronte, fingem um pigarro e declamam: — "Dúvidas? Nunca as tenho!"

2 A minha vontade é dizer-lhe: — "Pois tenha!" Não sei como um espírito sem dúvidas não trata de providenciar e, em último caso, de inventar dúvidas urgentes e esplêndidas. Mas com as certezas mais eriçadas do que as cerdas bravas do javali, o leitor não parava de falar. Direi, e não sem modéstia, que sou um maravilhoso ouvinte. Durante uma hora implacável, o vizinho insistiu em que *Time* não faria falta aos seus cinco milhões de leitores. E o que o horrorizava era que uma revista tão lida fosse ao mesmo tempo tão *supérflua*. Quando ele acabou, fui um tanto vago: — "Talvez o amigo tenha razão." Aquele *talvez* o enfureceu. Mas ele precisava dormir com uma certeza. Insistiu: — "O senhor concorda?" E eu: — "Quem sabe?" Irritou-se: — "Sim ou não?" Respondo: — "Depende."

3 Por fim, o vizinho explodiu: — "Já vi que o senhor não gosta de se comprometer." Admito: — "Realmente, não sou dos piores radicais." E, naquela noite, o leitor teve que dormir com uma incerteza fatal. Todavia o *Time* merece a importância que tem. Trata-se de uma leitura supérflua e, como tal, obrigatória. Como se sabe, a nossa graça, ou desgraça, depende do supérfluo. Não só o feijão e a carne-seca fazem o homem feliz ou infeliz. Precisamos do sapato, da joia, da gravata, do penteado, coisas de um supérfluo imprescindível. Por que as mulheres se vestem? Porque o vestido é supérfluo e a nudez essencial. Poderão objetar que, dentro da realidade americana, o *Time* é o que há de mais irrelevante. Eu diria que o nariz de Cleópatra era também irrelevante, secundário. Em certo momento, porém, uma simples coriza da Rainha podia salvar ou perder toda uma cultura. Portanto, nada mais transcendente ou histórico do que um nariz falsamente irrelevante. Eis o que eu queria dizer: — O *Time* pensa por não sei quantos milhões de sujeitos. Ler a grande revista, e outras revistas, e os jornais americanos — é conhecer toda a tragédia dos Estados Unidos.

4 Não resta dúvida de que a maior nação do mundo (e a mais rica) vive uma crise de autoflagelação. É a velha figura do Narciso às avessas, que cospe na própria imagem. Olhem a formidável pátria. Lá há um ressentimento geral e feroz contra os próprios Estados Unidos e, como se isso não bastasse, contra o próprio americano. Mas, se o americano não tem autoestima, quem o amará?

5 Quero contar-lhes, rapidamente, uma história. Vamos lá. Imaginem vocês que um dia o mundo acabou. Segundo o *Jornal do Brasil* — não havia um sobrevivente e, repito, um único e escasso sobrevivente. Acontece que o velho órgão estava enganado. Sobrara exatamente um pau de arara. E, por azar ou sorte, ele foi parar naquela ilha da Sibéria tão deserta, tão deserta, que nem micróbios tem. Portanto, tratava-se da perfeita solidão. Vejam vocês: — o nosso herói começava a viver a vida que pedira a Deus. Sabemos que o problema do homem é o *outro*. Mas, se o *outro* estava morto, o pau de arara parecia ter encontrado a paz, a felicidade, a bem-aventurança quase insuportável.

6 Um dia, porém, ele acorda furioso. Queria quebrar a cara, não sabia de quem e nem sabia por quê. Dentro dele o ódio rugia, mas não via, em todo o planeta, um único e escasso inimigo. Um simples tapa era, em tal solidão, uma impossibilidade desesperadora. Súbito ele bate na testa: — "E eu? E eu?" Os *outros* estavam mortos e ele vivo. Portanto, podia ser inimigo de si mesmo. Feliz da vida, quebrou a própria cara. Era pouco. Arrancou a própria carótida e a descascou como tangerina. Em seguida, com um canudinho, pôs-se a chupar o próprio sangue, como um Drácula de si mesmo.

7 O americano dos nossos dias é um pouco esse pau de arara admirável. No fundo, no fundo, gostaria de almoçar a própria carótida. O *Time* e as outras publicações americanas não fazem senão promover a solidão do seu país dentro do mundo. É uma imprensa em furioso idílio com as esquerdas, uma imprensa que monta, com o dinheiro americano, todo um esquema para trair seu país. É como se os Estados Unidos subvencionassem, com perdulária generosidade, o próprio suicídio.

8 O leitor, em sua espessa ingenuidade, há de perguntar: — "E por quê?" É uma nação que tem tudo e fez o que fez. Não há povo mais realizado na Terra. Quando o americano saltou na Lua, sentimos como se os Estados Unidos tivessem, no bolso, o segredo dos milagres. Seu poder transcendia os humanos limites e pouco faltava para a onipotência. Mas, se os Estados Unidos não têm problemas, eles os inventam.

9 Seus jovens nascem com privilégios que os outros jovens não conheceram. Mas vejam vocês: — a juventude universitária de lá ou, pelo menos, grande parte de tal juventude estará pronta para trair os Estados Unidos. E acontecem as coisas mais espantosas. Nunca se viu um povo avíltar tanto os próprios méritos. Nós sabemos que nada se compara à liberdade americana. É uma experiência como nunca se fez. O americano faz com a liberdade o que deve e o que não deve. É tão livre que pode sujar, avíltar, estuprar essa liberdade. Numa peça famosa, uma atriz nua faz um uso obsceno da bandeira americana.

10 O americano tem a liberdade até do crime político. Ora, na Rússia, China e por todo o socialismo totalitário, o crime político é da mais rigorosa exclusividade do Estado. Nos Estados Unidos, qualquer um pode cometê-lo. Qualquer homem de esquina e de boteco pode matar, em nome de um vago pretexto ideológico. Assassinaram Kennedy, e quem o assassinou? É um mistério ou uma impunidade, que, até hoje, envergonha o mundo.

11 Mas se pensarmos melhor, veremos que o assassinato de Kennedy e, em seguida, do outro Kennedy foi muito mais suicida do que homicida. Era como se os próprios americanos, em ambos os crimes, se autofuzilassem. Com John e Bob, cada americano morreu um pouco e foi um pouco assassinado.

12 Agora mesmo, uma revista norte-americana católica põe, em sua capa, o seguinte título: — "Brasil: — onde os cristãos estão fora da lei." É o caso de perguntarmos, uns aos outros, de que Brasil se trata e se é o nosso. Realmente, não há dúvida: — é o nosso. Mas os cristãos que, aqui, estão fora da lei, são os terroristas; são os padres que conspiram com Marighella e o entregam à polícia; são os anticristãos, os cristãos marxistas, os sacerdotes que continuam na Igreja para melhor traí-la, os assassinos de Deus.

13 Já falei do que se fez nos Estados Unidos: — uma "Comissão Americana de Informações sobre o Brasil". Na ocasião, lembrei que, sendo assim, poderíamos, fazer uma "Comissão Brasileira de Informações sobre os Estados Unidos". E saberemos então que singular esporte é esse de caçar Presidentes e candidatos a Vice-Presidentes. Por outro lado, há brasileiros sugerindo que o Brasil abra suas portas para que outras comissões venham apurar se somos realmente canalhas como afirmam as esquerdas, nacionais e internacionais.

14 Acho ótimo que meu país se escancare para as investigações dos gringos. Mas ótimo, desde que tenhamos o mesmo direito. Começaríamos pela Rússia, China, Cuba, e em toda a Cortina de Ferro. Por exemplo: — enviaríamos à Rússia uma Comissão Brasileira de Coveiros para exumar onze mil oficiais poloneses que os soviéticos assassinaram na última guerra. E para desenterrar também doze milhões de camponeses que Stalin matou (e matou de fome primitiva). E tem mais: — para desenterrar as vítimas dos expurgos, de anexações, etc., etc. Ah, ia-me esquecendo de uma outra Comissão Brasileira para visitar os hospícios russos, onde os intelectuais são enjaulados.

O Globo, 30/11/1972

20. Eis um brasileiro que não é uma casaca

1 O brasileiro pode ser, e é, um subdesenvolvido. Mas o curioso é que, não obstante a miséria, a subnutrição, a mortalidade infantil, o Nordeste, temos algumas virtudes do desenvolvido. Uma delas é a saúde dentária. Na minha infância, o desdentado era uma das figuras nacionais mais comuns e, mesmo, obrigatórias. Lembro-me de uma mocinha do Boulevard 28 de Setembro. Seria linda ou, por outra, era linda, enquanto não sorrisse. Mas se entreabria a boca, saltava uma antologia de cáries escandalosas. Ainda assim, inspirava paixões e suicídios.

2 Mas os tempos passaram. Outro dia, falei da passeata dos Cem Mil. E todos os manifestantes tinham dentes de artista de cinema. Ao contrário das gerações românticas, a imprensa nacional e estrangeira não descobriu uma cárie em flor. Entre os Cem Mil, vi uma grã-fina. Tinha as gengivas róseas e translúcidas de romã fendida. Dirão vocês que era uma passeata da alta burguesia. De acordo. Mas não só as classes dominantes têm bons dentes. Também o favelado, também o torcedor do Flamengo ou, muito pior, o assaltante de chofer também tem esse esplendor dentário.

3 Outra virtude do desenvolvido, que desponta no brasileiro, é o hábito do psicanalista. Sabe-se que a angústia é, se me permitem a metáfora, a flor do lazer, a joia da ociosidade. Para ser um bom neurótico, o sujeito precisa de tempo e, além disso, e obviamente, dinheiro. A aluna de Psicologia da PUC vai ao psicanalista três vezes por semana e paga, por mês, dois milhões de cruzeiros antigos. E há filas de Metrô, filas da Casa da Banha, filas do Seu Talão — na porta do mais obscuro psicanalista.

4 E por que essa bilheteria, essa arrecadação de Fla-Flu? Já vimos dois fatores: — o lazer e o dinheiro. Esquecia-me de um terceiro, importantíssimo: — a necessidade de um ouvinte. Não sei se me entendem. Mas um ouvinte não tem preço. No fundo, a nossa mais apaixonada utopia é encontrar alguém que nos ouça. Dirá o leitor que temos parentes, amigos, conhecidos, que podem recolher os nossos segredos.

5 Ilusão. Não sei se repararam, mas o diálogo entre brasileiros é sempre fatalmente um monólogo. O sujeito só está interessado em falar. Não escuta uma palavra do que o outro diz. O interlocutor não existe. E se isso acontece com todo mundo, muito mais com os poderosos.

6 Já sabemos que o poder é cego. Mas além de cego, é surdo, sobretudo surdo. Imaginem um Presidente da República. Via de regra, sendo o que menos vê, o Presidente da República é o que menos ouve. Quando eu era garoto, via o Presidente da República como uma casaca. Sim, uma casaca, que tinha por fundo o Hino Nacional. Uma casaca solene, burocrática, ereta, de mordomo de filme policial.

7 Agora mesmo, estou fazendo uma peça. Título: — "O Arcebispo Vermelho". Um dos episódios do drama (é um drama) narra uma audiência presidencial. Diga-se de passagem que, como os nossos humoristas, eu não faço uma única piada. Mas como ia dizendo: — um alto funcionário consegue ser recebido pelo supremo magistrado. E começa a falar, a falar. O poder não diz nada. E, súbito, o funcionário percebe que S. Exa. não ouve uma palavra do que ele está dizendo. Perdeu a paciência. E começa: — "V. Exa. é uma besta, percebeu? Se cair de quatro, não se levanta nunca mais." O Presidente balança a cabeça, aprovando. O outro: — "E V. Exa., vírgula. Você é peculatário." O Presidente diz apenas: — "Vou providenciar, vou providenciar." E assim terminou a audiência. Em seguida, o chefe da nação vira-se para o ajudante de ordens e diz, como na barbearia: — "O primeiro."

8 Ali estavam dois brasileiros: — um, só interessado em falar; outro, só interessado em não ouvir. Daí o sucesso mundial do psicanalista. Ele é um ouvinte. E como ouvinte, repito, vale dois milhões mensais. Do mesmo modo, o confessor. Claro que estou excluindo o "confessor de passeata". O autêntico sacerdote, que recebe a nossa confissão, pelo simples fato de ouvi-la, já nos salva. O sujeito sai outro da igreja, com vontade de soluçar: — "Fui ouvido! Fui ouvido!"

9 Eu diria que santo é o que ouve; e vou além: — Deus é o que ouve, Deus é o que não perde um rumor de nossa vida profunda. Bem, estou divagando e ainda não disse o essencial. Eu vou falar do Presidente Garrastazu Médici que, segundo me afirmam, também sabe ouvir. Dizem que ele não gosta de ser chamado Garrastazu; prefere o Médici. Mas ai de mim, ai de mim. O nome Garrastazu me fascina. Quando me disseram que, entre os possíveis presidentes, estava ele, disse eu: — "*Garrastazu é nome de presidente.*" Vocês entendem? Garrastazu, repito, é nome histórico.

10 E não só o nome. Era também fisicamente presidencial. Lembrem-se das outras figuras presidenciais. Pela primeira vez, temos um Presidente alto. Façam uma retrospectiva: — Delfim Moreira, Venceslau, Bernardes, Getúlio, Jango, Castelo, Costa e Silva. Todos baixos ou, na melhor das hipóteses, estatura média.

11 O Presidente Médici (eu digo Médici, mas sou muito mais sensível a Garrastazu) é o primeiro Presidente alto do Brasil. Pode parecer frívolo ou gratuito que eu esteja insistindo no irrelevante, no secundário. Não, não. Um administrador pode ter qualquer altura ou cara. Mas História e Lenda exigem do estadista certas condições físicas. Napoleão tinha o perfil napoleônico. Já falei no queixo histórico de John Kennedy. As máscaras cesarianas eram realmente cesarianas. De Gaulle, alto como um obelisco, tinha uma cara poderosamente plástica, dessas que a História seleciona. Um estadista precisa ter caráter no perfil e, repito, um perfil vale como um vaticínio. A figura de Garrastazu Médici não é a de quem vai exercer uma vaga função administrativa. Sente-se que é um homem capaz de grande coragem histórica.

12 Ora, o Brasil é um país que exige mais, muito mais, do que a meia coragem das meias soluções. E nós somos mestres em resolver as nossas urgências com adiamentos. Há problemas que não podem esperar quinze minutos. E nós os transferimos de geração para geração. Existe uma aldeia espanhola em que as mulheres são quase bonitas, os homens quase honestos, as esposas quase fiéis, os ladrões quase ladrões. Tudo é quase. Eis o que eu queria dizer: — o Brasil lembra muito essa admirável aldeia espanhola. A toda hora, em toda parte, esbarramos, tropeçamos em mulheres que são quase bonitas, em estadistas que são quase estadistas, em heróis que são quase heróis. Estamos sempre nos subúrbios de uma plenitude e lá não chegamos. E *quase* fazemos as coisas vitais e realmente nunca as fazemos.

13 Por isso, falei na coragem histórica, sim, na coragem de fazer o que deve ser feito, já. O Brasil precisa de um estadista. Também se conhece um estadista nos pequenos gestos, nas atitudes modestas, infinitamente modestas. Por hoje, quero falar de uma pequena atitude do Presidente Médici. Sim, uma atitude pequena, aparentemente menor, mas que é, na verdade, uma grande atitude: — S. Exa. foi ao Estádio Mário Filho. Não sei se me faço entender. Mas um Presidente, que o fosse apenas de nome, não ousaria entrar no ex-Maracanã. Já disse e aqui repito: — lá, vaia-se até o minuto de silêncio. Os defuntos deviam fazer greve, exigindo que não os mencionassem nos clássicos e nas peladas. O Presidente Garrastazu entrou serenamente. E lá ficou na tribuna de honra, com seu perfil de selo, de moeda, de cédula.

14 De outra feita, pouco antes da Presidência, desceu ao vestiário do Grêmio. Vocês imaginem Delfim Moreira, ou Rodrigues Alves, ou Epitácio perguntando ao índio Alcindo, ainda arquejante e lustroso: — "Como é que você me perde aquele gol!?" Epitácio morreu sem saber em que time joga o bandeirinha. Mas o Presidente Médici é o primeiro que sente o futebol como uma das linguagens mais belas do Brasil. E, terça-feira, recebeu Pelé, em Palácio. Parece um episódio secundário, que nada tem de secundário. Ai do Presidente que não reconhece o herói popular, que não tem sensibilidade para os mitos gerados nas arquibancadas. Hoje, um homem que não sinta o futebol não será no Brasil um estadista. Eu já disse que, na minha infância, o Presidente da República era uma casaca. Hoje, admito que possa não ser assim. O General Garrastazu Médici não é uma casaca, mas um brasileiro de entranhas vivas.

O Globo, 25/5/1973

21. Estrela

1 As gerações românticas tinham pudores, escrúpulos, rompantes admiráveis. Lembro-me de uma entrevista que fiz, certa vez, com Coelho Neto. Liguei para a casa do famoso romancista, ali, na esquina da rua do Roço. Eu começava no jornalismo. E na redação, dizia-se de Coelho Neto, com assombro, quase com terror: — "Tem mais de cem livros." Para os meus quatorze, quinze anos, essa abundância numérica era a evidência mesmo do gênio. Liguei. Uma voz feminina atendeu e eu: — "Sou do jornal Fulano. Queria falar com o Dr. Coelho Neto. Ele está?" Resposta: — "Um momentinho."

2 Veio o grande autor: — "Coelho Neto". Comecei: — "Boa noite. O meu jornal queria fazer o concurso do 'Príncipe dos Jornalistas Brasileiros'." Perguntei: — "O senhor votaria em quem?" Deu uma resposta fulminante: — "Não dou o meu voto pelo telefone." Fui de uma desolada humildade: — "Está bem, Dr. Coelho Neto. Até logo." E desliguei, apavorado com a minha própria gafe. Durante muito tempo, vaguei pela redação, esbarrando nas mesas, tropeçando nas cadeiras. Fosse como fosse, não fora vão o telefonema: — o ficcionista dera-me uma pequena e luminosa lição de vida. Como lhe assentavam bem esses brios mais ásperos do que as cerdas bravas do javali.

3 Mais tarde, o jornal mandou-me ouvir, se não me engano, o Raul Fernandes. Ou por outra: — não era Raul Fernandes. Agora me lembro: um membro do Instituto Histórico e Geográfico. Queria entrevistá-lo sobre não sei o quê. Um homem de, talvez, oitenta anos. Fora companheiro e confidente de Benjamim Constant, Solon Ribeiro, Silva Jardim. Telefonei. Tinha a tal voz fininha de criança que baixa em centro espírita. Mas, quando lhe fiz a pergunta, respondeu: — "Não dou entrevista pelo telefone." Sem o querer, eu era culpado da sua última irritação terrena. Mas era uma frágil e arquejante indignação de asmático. O velhinho quase agonizou no telefone. Na minha humildade transida de menino, repeti: — "O senhor me desculpe", etc., etc. Foi atroz.

4 Assim eram os velhos de passadas gerações. Preservavam, até o fim, uma dignidade superiormente crespa. Para Coelho Neto, ou o membro do Instituto Histórico e Geográfico, opinar pelo telefone seria uma dessas humilhações inapeláveis e crudelíssimas. Os novos tempos é que trouxeram, para a imprensa, novos usos, costumes, valores, maneiras. Hoje, uma redação tem qualquer coisa de irreal, de alucinatório.

5 Não sei se me entendem. Mas é preciso conhecer, por dentro, o jornal moderno. No passado, as redações eram só masculinas. Mais fácil ver uma girafa escrevendo tópicos e artigos do que uma mulher jornalista. Ao passo que, em nossos dias, a imprensa está cheia de meninas. Elas entram no jornal como num jardim. Cheia de adolescentes, a redação parece uma paisagem de bordado, de tapete, povoada de ninfas, sílfides ou sei lá. Umas são realmente profissionais; e outras, simples estagiárias.

6 Vocês viram como, na minha iniciação jornalística, passei por amargas experiências. Ainda bem que as estagiárias são de outra época, ou seja, de uma época em que tudo se diz e tudo se faz pelo telefone. Entre a Casa Branca e o Kremlin há um telefone direto e fatal. A qualquer momento, os Estados Unidos e a Rússia poderão assassinar o mundo. Basta uma ligação e não sobreviverá uma folha de alface. Portanto, nem o Presidente

Nixon diria, como Coelho Neto ou o confidente de Benjamin Constant: — "Fim do mundo, pelo telefone, jamais!"

7 Pois bem. As estagiárias telefonam para qualquer um que tenha um mínimo de importância social, econômica, política, artística. Eu diria mesmo que a estagiária é um apavorante ser telefônico. Entrevista o servente e o ministro, o batedor de carteira e o rajá, o faxineiro e o rei, com o mesmíssimo élan, alegre e medonho. Outro dia, ocorreu um episódio delirante (não sei se empreguei bem o "delirante". Vá lá o delirante). Um dos nossos maiores jornais mandou uma estagiária ouvir um milionário paulista. Como o homem tem apartamento no Rio, foi fácil.

8 A menina não pensou duas vezes. Discou. Mas houve a coincidência: — dez minutos antes do telefonema ou, senão, dez minutos, meia hora antes, o industrial tivera um enfarte brutalíssimo. O Pró-Cardíaco estava lá. Na tenda de oxigênio, o doente tinha o olho enorme e fixo do terror. O médico já cochichara: — "Grave." Perguntaram: — "Tanto assim?" Sublinhou: — "Muito grave." Foi neste momento, com o homem estrebuchando na tenda, que tocou o telefone. As pessoas andavam descalças e explico: — o rumor de passos aumentava os padecimentos do enfartado. O filho se arremessou para o telefone: — "Alô, alô." E a estagiária: — "É da residência do Sr. X? Aqui é do jornal Z. Podia chamar o Sr. X?" O rapaz explica, baixinho e espavorido: — "Minha senhora, o Sr. X teve um enfarte, acaba de ter um enfarte." A outra não se deu por achada: — "Então, quer me fazer um favor? Vai lá e pergunta o que é que ele acha da pílula." O filho, aterrado, balbuciou: — "Mas o senhor X teve um enfarte!" e a estagiária: — "Eu espero." A pessoa começou a duvidar até do telefonema. Chegou a admitir que não estava falando com ninguém, nem ouvindo ninguém, e que era vítima de uma espantosa alucinação. Todavia, o desespero o autuou de paciência. Repetiu: — "Minha senhora, eu estou lhe dizendo que o Sr. X teve um enfarte. Está morrendo. Ouviu, minha senhora?" Do outro lado da linha, dizia: — "Sei, sei. Estou ouvindo. Mas o senhor não me pode fazer esse favorzinho? Basta uma frase sobre a pílula." Por fim, o outro tomou-se de um ódio nunca visto: — "Escuta, minha senhora, escuta. Se eu estivesse aí, ou a senhora aqui, eu lhe dava um soco, minha senhora. Pela vida do meu pai, que está morrendo. Dava-lhe um soco na cara!"

9 Agora, um dado que me parece essencial. As entrevistas das estagiárias têm uma virtude rara: — não saem. Falo por experiência própria. Quase todos os dias, uma estagiária me caça pelo telefone. E eu falo sobre todos os temas e personalidades. Opinei sobre os Kennedys, João XXIII, o Kaiser, Gandhi, Amundsen, etc., etc. No dia seguinte, abro o jornal e vejo que não saiu uma linha. Mas coisa curiosa! Não só as estagiárias. Profissionais da melhor qualidade, estão seguindo a mesma linha. Por exemplo: — Margarida Autran. É uma repórter de uma sensibilidade, de um *métier*, de um gosto, uma imaginação admiráveis. Já fez comigo umas dez entrevistas, todas de uma esmagadora transcendência. Até agora, não se publicou uma frase. Posso dizer que a nossa imprensa criou o novo gênero das entrevistas que não serão impressas, nem a tiro.

10 Imaginem vocês que, ontem, alguém me chama ao telefone. Da revista *Veja*. Atendo. Uma voz feminina está dizendo: — "Eu queria a sua opinião sobre Cacilda Becker." Paro no telefone. Cacilda Becker, minha amiga, doce como uma irmã, acabara de morrer. A moça de *Veja* pergunta: — "Ela representou *Vestido de noiva*?" Sim, fizera, há vinte anos, a Lúcia da minha peça. Vou dar a minha opinião. Digo: "Toma nota: — Cacilda Becker foi uma Lúcia maravilhosa." Pausa. A repórter espera. Como insisto no silêncio, ela pergunta: — "Só?" Tive de protestar: — "Você acha pouco?" A menina de *Veja* parecia hesitante, insatisfeita. Fui mais taxativo: — "No dia em que a chamarem de maravilhosa, agradeça, de joelhos, eternamente."

11 Ficou com a minha frase que, com certeza, *Veja* não publicará, como não publicou as entrevistas de Margarida Autran. Não lembrei à repórter de ontem o destino de Marilyn Monroe. Um dia, a estrela teve uma cena atroz com o marido, Arthur Miller; e soluçou: — "Eu queria ser maravilhosa. Eu queria ser maravilhosa!" O apelo subia como uma irradiação de profundezas. Matou-se quando sentiu que não seria maravilhosa, jamais. Cacilda Becker foi maravilhosa, como atriz e como criatura. Era de uma densidade quase insuportável. Li, não sei onde, nem quando, que não há teatro sem tensão dionisíaca. Cacilda Becker viveu em tensão desesperadora. Essa plenitude foi seu martírio. Pobre amiga, crispada de sonho. Maravilhosa Cacilda Becker.

O Globo, 9/5/1969

22. Uma bica entupida há mil anos

1 Não sei se vocês já viram o Guilherme da Silveira Filho. É desses homens que precisam ser vistos, sim, ele exige uma impressão visual. O que é que eu ia dizer? Ah, ia dizer que ele tem toda a tensão, a magia, o impacto da grande presença. Diz o jovem banqueiro José Luís Magalhães Lins que empresta dinheiro pela cara.

2 Vejam. O sujeito tem o crédito que a sua cara justifica. Por esse lado, Guilherme da Silveira Filho é um homem de sorte. É uma cara forte, iluminada, vital. Vê-lo é sentir essa verdade inapelável e eterna: no homem, só a cara importa e o resto é paisagem. No caso de Guilherme da Silveira Filho, a cara tem-no ajudado e, eu quase dizia, a cara tem-no feito.

3 Já uma dúvida me aflige. Não sei se é correto chamar Guilherme da Silveira Filho de Guilherme da Silveira Filho. Um nome, e assim por extenso, como num cartão de visitas, nem sempre ilumina o nosso mistério pessoal. Estou falando de alguém que é muito mais Silveirinha do que Guilherme da Silveira Filho. Assim o chama a cidade; assim o chamam os conhecidos e os desconhecidos; assim o chamam os seus operários. E, mesmo quando há cerimônia, é o Dr. Silveirinha.

4 Já o diminutivo não o larga. Mas falo, falo, e não digo o essencial. O que eu gostaria de observar é que, aos poucos, o Brasil começa a ver com outros olhos o homem rico. Há não muito tempo, o brasileiro tinha contra o homem rico um ressentimento de Raskolnikov. Agora, porém, dividimos os *homens ricos* em dois grupos: uns que têm um projeto do Brasil e outros que não têm nenhum projeto do Brasil e ainda o desprezam.

5 Se me desculparem a fantasia, eu diria que o primeiro grupo atua sobre a realidade e a transforma. São os de tipo guerreiro. Por exemplo: Walter Moreira Salles. Em recente confissão, eu o chamei de último gentil-homem do Brasil. Os meus leitores mais velhos lembram-se da visita que nos fez, há anos, o Conde de Keysserling. O grande homem concedeu uma entrevista coletiva. Sucede que um repórter pediu-lhe para escolher uma palavra que definisse, numa síntese fulminante, o Brasil e o brasileiro.

6 Keysserling não respondeu imediatamente. Aproximou-se da sacada do hotel e olhou para baixo. Era ainda o tempo do chapéu. Eis o que viu lá embaixo: todo mundo tirando o chapéu para todo mundo. Percebeu então o óbvio, isto é, percebeu que o brasileiro tinha o gênio, tinha a vocação do cumprimento. Virou-se para a reportagem que, ávida, de papel e lápis, esperava. E disse a palavra que, na luminosa concisão, explicava a nossa gente: "Delicadeza".

7 Muito bem. Se conhecesse Walter Moreira Salles, o Conde havia de saudá-lo assim: "Eis o brasileiro." Mas não tenhamos ilusões. O que se esconde ou, por outra, o que não se esconde por trás das boas maneiras do nosso Walter é um formidável dinamismo. Ponham-no a falar com um torcedor do Flamengo, um desses crioulões épicos, de ventas triunfais. E Walter Moreira Salles o tratará como se ele fosse um marquês, um duque. E, ao mesmo tempo, é um guerreiro da ação.

8 Homens ricos como Walter Moreira Salles, como o Silveirinha, são o que eu chamaria de inventores de uma nova realidade brasileira. Mas não posso deixar de citar um outro. Trata-se de alguém que não é rico e vive apenas de salário: Roberto Campos. Está também entre os inventores. Paro um momento. Preciso falar de Gilberto Freyre.

9 Imaginemos um estadista nosso. Se ele quiser conhecer o Brasil, se quiser conhecer o homem brasileiro, terá de ler todo o Gilberto Freyre. Chamá-lo de sociólogo não basta. É, antes de tudo, o maravilhoso artista. Ora, bem sabemos que o artista vê tudo, sabe tudo. E mais: o artista tem a dimensão profética. Leiam o autor de *Sobrados e mucambos*. Em todos os seus textos está inserido o futuro. Assim é o artista: assim como dá presença e atualidade ao passado, assim dá presença e atualidade ao futuro.

10 Vejo, todavia, que minha crônica está meio caótica. Vamos pôr uma certa ordem no caos. Bem. Eu falava do Silveirinha porque tivemos um encontro na rua. Eu e ele nos vemos escassamente. Mas sempre que nos cruzamos, irrompe entre nós uma súbita e cálida intimidade. Vinha eu desesperado e por que desesperado? Vejamos. Acabava de conversar com uma grã-fina, justamente a que lera as orelhas de Marcuse. Estava chegando de Roma.

11 A leitora de orelhas começou assim: "O Brasil é um país de quinta ordem!" Eu sou, e o confesso, um patriota de suíças e bigodões, de esporas e penacho, como um dragão de Pedro Américo. Doeu-me aquela quinta ordem. Por que não de quarta, terceira e segunda ordem? E por que aquele ressentimento contra esta pobre pátria? Seu primeiro argumento foi este: os buracos das nossas ruas. Não vira um buraco em Bruxelas. Eu a ouvi num mudo escândalo desolado. E ela continuou. Disse, por outras palavras, que o Brasil não tem idade. Falta-nos tempo. Ao passo que, em Roma, um pires, um reles pires, ou uma xícara de asa quebrada, ou mesmo uma bica entupida, tem mil anos.

12 E a grã-fina achava formidável essa presença difusa, volatizada, atmosférica dos mil anos. Não usava ar-refrigerado, para respirar melhor os dez séculos. Insinuei: "Mas o Brasil tem a paisagem!" Deu um piparote no Pão de Açúcar, na baía, nos poentes do Leblon. Na paisagem à brasileira, a cor não tem caráter. Há um verde amarelado, que não convence. Inútil procurar os amarelos de Van Gogh. Vermelhos e azuis sem nenhuma violência. E, por fim, como Pedro, negou três vezes o Cristo do Corcovado. Balbuciei: "Não há solução?" Foi taxativa: "Há." E eu: "Qual?" Respondeu com uma triunfante crueldade: "A pílula." Desafiou-me: — "Pra que nascer mais brasileiros? Qual é a vantagem?" Em suma, o Brasil tinha que conter a explosão demográfica.

13 Agora, com o Silveirinha, dizia-lhe eu: "Silveirinha, o brasileiro é, sim, um Narciso às avessas, que cospe na própria imagem." E, então, o Silveirinha falou, apaixonadamente. Era um otimista radical, mas sem nenhum prejuízo de sua lucidez crítica. Tinha perfeita e dramática consciência dos nossos problemas. Mas eis a sua certeza profética: — sairá daqui a Palavra Nova. Disse que há, entre outros, e outros, um dado que, por si só, dá uma medida de nossa vitalidade histórica: "Estamos vencendo, vencendo e vencendo. Há quarenta anos, quando me formei, o Brasil tinha 25 milhões de habitantes. Hoje, somos 110 milhões." Perguntou-me: "Sabe qual é a renda *per capita*? Quadruplicou, nesse período. Dirá alguém que outras nações melhoraram mais o índice de sua renda *per capita*. O Japão, por exemplo. Mas a população do Japão não cresceu como a do Brasil. Ninguém fez o que os brasileiros fizeram." Indaguei: "E a pílula da grã-fina?" Silveirinha acha que a explosão demográfica no Brasil não pode ser tocada, que a pílula não é só crime. "É principalmente burrice, porque está assassinando o formidável patrimônio do Brasil, que é seu povo — povo imaculado de ódio, marcado pelo amor." Silveirinha abre o riso maior que o nosso. Afirma que o brasileiro venceu e não sabe que venceu.

O Globo, 7/4/1970

23. Crônica do nosso tempo

1 Se a nossa bondade não fosse tão frívola e relapsa, eu dedicaria, em todas as minhas crônicas, uma frase sobre a batalha contra o câncer. Não é uma batalha, mas uma guerra. E, quando vejo o Dr. Moacir Santos Silva, experimento um profundo sentimento de culpa. O Dr. Moacir é o santo do câncer, assim como o Dr. Stans Murad é o santo da cardiologia. O câncer é tão importante que Nixon pediu uma verba de um bilhão e seiscentos milhões de dólares para a campanha. E eu me pergunto: — será que fiz alguma coisa para ajudar o Dr. Moacir Santos Silva e seus companheiros? Uma frase diária e obrigatória já seria uma contribuição. O brasileiro devia ter uma consciência nacional do problema do câncer. O Presidente Médici está profundamente interessado na campanha. Mas vejam vocês: — quase perdíamos um homem como Dr. Moacir. Chegou o momento da opção: — Rio ou Brasília. Optou por nós. E Deus o abençoe por isso. Passo agora ao assunto desta confissão.

2 Dizia eu, em recente crônica, que Shaw, o velho Shaw, achava o seguinte: — o artista, antes de ser artista, tem de ser profeta. E, se falta a profecia ao poeta, estejamos certos de que não é, nunca foi poeta. Deve publicar seus versos no *Fon-Fon*, na *Careta*, no *Poste-Jornal*. Sua opção está feita: — preferiu o efêmero ao eterno.

3 Mas pergunto: — como distinguir um profeta? Pode-se dar o caso do que a profecia esteja insinuada, e apenas insinuada, num verso, numa metáfora. Muitas vezes tal insinuação é imperceptível. E como saber se o poeta Fulano ou o pintor Beltrano ou o cineasta Cicrano é ou não é profeta. Parece difícil identificá-lo, mas nem tanto. Digamos que o profeta é o que enxerga o óbvio.

4 Como se sabe, é o óbvio, como o próprio nome está dizendo. Mas acontece que ninguém o vê. Assim como o Pão de Açúcar está no fundo da enseada, assim o óbvio se insere em qualquer paisagem. Qualquer um pode apalpar, farejar o Pão de Açúcar. Muitas vezes esbarramos, tropeçamos no óbvio. Pedimos desculpas e passamos adiante, sem desconfiar que o óbvio é o óbvio. Outras vezes, ele está numa frase, numa manchete. Mas nem a frase nem a manchete percebem que o óbvio explode no alto de uma primeira página.

5 Só o profeta, com sua espantosa vidência, olha o óbvio e diz: — "Ali está o óbvio." Então os outros, com a obtusidade que caracteriza os outros, gemem no seu deslumbramento: — "Olha ele, olha ele!" Outras vezes, o profeta fala e os outros não aceitam o óbvio como tal.

6 É o que se dá, por exemplo, com essa colossal impostura que é o socialismo. Por exemplo: — o Dr. Alceu fala a toda hora na marcha irreversível para o socialismo. Afirma que a revolução russa também é irreversível. Em primeiro lugar, acho admirável a simplicidade com que o mestre administra a História, sem dar satisfações a ninguém, e muito menos à própria História. Não lhe faria mal nenhum um pouco mais de modéstia.

7 De mais a mais, quem lhe disse que a revolução russa é irreversível? Como irreversível, uma revolução que fracassou antes de começar e, repito, que começou contrarrevolução? Por outro lado, não há bobagem mais cristalina do que essa de afirmar que o mundo marcha para o socialismo. Todos os patetas das minhas relações já usaram tal frase mil e quinhentas vezes.

8 Já que estou falando nos vários óbvios da nossa época, queria dizer duas palavras sobre Mao Tsé-tung. É possível que, ao sair esta Confissão, sua morte já esteja oficialmente reconhecida. No socialismo totalitário é muito possível que a simples e secundária morte física não coincida com a morte oficial. Às vezes o ditador está morto, com algodão nas narinas, e continua baixando decretos e, numa palavra, exercendo o poder em toda a sua plenitude. Quem nos garante que Stalin não morreu muito antes? No socialismo só acontece e só se sabe o que o Estado quer. Para oitocentos milhões de chineses, os americanos ainda não desceram na Lua.

9 É, assim, possível que, mesmo cadáver, Mao Tsé-tung continue fazendo História e matando, a torto e a direito. Pode parecer injusto, ou cruel, que esteja eu aqui a falar de um morto ou, na melhor das hipóteses, de um agonizante. Em primeiro lugar, a injustiça ou crueldade são definições burguesas. Do mesmo modo, justiça e bondade são igualmente burguesas. Na China Vermelha as coisas não são o que são, mas o que o Partido quer. A justiça da véspera pode ser a iniquidade do dia seguinte.

10 Mas vejamos Mao Tsé-tung e o óbvio. De vez em quando o *Jornal Nacional* diz que, segundo afirma o Estado Chinês, Mao não só não morreu como vai muito bem de saúde. Portanto, temos um defunto salubérrimo. Mas não é isso que eu queria dizer. Eu ia dizer que o ditador chinês foi um Stalin. Tão feroz, tão desumano, tão contrarrevolucionário como o assassino russo.

11 São parecidos até nos problemas de saúde. Certa vez, andaram circulando, na imprensa ocidental, notícias, segundo as quais, Stalin estaria doente. Encontrei na rua um comuna. Fiz o comentário: — "O velho está mal, hein?" O outro, que estava acompanhado da mulher, deu urros de indignação. O casal achava que Stalin não ficava doente, nem velho, e estava acima da morte, do tempo, de tudo. No meu espanto, perguntei: — "Mas vocês acham que Stalin não tem resfriado, não se constipa?" Os dois, enojados do meu reacionarismo, confirmaram: — "Exatamente." Portanto, não admira, repito, que Mao Tsé-tung governe depois de morto. Mas essa eternidade não o impede de ser um dos maiores criminosos de todos os tempos. Hoje, Nero não passa de um afetuoso nome de cachorro. "Incendiou Roma", dirão. Mas tal incêndio fez um número de vítimas pouco maior do que, aqui, um desastre de ônibus.

12 E, no entanto, quando se tratou da admissão da China Vermelha, houve passeatas medonhas nos Estados Unidos. As bochechas de Mao Tsé-tung estavam em todos os cartazes. No Rio, dizia-me um jovem cineasta: — "O maior homem do mundo." Pensemos, então, no que a China teve que pagar, em vidas humanas, ao velho tirano. Quem o diz não sou eu, mas o *Time* e, como o *Time*, uma comissão de senadores americanos, incumbida de apurar o custo humano da experiência socialista na China.

13 Passo a palavra aos números. Eis a estimativa feita. (Os senadores e *Time* advertem que são cálculos feitos muito por baixo.) Vejamos: — Três milhões e quatrocentos mil mortos. Digo mortos, porque não estão incluídos os feridos, os mutilados, etc., etc. Alguns milhões de proprietários de terras, durante o período de 1942 a 1949. O chamado Grande Pulo Para Frente, ou seja, a Revolução Cultural, custou a vida de quinhentos mil chineses. Um milhão para suprimir a minoridade do Tibete. Vinte e cinco milhões em campos de trabalhos forçados. Trinta milhões, em expurgos políticos, na campanha de 49 para 58. Total da estimativa, repito, que exclui feridos mutilados, desaparecidos: — 63.784.000 chineses.

14 Alguém poderá objetar: — "Mas quem diz isso são os Estados Unidos." Por isso mesmo, trata-se de uma estimativa da maior benignidade.

Nós sabemos que os Estados Unidos só exageram quando se trata dos próprios defeitos. São, em tal caso, implacáveis. Mas se é a Rússia ou a China, os jornais de lá, as agências telegráficas fazem a mais furiosa e deslavada promoção do inimigo.

15 E, além disso, convém notar que o próprio Mao Tsé-tung declarou que, para fazer a reforma agrária, matou apenas oitocentos mil chineses. Convém notar que a lúgubre estatística acima só leva em conta as execuções em massa. Vamos admitir que é algo inédito na História Universal: — 63.784.000 defuntos.

16 Aí está o óbvio ululante. Mao Tsé-tung matou como ninguém, mais do que o próprio Stalin. Hitler assassinou muito menos. Dirá algum socialista: — "Num país de oitocentos milhões de habitantes, o que são os setenta milhões que o velho Mao executou?" Cabe então a pergunta: — e não se vê o óbvio?

17 Exatamente: — não se vê. Lá, na China, está ele, o assassino. É o óbvio, com bochechas de máscara e barriga insubmersível. Houve um momento em que o Dr. Alceu, num lampejo de lucidez, esbravejou contra o estupro de freiras, na China Vermelha. O mestre chegou a dizer: — "É de fremir." Não só fremiu, como ainda lhe acrescentou um ponto de exclamação, com reticências. Na ocasião, imaginei: — "Até que enfim, o Dr. Alceu, que não enxerga óbvio nenhum, viu este." Ilusão minha, porque, em seguida, o mestre descobriu a marcha irreversível para o Socialismo. É como se ele dissesse: — "Marcha irreversível para a matança de mais sessenta e tal milhões de chineses, marcha irreversível para o estupro de novas freiras", etc., etc.

18 E a Revolução Cultural é tão analfabeta que não sabe nem que o homem já desceu na Lua. O curioso é que Nixon foi ver Mao Tsé-tung. Será que o apresentaram a um defunto? Eis, então, o nosso Nixon a decidir, com um cadáver, a sorte do mundo. Na saída, talvez tenha perguntado: — "Mas por que é que ele usa algodão nas narinas?" Eu ia continuar, mas o meu espaço termina aqui.

O Globo, 8/11/1972

24. A folha de parreira

1 Um dos maiores espantos da minha infância foi o episódio da odalisca. Já escrevi, a respeito, umas vinte vezes. Tudo se passou numa batalha de confete da Praça Saens Peña. Teria eu, no máximo, uns seis anos e aparentava menos. As senhoras diziam: — "Deve ser inteligente. Tem a cabeça grande." E, de fato, eu era pequenino e cabeçudo como um anão de Velasquez. Onde é mesmo que eu estava? Já sei.

2 Estava em cima do meio-fio com outros meninos da rua e senhoras da vizinhança. Espiávamos o corso, que tinha qualquer coisa de fluvial no seu lerdo escoamento. E, de repente, houve um fluxo e refluxo na multidão. Lá, adiante, vinha um automóvel aberto, com uma odalisca, em pé, atirando beijos com as duas mãos. A fantasia era o de menos e nem impressionava o povo. Nos velhos carnavais as odaliscas inundavam a cidade. Aquela, porém, tinha uma singularidade alarmante, ou seja: — o decote abdominal, por onde irrompia o cavo e ultrajante umbigo.

3 Era uma nesga de carne. Mas essa odalisca, com umbigo de fora, era a primeira mulher nua que eu via na minha vida. E o que, no meu caso, aumentou o impacto foi a descoberta. Ali, fiquei sabendo que os adultos, inclusive as senhoras, tinham umbigo como as crianças. Se me perguntarem como reagiu o povo, direi que o horror anulou a sugestão erótica. Nem os homens suportaram o impudor. E as mulheres estrebuchavam. Senhoras chamavam a *odalisca* de *indecente*, *sem-vergonha*, *cachorra* para baixo.

4 Durante um mês, dois, não se teve outro assunto em Vila Isabel, Andaraí, Aldeia Campista. Eis o que se afirmava: "Uma mulher que faz isso não pode ser séria." Aí está: *mulher séria*. Por volta de 1918 a mulher séria reinava por toda parte. E os homens, ainda os mais bandalhos, só tinham amor, e mesmo desejo, pela mulher séria: Por exemplo: — o pudor. Hoje o pudor é uma virtude de museu. Naquele tempo, porém, era infalível a sua ação afrodisíaca. Nos dias que correm, ninguém se ruboriza mais: Ou por outra: — o rubor é nítido, límpido, inequívoco sintoma neurótico.

5 Outrora, não. Os homens exigiam o rubor feminino. Era tempo em que um imaculado *bom-dia masculino* produzia nas mulheres palpitações, arrepios, dispneias. Certa vez, contaram, lá em casa, o seguinte: — uma mocinha da vizinhança, aliás noiva, ouviu o noivo dizer — eu te amo. Eis o que fez ela: — correu e foi vomitar atrás das portas. Familiares, espavoridos, batiam-lhe nas costas e queriam saber: — "O que é que você comeu?" Quando melhorou, a mãe a levou para o quarto, lá se trancando. E então a noiva começa a chorar: — "Ele disse que me amava." A mãe recuou atônita: — "Te disse isso, foi?" O próprio noivo saiu de porta em porta contando o incidente. As náuseas da bem-amada, longe de humilhá-lo, lisonjeavam o rapaz: Dizia, no deslumbramento feroz: — "Que pudor, que pudor!"

6 Por mais estranho que pareça, essa mesma noiva casou-se e, três meses depois, fugia, com um ourives. Mas a verdade é que os costumes eram outros e outros os sentimentos e outros os valores. O curioso é que, na altura de 1910, o francês Bergson escrevia: — "Esta é a mais afrodisíaca das épocas." Imaginem se ele fosse, como eu, testemunha, auditiva e ocular de uma cena de marido e mulher. Foi outro dia, num palácio da Gávea, e repito: — um palácio cercado de samambaias, gigantes. Estou eu num canto, conversando com os donos da casa. Em dado momento, a mulher disse não sei o quê sobre a nova moral sexual. Vira-se o marido e começa: — "Você, que é uma mulher séria." Ela o interrompeu: — "Isso é elogio?" O outro atrapalhou-se: — "Ou você duvida?" Simplesmente, a mulher duvidava e, pior, não aceitava aquele tipo de elogio. Ainda o interpelou: — "Por que *séria*?" Respondeu: — "O óbvio." Disse, furiosa: — "Olha, Fulano: — na próxima vez me chama de qualquer coisa, menos de *mulher séria*."

7 Aquilo acabou irritando o marido: — "Não faz atitude pra cima de mim." Sardônica, perguntou-lhe: — "Você quer ver uma coisa?" Estavam lá uns cinquenta casais. A jovem senhora saiu, perguntando aos decotes presentes: — "Você gostaria de ser chamada de *mulher séria*?"

8 Foi um alarido. Uma respondeu: — "Posso ter todos os defeitos, mas não sou débil mental." O marido ouviu duas, ou três respostas. Antes de ser milionário, fora pau de arara, desses que ficam lambendo rapadura na beira das estradas. Preservava uma meia dúzia de escrúpulos. Veio me falar: — "Você está vendo, meu caro Nelson? E o pior é que eu também me casei com as frases de minha mulher." Pausa e geme: — "Se eu não fosse o invertebrado que me tornei, acabava com essa palhaçada. Ia lá e quebrava-lhe a cara." Nova pausa e conclui: — "Minha mulher não perde por esperar. Estou adiando a surra. Mas, um dia, dou-lhe um soco naquela cara e vai ser o maior escândalo da paróquia."

9 Segundo concluíram os cinquenta casais, *mulher séria* é uma definição obsoleta, obscurantista, medieval. O ex-pau de arara, fechado no seu ressentimento, foi para o jardim; e lá, ficou sonhando com o dia em que dará na mulher um soco na boca. Agora me lembro: — ele dissera soco na boca. Quando saí, quase às três da manhã, ainda repetiu: — "Vou-lhe às fuças." Imagino que essa ferocidade cochichada tenha-lhe feito um bem imenso. Mas pergunto: se a pobre *belle époque* é afrodisíaca, o que será a nossa?

10 Não sei se vocês leram o caso do anúncio da *Playboy*. É prodigioso. Talvez não tenham lido, porque temos o vício da manchete. Hoje, só repercutem os fatos que merecem oito colunas, no alto das páginas. Saibam, pois, que funciona, em Nova York, uma *Ordem da Santíssima Trindade*. Sua finalidade, diz o jornal, é trabalhar em favor dos pobres, dos presos e dos doentes mentais. O padre Lupo, diretor da *Ordem*, vinha constatando que havia um abismo entre a sua pequena comunidade e as outras. Basta dizer que, por ano, só apareciam de três a quatro rapazes interessados no sacerdócio.

11 Depois de muito matutar, o padre Lupo concluiu que a *Ordem* precisava de promoção. Imaginou um anúncio de impacto para a juventude. Até que teve a ideia que lhe pareceu, e aos companheiros, notabilíssima. Mandou um anúncio, de página inteira, para a *Playboy*, revista de colossal tiragem, em cujas páginas todo mundo aparece nu. Sim, não há um sapato na *Playboy*, um par de óculos, uma gravata. O que existe é uma nudez ativa, devoradora, que come os olhos do leitor.

12 Saiu, finalmente, o anúncio de página inteira. Custou à *Ordem da Santíssima Trindade* dez mil dólares. Mas valeu a pena, diz o excelente Lupo, valeu a pena. O anúncio é mais *Playboy* do que a revista. O padre Lupo acha, e deve ter sólidas razões para achar, que o erotismo reles, barato, é a melhor maneira de levar a juventude a Deus. A página *x* só tem mulher nua. Isso espantaria em outro tempo. Mas se há pouco houve uma missa num campo nudista, tudo é permitido. Imaginem vocês que morrera um dos nus. Seus companheiros mandaram realizar uma missa de sétimo dia. Mas insinuou-se a dúvida: — o padre devia despir-se ou não? O sacerdote era progressista e não se recusava a tirar a roupa. Mas usava óculos e não sabia o que fazer dos óculos. O gerente do campo nudista sugeriu: — "Tira." O padre despiu-se com a maior naturalidade. Perguntaram: — "E os óculos?" O sacerdote vacila. Por fim, decide: — "Os óculos não tiro." Não deixava de ser meio surpreendente aquela nudez míope, que precisava de lentes fortíssimas. O gerente pergunta: — "Os sapatos, o senhor tira?" Pigarreia: "Os sapatos, sim." E, realmente, os tirou. Descalço, nu e de óculos. Um dos nudistas insiste: — "Se eu fosse o senhor, tirava os óculos." O santo começou a se irritar: — "Nunca!" Só então os outros entenderam o padre. Os óculos eram a sua folha de parreira.

O Globo, 19/6/1972

25. A mulher da gargalhada

1 A natureza pode ter todos os defeitos, e admito que os tenha alguns dos quais bem comprometedores. Em compensação, possui uma virtude que ninguém poderá, sem feia injustiça, negar-lhe. Refiro-me à imaginação. A natureza tem imaginação, eis um ponto pacífico. Outro dia, fui ver, no Estádio Mário Filho, o jogo Botafogo x Palmeiras. E, antes da partida, fiz o que faço, habitualmente: — fiquei olhando as caras.

2 Certa vez escrevi que não há nudez intranscendente. Já me inclino a mudar de opinião. Mais patético do que tudo, no ser humano, inclusive a nudez, é a cara. Eu, se fosse banqueiro, emprestaria dinheiro pela cara. Perfeito. E tudo o que nós temos, de sublime ou de vil — está na cara. Vale a pena ir ao Estádio Mário Filho em dia de grande jogo. O ex-Maracanã tem um maravilhoso repertório de caras. Basta que o sujeito se coloque ou no alto de uma rampa ou no hall dos elevadores.

3 E, por aí, verificamos como é espantosa a imaginação da Natureza. Certa vez, estava eu no hall dos elevadores (ainda no tempo do Abellard

França). Súbito, vejo despontar, quem? Uma grã-fina. Dirão vocês que, grã-finas, há milhares (não direi milhões). Em todos os países e em todos os idiomas. Mas aquela que, a nossa vista, atravessava as borboletas, tinha uma singularidade inédita, quase aterradora: — as narinas de cadáver. Exatamente, narinas de cadáver. Era linda, ou, por outra, nunca se sabe se uma grã-fina é linda. A grã-fina bonita, ou não é grã-fina, ou não é bonita.

4 Aquilo me fascinou: — coloquei-me na fila do elevador, e, logo atrás de mim, as narinas de cadáver. E vejam vocês que coisa espantosa. Aquela grã-fina não era como as outras e pior — não tinha cara. Procurem entender. O sujeito não via os olhos, a boca, o queixo, os cabelos. Não. Qualquer um se fixava nas narinas de defunta. Eis o que eu queria dizer: — que capricho singularíssimo de fantasia levou a Natureza a inventar tais narinas para tal senhora.

5 Em outra ocasião, entro na fila com o Salim Simão e o Francisco Pedro do Couto. E, súbito, ouço um riso feminino. Ou melhor dizendo: — uma gargalhada de mulher. Uma gargalhada de mulher causa, normalmente, um vago constrangimento. Disse não sei quem, se não me engano, Schopenhauer. Não foi Schopenhauer. Um outro disse que o homem pode soltar todas as gargalhadas do céu e do inferno. Ao passo que a mulher deve, no máximo, sorrir. Assim dizia Schopenhauer. Não, não foi Schopenhauer. E, ali no hall dos elevadores, uma mulher ousava rir como ninguém. Digo para o Salim Simão: — "Temos uma lavadeira na fila." Ainda me virei para descobrir a autora da gargalhada. Mas havia uma multidão e eu não a identifiquei.

6 A fila dos elevadores, no Estádio Mário Filho, avança um milímetro de 10 em 10 minutos. E, súbito, explode outra gargalhada da mesma senhora, ou, melhor dizendo, da mesma lavadeira. Deus me livre de fazer pouco das lavadeiras. São filhas de Deus tanto quanto uma duquesa. Imagino que várias duquesas começaram num bom tanque. Há, ou deve haver, um riso de classe. Não é justo que Maria Antonieta ria como uma favelada, ou a favelada como Maria Antonieta. Ao impacto da segunda gargalhada, o Salim reagiu também com um espanto irritado. Ora, o hall do ex-Maracanã não é um boteco das ilhas, sim, das ilhas obscenas e líricas dos mares do Sul. Acabei descobrindo a culpada. Estava na outra fila, uns dez metros atrás de mim. E esganiçava outras gargalhadas. Súbito, o Salim, num deslumbramento brutal, diz para mim: — "Mas é a fulana!" Um protesto subiu-me das entranhas: — "Não é possível! Não pode ser!" E o Salim, aos berros: — "É fulana, sim! Não é, Couto? Não é fulana?"

7 O Couto disse a última palavra: — "Fulana, claro!" E, por um momento, a minha perplexidade assumiu proporções inéditas. Eu conhecia a "fulana" de referências, de lendas, de retrato. Mas nós sabemos que a fotografia é a antiarte e o retrato, a antipessoa. Só os pobres-diabos de ambos os sexos têm fotogenia. Era uma grã-fina célebre. Quando alguém, no futuro, quiser exumar este momento da história carioca, dirá: — "A época da fulana!" E, para mim, havia uma incompatibilidade entre a grã-fina e aquele som de gargalhada. Vocês já ouviram o pavão? Certa vez, passei, à noite, pelo Campo de Santana. Ainda existia, lá, uma meia dúzia de pavões. Eis o que eu queria dizer: — o pavão estraçalha o próprio riso. E a fulana estraçalhava suas gargalhadas.

8 Agarrei o Salim: — "Mas é isso que é grã-fina?" No meu assombro, insisti: — "É esta a melhor mulher do Rio de Janeiro, a mais bonita, a mais interessante, a mais elegante?" O Salim geme: — "Há gosto pra tudo." E, atrás do Salim, o Couto insinua: — "Já foi linda." O "foi" era de uma crueldade cesariana. Mas o Couto estava errado. O passado ainda não começou para fulana. Ainda inspira paixões, tem casos famosos e todo um folclore, maravilhoso e vil, sem o qual a mulher bonita geme de frustração inconsolável.

9 O curioso é que há no hall dos elevadores, e, não sei por que, uma misteriosa cerimônia, uma inexplicável polidez. Sendo um estádio de futebol um local próprio para as extroversões ululantes, não se entende que, no caminho dos elevadores, as pessoas falem baixo, como num velório. E, ali, só uma pessoa se esganiçava. Jamais houve uma gargalhada tão livre. Se, um dia, uma favelada risse assim, seria vaiada por todos os favelados.

10 Mais uma vez pasmei para a imaginação da Natureza que condenava uma grã-fina a esganiçar-se de tal sorte. E, no entanto, vejam vocês: — pode parecer que tal gargalhada, digna dos pavões delirantes, causava uma irritação geral. Não. Aquele riso exagerado, violentado, produzia um delicado escândalo. As outras mulheres invejavam a que ria. E a fulana não esgotava o seu repertório de gargalhadas. Se sorrisse, apenas sorrisse, fosse uma banal Gioconda, não seria olhada por ninguém. Ao mesmo tempo, o simples riso da criatura emanava não sei que voluptuosidade. Logo, o hall ficou saturado de um erotismo, como direi, um erotismo difuso, volatizado, atmosférico, que todos passamos a respirar.

11 Eu estava ali com a finalidade precisa, única, de ver um jogo de futebol. Mas o clássico ou a pelada tornou-se secundário, irrelevante. As pessoas só se interessavam pela gargalhada, irreal, alucinatória, de som quase abjeto e, apesar disso ou por isso mesmo, fascinante.

12 A minha fila era outra e outro meu elevador. Eu pensava no ser absurdo que é a grã-fina. A fulana era feia, velha e suburbana. Aí está: — sem querer, escapou-me a palavra certa. Suburbana. Mas há suburbanas que são lindas. Muitas têm um frescor de idílio. E a zona norte ainda morre de amor, ainda mata por amor. E a fulana é falsamente grã-fina, e falsamente suburbana, porque exagera os defeitos desta última. Cabe então a pergunta: e por que foi um dia capa de *Manchete*? e por que é tão notícia? Eis um mistério nada misterioso. Tornou-se um mito, para o jornal, a revista, o rádio, a TV, e, até, para as faveladas — por sua desesperada falsificação vital. Ao passo que a verdadeira grã-fina tem a aridez de três desertos.

O Globo, 21/12/1968

26. História de Lemos Bexiga

1 Sabemos que uma rua, ainda a mais obscura, ainda a mais secundária, tem todos os tipos e todas as paixões. Há o santo e o pulha, a virtude e o pecado, o ateu e o crente, a misericórdia e o cinismo. "Tem todos os tipos", disse eu. Todos, menos o Lemos Bexiga. Era uma dessas figuras que ninguém esquece. E ouso afirmar que só a rua Pereira Nunes teve um Lemos Bexiga.

2 Rapidamente, vou traçar-lhe a biografia. Ele nasceu, exatamente, no dia 31 de dezembro de 1900. Às 11 da noite, D. Queridinha, sua mãe, geme para o marido: — "Chama a parteira, que é pra já." Moravam num sobrado e o marido despencou-se pela escada. Na boa época, cada parto tinha um repertório de gritos. E, de um momento para outro, os gritos de D. Queridinha vararam a rua Pereira Nunes de ponta a ponta.

3 As vizinhas invadiram seu quarto. Uma, mais prática, enfiou-lhe uma vela na mão: — "Segura, segura!" A parteira, que morava pertinho, chegava, esbaforida. Lemos nasceu à meia-noite em ponto e, pois, nasceu com o século. Talvez não tenha sido à meia-noite em ponto. Talvez essa coincidência fosse uma fantasia de familiares e vizinhos. Mas vá lá: — meia-noite em ponto. E nasceu em Pereira Nunes aquele que morreria em Pereira Nunes.

4 Pode-se dizer que o Lemos Bexiga gozou ou, melhor dizendo, *amargou* bom pedaço da *belle époque*. Ele não tardaria a descobrir que, no Brasil, a *belle époque* não teve nada de *belle époque*. De 1900 a 1900 e não sei quantos, todo mundo, aqui, costumava morrer de varíola, febre amarela, peste bubônica e outras. Aos nove anos, o nosso Lemos apanhou varíola. Houve um momento em que o menino era um pequeno esqueleto, com um leve, diáfano revestimento de pele. A mãe ia chorar atrás das portas. Soluçava: — "Meu filho é uma caveirinha!" Foi nesse dia que o pai agarrou o médico: — "Se meu filho morrer, eu te mato, doutor, eu te mato!"

5 Não morreu. Passou dois meses no fundo da cama. E, quando apareceu no portão, não tinha um fio de cabelo e estava com o rosto picadinho de bexiga. Diga-se que, durante toda a doença, dia após dia, o menino teve um medo adulto da morte. Mas, enfim, salvou-se. Naquele tempo, não era feio ter, na cara, marcas de bexiga. O Lemos cresceu, namorou, noivou e casou. A mulher chamava-se Arlete, nome então muito usado da Praça Saens Peña para baixo.

6 O Lemos casou, etc. e tal. Não sei se foi feliz no casamento. Ou por outra: — foi infelicíssimo. Seria justo dizer que brigavam desde o primeiro minuto da lua de mel. Na verdade, só Arlete brigava. Dizia o diabo: — "Seu isso, seu aquilo!" Ele, num canto, os ombros vergados, ouvia só. Uma noite, ela se esganiçou no insulto: — "Tu não é homem!" Desta vez, ele falou e a vizinhança ouviu. Eis o que disse, nítido e forte: — "Deus te abençoe." Essa, paciência, ou misericórdia, ou compaixão, ou que outro nome tenha, deslumbrava toda a Pereira Nunes. Cochichava-se: — "Um santo." Santo com a mulher e com os outros. Embora ganhando pouco, Lemos Bexiga era o que hoje chamamos de "mão aberta". O dinheiro escorria-lhe, por entre os dedos, como água. Era de dar a camisa a um pobre no meio da rua. Emprestava a todo mundo. Tinha sempre um níquel para uma criança. E, quando vinham pagar uma dívida, dizia: — "Você não me deve nada!" No dia de Natal, parecia um Papai Noel da rua. Só em casa, era recebido aos berros: — "Sai de perto de mim com tuas bexigas!" Um dia, uma vizinha chamou o Lemos: — "Seu Lemos, se eu fosse o senhor, dava-lhe uma boa sova." — E ele: — "Sou contra pancada."

7 Como amar é dar razão a quem não a tem, o Lemos Bexiga dava sempre razão à mulher. E tinha um tal tesouro de bondade, que jamais lhe ocorreu a simples pergunta: — "Mas o que é que eu fiz a Deus?" O pobre-diabo queria acreditar que a mulher é uma como namorada, outra como noiva e outra ainda como esposa. Como namorada, ou noiva, Arlete fora uma doçura. A última briga do casal foi assim. Lemos Bexiga chega em casa e fez o que não fazia há muito tempo: — aproximou-se da mulher e a beijou na testa. Hirta de nojo, trinca os dentes e reagiu: — "Não me faça mais isso." E, então, o rapaz puxa da bolsa um embrulhinho, amarrado com fita dourada. Com ardente humildade, está dizendo: — "Trouxe uma lembrancinha." De braços cruzados, a outra pergunta: — "Que é isso?" Falou: — "Vê." A mulher fecha os olhos, empina o perfil e fica assim, um momento, de lábios trancados. Lemos implora: "Meu bem." Ela abre os olhos e, num movimento rápido, apanha o embrulhinho. Quando abre e vê que é um anel, esganiçou-se como nunca: — "Não quero esse presente nojento!" E não parou mais: — "Olha o que eu faço com teus presentes!" Atirou o presente pela janela. Lemos Bexiga teve que sentar, porque estava com a vista turva e as pernas bambas.

8 A família do lado ouvia tudo. Houve um momento em que a vizinha falou para o marido: — "Um santo, o Seu Lemos é um santo!" E o marido, na sua irritação de homem: — "Ele devia é ter vergonha naquela cara!" A vizinha saltou: — "Vergonha temos nós! Santo não tem vergonha!" Arlete falou horas e o Lemos Bexiga não disse uma palavra. Minto. Uma vez, uma única vez, gemeu: — "Meu bem, você pode falar, mas eu te adoro." A coisa começou às sete horas e, às onze, continuava. O guarda-noturno que veio, apitando, lá do Boulevard 28, parou na porta. Conhecia o Lemos Bexiga e ficou ouvindo. Arlete repetia: — "Não quero ver as tuas bexigas." E o Bexiga mudo. Arlete, estava rouca. Perguntou, mais baixo, com voz de homem: — "Por que você não morre?" Arquejou: — "Quando você morrer, vou cuspir na tua cova."

9 Acabou de dizer isso e ficou, um instante, muda, meio alada, exausta do próprio ódio. E, depois, começou a andar, circularmente, pela sala: — "Ai, que dor de cabeça! Ai, que dor de cabeça!" Naquele momento, o rapaz deixou de ser o humilhado, deixou de ser o ofendido. Arremessou-se e pedia pelo amor de Deus: "Senta, senta. Meu bem, olha. Olha. Senta." Ela continuava girando e repetindo: — "Ai, que dor de cabeça! Ai, que dor de cabeça!" Rodava, rodava sem parar. E, então, desatinado, ele correu para a janela. Defronte, o vizinho tinha telefone. Gritou: — "Chama a assistência! Chama a assistência!"

10 Volta para a sala. Foi encontrar a mulher sentada numa cadeira de palhinha. Não gritava mais. Sua voz era inaudível como o hálito: — "Dor de cabeça. Dor de cabeça." E, depois, nem isso. Ficou assim, de olhos fechados, as mãos entrelaçadas no regaço, o perfil diáfano. Já chegavam os vizinhos. Lemos Bexiga os recebia, excitadíssimo: — "Graças a Deus, melhorou", dizia. Finalmente, chegou a assistência. O primeiro a entrar foi o médico, seguido pelo enfermeiro, com a mala. O médico achou que não precisava examinar. Disse apenas: — "Está morta."

11 Uns dez tiveram que subjugar o Lemos Bexiga. Ele berrava: — "Minha mulher não era má. Um coração de ouro. Tudo era a dor de cabeça." Contou que, na primeira noite do casamento, ela dissera: — "Odeio tuas bexigas!" Já era a dor de cabeça. Os vizinhos pediam: — "Calma, Lemos, calma!" O primeiro parente a aparecer foi o comissário Marcondes, tio de Arlete. Entrou, não cumprimentou ninguém, não deu pêsames. Não se dava com o Lemos. Foi no quarto espiar a sobrinha, e voltou. Ficou, num canto, óculos escuros, uma cicatriz de navalha na cara, só olhando. Era época dos enterros residenciais. Chegara mais gente, a autoridade não tirava a vista de Lemos Bexiga. Notou que o viúvo abraçava longamente as pessoas. Era um abraço de três minutos. O sujeito queria desprender-se e Lemos o segurava. A câmara-ardente já estava armada, com os círios acesos. Um velhinho chegou e chorava: — "A nossa Arlete!" Lemos atracou-se ao recém-chegado e não o largava. E, súbito, ouviu-se o berro: — "Basta! Chega!" Houve um espanto. Era o comissário Marcondes, gritando: — "Esse homem" — apontava para o Lemos — "bateu a carteira de todos vocês." Disse para o velhinho: — "Veja a sua carteira." O outro apalpou-se: — "Roubaram!" Mais uns cinco não acharam a carteira. O viúvo batia as carteiras nos abraços, nos pêsames. A autoridade exultava: — "Foi ele, ele, o ladrão." Quem deu o primeiro tapa foi o comissário. Um outro, um rapa, por trás, e derruba o Bexiga. Levantou-se para cair outra vez. Um outro o suspendeu para dar-lhe uma cabeçada. Lemos soluçava: — "Não me batam, não me batam." No caixão, a morta parecia sorrir.

O Globo, 26/5/1969[10]

---

10 Crônica publicada em *O Globo* com o título de "Nasceram juntos: o Lemos e o século XX".

27. O sanduíche encantado

1 Era na rua Alegre, na Aldeia Campista. Hoje, não existe mais a rua Alegre e quase não existe mais Aldeia Campista. Do ano, não estou bem certo. Ou 1921 ou 1923. Não, não. Vinte e dois: — foi o ano do Centenário. Agora me lembro: — 21. No ano seguinte, minha família foi morar na Tijuca, rua Antônio dos Santos. Defronte, morava o juiz Eurico Cruz.[11] Mas volto à Aldeia Campista. No fim da rua Alegre, exatamente na esquina com Maxwell, estava a escola pública.

2 Lá, fiz todo o curso primário. Ou por outra: — não todo. Fui até o terceiro ano primário, só. Quando minha mãe me matriculou, eu estava absolutamente certo de que jamais aprenderia a ler e jamais aprenderia a escrever. E foi lá, na escolinha pobre que tinha, se tanto, oitenta alunos, foi lá que eu sofri o primeiro e definitivo trauma da minha infância. Tinha eu

---

11 Crônica publicada em *A cabra vadia* com o título de "Veterinários". Na edição de *O Reacionário* de 1977, Nelson manteve as modificações feitas para *A cabra vadia*. Ao longo do texto apontamos as mais significativas. Neste trecho, Nelson continuava: "e, ao lado, o senador Benjamin Barroso."

seis anos e, como já escrevi, era pequenino e cabeçudo como um anão de Velasquez.[12]

3 Esse trauma profundo e irreversível foi um sanduíche. Exatamente, um sanduíche. Minha família era pobre, muito pobre, pobre mesmo. Minha mãe, que foi uma das mulheres mais lindas do seu tempo, tinha de ir para a cozinha e para o tanque. Uma tarde, passou lá por casa uma amiga de minha mãe, amiga dos bons tempos do Recife. Entrou e, quando viu a nossa miséria, começou a chorar. Chorava a visita por um lado e minha mãe por outro. Até então eu não via a miséria como tal. E me considerava rico diante dos filhos da lavadeira.

4 (Chamava-se Dolores a amiga da minha mãe. Aí está: — Dolores.) Bem. Éramos tão pobres que eu nem sempre levava merenda para a escola. Mas no primeiro dia, e como era o primeiro dia, levei uma banana. Ninguém pode imaginar a ternura, a um só tempo agradecida e triste, com que eu a segurava. O fato de tê-la fez-me sentir um pequeno príncipe. O importante na escola não foi a escola, nem a aula, nem a professora. Foi o recreio, foi a merenda, foi a banana.

5 Tudo aconteceu na hora do recreio. Lá fui eu, com todos os outros, para o pátio. Tenho seis anos e vou comer uma banana. Aos seis anos, ninguém come uma banana com uma fulminante voracidade. No meu tempo, as crianças primeiro a lambiam. Chupava-se a banana como, hoje, o chicabon. Eu estou descascando, radiante, a banana. E, súbito, paro. Na minha frente está um garoto, de cabelo à nazareno. Traz a merenda num papel amarrado com barbante, prateado ou dourado. Desfez o nó sem pressa. Desembrulha. E lá estava, simplesmente, o sanduíche de ovo, o único sanduíche de ovo de todo o recreio.

---

[12] Foi suprimida a frase: "Em respeito ao trauma, não quero ser literário. Poderia falar em Dickens ou Dostoiévski. Mas repito: — não quero ser literário e Deus me livre."

6 (Já contei este episódio umas dez vezes. Mas entendam: — reescrevê-lo dá-me uma desesperada euforia.)[13] O garoto está à minha frente e não tira os olhos de mim (por minha vez, também não tiro os olhos dele). Ali começou a vergonha, ali começou a humilhação da banana. Uma professora apareceu e, por um momento, até ela invejou aquele afrontoso pão com ovo. Outros meninos, outras meninas olhavam também. Uma menina tinha uma lata pequena de biscoito. Mas a latinha perdeu longe para o sanduíche. A professora passou outra vez. Uma tristeza turvou o seu olhar. Tristeza e, mesmo, ressentimento por não estar comendo o pão com ovo. Digo isso e não sei se estou tecendo uma cruel fantasia retrospectiva. E, não contente, o menino deixava escorrer a gema como uma baba amarela. Era, como já escrevi, o trauma. Digo trauma e não lhe ponho um T maiúsculo por um certo pudor estilístico.

7 Ora, depois disso, aconteceu o diabo. Dias, meses, anos já fluíram para a eternidade. Houve a guerra, Hiroshima. Mas a lesão da alma lá continua reservada, intacta, indiferente ao tempo e à bomba atômica. Escrevo isso e paro de bater a máquina.

8 Imaginem que comecei esta crônica para falar de um "Seu" Sepúlveda. Não saberia descrever sua cara. Para mim, Sepúlveda é um nome. Lembro-me da sua barriga, a maior do bairro, talvez da cidade. E o nome — Sepúlveda — era o seu espanto, quase o meu horror. Ele não fez, não disse, não pensou nada que o notabilizasse. Sua única singularidade, além do nome, era a barriga.

9 Não sei se morreu, mas creio que sim. E quem não morreu de 1922 para cá? Ontem, vi uma fotografia do Flamengo x Fluminense de 1919. Aparece a multidão. E penso que aquelas cinco mil, dez mil pessoas estão mortas. Mas como ia dizendo: — depois que saímos de Aldeia Campista, nunca mais o vi. O nosso Sepúlveda, com tal nome e tal barriga, desapareceu até o último vestígio. De vez em quando, eu me pergunto se alguém

---

[13] As observações entre parênteses foram acrescentadas.

{ O sanduíche encantado } **145**

se chamou Sepúlveda e se alguém usou sua barriga. Mas vejam vocês: — eu tive ontem, exatamente ontem, uma surpresa encantada. Entro no boteco, para tomar o meu cafezinho. E lá estava um bêbado admirável!

10 Fosse eu um idiota da objetividade, e teria começado esta crônica pelo Sepúlveda. E enveredei por toda uma caprichosa narração nostálgica. Vi o bêbado e confesso: — para mim, não há pau-d'água intranscendente. Também se conhece um povo, ou classe, ou época pelos seus bêbados. Mas o pau-d'água citado era da classe média e explicava por que não se casara até então. "Eu não concordo com o sexo", declarava. Segundo ele, o sexo é o responsável por todas as nossas calamidades pessoais e coletivas. E, súbito, me viu. Caminhou para mim e apresentou-se: — "Fulano de tal Sepúlveda." Tomo um choque. De repente, toda a minha infância se instalou ali, no boteco. Sepúlveda. Por que exatamente esse nome e não outro qualquer? Há milhões de nomes e teria de ser Sepúlveda. Com a boca encharcada, disse: — "Sexo é pra operário." E repisou a frase não sei quantas vezes. Por fim, confessou que ouvira isso de um rapaz de muito talento, com pinta de galã, o Luiz Eduardo Borgerth.[14]

---

14 O décimo parágrafo foi reescrito, condensando três parágrafos da crônica publicada em *O Globo*:
"10 (...) Também se conhece uma classe pelos seus bêbados. Nas últimas 'Confissões' tenho falado muito dos grã-finos. E uso muito os seus paus-d'água. Pode parecer quase uma crueldade. Engano. Nos pileques de black-tie explodem as verdades secretas, inconfessas, mentidas. Tudo que está lá dentro rompe então como uma espécie de vômito triunfal.
"11 Aquele era um pau-d'água da classe média e dizia: — 'Sexo é pra operário.' Ia ao fundo do boteco e voltava: — 'Sexo é pra operário.' Achei graça, isto é, não achei graça. Os outros acharam, não eu. E, súbito, o ébrio me identificou; veio para mim, em ânsias. Começou por me chamar de 'doutor'. Outro que também me reconheceu, teve o berro dionisíaco: — 'Fluminense!' O pau-d'água virou-se, irritado, sem entender que se misturasse futebol com sexo.
"12 Foi aí que o pau-d'água se apresentou: — 'Fulano de Tal Sepúlveda.' Tomo um choque. Subitamente, toda a minha infância se instalou ali, no boteco, Sepúlveda. Sou um maravilhoso ouvinte de bêbados. E, com muito mais razão, se o cachaça é Sepúlveda. Mas eis o que o Sepúlveda contemporâneo queria demonstrar: — é uma indignidade tocar na mulher amada. Agarrado a mim, soltou a sua, uma utopia: — casamento devia ser amor, sem nenhum sexo, nenhum, nenhum. Repetia como um fanático: — 'Sexo é pra operário.' Por fim, confessou que ouvira isso de um rapaz de muito talento, pinta de galã, o Luiz Eduardo Borgerth."

11 Uma hora depois, entro na redação e apanho a correspondência. Ao abrir o primeiro envelope, tomo um susto. Era um leitor irritadíssimo. Lera algumas "Confissões" e vira em mim um brutal reacionário. Não queria, porém, ser injusto. Por isso, pedia ou exigia que eu me definisse sobre a *Educação Sexual*. Sou contra ou a favor? Bem. Vou ser o mais taxativo possível: — *Sou contra*. E, para evitar qualquer dúvida, ou sofisma, direi com a maior ênfase: — "Absolutamente contra." Não sei se me entendem. A *Educação Sexual* devia ser dada por um veterinário a bezerros, cabritos, bodes, preás, vira-latas e gatos vadios. No ser humano, sexo é amor. Portanto, os meninos, as meninas deviam ser preparados, educados para o amor. Se meu leitor progressista ainda não está satisfeito, direi algo mais. O homem é triste porque, um dia, separou o Sexo do Amor. Nada mais vil do que o desejo sem amor. A partir do momento da separação, começou um processo de aviltamento que ainda não chegou ao fim. E, assim, o homem tornou-se um impotente do sentimento e, portanto, o anti-homem, a antipessoa.

O Globo, 2/8/1968

28. A devolução da alma imortal

1 Não estou sozinho no meu horror a Marx e repito — tenho a companhia inteligentíssima do Otto Lara Resende. Claro que esse horror exige data, hora e local próprios. Por exemplo: — não ousamos confessá-lo em lugares concorridos, salas, retretas, velórios e redações. Por toda a parte há marxistas; e, quando não há marxistas, há os falsos marxistas, isto é, os que o são por cálculo, moda, pose, cinismo.

2 De vez em quando, eu e o Otto vamos para o terreno baldio. A hora escolhida é a tal que apavora, ou seja, à meia-noite. Não há testemunhas, a não ser a cabra vadia. E, aí, embuçados, com chapelões de Michel Zevaco, e à luz de archotes, confessamos, um ao outro, o nosso feroz, irreversível, inarredável antimarxismo. Imagino que o leitor queira perguntar: — e por que esse ressentimento nem sempre expresso, nem sempre confesso, mas intransigente contra "o velho"?

3 Em nossas conversas de terreno baldio, o Otto faz a Marx a seguinte abjeção: — a morte não é citada em seus escritos. É como se a morte não existisse. Enquanto o sino da matriz bate as doze badaladas; enquanto a cabra come a paisagem, o Otto me pergunta: — "'Nós não morremos?" E eu, lúgubre: — "Parece." Por outro lado, os nossos quinze minutos terrenos, sim, o quarto de hora que passamos cá embaixo não basta para o nosso apetite vital.

4 Em suma: — na nossa última entrevista de terreno baldio, perguntamos um ao outro sobre o nosso destino eterno. Ficou decidido que não abriríamos mão de nossa alma imortal. E, já que Marx nos tirara a eternidade, exigíamos que ele a devolvesse.

5 Claro que não somos, eu e o Otto, os únicos que, da banda ocidental, levam a morte em tão alto apreço. Nunca me esqueço de um episódio de adolescência. O táxi em que eu viajava atropelou um cachorro. Era um desses vira-latas vadios e líricos. Foi uma cena espantosa. (Agora me lembro de que tudo acontece na esquina de Barão de Mesquita com Major Ávila.) Vocês não imaginam os arrancos triunfais do cachorro atropelado. Eram saltos de meio metro, e todos maravilhosamente plásticos, elásticos, acrobáticos.

6 O chofer ficou louco e quase estourou o automóvel no primeiro poste. Freou o carro; soluçava: — "Coitadinho! Coitadinho!" Eu, branco, não sabia o que dizer, o que pensar. E toda a rua chorou. O povo corria. Vi uma senhora sentar-se no asfalto e pousar a cabeça do bicho no seu regaço. Juntou-se, ali, uma multidão para olhar a breve agonia. Era um cachorro vagabundo. Mas sentia-se que, por trás do fato, havia toda uma aura de mistério e de espanto.

7 Passo da morte do cachorro para a "Cortina de Ferro". A morte, lá, é o que há de mais secundário, irrelevante, intranscendente. O sujeito pode morrer quinhentas vezes. Pode pendurar-se no telefone e anunciar, em todas as direções: — "Morri." E a morte comunicada pelo próprio defunto não impressionará ninguém. A morte de Stalin assombrou como fato político. Não era o defunto, mas, repito, o "fato político". Não sendo um "fato político", a morte causa apenas, como consequência emocional, um certo tédio, um certo asco.

8 Vocês se lembram do maravilhoso suicídio dos jovens tchecos. Sentiu-se, na ocasião, a brutal dessemelhança entre os dois mundos. Por que se matavam os jovens tchecos? Porque cinco países socialistas, com a Rússia à frente, fizeram apenas isto: — a curra da Tchecoslováquia. Havia, na pobre pátria, um esboço do que se chamou "liberalização". E o mundo teve de assistir ao estupro de um povo que não fizera nada, mil vezes nada.

9 E o pior foi a solidariedade de certos homens e de certos governos. Fidel Castro falou para o mundo, a favor da infâmia soviética. Nós sabemos o que é Cuba. Uma Paquetá, que os Estados Unidos, se o quisessem, ocupariam em 15 minutos. Portanto, a autodeterminação é vital para Cuba. E vem Fidel Castro e, com um cinismo gigantesco, proclama que a Rússia fez muito bem ao esmagar a autodeterminação tcheca. É, portanto, um límpido, um translúcido canalha.

10 O Governo tcheco aceitou a invasão. Os políticos aceitaram a invasão. Havia um Dubcek, o patriota. Se era patriota, não devia aceitar a invasão. E, com efeito, pensou-se que ele faria, sozinho, contra os tanques, uma resistência solidária e formidável. Mas logo os russos o raptaram. Amarraram, fisicamente, o seu patriotismo. E, assim, quase engradado, foi levado para Moscou. Os russos levaram um patriota e devolveram a antipessoa.

11 Não se sabe até hoje, e não se saberá nunca, o que houve entre Dubcek e Moscou; o que se sabe é que, ao voltar, ele queria apenas sobreviver. Todos os seus gestos, as suas ideias, os seus sentimentos eram apócrifos, isto é, russos. A palavra de ordem, do Governo tcheco, era a capitulação. O povo devia submeter-se, docemente, à ocupação estrangeira.

12 Os realistas, que sempre os há, em todos os países e em todos os idiomas, poderão lembrar que seria inútil resistir aos tanques soviéticos. Portanto, os tchecos deviam aceitar e, até, agradecer o próprio estupro. Foi quando o primeiro jovem lembrou-se de reagir pelo suicídio. Era o protesto. Ateou fogo às vestes, como as nossas namoradas suburbanas. Assim, ardeu como uma estrela.

13 No mundo ocidental, a onda de suicídios levantaria povos. Ah, ninguém resiste ao suicídio. Mas o povo tcheco pode matar-se do primeiro ao último homem. Será um sacrifício nacional inútil, unanimemente inútil. Os tanques russos continuarão rolando, eternamente. A Cortina de Ferro degradou a morte. Se não há vida eterna, que importa o suicídio, o fogo, a navalha ou o tiro? O Presidente tcheco veio para a TV e fala ao povo. E vejam como o mundo socialista é outro mundo, é outro homem ou, melhor; é o próprio anti-homem. O Presidente falou contra as imolações. Os suicídios eram considerados, pelos russos, "provocações" intoleráveis. Não fora a irritação soviética e não teriam importância os defuntos em flor. E, assim, negou-se a um povo o direito de meter uma bala na cabeça. Por sua vez, o Partido Comunista Italiano declarou que a reação soviética é um "erro político". Não "moral", "ético", "imoral", "desumano", mas simplesmente político. O homem deixou de ser um homem, é um "fato político". Tudo isso aconteceu num passado recente. Todavia, aprendemos que nem todos são escravos nos países comunistas. Há, sim, na Cortina de Ferro um homem livre: — o suicida.

O Globo, 24/1/1969

29. Paulo Rodrigues

1 Quando meu irmão Mário Filho morreu, escrevi que a morte é anterior a si mesma. Ela começa muito antes, é toda uma luminosa e paciente elaboração. Nos seus últimos dias, Mário Filho teve a lucidez, a sabedoria, a chama de quem vai morrer. Não vi no seu rosto, no seu último rosto, nenhum espanto, nenhum medo, nenhum ressentimento. Rosto tão doce, tão compassivo, tão irmão. Parecia uma morte consentida, quase desejada.

2 Mas vi meu irmão Mário e não vi meu irmão Paulo. Nem Maria Natália, nem Ana Maria, nem Paulo Roberto, nem D. Marina. O que me pergunto é se também Paulinho, sua mulher, seus filhos, sua sogra começaram a morrer antes. E só peço que nem meu irmão, nem meus sobrinhos, nem minha cunhada tenham percebido nada. Imagino uma morte compadecida, sem tempo para o medo e para o grito. Mas o pior é que Maria Natália percebeu, sim, e gritou.

3 Tudo começou no domingo. Eu e Lúcia, em nossa casa, ligamos para Johnny Halliday; Paulinho, na dele, com toda a família, ouvia o mesmíssimo Johnny Halliday. Já na véspera e por todo o domingo, a terra deslizara por debaixo da pedra. Era a morte e ninguém sabia. João, amigo do meu sobrinho Paulo Roberto, estava lá. E Maria Natália fazia anos (tinha ódio da data). João fora buscar Paulo Roberto para um cinema. Eu, em casa, via o cantor arrancar a camisa e, seminu, atirá-la na plateia, num rompante erótico.

4 O que houve, em seguida, foi tremendo. No vídeo, estava o dorso, lustroso e crispado. E, embaixo, na plateia, correrias, atropelos, uivos. Cabeludos e meninas cavalgavam as cadeiras. A camisa foi possuída, violentada, estraçalhada. Na rua Cristóvão Barcelos, Paulo Roberto preferia Johnny Halliday (o cantor era a morte), preferia Johnny Halliday ao cinema. E, então, a pedra se desprende. Ia levar, de roldão, uma casa, o edifício seguinte, e, por fim, o de Paulinho. Maria Natália empurra o João: — "Corre, que a casa está caindo!" O menino correu. Veio pela escada, enquanto o mundo desabava. Diz ele que ouviu, ainda, o grito de Ana Maria. Mas por que seria o grito de Ana Maria, e não um grito sem dono, desgarrado, perdido?

5 Agora me lembro: — não era somente Johnny Halliday. Também me preocupava a resenha esportiva dominical. Toda a cidade tremia de clarões. E eu queria comparecer ao programa. Mas Lúcia teimava: — "Não vai! não pode ir!" Telefonei para o José Maria Scassa e o colega respondeu: — "O negócio aqui está preto. O Jóquei tem metro e meio de água. Estou preso, ilhado." Na Santo Amaro, Luiz Alberto era outro acuado. Augusto Melo Pinto, o produtor da resenha, fora jogar nos cavalos e naufragara no prado. No fundo, no fundo, estávamos achando uma graça infinita nas águas. Por fim, uma moça do *Globo* deu a última palavra: — "Não vai haver a resenha."

6 Enquanto me divertia com as chuvas, Paulinho estava morrendo. Pois algo de mim também foi sepultado em lama, pedra e vento. Sou outro "depois das chuvas". É um corte tão fundo, e tão violento, e tão sem piedade. Quando digo "antes das chuvas", estou falando de um outro mundo, de outro idioma, de outra encarnação e, mesmo, de outras chuvas. Tanta coisa morreu com o desabamento, inclusive eu próprio. Não pensem que não morri também. Como poderia eu brotar, intacto, da catástrofe? Naquele domingo, estava na minha casa, longe e protegido, ouvindo e vendo Johnny Halliday contaminar a cidade com o seu erotismo ululante.[15]

7 De repente, bate o telefone. Lúcia atende. Está falando e eu pergunto: — "Quem é?" Ela tapa o fone: — "Papai." Mentira. Era minha irmã desvairada: — "Desabou o edifício de Paulinho." Lúcia sai do telefone; mente: — "Lá de casa. Papai chegou de Petrópolis." Depois, o telefone não parou mais e só ela atendia. Continua mentindo com medo do meu coração. Até que um amigo, o Dr. Silva Borges, telefona, avisando: — "A *Continental* deu que Paulo está no Sousa Aguiar." Só então minha mulher começou a dizer a verdade. Repetia, desatinada: — "Se está no Sousa Aguiar, está vivo."

8 Eu, Lúcia, meus filhos Joffre e Nelsinho, meus irmãos Augusto, Helena, Stela varamos a noite, de hospital em hospital. No Sousa Aguiar, nada. De *O Globo* vieram Carlos Tavares, Meneses, Ricardo Serran, Carlos Alberto. Meu primo Augusto Rodrigues e meu cunhado Francisco Torturra foram para General Glycério; e, lá, fizeram uma vigília de lama, pedra e vento. Eu só pensava em Paulinho, eis a verdade, só pensava em Paulinho. Ao meu lado, Mário Júlio Rodrigues só pensava em Paulinho (e os primeiros mortos vinham esculpidos em lama). No meio da madrugada é que, de repente, eu percebo tudo: se morressem a mulher, os filhos, se morresse toda a família, ele não sobreviveria. Era uma estrutura doce e tão frágil. E havia entre ele e Maria Natália uma paixão de Pedro, o Cru, por Inês de Castro; e do casal pelos filhos um amor de loucura. Pensa também em D. Marina, mãe e avó, que os seguia, trêmula de amor, como uma fanática.

---

15 Crônica publicada em *Memórias — A menina sem estrela*. Na edição de *O Reacionário* de 1977 foram incluídos o quinto e o sexto parágrafos.

9 Na segunda-feira, vejo a notícia: — reconhecidos Maria Natália, Ana Maria, Paulo Roberto e D. Marina. Paulinho não fora ainda encontrado. Eu o imaginei vivo, por um milagre, vivo. Mas quando visse os outros mortos, não tardaria a raiar para ele ou a estrela dos loucos ou a estrela dos suicidas. O espantoso é que, desde o desabamento, eu me encontro, a toda hora, com minha infância. Meus pais ainda moravam em Aldeia Campista, quando dois namorados se mataram no Alto da Tijuca, perto da Cascatinha. Daí para o jornal de modinhas foi um pulo. Três ou quatro dias depois, o pacto de morte tinha o seu verso, a sua rima, o seu canto. Eis o que eu queria dizer: — vem, de minha infância, o deslumbramento por todos os que se juntam para morrer.

10 Cada um de nós morre só, tão só, tão sem ninguém. E meu irmão Paulinho, sua mulher, seus filhos (e D. Marina) parecem unidos numa morte consentida e desejada. Sim, como os namorados de velhas gerações. Mas eu falo em "irmão" e não é bem a verdade. Ou por outra: — seria convencionalmente irmão e, por sentimento, filho. Todos nós, seus irmãos mais velhos, amávamos Paulinho como a um filho e pior: — como a um filho caçula. Por isso é que a sua morte nos fere, e tão fundo, na carne e na alma.

11 Na madrugada de segunda para terça-feira, acharam seu corpo. Graças, graças, iam ser enterrados juntos. Às nove da manhã estava eu na Capela Real Grandeza. Alguém veio me sussurrar: — "Ainda não chegaram." Colocam as primeiras coroas nos cavaletes. Houve um instante em que me deu um ódio negro e cego contra o bar da capela, instalado no andar de cima. É um balcão que serve tudo, coca-cola, guaraná, grapete, sanduíche e cafezinho. A dor tem, ao fundo, um alarido de xícaras e de pires. Enquanto os cinco caixões não chegam, penso que há entre mim e Paulinho não sei quantas coisas entrelaçadas. Naquele momento, descobri que não se deve adiar uma palavra, um sorriso, um olhar, uma carícia. E como me doía não ter dito a ele tudo, não ter feito as confissões extremas. Eu percebia, ali, que nós olhamos tão pouco as pessoas amadas. Quantas palavras calei com pudor de ser meigo, vergonha de parecer piegas? Agora mesmo eu não chorava como queria.

12 Eu queria falar, falar sobre meu irmão. O que me fascinava em Paulo Rodrigues era sua luminosa, ardente humildade. Essa humildade foi, primeiro, uma qualidade vital e, depois, uma virtude literária. Tenho, na cabeça, quase tudo que ele escreveu. Foi talvez por humildade que, nos primeiros escritos jornalísticos, preferiu usar fatos miúdos, quase imperceptíveis. Num instante, percebemos que era o grande poeta da ocorrência menor, o estilista do fato insignificante. Deixava de lado as tragédias óbvias e enfáticas para trabalhar no lixo do noticiário. E como sabia ver, num vago incidente de tráfego, todo o mistério e dramatismo das coisas.

13 Está na sua obra romanesca o delicado, o incomparável virtuosismo com que sempre recriou as miudezas da crônica policial. Vejam o seu último romance, *O sétimo dia*, que é uma exata, inapelável obra-prima. A rua, a esquina, o boteco, o pau-d'água, tudo tem para ele um apelo encantado. Seus vagabundos são de uma formidável tensão dionisíaca. Sabia, como nenhum outro, dar ao miserável uma dimensão insuspeitada e fremente. O leitor ou crítico pode selecionar, nos seus escritos, uma antologia de pulhas magistrais.

14 Eu me lembro da nota que fez sobre o episódio da cusparada. Com uma meia dúzia de linhas, transmitiu ao incidente uma tremenda força lírica. Eis o fato: — um cidadão, que ia numa Mercedes Benz, teve vontade de cuspir. Verifica, porém, que alguém o olha, no táxi, ao lado. Deu-lhe uma espécie de escrúpulo, cerimônia, pudor ou sei lá. E resolveu esperar das duas uma: — ou que a Mercedes ultrapasse o táxi ou que este ultrapassasse a Mercedes. Nem uma coisa, nem outra. Os dois carros corriam juntos e juntos pararam no mesmo sinal. O passageiro do táxi não tira os olhos. O outro imagina: — "Cuspo ou não cuspo?" Entupido de saliva, rala-se de uma ira homicida e impotente. A coisa podia acabar em tapa, tiro, talvez em morte. Paulo Rodrigues fez, com o episódio de tráfego, uma página inesquecível, de uma qualidade machadiana. Eu disse Machado e já penso em Drummond. O *caso da cusparada* tem a densidade do *Caso do vestido*.

15 Às 11 horas, chegam os cinco caixões. Decidimos que não seriam abertos. Eu os vi passando, carregados. E, então, imaginei que ninguém é mais importante, para nós, do que os mortos esculpidos na memória da família.

Correio da Manhã, 2/3/1967

30. Arte de senhoras gordas

1 Nós sabemos que o sujeito mais livre do mundo é o leitor. Nada interfere no pudor, na exclusividade e na inocência de sua relação com a obra escrita. Está só, espantosamente só, com o soneto, o romance ou o texto dramático. Já o espectador é o mais comprometido, o mais impuro e, por outro lado, o menos inteligente dos seres.

2 Eu percebi isso, de repente, na estreia de minha primeira peça, *A mulher sem pecado*. Não foi um original que me fez autor; nem a representação, nem o *décor*. Eu não era ainda autor no ensaio geral. Foi preciso que, de repente, o público invadisse o teatro. Lembro-me de uma senhora gorda, enchapelada, e que entrou comendo pipocas. Naquele momento, descobri uma verdade jamais suspeitada: — o teatro é a menos histórica, a mais pré-histórica das artes.

3 Gide tinha horror do teatro, porque este quer ser a síntese de todas as artes. Nem isso. O teatro não chega a ser arte. E a senhora gorda, devoradora de pipocas, tinha um prodigioso valor simbólico. Afinal, eu escrevera para ela e pensando nela; e não só eu. Dos gregos a Shakespeare, de Ibsen a O'Neill, todos escrevem para a senhora gorda. Portanto, diria eu ainda hoje, que ela é coautora de cada texto dramático.

4 Shakespeare é apenas coautor de si mesmo; e o outro coautor é cada sujeito da plateia. Seria válido o público, se tivesse uma função estritamente pagante; ou, mesmo sem pagar, mesmo carona, fosse passivo e grave como uma cadeira. Mas o público pensa, sente, influi, aplaude e vaia. O autor não tem nada a ver com o sucesso. Quem o faz é o público.

5 Mas dizia eu que o espectador jamais consegue ser inteligente. Está inserido na multidão — é um contra os demais. Essa inferioridade numérica esmaga um gênio. Como se pode ser lúcido se, ao lado, está a tal senhora gorda roendo pipocas? Nada mais obsessivo do que o movimento de suas mandíbulas. Eu tive essa experiência na primeira noite de *A mulher sem pecado*. Estava perdido no meio de umas quinhentas pessoas.

6 Durante duas horas e meia de representação, nunca se tossiu tanto. Até hoje, não sei se a tosse geral existiu mesmo ou se foi uma alucinação auditiva do autor. Deu-me a vontade pueril, absurda, de pedir: — "Não tussam, não tussam!" De resto, eu vinha do Sanatorinho. Lá, aprendera que só há uma tosse admissível: — a nossa.

7 No meio do segundo ato, começo a pensar: — "Estou chato! Estou chato!" Essa constatação me devastou. No palco, o paralítico berrava: — "A fidelidade devia ser uma virtude facultativa." Esperava que tal frase tivesse um impacto inexistível. Mas a plateia continuava com suas tosses e pigarros. Eu me afundei na cadeira, desvairado.

8 No meio do segundo ato, estava mais do que nunca convencido de que é o público que faz do teatro uma arte bastarda; uma falsa arte. Comecei a imaginar uma representação utópica, ideal, para cadeiras vazias. Só seria ator, ou atriz, aquele que estivesse disposto a trabalhar para ninguém. A peça aproximava-se do fim e eu devaneava, furiosamente. Comecei a achar que também as igrejas vazias são as mais belas. O que comprometia e debilitava a fé eram os fiéis e os padres. E, de repente, o paralítico pula da cadeira de rodas.

9 A surpresa geral deu-me uma satisfação maligna. Houve no teatro um momento sem tosse. Alcei a fronte, e o que me humilhou é que ninguém por perto viu em mim o autor. Imbecis, imbecis. Agora estava com medo. Convidara parentes, vizinhos, conhecidos. E se não me chamassem à cena? Em outras peças, inclusive chanchadas, três ou quatro sujeitos punham-se de pé, aplaudindo e berrando: — "À cena o autor! À cena o autor!" Quem me aplaudiria de pé? Quem me chamaria, quem?

10 Baixou o pano e subiu. Realmente, não apareceu viva alma chamando o autor. Na saída, um vizinho veio me abraçar. Disse: — "Gostei." Sorri, pálido. Pouco depois estou numa leiteria próxima, com a família, tomando média. Comendo pão com manteiga, eu pensava: — "O teatro não existe. O que existe é plateia." E depois, enxugando a boca com o guardanapo de papel, concluía: — "O teatro morreu antes de nascer."

11 (Vinte anos depois tenho uma conversa com o Vianinha ou, por extenso, Oduvaldo Vianna Filho. O colega tomava cerveja e eu água da bica. E o Vianinha, depois de lamber a espuma dos bigodes imaginários, dizia-me, com uma convicção forte: — "Teatro é plateia." Deixei passar um momento e perguntei, com a minha timidez de velho: — "Você tem certeza, ó Vianinha, que o teatro é plateia?" Primeiro o Vianinha fala com o garçom: — "Traz outra." Em seguida, vira-se para mim e confirma que teatro é, sim, duzentas senhoras gordas comendo pipocas, com um pavoroso trabalho de mandíbulas.)

12 Volto à *Mulher sem pecado*. Ao tomar o bonde, eu já pensava em *Vestido de noiva*. Mais dois ou três dias, e tinha tudo na cabeça. Ressentido com o público, estava disposto a agredi-lo. A dúvida era o título.

Véu de noiva? Ou Vestido? Preferi "vestido", porque queria um título sem nenhum ornato. E comecei a escrever a peça. Trabalhava, como já disse, no *O Globo Juvenil*. Foi lá que, uma tarde, bati na máquina a primeira lauda de *Vestido de noiva* (tudo em espaço um). E, súbito, vem o secretário da revista, Djalma Sampaio, espiar por cima do meu ombro. Viu que era um texto teatral e pulou: — "Fazendo teatro aqui? Aqui?"

13 Passei a trabalhar em casa. Imaginei para *Vestido de noiva* o processo de ações simultâneas, em tempos diferentes. Uma mulher morta assistia ao próprio velório e dizia do próprio cadáver: "Gente morta como fica." Morrera, assassinada, em 1905, e contracenava com a noiva de 1943. Eu acreditava muito no êxito intelectual, mas acreditava ainda mais no fracasso de bilheteria.

14 "O público não vai entender nada", era o que eu pensava, numa euforia cruel. Como da vez anterior, saí de porta em porta com o original debaixo do braço. Escrevera *Vestido de noiva* com uma coragem desesperada, suicida. Mas sonhava com o elogio. O primeiro a ler foi Manuel Bandeira. Dois dias depois telefonei: — "Leu?" Ele ia respondendo: — "Li. Achei muito mais interessante do que *A mulher sem pecado*." Disse ainda: — "O que me agrada é que não tem nenhuma literatice." Atraquei-me ao telefone: — "Você escreve? Escreve?" E ao mesmo tempo senti asco do meu próprio apelo.

Correio da Manhã, 16/4/1967

31. E disse a noiva: — As mulheres só deviam amar meninos de 17 anos

1 No primeiro momento, a glória é casta. Desde garotinho, a minha vida fora a desesperada busca da mulher primeira, única e última. Em 1930, veio a fome. E, no período da fome, o amor passou para um plano secundário, intranscendente, nulo. Eu só pensava na fome. Mas a glória é ainda mais obsessiva, ainda mais devoradora. Eis o que eu queria dizer: — Com o artigo de Manuel Bandeira, só eu existia para mim mesmo. O resto era paisagem.

2 Sim, o artigo de Manuel Bandeira, que *A Manhã* publicou no princípio de 1943. Ou foi no final de 42? Não, não. Princípio de 43. Todo *O Globo* o leu. Antes, mostrara em casa, a minha mãe, a meus irmãos. A encenação de *A mulher sem pecado* não bastara. E *Vestido de noiva*, ainda inédita, era a glória fulminante e jamais sonhada. Pena é que Álvaro Lins tivesse publicado a sua crítica em *Diretrizes* e não no *Correio da Manhã*.

3 Eu me lembro, com implacável nitidez, do primeiro dia do artigo de Manuel Bandeira. Depois do trabalho, fui para casa. Tranquei-me no quarto, como se fosse praticar um ato solitário e obsceno. Começo a reler o poeta. Primeiro, repassei todo o artigo, da primeira à última linha. Depois, reli certos trechos. O final dizia assim: — *Vestido de noiva*, em outro país, consagraria um autor. No Brasil — consagrará o público."[16]

4 Depois, apanhei uma cópia datilografada da peça, que era a minha primeira "tragédia carioca". Quis ler certos momentos do texto. No segundo ato diz Madame Clessy: — "As mulheres só deviam amar meninos de 17 anos." Ainda no primeiro ato, Alaíde sonha: — "Tão fácil matar um marido." É ainda de Madame Clessy esta fala: — "Eu acho bonito duas irmãs amando o mesmo homem. Não sei, mas acho."

5 E fiquei assim, até alta madrugada, ou relendo a peça, ou relendo o artigo. Antes de mais nada, o poeta influiu em minha autoestima. Ah, se eu morresse naqueles dias, alguém poderia gravar no meu túmulo: — "Aqui jaz Nelson Rodrigues, elogiado por Manuel Bandeira." Não sei se me entendem. Mas o artigo do poeta passava a ser mais importante e vital do que *Vestido de noiva*. No dia seguinte, saí com o recorte no bolso. Ninguém poderia imaginar que eu estava prodigiosamente ébrio de mim mesmo. Eu, eu, eu, eu. Se a mulher amada me aparecesse, eu não a reconheceria e, se a reconhecesse, passaria adiante.

---

16 Crônica publicada em *A cabra vadia*, com o título de "Os meninos". Na edição de *O Reacionário* de 1977, Nelson manteve as modificações feitas para *A cabra vadia*. Neste trecho, foram incluídos os parágrafos 4, 5 e 6, e suprimido o parágrafo a seguir: "Antes de mais nada, o poeta influiu na minha autoestima. Se eu morresse naqueles dias, alguém poderia gravar no meu túmulo: — 'Aqui jaz Nelson Rodrigues, assassinado por um artigo de Manuel Bandeira.' No dia seguinte, saí de casa, com o recorte do poeta no bolso. E ninguém poderia imaginar que eu estava prodigiosamente ébrio de mim mesmo. Eu, eu, eu, eu. Se a mulher amada me aparecesse, não a reconheceria; e, se a reconhecesse, passaria adiante."

6 Só andava de bonde. E, quando o bonde passou pelo antigo Jardim Zoológico, eu relembrava outras frases e imagens de *Vestido de noiva*. No velório de Madame Clessy, Alaíde suspira: — "Enterro de anjo é mais bonito do que de gente grande." O bonde era "Uruguai-Engenho Novo". Quando o bonde passou pelo Ponto 100 Réis, eu imaginava *Vestido de noiva* representada na Broadway, depois filmada em Hollywood. Se Norma Shearer não estivesse tão velha, faria uma Alaíde inesquecível.

7 Agora era tratar da encenação. Corri à Dulcina e depois ao Jayme Costa. Outro: — Odilon de Azevedo. Dulcina não quis, nem Jayme Costa, nem Odilon. Já Abadie Faria Rosa foi mais generoso. Ou porque o autor fosse amigo de um Vargas, ou porque realmente gostasse do texto, disse: — "Muito interessante, muito interessante."

8 Quanto a Pongetti, o descobridor de *A mulher sem pecado*, abominou *Vestido de noiva*. Insisti, assombrado: — "Não gostou?" E ele, cordial, mas implacável: — "Não gostei." Mas eu queria razões críticas e precisas. Não gostara por quê? Ele foi dizendo tudo. Na sua opinião, a peça era o puro e deslavado caos. Ninguém conseguiria pôr de pé semelhante espetáculo. Num desolado escândalo, eu ouvia só. Ora, ia pedir a Pongetti para escrever sobre *Vestido de noiva*. Desisti, claro. E, na rua, já não sabia se Pongetti estava certo, se Manuel Bandeira estava errado ou sei lá. Fui ao Schmidt, ao Augusto Frederico Schmidt. Este não lia nada, ou por outra: passava a vista numa frase aqui, outra ali, e pronto. Mas era de uma leviandade fascinante. Lera o artigo de Manuel Bandeira. Falou-me de Proust; achou a peça proustiana. Comecei: — "Schmidt, é o seguinte: — estou fazendo um teatro difícil. Sabe como é: — preciso de apoio. Você quer escrever sobre *Vestido de noiva*?"

9 Excelente Schmidt. Foi a promoção intelectual de Manuel Bandeira que, por certo, o decidiu. Escreveu-me uma carta generosíssima, na qual me chamava de "inovador e renovador". E mais adiante: — "*Vestido de noiva* é mais que uma peça — um processo e uma revolução." Saí de porta em porta, mostrando a carta do Schmidt. Outros apareceram. José César Borba escreveu, no suplemento literário de *O Jornal*, um belo artigo. E cada elogio, que pingava no meu pires estendido, me pagava de velhas e santas humilhações. Naquele período, minha vida foi um território só ocupado por mim mesmo.

10 E, de repente, me encontro com Os Comediantes, o grupo de Brutus Pedreira e Santa Rosa. *Vestido de noiva* estava comprometido com a Comédia Brasileira, do Abadie Faria Rosa. Mas Brutus Pedreira leu a peça e me procurou: — "Te pago dois contos e você me dá a peça." Queria que Os Comediantes a representassem. Dois contos eram, na ocasião, uma dessas quantias utópicas, estarrecedoras. Todavia, um escrúpulo me travou: — "É o Abadie?" Tinha que dar uma satisfação ao diretor do SNT. Para Brutus, Abadie era um cretino e o próprio teatro brasileiro uma massa de imbecis de ambos os sexos.

11 Quando eu aparecia no Serviço Nacional de Teatro, Abadie cravava em mim um olho enorme de terror. O que ele via, por trás de minha figura, era a onipotência dos Vargas. Meu irmão Mário me avisara: — "Foi o Vargas Neto que deu o emprego ao Abadie." Mas quando pedi para tirar a peça da Comédia Brasileira, o bom velho, numa alegria que o envergonhava, foi taxativo: — "Nelson, por mim, não há dúvida. Eu estou às suas ordens. Faço o que você quiser." Só então percebi que *Vestido de noiva* era a sua abominação secretíssima. Para seu gosto, eu era o antiteatro e a minha peça, a antipeça.

12 Dois dias depois, conheci Ziembinski, o diretor polonês. Viera para o Brasil fugido da guerra. E era um outro Ziembinski, quase louco varrido. O público o vê, hoje, fazendo o velho cigano, ou velho conde, ou velho duque nas novelas de TV. Mas em 1943 era um ensaiador em furioso estado de graça. Tinha opiniões de um radicalismo brutal: — "Jouvet é uma besta", etc., etc.

13 Quanto ao teatro brasileiro, Ziembinski não deixava pedra sobre pedra. Derrubava tudo e ainda sapateava em cima dos cacos. Mas apaixonou-se por *Vestido de noiva*. Julgou perceber, já na primeira leitura, todo o potencial plástico da peça. Sonhava com um grande espetáculo e *Vestido de noiva* deu-lhe espaço para as suas fantasias cênicas. Durante seis, sete meses de ensaio, Ziembinski ardeu em mil danações.

Correio da Manhã, 19/4/1967

32. Pessoas, mesas e cadeiras boiavam no caos

1 O ensaio geral de *Vestido de noiva* foi o próprio inferno. Com os seus 30 anos, Ziembinski tinha uma resistência física brutal. Os intérpretes sabiam o texto, sabiam as inflexões, os movimentos, tudo. Durante sete meses, à tarde e à noite, a peça fora repisada até o limite extremo da saturação. Mas faltava ainda a luz. E Ziembinski exigia mais do elenco e cada vez mais.

2 Não posso falar da luz sem lhe acrescentar um ponto de exclamação. Em 1943, o nosso teatro não era iluminado artisticamente. Pendurava-se, no palco, uma lâmpada de sala de visitas ou de jantar. Só. E a luz fixa, imutável — e burríssima — nada tinha a ver com os textos e os sonhos da carne e da alma. Ziembinski era o primeiro, entre nós, a iluminar poética e dramaticamente uma peça.

3 Estou vendo Alaíde, ao aparecer, pela primeira vez, de noiva. Quem a fazia era Evangelina Guinle Rocha Miranda. Ficamos atônitos de beleza. Dentro da luz, era um maravilhoso e diáfano pavão branco. Ziembinski exigira, para a luz, dez ensaios gerais. Era pedir demais ao nosso Municipal. Os dez foram reduzidos a três. Por três dias e três noites o bárbaro polonês esganiçou-se no palco.

4 Sem sair jamais do teatro, Ziembinski não comia. Ou por outra: — seu almoço, ou jantar, eram dois ovos quentes, num copo. Tomava aquilo; e, por vezes, a gema escorria-lhe da boca como baba amarela. Ah, ninguém faz ideia da paciência e martírio do elenco. A 27 de novembro, não, não, de dezembro de 1943 e, portanto, na véspera da estreia, atrizes e atores tinham, em cada olho, um halo negro. Alguém que, de repente, entrasse ali, havia de imaginar que o elenco levava olheiras de rolha queimada. Ziembinski tinha a obsessão da luz exata.

5 Meia-noite e todos presentes. Súbito, um dos figurantes começou a chorar. Chorava perdidamente. Perguntaram: — "Mas que é isso? Não faça isso." E ele, num gemido maior: — "Não aguento mais! Não aguento mais!" Delirava de cansaço. Com efeito, a exaustão enfurecia e desumanizava as pessoas. Ninguém tinha mais noção da própria identidade. Os artistas passaram a se detestar uns aos outros.

6 E, por fim, às cinco da manhã, houve entre Ziembinski e Carlos Perry um bate-boca quase homicida. Não me lembro qual foi o motivo, e nem sei se houve motivo. Já amanhecendo, o simples cansaço enlouquecia diretor, ator, autor, contrarregra, eletricista. E Ziembinski e Carlos Perry andaram por um fio. Quando subi ao palco, estava certo de que não ia haver estreia, não ia haver nada.

7 Vejo Ziembinski saindo do teatro e jurando que não voltaria para o espetáculo. Olho a cena ainda iluminada. Queria me parecer que Pongetti tinha razão — *Vestido de noiva* ia perder-se no puro e irresponsável caos. Dentro da luz, cadeiras, sofás, camas e pessoas pareciam boiar no caos. As caras eram azuladas, lunares. A caminho de casa, uma súbita certeza instalou-se em mim: "*Vestido de noiva* vai ser vaiada." O cenário ou território cênico, como queria Ziembinski, estava dividido em três planos: — Em cima, realidade; embaixo, memória e alucinação.

8 Ah, o meu processo — de ações simultâneas, em tempos diferentes — não tinha função no Brasil. O nosso teatro era ainda Leopoldo Fróes. Sim, ainda usava o colete, as polainas e o sotaque lisboeta de Leopoldo Fróes. E ninguém perdoaria a desfaçatez de uma tragédia sem "linguagem nobre". Ao entrar em casa, eu não acreditava mais em mim. E me perguntava, inconsolável: — "Como é que eu fui meter gíria numa tragédia?"

9 Dormi pouco. Depois do almoço, corri para a cidade. Mas era um ex-Narciso que tinha horror da própria imagem. Eis o que pensava: — "Foi por isso que o Álvaro Lins escreveu em *Diretrizes* e não no *Correio da Manhã*." Baixou em mim a certeza de que jamais teria um rodapé do Álvaro Lins. *Deus lhe pague* já ia para três mil representações. "A única peça universal do teatro brasileiro", dissera Gilberto Amado.

10 Entro no teatro. Ziembinski e Carlos Perry estavam juntos e mais solidários, mais irmãos do que nunca. Dez para as oito, da noite. Estou no Municipal, andando pelos corredores, ainda vazios, mas iluminados. O teatro ia abrir seus portões. Eu estava presente, quando os porteiros, ainda com o uniforme azul da *belle époque*, olharem o relógio. Por fim, um deles, de bigodões espectrais, abriu o portão. Ninguém para entrar.

11 Minto. Alguém vinha subindo, lentamente, a escadaria. Crispei-me ao reconhecê-lo, e numa emoção tão doce e tão funda. Era Manuel Bandeira. Vim para ele, transido de felicidade: — "Ah, Bandeira!" E repetia — "Grande figura, grande figura!" No hall, conversando com o poeta, eu tiritava. Um súbito otimismo dava-me febre como a malária. Voltei a acreditar num rodapé sobre mim. Sim, todo um rodapé com o mesmo título: do artigo de Manuel Bandeira: — *Vestido de noiva*.

12 O poeta foi comigo até a porta da caixa. Lá, apertou a mão de José Saens que, vestido de médico, faria uma ponta. Mas o público começava a entrar; despedi-me de Manuel Bandeira. Ele ainda me perguntou: — "Animado?" Rangi os dentes de pavor: — "Mais ou menos." E o poeta saiu para sentar-se na segunda fila (enxergava bem, mas ouvia mal).

13 No terceiro sinal alguém veio me soprar: — "A melhor plateia do Brasil." E começou a peça. Nove e meia, se bem me lembro. Numa pusilanimidade total, fiquei no fundo de um camarote, arriado. Plateia, balcões nobres, frisas e camarotes lotados. (Carlos Drummond viria no dia seguinte; Schmidt, só muito depois.) Eu não via, nem queria ver nada. Muitas vezes, tapava os ouvidos, doente de medo. E o pior foi o silêncio do público durante todo o primeiro ato. Ninguém ria, ninguém tossia. E havia qualquer coisa de apavorante naquela presença numerosa e muda.

14 Termina o primeiro ato. Três palmas, se tanto, ou quatro ou cinco, no máximo. Gelado, imaginei que seriam palmas das minhas irmãs, dos meus irmãos. Talvez Manuel Bandeira já estivesse arrependido do artigo. Continuei no fundo do camarote, cravado na cadeira. Repetia para mim mesmo: — "Fracasso, fracasso!" Comecei a me lembrar do almoço que André Romero me pagara, anos atrás, num restaurante da Lapa. Era a época da fome. Bem que eu teria preferido bife com batatas fritas; qualquer brasileiro ama o bife com fritas. Mas André Romero, com a autoridade de quem paga, pediu fígado, com cebolada, para dois. E, no primeiro ato de minha estreia, eu me sentia aquele mesmo sujeito comendo fígado numa casa de pasto abjeta.

15 Termina o segundo ato. Menos palmas. Imagino: — "Até minhas irmãs têm vergonha de me aplaudir." Pongetti tinha razão. *Vestido de noiva* era o caos. A plateia estava furiosa com o caos. Até que baixa o pano sobre o final do terceiro ato. Silêncio. Espero. Silêncio. Ninguém bate palmas, nem minhas irmãs.

Correio da Manhã, 20/4/1967[17]

---

17 Crônica publicada em *A cabra vadia*, com o título de "Estreia".

33. O autor sem apoteose

1 Ainda silêncio. Atônito, pensei em Roberto Marinho que estava no camarote, ao lado. Devia estar me achando uma besta. E, de repente, começaram palmas escassas e esparsas. Um aplaudia aqui, outro ali, um terceiro mais adiante. Atracado à cadeira, sentia-me perdido, perdido. Mas via a progressão. Focos de palmas, em vários pontos da plateia. E, súbito, todos acordaram do seu espanto. Ergueu-se o uivo unânime.

2 Os aplausos subiam até a cúpula e multiplicavam as cintilações do lustre. Era como se o Grande Caruso tivesse acabado de soltar um dó de peito. Os artistas iam e voltavam. Porteiros levavam *corbeilles*. Veio Ziembinski, arrastado, de mangas arregaçadas, com o suor do gênio pingando da fronte alta. E, súbito, uma voz (possivelmente de José César Borba) se esganiça: — "O autor, o autor!" E não foi só o César Borba. Muitos outros, inclusive mulheres, pediam, exigiam: — "O autor, o autor!"

3 Minha irmã Helena veio me buscar no fundo do camarote. Eu, que me esvaía em suor, gemi: — "Não, não!" E ela: — "Vem, vem!" Não podia explicar, ali, que eu entrara no Municipal um pobre-diabo; e ainda não me sentia o autor glorioso. Helena, porém, crispada de vontade, arrancou-me da cadeira. Lívido, apareci na varanda do camarote.

4 Pensei: — "Roberto Marinho deve estar impressionado." Esperava eu, e esperavam minhas irmãs, que a plateia se voltasse para mim e todos gritassem: — "Ele! ele!" Mas o que em seguida aconteceu foi muito parecido com um pesadelo humorístico. Estava o autor, em pé, no camarote, pronto para receber a apoteose. E ninguém me olhava, ninguém. Era como se eu não existisse, simplesmente não existisse.

5 A plateia exigia o autor, mas virada para o palco, de costas para mim. Senti como se fosse um puro espírito, que vaga, invisível, inaudível, por entre os vivos. Deu-me a vontade furiosa de gritar: — "Sou eu! Sou eu!" E nada. Por que é que os artistas do palco não apontavam: — "Ali! ali!" Por todo um minuto, sem fim, fui excluído da apoteose e me senti um marginal da própria glória. Recuei para o fundo do camarote, dilacerado de vergonha e frustração.

6 Quando saí do camarote, o primeiro a me abraçar, radiante, foi Roberto Marinho. Em seguida, Sílvio Piergile, o maestro. E ambos disseram: — "Formidável!" Mas fora Roberto Marinho e Sílvio Piergile, ninguém via em mim, o autor. Uma senhora ia na minha frente; dizia, com uma graça lânguida e nostálgica: — "As mulheres só deviam amar meninos de 17 anos." Vou descendo; no meio da escadaria, um velho me abraça; diz, trêmulo: — "Não perdi um enterro de sua família." E me beija. Embaixo, sou envolvido, abraçado, quase raptado. Álvaro Lins me puxa pelo braço: — "Vem cá que eu quero te apresentar a Paulo Bittencourt." Lembro-me, exatamente das palavras de Paulo: — "Sua peça é extremamente interessante." Alguém ciciou no meu ouvido: — "Genial!" Isso, dito baixinho, como se fosse uma obscenidade, deu-me vontade de chorar.

7 Mas tinha que abraçar Ziembinski, o elenco. Fui para a caixa. Quando entrei, vi uma multidão. Ziembinski berrou: — "O autor!" Recebi uma ovação espantosa. Ah, eu estava emocionalmente exausto, as pernas bambas, a vista embaçada. Abraço, longa e desesperadamente Ziembinski. Ah, o polaco (ninguém o chamava de polonês, mas de polaco), o polaco dera ao que parecia o caos uma ordem translúcida e perfeita. Depois de Ziembinski, saí abraçando os intérpretes um por um: — Evangelina, Stella, Carlos Perry, Graça Mello, Expedito Pôrto, Carlos Mello, Isaac Paschoal.

8 Do alto do camarote, eu era fisicamente desconhecido. Agora, não. Ziembinski me apresentara. Da caixa do teatro até a porta dos fundos, não dei um passo sem esbarrar, sem tropeçar numa admiração patética. Uma senhora perfumadíssima me atropelou: — "Parece Pirandello." Quis saber se eu gostava de Pirandello e eu, que jamais o lera, assumi um ar de pirandelliano nato e hereditário. Passo a passo, ouvi a mesma pergunta: — "É sua primeira peça?" Só então percebi que *A mulher sem pecado* estava solidamente inédita. Naquela época, era fatal: — qualquer peça, que não fosse idiota, tinha de ser pirandelliana a muque.

9 (Eis a verdade: — até a estreia de *Vestido de noiva*, eu não lera nada de teatro, nada. Ou por outra: — lera; certa vez, como já disse, *Maria Cachucha*, de Joracy Camargo. Sempre fui, desde garoto, um leitor voracíssimo de romances. Eu me considerava romancista e só o romance me fascinava. Não queria ler, nem ver teatro. Depois de *A mulher sem pecado* é que passei a assumir a pose de quem conhece todos os poetas dramáticos passados, presentes e futuros. Na verdade, sempre achei de um tédio sufocante qualquer texto teatral. Só depois de *Vestido de noiva* é que me iniciei em alguns autores obrigatórios, inclusive Shakespeare.)

10 Finalmente, desvencilhei-me dos admiradores e cheguei à rua. Estou andando na calçada da Avenida, atravesso a Almirante Barroso, vou na direção da Galeria Cruzeiro. Sentia-me boiar entre as coisas. A glória era recente demais. Uma hora antes, eu não passava de um pobre rapaz, que ganhava setecentos mil réis mensais (quinhentos na folha e duzentos por fora). E as coisas me pareciam de uma irrealidade atroz. Até a Avenida era irreal, e os edifícios, e as esquinas. Longe, na Praça Mauá, os mastros sonhavam.

11 No próprio edifício do Liceu de Artes e Ofícios, quase ao lado de *O Globo*, havia uma casa que era, a um só tempo leiteria e restaurante. Lá serviam um prato chamado "Almoço nevada", típico da classe média. Era um bife, que podia ser acompanhado ou de batatas fritas ou de dois ovos estrelados, com arroz. E mais: — manteiga, pão e um pudim de sobremesa. Tudo, ao preço compassivo, generoso, de doze mil réis. Entrei na leiteria deserta, sentei-me num canto. Disse, sem olhar o menu: — "Traz um Almoço nevada, com batatas fritas."

12 Primeiro, o garçom trouxe pão e manteiga. Comecei a comer com sombrio élan. Tinha, na imaginação, o lustre do Municipal, ardendo em cintilações delirantes. Pensei, passando manteiga no pão: — "Agora, o Álvaro Lins escreve o rodapé." Manuel Bandeira fora o primeiro a chegar e o primeiro a sair. Álvaro Lins estava apaixonado por *Vestido de noiva*. (Anos depois, quando saiu, em livro, a minha peça *Álbum de família*, o crítico escreveu um rodapé contra o meu texto. Minha reação foi odiosa. No meu ressentimento, escrevi artigos furiosos e os publiquei com o nome de amigos meus. Eu nunca assinava, nunca assumia a responsabilidade. Minha vaidade autoral tinha qualquer coisa de suicida e homicida. Simplesmente, eu queria destruir Álvaro Lins.)

13 Vinha o garçom. Pôs o prato na mesa. Digo-lhe: — "Traz mais pão, que eu pago por fora. Manteiga também, sim?" Eu continuava febril de sonho. Mas o prato estava diante de mim. O bife era a vida real.

Correio da Manhã, 21/4/1967

34. Nascera para ser um pobre-diabo

1 Onde é que eu estava? Agora me lembro. Depois da estreia de *Vestido de noiva*, fui comer bife no restaurante Nevada, ao lado de *O Globo*. Depois, tomei um ônibus etc. etc. Ah, passei essa noite em claro. Fechava os olhos e via a cúpula incandescente do Municipal. Ouvia ainda o grito de José César Borba: — "O autor! O autor!" E me lembrava que a apoteose começara no uivo unânime da plateia. Eu morava, então, na rua Joaquim Palhares, entre Paulo de Frontin e o Estácio. Era uma casa de avenida, que dava fundos para uma garagem. E quando chovia forte, a água enchia a sala, o quarto, a cozinha. Tínhamos que trepar nas mesas, nas cadeiras; e víamos as caixas de sapato boiando, boiando.

2 No dia seguinte, vim para a cidade, cedinho. Dei bom-dia aos vizinhos com uma desesperada euforia. Mas ninguém, na avenida, sabia de nada. E tive uma pena tardia de não ter convidado toda a vizinhança. Tomei na esquina o bonde: — Lapa-Praça da Bandeira. Veio o condutor e paguei. Era outro que não sabia. E as esquinas, as ruas, os táxis, os ônibus, estavam cheios de sujeitos que também não sabiam.

3 Quarenta e oito horas depois, saíram as primeiras notícias. Dizia o *Correio da Manhã*, num texto não assinado de Álvaro Lins, que, com *Vestido de noiva*, pela primeira vez o teatro brasileiro entrava na literatura. Também no *Correio da Manhã*, Paulo Bittencourt escrevera um tópico, em que celebrava a minha estreia "como o nascimento do moderno teatro brasileiro".

4 Naqueles dias, a celebridade era para mim uma tensão permanente, quase insuportável. Quando saiu o rodapé de Álvaro Lins, todo um rodapé, eu o li em ânsias, numa dispneia que me asfixiava. José César Borba fez uma série sobre *Vestido de noiva*. Lendo-o, também senti palpitações, falta de ar.

5 (Stella Perry criara uma bela e inesquecível imagem de Lúcia.) Os dias iam passando e a glória não era, na minha vida, um hábito, uma rotina, quase um tédio. Não. Eu me comovia ainda com os elogios impressos, como se fosse a primeira vez, sempre a primeira vez. A verdade é que estava muito mais comprometido com as velhas renúncias, as antigas humilhações. O Sanatorinho ainda gemia em mim. Coisa curiosa. De vez em quando, na rua Joaquim Palhares, eu sonhava com uma tosse. Acordava e a tosse continuava. Ficava tenso, escutando. Mas ninguém tossia. Era uma alucinação auditiva.

6 (A minha angústia, diante da fama, não foi uma reação individual. Eu reagi como brasileiro. O sujeito, aqui, não sabe ser glorioso. Por exemplo: — o nosso Guimarães Rosa. Ele inspirou, nos suplementos literários, quando tínhamos literatura, os mais furiosos rapapés críticos. Era chamado, no mínimo, de "o maior prosador do Brasil". Se não me engano, Sérgio Milliet afirmou que *Grande Sertão* é "o maior romance do século". Fosse o Rosa um inglês, um francês, um alemão, e estaria farto de promoção tamanha. Mas o brasileiro treme diante do próprio talento. Lembro-me de uma vez, em que o vi, na rua, com o Otto Lara Rezende e o Antonio Callado. De cara empinada, as duas mãos cruzadas nas costas, era o Guimarães Rosa em fremente lua de mel com Guimarães Rosa. Sim, um Guimarães Rosa espantadíssimo de o ser. Tive vontade de pedir-lhe: — "Não seja tão Guimarães Rosa.")

7 Meu nome estava em todos os jornais. Por essa época, Getúlio, impressionado, perguntou ao então Ministro Capanema: — "O que é que há com o teatro, que os jornais só falam em teatro?" Radiante, porque subvencionara a nossa temporada, Capanema respondeu: — "São Os Comediantes e é *Vestido de noiva*." Mas eu andava na rua e ninguém me conhecia, ninguém me apontava; E aí estava a duplicidade alucinante: — eu era nominalmente célebre e fisicamente desconhecido. No próprio elenco de *Vestido de noiva*, muitos não viam em mim "o Nelson Rodrigues". Minha cara não significava nada para ninguém.

8 Uma semana depois da estreia, aconteceu um pequeno episódio, que há de me acompanhar por toda a vida. Imaginem vocês que entrei na rua Alcindo Guanabara. Nove horas da manhã. Passo pela porta de um engraxate. Olho e vejo, sentado, engraxando os sapatos, alguém que eu conhecia de apresentação. Era Gustavo Capanema, Ministro de Getúlio. Por humildade, ia passar sem cumprimentá-lo. Mas foi o Ministro que tomou a iniciativa: — abriu o riso. Estava de chapéu e, se não me engano, tirou o chapéu (mas não afirmo que o tenha tirado). Por um lapso fulminante, esqueci-me da apoteose recente, do berro da plateia e do lustre pingando diamantes. Ia abaixar a cabeça diante do Ministro. Mas Capanema inverteu tudo; impulsivamente: — Era ele, o Poder, que fazia questão do cumprimento, questão do riso, questão de ser reconhecido. Fora de mim, vermelhíssimo, acenei também. Apressei o passo como se fugisse. Sentira no Ministro toda uma cálida humildade diante do artista.

9 Fui andando e dilacerado de alegria. E, então, comecei a pensar no futuro. O cumprimento de Capanema dera-me uma sensação de plenitude. Imaginei que *Vestido de noiva* ia ser traduzido. Seria talvez representado em Nova York. Se não em Nova York, em Buenos Aires. Na pior das hipóteses, em Montevidéu. Alaíde e Lúcia dizendo "mira, mira". Mas o episódio do engraxate deu-me ânimo de insistir nos Estados Unidos. *Vestido de noiva*, na Broadway. Na certa Hollywood acabaria filmando. Claro que eu iria para a estreia. O cumprimento de Capanema tocou-me como se fosse um momento de bondade humana.

10 Mas algo mudara em mim para sempre. Três ou quatro dias depois da estreia, o telefone me chama no *Globo*. Era David Nasser: — "Nelson, o Freddy Chateaubriand quer falar contigo." Ainda perguntei: — "Sobre o quê?" E David: — "Só pessoalmente." Aquele convite era uma janela aberta para o infinito. Havia um restaurante na rua Rodrigo Silva. Almocei com Freddy, David, Millôr Fernandes e Geraldo de Freitas. Freddy chamou-me para trabalhar nos *Diários Associados*. Dava-me um ordenado muito maior e oferecia-me a direção de duas revistas: — *Detetive* e *O Guri*. Comendo o bom bife que Freddy ia pagar, senti que, por trás de tudo, estava *Vestido de noiva* e estava o berro de José César Borba, chamando o autor, o autor. E, ali, roendo azeitona, eu era o autor.

11 Roberto Marinho deixou-me ir e ainda me deu, a título de indenização amiga, dez contos. Quando entrei na antiga redação de *O Cruzeiro*, a revista vendia quarenta mil exemplares e começava sua ascensão. Mais tarde, eu diria que a equipe daquele tempo era uma geração tão brilhante como fora, em Portugal, a dos *Vencidos da Vida*. Lá estavam David Nasser, Millôr Fernandes, Franklin de Oliveira, Geraldo de Freitas, com a fraterna e inteligentíssima autoridade de Freddy Chateaubriand. Imediatamente depois de minha chegada, Accioly Netto publicava quatro páginas sobre *Vestido de noiva*. Se não me engano, foi David Nasser que escreveu o texto. Ou por outra: — não foi David, mas eu. Eu mesmo. Escrevi e assinei com outro nome.

12 Minha "tragédia carioca" teria uma promoção obrigatória. Mas era pouco para meu desesperado narcisismo. Lembro-me de que escrevi, eu mesmo, não sei quantos artigos, notas, críticas sobre mim mesmo.

E pedia ao companheiro mais próximo: — "Posso botar teu nome?" O outro assinava e a matéria saía em três, quatro páginas. Até que, um dia, sinto um gosto esquisito. Penso: — "Não volto para o Sanatorinho." Levanto-me e caminho até o fundo da redação. Tranco-me e examino: — veio sangue na saliva. Lembrei-me de uma menina que, em Campos do Jordão, sentira o mesmo gosto. A princípio, fora uma mancha vermelha ou, nem isso, rósea. Em seguida, começara a hemoptise. No dia seguinte, ao amanhecer, morria a menina, boiando no próprio sangue.

O Globo, 22/8/1969

35. Quase enforcaram o autor como um ladrão de cavalos

1 Ah, fui, sim, uma das maiores vaidades deste país. Bem me lembro de minha iniciação dramática. Diz Jouvet que não há teatro sem sucesso. Ele escrevia em francês e qualquer bobagem em francês soa como uma dessas verdades inapeláveis e eternas. Repito que a prosa francesa pensa pelo autor e pelo leitor e convence os dois. O que eu queria dizer é que, com *Vestido de noiva*, conheci o duplo sucesso de crítica e de bilheteria.

2 Era ainda a época de Pirandello. Qualquer autor, que não fosse um débil mental de babar na gravata, tinha de ser "pirandelliano". Pirandello estava por aí, difuso, volatilizado, atmosférico. Todos nós o respirávamos. Na estreia de *Vestido de noiva*, as pessoas diziam-me, excitadíssimas: — "Pirandello! Pirandello!" Eu não lera, ainda, uma linha do famoso autor. Mas fazia o ar de quem passava, os dias e as noites, lendo, com delícia e proveito, o meu Pirandello.

3 O ditirambo foi o meu vício, espécie de inefável ópio. Devia dar-me por satisfeito com os elogios histéricos. Mas queria mais. Eu ainda não sabia que nada compromete mais, e nada perverte mais do que a unanimidade. E a minha vaidade assumia uma forma obsessiva e feroz. Ocorreu-me um novo recurso promocional, que era o seguinte: — eu próprio escreveria sobre mim mesmo e faria com que amigos assinassem. Assim fiz. E os amigos foram de uma solidariedade cínica e esplêndida. Assinavam tudo e com radiante impudor.

4 Mas a minha vizinha, gorda, patusca e cheia de varizes, vive dizendo: — "Não há bem que sempre dure, nem há mal que nunca acabe." E, no fim de certo tempo, houve em mim um processo de saturação. Com pouco mais, percebi que a minha vaidade estava exausta. Primeira providência: — não escrevi mais uma linha para que terceiros assinassem. Segunda providência: — comecei a fugir dos meus admiradores.

5 Subitamente, percebi toda a verdade. Os admiradores comprometem ao infinito, e repito: — os admiradores corrompem. Até que um dia, tive um tempo vago e fui ver um *vaudeville*. Sucesso total. Lotação esgotada. Enquanto as gargalhadas explodiam, eu, no meu canto, exalava minha cava depressão. No meio do terceiro ato, descobri uma outra verdade. Ei-la: — o teatro para rir, com esta destinação específica, é tão absurdo e, mais, tão obsceno como seria uma missa cômica.

6 Vocês entendem? Vamos imaginar uma missa cômica. Todos os fiéis de joelhos. E, de repente, o padre começa a virar cambalhotas; o coroinha começa a equilibrar laranjas no focinho como focas amestradas; e os santos engoliriam espadas. Entraria um segundo padre, elástico, acrobático, como os passistas de Carlos Machado. Pandeiro, cuícas, tamborins. Eis o que eu queria dizer: — o *vaudeville* deu-me, exatamente, a sensação de tal missa de gafieira.

7 Saí do Feydeau com todo um novo projeto dramático (digo "novo" para mim.) O que teria eu de fazer, até o fim da vida, era o "teatro desagradável". Brecht inventou a "distância crítica" entre o espectador e a peça. Era uma maneira de isolar a emoção. Não me parece que tenha sido bem-sucedido em tal experiência. O que se verifica, inversamente, é que ele faz toda sorte de concessões ao patético. Ao passo que eu, na minha infinita modéstia, queria anular qualquer distância. A plateia sofreria tanto quanto o personagem e como se fosse também personagem. A partir do momento em que a plateia deixa de existir como plateia — está realizado o mistério teatral.

8 O "teatro desagradável" ofende e humilha e com o sofrimento está criada a relação mágica. Não há distância. O espectador subiu ao palco e não tem a noção da própria identidade. Está ali como o homem. E, depois, quando acaba tudo, e só então, é que se faz a "distância crítica". A grande vida da boa peça só começa quando baixa o pano. É o momento de fazer nossa meditação sobre o amor e sobre a morte.

9 *Álbum de família*, a tragédia que se seguiu a *Vestido de noiva*, inicia meu ciclo do "teatro desagradável". Quando escrevi a última linha, percebi uma outra verdade. As peças se dividem em "interessantes" e "vitais". Giraudoux faz, justamente, textos "interessantes". A melodia de sua prosa é um luminoso disfarce de sua impotência criadora. Ao passo que todas as peças "vitais" pertencem ao "teatro desagradável". A partir de *Álbum de família*, tornei-me um abominável autor. Por toda a parte, só encontrava ex-admiradores. Para a crítica, autor e obra estavam justapostos e eram ambos "casos de polícia".

10 Depois, viriam *Anjo negro*, *Senhora dos afogados*, *Doroteia*, *Perdoa--me por me traíres*. Esta última estreou no Theatro Municipal. Embora sendo o pior ator do mundo, representei, imaginem, eu representei. Era a maneira de unir minha sorte à de uma peça que me parecia polêmica. Muito bem. Os dois primeiros atos foram aplaudidos. Nos bastidores, imaginei: — "Sucesso." Mas ao baixar o pano, no terceiro ato, o teatro veio abaixo. Explodiu uma vaia jamais concebida. Senhoras grã-finérrimas subiam nas cadeiras e assoviavam como apaches. Meu texto não tinha um mísero palavrão. Quem dizia os palavrões era a plateia. No camarote, o então vereador Wilson Leite Passos puxou um revólver. E, como um Tom Mix, queria, decerto, fuzilar, o meu texto. Em suma: — eu, simples autor dramático, fui tratado como no filme de bangue-bangue se trata ladrão de cavalos. A plateia só faltou me enforcar num galho de árvore.

11 A princípio, deu-me uma fúria. Sempre digo que a coragem é um momento, que a covardia é um momento. Tive, diante da vaia, esse momento de coragem. Naquele instante, teria descido para brigar, fisicamente, com mil e quinhentos bárbaros ululantes. Graças a Deus, quase todo o elenco pendurou-se no meu pescoço. Mas o que insisto em dizer é que estava isento, sim, imaculado de medo. Lembro-me de uma santa senhora, trepada numa cadeira, a esganiçar-se: — "Tarado! Tarado!"

12 E, então, comecei a ver tudo maravilhosamente claro. Ali, não se tratava de gostar ou não gostar. Quem não gosta, simplesmente não gosta, vai para casa mais cedo, sai no primeiro intervalo. Mas se as damas subiam pelas paredes como lagartixas profissionais; se outras sapateavam como bailarinas espanholas; e se cavalheiros queriam invadir a cena — aquilo tinha de ser algo de mais profundo, inexorável e vital. *Perdoa-me por me traíres* forçara na plateia um pavoroso fluxo de consciência. E eu posso dizer, sem nenhuma pose, que, para a minha sensibilidade autoral, a verdadeira apoteose é a vaia. Dias depois, um repórter veio entrevistar-me: — "Você se considera realizado?" Respondi-lhe: "Sou um fracassado." O repórter riu, porque todas as respostas sérias parecem engraçadíssimas. Tive de explicar-lhe que o único sujeito realizado é o Napoleão de hospício, que não terá nem Waterloo nem Santa Helena. Mas confesso que, ao ser vaiado, em pleno Municipal, fui, por um momento fulminante e eterno, um dramaturgo realizado, da cabeça aos sapatos.

13 Resta explicar que essa onda de lembranças teatrais tem um motivo: — a representação, em São Paulo, de minha peça *A última virgem*. Para meu desprazer e humilhação, o público não vaiou. Aplaude por equívoco, mas aplaude. Felizmente, os críticos paulistas, segundo me informam, estão metendo o pau. Essa vaia impressa não deixa de ser uma compensação.

O Globo, 22/1/1969

36. A atriz inteligente

1 Se me perguntarem qual é a grande figura do moderno teatro brasileiro, direi que é a *atriz inteligente*. Imagino o espanto do leitor: — "Como? Como? Ela já não existia?" Eis a grotesca e lamentável verdade: — no passado, a prima-dona ou representava ou era inteligente. E, há coisa de uns cinco anos, uma atriz foi à Quinta da Boa Vista. Lá chegando, vira-se para um colega e pergunta, olhando para o Museu Nacional: — "D. Pedro II ainda mora ali?" O colega, cheirando uma camélia, teve de reconhecer: — "Mudou-se." Desde então, sou **um** fascinado pela atriz inteligente.

2 Não há dúvida que se cavou um **abismo**, um voraz abismo, entre a atriz do antigo teatro e do novo. (Pode parecer que eu esteja aqui dizendo o óbvio ululante. Paciência.) E não se trata do estilo de representação. Outrora, uma atriz entrava em cena com uma saúde e um estardalhaço de centauro. E o último suspiro da *Dama das camélias* era um rugido. Hoje, berra-se pouco, urra-se menos. Sim, o artista é mais sóbrio, mais contido. Morre e mata com mais cerimônia e polidez. Sua tensão é superiormente controlada.

3 Mas o que me impressiona não é dessemelhança de comportamento cênico. O artista mudou até na vida real. Voltemos, por um momento, à *belle époque*. Faz de conta que ainda não houve a primeira Batalha do Marne, nem os táxis de Paris salvaram a França. Imaginemos por um momento que Mata-Hari, a espiã de um seio só, ainda não foi fuzilada, e que tampouco ocorreu a primeira audição do *Danúbio azul*.

4 Pergunto: — e que fazia então, no palco e fora dele, uma atriz? Qual o seu tipo de vida? As primas-donas vinham realizar, cá fora, todo o patético e todo o sublime dos papéis românticos. Uma Sarah Bernhardt amava mais no mundo do que no palco. Seria uma humilhação para uma atriz passar quinze minutos sem uma paixão suicida e homicida. O que a Duse amou D'Annunzio! O grande homem estava, então, em desenfreada moda.

5 Durante vinte anos, o poeta reinou em toda a Europa. Era uma vergonha não ser amante de D'Annunzio. E a Duse o amou e, pior do que isso, deu-lhe dinheiro. Não satisfeita, a trágica mandava o seu "relações-públicas" espalhar que pagava o esteta. A humilhação também era promocional. Vejam bem: — uma atriz precisava ter, por fundo, amores reais e crudelíssimos. Ou ateava paixões e suicídios ou deixava de ser bilheteria.

6 Hoje, não há mais similitude entre o real e o ideal. A ficção vai para um lado e a vida para outro. Vejam o teatro brasileiro. As nossas musas não amam ou, se amam, ninguém sabe. Dirá alguém que hoje o sexo é menos promocional. Pode ser, quem sabe? E, realmente, depois de Freud, o homem passou a amar menos. Ainda outro dia, uma mocinha, em pânico, correu para a mãe. Soluçava: — "Estou amando! Estou amando!" A mãe tremeu em cima dos sapatos, esbugalhada. O pai soube e também pôs as mãos na cabeça. Foi chamado, às pressas, um psiquiatra. Finalmente a menina recebeu um tratamento de choques para se curar do amor. O amor é doença.

7 Volto ao teatro. Há uns meses, faço a pergunta, sem lhe achar resposta: — "O que é que mudou essencialmente nas atrizes, nos atores, nos diretores?" Outra pergunta: — "E por que não há mais Duse, nem há mais D'Annunzio?" Imaginem vocês, que, de repente, descobri toda a verdade.

8 Tempos atrás, preparei-me para ver um filme de índio e diligência. Aconteceu, porém, não sei o quê e fiquei em casa. Ligo a televisão. E, por felicidade, vi e ouvi a entrevista da Sra. Maria Fernanda. Foi aí que, de supetão, descobri qual a dessemelhança entre a atriz moderna e a da *belle époque*. Uma é inteligente e a outra obtusa.

9 Não exagero. No antigo teatro, a atriz não pensava, simplesmente não pensava. A maioria absoluta, para não dizer a unanimidade, nascia, vivia e morria sem ter arriscado jamais uma frase própria. Graças a Deus, não havia rádio, nem televisão. E, na hora, de dar uma entrevista, a diva chamava o poeta mais à mão e este redigia, com o maior rigor estilístico, as suas declarações. Mas, no teatro moderno, a atriz pensa como nunca, e as que não pensam, pensam que pensam. (Desculpem o jogo de palavras.) Pois bem. O que a televisão nos mostrou foi a Sra. Maria Fernanda pensando.

10 Se bem me lembro, o repórter e deputado Amaral Neto fazia as perguntas. E justiça se lhe faça: — como a atriz falou bem! Não me refiro somente às ideias, todas de fascinante originalidade. Há também a considerável vantagem do *métier*, que é a inflexão. E como a TV é imagem, a atriz faz uma composição cênica da mais fina qualidade. Assim o sorriso, e o olhar, e o movimento das mãos, e ainda o clima que se evolava da entrevistada. O fato é que a Sra. Maria Fernanda não dizia duas ou três frases sem lhes salpicar outras duas ou três verdades eternas.

11 A notável atriz representava no momento uma peça do falso grande dramaturgo Arthur Miller. E discorreu, exatamente, sobre esse texto e respectiva encenação. O repórter Amaral Neto pediu-lhe que resumisse a mensagem do drama. Outra qualquer teria se arremessado em fulminante resposta. Não a Sra. Maria Fernanda. Fez uma pausa de duração calculada. E, por fim, respondeu: — "A peça é o problema de opção."

12 Nos lares, as donas de casa, os chefes de família, as tias se entreolharam. Rola, por toda a cidade, um suspense atroz. Mas havia mais, havia mais. E a Sra. Maria Fernanda varreu todas as dúvidas: — "O problema da nossa época é a opção." Alguns descontentes, que sempre os há, poderão insinuar que a atriz não disse nada, nem de novo, nem de profundo. Vejamos: — "O problema de nossa época é a opção." Isso, dito por qualquer outra, não teria maior transcendência. Mas, em teatro, a inflexão é tudo. Um vago bom-dia, dito da maneira certa, adquire uma profundeza inimaginável. E a "opção" da Sra. Maria Fernanda deu-nos uma vertigem de abismo. Ao mesmo tempo, ela parecia ter na testa a seguinte manchete: — "Aqui inteligência é mato."

13 Bem, subiu muito o nosso nível intelectual. Contei o caso daquela grã-fina que leu as orelhas de Marcuse. Leu as orelhas e saiu na passeata ao lado dos intelectuais e como um deles. Mas voltemos ao nosso teatro. Tenho um amigo que é um retrógrado, um obscurantista, que os íntimos chamam de *Idade Média*. Ele mesmo, antes de opinar, faz sempre a ressalva: — "Eu, que sou da Idade, etc., etc." Esse amigo relembrava, com inconsolável nostalgia, as gerações românticas. Naquela época, o grande ator era grande porque não pensava. E essa radiante obtusidade dava-lhe a tensão dionisíaca que a poesia dramática exige. Quanto à "opção", não sei se ela existe. A meu ver, nunca optamos tão pouco. Somos pré-fabricados. É difícil para o homem moderno ousar um movimento próprio. Nossa vida é a soma de ideias feitas, de frases feitas, de sentimentos feitos, de atos feitos, de ódios feitos, de angústia feita. A passeata dos 100 mil mostrou como é rala a nossa autodeterminação. Eis o fato: — no meio do caminho, o jovem líder trepou no automóvel e disse: — "Estamos cansados." Ninguém estava cansado. Mas, como ele o dizia, todo mundo começou a arquejar de uma dispneia induzida. (Pareciam barqueiros do Volga.) Em seguida, ele acrescentou: — "Vamos sentar." Falava para a parte mais lúcida do Brasil. Ali estavam médicos, romancistas, poetas, atores, atrizes, arquitetos, professores, sacerdotes, estudantes, engenheiros (só não víamos um único preto, ou um único operário.) Como reagiu a elite espiritual do País? Sentando-se no asfalto e no meio-fio. A única que permaneceu de pé, e assim ficou, foi uma grã-fina, justamente a que lera as orelhas de Marcuse. Estava com um vestido chegado de Paris. E não quis amarrotar a saia. Todos sentados e ela, alta, ereta numa solidão de Joana D'Arc.

O Globo, 30/7/1968[18]

---

18 Crônica publicada em *A cabra vadia* com o título de "A inteligente". Na edição de *O Reacionário* de 1977 foi incluído o primeiro parágrafo e o oitavo sofreu algumas modificações. O trecho publicado em *A cabra vadia* dizia: "Ontem, eu ia ver, no Teatro Jovem, a peça de José Wilker, *Trágico acidente que destronou Tereza*. (Um texto admirável. Resta saber que tratamento lhe deu Kleber Santos.) Mas aconteceu não sei o quê e fiquei em casa. Ligo a televisão. E, por felicidade, vi e ouvi a entrevista da Sra. Maria Fernanda. Foi aí que, de supetão, descobri qual é, exatamente, a dessemelhança entre a atriz moderna e a da *belle époque*. Uma é inteligente, e a outra, não."

37. Colégio religioso

1 Uma noite, entro no Estádio Mário Filho. Iam jogar o Santos e o Botafogo. Retifico: — era outro jogo. Talvez Fluminense com não sei quem. Não me lembro. Passo pelas borboletas, entro no hall dos elevadores, tomo o meu lugar numa das filas. E, súbito, vejo uma grã-fina. Como já escrevi, as grã-finas não são, via de regra, nem bonitas, nem interessantes. Mas fingem ambas as coisas.

2 As três filas caminham. E eu não tiro a vista da grã-fina. Se me perguntarem por que a identifiquei como tal, direi que ela não tinha nenhum sinal exterior. O que nós chamamos "grã-fina" é algo de impalpável, atmosférico. Sem querer, saiu-me a palavra exata. Ela não é um vestido, uma joia, um sapato ou uma lingerie. Tudo isso pode ser comprado e imitado. O que não se compra, nem se imita, é a atmosfera que a grã-fina tem. "Atmosfera", disse. E, de fato, nós respiramos o seu grã-finismo.

3 E, súbito, ela, que ia na minha frente, volta-se para ver um conhecido. Seu rosto é uma máscara amarela. Mas a cor era o de menos. (Van Gogh adorava o amarelo.) Tantas se pintam assim, em qualquer país e em qualquer idioma. Mas aquela grã-fina tinha, sim, um sinal exterior que a distinguia de tudo e de todos: — as narinas de cadáver. O Marcelo Soares de Moura ia comigo. Baixei a voz: — "Olha aquela ali." O amigo olhou. Perguntei-lhe: — "Não tem narinas de cadáver?" O Marcelo deu quase um pulo: — "É mesmo! é mesmo!"

4 A partir daquele momento, o jogo deixou de existir. Sempre falo na miopia do primeiro olhar e repito: — o primeiro olhar é um ceguinho. Uma cara precisa ser vista, revista, muitas vezes. Foi depois de muito olhar para a grã-fina que percebi mais esta: — sua cara era hirta como uma máscara. Durante os 90 minutos do jogo, não me lembro de uma botinada. Só via na minha frente as narinas de cadáver.

5 Na saída do Estádio Mário Filho, ainda a vimos. Passava por entre os torcedores e sua figura tinha algo de irreal, de alucinatório. No dia seguinte, não tive outro assunto. Escrevi, da primeira à última linha, sobre as famosas narinas. Mas não imaginei que a coisa tivesse, como teve, uma repercussão fulminante. O telefone não parava: — "Quem é a grã-fina das narinas de cadáver?" Tive de jurar, dar a palavra de honra, que a vira pela primeira vez. Uns queriam adivinhar: — "É a fulana? É a sicrana?"

6 Dias depois, fui a um sarau de grã-finas. Lá se fez, entre os convidados, a seguinte e crudelíssima enquete: — "Quem é a grã-fina das narinas de cadáver?" Cada qual escreveu num papelzinho dobrado um nome que, em seguida, era depositado na urna improvisada. Tudo terminado, foi feita a apuração. Segundo o resultado, quarenta e duas grã-finas têm narinas de cadáver. Algumas são capas de *Manchete*, outras já posaram em alguns dos "mais belos interiores do Brasil". Em suma: — todas, mulheres que inspiram paixões, passam por lindas, são invejadas, amadas, odiadas etc. etc. Mas o que me alarmou foi o escândalo numérico: — quarenta e duas grã-finas.

7 Lembrei-me de tal enquete porque recebi, ontem, um telefonema feminino. E quem falou era, justamente, uma das grã-finas presentes ao sarau da enquete. O curioso é que sempre me parecera uma senhora indiferente a certos problemas e certos valores. Digamos: — uma espécie de Maria Antonieta, capaz de dizer: — "Ah, não tem pão? Coma brioche." Afinal, nós somos muito melhores do que se pensa. Teve comigo uma conversa séria; desde a primeira frase, abriu sua alma; e, por fim, chorou.

8 Quando vejo uma grã-fina chorando, não a consolo. Todos nós precisamos chorar e, em especial, a grã-fina, que devia chorar muito mais. E quando ela quis se desculpar do pranto, protestei: — "Continue chorando. Eu gosto dos que choram", etc, etc. Eis o fato: — era uma ex-aluna do Sion de Petrópolis. E achava um absurdo que se fechasse o colégio. Disse e repetiu: — "Um crime, um crime!"

9 Esquecia-me de explicar que seu telefonema tinha um motivo: — o recente artigo de Gustavo Corção. O pensador católico escrevera, exatamente, sobre o espantoso fechamento de colégios religiosos. Não sei se vocês tomaram conhecimento do artigo. Ai de nós, ai de nós. Somos, e cada vez mais, leitores ineptos, relapsos. O Brasil está cheio de coisas que devem ser ditas. Corção é, precisamente, um dos nossos autores vitais. Não esperem do seu espírito nenhum silêncio vil. E a minha conhecida estava, com todas as forças de sua alma, ao lado de Corção.

10 Já chorando, ia explicando. Fechou-se o Sion de Petrópolis, sob a alegação de prejuízo. Era mentira ou, se quiserem, uma falsa verdade, uma verdade violentada. O que houve é que, lá, o ensino religioso se aviltou de tal forma que as famílias católicas entraram em pânico mais profundo e justificado. Os pais foram, pouco a pouco, retirando as suas filhas. Preferiam matriculá-las no Pedro II, por exemplo, certos de que, neste, não se agride o sentimento religioso de ninguém. Numa palavra: — o Pedro II merecia, sim, a confiança de qualquer pai católico.

11 Portanto, as autoras de toda a decadência do Sion de Petrópolis eram as freiras "pra frente", as "moderninhas", exiladas de Deus. Claro que nem todas são assim. Mas as autênticas eram logo isoladas e vencidas. Fechou-se o Sion e que aconteceu com as freiras de verdade? Foram amontoadas num sítio, não sei onde. E, lá, vivem a sua profunda solidão católica. Vocês já imaginaram? É uma espécie de campo de concentração de freiras que o são de verdade e, portanto, tidas como irrecuperáveis.

12 A minha conhecida despediu-se com o apelo: — "Escreva, escreva!" No dia seguinte, ou dois dias depois, sou procurado na redação. Um senhor dos seus 50, bem-vestido. Mas isso não importa. Importa é o que ele disse. Era pai de uma menina que tinha sido do Sion daqui. Começou assim: — "Quero dizer que o Corção está certo, certíssimo. E achei admirável que dissesse o nome do colégio. O nome do colégio era vital."

13 O visitante contou-me um episódio recente. Tudo acontecera no tempo das passeatas. Hoje, temos a sensação de que as passeatas são mais antigas do que a primeira Batalha do Marne, mais antigas do que o último Baile da Ilha Fiscal. E quando havia uma, era uma festa para as freiras "moderninhas". Acontecia esta coisa prodigiosa: — elas, que andavam de minissaia, só punham o hábito para ir à passeata. Vocês se lembram daquela dos "100 Mil". Dos "100 Mil" ou outra qualquer. O fato é que, como se tratava de passeata, as freiras, vestiram-se de freiras. E uma delas, professora, passou na aula e chamou uma das alunas: — "Você vai tomar conta da turma." Largou a classe e foi, excitadíssima, com outras, para a passeata. Com pouco mais, desfilava na Avenida, dando adeusinhos para as sacadas ou entrando no coro: — "Participação, participação, participação!" Das sacadas, choviam as listas telefônicas e os cinzeiros. Depois, veio a palavra de ordem: — "Vamos sentar, pessoal." Todos sentaram-se, inclusive as freiras "moderninhas". Era a primeira passeata sentada, na história do homem.

14 E as alunas abandonadas? Mal a freira saiu, muito esfuziante e pateta, a menina incumbida de tomar conta das outras avisou: — "Não tomo conta de ninguém. Vocês façam o que quiserem." E foi uma gritaria infernal. Súbito, entra lá uma outra professora, furiosa. Silêncio. E a professora, esganiçada: "Quem é a responsável por esta bagunça?" Resposta fulminante da menina encarregada: — "A responsável é aquela irresponsável que foi pra farra!" Fim da história. E pergunta o pai da ex-aluna do Sion: — "O senhor compreende, agora, por que se fecham os colégios religiosos?" Fui levar o meu visitante até a porta. Ele saiu. Exalava uma cava depressão.

O Globo, 10/2/1969

38. O nosso anticomunismo odeia a Mercedes...

1 Todos os sábados, o Marcelo Soares de Moura oferece aos amigos o melhor almoço de Ipanema. Eu disse que ele morava na rua Maria Quitéria? Pois mora na rua Maria Quitéria. E o almoço do Marcelo já se incorporou ao folclore do bairro. Outro dia, um amigo indagava, impressionadíssimo: — "Mas o que se come lá?" Fiz suspense: — "Varia com os candidatos." E repeti, misterioso: — "Depende dos convidados."

2 Não exagero ao afirmar: — o Marcelo Soares de Moura é um voluptuoso da mesa como um Bórgia. Durante a semana fica tentando os convidados: "Mandei fazer um roupa-velha com tutu, que é o fino!" Portanto, é um Bórgia que oferece tutu com carne-seca desfiada. E, sempre, como um Bórgia, tem vinhos raros e translúcidos, de uma leve, quase imperceptível embriaguez.

3 Na semana que passou, bateu-me um telefonema: — "Você vem, não vem?" O diabo é que eu tinha um outro almoço. Mas o Marcelo fechou a questão: — "Desmarca, desmarca. E sabe quem vem? Por tua causa?"

Pausa e diz o nome: — "O Marcondes!" Tenho uma radiante surpresa: — "Ah, o Marcondes vai?" Ia. O Marcondes é um velho amigo comum que eu e o Marcelo chamamos, fraternalmente, de "a besta do Marcondes".

4 E foi a presença do Marcondes que me converteu ao almoço. "Vou", disse: e assim empenhei a minha palavra. De novo, o Bórgia funcionou no Marcelo: — "Descobri um vinho que não existe." Balbuciei aterrado: — "Marcelo, olha a minha úlcera." Ele foi admirável: — "Mando fazer um franguinho especial." Despeço-me assim: — "Deus te abençoe." Sua gargalhada explode. Vejam vocês — sempre que digo "Deus te abençoe", ele acha uma graça infinita.

5 A propósito do Marcondes, eu gostaria de dizer que há, na nossa relação, esta singularidade: — ora o chamo de Marcondes, ora o chamo de Meireles. E, no entanto, somos amigos de infância. Quando eu tinha sete anos, e ele seis, pulávamos o muro do vizinho para roubar goiaba. Portanto, desde os sete anos, não sei se o Marcondes se chama Marcondes ou Meireles. Se fosse uma vez, vá lá. Mas entra ano e sai ano, e eu não me emendo. Já perguntei a um psicanalista: — "Isso quer dizer o quê?" O outro não responde imediatamente. Tirou um cigarro. Não tinha: fósforos. Acendi-lhe o cigarro. O psicanalista dá uma tragada, sopra a fumaça, mais uma tragada. Por fim, disse, profundíssimo: — "Sei lá."

6 Mas como ia dizendo: — no sábado, sou o último a entrar no apartamento do Marcelo. Estavam lá, o Francisco Pedro do Couto, com seu perfil de Senador; o Antônio Moniz Viana, tão odiado pelo Cinema Novo; o Raul Brunini, de volta ao seu aquário natal que é o rádio; e o Meireles. Eu me preparava para falar nas goiabas, sim, nas goiabas que furtávamos do vizinho. Mas ele abriu a boca antes de mim: — "Preciso falar contigo. Vem cá." Senti sua angústia. Arrastou-me para o banheiro, trancou-se comigo no banheiro.

7 Espantado, digo-lhe: — "Escuta aqui, Marcondes." Protesta: — "Me xinga, mas não me troca o nome." Vermelho do lapso fatal, retifico: — "Meireles. Desculpe." E o Meireles agarrando-se a mim: — "Nelson, me tira de uma dúvida. Você acha, com sinceridade, acha que eu posso comprar uma Mercedes branca?" Respondo com outra pergunta: — "Você tem o dinheiro?"

8 Disse, de vista baixa, como quem confessa uma tara: — "Sim." Olhei-o de alto a baixo, num espanto maravilhado. Era evidente que a prosperidade o deprimia e humilhava. Ele pergunta: — "Compro ou não compro?" Fui taxativo: — "Compra. E já. Compra, já, rapaz." Mas ele não se convencia: — "Você acha que a hora é própria para se comprar Mercedes branca?" E eu: — "Se há o dinheiro, qualquer hora é hora." Crispou a mão no meu braço: — "Mas escuta, Vão pensar que eu sou milionário." O Marcelo batia na porta: — "Como é pessoal? Vamos comer?"

9 Fomos para a mesa. No meio do almoço, bate o telefone. Era a mulher do Marcondes. Estou comendo o franguinho e, ao mesmo tempo, ouvindo as respostas do Meireles. Ele dizia: — "Não sei se vou comprar. Estou pensando." Ela falou qualquer coisa. Marcondes respondeu: — "Meu bem. Estou almoçando. Depois conversamos." Veio o Meireles para a mesa. O Marcelo gabava: — "Prova essa carne assada. Fantástica." E o Meireles começou a comer com sombrio élan. O Marcelo o fustigava: — "Mais um pouquinho de couve?" e eis que bate novamente o telefone. O Marcondes antecipou-se — "Não se levante, Marcelo. É minha mulher. Quer ver como é minha mulher?" Atendeu e era a mulher. Ele ouviu calado, um minuto, dois minutos, três minutos. Por fim, explodiu — "Você acha que eu só posso ter Fusca, Mercedes, não? Está bem, está bem. Deixa eu almoçar." A mulher disse qualquer coisa e ele pula: — "Olha o respeito, olha o respeito." Do outro lado, ela bate com o telefone. Meireles, branco, vem sentar-se, arrasado: — "Por causa de um automóvel, minha mulher ainda vai me dar bola de cachorro."

10 O Francisco Pedro do Couto pergunta: — "Qual é o drama?" E, então, o Marcondes abre a alma: — "É o seguinte. Fiz um negócio, bom negócio, e arranjei um dinheirinho. Pensei em comprar uma Mercedes branca. O Nelson já deu opinião. Agora quero a de vocês. Posso comprar a Mercedes?" — O Couto, que toma automóvel até pra atravessar a rua, foi o primeiro a opinar. Disse taxativo: — "Mas claro." O Brunini quis saber o preço da Mercedes. Ouve o preço e repete: — "500 milhões?" Há um terror entre os presentes. Por um interminável minuto, ninguém diz nada. O Marcondes é olhado com certa malignidade. Súbito, bate o telefone. O Meireles ergue-se, desvairado — "É minha mulher. Não atendo nem a tiro. Até logo." Não esperou sobremesa, nem cafezinho. Fugiu.

11 Dois dias depois, vou passando pela rua Sete, quando ouço uma voz conhecida — "Nelson, Nelson." Era o Seabra, o irmão da mulher do Meireles. Apertou-me a mão, gravíssimo: "Soube que você almoçou com o Marcondes." Toma fôlego e começa: — "Sabe que nós temos um louco moral na família?" Não entendo nada: — "Louco moral? Quem?" Bufa: — "O Meireles, ora. Louco moral sim senhor." Pergunto — "E o que é que ele fez?" Falou alto: — "Aquele pulha quer comprar uma Mercedes branca." Mas insisto: — "E que mais?" Repetiu — "Quer comprar uma Mercedes branca." Por isso, e só por isso, era o louco moral.

12 Diga-se, de passagem, que o Seabra é um brasileiro ferozmente politizado. Admirador de Dom Hélder, leitor do Dr. Alceu, não perdia uma passeata. Definia-se assim: — "Comunista, não. Socialista, sim." Parecia-lhe que a Mercedes era um ultraje à miséria, à fome, à mortalidade infantil, etc. etc. Ao despedir-se, o Seabra disse que só um louco moral podia passear de Mercedes, enquanto as ratazanas devoravam as criancinhas brasileiras. E o curioso é que também o cunhado, ora dizia Marcondes, ora dizia Meireles.

13 De noite, telefonou-me o próprio louco moral. Estava quase chorando: — "Nelson, todos estão contra mim." E fez a pergunta inesperada: — "Você acha que a minha Mercedes seria uma humilhação para o Brasil?" Fiz-lhe ver que, pelo contrário, o Brasil ia ficar lisonjeadíssimo. E o Marcondes confessou-me: — "Tenho medo do nosso anticomunismo. O anticomunista brasileiro odeia o automóvel caro, a joia rara, a mulher bonita, os palácios", etc., etc. Na insistência obsessiva, repetia a pergunta: — "Eu seria ridículo, se comprasse uma Mercedes?" Jurei-lhe que é impossível ser ridículo dentro de uma Mercedes. Paramos por aí. Durante dois meses, não vi o Meireles, nem tive notícia do Marcondes. Até que, um dia, eu o encontro, na rua, feliz da vida. Explicou-me que a Mercedes fora, na sua vida, uma doença psicológica. Disse: "Estou fazendo psicanálise." Como eu ponderasse que a análise ia sair mais cara do que a Mercedes, piscou-me o olho: — "Mas é que o papai aqui está fazendo psicanálise de grupo. Baratinho. Uma vez por semana, cem contos." Estendeu-me a mão: — "E olha. Minha mulher é uma santa."

O Globo, 8/7/1969

39. Os setenta anos de Gilberto Freyre

1 Nem sei por onde começar. Digamos que. Eis a verdade: — estou naquela situação de Carlos Drummond de Andrade ao oferecer seu livro a Marques Rebelo. Na dedicatória, escreve o poeta nacional: — "A Marques Rebelo — sem palavras — Carlos Drummond de Andrade." Ao que eu saiba, poesia é uma arte de palavras. E se um poeta não as tem, poderemos talvez chamá-lo de antipoeta. Na melhor das hipóteses: — antipoeta.

2 Felizmente, o bom Carlos estava usando apenas um truque de sua prudência mineira. Não queria elogiar o romancista e o conseguiu. Eu diria que a minha situação é parecida: — faltam-me palavras para começar esta crônica. Queria escrever sobre a *socialização do homem*. Digo mal. Não é bem do homem. O correto seria dizer a *socialização do idiota*.

3 Não sei se me entendem e tentarei explicar. Antigamente, o idiota era o primeiro a saber-se idiota; e babava fisicamente na gravata. Não andava, Como agora, em massas, unanimidades, maiorias, assembleias, etc. etc. Do berço ao túmulo, ele assumia a sua irreversível miserabilidade de idiota. O mundo dependia de sete, oito, dez ou vinte individualidades, fortes, criadoras, sim, individualidades que pensavam por nós, sentiam por nós, decidiam por nós.

4 Embora minoritários, os *melhores* faziam o nosso mundo, inventavam a nossa realidade, ditavam os nossos valores. Até que ocorre o maior acontecimento do século XX que foi, exatamente, a *socialização do idiota*. Pela primeira vez o idiota se organizava. Ele sempre fora, como indivíduo, o grande impotente. Deixou de ser indivíduo. Impessoalizou-se; dissolveu-se no coletivo. Aqui no Rio, cinco autores fizeram uma única peça. Até o amor que, sempre, sempre, exigira a solidão do casal, o amor, dizia eu, precisou *socializar-se* também.

5 Há pouco, trezentos mil jovens se juntaram numa ilha inglesa. Trezentos mil jovens, cento e cinquenta mil casais. Foi uma bacanal inédita na história humana. Um dos Beatles casou-se. Queria fazer sua noite de núpcias na frente das câmaras e microfones. Não bastavam o noivo e a noiva. Era preciso que cinco, seis, sete milhões de telespectadores invadissem a intimidade do casal.

6 Ai daquele que, num desafio suicida, tenta individualizar-se. Vocês se lembram das greves estudantis da França. Os jovens idiotas viravam carros, arrancavam paralelepípedos e incendiavam a Bolsa. E, então, o velho De Gaulle falou aos idiotas: — "Eu sou a Revolução." Que ele fosse a Revolução, era o de menos. O que realmente enfureceu o mundo foi o eu. Era alguém que queria ser alguém. Um dos maiores jornalistas franceses escreveu um furibundo artigo contra aquele espantoso orgulho. Aquele guerreiro, de esporas rutilantes e negro penacho, foi o último *eu* francês. Os outros franceses são massas, assembleias, comícios, maiorias.

7 E há o que se finge de idiota para sobreviver. Muitos não entendem por que professores, sociólogos, sacerdotes, cientistas — vivem a fazer rapapés, sim, humilhantes rapapés para os lorpas e os pascácios. Eis um mistério nada misterioso. Ou o sujeito bajula os idiotas ou não terá onde cair morto.

8 Por que é que estou dizendo tudo isso? Vejamos: — outro dia, Gilberto Freyre completou setenta anos. Eu me lembrei de Hugo, Victor Hugo. No seu septuagésimo aniversário, a França parou. Toda Paris desfilou diante do poeta. Rosas, dálias, lírios, as flores mais inimagináveis foram atiradas a seus pés. Naturalmente que a maioria dos manifestantes eram os idiotas, não socializados, não organizados. Mas vejam o abismo que se cavou entre as duas épocas. Hoje, os idiotas, instalados em sua onipotência numérica, não concederiam ao grande homem um vago e reles bom-dia. E assim Gilberto Freyre fez setenta anos debaixo de um silêncio brutal.

9 Tive o cuidado de ler os jornais. Não vi uma linha. Minto. Vi num dos nossos jornais uma nota, espremida num canto de página. Quem a redigiu teve vergonha de elogiar um dos homens mais inteligentes do Brasil, em todos os tempos. Eis o que eu queria dizer: — está em seríssima crise vital o país que não reconhece seus maiores homens.

10 Um companheiro ia passando e eu a chamei: — "Olha aqui o que merece Gilberto Freyre." O companheiro passou a vista e rosna este comentário; — "Por essas e outras é que o Amazonas tem menos população do que Madureira."

11 Não é a primeira vez, nem será a última, em que falo de Gilberto Freyre e do seu exílio. Em nosso tempo, o Brasil tem sido o exílio do extraordinário artista. Os jornais não falam no seu nome, e vale a pena explicar, para os menos informados, esse mistério. A *festiva* infiltrou-se em toda a imprensa brasileira. Outro dia, passei num velho órgão. Enquanto esperava um colega, vi uma estagiária, dos seus 18, 19 anos, de sandália e calcanhar sujo. Estava lendo e titulando telegramas. Súbito, pega um dos telegramas, amassa-o e o atira na cesta. Diz para os lados: — "Gilberto Freyre não é autor que se cite."

12 Aí está, num simples gesto e numa simples frase, a Operação Cesta. Os membros da *festiva* fazem uma vigilância feroz. Qualquer notícia que não convenha à esquerda vai para a cesta, sumariamente. Para o leitor, que nada sabe dos bastidores jornalísticos, pode parecer inverossímil o poder de uma estagiária de calcanhar sujo. Inverossimilhança nenhuma. Reparem como o editorial é uma coisa e o resto do jornal outra. A direção opina no editorial. O resto do jornal fica por conta da infiltração comunista.

13 No caso de Gilberto Freyre, as esquerdas têm-lhe ódio. Portanto, não se pinga uma palavra sobre a sua obra gigantesca. Falei no seu exílio na própria terra. E realmente ele é muito mais notícia lá fora. Escolham qualquer país europeu. Na Itália, França, Inglaterra, Alemanha, sua presença intelectual é muito mais poderosa do que aqui. Sim, o estrangeiro é muito mais sua casa do que o Brasil.

14 Isso só acontece num país que perdeu a sua consciência crítica. Bem sei que a "rebelião dos idiotas" é um fenômeno universal. Mas na Europa, nos Estados Unidos, todos reconhecem a dimensão mundial de sua figura. Ao saudá-lo, a Universidade de Sussex proclama que, depois de sua obra, o "Brasil tornou-se mais brasileiro". Ao passo que, em nossa terra, as meninas de calcanhar sujo e os barbudos da *festiva* querem liquidá-lo pelo silêncio.

15 Tudo porque, na sua formidável solidão, não transige com as esquerdas. E, ao mesmo tempo, quantas mediocridades têm uma delirante cobertura promocional. Mas vejam: — nos seus setenta anos, Gilberto Freyre fez uma obra para sempre. Daqui a cinco anos, os idiotas que hoje o negam ou, pior, que fingem esquecê-lo, vão desaparecer como se jamais tivessem existido. Daqui a duzentos anos, Gilberto Freyre estará cada vez mais vivo; e sua figura terá a tensão, a densidade, a atualidade da presença física.

16 Na minha juventude, os literatos patrícios perguntavam uns aos outros: — "Quando sai tua *Guerra e paz?*" E todos respondiam: — "Estou caprichando." Mas a *Guerra e paz* não saía. Eu só imaginava o escândalo que seria se, um dia, explodisse, no Brasil, uma súbita *Guerra e paz*. Até que, há pouco, fui ler todo o Gilberto Freyre. Li e reli. Fiz a enorme descoberta. Sua obra tem o movimento, a profundidade, a variedade do romance tolstoiano.

O Globo, 28/3/1970

40. A morte do ser humano

1 Eu sempre escrevi, a esta coluna, que o marxista-leninista é igual ao marxista-stalinista. E só os obtusos, ou os cínicos, podem achar qualquer dessemelhança entre um e outro. Se os fatos significam alguma coisa, também Lênin e Stalin são gêmeos, ambos empenhados em fazer do homem o anti-homem, da pessoa a antipessoa.

2 E tanto faz chamar Mao Tsé-tung de marxista-leninista como de marxista-stalinista. Em recente "Confissão", dizia eu que o socialismo ficará como um pesadelo humorístico da História. Pergunto se há alguma coisa ou alguém mais ópera-bufa do que o líder chinês. Não sei se vocês se lembram do formidável feito natatório de Mao Tsé-tung. Se não se lembram, vamos lá.

3 Um dia, com setenta e quebrados, o bom Mao resolveu bater todos os recordes mundiais de natação. Sabe-se que ele não morrerá jamais afogado, graças à barriga insubmersível. E a verdade é que o chefe genial atirou-se no rio. Para não tomar o tempo e não cansar a paciência do leitor, direi apenas o seguinte: — nadando cachorrinho, Mao Tsé-tung fez 22 quilômetros em fulminante velocidade.

4 Foi por toda a China uma comoção sem igual. Nunca houve na terra um estadista que tivesse, ao mesmo tempo, o gênio natatório. Dirá um socialista brasileiro que estou fazendo um exagero caricatural. Exagero nenhum. Tanto que se criou na China uma espécie de 14 de Julho, que se chamou "O Dia do Mergulho". É a data nacional mais alta (e eu quase dizia mais sublime) da China Vermelha.

5 Agora, vejamos como é lá celebrado O Dia do Mergulho. Os chineses, em número de oitocentos milhões antigos. Perdão: — eu estava contando em termos de cruzeiro. Mas continuando: oitocentos milhões de chineses atiram-se no rio, de sapatos, chapéu, gravata. Os que não sabem nadar, morrem afogados e agradecidos. Deram a vida pelo maior nadador de todos os tempos.

6 Um espírito crassamente realista dirá: — "Ridículo." Ridículo, para nós, ocidentais. Sublime para o Socialismo chinês. Mas há pior e, repito, há pior. Meses atrás, li uma revista científica da China. Lá está escrito que os maiores oculistas do país chegaram à seguinte conclusão: — os textos de Mao Tsé-tung curam a cegueira. O cego os aplica em forma de compressa nos olhos, e passam a ver tudo. Cínico e deslavado milagre. Na China Vermelha, porém, os milagres de Mao pertencem ao cotidiano.

7 Por aí vocês vão vendo que o Socialismo é, sem nenhum favor, um pesadelo humorístico. Mas não preciso voltar ao passado. Tratarei de um fato presente. O Governo do marxista-leninista Fidel Castro prendeu o poeta Heberto Padilla. Para sair da cadeia, o pobre-diabo teve que se submeter a uma autocrítica de uma abjeção jamais concebida. Como já escrevi, Fidel Castro teria sido mais compassivo se tivesse fuzilado o poeta, apenas fuzilado.

8 (Tudo isso vocês já sabem, mas convém repetir.) E, então, inintelectuais europeus e latino-americanos, todos socialistas, escreveram um manifesto da maior violência. Em tal documento acusavam Fidel de estar ressuscitando em Cuba a sordidez stalinista. Diga-se, entre parênteses, que a sordidez stalinista sempre esteve viva e, portanto, era obviamente impossível ressuscitar a falsa defunta. Muito bem. O pronunciamento teve repercussão mundial. E como reagiu o poeta Heberto Padilla?

9 Reagiu assim: — atacando furiosamente os seus defensores. Mas era pouco. Levando mais longe o próprio aviltamento, delatou sua mulher, a poetisa Relkis Cuzamales, e vários intelectuais, até então seus fraternais amigos. E, ao mesmo tempo, põe nas nuvens o ditador Fidel Castro.

10 Eis o que o Socialismo descobriu: — o escravo agradecido. Vocês entendem? É como se um remador de *Ben-Hur* desse vivas ao chicote, vivas às chicotadas que lhe cortam a carne. Pois o Heberto Padilla é um degradado radiante. E, para provar sua gratidão, denuncia a mulher e os amigos.

11 O Socialismo não admite o *inocente*. Vejam vocês. A *inocência*, falsa ou verdadeira, só é possível na ordem capitalista. Sacco e Vanzetti morreram dizendo: — "Somos inocentes." E assim o assassino do *baby* Lindeberg. A caminho da cadeira elétrica, repetia: — "Eu não matei, eu não matei." O casal Rosemberg, até o último momento, clamou uma inocência que os fatos, sim, que as provas negavam. Jack, o Estripador, fez também a sua pose desesperada e final de inocência.

12 Visitem qualquer penitenciária do mundo ocidental. Os delinquentes mais bárbaros dirão: — "Eu não fiz nada, eu não fiz nada." Diz isso, e pode dizê-lo, porque está num país capitalista. Nos Estados Unidos, há uma liberdade exagerada, violentada. O norte-americano é tão livre que precisa sujar, aviltar a própria liberdade. Mas no Socialismo sucede o inverso, precisamente o inverso.

13 Os processos de Moscou estão vivos na memória mundial. O inocente mais imaculado batia no peito: — "Eu vendi a minha pátria! Eu recebi dinheiro dos Estados Unidos e da Inglaterra!" E vinha a mãe do inocente, que o sabia inocente, e dizia: — "Enforquem o cachorro do meu filho!" E o filho do inocente berrava: — "Enforquem o cachorro do meu pai!" E assim desfilavam todos os parentes, vizinhos e amigos do inocente. E, por fim, condenado à pena capital, o inocente alçava a fronte, limpava um falso pigarro e abençoava o pelotão de fuzilamento.

14 Tudo isso é o que eu chamaria de horror cômico. É o horror, mas tão inconcebível, que se torna engraçadíssimo. Agora, neste momento, um intelectual russo está sendo internado. Insinuou uma tênue, remota tendência liberaloide. E, portanto, é louco e como tal deve ser tratado. Submetido a tratamento de choques, acaba mesmo louco furioso. E, portanto, é sórdido falar em ressurreição da sordidez socialista.

15 Hoje, o que será esse desgraçado Heberto Padilla, obrigado a insultar os que o defendem, obrigado a delatar a própria mulher e os próprios amigos, acusando-os de faltas que ninguém cometeu. Se isso apenas acontecesse num único país socialista, seria um vago consolo. Mas acontece, exatamente, em todos os países socialistas. Não estou falando no socialismo da Suécia, Dinamarca, Noruega, que é apenas obsceno. Lá o Parlamento se reúne para discutir se o ato amoroso pode ou não ser feito na via pública. Imaginemos o homem e mulher amando, na rua, como o cachorro e a cadela.

16 Há três dias, inaugurou-se o 16º Congresso Comunista, em Praga. Guslav Husak, Primeiro-Secretário do PC tcheco, agradeceu à Rússia e aos demais membros do Pacto de Varsóvia a invasão de sua pátria. É como se o estuprado agradecesse, penhoradíssimo, o próprio estupro.

17 Repito que o Socialismo é todo um processo de desumanização. O Chefe do Governo tcheco é exatamente o anti-homem, a antipessoa. Quanto ao poeta Heberto Padilla, arrancaram as suas entranhas como o legista faz com o cadáver de necrotério. É o ex-homem, a ex-pessoa.

Conserva de humano apenas os sapatos e o terno, ambos humilhadíssimos. E como definir o Dr. Alceu que fala na *marcha irreversível* para uma degradação individual e coletiva jamais imaginada?

O Globo, 28/5/1971

41. O homem que ainda fala em "Pátria"

1 Não há nome intranscendente e repito: — qualquer nome insinua um vaticínio. Todo o destino de Napoleão Bonaparte está no seu cartão de visitas. Ao passo que um J. B. Martins da Fonseca não tem nenhum destino especial e vou mais longe — não tem destino. Quando batizaram William Shakespeare, o padre poderia perguntar-lhe: — "Como vão tuas *Obras completas?*" No simples "William Shakespeare" estava implícita a música verbal do seu teatro.

2 Mas um certo nome exige uma certa cara. Napoleão Bonaparte pedia um perfil napoleônico. Um Gengis Khan precisa de fotogenia. Ou então um John Kennedy. O que era o presidente assassinado, senão o queixo forte, plástico, histórico? Ele venceu Stevenson e depois Nixon, porque tinha as mandíbulas crispadas do Poder. Por isso, o tiro arrancou-lhe o queixo. Outro: — Churchill, com sua maravilhosa cara de buldogue. Em todos os citados, a cara e nome, justapostos, explicam uma nítida predestinação.

3 Fiz essa pequena introdução para chegar ao nosso Presidente. Quando começou o jogo de candidaturas, disse eu: — "Ganha esse, pelo nome e pela cara." Não é impunemente que um homem se chama Emílio Garrastazu Médici. Tiremos o Emílio e fica Garrastazu. Tiremos o Garrastazu e ficará o Médici. Bem sei que essa meditação sobre o nome parece arbitrária e até delirante. Não importa, nada importa. Depois vi a sua fotografia. Repeti, na redação, para todo mundo ouvir: — "É esse o Presidente." Ora, numa redação há sempre uns três ou quatro sarcásticos. Um deles me perguntou: — "Só pelo nome?" Respondi: — "Pelo nome e pela cara."

4 Como já disse, a História e a Lenda também exigem uma certa fotogenia. E senti que Emílio Garrastazu Médici tinha um perfil de moeda, de cédula, de selo. Organizem uma retrospectiva presidencial e verão que os nossos presidentes são baixos. Getúlio era baixíssimo, embora tivesse um perfil histórico e, digamos assim, cesariano. Epitácio foi fisicamente pequeno. Era a pose que o fazia mais presidencial. Garrastazu Médici é o nosso primeiro Presidente alto.

5 Dirão vocês que eu estou valorizando o irrelevante, o secundário, o fantasista. Desculpem o meu possível equívoco. E se me perguntarem por que estou dizendo tudo isso, eu me justificarei explicando: — conheci, domingo, o Presidente Emílio Garrastazu Médici. E o pretexto para o nosso encontro foi um jogo de futebol.

6 Outra singularidade do Chefe da Nação: — gosta de futebol e sabe viver, como o mais obscuro, o mais anônimo torcedor, todas as peripécias dos clássicos e das peladas. Isso é raro ou, melhor dizendo, isso é inédito na história dos presidentes brasileiros. Imaginem um Delfim Moreira, ou um Rodrigues Alves, ou um Wenceslau Brás entrando no Estádio Mário Filho. Qualquer um desses perguntaria: — "Em que time joga o Fla-Flu?", "Quem é a bola?" ou "O *corner* já chegou?"

7 O nosso Presidente sabe tudo de futebol. Eu diria que hoje nenhum brasileiro será estadista se lhe faltar sensibilidade para o futebol. Mas dizia eu que foi um jogo — São Paulo x Porto que nos aproximou. Na sexta-feira passada, o Palácio das Laranjeiras começou a me procurar. Se eu fosse terrorista, não seria tão perseguido. Finalmente, falo pelo telefone com o Palácio. O Secretário de Imprensa queria me transmitir um convite. Onde e a que horas poderia falar comigo? Marcamos o encontro. Simplesmente, o Presidente Médici me convidava para assistir, a seu lado, na inauguração do Morumbi, o jogo internacional. Eu iria, com S. Exa., no avião presidencial. O Presidente fazia o maior empenho em que o acompanhasse.

8 Confesso, sem nenhuma vergonha, que o convite me fascinou. O que têm sido as nossas relações com os Presidentes da República? Nenhuma. Sim, há entre nós e o Presidente uma distância infinita, espectral. E o Supremo Magistrado, como se diz, é um ser misterioso, inescrutável, sinistro. No meu caso, o Presidente só dispunha a acabar com a distância e me receber na áspera solidão presidencial.

9 De mais a mais, o Brasil vive o seu grande momento. Eis o nosso dilema: — ou o Brasil ou o caos. O diabo é que temos a vocação e a nostalgia do caos. É o momento de fazer o Brasil ou perdê-lo. Esse Garrastazu Médici é, neste instante, uma das figuras vitais do País. Eu ia vê-la, ia ouvi-lo. Sim, ouvir os ruídos de sua alma profunda. Todo mundo tem, no bolso do colete, o seu projeto de Brasil. Garrastazu tem o seu e pode realizá-lo. Ao passo que nós não temos força para tapar um cano furado. Bem. Aceitei o convite, ressalvando: — iria de tudo, menos de avião. "De automóvel?" perguntou o Secretário de Imprensa. E eu: — "De qualquer coisa" — e repeti — "nunca de avião."

10 No Sábado, o meu filho Nelson levou-me para São Paulo no seu Fusca. Durante a viagem, uma pequena, mas intolerável inibição, instalou-se em mim: — "Chamarei o Presidente de Excelência ou simplesmente de senhor?" Ao mesmo tempo, imaginava que o Poder desumaniza o homem. Seria Garrastazu uma figura áspera, hierática, enfática? Pensava, ao mesmo tempo, num episódio recente. Num jogo do Grêmio, e antes de ser Presidente, e antes da definição das candidaturas, o General Garrastazu Médici desce ao vestiário. Vejam se vocês conseguem imaginar um Delfim Moreira, ou um Epitácio, num vestiário de futebol. Pois o general chega e pergunta: — "Como é, Alcino, que você vai me perder aquele gol?" No Fusca do meu filho Nelson, eu queria crer que um homem assim é um brasileiro vivo e não uma pose, e não uma casaca, e não uma faixa, e não uma condecoração.

11 No dia seguinte, estava eu no aeroporto. Tivemos uma primeira conversa e durante o dia, uma outra, e uma terceira, e uma quarta. Vi a seu lado a inauguração (ou a décima inauguração do Morumbi). Ora, no momento não há nada mais importante do que saber o que pensa, o que sente, o que imagina, o que quer um Presidente da República, investido de tantos poderes. No meio do jogo, ele insistia para que eu voltasse no seu jato. Digo, por fim: — "Está certo, Presidente. Vou voar pela primeira vez."

12 É preciso não esquecer o que houve nas ruas de São Paulo e dentro do Morumbi. No Estádio Mário Filho, ex-Maracanã, vaia-se até minuto de silêncio e, como dizia o outro, vaia-se até mulher nua. Vi o Morumbi lotado, aplaudindo o Presidente Garrastazu. Antes do jogo e depois do jogo, o aplauso das ruas. Eu queria ouvir um assovio, sentir um foco de vaia. Só palmas. E eu me perguntava: — "E as vaias? Onde estão as vaias?" Estavam espantosamente mudas.

13 Até domingo, às seis e meia, sete da noite, eu não entrara jamais num avião pousado, num avião andando, num avião voando. Lá em cima, não há paisagem; e, se não há paisagem, estamos fazendo a antiviagem. Conversamos longamente. Houve um momento em que ele me disse: — "Sou um Presidente sem compromissos. Só tenho compromissos com a *minha pátria.*" Eis um homem que fala em "pátria", em "minha pátria". Para a maioria absoluta dos civis, "pátria" é uma palavra espectral, "patriota" é uma figura espectral. E as nossas Esquerdas fizeram toda sorte de manifestações. Não berravam, não tocavam na "pátria". Nas passeatas, berravam, em cadência: — "Vietnã, Vietnã, Vietnã." Pichavam os nossos muros com vivas aos vietcongues, a Cuba. Nenhuma alusão à pátria, nenhuma referência ao Brasil. E, no entanto, vejam vocês: — o Amazonas tem menos população do que Madureira. Aquilo é uma gigantesca sibéria florestal. E as Esquerdas só pensavam no Vietnã, e só pensavam pelo Vietnã e só bebiam pelo Vietnã.

14 Certa vez, conversei com um membro da esquerda católica. Exortei-o a desembarcar no Brasil. Disse-lhe que, na pior das hipóteses, temos paisagem. Citei o Pão de Açúcar, o Corcovado. Mas ele batia na tecla obsessiva e fatal: — "O Vietnã, o Vietnã, o Vietnã", etc., etc. Ainda no meu élan paisagístico, fiz a apologia da Vista Chinesa, recanto ideal para matar turista argentino. Mas havia entre mim e ele a distância que nos separa do Sudeste Asiático. Eis o que o meu amigo propõe: — que os brasileiros bebessem o sangue uns dos outros como groselha.

15 Antes de se despedir o membro da Esquerda Católica concentrou sua ira nas forças armadas. Acusou-as de incapazes, de ineptas, de relapsas. "Os militares nunca fizeram nada", afirmou. Desta vez, perdi a minha paciência. Tratei de demonstrar-lhe que os militares fizeram tudo. No 7 de Setembro (e Pedro Américo não me deixa mentir), foram sujeitos de esporas e penacho que deram o grito do Ipiranga; e se os militares não fizeram nada, que faz a espada de Deodoro na estátua de Deodoro. Foi a inépcia militar que fez a República, assim como fizera a Independência. Em 22 e 24, era o sangue militar que jorrava como a água, a água da boca dos tritões de chafariz. Em 30, em 32, em 35, foram os militares. Assim em 89. Retirem as Forças Armadas e começará o caos, o puro, irresponsável e obtuso caos.

16 Há anos e anos que eu não digo "pátria". E quando o Presidente Garrastazu falou em "minha pátria", experimentei um sentimento intolerável de vergonha. Esse soldado é de uma natureza simples e profunda. Está disposto a tudo para que não façam do Brasil o anti-Brasil. Seja como for, deixará este nome, para sempre: — Emílio Garrastazu Médici.

O Globo, 28/1/1970

42. Vamos salvar o Piauí do seu ufanismo

1 Estou saindo de casa. Sete e meia da manhã, vinte para as oito, por aí. Tomo o elevador e imagino: — "Vou encontrar a minha vizinha." Admirável senhora! Gorda e patusca como uma viúva machadiana, não para em casa. Na Índia, há milhões de sujeitos que nunca moraram. Vocês percebem? Milhões que jamais tiveram uma cama, uma mesa, um teto. Nascem na rua, e vivem, amam e morrem sempre na rua. A minha vizinha tem apartamento, sala, quarto, janela, ar-refrigerado, televisão. E não sai da calçada.

2 Chega a ser meio alucinatório. A qualquer hora do dia e da noite, está na calçada. Muitos desconfiam que não almoça, não janta, não toma café. E, se passa um conhecido, ela o atraca. Mas como eu ia dizendo: — saio do elevador, vou até o portão e paro. Eu a vejo e ela me vê. Veio depressa, no seu passo miúdo de gorda. Já me disseram: — "Tem varizes até na alma." Para diante de mim e diz: — "Tudo se sabe." Conversamos ainda um momento. E, na despedida, repete. — "Tudo se sabe."

3 É inimiga das coisas nítidas, precisas; e tem o gênio da insinuação. Pouco depois, estou no táxi, a caminho da cidade. Sua voz e sua frase vão comigo. "Tudo se sabe." Já na avenida Atlântica, sou obrigado a reconhecer que a santa senhora tem razão. Mais cedo ou mais tarde tudo se sabe. Ao passar pelo Copacabana Palace, penso num amigo meu, doce como um irmão: — o Carlos Castello Branco. Toda a imprensa o chama de "o Castelinho". E é, sem a menor dúvida, um dos homens mais inteligentes do jornalismo brasileiro.

4 Há um ano atrás, estou eu num sarau de literatos. A propósito não sei de que, digo ao Hélio Pellegrino: — "O Castelinho, que é mineiro", etc., etc. Continua a conversa, mais adiante, repito: — "O Castelinho, que é mineiro", etc., etc. Foi então que alguém, talvez o próprio Hélio Pellegrino, me chamou para a varanda. Enquanto os pirilampos faziam pisca-pisca no jardim, o Hélio baixa a voz: — "Não é mineiro."

5 Recuo o rosto como um agredido: — "Quem não é mineiro?" E o Hélio, depois de olhar para os lados: — "O Castelinho." Nada descreve o meu escândalo: — "Não é mineiro?" O Hélio teimou: — "Nunca foi mineiro." Vejam vocês como a nossa vida é, realmente, a soma de equívocos insuportáveis. Sou o homem de muitas dúvidas e raríssimas certezas. E o Castelinho sempre me parecera o mineiro radical, absoluto, eterno. Tão mineiro como o Otto Lara Rezende, o Hélio Pellegrino ou o Paulo Mendes Campos. Eis que, numa reunião de literatos, vem o Hélio e, com um frívolo piparote, põe abaixo uma das minhas certezas mais consideráveis.

6 No meu assombro, ainda perguntei: — "Se não é mineiro, é o quê?" Resposta: — "Piauense." Estou de pé; sento-me em câmara lenta. Saía de um espanto para outro espanto. Repito para mim mesmo: — "Piauense!" Obrigo o Hélio a sentar-se a meu lado: — "E desde quando?" Imaginem vocês que eu conheço o Castelinho há trinta anos. Como diz minha vizinha: — "Trinta anos não são trinta dias." Há muitos que não vivem tanto.

Pois bem. E durante trinta anos cultivei a ilusão de que o Castelinho era uma flor ou joia, sei lá, de Minas. Nunca o vira declarar, de fronte alta e olho rútilo: — "Meus senhores e minhas senhoras, sou do Piauí." Em trinta anos, jamais o Castelinho fizera um esforço para arrancar-me do fatal equívoco. E, ao mesmo tempo, cabia a pergunta: — como se pode ser piauiense com tanto sigilo, pudor, mistério?

7 "Tudo se sabe", diz a minha vizinha. E, após uma convivência diária de trinta anos, eu sabia. O segredo não era mais segredo. Dirão vocês que estou fazendo uma caricatura do meu espanto. Absolutamente, e explico: — na vida real, quase não há piauienses. O brasileiro é gaúcho, carioca, capixaba, paulista, cearense, alagoano, pernambucano, etc., etc. Nunca piauiense. Por outro lado, os jornais, o rádio e a TV fazem um silêncio total sobre o Piauí. Sabemos mais do esquimó do que do piauiense.

8 Ainda ontem fiz um teste com o Hélio Pellegrino: — "Há quanto tempo você não pensa no Piauí?" Pausa. O amigo faz os cálculos. Diz: "Vinte e cinco anos." E foi ao ler uma das minhas recentes "Confissões" que voltou para o Piauí suas vistas e seus cuidados de brasileiro. Os paus de arara são do Ceará, de Pernambuco, do Rio Grande do Norte, do Amapá, do Acre, do Maranhão. Saí disposto a escrever sobre o Piauí. Queria chamar a atenção do Brasil para o crime que se está cometendo. Não há Estado mais abandonado, nem o Amazonas.

9 Deixei passar um tempo e comecei a escrever. Já no primeiro artigo, explodiram os protestos. Choviam cartas, telegramas, telefonemas: eram os piauienses indignados. Tratavam, a pontapés, a minha solidariedade. E verifiquei, aterrado, que o Piauí está satisfeitíssimo com a própria miséria. Imaginem um Narciso às avessas, sim, um Narciso deslumbrado com as próprias chagas. Aí está o caso do Piauí.

10 Os piauienses que me atacam, ou pelo jornal, ou por telegramas e cartas, têm esta sólida, inarredável e apavorante certeza: — o Piauí atravessa uma fase de prosperidade, desenvolvimento, crescimento industrial. Não há fome, não há mortalidade infantil, ou descontentamento popular. Pelo contrário. O que há, inversamente, é exultante ufanismo. As chagas estão orgulhosas de si mesmas.

11 E como falei em pobreza, todos os jornais me chamam de venal. Quando li os insultos, caí das nuvens. Um dos palmas cavalões da terra afirma que eu quero "tomar dinheiro do Piauí". Eu podia, se o quisesse, fazer a troça cruel: — "E quem me paga? Onde está o dinheiro? E há dinheiro?" Mas vamos falar sério. O pior vocês não sabem: — recebo convites para ir a Teresina. Portanto, vejo que a imprensa, o povo, as autoridades piauienses pensam que as feridas de um povo são turísticas.

12 Dizia-me no telefone o Hélio Pellegrino: — "Cuidado para não chocar o Piauí." Devo ter o cuidado oposto, ou seja — o cuidado de chocá-lo. Um Estado tão esquecido, tão malquerido, tão solitário precisa de urgente e vital tristeza. O que não se suporta é um pobre que trata as próprias chagas a pires de leite. Temos de entristecer o Piauí. É preciso que, de repente, baixe, em todo o Estado, a consciência do próprio inferno.

13 Fosse eu um idiota da objetividade e estaria apresentando, aqui, dados precisos. Diria, por exemplo, que a diferença de renda "per capita" entre o Piauí e a Guanabara é de um para dez. Mas deixo de lado a verdade numérica e implacável. Eis o que eu queria dizer: — O Amazonas assumiu sua miséria. Tem menos habitantes do que Madureira. Vê os próprios horrores e os reconhece. Portanto, o Amazonas não é o Napoleão de hospício. Nas casas de saúde grã-finas não há napoleões. Nos hospícios públicos, sim, nos hospícios abjetos, o delírio de grandeza assume as suas formas mais radicais. Para não apodrecer, de todo, o doido indigente tece a sua fantasia napoleônica.

14 O que não se admite é que o Amazonas, por um narcisismo invertido, quisesse glorificar o seu pavoroso deserto fluvial ou florestal; e que sonhasse atrair turismo com suas fomes, suas doenças, suas agonias, sua mortalidade infantil ou adulta. Quero um Piauí triste como o Amazonas. Sim, o Piauí tem que assassinar, a pauladas, o seu ufanismo. E quando assumir a sua plena miserabilidade — estará salvo.

O Globo, 22/4/1969

43. Memória

1 *O Globo* tinha vinte e poucos dias (se não me engano), quando morreu Irineu Marinho. Minha família morava, então, na rua Inhangá, nos fundos do Copacabana Palace. Eu me lembro do telefonema para meu pai, dando a notícia. Irineu Marinho morrera, pela manhã, no banho. E, como demorasse, alguém foi bater à porta. Nenhuma resposta.

2 Foram chamar Roberto, o filho mais velho. E ele, com vinte e poucos anos, forte (remava no Boqueirão do Passeio), meteu o ombro e arrombou a porta. O pai estava morto. A pessoa que telefonou lá para casa ainda fez o comentário: "O Geraldo tem uma sorte danada. Agora *O Globo* fecha. Fecha."

3 O Geraldo Rocha estava com *A Noite*, e Irineu Marinho era o seu único concorrente. Para ele, Geraldo, aquela morte, antes da consolidação de *O Globo*, era a sorte grande. Irineu Marinho fundara *A Noite*, jornal que é, digamos, talvez um caso único em toda a história jornalística. Lia-se não por necessidade, mas por amor. Sim, *A Noite* foi amada por todo um povo.

4 Eu penso nas noites de minha infância, em Aldeia Campista. O jornaleiro vinha, de porta em porta. Os chefes de família ficavam, de pijama, no portão, na janela, esperando. E lá, longe, o jornaleiro gritava: "*A Noite, A Noite.*" Eu me lembro de um sujeito, encostado num lampião, lendo, à luz de gás, o jornal de Irineu Marinho. Estou certo de que se saísse em branco, sem uma linha impressa, todos comprariam *A Noite* da mesma maneira e por amor.

5 Um dia, Irineu Marinho saiu de *A Noite* e fundou *O Globo*. Lá ficou Geraldo Rocha, baiano demoníaco, de uma empolgante falta de escrúpulos. Morre Irineu Marinho, ótimo. Segundo me contaram, houve quem pensasse em Roberto para a direção. Mas o próprio foi de um senso comum magistral. Disse: — "É Euricles, tem que ser Euricles, só pode ser Euricles."

6 Euricles (não sei se com "i" ou com "y"), era um homem de bem. Aí está dito tudo. Inútil procurar outras virtudes. Minto. Euricles tinha, sim, outra virtude: uma capacidade de trabalho quase desumana. Fisicamente pequeno, cara amarrada, era o chamado pé de boi. Mas essa taciturna, áspera probidade, foi vital para *O Globo*.

7 E, de repente, também Euricles morreu. Da mesma redação, saía o segundo defunto. *O Globo* parecia um jornal condenado. Logo se soube que Roberto Marinho seria o novo diretor. Foi um escândalo. E os velhos profissionais não sabiam qual era pior para *O Globo*, se a morte de Euricles, se a direção de Roberto.

8 Hoje, os jornais têm toda uma rapaziada nova e irresistível. Meninas de 16 anos fazem estágio nas redações. Naquele tempo, não. Bem me lembro de uma vez em que fui a *O Globo*, ainda em vida de Euricles. Lá não se dava um passo sem esbarrar, sem tropeçar numa figura trêmula e nostálgica. Era a geração ainda da vacina obrigatória, da Primeira Batalha do Marne. O próprio Euricles era um sobrevivente dos velhos tempos.

E Roberto? Que vinha ele fazer com a sua ultrajante vitalidade? Muitos daqueles homens o tinham carregado no colo. E eis que o antigo garoto punha-se a dar ordens.

9 No tempo de Euricles, nenhum Marinho tinha autoridade para tirar uma cadeira do lugar. E as virtudes possíveis e imprevisíveis de Roberto estavam inéditas. Sabia-se que frequentava o Boqueirão e lá remava; que, ainda no Boqueirão, treinava boxe com o fotógrafo Moacir Marinho, seu primo; era visto guiando automóveis, em disparadas suicidas. Bem. Para diretor de um jornal grave, como era *O Globo*, tais dados biográficos prometiam pouco.

10 Fosse como fosse, Roberto Marinho significava para nós uma esperança viva. Ao bater estas notas, eu não me lembro se foi ele que nos chamou ou se fomos nós que aparecemos lá, oferecendo o nosso trabalho. O certo é que o meu irmão Mário interessava a *O Globo*. Eu me lembro da nossa primeira conversa, na rua Almirante Barroso, na porta dos fundos do jornal.

11 Em pé, na calçada, depois do expediente, Roberto explicou o seu papel. No *Globo*, ninguém cuidava de espanar o pó do tempo, o pó que, desde *A Noite*, cada geração legava à geração seguinte. Ele estava disposto justamente a usar o espanador. Mas sem assombrar os redatores antigos. Queria também mudar, sem choque e gradualmente, a página de futebol. Mas confessou que tinha medo dos nossos exageros. Disse mesmo: — "Vocês, um dia, puseram a fotografia de um penico com o Jaguaré."

12 Não era verdade, claro. Puro folclore. Em suma: — queria ele que o Mário começasse a trabalhar imediatamente. Saímos de lá, numa gratidão selvagem. Mário era casado, mas combinou, com a mulher, o seguinte: — enquanto os irmãos não se empregassem, ele daria à minha mãe todo o ordenado de *O Globo*. No dia seguinte, tivemos um encontro com Costa Soares, que vinha combinar tudo, em nome de Roberto

Marinho. Ficou assentado que, para dirigir a página de esporte do *O Globo*, Mário ganharia quinhentos e cinquenta mil réis mensais. Para a época, era um salário de primeiríssima ordem.

13 Eu não ganhava um tostão e continuava desempregado. Mas para ajudar meu irmão, passei a trabalhar como qualquer funcionário de *O Globo* e mais que qualquer funcionário de *O Globo*. Chegávamos eu e o Mário às sete da manhã; e saíamos às cinco da tarde. Eu estava curioso de ver o comportamento de Roberto como diretor.

14 Já contei o desabafo ressentido de Elói Pontes. "Ganha mais do que eu! Mais do que eu!" dizia ele. Na sua opinião, Roberto era um cretino. Outros colegas falavam na "besta do Roberto". Na própria redação de *O Globo*, homens e até móveis, até relógios, amavam, a rotina de Euricles que era, exatamente, o homem de rotina. Roberto ameaçava posições e hábitos mumificados. Mas eu veria, com o tempo, que ele potencializava e salvava *O Globo*.

15 Um ano depois, comecei a ganhar. Eis o meu primeiro ordenado: — duzentos mil réis. E, então, aconteceu esta coisa prodigiosa: — enquanto não recebi um tostão, eu era gratíssimo a Roberto. Tinha-lhe afeto: olhava-o como a um irmão. Mas remunerado, passei a olhar com ressentimento, despeito, o jovem diretor. Foi aí que eu aprendi que os sentimentos fortes, como a ira, como o ódio, a inveja, exigem um salário.

Correio da Manhã, 1/4/1967[19]

---

19 Crônica também publicada em *Memórias — A menina sem estrela*.

44. Lembranças de Campos do Jordão

1 Todas as minhas lembranças de Campos do Jordão, podiam ter o título geral de "Recordações da casa dos mortos." A "casa dos mortos" era o Sanatorinho. Mas o que é mesmo que eu ia dizer? Ah, falava de Simão, o assassino. Era filho de espanhóis e usava boina. Ontem, um conhecido abordou-me na rua. Queria saber: — "Você não vai acabar a história de Simão?" Realmente, eu não disse tudo e vou dizer o resto.[20]

2 Um dia, Simão vira-se para mim: — "Quero morrer junto de minha mãe, chorado por minha mãe." E se ele falava assim, e sentia assim,

---

[20] Crônica publicada originalmente no *Correio da Manhã* de 9/4/1967 e no livro *Memórias — A menina sem estrela*. Na edição do jornal *O Globo* de 20/10/1970, Nelson Rodrigues fez algumas modificações como a substituição do primeiro parágrafo. O texto original era: "Eu me tornei, e cada vez mais, amigo de Simão, o assassino. Mas se era assassino, não devia ser seu amigo. Depois da morte de Roberto, eu vivia dizendo: — Tudo, menos assassino. Seria amigo do canalha, amigo do ladrão, do cáften. Admiraria todas as abjeções. Abraçaria o pulha integral. Não o assassino. E quando Simão falou dos seis tiros, pensei na bala única que matou Roberto."

talvez não fosse tão assassino. Ainda agora, batendo na máquina, penso no chofer varado de balas. O sujeito que leva seis tiros não tem tempo para o grito. E o chofer há de ter sentido apenas o espanto, sem entender aquela constelação de estampidos. Era covarde o Simão; mas, de repente, a covardia tornara-se homicida e cuspia fogo.

3 E quando ele falou em morrer em casa, imaginei a minha própria morte. Ao subir para Campos do Jordão, e durante toda a viagem, repetia para mim mesmo: — "Se eu morrer, quero morrer em casa. Não no Sanatório, em casa." E me imaginava segurando a mão de minha mãe e a minha mãe chorando por mim. Lembro-me de meu irmão Joffre. Tempos depois, ele estava morrendo em Correias, no sanatório de lá. Disse, do fundo do seu delírio: — "Quero morrer em casa." É o que o Simão queria, o que todos querem. No Sanatorinho, aprendi a olhar no fundo da nossa brutal e indefesa fragilidade. Ninguém é forte. Essa vontade de ser chorado geme em nós. Ah, os meus amigos atuais: — o Marcelo Soares de Moura, o Francisco Pedro do Couto,[21] o Borgerth, o Belini Cunha, o Cláudio Mello e Sousa. Eu os quero e eles me fascinam porque são tão débeis e tão meninos. Certa vez, há um ano, ano e pouco, o Cláudio viveu uma dessas provações que ninguém esquece. O caso é que ele passa na caixa do *Jornal do Brasil* para receber. Enfiou a cara no guichê com uma boa-fé lancinante. E soube de tudo: — estava demitido. Ainda gaguejou, branco: — "O quê? Como?" Essa demissão, à queima-roupa, sem nenhuma insinuação anterior, devastou-o. O pânico baixou, ali mesmo. Era como se ele visse, cara a cara, a própria morte. Desceu não sei se pela escada, não sei se pelo elevador. Embaixo, rangia os dentes de orfandade. Olhava em torno. Era como se até os edifícios o espreitassem para esganá-lo.

4 A cara do Cláudio demitido. Era assim que olhavam no Sanatorinho os que iam morrer, os que estavam morrendo e os que simplesmente ti-

---

[21] Na edição do *Correio da Manhã* os dois primeiros nomes citados foram Hélio Pellegrino e Otto Lara Resende.

nham medo. De vez em quando, vejo, no Marcelo, no Couto, no Belini, e por um brevíssimo momento, a mesma cara de espanto que faziam em Campos do Jordão. E o olhar de quem está pedindo que alguém o chore, imediatamente.

5 Bem. Eu me perdi e volto ao Sanatorinho. Quando o médico falou em "leprosa", toda a enfermaria parou (e o Simão estava no seu canto acuado). Mas ninguém duvidou, nem o próprio Simão. A verossimilhança era irresistível. Aquela mulher, que ia buscar lenha todas as manhãs, tinha, sim, orelhas, nariz, beiços mais que suspeitos. E o pior eram as bochechas de máscara de carnaval. A pele cor de gangrena e de orquídea. Ninguém disse nada. O médico ainda foi de cama em cama, olhando o gráfico da temperatura. Disse a um que estava com 38 de febre: — "Repouso absoluto. Coma na cama." Quando o Dr. Hermínio saiu (com as duas mãos enfiadas no avental), três ou quatro correram para o lado do Simão. Lembro-me que o baiano dos espelhos teve uma comichão no braço. Passou as unhas na coceira imaginária, coceira induzida. Foi aí que o Simão disse e repetiu, num desafio maligno: — "Eu não me arrependo, eu não me arrependo."

6 Não houve horror. Um espanto moderado, uma pequena angústia. Em 1934, o tuberculoso só era fiel, estritamente fiel, à própria doença. Uma tosse mais intensa soltava todos os nossos pavores. Estávamos ali, numa construção de madeira, tão frágil, quase de palito. Muitas vezes, na mesa, na cama, na varanda, me sentia indigente. Era pagante, mas aí é que está: — me sentia indigente. A maioria não esperava nada da vida, nem de ninguém. Eu me lembro como se morria no Sanatorinho. O sujeito mandava chamar a mãe, a mulher, o filho. E não vinha ninguém. O próprio Sanatorinho desaconselhava a família: — "É melhor não vir. Não adianta."

7 E ninguém vinha. Minto. Certa vez, apareceu, lá, a mãe de um garoto. Mas chegou tarde: — o filho já estava enterrado. E o que nos preservava era um desespero cínico, um fatalismo jucundo. Vejo um sujeito, junto da pia, escovando os dentes; e dizendo: — "Eu acredito na minha mãe e só na minha mãe." Havia, na ala de indigentes, um finlandês que, de vez em quando, vinha visitar os pagantes. Naquela manhã, apareceu lá; disse, com alegre impiedade: — "Tuberculose ou lepra é a mesma coisa." Essa autoflagelação radiante fez todo mundo rir. Mas o riso puxava tosse. O doente procurava disciplinar-se para não chegar jamais à gargalhada.

8 Na manhã seguinte, estava todo mundo na varanda. E, de repente, ouve-se o grito: — "Lá vem ela!" Era a fulana que subia a ladeira. Durante vários meses, nós a veríamos, todas as manhãs, mesmo na geada. E foi um alarido nas janelas e nas varandas. A mulher fazia gestos, esganiçava o riso, pulava como um índio de cinema. O médico da véspera passou; viu aquilo e disse: — "Vocês não têm vergonha." Mas ele próprio sabia que ninguém, ali, podia ver mulher. E depois que a fulana sumiu no alto do morro, houve, de repente, um silêncio. Rompia de todos os cantos uma voluptuosidade triste.

9 Alguém veio perguntar ao Simão: — "Você teria coragem?" Ele estava na cama, debaixo de uns cinco, seis cobertores. Respondeu outra coisa: — "Estou com temperatura." Tiritava. Fui perguntar: — "Quanto?" Ele respondeu: — "38 e meio." Passou o dia todo de termômetro na boca: — 39, 39 e meio, 40, 39,8. Esteve, de tarde, na radioscopia. O Dr. Hermínio espiou e disse: — "Uma pequena piora." Ao voltar para a enfermaria; Simão dizia: — "Vou chamar minha mãe." Sentei-me na cama: — "Mas que é isso e por quê?" Ele sabia que, em Campos do Jordão, a morte não esperava. O sujeito corado da véspera, gordo da véspera, podia ser o defunto do dia seguinte.

10 Meu amigo, Simão, o assassino. Um insinuou: — "E a portuguesa?" Respondeu, arquejando: — "Não interessa a portuguesa. Quero minha mãe." No dia seguinte, telefonaram para a velha espanhola: — "O Simão pediu para a senhora subir." Tudo aconteceu numa progressão fulminante.

Os médicos explicavam que eram velhas doenças não curadas da mocidade. E o pulmão estava pegando fogo. Estou vendo o médico entrar e dizer para o Simão: — "É melhor você ir para o isolamento." Lá se foi o Simão. No corredor, na cama empurrada, repetia: — "Quero minha mãe." Quando estive no isolamento, ele agarrou minha mão: — "Não morro antes da minha mãe chegar." Sua dispneia era de se ouvir no fundo do corredor. Mas a velha espanhola chegava de vestido preto, magra, numa cara pétrea de dor. Simão não enxergava mais. Com os olhos de cego, pediu: — "A mão, a mão." Apanhou a mão, guardou-a no peito. E de repente, a sua agonia ficou tão doce, e tão mansa. Quando ele morreu, foi a velha que entrelaçou as mãos do filho, e com que estremecido amor.

O Globo, 20/10/1970

45. As ações

1 Com a morte do Simão, o assassino, tudo ficou mais triste. De repente, mais triste. Eu comecei a achar que o Sanatorinho era feito de madeira de caixão. E também os pinheiros, e a lenha que a leprosa ia buscar no alto do morro. Tudo era madeira de caixão.

2 Vejo a mãe de Simão na volta do cemitério. Entrou na enfermaria. Apertou a mão dos doentes, um por um (e sua mão era áspera e máscula). Deu-me a sensação de que tinha um olho maior que o outro e que olho enorme não pestanejava. Disse para mim: — "Apareça." E, de preto, firme, ereta, a fronte alçada, parecia uma velha morta há muito tempo. Defuntos os seus modos, e vestido, e meias, e sapatos, e o coque antigo.

3 Já não sei se disse "apareça". Por que diria "apareça", eis o que me pergunto, por que diria? Ela apanhou as coisas de Simão. Nem tudo. A escova de dentes estava num copo. Mas por que levar a escova de dentes? (E, ao mesmo tempo, teve por um momento a tentação de levá-la.) Depois, fomos olhar a sua partida. O táxi a esperava. Enquanto a vimos, Simão parecia menos morto, não parecia tão morto. Mas entrou no táxi, sem dar adeus, com as coisas do filho num embrulho (embrulho amarrado com barbante).

4 E quando o automóvel arrancou, sumiu mais adiante, sentimos como se o Simão estivesse morrendo, outra vez. O pior foi a cama sem lençol, sem travesseiro e o colchão tão nu e cada vez mais nu. Foi nessa noite, de repente, que começou a minha gratidão por Roberto Marinho.

5 Quando morria um doente antigo, a tosse da madrugada vinha mais cedo. Sim, vinha antes do canto dos galos. (Eu não me lembro de nenhum galo e o Sanatorinho não tinha galos. Mas eu ouvia o seu canto subindo na noite.) Simão estava lá havia dois anos; dava-se com todo o Sanatorinho. E, além disso, era assassino, o único assassino entre duzentos ou trezentos doentes. Duas, três da manhã, e começou a tosse.

6 E tossindo o sujeito tinha medo. Ouço um companheiro dizer, numa cama próxima: — "Estou com um gosto horrível de sangue." Outros sentavam-se na cama para tossir melhor. Alguém gemia: "Meu Deus, meu Deus." Havia um menino na enfermaria, dos seus 14 anos; começou a chorar. Enquanto os outros tossiam, eu pensava em Roberto Marinho.

7 Na minha insônia, eu imaginava as hipóteses mais cruéis. Via Roberto Marinho chamando Mário e dizendo: — "Vou suspender o dinheiro do Nelson. *O Globo* está fazendo economia, etc., etc." Se Roberto dissesse isso, cortasse o meu ordenado, eu estaria morto. Poderia passar para a ala dos indigentes. Novamente, eu me imaginei varrendo o chão, mudando a roupa de cama, fazendo pequenos serviços. E o que mais me humilhava era servir a mesa.

8 "Não faço isso", eis o que eu decidia. E, ao mesmo tempo, comecei a imaginar outras e outras coisas. Caso fosse despedido, eu desceria imediatamente. Desceria e iria falar com Roberto. Eu me via entrando no

Globo. Todos me fariam festa. Na mesa, estaria o Manoelzinho Gonçalves. Mais adiante, o Rafael Barbosa reescrevendo a matéria alheia.

9 Ninguém, ali, imaginaria o meu ódio. E eu diria: — "Roberto, você me despediu. Eu vou morrer, mas você vai morrer comigo." Faria com o Roberto o que Simão fizera com o chofer. Eu me imaginava, em plena redação; ali no antigo Edifício do Liceu, atirando, atirando. Bem me lembro que, naquela ocasião, dizia o Sodré Viana: — "Se me despedirem, e se minha família passar fome, eu mato o patrão. Mato." E o patrão ou era o Moisés ou era o Roberto.

10 Passei a noite em claro. Fiz a minha fantasia homicida com toda a sorte de variações. Se eu desandasse a dar tiros, que fariam os redatores? Sim, como reagiria Horácio Cartier, o estilista? Cartier andava pela redação chamando todo mundo de "minha flor". E que faria ele se eu começasse a dar tiros? Subiria na mesa? E os outros derrubariam cadeiras?

11 Depois, eu, preso. Alguém berrando: — "Chama a Assistência". E, de repente, o crime imaginário ficava tão parecido com o assassinato do meu irmão. E quando arrancaram o queixo de Kennedy com um tiro, era o meu irmão que morria. Onde quer que matem alguém, é ainda meu irmão que morre, assassinado, eternamente assassinado.

12 Fumando no escuro, eu ouvia, agora, a voz do Roberto Marinho: — "O que interessa é que o Nelson fique bom." E, de repente, enquanto o Sanatorinho tossia, começou a minha gratidão. Ali, eu descobri subitamente tudo: — eu sou muito mais suicida do que homicida. Ainda hoje não posso chegar numa janela alta. Basta olhar para baixo. E me vem o apelo doce, persuasivo, da morte. Pergunto: "E se eu me atirasse?" Se eu me atirasse, começaria para mim o tempo dos mortos; eu seria um deles; e ficaríamos unidos, mortos e unidos, docemente mortos e irmãos.

13 (Trinta e tantos anos depois, o Roberto Marinho me chama. Conversamos no seu gabinete da rua Irineu Marinho. E ele me disse: "Nelson, vou fazer o seguinte. Estive pensando e vou transferir as minhas ações do *Jornal dos Sports* para o Paulinho." Ainda conversamos algum tempo. Ali, estava, na minha frente, com seus 62 anos, Roberto Marinho, e era menino, tragicamente menino.)

14 Na manhã seguinte ao enterro do Simão, o diretor de *O Globo* deixava de ser a "besta do Roberto", o "cretino do Roberto". Ainda hoje, há quem o chame de pulha, de canalha. E eu o vejo inclinar-se para meu irmão Paulo com tanto amor. E comigo? Passei três anos sem trabalhar. Ele me deu cada tostão do meu tratamento. No fim do segundo ano, eu já estava bom. Mas meu irmão Joffre caiu doente. Joffre era amado por mim como um filho. Eu quis acompanhá-lo. Roberto Marinho me disse: — "Vai, vai." Passei sete meses, em Correias, ao lado de Joffre. Só desci quando ele morreu. E Roberto Marinho, solidário, momento a momento. E quando muito mais tarde, passou para Paulinho as suas ações, saí do seu gabinete arrasado. Lembro-me que alguém, que vinha passando, quis sair comigo. Eu disse: "Vou ali um instantinho." Fui chorar no mictório.

Correio da Manhã, 11/4/1967[22]

---

[22] Crônica também publicada em *Memórias — A menina sem estrela*.

46. A grande viúva

1 Não insinuarei nenhuma novidade se disser que o nosso cotidiano é uma sucessão de poses. O ser humano faz pose ao acordar, ao escovar os dentes, ao tomar café. E nunca se sabe se o nosso ódio, ou nosso amor ou nosso altruísmo é ou não representado. Ninguém gesticula tanto quanto o homem e repito: — ninguém gosta tanto de fazer quadros plásticos.

2 Quando eu era repórter de polícia, dizia-me um velho profissional: — "Presta atenção à dor da viúva." O que ele queria dizer, em suma, com perverso descaro, é que uma viuvez tem dois por cento de sentimento e noventa e oito por cento de comédia. Por outras palavras, afirmava que no velório (especialmente no velório) a viúva é uma atriz. Eu ouvi o colega mais velho e não disse nada. Ouvi só. Mas considerei que uma viúva não pode fingir tudo. Por exemplo: — a coriza das dores muito choradas. Nenhuma mulher pode fingir esse inestancável pranto nasal. A não ser que se trate de uma Sarah Bernhardt.

3 Todavia, aquilo me ficou na cabeça. Coincidiu que, dois ou três dias depois da nossa conversa, um bicheiro famoso foi assassinado por outro bicheiro. Lembrei-me das palavras do companheiro. E tive a vil curiosidade de ir ao velório, espiar o comportamento da viúva. Já da rua, ouvia os gritos da mulher. Alguém cochichou o óbvio: — "É a viúva."

4 Não existiam ainda as capelinhas. O morto era velado, chorado e florido em casa. Ocorreu-me que deve ser consolador para o finado estar num lugar onde os móveis o conhecem, as paredes o conhecem, as moscas o conhecem. Mas entrei e fiquei ouvindo e olhando. A vítima e a mulher estavam casados há quarenta anos. Como não chorar um marido de quarenta anos?

5 Não sei se me entendem. Mas depois de quarenta anos, o marido é mais que um marido, um hábito, e, pior que um hábito, é um vício, um desses vícios insubstituíveis, devoradores e fatais. Portanto, viciada naquele homem, era natural que, ao perdê-lo, quisesse morrer também. Eis o que posso afirmar: — jamais uma mulher gritou tanto por um homem, e se esganiçou tanto por um homem, e esperneou tanto por um homem. Berrava uma coisa que me assombrou: — "Quero ser enterrada com Toninho." Agora me lembro: — aquele homem, com várias mortes, era chamado, em casa e em todo o Boulevard 28 de Setembro, por um diminutivo. Era Toninho até para o assassino.

6 Na inocência maravilhada dos meus 14 anos, cuidei que ninguém podia fingir dor tamanha. E o comportamento da viúva contrariava e desmentia todo o cínico *métier* do meu companheiro. Quatro ou cinco latagões penduravam-se na santa senhora para evitar uma loucura. E foi um espavorido esconder de fósforos, tesouras, facas. Eu já estava de saída, quando parei para espiar uma última cena. É que alguém trazia, para a viúva, um copo de água. Estou olhando. A princípio, ela não quis. Mas as vizinhas pediam pelo amor de Deus: — "Bebe, bebe!"

7 (Ao mesmo tempo, eu pensava que não seria chorado assim por ninguém.) Julguei perceber na desgraçada senhora uma certa dúvida, como se a sede fosse uma fraqueza comprometedora. Acaba cedendo à pressão e apanhando o copo. Lá está ela, segurando o copo com as duas mãos. E as comadres, obsessivas: — "Bebe, bebe!" Ela vai beber e, súbito, para, pergunta, arquejante: — "Filtrada?"

8 Nada descreve a minha desilusão brutal. Pareceu-me que a grande dor não liga para a água da bica ou do filtro. Se ela estivesse vivendo tudo aquilo, beberia a água das sarjetas como se fosse champanha francesa. Era então pose, tudo pose, inclusive a coriza. Mas pergunto: — seria mesmo pose? Tudo falso, como nos dramas do Circo Dudu? Quem sabe?

9 Poderão perguntar por que me lembrei desta viúva antiga e suburbana. Bem. Foi o seguinte: — escrevi, ontem, contra a viagem. E o pintor Raul Brandão bateu o telefone para mim. Estava zangado. Fez-me a acusação frontal e crudelíssima: — "Pose, só pose!" Estava numa dessas irritações sagradas. A princípio, não entendi: — "Pose?" E ele: — "A tua opinião sobre viagem. Pensa que eu acredito?" Repetiu: — "Pose, só pose!" Segundo ele, qualquer um adora a viagem e eu mais do que ninguém. Ao se despedir, insistiu: — "Você precisa viajar, rapaz!"

10 E, sem querer, o pintor das igrejas e das grã-finas deflagrou em mim todo um complicado processo de memória. Por uma dessas associações fatais, juntei a minha pose, contemporânea, à pose pretérita da viúva. Assim, como a mulher do bicheiro fingira as suas lágrimas e coriza, eu também fingia o meu horror à viagem. E, até prova em contrário, ela amava o marido tanto quanto eu odiava a viagem.

11 Mas diz minha vizinha, que é gorda e patusca como uma viúva machadiana: — "Nunca digas desta água não beberei." Imaginem que acabei de chegar da minha primeira viagem. Solene, enfático, declaro: — "Eu viajei." O leitor há de perguntar, na sua atônita ingenuidade: — "Viajou?" Realmente, acabei de viver esta aventura prodigiosa e inédita.

12 Quando se fala em viagem, o sujeito pensa em certas paisagens ideais, que a imbecilidade turística consagrou. Assim Veneza, com o seu lírico mau cheiro. Se os canais venezianos fossem perfumados, ninguém apareceria por lá. Por que ir a Veneza se a nossa praia de Ramos tem um odor equivalente? Viajar a Tóquio, a Paris, a Roma, a Londres. Por outras palavras: — a única coisa que fascina na viagem é a distância.

13 Não são os usos, os costumes, os valores, nem as pontes fluviais, nem os museus, nem as torres. Fosse Capri ali na esquina, ou a Basílica de São Pedro na Praça Saens Peña, e nenhum brasileiro sairia de sua rua, de seu bairro, de sua cidade. Para não tomar o tempo do leitor: fui a Brocoió. Ora, se um de nós vai a Brocoió viaja sem sair do lugar.

14 Imaginem que fui convidado para visitar Brocoió. O Salim Simão foi o autor da ideia. O Estado deu-me uma lancha prodigiosa; uma manhã parnasiana, com um azul de soneto. Um dia útil, lindo, diáfano, como um domingo de regatas. E eu conheço Brocoió. Comigo iam o José Maria Scassa e o Salim Simão.

15 Não há nada mais lindo no mundo. Saltamos lá e tremíamos de beleza. Vocês ouvem falar nos mares do sul. Lá, paus-d'água de todas as procedências vão dizer, em todos os idiomas, os seus palavrões encantados. Mas não há uma ilha, nos mares do sul, que chegue aos pés de Brocoió. E o seu defeito é um só: — está a meia hora de nós. Não há o estímulo da distância. E não havendo distância, morre o nosso entusiasmo paisagístico. É mil vezes mais bela que Capri. Em torno da ilha, há um sonho de águas. Dá vontade de viver em Brocoió, de amar em Brocoió, de morrer em Brocoió.

16 E tudo é tão irreal. E as coisas têm um halo tão intenso e lívido de um delírio. Houve um momento em que, num arroubo, disse o José Maria Scassa: — "Eu não aguento, eu não aguento!" Neste exato momento, porém, o Salim Simão começou a gemer, abundantemente. Gemia e suava. Disse, alçando o dedo: — "Dói aqui pra burro!" Estávamos encharcados de sonho. Nossa única concessão à vida real era a cólica de fígado do Salim Simão.

O Globo, 17/1/1974

47. Os cínicos

1 Daqui a duzentos anos, os historiadores vão chamar este final de século de *a mais cínica das épocas*. Bem sei que estou dizendo o óbvio e desculpem. (E o pior é que preciso insistir no óbvio.) O cinismo escorre por toda parte, como a água das paredes infiltradas. Gostaria de contar, a propósito, um pequeno episódio, que me pareceu, e ainda me parece, uma joia dos costumes modernos.

2 Certo marido vai bater à porta do sogro. O velho era um *homem de bem*, e nós sabemos que o homem de bem, cada vez mais escasso, está em vias de extinção. Diz o genro: — "Seu Fulano, venho aqui comunicar que a sua filha me trai." Solene até nas pausas, *o homem de bem* deixa passar um momento. Pergunta: — "Você está dizendo que minha filha tem um amante?" Já chorando, o outro pluraliza: — "Amantes! São vários!" — e repetia: — "Mais de um, entende?" Em largas passadas, o velho anda de um lado para outro. Estaca. Fez uma confissão, que resumia toda uma vergonha familiar: — "Saiu à mãe."

3 O genro ouvira dizer que a falecida sogra era uma víbora e só agora sabia que prevaricava. Feliz de ter, no pai da mulher, um companheiro de humilhação, espera uma providência. E, então, rugindo, aquele pai apanha o revólver na gaveta. Verifica, no tambor, se as seis balas estavam lá. Estavam. Mas enquanto se armava, *o homem de bem* teve tempo de refletir; e conclui, para si mesmo: — "Dei um fora contando os podres da falecida." Vira-se para o genro: — "Escuta aqui. Eu não disse que acredito na traição da minha filha. Vou lá. Se for verdade, mato a minha filha. Se for mentira, mato você."

4 Quando chegam à casa da filha, vem saindo um sujeito. O genro cochicha: — "É um dos caras." Da porta, a filha atira um beijo para o fulano. A moça recebe o pai e marido de mãos nas cadeiras. Podiam ter conversado, ali mesmo (e diante da evidência não precisavam nem conversar). Mas o pai achava que certas cenas familiares não devem ter espectadores. Diz para o genro: "Espera na esquina. Depois te chamo." Encara a garota: — "Minha filha, é verdade que você tem amantes?" Ela não tinha nada na boca e mascava um chiclete imaginário. Pergunta: — "E daí?" O outro está quase chorando: — "Você acha bonito trair seu marido?" Ouçam a filha: — "E você nunca traiu a mamãe?" O velho lembrou-se que era o *homem de bem*. Explode: — "Nunca!" Com um dedo, ela coça a cabeça: — "Se você não traía mamãe, mamãe traía você!" A princípio, ele não teve o que dizer. Mas logo achou uma saída: — "Não se fala assim de uma morta." Muda de tom: — "Afinal de contas, não acredito que minha filha seja uma adúltera." Achou graça: — "Adúltera, adúltera. Quer saber de uma coisa, papai? Esse negócio de adúltera *já era*!" O *homem de bem* quis fazer uma pose de honra. Mas a filha nem o deixou abrir a boca: — "Papai, o senhor já falou demais. Agora vai, que eu não quero engrossar com o senhor." E assim se despediram. Lá fora o genro o esperava, ávido: — "E então?" O velho disse: — "Vocês são brancos, que se entendam. Não tenho nada com isso."

5 Contei este episódio à grã-fina das narinas de cadáver. No fim, sondei: — "Isso aconteceu onde?" Riu no telefone: — "Ora, ora. Se fosse na zona sul, o marido nem reclamava. Se reclamou, foi na zona norte."

Assim disse a grã-fina das narinas de cadáver. O fato serve para mostrar que, em nossa época, há um cinismo difuso, volatilizado, atmosférico. Um cinismo que o sujeito absorve na pura e simples respiração.

6 Mas foi um episódio suburbano, só conhecido de uma meia dúzia de familiares e vizinhos. Infinitamente mais patético foi o cinismo de Pablo Neruda, nos Estados Unidos. O homem acaba de conquistar o Prêmio Nobel, o tal que negaram a Tolstói. A intelectualidade americana só faltou lamber-lhe as botas como uma cadelinha amestrada. Neruda estava nos Estados Unidos e aproveitou para meter o pau nos Estados Unidos. Note-se que uma editora de lá vai publicar todos os seus poemas, pagando alto. Curioso destino da maior nação do mundo. Trata o inimigo a pires de leite como uma úlcera.

7 Diga-se de passagem que o cinismo do poeta é nosso velho conhecido. Não sei se vocês se lembram, mas Neruda esteve várias vezes no Brasil. Sua última visita coincidiu com a invasão da Tchecoslováquia. Cinco países socialistas, com a Rússia à frente, inundaram de tanques um sexto país socialista. A nossa reportagem quis saber o que pensava e o que dizia o ilustre visitante da monstruosidade.

8 O poeta não respondeu logo, fazendo um suspense insuportável. Antes de falar limpou um pigarro imaginário, e começou: — "Não posso falar contra a Rússia, porque tenho amigos russos. Nem falo contra a Tchecoslováquia, porque tenho amigos tchecos." Os rapazes da imprensa entreolharam-se, num espanto comovente. Um deles insiste: — "Mas o senhor não tem nada a dizer?" Responde: — "O que tinha a dizer já disse." Não houve jeito de arrancar-lhe nem mais uma palavra.

9 O cinismo de Neruda nos Estados Unidos foi o mesmo daqui. Os jornalistas pediram a sua opinião sobre Soljenitzyn. Vocês sabem o que o grande escritor russo está sofrendo, na carne e na alma. A segunda potência do mundo está toda armada contra a desesperada solidão de

Soljenitzyn. Não há no mundo ninguém tão só, ninguém mais só. Nunca se viu todo um país levantar-se para destruir um só homem. Já Pasternak foi destruído fisicamente. Não acreditem em sua morte natural. Foi realmente assassinado. Como Pasternak, Soljenitzyn não tem o direito de ganhar o Prêmio Nobel. Vamos perguntar: — de que o acusam? Seu crime foi um só: — não se degradou. E por que se recusou a apodrecer espiritualmente está sofrendo tudo o que um escritor e, mais do que isso, um homem pode sofrer.

10 Interrogado sobre Soljenitzyn, eis como respondeu: — "Eu não vou fazer propaganda antissoviética." Primeiro, quem faz a propaganda antissoviética é a própria União Soviética. Como não há opinião pública no mundo socialista, a Rússia despreza, desafia ou simplesmente ignora a opinião pública ocidental. E, por isso, invade outra nação socialista e assassina todas as liberdades tchecas, com um cinismo jamais concebido. Vejam o comportamento de Neruda. Os jornalistas o interrogam sobre um fato concreto. Ele, poeta, é solidário ou não com um escritor russo que sofre um cotidiano assassinato? Teima: — "Não falo contra a Rússia."

11 Mas a reportagem não desiste. Quer saber o que pensa ele da escravidão intelectual na Rússia. No caso de Soljenitzyn, diz que, como diplomata, não poderia fazer declarações contra o Governo de outro Estado. Mas em seguida, declara que a situação do escritor é pior *aqui*, isto é, nos Estados Unidos. Ora, não há ninguém mais livre do que o intelectual americano. Lá, o escritor diz o que quer, como quer, e tem todo o direito de insultar e caluniar o seu país. A liberdade, até as últimas consequências, é sua experiência trágica. Nunca um país, em tempo nenhum, teve a coragem de ser tão livre. Nos Estados Unidos um traidor rouba os documentos secretos do Estado e vem a Corte Suprema e confere ao ladrão e traidor o direito de roubar e o direito de trair. O maior jornal americano compra e publica os documentos roubados. Novamente a Corte Suprema está com o jornal e contra os Estados Unidos.

12 O poeta Pablo Neruda não toma conhecimento da evidência objetiva e espetacular. Afirma, nas barbas dos intelectuais americanos, que Soljenitzyn é mais livre do que o escritor americano. Tem a liberdade de caluniar os Estados Unidos dentro dos Estados Unidos e nenhum intelectual americano fez-lhe a menor objeção. Claro que isso só é possível na mais cínica das épocas. E porque deram o Prêmio Nobel de Literatura a um homem que só merecia o Prêmio Nobel dos Canalhas. Mas não importa, nada importa. Ou por outra: — o que importa é que Soljenitzyn recusa-se a ser a antipessoa, o anti-homem. Dele se pode dizer o que se disse de Zola: — "É um momento da consciência humana."

O Globo, 12/6/1972

48. O Piauí admite tudo, menos espinhas

1 Imaginem vocês que, no dia 19 deste mês. Foi deste mês ou mês passado? Não, não. Agora me lembro: — foi deste mês, sim. Portanto, no dia 19 de março, escrevi uma das minhas "Confissões" mais patéticas. Vocês leram ou, se não leram, ouviram falar no "J'accuse", de Émile Zola. Nesta página espantosa de justiça e de procela, Zola foi um "momento da consciência humana" ou por outra, foi a própria consciência humana.

2 Eis o que queria dizer: — no dia 19, tive um momento de inspiração raríssima. Bem sei que, para as novas gerações, o ato literário há de ser esforço, paciência, disciplina, *métier*, lucidez. E a chamada "inspiração" está tão fora de moda como o charleston ou "La Garçonne". Mas insisto: — no dia 19, Zola baixou na minha mesa. E escrevi, se bem que em proporções infinitamente mais modestas, o meu "J'accuse". Sim, eu acusei o Brasil, de alto a baixo, da cabeça aos sapatos.

3 E o meu Dreyfus era o Piauí. Anteriormente, falei no crime que se cometia contra o Amazonas. E, súbito, verificava que o Piauí sofria um abandono ainda mais cruel, uma solidão ainda mais feroz. Eu dizia o óbvio ululante: — uma Pátria não podia fazer com um dos seus filhos o que o Brasil faz com o Piauí. Havia, pois, um "crime permanente" contra o Estado tão esquecido. E os criminosos éramos eu e mais oitenta milhões de brasileiros, inclusive os piauienses.

4 No meu dilacerado sentimento de culpa, contei o meu próprio caso. Imaginem que passo quarenta anos sem me lembrar do Piauí. Em toda a minha infância, a única referência, que tive do admirável Estado, foi o "Meu boi morreu", que, afinal de contas, não deixa de ser um mugido promocional. E eu entendia que o piauiense tinha todas as razões para estar ressentido contra a própria pátria.

5 E fiz outra observação que achei, e ainda acho, apavorante. No Rio de Janeiro há de tudo e até cariocas. O sujeito quer um baiano, e tem um baiano. Há cearenses, maranhenses, paraenses, paulistas, gaúchos, paranaenses, catarinenses, espírito-santenses. Só amazonenses, conheço dois: — O Áureo Nonato e o Paulo Bentes. E fazia, no meu artigo, a pergunta alarmada: — e por que ninguém queria ser piauiense? Era um mistério desesperador, ou por outra: — não era nem mistério. O Piauí não saía do Piauí; era um Estado fechado em si mesmo; e o piauiense lá ficava, no seu petrificado fatalismo.

6 Daí o meu espanto quando me apresentaram, ali, na esquina de Sete de Setembro com a Avenida, um piauiense do puro, do legítimo, do escocês. Foi para mim uma surpresa muito doce. No artigo, eu descrevia assim o rapaz: — magro, o peito cavo, uma timidez quase agressiva. E cometi a imprudência de observar-lhe as espinhas. Achei que as espinhas davam a sua figura uma pungência, uma plangência, tocantes. Fosse como fosse, era o primeiro piauiense que eu descobria na vida real.

7 Pois bem. Saiu o artigo. E como não podia haver uma página mais terna e indignada, mais veemente e mais solidária, esperei a gratidão ululante de todo o Piauí. Confesso que teci duas ou três fantasias narcisistas. Imaginei que a Assembleia Legislativa de lá ia se reunir, extraordinariamente, para conceder-me o título de "cidadão piauiense". E quem sabe se todas as ruas de Teresina, por iniciativa da mesma Assembleia, passariam a chamar-se Nelson Rodrigues?

8 Mas vejam vocês. Vinte e quatro horas e começaram a acontecer coisas estranhíssimas. Ninguém até aquela data era piauiense. Tenho amigos acreanos. Piauiense, nenhum. Pois bem. No dia mesmo em que saiu o artigo, fui procurado por um companheiro. Apareceu solene, hierático, enfático. Simplesmente, queria dizer-me o seguinte: — "Eu sou piauiense!" Recuo dois passos, como um agredido. Balbucio: — "Mas como? E desde quando? Piauiense de quinze minutos para cá?" Se estivesse na minha frente, de chapéu com peninha, e se declarando tirolês, o meu espanto não seria maior.

9 Ainda pensei que ele viesse agradecer, em nome do Piauí, a minha solidariedade. Não escrevera eu que o Piauí é pobre por nossa culpa? Mas o rapaz, como um patriota ultrajado, foi sucinto e taxativo: — "Não gostei." Imagino: — "Deve ser um neurótico." De qualquer maneira, seria talvez um caso único. Mas em seguida, como que saídos de tocas, cavernas, túneis inimagináveis, brotaram outros piauienses. A coisa começou a ficar alucinatória. Estava vendo a hora em que, de repente, por um desses milagres cínicos e deslavados, os nossos oitenta milhões de habitantes iam se declarar piauienses. Eu já não entendia mais nada. E só depois de muito matutar é que descobri, finalmente, a verdade nada misteriosa.

10 Parece, ou por outra: — parece, não. É certo que meu artigo provocou, em certos piauienses inconfessos, um súbito e agudo sentimento de culpa. Muitos passavam por baianos, mineiros, paulistas, gaúchos. E eis que, por um desses arrependimentos tardios e doloросíssimos, cada qual vem à boca de cena anunciar: — "Meus senhores e minhas senhoras, eu sou do Piauí!" Mas repito: — são quase todos piauienses de quinze minutos.

11 Não perdi por esperar. Recebi, ontem, um jornal de Teresina. É um tabloide. Já o título tem qualquer coisa de antigo, nostálgico, defunto. Chama-se *O Liberal*. Na época de Evaristo da Veiga, tal nome estaria em plena moda. E que diria *O Liberal* do meu "J'accuse"? Vou ler. A manchetinha diz: — "As confissões de Nelson Rodrigues." O artigo do dia 19 é transcrito. Antes, porém, *O Liberal* dá a sua opinião. Começa assim: — "Um cabra velho muito ordinário, talvez do bairro do Alagado, das bandas do Recife, que acode pelo nome de Nelson Rodrigues." É o jeito antigo, espectral do Palma Cavalão.

12 Leio e releio o insulto, num mudo escândalo desolado. Constatava, ali, que, pela primeira vez na história das relações humanas, a simpatia ofende, a solidariedade ultraja. Acreditem: — não senti nenhuma indignação, mas um divertido horror. Foi como se, depois do "J'accuse", a mulher de Dreyfus fosse a Zola cuspir-lhe na cara. No seu assombro, Zola era capaz de ficar com a saliva pendurada na face, sem enxugá-la. Mas foi o que senti, lendo e relendo *O Liberal*. É fantástico. Ninguém fala do Piauí, eu falei, e acuso o Brasil de abandoná-lo; e clamo por uma solidariedade nacional.

13 Digo que a nossa imprensa faz, sobre o belo Estado, um silêncio crudelíssimo. Resultado: — os patriotas de Teresina estão ventando fogo por todas as narinas. O Secretário particular do Governador escreveu-me uma carta, que ainda não recebi, mas que já foi publicada. E, lá, para esmagar-me com seu sarcasmo, apresenta uma lista de todos os nomes ilustres do Estado. Penso que vai entupir-me com quinhentos piauienses notáveis. Diz dois nomes, exatamente dois. Não acredito. Quero crer que Piauí tenha dado muito mais que dois escassos talentos.

14 O leitor há de perguntar por que tamanha fúria estadual. Vejamos. No artigo do dia 19, contei que acabava de conhecer um jovem piauiense; e que o rapaz tinha espinhas. Pois as espinhas humilharam todo o Estado. A imprensa, as autoridades, as classes produtoras, estão quebrando lanças em defesa da própria pele. Não há espinhas no Piauí. E, além disso, eu chamei o Estado de "pobre".

15 Eis a verdade que só tardiamente descubro: — o Piauí é rico. Quem o diz, e sabe o que diz, é o Secretário particular do Governador. Ora, cada brasileiro vivo ou morto é um pobre vocacional. O Ceará, o Amazonas, ou Rio Grande do Norte, ou Pará, e, numa palavra, todos os Estados exageram e dramatizam a sua pobreza. É importante ser pobre para ganhar verbas. O Piauí é o único Estado rico. Se duvidarmos, acabará emprestando dinheiro ao Brasil. Muito menos feliz, a Guanabara tem problemas atrozes e os confessa, com límpido impudor. Saibam, portanto, que há um Piauí rico num Brasil pobre.

O Globo, 28/3/1969

49. Segredos da vida jornalística

1 Quando fui trabalhar no jornal do meu pai, *A Manhã*, o secretário me perguntou: — "Você quer ser o quê?" Dei a resposta fulminante: — "Repórter de polícia." Porque **preferi** a reportagem policial, posso explicar. Um velho profissional **costumava** dizer, enfiando o cigarro na piteira: — "As grandes paixões são **as** dos seis, sete, oito anos." Segundo ele, só as crianças sabem amar; o **adulto**, não.

2 Eu fui, sim, um menino à procura de amor. Aos seis anos, quis ir para a escola, porque a escola tem professoras. Lembro-me do meu primeiro dia de aula. Fui para a escola, que **era** no fim da rua Alegre; e, antes de ver a minha professora, tinha-lhe **amor**. Numa entrevista à *Manchete*, declarei que amei todas as minhas professoras, todas. O leitor há de perguntar: — "E as feias?" Para mim, para o meu entusiasmo visual, não havia bonitas, feias, simpáticas, nem antipáticas. Todas eram lindas. Foi ainda o amor que fez de mim um repórter de polícia. Eu queria escrever sobre os que vivem de amor, morrem de amor ou matam por amor.

3 Até hoje, nada me interessa, senão a história de amor. No meu primeiro mês de redação, houve um desastre de trem que assombrou a cidade. Morreram cem pessoas. Quando nós, da reportagem, chegamos, muitos ainda agonizavam; e uma moça, com as duas pernas esmagadas, pedia pelo amor de Deus: — "Me matem, me matem." Eu via, atônito, os vagões trepados uns nos outros. Lá estava a locomotiva entornada. Um trem cavalgando outro trem. E o pior era a promiscuidade de feridos e mortos. De vez em quando, uma mão brotava das ferragens; e um colega tropeçou numa cabeça sem corpo.

4 Cem mortos, duzentos feridos. Mas faltava o amor. Houve um momento em que me encostei num poste e tranquei os lábios, em náuseas medonhas. Um colega achou graça: — "Seja homem." Eu arquejava, amarelo. "Falta o amor", disse eu. E aquela massa de feridos, gemidos, mutilações e agonias me feria menos do que um simples pacto de morte. Para mim, muito mais patético do que cem mortos era o casal que se mata de amor e por amor.

5 Ainda agora, quando sei que alguém ama, simplesmente ama, paro, espantado. Há dias, morreu Gilberto Amado. Aos 82 anos, morreu amando. Dois anos antes, Gilberto mereceu um banquete imenso, ali, no Copacabana Palace. Para mais de quinhentos talheres. Os oradores disseram tudo, menos o que essencialmente importava: — o amor de Gilberto Amado. Amava e ninguém disse: — "Ama." Mesmo que não tivesse escrito uma linha, mereceria essa e outras homenagens. Se aos oitenta anos — e, portanto, mais velho do que o século — ele amava, estávamos todos salvos.

6 Volto à redação. Comecei fazendo atropelamento. No dia seguinte, ia reler a meia dúzia de linhas, e com que vaidade estilística. Um dia, mandaram-me fazer um pacto de morte em Pereira Nunes. Com mais confiança em mim mesmo, inundei de fantasia a matéria. Notara que, na varanda da menina, havia uma gaiola com respectivo canário. E fiz do passarinho um personagem obsessivo.

7 Descrevi toda a história: a menina, em chamas, correndo pela casa e o passarinho na gaiola, cantando como um louco. Era um canto áspero, irado, como se o passarinho estivesse entendendo o martírio da dona. E forcei a coincidência: — enquanto a menina morria no quintal, o canário emudecia na gaiola.

8 Quase, quase matei o canário. Seria um efeito magistral. Mas como matá-lo, se a rua inteira ia vê-lo, feliz, cantando como nunca? O bicho sobreviveu na vida real e na ficção jornalística. E foi um sucesso no dia seguinte. Perguntavam: — "Quem escreveu a história do passarinho?" Eu era apontado. Muitos queriam saber: — "Mas aquilo foi verdade mesmo?" Respondia, cínico: — "Claro."

9 Entre parênteses, a ideia do canarinho não era lá muito original. Direi mesmo: — não era nada original. Eu a tirara de uma velha e esquecida reportagem de Castelar de Carvalho. Anos antes, ele fora cobrir um incêndio. Mas o fogo não matara ninguém e a mediocridade do sinistro irritara o repórter. Tratou de inventar um passarinho. Enquanto o pardieiro era lambido, o pássaro cantava, cantava. Só parou de cantar para morrer.

10 O brasileiro gosta de horror e, naquele tempo, o jornal era mais emoção do que informação. A deslavada invenção de Castelar fez o povo tremer de beleza e pena. Grande sucesso. E o Castelar, a partir de então, não fazia um incêndio, sem lhe acrescentar um passarinho. Sim, um passarinho que morria cantando e repito: — que emudecia morrendo.

11 Hoje, a reportagem de polícia está mais árida do que uma paisagem lunar. Lemos jornais dominados pelos idiotas da objetividade. O repórter mente pouco, mente cada vez menos. A geração criadora de passarinhos parou em Castelar. Eis o drama: — o passarinho foi substituído pela veracidade que, como se sabe, canta muito menos. Daí porque a maioria foge para a televisão. A novela dá de comer à nossa fome de mentira.

12 Houve, naquela época, uma tragédia (nós chamávamos tragédia) que apaixonou a cidade. Eu continuava dentro dos meus treze anos. Um Deputado, ou Senador, desconfiou da mulher. Ao contrário do que pretende a ópera-bufa, o marido é o primeiro a saber. Os enganados são os vizinhos, os amigos, inimigos, etc., etc. Antes da sogra, da mãe e familiares outros — o marido sabe. Eis como o Senador percebeu tudo. Uma noite chega em casa e, como fazia sempre, curvou-se para beijar a mulher. Beijava de leve, mas nos lábios.

13 Muito bem. E o Senador, que se julgava uma espécie de Disraeli, cumpriu o hábito doce como todos os hábitos. Aconteceu então o seguinte: — ao ser beijada, a esposa desvia, ligeiramente, o rosto. Em vez de oferecer a boca, deu a face. Foi um movimento quase imperceptível. E tanto bastou para o nosso Disraeli. Pensa, imediatamente: — "Me trai."

14 Senta-se para o jantar, mas já começava a sofrer. Durante a sopa, o ensopadinho, o bife, aquilo não lhe saía da cabeça. O pior vocês não sabem: — a vergonha conjugal deu-lhe um apetite feroz. Com um pedaço de pão, raspou o prato. Era traído. Como, quando e por quem? "Evitou o beijo na boca", pensava, repetindo pela terceira vez a sobremesa. O curioso é que, jamais, em momento nenhum, aquela senhora tivera um gesto, ou sorriso, ou olhar suspeito. Nada. Mas o marido estava prodigiosamente certo da infidelidade.

15 E, por influência da traição hipotética, mudou até fisicamente. Em casa, mesmo de pijama, parecia estar de sobrecasaca. De vez em quando, parava, ereto, enfático, como se estivesse ouvindo o Hino Nacional. E, com essa desesperada pose, compensava-se do ridículo. Começou a vigiar os passos da mulher. Até que, uma tarde, a viu entrar numa porta, ali na rua Ramalho Ortigão. Prédio de três andares, com uma sorveteria no térreo. Por uma dessas intuições exatas e fatais, achou que ela ia pecar no terceiro andar. Como sofria do coração, subiu, devagar, descansando de três em três degraus. Chega ao terceiro andar, junto à porta, preocupado com a dispneia. E foi, então, que veio, lá de dentro, um som abominabilíssimo: — era o riso da mulher, riso agudo, cantante, de soprano.

16 Até então, o nosso Disraeli não sabia se odiava a mulher, se a desprezava ou se, pelo contrário, a amava mais do que nunca. Mas o som o enfureceu. Puxa o revólver e faz saltar, à bala, a fechadura. Em seguida, invade o quarto. O amante se enfiou debaixo do guarda-vestido. Não, não. Debaixo da cama. Mas a infiel, mais ágil, mais elástica, acrobática, quase alada, teve tempo de se atirar do alto do terceiro andar. Por aí se vê que ela pecava por sexo e não por amor. O sexo corre e sobrevive. E, se fosse amor, ela se deixaria varar de balas como uma santa; e ainda morreria agradecida.

O Globo, 1/2/1974

50. Palavras aos inteligentíssimos diretores paulistas

1 Certa vez, num sarau de grã-finos, fui testemunha auditiva e ocular de uma dessas cenas perfeitas, irretocáveis, que ninguém esquece. Éramos três: — o Hélio Pellegrino, o Cláudio Mello e Sousa e eu. Por que estávamos ali, entre decotes e cílios postiços, se não passamos de três plebeus natos e hereditários? Ai de nós, ai de nós. Justamente porque somos plebeus, temos uma secreta, inconfessa, mas borbulhante nostalgia do grã-finismo.

2 A dona da casa não fazia nada, absolutamente nada, senão passar. Tinha um vestido amarelo e seu rosto, também pintado de amarelo, era uma máscara cadavérica. Numa de suas passagens amarelas, parou diante de nós. Queria saber o que achava o Cláudio Mello e Sousa sobre Marcuse. O poeta pôs-se de perfil. E começou a falar. Mas era óbvio que o Cláudio não ia gastar-se em trivialidades mais ou menos brilhantes. Foi patético, beirando pelo sublime.

3 Grã-finas suspiravam: — "Como fala bem! Como fala bem!" E Cláudio, sempre tirando partido do seu perfil, não dizia nada sem lhe pingar gênio. Era Paul Valéry falando sobre Leonardo da Vinci. Os presentes tinham vontade de gritar "bravos", "bravíssimos", como na ópera. Ao lado, o Hélio Pellegrino ouvia só. Por fim, no tédio de tanta inteligência, explodiu: — "Seja burro, Cláudio, seja burro!"

4 É o apelo que eu gostaria de fazer ao teatro brasileiro e, em especial, ao teatro paulista. Não sei se notaram, mas o nosso teatro anda inteligentíssimo e, repito, de uma inteligência insuportável. Mas coisa curiosa! Nem sempre foi assim. Por toda a *belle époque* e até em 1930, o teatro não pensava. Em 1914, uma das nossas duses pensava que o Kaiser era o Presidente da República do Brasil.

5 Sim, cada qual fazia as coisas simples e profundas do seu *métier*. O ator começava e acabava no palco. Cá fora, na vida real, babava fisicamente na gravata. A atriz, idem. Não tinha vida própria. Era a *Ré misteriosa*, *A dama das camélias*, a Nora da *Casa de bonecas*. E o contrarregra não passava de contrarregra. E assim o ponto, o bilheteiro, etc., etc. Por isso mesmo, o teatro chegava mais depressa e com um impacto mais firme e mais puro, ao coração do povo. Havia o sucesso, sem o qual, diz Jouvet, não existe teatro.

6 E eu pensava que as nossas divas e os nossos divos ainda se imaginassem governados pelo Kaiser. Até que, um dia, estou em casa, fazendo hora para a sessão das dez. A estação prometia um bangue-bangue com tapa e tiro em quantidade. Eis que, subitamente, o vídeo é tomado pela figura da atriz Maria Fernanda. Assim que a reconheci, a minha vontade foi perguntar-lhe: — "Como vai o Kaiser, o Poincaré, o Clemenceau, o Hindemburgo? Lembranças!"

7 Na minha alienação, cuidei que a Sra. Maria Fernanda corresse todos os riscos, menos o de pensar. E, realmente, no bom tempo as atrizes eram apenas atrizes e não faziam a menor concessão à inteligência. Todavia, segundo a minha vizinha gorda e patusca, a gente vive aprendendo. E eu ia receber, naquele momento, uma lição crudelíssima.

8 Imaginem vocês que o locutor vira-se para a nossa Sarah Bernhardt e pergunta-lhe: — "Como vai o nosso teatro?" Se minhas presunções eram corretas, ela responderia: — "O nosso teatro vai bem, sob o reinado do nosso bem-amado Dom Kaiser II!" Em vez disso, a Sra. Maria Fernanda, sem saber que, em televisão, o tempo vale ouro, fez uma pausa. O silêncio da diva levou-me à suspeita de que estivesse pensando. E, de fato, pensava.

9 O pior é que sua pausa custou à estação uns dos mil cruzeiros novos. O locutor insiste: — "Como vai o teatro?" Ela olha um ponto imaginário de um horizonte também imaginário. Diz, finalmente: — "Teatro é opção." Em casa, os telespectadores se entreolhavam, abismados. Toda a cidade ficou ressoante daquele "teatro é opção". Era sutil, profundo e ameaçador. Era terrível: — o teatro começava a pensar.

10 Lembro-me de que, nessa noite, depois do bangue-bangue fui para a cama, atribuladíssimo. Eis o que me perguntava: — como se daria o teatro com a inteligência? Só o tempo diria. Muito bem. Meses e meses já rolaram. Hoje, depois de muito observar, chego a uma dessas conclusões inapeláveis e fatais: — a inteligência não só fez mal ao teatro, como está acabando com o teatro.

11 Hoje, o sujeito vai ver uma peça e tem vontade de pedir como o Hélio Pellegrino; — "Seja burro, meu amigo, seja burro!" Não falo por ouvir dizer. Nos últimos tempos, tenho sofrido, na carne e na alma, experiências trágicas. As minhas peças *Viúva, porém honesta*, *Os sete gatinhos (A última virgem)* e, por fim, *O beijo no asfalto*, foram encenadas e todas por diretores inteligentíssimos.

12 Notem: — *inteligentíssimos*. E foi o mal, o grande mal. E há uma coincidência: — todos diretores paulistas. Por isso, quero crer que, hoje, o teatro mais inteligente do Brasil é o de São Paulo. Há, nos palcos de lá, uma rapaziada feroz que reescreve qualquer texto. Que faça isso comigo, vá lá. Quem sou eu, senão um autor modesto, de uma bem-intencionada mediocridade? Portanto, é talvez justo, que um diretor paulista sapateie em cima dos meus textos como uma bailarina espanhola. Mas ele fará o mesmo com Sófocles, Shakespeare, Ibsen, etc., etc.

13 Daí o meu pânico físico, e que já confessei de público, ao diretor inteligente. Mas faço a ressalva: — nos últimos anos, dois diretores inteligentes realizaram admiráveis encenações de textos meus: — um foi Ziembinski, com *Toda nudez será castigada*; e outro, Martim Gonçalves, com *Bonitinha, mas ordinária*, e mais tarde, na Venezuela, com *Álbum de família*.

14 E eu fazia a pergunta, sem lhe achar a resposta: — "O que é que há com o teatro paulista?" Até que, por acaso, li uma entrevista do diretor de *O beijo no asfalto*. Saiu há dois ou três dias. Desde as primeiras linhas, caí num pânico total. Como é inteligente! E o pior, ou melhor, é a profundeza. Não exagero. Dirá algum despeitado que a profundeza é dessas que uma formiguinha atravessa a pé, com água pelas canelas. Mas li e reli o singularíssimo documento. Se bem o entendi, o que se quer é o fim do texto ou, melhor dizendo, o fim da palavra.

15 Em suma: — querem assassinar a palavra, e a pauladas, como se ela fosse uma gata prenha. Portanto, não existe mais um único e escasso grego, não existe mais um único e escasso Shakespeare, não existe mais ninguém. Quem existe é a rapaziada de São Paulo. Vamos admitir que o teatro existe desde que se esboçou o primeiro gesto humano ou o homem disse a sua primeira palavra. Portanto, é essa tradição de um milhão de anos que os diretores paulistanos estão liquidando. É como se alguém afastasse com o lado do pé uma barata seca.

16 Se o jovem diretor não fosse inteligente, preservaria o texto, e seria fidelíssimo ao texto. E, então, o público veria *O beijo no asfalto*, e veria Nelson Rodrigues. Desgraçadamente, estamos diante da inteligência. De intérpretes inteligentíssimos. De contrarregras inteligentíssimos. De bilheteiros inteligentíssimos. Todos estão autorizados a improvisar. Por enquanto, sou eu. Mas quando for um Shakespeare? Façam ideia de um Otelo em arrancos triunfais de cachorro atropelado; e vociferando: — "Vou-te às fuças!" Mas essa paródia, já fazia Dercy, há trinta anos, com seu maravilhoso histrionismo.

17 E cabe uma dúvida: — querem acabar com a palavra. Mas acabar com o que não existe? O teatro brasileiro não chegou à sua palavra, não inventou a sua língua. Está certo que o francês faça algo parecido. Já realizou infinitas variações com a sua música verbal. A prosa francesa pensa pelos seus autores, sente pelos seus autores e faz os seus autores. Escrevendo aqui na pobre língua que não temos, Valéry seria talvez o nosso J. G. de Araújo Jorge. Primeiro, vamos fazer a nossa Palavra para assassiná-la, depois, com rútilas patadas.

O Globo, 17/1/1970

51. É uma selva de redatores, repórteres e estagiárias

1 Entrem numa redação e olhem. É uma flora, uma fauna de caras e de mesas. Vocês se lembram de Cecil B. de Mille, o gênio do filme comercial. Sua volúpia era dinamizar as grandes massas. E, na tela, víamos milhares de figurantes, em hordas bestiais. Pois bem. Em nossos dias, o elenco de uma redação tem a mesma abundância numérica.

2 Já viram um jornal por dentro? Vale a pena. As batidas das remingtons e olivettis — criam uma insuportável obsessão auditiva. Vocês entendem? Uma redação é ressoante como uma colmeia de máquinas de escrever. Cada um de nós é um datilógrafo excitadíssimo. E o pior é que ninguém para, não há uma pausa, um suspense, nada. Um amigo entrou na redação, e fez a pergunta aterrada: — "Vocês não pensam?"

3 Não, não pensamos. O jornal é uma batalha contra o horário. Ninguém tem tempo de pensar. Flaubert perdia uma semana escolhendo entre mil sinônimos. Buscava a palavra absoluta. Infelizmente, tais rigores estilísticos são inviáveis na redação moderna. E como escrevemos sem pensar, chega a parecer que as olivettis e as remingtons pensam por nós.

4 São duzentas, trezentas ou quatrocentas figuras, entre redatores, repórteres, estagiárias. Todavia falta alguém na selva humana. É o "grande jornalista". Façam uma pesquisa. Leiam os jornais, da primeira à última página, inclusive os anúncios de missa. E não acharemos o "grande jornalista". Há entre ele e as novas gerações uma sábia e inapelável distância. Dirão vocês que ainda existem, no Rio, um Roberto Marinho, em São Paulo, um Júlio Mesquita e mais um ou dois. Mas são figuras solitárias e como que espectrais. O resto, ah, o resto é tão impessoal, tão nivelado, tão massificado.

5 No passado, porém, o jornal era o "grande jornalista". Os demais faziam a paisagem. Ai da redação que não tivesse um Zé do Patrocínio, um Quintino Bocaiúva, um Edmundo Bittencourt, um Irineu Marinho, um Mário Rodrigues. Ou um Alcindo Guanabara. Este foi tudo na imprensa, e, até, se não me engano, tipógrafo. Outro que deixou nome: — Medeiros de Albuquerque. Mas quem importa, para efeito desta "Confissão", é Alcindo Guanabara. Dizia eu que ele foi tudo: — revisor, repórter de polícia, redator, redator-chefe e, por fim, diretor.

6 E com Alcindo aconteceu uma admirável. Começava uma Semana Santa e ele, mocissímo, sem as barbas faunescas dos últimos tempos, era apenas redator. Ia saindo o "grande jornalista" quando o diretor apareceu, de colete e mangas de camisa. Do alto da escada, o diretor o chama: — "Alcindo, Alcindo." O outro, já embaixo, vira-se. E diz o dono do jornal: — "Escreve um artigo sobre Cristo." Alcindo pergunta: — "Contra ou a favor?"

7 Contra ou a favor. Até hoje, não sei se o fato é fato mesmo ou pura e irresponsável anedota que divertiria várias gerações. Hoje, a pergunta de Alcindo Guanabara não teria graça nenhuma. Não há ninguém mais questionado do que Cristo. Um "padre de passeata" indagava: — "Por que a cruz e não a foice e o martelo?" Jornais e revistas apresentam o Cristo como um guerrilheiro, um terrorista, um agitador. Portanto, em nossa época, Alcindo Guanabara poderia escrever, se o quisesse, contra Jesus.

8 A imprensa moderna está saturada de ressentimento. Falei de Cristo. Mas não precisamos subir tão alto. Vamos ficar no plano infinitamente modesto dos nossos amigos ou simples conhecidos. Há, repito, um ressentimento difuso, volatilizado, atmosférico. Sim, um ressentimento que absorvemos pela respiração. E as vítimas são, por vezes, pessoas que amamos, respeitamos, admiramos.

9 Por exemplo: — saiu, há tempos atrás, uma nota sobre Sílvio Caldas. Ou por outra: — não "sobre" mas "contra" Sílvio Caldas. Durante toda minha vida, jamais admiti, mesmo como hipótese delirante, que alguém o atacasse. Se precisamos de uma vítima para a nossa malignidade, por que Sílvio Caldas, exatamente Sílvio Caldas? Bem sei que certos sujeitos precisam odiar. Odeiam não sabem quem e por quê. E quando, eventualmente, não odeiam, rosnam de impotência e frustração.

10 Outro dia, um colega veio dizer-me: — "Odeio o Armando Marques!" Falava de olho rútilo e o lábio trêmulo. Ainda perguntei: — "Você é Flamengo?" Fez boquinha de nojo: — "Abomino futebol." E acrescentou: "O meu eles não levam." Qualquer sentimento forte e obsessivo me fascina. Quis saber: — "Você o conhece?" Disse: — "Nunca vi." Insisto: — "Mas de fotografia você conhece?" Furioso, explicou-me que não vira uma fotografia do famoso árbitro. Perdi a paciência: — "Então, odeia por quê? Deve ter um motivo." Não tinha motivo nenhum. Simplesmente, o ódio era seu íntimo e hediondo tesouro. Precisava gastar as moedas do ressentimento. Havia um Armando Marques. E o simples nome deflagrara todo um processo de ressentimento.

11 No caso de Sílvio Caldas, o ódio é igualmente imotivado. O cantor não fez nada, ou por outra: — há um pretexto, sim, que é o mais espantoso. Imaginem que, segundo diz o cronista, Sílvio Caldas vai despedir-se mais uma vez. E, realmente, não é a primeira vez que nos diz adeus. É o maior seresteiro do Brasil; e o seu canto vai emudecer para sempre. Mas o "para sempre" não é para sempre. Daí a um mês, dois, três, os jornais anunciarão mais uma despedida, que também não será a última.

12 Em recente "Confissão" narrei um episódio do princípio do século. Foi o caso de um incêndio no centro da cidade. Havia, lá, um canarinho que cantava, dia e noite. Ao ver o fogaréu, o passarinho cantou como nunca e melhor do que nunca. Vieram os bombeiros e fizeram o diabo para o salvar. Inútil, tudo inútil. O pássaro morreu cantando. Sílvio Caldas é um pouco esse canarinho. Quando, um dia, ele emudecer, saberemos que morreu.

13 O povo quer que ele volte, sempre. E que, daqui a duzentos anos, venha despedir-se mais uma vez, e não a última vez. Bem sei que, de vez em quando, ele provoca, sem o querer, irritações, antipatias ou, como no presente caso, ódios. Por exemplo: — marca um encontro e comparece seis meses depois. Diz que vai cantar uma música; e falta aos ensaios, e some no dia da estreia. Mas essa irresponsabilidade delirante é de sua natureza meiga e profunda. Lembro-me de uma vez em que assinou um contrato suntuário. Na véspera da primeira audição, recebe um convite de Mato Grosso. Um padre queria que ele fosse cantar numa festinha qualquer de caridade. Sílvio Caldas largou tudo, simplesmente largou tudo. Tomou o primeiro avião. Em pleno voo, já cantava. Desembarcou cantando. O padre, maravilhado, só faltou beijar-lhe as mãos. Ficou, lá, dois, três meses, talvez. Ou mais, não sei. Fazia serestas para multidões. Já disse que não ganhou um níquel? O que o remunerava era o próprio canto. E quando não tinha ninguém para ouvi-lo, ia cantar, sozinho, nos capinzais. Certa noite, deu um recital para os faunos e as ninfas de um terreno baldio. Quase morreu de cantar.

O Globo, 9/7/1969

52. Esse moço, Stans Murad

1 Vocês vão dar licença. O telefone está me chamando. Um momentinho. Alô, alô? Quem? Ah, sim, pois não. É Nelson Rodrigues. Como? O telefone está péssimo. Se o quê? Câncer? Não ouvi. Ah, sim. Agora, melhorou. Mas, meu anjo, um momento. Você quer saber se eu acho que a pílula dá câncer? Desconfio que você bateu na porta errada. Procure o Dr. Moacir Santos Silva, que é um sábio admirável. Mas você quer que eu opine? Vamos lá. Presta atenção: — não entendo de pílula, tenho-lhe a maior antipatia. A coisa que, no meu entender, costuma dar câncer, é o tédio conjugal. Pode dizer isso, pode. Está certo? Deus te abençoe.

2 E assim, com a bênção de Deus, nos despedimos. Se quiserem saber com quem tive eu essa conversa meio alucinatória, direi — com a estagiária. Não há jornal moderno sem um elenco de estagiárias. São meninas dos cursos de jornalismo e que constituem, dentro da classe jornalística, uma nova classe adolescente. E as meninas entram na redação como num jardim de bordado. O que as caracteriza é a naturalidade alegre e meio sinistra com que fazem as perguntas mais delirantes.

3 Para que vocês tenham uma ideia do que seja uma estagiária, e de como age e reage, vou contar-lhes um episódio admirável. O caso é que uma delas foi incumbida de entrevistar um milionário. Um velho e experimentado profissional aproxima-se do poder econômico com uma certa tensão. Afinal, como diz a minha vizinha gorda e patusca: — "Dinheiro é dinheiro." Mas na sua deliciosa inocência, a estagiária não recua diante de nada. Ligou para a casa do milionário. Disse: — "Eu queria falar com o Dr. Fulano." Do outro lado, uma voz masculina responde: — "Dr. Fulano não está passando bem." Insiste a menina: — "Então, o senhor podia perguntar a ele e..." O outro perde a paciência: — "Com licença."

4 E desliga. A estagiária disca novamente (não com o dedo, mas com o lápis). Atende a mesma voz. Recomeça a jovem: — "Eu queria falar com o Dr. Fulano." A pessoa diz, desatinada: — "Minha senhora, o Dr. Fulano acaba de ter um enfarte. Enfarte, minha senhora, enfarte." A pessoa está a um milímetro do palavrão. Bate com o telefone. Devia chegar. Engano, não chegou. A estagiária pede um cigarro, a um que ia passando. Não tem fósforos e o outro acende. E, então, a estagiária liga novamente. Sinal de ocupado.

5 Durante meia hora, ligou e sempre sinal de ocupado. Continuou, com uma obstinação fatalista. E sempre ocupado. Finalmente, uma hora depois, atendem. Era uma mulher que ou está gripada ou chorando. Diz a estagiária: — "Por obséquio, eu queria falar com o Dr. Fulano." Não há mais dúvida, pois o choro se caracteriza como tal. Responde a voz feminina: — "O Dr. Fulano acaba de falecer." E a estagiária: — "A senhora diz a ele que é só uma perguntinha", etc., etc.

6 Nessa pequena joia do cotidiano jornalístico está a estagiária, na sua obstinação imbatível. Mas vejam vocês a coincidência: — sem querer, na improvisação do meu trabalho, contei um caso de enfarte numa crônica sobre cardiologia. Perdi muito tempo e muito espaço mas o assunto desta confissão é o Dr. Stans Murad, o maior cardiologista do Brasil. Digo isso com a autoridade do cliente (e a opinião do cliente tem, por vezes, uma lucidez crítica comparável à do Juízo Final).

7 Imaginem vocês que, terça-feira, fomos, eu e o Salim Simão — dois cardíacos — ao Hospital da Beneficência Portuguesa, ver e ouvir o Dr. Stans Murad inaugurar o mais moderno equipamento de doenças cardíacas e vasculares do mundo. Notem bem! — do mundo. Eu diria (e sem querer cometo o trocadilho) que foi a maravilhosa festa do coração. Vocês não imaginam a massa de médicos, jornalistas, figuras da sociedade, de admiradores do jovem cardiologista. Diz a minha vizinha gorda e patusca: — "Médico não gosta de médico." Isso é verdade muitas vezes, mas nem sempre é verdade. Na posse do Dr. Stans Murad, encontramos algumas das maiores figuras de várias gerações da medicina.

8 Abracei Genival Londres, meu mais recente amigo de infância. Sempre que o vejo, sinto que a amizade é anterior a si mesma, começa antes do primeiro encontro, é toda uma luminosa e paciente elaboração. Não será essa também a relação que une Stans Murad aos amigos, admiradores, clientes que compareceram a inauguração do seu Serviço? Vi homens como Fernando Paulino, Moacir Santos Silva, Augusto Paulino, Clementino Fraga, Lopes Pontes, Oswaldo Pinheiro Campos, Paulo Albuquerque. Mas paro com medo de esquecer outros nomes ilustres. Faço questão de dizer o que devemos, eu e o Salim Simão, a Stans Murad. Ah, esquecia-me de Magalhães Gomes, que foi o orador. Mestre de várias gerações, ele, com a sua juba látea, admira e elogia sem medo.

9 O brasileiro tem por hábito cochichar o elogio e berrar o insulto. Não Magalhães Gomes. Com sua coragem, sua autoridade, berra o elogio e, se for preciso, berrará o insulto. Com sua voz, nítida e forte, disse o que Stans Murad merece. Mas continuando: — eu e o Salim devemos tudo a Stans. Um dia, o excelente Simão (que ajudou Cristo a carregar a cruz), o Simão, dizia eu, procurou-me. Estava sentindo o diabo. Quando ele me contou os sintomas, fui enfático: — "Larga tudo, Salim, e corre ao

Murad." Foram estas as minhas palavras e ainda lhes acrescentei um ponto de exclamação. Simplesmente, eu, que passara pelas mesmas provações, vira tudo: — o Salim estava maduro para o enfarte. O homem, porém, vacila muito, antes de procurar o médico certo. Resmungava: — "Eu vou amanhã." Perdi a paciência: — "Amanhã, não, agora. Talvez não tenhas o dia seguinte." O meu terrorismo deu-lhe o necessário pânico. Tomou um táxi e ia numa tristeza atônita e fatalista.

10 O bom, o santo, o piedoso enfarte é aquele cujos sintomas são nítidos, límpidos, cristalinos ou, melhor dizendo, ululantes. O cardíaco só acredita na dor. E as dores de Salim iam numa progressão de catástrofe. O Dr. Stans Murad não perdeu um minuto. Salim partiu no mesmo dia para São Paulo. Estava morrendo e não sabia que estava morrendo. Foi operado por Zerbini e, uns quinze dias depois, estava de volta. Fui vê-lo. E Salim, cujo suspiro é um rugido, vociferou: — "O Murad salvou-me a vida!"

11 E meu caso? Um domingo, estava eu no Mário Filho, vendo, não sei se um clássico, não sei se uma pelada. De repente, comecei a sofrer. Não sabia que era a hemorragia interna. Estava no meio da multidão e me sentia só, cada vez mais só. Hoje, posso dizer: — "A pior forma de solidão é a hemorragia interna." Uma distância imensa, espectral, parecia me separar da pessoa que estava a meu lado. Aplicaram-me injeções no próprio estádio. Levado para casa, lá já encontrei o Dr. Murad. É o médico que não faz à doença a concessão de dez minutos. Fui internado na mesma noite. Pela manhã, Dr. Augusto Paulino fazia a operação. Vejam vocês: — quando acabou a operação, tive a parada respiratória. Duas ou três horas depois, o enfarte. Murad passou horas, no meu quarto, em pé, olhando o monitor como se este fosse um quadro de Goya. A seu lado, minha irmã Stela, médica, na mesma contemplação apaixonada. E, no corredor, a Dra. Isabel dizia à enfermeira: — "Coitado."

12 Paro um momento. O que é que eu tenho mais para dizer? Ah, já sei: — vocês repararam, de certo, que o nome de Stans Murad aparece, nas minhas "Confissões", com uma frequência obsessiva. Isso é, da minha parte, em que pese a imodéstia, um ato de solidariedade humana. Muitos pensam que vivemos numa época afrodisíaca. Não. É muito mais cardiológica do que afrodisíaca. É preciso que todos tenham na cabeça este nome — Stans Murad. Hoje, ao primeiro sintoma suspeito, ninguém precisa fugir para São Paulo. A Beneficência Portuguesa é ali adiante. E, lá, vocês têm tudo. Uma maravilhosa figura humana como Jesse Teixeira, um dos maiores cirurgiões do continente. Um jovem mestre, como Mário Daudt de Oliveira. Mas paro um momento para não esquecer nomes.

13 Eis o que eu queria dizer: — eu e o Salim andamos por aí. Ele, comprando seu veleiro branco, e eu batendo as minhas "Confissões". E tudo isso só é possível por que somos, eu e ele, dois lázaros de Stans Murad.

O Globo, 17/8/1971

53. Crime contra o Piauí

1 O contínuo, espavorido, ligou para mim: — "Tenho um telegrama urgente para o senhor." Sou dos tais que cultivam, até hoje, um funesto preconceito contra o telegrama. Sempre que recebo um, imagino que uma calamidade vai desabar sobre minha cabeça. E vamos e venhamos: — o telegrama, até que se prove a sua intranscendência, é uma janela aberta para o infinito.

2 De mais a mais, era *urgente*. Eis a pergunta que me fazia, sem lhe achar resposta: — por que urgente? A "urgência" insinuava não sei que possibilidades sinistras. Reparem como nunca os telegramas informam que ganhamos o Prêmio Nobel. No telefone, o contínuo, solidário, insinuou: — "Quer que eu abra e o leia?" reajo, em pânico: — "Não abre nada, nem lê nada. Deixa que eu leio." E vim para a cidade, mas confesso: — já se instalara em mim um processo de angústia.

3 Vinte minutos depois salto eu, do táxi, na porta do jornal. Estou na portaria. Não preciso nem abrir a boca. Sem uma palavra, o contínuo passa o telegrama. Explica: — "Telefonei porque era urgente." Viro e reviro. Telégrafo Nacional. Lá estava escrito: — "Urgente." Em vez de abrir e ler, com normal e sadia curiosidade, eu o enfio no bolso. Subo para o segundo andar. Eu próprio fazia o suspense e o cultivava. A "urgência" era um mistério ameaçador.

4 Vou para a minha mesa. Tiro o telegrama, e o apalpo. Só faltei farejá-lo, como se a má notícia pudesse ter um cheiro inalienável, inconfundível. Finalmente, abro. Leio da primeira à última palavra. Em seguida, releio. Eis o que estava escrito: — "Tomando conhecimento artigo Piauí dia dezenove vg lamentando falta conhecimentos geográficos ética profissional ilustre jornalista vg convido pessoalmente conhecer nossa terra passagem estada tudo minha conta fim não escrever bobagens sua coluna tão apreciada Saudades — Matias Portela Melo Royal Palace Hotel."

5 Um telegrama não tem as boas maneiras do envelope. Ainda ontem, dizia eu que os envelopes só nos chamam de "excelentíssimo", de "ilustríssimo" para cima. Ao passo que o telégrafo, que é um voraz caça-níqueis, cobra o "bom-dia", os "abraços", os "beijos", as "saudades eternas", etc., etc. O telegrama amável arruína quem o passa.

6 Mas não era isso que eu queria dizer. O que eu queria dizer é que, já nas primeiras palavras, o telegrama fazia-me uma acusação crudelíssima de ignorância geográfica. Por mais doloroso e humilhante que me seja admitir tamanha deficiência, confesso lisamente o seguinte: — a geografia nunca foi meu forte. Lembro-me de que ao escrever o artigo do dia 19, passei por uma vergonha inesquecível. De repente, verifico que não sei o nome da capital do Piauí. As hipóteses mais extravagantes me ocorreram. Por fim, vi-me diante da seguinte opção: — ou São Luís ou Aracaju. Até que despontou uma terceira possibilidade: — Teresina.

7 E eis que se cria um novo problema: — Teresina ou Teresinha? O telegrama dizia: — Teresina. Mas quem sabe se o telégrafo, que cobra cada letra, resolvera economizar o "h"? Seja como for, eu não queria que o linotipista e o revisor percebessem a falta, que tanto me humilha, de conhecimentos geográficos. Por fim, a minha última dúvida era um "h". Eu não podia sair pela redação, de mesa em mesa, perguntando: — "A capital do Piauí tem ou não tem 'h'?"

8 De uma forma ou de outra, e já arquejante, sacrifiquei o "h" e saiu Teresina e não Teresinha. Mas o que me impressiona é que, sem me conhecer, o nosso Matias Portela tenha descoberto a ignorância que eu não confessaria ao médium depois de morto. Vejamos: — que disse eu, no lamentável artigo, que traísse a minha incompatibilidade com a geografia?

9 Estou com o recorte na minha frente. Digo eu, entre outras, que passo dez, quinze, vinte anos sem pensar no Piauí. Meu Deus do céu! Serei acaso o único? Não. O Piauí consegue ser mais esquecido do que o Amazonas. Pode parecer uma negra impiedade que, em 56 anos de vida, só tenha pensado três vezes no Piauí. Mas há pior e, repito, há pior: — milhões de brasileiros nascem, vivem e morrem, sem que tenham pensado uma única escassa vez no Piauí. De forma que as minhas três vezes passam a ser de uma abundância numérica inenarrável.

10 E os nossos jornais? Fala-se de tudo em nossos jornais, menos no Piauí. Os nossos patrícios que viajam contam que a imprensa mundial não concede a graça de uma notícia, sim, de uma notícia compassiva do Brasil. Já contei o caso daquele fotógrafo brasileiro que foi fazer uma reportagem internacional. No fim de quinze dias, estava desesperado de nostalgia. Queria notícias da pátria e não as tinha. Aflito, foi bater em nossa embaixada. E, lá, todo mundo só falava francês. Por fim, desatinado, batia no próprio peito: — "Brésilien! brésilien!" A presença de um brasileiro na embaixada causou o maior estupor. Foi como se ele se declarasse girafa e seu pescoço começasse a espichar para o alto. Eis o que eu queria dizer: — se a imprensa mundial esquece o Brasil, a imprensa brasileira esquece o Piauí. Neste país, o Piauí é o maior silêncio impresso que se conhece.

11 No famoso artigo de 19, denunciei como um crime o que se fazia com um Estado irmão. Era indesculpável que o Brasil só conhecesse o Piauí, através de um verso que é um mugido: — "o meu boi morreu", etc., etc. Em suma: — jamais redigi artigo mais terno e mais solidário. Mas vejam vocês: — mal o artigo veio à luz e começaram os protestos. Nenhum, porém, teve a inclemência do telegrama do Matias. Proclama que me faltam, não só "conhecimentos geográficos", como "ética profissional".

12 Já vimos que nem sei se a capital piauiense tem "h" ou não tem "h", se é Teresina, como pretendem alguns, se é Teresinha, como insinuam outros. Portanto, aí se patenteia, com uma evidência translúcida e, mesmo, espetacular, que sei menos geografia do que um sábio francês. Mas em que momento da "Confissão" arranhei a ética profissional? Há, sim, um trecho em que apresento o Piauí como um "Estado pobre". Será que ninguém sabia da "pobreza" e eu, sem o saber, traí um segredo sepulcral?

13 Talvez. Há uma passagem no telegrama, em que, dando nome aos bois, o bom Matias aconselha-me, paternalmente, a não escrever bobagens sobre o Piauí. Cremos, como Pirandello, ser um autor à procura de suas bobagens. Mas onde estarão elas, as bobagens? Digo, no artigo, que a grã-fina é uma deliciosa figura que deve o que come, o que bebe, o que veste, o que calça. Fixei uma cena antológica do nosso Antonio's: — um grã-fino recebe uma bolada de notas. São seis meses de jantares, seis meses de uísques — não pagos. E ele lia as notas com delicada voluptuosidade e, repito, lia como se lambesse cada papel. E dizia eu que o grã-fino vive de suas dívidas. As dívidas têm-no feito. Levando o meu raciocínio às últimas consequências, concluí que o lugar ideal para o grã-finismo era o Piauí. Lá não há dinheiro e o grã-fino tem a arte de gastar sem pagar.

14 De tudo isso deduziu o Matias Portela que entendo tanto de geografia, quanto de ética. E se propõe a minha ida a Teresina é porque quer me espantar com uma Nova York. Portanto, temos que mudar, às pressas, toda a imagem irrealista e suntuária que fazíamos de São Paulo.

Releiam o telegrama do caro Matias Portela. É um desafio. Ficamos sabendo que São Paulo é uma ilusão ou por outra: — que o verdadeiro São Paulo é o Piauí.

O Globo, 26/3/1969[23]

---

[23] Crônica publicada em *O Globo* com o título de "Há um crime permanente contra o Piauí".

54. A bela vitória brasileira

1 Outro dia, o Belisário entrou, e já atrasado, na redação. Digo Belisário e vou dedicar-lhe um parêntese. Reparem no som: Belisário. Não parece nome de velho teatro digestivo, de antiga e espectral burleta? Mas não é isso que interessa. O que interessa é que o Belisário entra na redação, tira o paletó e vem arregaçar as mangas, perto da minha mesa. Atira-me a pergunta, à queima-roupa: — "Você acredita em relações públicas?" Faço espanto: — "É para não acreditar?"

2 Apoia as duas mãos na minha mesa: "O relações-públicas não existe, nunca existiu!" Ah, o Belisário é, como o Salim Simão, um extrovertido ululante. Precisa falar, ou sufoca. Queria o meu testemunho: "Estou certo ou estou errado?" Tive de desiludi-lo cruelmente: "Erradíssimo." Reage: "Você é do contra. Mania de ser original." E então tratei de demonstrar por A + B que o chamado relações-públicas existe, sempre existiu. É a mais antiga das profissões ou pelo menos tão antiga quanto a atividade humana. Nada acontece e nada se faz que não exija o seu relações-públicas. Impossível viver sem uma cobertura promocional.

3 O Belisário acusou-me de estar fazendo ali subliteratura. Aliás, ele não disse "subliteratura". Foi quando o telefone o chamou, e lá se foi ele. Mas o assunto ficou na minha cabeça. E pensei, então, numa companheira de trabalho, Léa Leal, que é por natureza, por destino, por fatalidade vocacional, a relações-públicas. Não se trata de um ordenado, de um *métier*, de uma obrigação, de uma responsabilidade. É a alegria de ser relações-públicas, de estar exercendo uma função que lhe parece uma nobre e eficaz maneira de dar ao próximo o pão da solidariedade.

4 Vou contar rapidamente um episódio. Ontem, ela bate o telefone para mim. Dizia exultante: "Sabe que o Carlinhos Niemeyer ganhou na Inglaterra uma concorrência mundial?" Pergunto: "Quem ganhou? E o quê? Fala mais alto, que o telefone está ruim." Repetiu tudo. Resumindo, eis o que disse Léa Leal: — "O Carlinhos Niemeyer, nosso patrício, tinha concorrido, com todos os jornais cinematográficos, para a cobertura da Copa. Ele e os tubarões de todos os países. Há quem diga — tinha até esquimó."

5 Aqui, no Estádio Mário Filho, batiam-lhe nas costas: — "Carlinhos, vais entrar por um cano deslumbrante." Isso, mais que um vaticínio, era o desejo de uma meia dúzia de invejosos. Mas o Carlinhos é de um brutal otimismo. Berrou: — "Já está no papo." E abria o riso espantoso. Digo "espantoso" e explico. Sabem quem ri como o Carlinhos? Os sátiros vadios das paisagens de tapete. Alguém, talvez o Walter Clark, disse-me certa vez: — "Se eu tivesse dinheiro contrataria o Niemeyer para rir. Eu pagaria o riso do Carlinhos."

6 Vocês podem imaginar, talvez, que eu não esteja falando sério. Mas acreditem que é um riso, sim, um riso que tem mais dentes do que todos os outros risos. Pleno, violento, vital. Um riso que estilhaça luz. (Ficou bem "estilhaça luz?" Não, não ficou bem. Como sempre digo, é muito dura a nossa profissão de estilista.) E o nosso Carlinhos só acredita em vitória e só se mete em negócio para vencer.

7 Tudo aconteceu como num milagre. Um dia ele entra no jato e vai para a Inglaterra. Graças a Deus, não pertence à pobre fauna dos brasileiros que não sabem viajar, nem podem viajar. Refiro-me a um certo tipo de patrício singularíssimo. O sujeito sai daqui e ao voltar não cumprimenta nem o Pão de Açúcar e despreza o poente do Leblon como uma aquarela de folhinha. O Carlinhos sabe que a bica europeia, a pia europeia, o pires europeu têm mil anos. Mas nunca se impressionou com um milênio a mais, um milênio a menos.

8 Mas vamos ao feito do autor do *Canal 100*. Ele tomou o jato, desceu em Londres, passou lá quatro horas e voltou no mesmo avião. Trazia o contrato no bolso. Se me perguntarem pelos concorrentes, que eram voracíssimos, direi que ele os engoliu, um a um. A concorrência foi uma guerra de foice.

9 Daqui a pouco voltarei ao Niemeyer. Quero dizer ainda uma palavra sobre Léa Leal. Eu a vi tão feliz, ao dar-me a notícia, que perguntei: — "Você trabalha para o *Canal 100*?" Pareceu admirada: — "Por quê?" E eu: — "Mas é amiga do Carlinhos?" Resposta: — "Não o conheço." Aí está: — não o conhece, nunca o viu, jamais lhe apertou a mão. Mas conta a mim, conta aos outros. E será sempre a mesma e radiante relações-públicas de qualquer outro brasileiro, vivo ou morto e não só de brasileiro, mas de qualquer semelhante. E, sobretudo, essa minha colega sabe admirar o belo esforço, a bela vitória.

10 Volto ao Carlinhos. Veja bem: — cabe a ele a exclusividade de fornecer aos jornais cinematográficos a imagem da Copa. Juntou uma equipe de virtuosos do cinema jornalístico: e eu já destaco o Francisco Torturra que no seu *métier* é incomparável. Digo, de mão no peito, que o Brasil será campeão no México, assim como o foi na Suécia e no Chile; e o Francisco Torturra também o dirá. Assim o mundo verá o Brasil, e sua vitória através de uma ótica monumental. Não tenham dúvida de que Niemeyer usará lentes mágicas, efeitos éticos jamais concebidos.

Tudo para que a nossa conquista, em 70, seja na tela uma maravilhosa imitação de vida.

11 O que eu queria dizer é que Carlinhos Niemeyer vai inventar uma nova distância entre o torcedor e o craque, entre o torcedor e o jogo. Não sei se me entendem. Mas vão cessar as fronteiras da tela e a plateia. Imaginem Pelé, em dimensão miguelangesca, em plena cólera do gol. Sua coxa, plástica, elástica, ornamental, enchendo a tela. Tudo que a vitória brasileira possa ter de lírico, dramático, delirante, estará esculpido na luz. E as caras? Eis o que conseguirá Francisco Torturra com suas fulminantes aproximações: ampliar as ventas triunfais de um Pelé, de um Jairzinho, em caras monstruosas, etc., etc.

12 Mas não é isso que eu queria dizer. O que eu queria dizer é que, em 66, na Inglaterra, nem tudo foi humilhação, nem tudo foi vergonha para o Brasil. É certo que perdemos em campo, já que o nosso escrete era o próprio caos em calções e chuteiras. Depois de assassinada a nossa última esperança, saímos todos, atônitos. Passávamos como algo de fluvial em lerdo escoamento. Eu não estava lá, mas me sentia lá. Não sei se nessa mesma tarde, ou no dia seguinte, o Carlinhos Niemeyer fez o seu desafio em forma de show.

13 De repente, todos o viram dar um salto inédito. Era uma figura prodigiosamente ágil, elástica, alada. Subiu e pendurou-se num posto. E, então, pôs-se a berrar: — "Seus subdesenvolvidos! Seus analfabetos! Seus cabeças de bagre!" A multidão nasceu instantaneamente: — "Toma pra vocês, toma!" E começou a atirar moedas sobre a multidão. Os ingleses batiam cabeça com cabeça. Tropeçavam uns nos outros. Engalfinhavam-se. Palavrões. Foi um quadro plástico inesquecível. De cócoras, com as mãos voracíssimas, iam catando moedas. Homens e mulheres. Alguns de gatinhas perseguiam as moedas. Carlinhos, como um possesso, o riso enorme de mil dentes, dava arrancos: — "Subdesenvolvidos! Favelados! Assaltantes de chofer."

14 Agora, quatro anos depois, volta a Londres, não para chover moedas, mas para disputar uma concorrência feroz. Seus adversários o reconheceram:— "É louco! É o louco!" E quando assinou o contrato riu outra vez, como um sátiro vadio, um sátiro fugido de uma paisagem de tapete.

O Globo, 14/5/1970

55. O Palhares com Eros, Marx e Freud

1 A aluna de Psicologia da PUC achava o Palhares, textualmente, um "bolha". Um dia, descobriu o episódio do corredor. Como se sabe, Palhares parecia um homem comum, um homem como todo mundo, nem pior, nem melhor do que os demais. Se fosse casado, teria essa mediocridade de virtudes e defeitos do "bom marido".

2 E ninguém podia imaginar que belo e irretocável canalha estava por trás de suas boas maneiras. Tudo aconteceu com a fulminante progressão das catástrofes morais. Imaginem que o Palhares cruza com a cunhada no corredor. Uma garota jeitosa de corpo e de rosto, com um namorado firme, quase noiva. Sem uma palavra, o canalha atirou-lhe um beijo ao pescoço. O que houve depois e qual teria sido a reação da pequena, a História e a Lenda não dizem. Consta que o pai da vítima teria resmungado: — "Roupa suja lava-se em casa."

3 O fato é que esse incidente conferiu ao Palhares uma nova e fascinante dimensão. Ele, que era um sujeito sem nenhuma singularidade, adquiriu forte e crespa dessemelhança. Passou a ser para gregos e troianos "o que não respeita nem as cunhadas". No emprego, o chefe aumentou-lhe o ordenado. E o Palhares, radiante, abanando-se com a *Revista do Rádio*, concluía que as torpezas do sexo são altamente promocionais.

4 Até que, numa festa, foi apresentado à aluna de Psicologia da PUC. O Palhares não quis acreditar. Falou, com a audácia cínica de quem "não respeita nem as cunhadas": — "Até que enfim encontro uma aluna de Psicologia da PUC bonita!" A outra deu-lhe um passa-fora: — "Não sou bonita. Não quero ser bonita. Bonita é..." — e soltou um daqueles, pesadíssimo.

5 A aluna de Psicologia da PUC saiu, desse primeiro encontro, certa de que o Palhares, como já contei, era um "bolha". Esquecia-me de um dado ou, melhor dizendo, dois dados: — era casada e fazia psicanálise. Mas não saía nada das longas conversas em que o Palhares perdia a lábia e a aluna, a paciência. Até que ela soube do episódio do corredor. Foi perguntar ao Palhares: — "Isso assim, assim, que me contaram, é verdade?" O canalha não disse nem que sim, nem que não. Insinuou: — "Mais ou menos."

6 Instantaneamente, mudou o tom da conversa. A aluna de Psicologia foi franca: — "Se você não respeita nem as cunhadas, não é imaturo. Eu pensei que você fosse imaturo. Já vejo que você não é." E, na sua vaidade, contou o próprio caso. "A análise me salvou. Eu era uma mulher que tinha um pudor doentio." O Palhares, ao lado, enfiava mais um cigarro na piteira; e concordava, gravemente: — "Imagino, imagino." E ela: — "Graças à análise, eu digo palavrões com naturalidade." Para convencê-lo, largou, alguns, dos mais fortes e jucundos da língua. Assim como um soprano faz vocalise, ela dizia nomes feios para exercitar-se na pornografia. "Foi aí que eu descobri que não sou mais imatura."

7 Começou um romance. Ela andava com um, com outro, e outros, e outros, inclusive o Palhares. Concordavam em que só os imaturos são fiéis e exigem fidelidade. O canalha perguntou-lhe certa vez: — "E a tua análise? Como vai?" Ela abriu o coração: — "Vai ótima. Pioro de quinze em quinze minutos." Se o Palhares fosse imaturo, havia de perguntar-lhe: — "Mas como? Você paga para piorar?" Era porém, um homem do seu tempo, nada o espantava. Na sua curiosidade insaciável, indagou: — "Como é esse negócio? Divertido?"

8 A aluna de Psicologia da PUC não fez mistério, nem suspense. Fazia análise há quatro anos. Foi uma vez. Achava o marido uma espécie assim de Napoleão, de Alexandre, de Gengis Khan. A partir de quinze dias, passou a referir-se ao companheiro da seguinte forma singela e sucinta: — "A besta do meu marido." A análise demonstrara, em suma, que tinha com a "besta" uma dependência destrutiva ou, até, suicida. Tinha que se libertar do marido para não explodir. Ela, que sempre se prostrara aos sapatos do desgraçado, como uma escrava feliz e consentida, agora não podia nem ouvir o seu pigarro. Tinha-lhe nojo físico e moral.

9 Um dia, correu ao analista. Disse-lhe: — "Cuspi na cara do meu marido." O homem achou que era o princípio da libertação. E, durante quatro anos, ela e o analista só tinham um assunto: — "a besta do marido". Uma tarde, em que a aluna descompunha o desventurado pela milésima vez, notou que o analista dormia. Simplesmente dormia. E pior: — roncava. Mas o simples fato de roncar seria o de menos. O patético é que o ronco terminava num assovio.

10 O Palhares arriscou: — "Quer dizer que são duas bestas: — uma, o teu marido; outra o teu analista!" A aluna de Psicologia da PUC foi veemente: — "Meu analista é um gênio. O maior do Brasil." E para mostrar que era mesmo genial, disse: — "Eu moro num apartamento de cobertura, 12º andar. E vou me atirar lá de cima." Há um suspense. O Palhares podia ser um canalha e o era. Mas tinha preconceito contra suicídio. Pergunta, com relativo pânico: — "Você quer se matar?" A aluna de Psicologia da PUC, cujo isqueiro enguiçara, pede-lhe fósforos. Acende o cigarro, sopra a primeira fumaça e só então responde: — "Exatamente: — estou com a mania de suicídio."

11 Ora, a alma mais negra e mais espessa tem, por vezes, uma nesga de bondade. O Palhares imaginou aquela moça atirando-se de um 12º andar e espatifando-se cá embaixo. O canalha achou aquilo injusto. Armou-se de coragem, inventou um parentesco e foi procurar o analista: — "O senhor sabe", começou, "que Fulana quer se matar?" O outro boceja: — "Sei, sei." Insiste: — "O senhor não vai tomar providências?" O analista olha o Palhares com uma compassiva ironia: — "Meu amigo, o senhor não entende. Faz parte do." O canalha interrompe, impulsivamente: — "O senhor quer dizer que o suicídio faz parte do tratamento? Da cura?" O médico está enojado de tamanha incompreensão; irritou-se: — "De uma vez por todas: — isso quer dizer que a cliente está melhorando." O pulha treme: — "E se ela se atirar do 12º andar, e se esborrachar no chão, quer dizer que está curada?" A paciência do analista tinha um prazo, nunca além de dez minutos. Foi taxativo: — "Vai me dar licença, que tenho cliente na sala."

12 E assim se despediram. Dali o Palhares correu para a aluna de Psicologia da PUC. Foi heroico: — "Teu analista dorme e ronca. Tenho, pra ti, um lugar muito mais divertido. Topas ir ao meu *aparelho*?" A garota espanta-se: — "Que *aparelho*?" Teve de explicar: "*Aparelho* é a toca dos terroristas. Muito mais divertido do que a análise. Bacana." Levou a menina. O *aparelho* era um vasto apartamento na Vieira Souto. Nas tardes claras, tinha-se, de graça, os melhores, os mais parnasianos poentes do Leblon. Fazia-se tudo, menos política e terrorismo. Um dos fregueses do *aparelho* era um ex-empresário de boxe, que perdera tudo com a decadência do pugilismo.

13 E foi esse homem que, um dia, agarrou o canalha: — "Palhares, tive uma ideia genial. Vamos ganhar uma nota firme. Sabe o que é?" E disse: — "Vamos inaugurar, no Brasil, a nudoterapia!" Esbugalhou-se:

— "Nudoterapia?" Incendiado pela própria ideia, o ex-empresário delirava: — "Um tiro, um tiro!" Explicou: — "A nudoterapia é a psicanálise em grupo, com todo mundo nu!" O canalha não queria acreditar: — "Mas isso existe?" O outro jurou: — "Já começou nos Estados Unidos. Escuta, seu animal. Tu vais ver filas de Metro, filas das Casas da Banha!" De olho rútilo e lábio trêmulo, o Palhares arquejava: — "Topo, topo!" O ex-empresário dizia: — "E nem precisa muito dinheiro." Foi aí que a aluna da PUC pulou: — "A besta do meu marido financia!"

14 Foi esta a novidade que o Palhares veio me anunciar, aos berros: — a nudoterapia no Brasil. O que ele queria dizer é que a análise individual está mais superada do que o Baile da Ilha Fiscal e o bigode do Kaiser. O que era a praia senão a nudez sem Freud? Desatinado, o canalha teve uma espécie de visão profética: — "O Fla-Flu ainda vai ser preliminar da nudoterapia. Estou vendo!" Antes de sair, o canalha tem uma iluminação: — "Escuta, o D. Hélder diz que os *hippies* são a salvação do mundo. E, por coerência, ele tem que mandar um telegrama, sim, um telegrama dizendo que a nudoterapia é a salvação do Brasil!"

O Globo, 26/12/1969

56. Sua vida foi um momento da consciência brasileira

1 Um dia, chego em casa e alguém me avisa: — "O Ministro telefonou!" Estou tirando o paletó: — "Ministro?" E a pessoa, de olho rútilo e lábio trêmulo: — "O Ministro!" O simples telefonema de um vago assessor, ou de um vago oficial de gabinete, ou de uma vaga datilógrafa ministerial, estarrecera a família. A arrumadeira me lambia com a vista. E o pior é que o Ministro queria falar comigo com urgência. E essa urgência era uma janela aberta para o infinito. Podia ser uma ameaça, e também podia ser um convite, ou quem sabe uma missão?

2 Aliás, o Ministro não era bem ministro, ou por outra: — era Ministro apenas Interino. O titular fora representar o Brasil não sei em que conferência em Bruxelas. Isso mesmo. Bruxelas. Ficaria ausente quinze dias. E o Interino era meu amigo de infância, companheiro de adolescência, confidente da maturidade. Em casa, queriam saber: — "Que tal o Ministro?" Parei um momento. Tirei um cigarro e o acendi. Trago.

Digo, por fim: — "Mais ou menos." Os presentes se entreolharam num mudo escândalo desolado.

3 No dia seguinte, fui pontualíssimo, ou melhor dizendo: — fomos pontualíssimos. Assim como cheguei na hora, o Ministro me recebeu na hora. Há muito tempo eu não via uma moça sardenta. A funcionária que me conduziu só tinha sardas. (Depois soube que, no Ministério, a chamavam de "tordilha".) Entro e, ao entrar, descubro toda a verdade: — o Ministro Interino é muito mais solene, hierático, enfático, do que o titular. Disse, com a fisionomia fechada, inescrutável: — "Sente-se."

4 A olho nu, vejo que o meu amigo não era bem um Ministro, não era bem um homem. Era uma pose deslavada. E a pose me dizia: — "Pode me chamar de você." Vermelho, sem ter de quê, pergunto: — "Como vai?" Ergueu-se. Por um momento, ficou mudo, perfilado, como se estivesse ouvindo o Hino Nacional. Em seguida começou a andar, no gabinete, de um lado para outro. Continuo sentado e atônito. Há um momento em que para e sempre sem me olhar diz: — "Caso sério o destino. Nunca imaginei que seria, um dia, ministro."

5 Nesse momento, a tordilha abre a porta: — "Chegou a Comissão." A pose pensa e diz: — "Manda entrar." Vira-se para mim: — "Quero que você assista." Pausa e acrescenta: — "Comissão de Ferroviários." Eu ia ser plateia de novas poses. Abre-se a porta e vem a sardenta com a Comissão. Eram uns seis ou sete sujeitos. Um deles tinha esparadrapo no pescoço e um outro era desdentado. O de esparadrapo adianta-se: — "Nós viemos aqui pedir ao senhor." O Ministro berra: — "Senhor, não. Eu sou um Ministro de Estado e não um amanuense."

6 Foi um pânico feroz dentro do gabinete. A tordilha baixa a cabeça e foge. O Interino espeta o dedo na cara do ferroviário: — "Me trate por V. Exa." O outro faz uma pausa aterrada. Toma coragem e recomeça: — "Nós viemos pedir a V. Exa..." Gaguejou a reivindicação e passou um memorial. O Ministro afasta o papel: — "Entreguem no protocolo." Saem os pobres-diabos. Iam gemendo: — "Boa tarde, boa tarde."

7 Quando a porta se fecha, vira-se para mim, triunfante: — "Viu como os trato?" E eu: — "Vi." Febril, começou a dizer: — "Um Ministro precisa tratar mal. É da função." Acende outro cigarro. Pisca o olho: — "Agora vou te dizer o meu segredo." Faz uma pausa e solta a bomba: — "Só trato bem os meus contínuos. Só tenho medo dos meus contínuos. Você não está entendendo nada." Eu não entendia, nem era para entender. Explicou: — "Os contínuos fazem a reputação de um Ministro."

8 Ele, como estadista, cortejava os seus contínuos e não se envergonhava de o confessar. Eu já me despedia, quando ele propôs: — "Faz o seguinte: — saindo daqui, pergunta ao primeiro contínuo. Qualquer um. O que ele acha de mim. Pode perguntar. Os contínuos aqui me adoram." Deixo o gabinete, agradeço à tordilha que ia passando e paro no primeiro contínuo: — "Como é? Você está bem aqui?" Tinha dez anos de Ministério. Insisto: — "Satisfeito?" Ri, amargo: — "Assim, assim?" E eu: — "Que tal o nosso Ministro Interino?" Resposta fulminante: — "Uma besta." Estou espantadíssimo: — "Não é boa-praça?" Confirmou: — "Um cavalo."

9 Isso foi há uns cinco anos. Essa minha conversa com o Ministro Interino e, em seguida, com um dos seus contínuos havia de marcar-me para sempre. Hoje, creio que um ministro pode enganar os contemporâneos e a posteridade; pode iludir os passarinhos que sujam a testa de sua estátua. Não escapa, porém, ao Juízo Final de sua portaria.

10 Pouco depois da minha experiência ministerial, entro um dia num boteco qualquer. Ia a um jogo noturno e tratei de comer um sanduíche, um guaraná. E era o único freguês. E, como tinha tempo, ficamos conversando, eu e o garçom, sobre o futebol. Disse o garçom: — "Aqui sou Fluminense. Mas em São Paulo, Corinthians." Engano: — Portuguesa. Era Portuguesa. Pouco depois, a propósito não sei de quê, relembrou:

— "Eu fui contínuo de *O Estado de São Paulo*." Imediatamente pensei no Ministro Interino.

11 E perguntei: — "Que tal o Júlio de Mesquita?" Encheu o peito, encheu a boca — "Formidável." Eu quis saber formidável como e por quê. Repetiu: — "Formidável." Não disse mais nada. Só isso: — "Formidável." Júlio de Mesquita era uma velha curiosidade minha. Teríamos conversado mais. Todavia, entrou um freguês e, além disso, estava na hora do jogo. O que eu queria dizer é que nunca vi um ex-contínuo falar assim de um ex-patrão.

12 Estou batendo estas notas e o meu companheiro Moacir Padilha para na minha mesa. Sabe que estou escrevendo sobre Júlio de Mesquita e faz o comentário: — "Esse homem esteve em todas." Eis aí a grande verdade sobre o morto de sábado. Durante meio século, Júlio de Mesquita não foi jamais um ausente. Em todas as crises brasileiras, sentia-se a tensão, sim, a coragem de sua presença. Foi assim em 22, em 24, em 30, em 32, em 37, e outras, e outras.

13 Mas eu falei em "coragem" e disse a palavra exata. Quem, no Brasil, não teve medo? Em 22 o medo esteve por toda parte, e assim em 24, e nas outras datas. O medo foi tantas vezes o grande e obsessivo sentimento da vida brasileira. Mas vivemos o grande momento do medo em 37. Não se dava um passo sem esbarrar, sem tropeçar num poltrão. O sujeito, para apanhar um atestado de residência na delegacia, tinha que se despedir da família. Júlio de Mesquita não teve medo. Perdeu o jornal e não teve medo. Podia ter vendido suas ações. Não vendeu uma.

14 Pessoalmente, tinha a discrição, a polidez, a cerimônia de um gentil--homem. E, no entanto, era ativo, combativo, militante como um homem de barricada. No risco, as pessoas fazem as mais aviltantes acrobacias ideológicas. O sujeito pula da esquerda para a direita, da direita para a esquerda, do centro para uma ou outra. Há os que somem fisicamente.

Júlio de Mesquita foi exatamente o mesmo. É, no Brasil, um milagre de coerência. Não há dois, ou três, ou quatro Júlios de Mesquita. De 1922 a 1969 e, repito, de 1922 ao sábado de sua morte — jamais foi infiel a si mesmo.

15 E, por isso, seus amigos, seus inimigos, os neutros, todos, falam do seu caráter. Os comunistas mais ferozes e obtusos proclamam o seu caráter. E, se me perguntarem qual foi a sua grande ou, melhor, a sua única paixão, eu diria: — o Brasil. Só viveu para o Brasil, só pensou no Brasil. Cada uma das notas que redigia no seu jornal era como que um artigo, assinado sem assinatura. Sua atmosfera, seu sentimento, sua obsessão brasileira saturava o que escrevia. Homem de exílio, homem de solidão, homem de coragem, gentil-homem — foi, tantas vezes, a Resistência brasileira.

O Globo, 15/7/1969

57. Os estudantes são uma aristocracia intocável

1 Duas ou três vezes por semana, digo eu o seguinte: — "Nada mais invisível do que o óbvio ululante." E vejam vocês: — apesar da repetição deslavada, a frase tem, sempre, um ar de novidade total. O leitor ainda não desconfiou que eu já escrevi isso mil e uma vezes, sem lhe tirar e sem lhe acrescentar uma vírgula. E sempre vem alguém me bater nas costas: — "Boa, aquela de óbvio! Ótima!" Fico eu a imaginar que ninguém lê nada ou não se lembra do que leu.

2 Estava eu falando do óbvio ululante. Por exemplo: — o que eu chamo de óbvio, ou óbvia, ou sei lá, é a situação do estudante brasileiro. Ninguém reparou que o estudante é, talvez, o único brasileiro privilegiado. No subdesenvolvimento, todo mundo é vítima. Um dia, fui para uma esquina da Cinelândia e fiquei olhando a multidão que passava com algo de fluvial no seu lerdo escoamento.

3 No fim de quarenta minutos, só tinha visto caras amarrotadas. Ninguém ousava um mísero sorriso. E, das duas, uma: — ou o sujeito era um deprimido ou um indignado. Sim, deprimidos e indignados, de ambos os sexos. Lembro-me de uma senhora, gorda como uma bem alimentada viúva machadiana. Ia tocando o filho, um garotinho de cinco anos, a pescoções. O galanteio mais benigno que o garoto mereceu foi este: — "Peste do inferno!" E quando o caçula disse não sei o quê, a *mater* esbravejante saiu-se com esta: — "Por que é que este diabo não morre?"

4 Em suma: — em quarenta minutos de observação, vi todo um povo a exalar a sua cava depressão. Pois bem. Mas há, repito, um brasileiro que não precisa rugir palavrões, porque saboreia os privilégios deliciosos. Os estudantes. São eles uma verdadeira aristocracia. Representam a nobreza e nós outros a plebe. Numa terra de analfabetos, o simples fato de estudar constitui um quase escândalo. Dizia Palhares, o canalha: — "O justo seria que todos nós fôssemos analfabetos natos e hereditários." E insistia "o que não respeita nem as cunhadas": — "Por que só uns poucos estudam e a maioria não?"

5 Nos confins do Brasil, populações inteiras pensam o seguinte: — que somos governados por D. Pedro II. Outros, mais atualizados, acham que o Presidente é o Dr. Delfim Moreira, etc., etc. Por aí se vê que não exagero ao falar no privilégio estudantil. Ora, um privilegiado devia ter deveres precisos. Se o Estado favorece um sujeito, justo é que o beneficiado ofereça uma retribuição à altura de suas vantagens.

6 Mas perguntará o leitor: — que forma poderia assumir tal retribuição? Vejamos. Estamos vivendo a época das passeatas estudantis. Tudo é um pretexto para desfiles. Se há uma greve de barbeiros, de alfaiates, de veterinários, de obstetras, logo a juventude promove uma marcha. Vá lá. Afinal de contas, os veterinários, barbeiros e obstetras são nossos patrícios (e que Deus os abençoe). O pior é quando as passeatas são pelo Vietnã, pela China, por Cuba. Há mais, há mais! De vez em quando, aparece um retrato de Guevara. Bem sei que o mártir cubano tem, aqui, "amantes espirituais" de ambos os sexos. Diz minha vizinha que "gosto não se discute". Mas, sem nenhuma irreverência, por que os admiradores de Guevara não vão para uma sessão espírita?

7 E o que não entendo é que os estudantes pensem em tudo, menos no brasileiro analfabeto. Dirá alguém que há uma pressão gigantesca para a reforma universitária. Absolutamente. Quando vejo uma passeata, tenho o maior cuidado de anotar os dizeres dos cartazes, das faixas, etc., etc. Não vejo a menor, a mais vaga, a mais tênue referência a nenhuma reforma universitária. A maioria não pensa em ensino, nem pensa em estudo. Só nos comove o Sudeste Asiático.

8 É fantástico. Estudar no Brasil é, repito, um privilégio aristocrático. E uma das maneiras do estudante retribuir seria dar uma mãozinha ao analfabeto. Mas dirá alguém que a nobreza estudantil está se lixando pelo analfabeto. Vá lá. Mas então por que não olhar para a nossa mortalidade infantil? As crianças brasileiras estão morrendo como ratos. Por que sofrer pelo Vietnã e não pelos nossos pequeninos defuntos?

9 Voltemos à área do ensino. *O Globo* publicou há três ou quatro dias um editorial admirável a respeito. Há duas figuras trágicas do nosso ensino: — um é o analfabeto, que nos merece um desprezo de cachorro atropelado. O outro é o professor. O que ganha um professor, em certas regiões do Piauí, é uma dessas quantias irreais, alucinatórias. Dizia-me um sergipano: — "Muitos ganham cinquenta mil réis." Vejam: não chega a ser salário de fome, porque não dá nem para morrer de fome.

10 E, no entanto, não vi, nunca, uma passeata de analfabetos, nem de professores. Repito que nem os professores, nem os analfabetos exalam um suspiro de protesto. Nem reivindicam nada. Até hoje, não vi um único professor queimando carros, nem apedrejando ninguém. Dão duzentas aulas para não morrer, fisicamente, de fome. Nunca me esqueço de uma cena atroz. Foi numa igreja. Missa por alma de não sei quem. E vi — ninguém me contou. — vi a santa esposa de um professor ajoelhar-se.

E apareceu, na sola do sapato, altura do dedo grande, um vasto buraco. Nos dias de chuva, o buraco é uma goteira.

11 Não é só. Além de não ter com que pagar o leite do caçula e o sapato da mulher, ele é o brasileiro mais humilhado e ofendido de nossa época. Fala-se em contínuo. Hoje, o verdadeiro contínuo é o professor. E posso incluir o Reitor. Houve um tempo em que ser Reitor era um título. O Poder Jovem não respeita professores, nem respeita reitores. Outro dia, assisti a uma cena de violento dramatismo. Um Reitor foi apresentado como Reitor. Saltou, possesso. Vociferava: — "Reitor, não! Reitor é você!"

12 Realmente, é um título que compromete e que alguns já escondem como uma lepra. Ao passo que os estudantes são investidos de uma quase onipotência. É um novo poder, e eu quase que dizia o verdadeiro Poder. Outro dia, num sarau de grã-finos, falava-se, justamente, na função de liderança que se atribui aos jovens. Foi quando um dos presentes, estreita e amargamente positivo, rosnou: — "No Brasil, os Três Poderes são quatro: — Executivo, Legislativo, Judiciário e os Estudantes." Perguntará o leitor: — "E os intelectuais?" Estes desempenham um apagado e vil papel. Servem os moços com a mais deslavada subserviência. Se existissem carruagens, um cabeludo da PUC, na hora de sair, diria: "Mande atrelar um arquiteto, um sociólogo, um romancista, um poeta, um ensaísta e um cineasta."

O Globo, 7/11/1968

58. Kafka

1 Um dia, Orson Welles foi entrevistado por um jornalista americano. Dois americanos que, por coincidência, não gostavam dos Estados Unidos. Em dado momento, o jornalista diz, a propósito não sei de quê: "O senhor que é um gênio." Orson Welles interrompe: "Eu não sou um gênio" — pausa e repete: "Eu não me considero um gênio."

2 Bem. Era o que eu queria dizer: — não sei se o leitor, como o jornalista americano, acha Orson Welles um gênio. Alguns patrícios nossos, como o Paulo Francis, olham o diretor de *Cidadão Kane* de alto a baixo e assim o desprezam da cabeça aos sapatos. Mas se o leitor não fez ainda o seu juízo final sobre Orson Welles, sabe que foi ele diretor de *O processo*, de Kafka. E se o leitor não conhece Kafka, espero que se lembre do filme.

3 *O processo* passou, ali, no Ópera, em Botatogo. Curioso o que acontece com Botafogo. Apesar dos arranha-céus, das praias artificiais, dos viadutos, continua o mesmo de Machado de Assis. O tempo passa para os outros bairros. Só não passa para Botafogo, que insiste na sua atmosfera machadiana. Dito isto, passo, adiante. Fui lá, ao Ópera, ver *O processo*.

Imaginei uma plateia de cinco sujeitos como nos filmes de Godard. Pelo contrário: — cinema abarrotado.

4 Não percebi nenhuma concessão do filme à nitidez. Orson Welles quis ser um Kafka fazendo outro Kafka. Era espantosa a obtusidade da plateia. Os espectadores, atônitos, não entenderam rigorosamente nada. Ora, o povo adora o que não entende. Na minha frente, estava um casal; e a senhora perguntava ao marido: "O que é que ele fez? O que é que ele fez?" E o marido: "Fica quieta!" Ela deixava passar um momento e atropelava novamente o marido: "Matou? Roubou? O que é que ele fez?" Por fim, perguntava: "É vampiro?"

5 O que me espantou foi o respeito total da plateia. Ninguém se levantou, ninguém riu, não escutei um muxoxo. Quando acabou a sessão, que era a última, a plateia deslizou com algo de fluvial no seu lerdo escoamento. Iam todos num silêncio admirável. E não vi uma cara de frustração. Porque não entendera nada, o espectador saía feliz, realizado.

6 Mas passa-se o tempo. E, ontem, um amigo meu bate o telefone para mim. Trabalha num dos nossos ministérios. Perguntou-me: "Você se lembra de um filme assim, assim?" E eu: "Que filme?" Não lhe ocorria o nome: "Um filme daquele maluco? Como é mesmo o nome? Um que. Já sei: — o Orson Welles. O filme se chamava, como é que se chamava?" Disse-lhe: *O processo*. Exultou: "Exatamente." *O processo*. E agora que podia fazer o paralelo, abriu a alma: "Palavra de honra. Te digo, sem o menor exagero, que *O processo* está acontecendo aqui no Ministério e nos outros ministérios. É igualzinho ao filme."

7 Sou um curioso nato. Por outro lado, ele fazia uma tal atmosfera, uma dramatização tão irada que imaginei: "Deve ter acontecido o diabo." Peço-lhe para dizer coisa com coisa. Ele pergunta: "Você não lê jornal?" Às vezes. E ele: "Não viu a lista de funcionários aposentados? Aposentados a muque?" Explicou-me que o sujeito estava trabalhando, fazendo a sua tarefa, cumprindo o seu horário. E, um belo dia, acorda aposentado. As vítimas, na mais sinistra incompreensão, perguntam umas às outras: "Por quê?" Quem lhes dará a resposta?

8 No filme, nem o personagem, nem a plateia entendem nada. Nos ministérios, sai uma lista de aposentadorias, disponibilidades, etc., etc. Rolam não sei quantas cabeças. Também os decapitados em sua maioria, não sabem por que os guilhotinam. Dez minutos depois de sair uma lista, começa o cochicho universal. "Vem outra." É o terror. Ninguém sabe por que as coisas acontecem. É como se as listas fossem organizadas por um Kafka, ou vários Kafkas, uma legião de Kafkas. O sujeito não fez nada e é castigado por isso mesmo porque não fez nada. Dirá alguém que as "disponibilidades" só fulminam os "ociosos".

9 No telefone, o meu amigo berra: "É falso! Mil vezes falso!" Está quase chorando: "Nelson, você me conhece. Você me considera um cínico?" Digo-lhe: "Você é um romântico." E insisto: "Você é um pierrô." Do outro lado da linha, ele agradece, enternecido: "Sei que você diz isso de coração." Toma embalo e continua: "Vamos esquecer o meu caso. Entrei por um cano deslumbrante. Não faz mal. Mas fizeram coisas incríveis com outros. Sim, rapazes, moças, velhos e velhas que precisam." Cita, então, um exemplo, que lhe parece desesperador.

10 Entrou na cabeça de uma lista uma funcionária que, segundo o meu amigo, é mais inocente do que o personagem de Kafka. Seu único pecado, se isso é pecado, foi o de ter nascido. A moça se matava no trabalho. Exemplar. Mereceria o título de "a funcionária do ano". Impressionado com esse volume de méritos, perguntei-lhe: "E entrou na lista?" Diz o meu amigo, com uma fúria radiante: "Entrou. E sabe por que foi aposentada? Imagina."

11 Eu não imaginava. Disse: "Porque é estrábica." Faço uma pausa aterrada. Mas reajo: "Espera lá. Essa, não." Ele só faltou estender a mão sobre uma Bíblia imaginária: "Juro!" E como eu continuasse incrédulo, disse: "Vou te contar tudo direitinho." Sem maldade, o pessoal da repartição quando se referia à companheira a chamava, afetuosamente, de "zarolha", de "caolha". Protestei: "Como sem maldade? Ninguém chama o outro de 'zarolho' sem maldade!" E o meu amigo: "Talvez, talvez. Mas não temos nenhuma intenção de ofender." Quem não tinha a intenção de ofender, de humilhar, era o chefe. Este vivia rosnando: "Não suporto 'caolha'. Por que é que uma 'zarolha' havia de baixar na minha repartição?" E fazia as piores desfeitas à funcionária. Resultado: — o nome da moça veio na cabeça da lista. Se trabalhava, e estava na lista, só havia uma explicação: — era estrábica.

12 Outro caso feminino. Uma viúva, de três filhos, funcionária igualmente exemplar, que também entrou na lista. E por quê? Porque era, como diz o brasileiro, "bonitona". Por uma coincidência realmente fatal, tinha como chefe uma mulher, uma santa senhora amarga, desiludida. Aos 60 anos, é capaz de ver, numa bruxa de disco infantil, uma rival insuportável. O primeiro nome que a chefe indicou, no seu ressentimento, foi de uma mãe de três filhos, que tem a desgraça de ser ainda vistosa. Outras vítimas são os funcionários conhecidos. O José Maria Scassa estava funcionando num grupo de trabalho. E, seis meses antes de sua aposentadoria natural, aparece como o primeiro nome de outra lista. Ora, as vítimas aceitam o sacrifício. Está certo. Mas gostariam de conhecer o critério de tais aposentadorias, já que não é o da produtividade. Há quem afirme que o Scassa caiu porque é torcedor do Flamengo. Seja como for, é intolerável o clima alucinatório que se criou. O inocente é punido por ser inocente. E há ociosidades intocáveis.

13 Contei, recentemente, o caso espantoso de dez ou doze contínuos do Itamaraty. Vários moravam em Niterói e o que ganhavam não dava para a comida. Mas vamos admitir que "comer" seja o de menos. Realmente, o sujeito não precisa de dinheiro para morrer de fome. Precisa, porém, para atravessar a baía. No meio do mês, faltava-lhes o dinheiro da passagem! Ou vinham a nado ou faltavam ao trabalho. Como não ousassem o esforço natatório, o Itamaraty os cassou.

O Globo, 8/9/1973

59. O trem fantástico

1 Sou uma vítima da estagiária de calcanhar sujo. Alguém poderá perguntar: — "A troco de quê, vítima?" Porque eu as trato com o máximo de misericórdia. Vocês não fazem uma ideia. Mas uma estagiária faz as perguntas mais alarmantes. Certa vez, uma delas atropela-me na rua. Senti aquela mão me puxando e viro-me. Era a estagiária. Perguntou-me, à queima-roupa: — "O que é que o senhor acha da Arca de Moisés?"

2 Vejamos o tempo e o espaço em que ocorria a entrevista. Era em dezembro, antevéspera de Natal, um sol de rachar catedrais. Mas isso não é tudo. Ainda por cima, eu estava mais carregado de embrulhos do que um Papai Noel. Faço espanto: — "Arca de quem?" Estava radiante na sua certeza: — "De Moisés". Maravilhado, indago: — "Meu anjo, você tem certeza que é *Arca de Moisés*?" Bateu o pé: — "Tenho." Insinuei: — "E se for de Noé?" Mas ela não queria nada com Noé e só estava interessada em Moisés. Disse, afogado nos meus embrulhos: — "Pouco sei da *Arca de Noé* e nada sei da *Arca de Moisés*." E assim nos despedimos. Ela partiu certa de que sou um dos mais sólidos analfabetos da República.

3 No dia seguinte, estou na redação batendo uma de minhas "Confissões". Atendo o telefone: — era ela. Felicíssima, não sei de quê, nem a troco de quê, começa: — "Tenho outra pergunta." E eu: — "Vamos lá." Fala: — "O senhor é contra ou a favor da socialização da medicina?" Fui quase feroz: — "Absolutamente contra!" Tomou um susto: — "Contra por quê?" Tratei de explicar-lhe que a medicina não existe sem misericórdia. E eu não acreditava, nem a tiro, na misericórdia oficial. Só São Francisco de Assis, se médico fosse, podia resistir à socialização.

4 A pobre estagiária não entendia a minha ira: — "Eu pensei que o senhor fosse a favor." Sua presunção me ofendeu. Contei-lhe casos de sujeitos que não suportam um minuto a mais de dor de dente e que o dentista do INPS manda voltar daí a sete meses. A inocência da estagiária começou a desabar com as minhas revelações. Perguntava atônita: — "Mas isso é verdade?" Na redação, os companheiros paravam e espiavam a minha fúria. Perguntei à mocinha: — "Você conhece o caso da gangrena? Se não conhece, então vive no mundo da Lua. É o seguinte."

5 Conto ao leitor nos termos em que o fiz para a estagiária. Tempos atrás, uma moça quebrou o braço. Saiu de hospital em hospital, procurando um médico; e, se não fosse médico, um estudante; e, se não estudante, um porteiro; em último caso, um servente. Mas vinha médico, ou estudante, olhava e concluía: — "Não é de urgência."

6 Qualquer barbeiro diria: — "É de urgência, sim." E um açougueiro seria talvez mais enfático: — "De urgência urgentíssima." Mas não houve, repito, um médico que reconhecesse o óbvio como tal. Não apareceu um funcionário que a encaminhasse. A nossa bondade frívola e eventual tem, por vezes, pena de uma cachorra manca. É cachorra e está manca. Afinal, uma cachorra também é filha de Deus. Mas essa gangrena em flor não interessou a compaixão de ninguém. A moça teria sido salva, sem maiores problemas, se algum médico, um estudante, reconhecesse, no seu braço, a cor de orquídea que as gangrenas têm.

7 E, no entanto, os médicos ficavam repetindo, como o Corvo de Edgar Poe, "Não é de urgência", "Não é de urgência", "Não é de urgência". Se fosse um hospital só, vá lá. Mas ela bateu em todos ou quase todos, um por um. Até que a moça morreu, apenas morreu e nada mais. E por que morreu? Porque, na maioria dos casos, é tão falsa, tão irresponsável, tão desumana a piedade oficial.

8 Naquela ocasião, uma leitora escreveu-me, o que me impressionou na carta foi o ódio. Não era parente da morta, nem conhecida, nada. Mas o sentimento não passaria nunca. Sempre digo que o verdadeiro amor continua para além da vida e para além da morte. Pois senti que a leitora emanava um desses sentimentos que duram mais que a morte. Ela perguntava se ninguém ia fazer nada. E ela própria respondia: — "Ninguém fará nada." Realmente, ninguém fez nada. E gangrenas continuam matando. Daí o meu horror à medicina socializada. Vocês entendem? A socialização cria uma responsabilidade difusa, volatilizada, que não tem nome, nem cara, nem se individualiza nunca. A minha leitora tinha um tesouro de ódio, íntimo tesouro, não sabia como aplicar ou contra quem aplicar. Se fossem quinhentas gangrenas teríamos o surto de uma piedade convencional e enfática. Mas uma gangrena só é de tal insignificância numérica que comove escassamente.

9 Mas se a estagiária me telefonar outra vez (e ela o fará muitas vezes) eu terei outra para lhe contar. Vocês devem ter lido e se não leram vale a pena contar. Imaginem vocês uma esposa que perdeu o marido há nove anos. Perdeu o marido e tem cinco filhos. Como sobreviveu, até agora, não entendo. Mas o fato é que sobreviveu. Nunca se saberá por que a mãe e os filhos não morreram de fome. E teremos que concluir que a fome custa a matar. Na Índia, uma Comissão da Cruz Vermelha fez o censo da fome. Foi interrogado um velho de seus oitenta e tantos, quase noventa. Era um esqueleto, com um leve, diáfano revestimento de pele. Perguntaram-lhe: — "Quantas vezes você come por dia?" Respondeu: — "Nenhuma." Espanto: — "E não come?" Disse: — "Não como."

Os homens da Cruz Vermelha, muito bem alimentados, não querem acreditar: — "Mas comeu algum dia?" Responde: — "Nunca." Acharam que o miserável estava maluco. Insistem: — "E não bebe?" Sua resposta foi rastejar até o meio-fio. E a Comissão da Cruz Vermelha viu quando ele, a mãos ambas, apanhava a água da sarjeta e a bebia, com que suprema delícia.

10 Mas tal fome e tal sede são infernos da Índia, e nós conhecemos a influência da distância na solidariedade humana. O que nos assombra na fome da viúva e dos cinco filhos é a proximidade. Eles agonizam ali, em Nova Iguaçu, e, portanto, a dois passos da nossa compaixão. Mas era pouco a fome. Um dos filhos, de 21 anos, era paralítico dos braços, das pernas e, mais ainda, débil mental.

11 Mas tinha teto, dirão vocês. Nem isso. Ou por outra: — estavam sendo despejados por falta de pagamento. Então, trasanteontem, a viúva saiu da casa, com outros filhos. Eis o que acontecera: — aquela senhora conseguira um milagre: — a internação do filho paralítico no Hospital Carlos Chagas. Ele devia ser levado para lá no dia 2. Ela estava até feliz. Mas surgiu o problema: — como levar o filho? Não tinha um tostão. Sua ideia foi pedir condução à polícia. Comparece à delegacia e pede que um carro da Radiopatrulha transportasse o débil mental. O comissário de dia declarou-lhe que não tinha viatura disponível. Foi ao Hospital Nova Iguaçu. Lá informaram que as ambulâncias estavam reservadas para os médicos e as freiras. Por que freiras? As freiras iam passear de ambulância?

12 Eu disse que ela carregava o filho paralítico nos braços? Carregava. Não tinha forças, mas carregava, não sei com que forças. Pedia a todo mundo, caminhão, táxi, particular, uma carona para o filho paralítico. Não apareceu um carro que dissesse: — "Entra." Que fez ela? Levando nas costas o filho doente, caminhou para a estação. E quando veio o trem — um trem que não parou — ela, abraçada ao paralítico, atirou-se debaixo do trem. Máquina, os vagões passaram por cima. Um outro filho, e este são, que a acompanhava, fugiu da morte, com um medo feroz. Tudo por causa de um carro, que finalmente, a polícia mandou, como se reparasse um atraso: — o rabecão.

O Globo, 6/11/1972

60. Casamento sem palavras

1 Era em 70. Imaginem vocês que no último amistoso Brasil x Inglaterra voei para o Estádio Mário Filho. Geralmente, nas partidas internacionais, sou o primeiro a chegar. Mas não sei o que houve e me atrasei. O escrete do João ia passar por um teste dramático. Aliás, não era o escrete do João e não chegava a ser o time do Santos. Ao entrar no ex-Maracanã, eis o que me perguntava, com o coração pressago: — "Será que vamos tomar um banho?" De uma maneira ou de outra, eu me sentia um patriota do velho estilo, uma espécie de Dragão de Pedro Américo, com esporas e penacho.

2 Entro na fila. Na minha frente ia o Pedro do Couto. Perguntei-lhe: — "Estás fazendo fé?" Suspirou: — "Sei lá, sei lá." Eu ia falar não sei o que, quando ouvi meu nome: — "O senhor é que é o Nelson Rodrigues?" Viro-me. Diante de mim estava uma jovem senhora. Não sei se era bonita, feia ou simpática. Só sei que era gordinha.

3 Disse trêmula: — "Deus é bom! Deus é bom!" Quis saber: — "E por que bom?" Explicou: — "Fui a *O Globo* três vezes e o senhor não estava.

De repente, encontro o senhor numa fila." Parecia-lhe que essa coincidência tinha o dedo de Deus. E acrescentou: — "Doutor Nelson, preciso muito falar com o senhor." Olho o relógio, o jogo já vai começar. Digo: — "Faz o seguinte. Amanhã telefone para *O Globo*. De tarde." Agarra o meu braço com sua mão pequenina e voraz de gorda: — "Amanhã, não. Tem que ser hoje. Meu marido nem sabe que estou no Rio. Deus me livre." Acrescenta: — "Volto depois do jogo."

4 Enquanto a fila anda meia dúzia de metros, explica que mora em São Paulo. Penso que é uma paulista. Não. Tira um cigarro da bolsa: — "Carioca, casada com paulista." Não gostei daquela desconhecida que se colocava entre mim e o jogo. Sou de uma polidez gelada: — "O que é que a senhora deseja?" Suspira: — "Temos muito que falar, Dr. Nelson, muito que falar."

5 — "Sobre que assunto?" Na frente, o Couto olhava a fulana com o maior desprazer. Ela responde, sôfrega: — "Preciso de sua orientação, Dr. Nelson. O senhor vai decidir a minha vida." Recuo: — "Como decidir a sua vida, se eu a vejo pela primeira vez? Nem sei quem é a senhora." Diz, patética: — "Minha vida é um romance."

6 Entramos no elevador. Quero ficar de costas, mas ela me puxa pelo paletó: — "Dr. Nelson, o senhor escreveu, não sei quando, uma frase que eu adorei. Aquela: — 'A pior forma de solidão é a companhia de um paulista.'" O elevador está subindo. Eis o que me pergunto: — "Como é que vou fugir dessa cavalheira?"

7 Disse uma frase que resumia tudo: — "Meu marido não fala." Faz pausa, esperando o meu espanto. E continua: — "Sabe lá o que é viver com um homem que não diz uma palavra?" Daria tudo por um bom-dia desse homem. Não queria mais: um bom-dia.

8 Saltamos no sexto andar. Os times já estão em campo. Imagino, em pânico: "No mínimo, vai sentar-se a meu lado." Como se adivinhasse meu pensamento, pergunta: — "Permite que me sente a seu lado?" Reajo: — "Seria um prazer. Acontece que na tribuna de imprensa não entram senhoras." Exulta: "Podemos ficar nas perpétuas." Amarro a cara: — "Minha senhora, eu estou acompanhado." Diz radiante: — "Tenho aqui três perpétuas. Seu amigo fica com a gente."

9 Acende outro cigarro. Começa: — "O que é que eu devo fazer, Nelson?" Explico que não sei nem de que se trata e que... Interrompe: — "Vou contar-lhe tudinho. Vivo num inferno, Doutor Nelson." Arrisco: — "Ele a trata mal? É grosseiro?" (Como pode ser grosseiro ou delicado um homem que não fala?) Baixou a voz: — "Ele nem ronca, Doutor Nelson, nem ronca!" Se roncasse, estaria se comunicando. Insiste: — "Se ao menos ele roncasse!"

10 Abismado, o Pedro do Couto ouvia aquela confidência sobre roncos. Ela não parava: — "De madrugada, acordo. Meu marido nem suspira. É como se eu tivesse a meu lado um defunto." O Couto me cutuca: — "Começou o jogo!" Vozes protestam: — "Senta, senta!" Ninguém está em pé. Mas as vozes insistem: — "Senta, senta!"

11 A bola está com Tostão. O Couto perde a paciência: — "Minha senhora, vamos ver o jogo." Ele me puxa: — "Quer que eu lhe diga, Doutor Nelson? Estou matando jacaré a grito." No campo, Tostão passa por um inglês, mas o imediato dá-lhe uma cacetada. Cai o Tostão. Atrás de mim, um brasileiro vocifera: — "Cavalo."

12 Baixa-me uma dessas certezas inapeláveis e fatais: — aquela santa senhora não me deixaria ver o jogo. Ela está dizendo que, quando fazem as refeições, são dois silêncios que comem e bebem. E, súbito, há um silêncio brutal no Mário Filho, a Inglaterra abre o escore: 1 x 0. Viro-me furioso: — "Está vendo, minha senhora. A Inglaterra fez um gol." O Couto dardejou lhe um olhar homicida. Eu e ele parecíamos responsabilizá-la pelo gol.

13 Pedro do Couto trinca os dentes: — "Ainda por cima pé-frio." Só um resto de pudor educacional impede-me de sair dali. E ela prossegue: — "Doutor Nelson, o que é que o senhor acha do meu corpo?" Desta vez o meu espanto foi sincero e profundo. Atiro fora o cigarro: — "A senhora deve perguntar isso a seu marido." Justificou-se: — "Meu marido não fala." E eu, furioso: — "Se não fala, peça a opinião por escrito."

14 A dama não sentiu a troça. Sorria: — "Doutor Nelson, o senhor não me entendeu. É o seguinte: há homens que preferem o tipo manequim." Interrompo: — "As paulistas comem bem." Ratifica: — "Sou carioca." Estou com um olho no jogo e outro na gorduchinha. Observo: — "A senhora é uma carioca que mora em São Paulo. Logo, come como uma paulista."

15 Realmente, tinha um apetite fatal. Morria de fome. Pênalti contra a Inglaterra. Faço-lhe o apelo enfurecido: — "Minha senhora, vamos ver o pênalti." Continuou, porém: — "Se eu fosse manequim, do tipo de manequim, o senhor acha que meu marido falaria comigo?" Minha paciência chegava ao fim: — "Escuta. Seu marido não fala porque é paulista." Carlos Alberto vai tirar o pênalti. Silêncio no estádio. O Couto é atravessado por uma intuição sinistra: — "Esse pênalti não vai entrar."

16 Eis o que eu pensava: — "Tomara que Carlos Alberto encha o pé em vez de colocar." A gordinha suspira: — "É mesmo, é mesmo. Os maridos das minhas amigas também não falam." Meu Deus, Carlos Alberto perde o pênalti. Era demais. Perco a compostura: — "Está vendo, minha senhora? A bola não entrou. E sabe por quê? Por sua causa, minha senhora. Será que a senhora não tem desconfiômetro?" Mas ela falava ao mesmo tempo: — "Doutor Nelson, eu queria sua orientação. O que é que eu devo fazer?" Levanta-se o Pedro do Couto: explode: — "Não aguento mais! Estou aqui para ver o jogo! Não me interessam roncos de marido paulista!" Quero contê-lo: — "Couto, vem cá!" O meu amigo vai sentar-se, lá longe, na outra extremidade.

17 Estou acuado. Continua a admirável senhora: — "O senhor tem que me dar uma orientação. Acha que devo ir ao psicanalista?" No meu desespero, já não sei se o Brasil está jogando com a Inglaterra, com o Manufatura, com o Torres Homem. Da minha fronte, pinga o suor do martírio. Respondo: — "Vá ao psicanalista." E a mulher: — "Mas uma vizinha me recomendou homeopatia." Estou desatinado: — "Tome homeopatia." Insistiu: — "Ou será melhor a psicanálise?" Não respondi. Tive vontade de me sentar no meio-fio e começar a chorar.

O Globo, 29/3/1973

61. O grande homem

1 Há coisa de um mês, um mês e meio, sei lá, o contínuo parou na minha mesa: — "Tem aí um cara te procurando." Eu estava batendo, justamente, uma das minhas "Confissões" sobre o Piauí. Disse, impulsivamente: — "Manda entrar." Era uma imprudência. Sou uma vítima dos vendedores de enciclopédia. Todos os dias, eles fazem fila na minha porta. Mas quando o contínuo volta, seguia-o um sujeito de chapéu na mão, bigodões, cabeça baixa, exalando humildade.

2 Para mim, humilde é aquele que me chama de "doutor". Foi o que fez o recém-chegado. Começou assim: — "Dr. Nelson, muito prazer, Dr. Nelson." E repetia, trêmulo: — "Muita bondade." Fiz um gesto: — "Sente-se." Olhou, espavorido, para a cadeira. Ainda perguntou: — "Posso sentar?" E eu, magnânimo: — "Pode." Sentou-se. A minha experiência jornalística ensinou-me que a humildade traz, em seu ventre, um pedido de dinheiro. E, então, depois de olhar para os lados, o visitante baixa a voz: "Eu sou o milionário paulista."

3 Vejam vocês. Sempre digo que o "milionário paulista" só é milionário em São Paulo. Quinhentos metros depois da barreira, começa o seu esvaziamento. Quando o Patiño ofereceu, em Lisboa, a sua festa das "Mil e uma noites", convidou todos os homens ricos do mundo. Pois bem. E tratou o milionário paulista como um assalariado. É que Patiño, com sua fina percepção, descobriu que, fora de São Paulo, não existe o "milionário paulista".

4 O fato é que eu estava conhecendo uma das personalidades mais singulares da vida brasileira. No fundo, no fundo, sou um pau de arara. Quando minha família saiu de Recife para o Rio, minha mãe teve que empenhar todas as joias. Aí está por que o homem de dinheiro sempre me fascina. E quando disse que já o conhecia de nome, o milionário paulista baixou os olhos, rubro de modéstia. Disse, rodando o chapéu no dedo: — "Quem sou eu? Quem sou eu?" E então, tomando coragem, abriu-me a alma: — "Dr. Nelson, tenho lido as suas crônicas sobre o Piauí! Que beleza, Dr. Nelson, que beleza!"

5 Impressionado, quis saber: — "O senhor acha que eu tenho sido justo com o Piauí?" Reagiu com o fervor estilístico do parnasiano: — "Não me interessa a justiça. Só me interessa a forma, Dr. Nelson, a forma!" Agarrou-me, em espasmos de admiração: — "Dr. Nelson, graças ao senhor, tenho dado boas gargalhadas com a miséria do Piauí, do Ceará, de todo o Nordeste." Protestei: — "Não é esta a minha intenção! Pelo amor de Deus!" E repeti: — "Juro. Não tive esta intenção." Mas o outro teimava: — "Continue, Dr. Nelson. Cada autor precisa de um assunto. O seu assunto é o Piauí."

6 Era claro o equívoco daquela fatal paixão literária. Tive vontade de dizer-lhe: — "Meu caro milionário paulista, sua admiração me compromete." Mas o visitante já se despedia. Apertou-me a mão: — "Milionário paulista, sempre às ordens." E, como ele ia voltar, naquele dia mesmo, para São Paulo, perguntei-lhe: — "Vai de automóvel ou avião?" — Suspirou, resignado: — "De taioba." Assim nos despedimos.

7 Dirão os idiotas da objetividade: — "O taioba não existe mais." É um fato. Hoje, o bonde já nos parece mais antigo, do que a charrete de Ben-Hur. Fora de São Paulo, o milionário paulista usa um taioba imaginário, espectral. Mas estejam certos de que, ao desembarcar na capital bandeirante, ele reassume o seu máximo esplendor. Volta a ser o autor da maior epopeia industrial do Brasil e da América Latina. Quando entra na sua garagem particular, cada automóvel vem lamber-lhe as botas como uma cadelinha amestrada. E, mais tarde, ao entrar no escritório, as telefonistas e datilógrafas perfilam-se, como se ele fosse o próprio Hino Nacional.

8 Mas o que é mesmo que estava dizendo? Já sei. Dizia que o meu diálogo com o milionário paulista não teve testemunhas. Foi uma conversa de alma para alma. Segundo, porém, a minha vizinha gorda e patusca, "tudo se sabe". As técnicas de informação são de uma eficácia diabólica. O que sussurramos com um sigilo, um mistério, um pudor de túmulo vira notícia e até manchete. E foi o que aconteceu com a nossa palestra informal. Dez minutos depois, sabia-se, em todo o Piauí, das nossas inconfidências. Ainda uma vez, os brios piauienses se eriçaram mais que as cerdas bravas do javali.

9 A imprensa de lá rugiu manchetes assim: — "O milionário paulista não perde por esperar", etc., etc. Quero crer que toda indignação é santa. E o brasileiro acredita mais no berro do que no arrulho. Na imprensa de Teresina, cada artigo de fundo era como que um berro impresso. Mas diz a minha vizinha já citada: — "Tudo passa." E eu acreditava que o tempo cicatrizasse a lesão cavada no sentimento do Piauí. Eis senão quando, ontem, recebo um telefonema da cabra vadia. Simplesmente, queria avisar: — "Tem um enviado do Piauí pedindo hora no terreno baldio." Digo: — "Aguenta a mão que estou indo."

10 Quando desembarquei no terreno baldio, vi todos os seus grilos, sapos, pirilampos, gafanhotos, moscas, preás, numa efervescência de sal de frutas. Pela primeira vez, uma figura do Piauí baixava no terreno baldio. A cabra veio correndo: — "Olha. O homem traz uma lista de todos os grandes nomes do Estado." Enfiando no bolso o troco do chofer, digo: — "Ótimo, ótimo." Num canto, assinando autógrafo para uma preá, estava o ilustre visitante. Por todo o matagal, rolavam as doze badaladas da meia-noite, hora que, segundo Machado de Assis, apavora.

11 Saúdo o piauiense, com a mais larga e cálida efusão: — "O terreno baldio sente-se honrado de, etc., etc." Quando acabei, o visitante começou: — "É uma ilusão pensar que o Piauí não tem ninguém, não deu ninguém." Num arroubo maior, continua: — "Talento há, talento há!" Habilmente, respondo: — "Acredito, acredito." E já o outro abria a pasta, e de lá arrancava ofícios, cópias fotostáticas, o diabo: — "Aqui estão as provas! As provas!" O orador ia do sublime ao patético, do patético ao sublime. Num arroubo de fúria, disse: — "São Paulo não tem um romance." Esganiçou-se: — "Duvido que me mostrem um romance paulista." Fez uma pausa para tomar cafezinho e água gelada. Recomeça: — "Agora, meus senhores e minhas senhoras, vou ler uma relação dos grandes homens aí da minha terra."

12 Todos imaginam que ele vai citar Michelangelo, Leonardo da Vinci, Dante, Goethe, Beethoven e outros menores. Os taquígrafos apuraram, vorazmente, as orelhas. E o homem diz os altíssimos nomes: — "Deolindo Couto e João Paulo dos Reis Velloso." Pausa. Vozes pedem, como nos clássicos e nas peladas: — "Mais um, mais um." E prosseguia a lista inesgotável de talentos: — "Velloso e Deolindo Couto." O manancial de inteligência não tinha fim. Ora dizia "Deolindo Couto e Velloso", ora "Velloso e Deolindo Couto". Às quatro horas da manhã, foi feita a contagem: — a cultura piauiense tinha duzentos Deolindos Couto e duzentos Vellosos. Deolindo, um grande nome da Medicina brasileira. E Velloso? Como na ópera, apareceram vendedores do libreto completo da História e Lenda do Velloso. Muito moço, saíra de Teresina para os Estados Unidos. Segundo o Otto Lara Resende, os Estados Unidos estão mil anos na nossa frente. Só imagino a solidão do nosso Velloso dentro dos mil anos. O jovem piauiense entra para a monumental Universidade de Yale. E aconteceu o milagre: — embora falando inglês com um sotaque inenarrável, travou uma batalha de morte contra os dez séculos. Foi o primeiro, em tudo, lá em Yale. Os alunos e professores diziam: — "O grande brasileiro."

13 Toda aquela geração universitária o admirou. Soube-se que era do Piauí. E, por causa de Velloso, seus professores e condiscípulos de Yale estão certos de que o Brasil é um vago e secundário subúrbio do Piauí.

O Globo, 5/5/1969

62. Os que propõem um banho de sangue

1 Preliminarmente, devo confessar o meu horror aos intelectuais, ou melhor dizendo, a quase todos os intelectuais. Claro que alguns escapam. Mas a maioria não justifica maiores ilusões. E se me perguntarem se esse horror é recente ou antigo, eu diria que é antigo, muito antigo. A inteligência pode ser acusada de tudo, menos de santa.

2 Tenho observado, ao longo de minha vida, que o intelectual está sempre a um milímetro do cinismo. Do cinismo e, eu acrescentaria, do ridículo. Deus ou Diabo deu-lhes uma cota exagerada de ridículo. Vocês se lembram da invasão da Tchecoslováquia. Saíram dois manifestos de intelectuais brasileiros. (Por que dois, se ambos diziam a mesma coisa? Não sei.) Contra ou a favor? Contra a invasão, condenando a invasão. Ao mesmo tempo, porém, que atacavam o socialismo totalitário, imperialista e assassino, concluía a inteligência: — "O Socialismo é Liberdade!" E ainda lhe acrescentava um ponto de exclamação.

3 Vocês entendem? Cinco países socialistas estupravam um sexto país socialista. Este era o fato concreto, o fato sólido, o fato inarredável que os dois manifestos reconheciam, proclamavam e abominavam. E, apesar da evidência mais espantosa, os intelectuais afirmavam: — "Isso que vocês estão vendo, e que nós estamos condenando, é a Liberdade!"

4 E nenhum socialista deixará de repetir, com obtusa e bovina teimosia: — "Socialismo é Liberdade!" Bem. Se o problema é de palavras, também se poderá dizer que a Burguesia é mais, ou seja: — "Liberdade, Igualdade e Fraternidade." Mas o que importa, nos dois manifestos, é que um e outro se fingem de cegos para o Pacto Germano-Soviético, para o stalinismo, para os expurgos de Lênin, primeiro, e de Stalin, depois, para os assassinatos físicos ou espirituais, para as anexações, para a desumanização de povos inteiros.

5 Se os intelectuais fossem analfabetos, diríamos: — "Não sabem ler"; se fossem surdos, diríamos: — "Não sabem ouvir"; se fossem cegos, diríamos: — "Não sabem ver." Por exemplo: — D. Hélder. Bem sei que na sua casa não há um livro, um único e escasso livro. Mas o bom Arcebispo sabe ler os jornais; viaja; faz um delirante e promocional turismo. E, além disso, vamos e venhamos: — nós estamos esmagados, obsessivamente, pela INFORMAÇÃO. Outrora uma notícia levava meia hora para chegar de uma esquina a outra esquina. Hoje não. A INFORMAÇÃO nos persegue. Todos os sigilos são arrombados. Todas as intimidades são escancaradas. D. Hélder sabe que o socialismo é uma bruta falsificação. Mas, para todos os efeitos, o socialismo é a sua pose, sua máscara e seu turismo.

6 O socialista que se diz anti-stalinista é, na melhor das hipóteses, um cínico. Os habitantes do mundo socialista, por maior que seja o seu malabarismo, acabarão sempre nos braços de Stalin. Admito que, por um prodígio de boa-fé obtusa, alguém se iluda. Não importa. Ainda esse é stalinista, sem o saber.

7 Bem. Estou falando, porque estive outro dia numa reunião de intelectuais. Entro e, confesso, estava disposto a não falar de política, nem a tiro. Eu queria mesmo era falar do escrete, o abençoado escrete que em terras do México conquistou a flor das vitórias. Logo percebi, porém, que a maioria ali era antiescrete. Já que tratavam mal a vitória e a renegavam, esperei que tratassem de simpáticas amenidades.

8 Súbito, um dos presentes (socialista, como os demais) vira-se para mim. Há dez minutos que me olhava de esguelha e, fingindo um pigarro, interpela-me: — "Você é contra ou a favor da Censura?" Eu só tinha motivos para achar uma graça imensa na pergunta. Comecei: — "Você pergunta se a vítima é contra ou a favor? Sou uma vítima da Censura. Portanto, sou contra a Censura."

9 Nem todos se lembram de que não há um autor, em toda a história dramática brasileira, que tenha sido tão *censurado* quanto eu. Sofri sete interdições. Há meses, proibiram no Norte minha peça *Toda nudez será castigada*. E não foi só o meu teatro. Também escrevi um romance, *O casamento*, que o então Ministro da Justiça interditou em todo o território nacional. E quando me interditavam, que fazia, digamos, o Dr. Alceu? Perguntarão vocês: — "Nada?" Se não tivesse feito nada eu diria: — "Obrigado, irmão."

10 Mas fez, e fez o seguinte: — colocou-se, com toda a sua ira e toda a sua veemência, ao lado da polícia e contra meu texto. Em entrevista a *O Globo* declarou que a polícia tinha todo o direito, toda a razão, etc., etc. Anos antes o mestre também fora a favor da guerra da Itália contra a Abissínia, a favor de Mussolini e contra a Abissínia, a favor do fascismo, sim, a favor do fascismo.

11 Não tive ninguém por mim. Os intelectuais ou não se manifestavam ou me achavam também um *caso de polícia*. As esquerdas não exalaram um suspiro. Nem o centro, nem a direita. Só um Bandeira, um Gilberto Freyre, uma Raquel, um Prudente, um Pompeu, um Santa Rosa e pouquíssimos mais — ousaram protestar. O Schimidt lamentava a minha *insistência na torpeza*. As senhoras me diziam: — "Eu queria que seus personagens fossem como todo mundo." E não ocorria a ninguém que, justamente, meus personagens são *como todo mundo*: e daí a repulsa que provocavam. *Todo mundo* não gosta de ver no palco suas íntimas chagas, suas inconfessas abjeções.

12 Portanto, fui durante vinte anos o único autor obsceno do teatro brasileiro. Um dia, doeu-me a solidão; e fui procurar um grande jornalista. Levava a minha mais recente peça interditada, o *Anjo negro*. Eu queria que o seu jornal defendesse o meu teatro. Eram dez da manhã e já o encontrei bêbado. Era um homem extraordinário. Um bêbado que nem precisava beber. Passava dias, meses sem tocar em álcool e, ainda assim e mais do que nunca, bêbado. Recebeu-me com a maior simpatia (e babando na gravata). Ficou com o texto e mandou-me voltar dois dias depois. Quando o procurei, no dia certo, continuava embriagado. Devolveu-me a cópia; disse: — "Olha aqui, rapaz. Até na Inglaterra, que é a Inglaterra, há Censura. O Brasil tem que ter Censura, ora que graça! Leva a peça. Essa não. Faz outra e veremos."

13 Quanto à classe teatral, não tomou conhecimento de meus dramas. No caso de *Toda nudez será castigada* seis atrizes recusaram-se a fazer o papel, por altíssimos motivos éticos. Claro que tanta virtude me deslumbrara.

14 Volto à reunião de intelectuais. Estava lá um comunista que merecia dos presentes uma escandalosa e diria mesmo abjeta admiração. Era talvez a maior figura das esquerdas. Comunista de partido, tinha sobre os outros uma ascendência profunda. Em torno dele, os demais assanhavam-se como cadelinhas amestradas. Um ou outro é que preservara uma sofrível compostura. E então o mesmo que me interpelara quis saber o que o grande homem achava da Censura. Ele repetiu: — "O que é que eu acho da Censura?" Apanhou um salgadinho e disse: — "Tenho que ser contra uma Censura que escraviza a inteligência."

15 As pessoas se entreolhavam maravilhadas. Quase o aplaudiram, e de pé, como na ópera. Um arriscou: — "Quer dizer que." O velho comunista apanhou outro salgadinho: — "Um homem como eu jamais poderia admitir a Censura." Foi aí que dei o meu palpite. Disse eu. Que foi mesmo que eu disse?

16 Disse-lhe que um comunista como ele, membro do partido ainda em vida de Stalin, não podia sussurrar contra nenhuma Censura. Devia querer que o nosso Governo fizesse aqui o Terror stalinista. Devia querer o assassinato de milhões de brasileiros. Não era assim que Lênin e Stalin faziam com os russos? E ele, ali presente, devia querer a interdição de intelectuais nos hospícios, como se doidos fossem. A Inteligência que pedisse liberalização tinha de ser tratada como uma cachorra hidrófoba. Mao Tsé-tung vive de Terror. Vive o Terror. Mao Tsé-tung é Stalin. Lênin era Stalin. Stalin era Stalin. Quem é a favor do mundo socialista, da Rússia, ou da China, ou de Cuba, é também a favor do Estado Assassino.

17 Fiz-lhes a pergunta final: — "Vocês são a favor da matança do embaixador alemão?" Há um silêncio. Por fim, falou o comunista: — "Era inevitável." E eu: — "Se você acha inevitável o assassinato de um inocente, também é um assassino." E era. Assassino sem a coragem física de puxar o gatilho. Parei, porque a conversa já exalava a febre amarela, a peste bubônica, o tifo e a malária. Aquelas pessoas estavam apodrecendo e não sabiam.

O Globo, 3/7/1970

63. As insônias exemplares

1 Não estarei insinuando nenhuma novidade se disser que o Brasil é, no momento, um país sem consciência crítica. Aí está o caso de Odylo Costa, filho. Acabei de receber o seu maravilhoso livro para crianças, *Os bichos no céu*, com ilustrações de Nazareth Costa. Acontece com Odylo uma coisa estranhíssima. Já o chamaram de tudo, de jornalista, de escritor, cronista, acadêmico. Que me lembre, nunca ninguém o chamou de *poeta*, apenas *poeta* e irremediavelmente poeta. Eis a definição exata e inapelável: — Odylo Costa, filho, o poeta.

2 Bem que um livro para crianças justifica um certo pânico. Por conta da criança, faz-se uma impostura tão sinistra, uma exploração tão perversa. Quando foi? Se não me engano, há três ou quatro dias. Disse-me uma professora: — "Nada de encantamento." Vocês entendem? Ela expulsa o encantamento a chutes. E pior, ou tão grave, foi o que fez, há não muito tempo, uma revista chamada *Meu filhinho*. Na capa, um bebê com o primeiro dentinho. E, dentro da revista, um encaixe, monotonamente descritivo, de perversões sexuais. O livro *Os bichos no céu* devolve o encantamento que tanto irrita a professora ressentida e neurótica.

3 Fiz os dois tópicos acima, para que os pais e as mães guardem o título: — *Os bichos no céu*. Passo agora ao assunto da presente crônica. Eu vou falar sobre o sono. Vocês não sabem. Mas sou o homem que quase não dorme. Minhas noites são uma pesada selva de insônias. Às três da manhã estou acordado, às quatro estou acordado. Se consigo dormir às cinco, tenho vontade de abrir os braços para o alto e gemer: — "Eu não mereço tanto!" E, no entanto, se eu durmo pouquíssimo, há os que dormem demais. Quando Eisenhower nos visitou, um diplomata dormiu em pleno discurso do grande homem. Dormiu e, o que é pior, babando na gravata. Nem pensem que eu esteja fazendo qualquer restrição. Quando me contaram, eu sofri uma dessas crises violentas de inveja e frustração.

4 Aliás, a propósito dos tais *sonos incoercíveis*, tenho mais um episódio, que se passou com meu amigo e companheiro Pedro Gomes. Não sei se vocês o conhecem; e se não o conhecem, é uma pena. Trata-se de um dos maiores jornalistas do Brasil. Tem na sua antologia de editoriais algumas pequenas obras-primas, de uma implacável lucidez. Pois bem: — tempos atrás, Pedro Gomes esteve em Londres. Foi lá que aconteceu tudo.

5 Numa tarde, estava ele no hall de um grande hotel, conversando com uma figura da diplomacia. E o Pedro, que é um tímido, um cerimonioso, ouvia tudo com a maior deferência. Mas ouvia só, sem dizer uma palavra. E no meio da conversa o grande jornalista começa a dormir. O diplomata tinha a prolixidade das pessoas que acreditam no próprio talento verbal. Pedro dormiu uma meia hora. Seus óculos escuros escondiam-lhe o sono. Súbito, acorda. Acorda e interrompe: — "A solução é medíocre."

6 Há uma pausa atônita. E realmente nada descreve, e nada se compara ao espanto do diplomata. Fingindo um pigarro, pergunta: — "Respeito sua opinião, Dr. Pedro. Mas por que medíocre?" Pedro repete: — "Medíocre." Mas o que é medíocre? Começa um processo de angústia no outro: — "O senhor disse que a solução é medíocre. Acho muito louvável a sua franqueza. Mas por que medíocre?" E Pedro: — "Medíocre porque é medíocre." Nova pausa. O diplomata arrisca: — "Então o senhor acha que eu devia fazer o quê?" Pedro também está em angústia: — "Qual é mesmo o caso?" O outro passa o lenço no suor da testa: — "O caso que eu lhe contei. O senhor não concorda com a minha solução?" Pedro não podia explicar que estava dormindo. Insiste: — "Realmente, medíocre." O diplomata, numa impressão profunda, diz: — "Bem, tenho que pensar muito, Dr. Pedro. Estou confuso. Quer dizer que o senhor acha mesmo medíocre?" Pedro demora a responder: — "Acho sim, acho medíocre." A prolixidade de diplomata sumira. Está agora mudo, e numa infelicidade total. Levanta-se: — "Dr. Pedro, vou chegando. Mas eu lhe escrevo para o Rio. Muito obrigado. Agradeço a sua sinceridade." Parte o rapaz e, no dia seguinte, Pedro embarca para o Rio. Aqui recebe uma carta do rapaz. Diz ele: — "O senhor me salvou. Realmente, era uma solução medíocre. Eternamente grato." Aí está o fato. O nosso Pedro Gomes continua fazendo a pergunta, sem lhe achar resposta: — "E por que medíocre? E o que era medíocre?" Não sabe e jamais o saberá.

7 Vejamos o segundo sono *incoercível*. Vocês se lembram, certamente, daquela psicóloga americana que andou por aqui há não muito tempo. Eu disse psicóloga e não sei se o disse bem. Dois ou três espíritos, estritamente positivos, acham que a ilustre visitante é muito mais palpiteira do que psicóloga. Não diria tanto. Mas, repassando os seus pronunciamentos, não sei onde acaba a psicologia e começa o palpite ou onde acaba o palpite e começa a psicologia (se há psicologia).

8 Entre outras coisas, declarou a santa senhora que a mulher estava muito acima de ultrajantes definições sexuais, como *esposa, mãe, filha*. Por aí se vê que a mãe, de qualquer um, inclusive a dela e inclusive ela mesma, não tem nenhuma dessemelhança com uma rata prenha, por exemplo. A maternidade, num caso ou noutro, é o mesmo fato físico intranscendente. Pensando bem, vejo que meu amigo foi até compassivo quando chamou de palpite, e apenas palpite, o que era muito mais indigno.

9 Mas o fato é que as opiniões da psicóloga (ou palpite) americana tiveram uma receptividade muito maior do que se podia esperar. Seus pronunciamentos influíram nos sentimentos, ideais e conduta, não só de adolescentes, como até de mães de família.

10 Vou contar aqui, rapidamente, o caso de uma conhecida minha. Não direi seu nome, ou por outra: vou dar-lhe um pseudônimo. Digamos que se chama Jurema. A minha conhecida é, ou foi, uma senhora esplêndida, boa mãe, boa esposa, boa filha, boa tia, boa cunhada. E tinha sete filhos. Fisicamente, parecia feita para a maternidade. Partos normalíssimos. Muito brincalhona, exagerava: "Tenho meus filhos em pé." Com um sentimento profundo de família, ajudava todos os parentes, educava, com os filhos, vários sobrinhos. O marido dizia, e com justiça, que era uma santa.

11 Até que, um belo dia, leu uma entrevista da, chamemos assim, psicóloga americana. Ficou impressionadíssima. Ainda por cima, estava grávida do oitavo filho. Releu não sei quantas vezes. Foi falar com o marido: — "Minha vida está toda errada." O marido, de bermudas e camisa estampada, tomou um susto: — "Que piada é essa?" E ela: — "Piada, pois sim. Nunca falei tão sério na minha vida." O marido não queria acreditar: — "Olha pra mim." Examinou a cara da mulher como se a visse pela primeira vez. Perguntou: — "Você quer dizer que é infeliz?" Encarou-o dura: — "Infelicíssima."

12 Passava os dias gemendo: — "Não sirvo pra nada. Só sirvo para ter filhos." Dizia pra quem quisesse ouvir. — "Filho tem uma gata, uma rata, uma cabra." O marido, coitado, não entendia: — "Você renega seus filhos? Além dos que já teve, renega o que está pra nascer?" Enfureceu-se: — "Para com essa cantilena de filhos. Já estou cheia!" Coincidiu que encontrasse um psicanalista numa festa de aniversário. Conversam. O psicanalista disse: — "A senhora tem toda razão. A mulher precisa ter vida própria. A mãe e a esposa vivem para os outros. E a senhora? Não existe? Viva a sua vida!"

13 Começou a dizer para o marido: — "Quero ter vida própria. Eu não vivo." Daí para a falta de apetite foi um passo. Não comia. Estava cada vez mais amarga: — "Viver assim não me interessa." Um dia o marido chega e inclina-se para beijá-la. Foge com o rosto: — "Não me toque." Balbuciou: — "O que é que há contigo?" Disse, com nojo: — "Você só pensa em sexo."

14 A família tinha um tio, escrivão da polícia, que passava por gênio (gênio porque citava Freud). O marido foi contar-lhe a tragédia. O velho, comendo tangerinas, disse: — "Leva ao psicanalista. É o jeito." Arranjaram um psicanalista. Na primeira vez, Jurema deitou-se no divã e o analista sentou-se de costas. Comandou: — "Pode falar." Espanto: — "Mas falar o quê?" E o outro: — "Não importa o quê. Fale." Ela não abriu a boca. O médico dizia: — "Pode começar." Ele estava de relógio na mão, como se tomasse tempo de cavalo de corrida. Por fim, ergueu-se: — "Venha depois de amanhã, à mesma hora." Balbuciou: — "Mas eu não disse nada." O analista boceja: — "Sua hora acabou." Durante uns quinze dias a cena foi a mesma. O médico ficava de costas e ela, deitada e muda. Finalmente, achou que seu silêncio era o mais caro do Brasil. Resolveu falar. Começou assim: — "A minha vida é um romance."

15 Passou três anos dizendo a mesma coisa, ou seja: — Que os filhos eram umas pestinhas e o marido, um fracassado. O que a preocupava era a hipótese de que um dia o marido morresse: — "Já sei que não vou poder chorar o meu marido. Se eu não chorar, vai ser um escândalo." Em casa, faria da vida dos outros um inferno. O marido ia para o emprego esbravejar: — "Minha mulher só falta me dar bola de cachorro." E o psicanalista sempre de costas. Uma manhã ela contava a mesma coisa quando ouve um som ou, para ser mais exato, um ronco. E pior: — o ronco terminava num assovio. No maior espanto de sua vida, ergueu-se à volta e olha: — o analista dormia. Ela xingando o marido, os sogros, o próprio pai, a própria mãe, os próprios filhos, inclusive a caçulinha, e o analista dormindo. O mistério deixava de ser mistério: — o homem ficava de costas para dormir.

16 Furiosa, bate no ombro do médico. Diz: — "Doutor, doutor!" Ele dá um pulo da cadeira: — "Quem é você?" Pergunta: — "Não me conhece mais?" O fulano estava atrás de uma mesa como de uma barricada: — "O que está fazendo aqui?" E ela: "Sou sua cliente!" Pausa. Os dois se olham. Ele está se lembrando: — "Minha cliente?" E quando, finalmente, a reconhece, passa-lhe um sabão: — "Nunca mais faça isso. Não me acorde de repente. Sofro do coração. Posso morrer." Jurema olha só. Mas quando ele disse: — "Pode ir", ela veio de dedo espetado: — "Então eu bancando a palhaça e você, você, não é doutor, não; você — dormindo!" E foi além: — "Meu marido é muito homem pra te quebrar a cara!"

17 O pior ou melhor, foi em casa, quando o marido chegou: — lançou-se nos seus braços (quase o derrubando), ao mesmo tempo que soluçava: — "Você me perdoa, perdoa?" Abraçou-se ao marido e logo deixou-se escorregar pelo seu corpo. Ele não entendia nada: — "Meu bem, escuta. Não faça isso!" No seu arrependimento, beijava os sapatos do companheiro. Este começou a chorar. Foi lindo. Na hora de jantar, tomando sopa, ele quis saber: — "Meu coração, tiveste alta?" Mentiu: — "O analista disse que eu estou boa, não preciso mais." No dia seguinte o marido foi dizer no emprego: — "Sabe que a psicanálise resolve?" E repetia: — "A psicanálise salvou meu casamento." Piscava o olho: — "Dinheiro bem empregado."

18 Entendem agora por que enfatizei tanto o episódio? Homem de insônias fatais, admiro os tais sonos incoercíveis. Às vezes, me deito à meia-noite e vou dormir às sete, oito da manhã. E admiro, e, pior do que admiração, invejo um benemérito como o psicanalista acima. Ah, se eu pudesse trabalhar dormindo, e, não contente de dormir, pudesse roncar, com um assovio final, de esplêndido efeito.

O Globo, 16/11/1972

64. Pisado até morrer

1 Há uns quinze anos atrás, fizemos, eu e o Otto Resende, uma entrevista meio alucinatória. Até hoje, não sei quem era o entrevistado. Ou por outra: foi, se assim posso dizer, uma entrevista recíproca. Vocês entendem? Cada qual puxava pelo outro e ambos falávamos pelos cotovelos.

2 Hoje, o ato de opinar compromete ao infinito. Naquele tempo, nem tanto, o mundo não vivia, como agora, de paroxismo em paroxismo. E dois literatos podiam fazer meia dúzia de frases sobre amenidades. Lembro-me que, em dado momento, perguntei ao Otto sobre Marx. E meu amigo foi taxativo. Na sua opinião faltava aos escritos de Marx a dimensão da morte. Concordei, imediatamente. Juntamos as nossas vozes para reclamar, do marxismo, a alma imortal que ele nos tirara.

3 Não sei se, hoje, a velha entrevista teria sentido. Só uma meia dúzia de obstinados leva a sério a vida eterna. E na primeira vez em que o encontrar, perguntarei ao Otto: — "Já abriste mão da imortalidade da alma?" Bem sei que ele continua católico. Mas não dou um passo na rua, sem esbarrar, sem tropeçar com um novo tipo de católico, ou seja: — o católico sem vida eterna, sem sobrenatural, sem Cristo. D. Hélder é, e o confessa, cristão-marxista. Dr. Alceu, idem.

4 Ao passo que eu continuo, obtusamente, fiel à fé de minha infância. Entendo que o ser humano não depende de uma trombada como um cachorro atropelado. Vocês entendem? Se um ônibus passar por cima de um mata-mosquito, ele não acabará debaixo das rodas assassinas. Sua alma imortal não foi atropelada.

5 Mais tarde, quando tiver espaço e tempo, escreverei todo um ensaio sobre a degradação da morte. Já que não há vida eterna, a morte reduz-se a um aviso fúnebre, a meia dúzia de coroas convencionais e o morto começa ser esquecido em pleno velório.

6 Digo isso e penso em Abelardo Rodrigues. Domingo último, o meu irmão Augusto veio me perguntar: — "Você sabe o que aconteceu com Abelardo?" Eu não sabia. E disse Augusto: — "Teve um enfarte em São Paulo. Desta fez, levou a pior." *Esse levou a pior*, queria dizer, a morte. Não era o primeiro enfarte de Abelardo. Sobrevivera aos outros e, desta vez, não.

7 Se me perguntam quem é Abelardo Rodrigues, direi que era meu primo-irmão, irmão do pintor e caricaturista Augusto Rodrigues. Mas como o leitor continua escassamente informado, acrescento: — foi um grande homem que nunca se promoveu. Poucos o conheciam na sua exata dimensão. Mas os que se aproximaram e conheceram sua obra, voltaram fascinados.

8 Tinha a maior coleção de arte do Brasil. Quadros de todos os tempos, santos, esculturas, virgens, cristos, meninos-jesus. Ele foi juntando, tudo isso, através dos anos, com um maravilhoso esforço de pesquisa. Não se pode imaginar um espírito mais doce, mais sem ódio, mais sem violência. A morte o feriu quando se preparava para fazer uma exposição como nunca houve no país. Bem sei que a morte é, hoje, um fato secundário, intranscendente. Mas há mortos de uma tal densidade que não passam nunca. Assim esse admirável artista. Deixou um nome para sempre — Abelardo Rodrigues.

9 Dentro do assunto *morte*, eu queria falar ainda da guerra de duas fomes, Índia e Paquistão. Leiam todos os jornais, ouçam o rádio, vejam a televisão. Eis o que se constata: — ninguém se horroriza. Não há horror, repito, nenhum, nenhum. A coisa é de um cômico sinistro. Normalmente, as outras guerras são, por assim dizer, ricas. Pelo menos na primeira etapa, há dinheiro. São exércitos bem-vestidos, bem calçados, bem armados.

10 Desta vez, não. Desta vez é uma miséria que briga com outra miséria; é uma fome que se engalfinha com outra fome. E, sendo assim, é a mais feia ou, melhor dizendo, a mais horripilante das guerras. Aristóteles queria, para o teatro trágico, o horror e a compaixão. Eu diria que horror e compaixão merecem o presente conflito. Mas as manchetes não me deixam mentir. Estão aí, no altos das páginas, abertas em oito colunas. E não pingam nem horror, nem compaixão. Cabe então a pergunta alarmada: — por quê?

11 Justifica-se um certo espanto. A guerra do Vietnã fez tremer o mundo. Em todos os idiomas os vietcongues mortos foram chorados e promovidos com a maior abundância. Houve um horror universal, como se o homem não tivesse nenhuma outra experiência guerreira. Aqui mesmo, tivemos as famosíssimas passeatas, inclusive a tal que, segundo estimativas delirantes, beirou os cem mil. Diz o mestre Machado de Assis que suportamos com muita paciência a cólica alheia. Mas as nossas passeatas sentiram nas próprias tripas uma cólica que, afinal de contas, era dos vietcongues. Pergunto: — por que o mundo não urra com a guerra entre a Índia e o Paquistão?

12 Eis um mistério nada misterioso. Não urram os outros, nem urramos nós — porque falta o afrodisíaco da nossa ira e da nossa piedade, que são os Estados Unidos. Quem está por trás da Índia é a Rússia, quem está por trás do Paquistão é a China. Dois superapetites que jogam com duas fomes. Quando um indiano morre ou mata, sabemos que mata e que morre pela Rússia. Se é um paquistanês, sabemos que é pela China.

13 Os Estados Unidos são meros espectadores. Não disparam um tiro. E aí está o defeito indesculpável da carnificina, já que os Estados Unidos condicionam os nossos socialistas. Ainda ontem, encontrei-me com Palhares, o canalha. Vocês conhecem o episódio que o consagrou como um pulha irreversível: — certa vez o Palhares, ao cruzar com a cunhada no corredor, atira-lhe um beijo ao pescoço. Mas como ia dizendo: — o Palhares, que é um dos nossos socialistas mais radicais, perguntou-me, à queima-roupa: — "Estamos contra quem e a favor de quem?" Essa descarada insensibilidade está a merecer o nosso vômito.

14 O canalha não sabe contra quem estamos. E não sabem os outros socialistas patrícios. Como fazer a opção, se por trás de cada tiro está ou a Rússia ou a China e, pois, duas pátrias socialistas? Os jornais publicam fotografias que não têm nada a ver com uma condição humana. Guerrilheiros bengalis matam prisioneiros paquistaneses. Matar, porém, seria o de menos. Não se trata do fuzilamento quase piedoso. Nada disso. Assim como os nossos namorados posam para os lambe-lambes do Passeio Público, assim os guerrilheiros posam para os fotógrafos nacionais e internacionais. A reportagem da França, Inglaterra, Itália, Alemanha, a tudo assiste e ainda bate chapas.

15 Nas guerras capitalistas o prisioneiro é sagrado. Matar prisioneiro é, segundo a moral militar burguesa, um crime sem perdão. Mas os guerrilheiros socialistas não têm escrúpulos reacionários. Repito que o fuzilamento seria uma medida até simpática e piedosa. Antes da morte, porém, os prisioneiros são submetidos a abjeções hediondas. São torturados, preliminarmente, em partes não mortais. Quando o sujeito é reduzido a uma miserável carne desumanizada, os guerrilheiros substituem o tiro de misericórdia por golpes de caratê na nuca. Não importa a idade. Se for criança de dez anos passa pelas mesmas torturas fotografadas. Saiu em todos os jornais o instantâneo de um menino assassinado a pontapés. O garoto vira o pai ser esquartejado e se debruçou sobre o cadáver. Tanto bastou para que o matassem a chutes.

16 Mas nós temos aqui socialistas que falam muito em *direitos humanos*. Onde estão eles, os amigos dos *direitos humanos*, que não exalam um suspiro em favor dessa matança de prisioneiros? Uma criança é pisada até morrer e ninguém diz nada? O Dr. Alceu não protesta? Não, ninguém faz nada, nem diz nada, nem escreve nada. Olham as fotografias com uma curiosidade não isenta de tédio.

17 Mas vamos compreender. Se não há vida eterna, a morte está tão degradada que o menino assassinado passa a valer tanto quanto o cachorro atropelado ali, na Praça Onze.

O Globo, 24/12/1971

65. Piauí já tem o seu estadista

1 Decerto, vocês conhecem de nome, de vista, de cumprimento ou de simples referência, o Dâmaso Salcede, de *Os Maias*. É um dos bons tipos do Eça. Pois bem. E o Dâmaso, que era de uma pusilanimidade total, vivia dizendo: — "Desaforos, não admito!" Dizia isso ou, melhor, rugia isso, atirando patadas em todas as direções. Mas quando o Carlos da Maia o ameaçou de bengaladas, o Dâmaso, em seu pânico feroz, subiu pelas paredes como uma lagartixa profissional.

2 Com o piauiense, acontece o inverso e repito: — o piauiense é muito mais Tartarin do que Salcede. Não lhe façam desfeitas. Com os brios mais eriçados do que as cerdas bravas do javali, não tem medo de nada. Ao contrário do Dâmaso, que engolia os mais nefandos ultrajes, o piauiense realmente não admite desaforos e pior: — não admite nem elogios.

3 O leitor, que é um simples, há de imaginar que eu esteja fazendo um exagero caricatural. Deus me livre. De fato, o piauiense tem esta singularidade admirável: — ofende-se com desaforos e, mais ainda, com elogios.

Posso citar uma experiência que vivi na própria carne e na própria alma. Mas vamos aos fatos.

4 Um dia, escrevi um artigo sobre o Piauí. Ou para ser numericamente exato: — não um, mas dez. Foram páginas de amor, páginas de justiça, páginas de solidariedade. Eu sentia isso que é uma evidência concreta e estarrecedora: — o Piauí está só. E eu acusava o Brasil de solidão tamanha. O que eu propunha é que, após 469 anos de descaso, todos os brasileiros, vivos ou mortos, fossem irmãos do Piauí.

5 Por que fiz isso? Devo uma amarga confissão aos piauienses e aos não piauienses. A dura e feia verdade é que, por um lado, tive os propósitos mais elevados e, por outro lado, intenções quase indignas. No fundo, no fundo o meu narcisismo estava por trás de tudo. Não sei se me entendem e eu explico.

6 Eu contava que o Piauí, agradecido, rendesse a mim as homenagens mais deslavadas. Eu já me via desfilando pelas ruas de Teresina. Toda a cidade na rua. A Assembleia Legislativa, em sessão extraordinária, me daria o título de "cidadão piauiense". Visualizem a cena. Eu, em pé, de carro aberto, atirando beijos com ambas as mãos. Todas as ruas de Teresina passariam a se chamar "Nelson Rodrigues". Aqui, em casa, abanando-me com a *Revista do Rádio*, imaginei a inauguração do meu busto, etc., etc.

7 Mas o que eu não sabia é que o piauiense não admite elogios. E mal saía aqui o primeiro artigo, e lá a imprensa, numa unanimidade feroz, bramava horrores de mim. *O Liberal*, por exemplo, chamou-me de "cabra velho muito sem vergonha". A minha perplexidade assumiu proporções quase dolorosas. Como? Eu atirava pétalas sobre o Piauí e ele me apedrejava como uma adúltera bíblica? Passei dias e noites exalando a mais cava depressão.

8 Ainda tenho comigo um recorte de *O Liberal*, que é o *New York Times* de Teresina. Lá está uma relação imensa das figuras notáveis do Piauí.

Segundo *O Liberal*, os grandes homens do Estado são inumeráveis. Vejamos alguns: — Doelindo Couto, João Paulo dos Reis Velloso, João Paulo dos Reis Velloso, Deolindo Couto, Deolindo Couto, João Paulo dos Reis Velloso, João Paulo dos Reis Velloso, Deolindo Couto. Paro, porque são tantos os nomes que este artigo correria o risco de passar por uma lista telefônica.

9 Mas vejam que coisa prodigiosa. Feliz do Estado, em que os grandes homens ou se chamam Deolindo Couto ou João Paulo dos Reis Velloso. E se é assim no presente, deve ter sido assim no passado. Há quatrocentos anos que qualquer piauiense ilustre ou é Deolindo Couto ou João Paulo dos Reis Velloso.

10 Bem. Até aqui, falou o meu alegre ressentimento por tudo que lá se disse e lá se escreveu contra mim. Entre parênteses, acabei adquirindo um cruel sentimento de culpa. Mas tenho uma atenuante, que quase me justifica e quase me absolve: — sob minha palavra de honra, eu ignorava, com a mais crassa e obtusa boa-fé, que o Piauí, ao contrário do Dâmaso que não admitia desaforos, o Piauí não admite elogios. Mas como eu ia dizendo: — esqueço o meu fracassado narcisismo, e passo a falar sério.

11 Tempos atrás, jantei na casa de José Vieira, com João Paulo dos Reis Velloso e Marcelo Soares de Moura. Não foi o iradíssimo *O Liberal* que me revelou a existência de Velloso. Muitos amigos meus já me haviam falado de Velloso como uma extraordinária figura. Vale a pena resumir a sua história. Em sua adolescência, ele não tinha onde cair morto. Até que, um dia, embarcou para os Estados Unidos. Imagino que viajou num cargueiro e não me admiraria nada se tivesse lavado pratos. Muito bem. E desembarca nos Estados Unidos.

12 Pergunto se vocês imaginam o que seja a solidão de um pau de arara naquela nação formidável. O nosso Velloso chega lá e não teve medo de nada. Entrou numa fabulosa universidade e foi o primeiro em tudo.

Ninguém mais lúcido, mais inteligente, mais tenaz, de uma seriedade mais fanática. Não sei, mas acho que passou fome. Certa vez, falei do então Ministro Nascimento Silva que chegava a ser humilde de tão simples e assim parecia o contínuo de si mesmo.

13 Também João Paulo dos Reis Velloso não tem, fisicamente, nada do grande homem. Não usa ternos de grande homem, nem gravata de grande homem, nem sapatos de grande homem. Diz as coisas mais inteligentes sem nenhuma inflexão de grande homem.

14 Mas quando Roberto Campos tratou de formar a sua equipe, que tinha uma figura genial como Mário Henrique Simonsen. Mas o que é mesmo que eu estava dizendo? Ah, dizia que, ao formar sua equipe, Roberto Campos ouviu falar em Velloso. Soube que, na universidade americana, o valor de Velloso humilhara todos os estudantes seus contemporâneos. Roberto Campos tem, além do mais, o gênio da seleção. Do mesmo modo que abomina o idiota, é um fascinado pela competência. Velloso foi uma das grandes figuras do seu Ministério.

15 Volto ao jantar na casa do José Vieira. O primeiro a falar do Piauí foi o Marcelo Soares de Moura. Começou assim: — "Você esqueceu um piauiense excepcional." E repetia: — "Um grande piauiense." Aleguei que a injustiça não era minha mas da imprensa piauiense que citara escassamente dois piauienses ilustres: — "Deolindo Couto e João Paulo dos Reis Velloso." Perguntei quem era o piauiense de tantos méritos que eu absolutamente não conhecia. O Marcelo Soares de Moura deu o nome: — "Martins Napoleão." O meu amigo não parou mais: — "Poeta dos maiores do Brasil. Você precisa ler a sua obra. Admirável." Prometi-lhe, de pedra e cal, que, na primeira oportunidade, ia ler o Martins Napoleão. E observei, então, que devem existir uma série de talentos piauienses que ninguém sabe que são piauienses. Contei que levara 57 anos para descobrir que o Castelinho (Carlos Castello Branco) e o Odylo Costa, filho, eram piauienses.

16 Quando o Marcelo acabou a sua apologia, voltei-me para o João Paulo dos Reis Velloso. Disse-lhe, à queima-roupa: — "Velloso, você precisa ser Governador do Piauí." Riu, achou graça. Subitamente sério, replicou: — "Eu sirvo melhor ao Piauí em Brasília." Mas sou um obsessivo: — "Não, Velloso. Você tem que ser governador do Piauí. Tem que ir para lá. Seja Governador do Piauí." Falei como se piauiense fosse. Em resumo, eis meu argumento: — "Ninguém faz o Piauí. É um Estado à espera de alguém que o faça. Nunca foi feito, até agora não foi feito." Terminei, enfático: — "O Piauí precisa de um estadista." Saiu-me a palavra e, de repente, senti que estava, ali, na minha frente, o estadista. Chama-se João Paulo dos Reis Velloso.

O Globo, 24/10/1969

66. A chanchada histórica

1 A China Vermelha já ocupa na ONU o lugar da China Nacionalista. Como se sabe, Formosa foi expulsa por não ser comunista e, além de não ser comunista, era aliada dos Estados Unidos e, não só deste, mas de todo o mundo ocidental. Usou-se a moral numérica para tornar inevitável a vitória comunista: — uma China possuía tantos habitantes e a outra tantos. Foi admitida a que tinha mais e escorraçada a que tinha menos.

2 Se atentarmos bem, é um raciocínio de causar vertigem. Houve um momento em que existiam duas Franças. Uma, a de Vichy, tinha milhões de habitantes, a outra tinha De Gaulle e vejam bem: — a pessoa de De Gaulle só. Imaginem vocês um sujeito que, em Londres, começasse a gritar: — "Eu sou a França! Eu sou a 'Marselhesa'! Eu sou a Joana D'Arc!" Normalmente, o sujeito seria enfiado num hospício mais à mão. E, no entanto, o mundo inteiro achou que a falsa França, era a de milhões e a autêntica a do "eu sozinho".

3 Houve também a Alemanha nazista. Todo o povo estava com Hitler. E, por isso, devíamos receber essa Alemanha com beijos, papel picado e busca-pés? E a Itália de Mussolini? Naquele tempo, todo um povo estendia o braço. Hoje, porque a população de uma é maior do que a de outra, o Dr. Alceu atira-se, aos soluços, nos braços de Mao Tsé-tung.

4 Mas deixemos de lado tais considerações e tratemos do fato concreto da entrada da China na ONU. Várias vezes, imaginei a cena: — os representantes comunistas ocupando o lugar de Formosa. Por ser aquele um momento histórico, eles deviam se apresentar hieráticos, enfáticos, solenes, como se cada qual fosse um mordomo de filme policial inglês. Mas o que aconteceu estava fora de todos os cálculos. A China Comunista entrou na ONU às gargalhadas. Nunca houve, na história dos povos, nada parecido. Cabe então a pergunta: — estariam loucos ou, se não loucos, bêbados?

5 Seria espetacular que um novo membro da ONU tomasse posse em estado de embriaguez total ou, pior do que isso, de loucura varrida. Mas justiça se faça aos representantes de Pequim: — não eram nem paus-d'água, nem insanos. E vamos admitir esta outra verdade eterna: doidos, bêbados, podiam ser os outros e não eles. Todas as nações não comunistas, que votaram pela admissão da China Vermelha e na expulsão de Formosa justificariam um exame de sanidade mental.

6 O que houve, então, foi uma cena de humor hediondo. Admite-se uma gargalhada que é seguida de outras gargalhadas. Mas enquanto a China Vermelha ria, e com toda a razão, as demais nações mantinham-se espantosamente sérias. E o pior papel coube aos Estados Unidos. O representante americano, gravíssimo, não se deu por achado. Empertigou-se todo, limpou um falso pigarro e fez um discurso atroz.

7 Que disse ele? Não vou transcrever, na íntegra, o seu discurso. O que importa é o tom. Vejamos alguns trechos. O começo foi assim: — "Os Estados Unidos dão também as boas-vindas aos representantes da República Popular Chinesa nas Nações Unidas. Sua presença aqui faz com que as Nações Unidas reflitam melhor o mundo, tal como existe atualmente. E esperamos que contribua para o potencial da organização e para harmonizar as ações dos nossos países. Os Estados Unidos cujo povo está vinculado por prolongados laços de amizade com o Grande Povo Chinês, etc., etc."

8 Pode-se desejar um pronunciamento mais impróprio, mais irreal, mais delirante? E se juntarmos a solenidade americana às gargalhadas dos recém-chegados, estará feita a chanchada histórica. São os próprios Estados Unidos que vêm declarar ao mundo, por outras palavras, o seguinte: — "Só agora é que a ONU representa a realidade mundial. Durante 22 anos, nós, Estados Unidos, fizemos o mundo engolir a fraude de Formosa. Nós estávamos errados e confessamos os nossos 22 anos de cinismo."

9 Não houve o menor nexo entre a gargalhada dos chineses e a solenidade americana. Eram duas realidades que ali se defrontavam, sem a mais vaga, a mais remota, a mais longínqua hipótese de fusão. Ora, até onde vai a nossa experiência de vida, uma gargalhada só se responde com outra gargalhada e não com retórica enfática e vazia. Imaginem vocês: — um sujeito ri na minha cara e eu tiro do bolso um improviso datilografado e começo: — "Senhor Fulano dos Anzóis Carapuça. Respondendo à gargalhada de V. Exa., etc., etc." O representante dos Estados Unidos só faltou declarar: — "Os Estados Unidos esperam outras gargalhadas para maior estima e compreensão dos nossos povos." Portanto, quando falo no jogo de absurdos que foi a estreia da China na ONU, não estou violentando o fato. E que figura trágica é a nação americana. Sabemos que se trata do maior país do mundo, e do mais forte, e do mais culto. Afirma-se: — "É o único país moderno do século xx." Tudo isso está mais do que sabido e confirmado. E, no entanto, não há ninguém mais derrotado na Terra.

10 Como disse, certa vez, um dos generais mais lúcidos do nosso Exército, os Estados Unidos carregam a frustração de três guerras inacabadas.

Pensando bem, descobrimos uma quarta guerra que também não acabou e, pior, nem começou: — a de Cuba. É óbvio que os Estados Unidos queriam invadir Cuba. E se o fizessem, em quinze minutos Cuba estaria ocupada, com as tropas invasoras desfilando em Havana e atirando beijos com ambas as mãos (tal como fazem as garotas dos Pierrots da Caverna). Ora, não era preciso ser nenhum Lincoln, nenhum Jefferson, nenhum Kennedy para perceber a evidência ululante: — uma vez descobertos os foguetes russos, em Cuba, e apontados para a boa terra americana — só cabia uma providência — a invasão fulminante.

11 Se Cuba fosse, como a Rússia, um continente: — se fosse, como a China, outro continente, eu admitiria, não escrúpulos, mas cautelas. Acontece que Cuba é, se mal a comparo, uma Paquetá ou, se preferirem, não um tigre de papel, mas da Esso. Mas aqui começa o drama. Os Estados Unidos cultivam, e deliciados, as dúvidas mais pueris. Por outro lado, quanto mais fortes, piores são os seus medos. No caso de Cuba, não havia o que temer. A Rússia? Meu Deus do céu, qualquer barbeiro dos Estados Unidos sabe que a Rússia não soltaria um busca-pé em defesa de uma paisagem.

12 Já disse não sei quem (talvez eu mesmo) que os Estados Unidos têm medo de tudo e mais ainda da própria força. Mas deixemos de lado essas considerações marginais. Voltemos ao essencial desta crônica. Já vimos que os americanos responderam com discurso à gargalhada comunista. Passemos por cima de outros rapapés feitos aos chineses. E vejamos a resposta da China de Mao Tsé-tung.

13 Eu sempre preferi o hipócrita ao cínico. E esperei que a China Vermelha fosse hipócrita, em sua primeira audição nas Nações Unidas. Pelo contrário. Enquanto o Ocidente atirava-lhe beijos, a mãos ambas, a China distribuiu rútilas patadas por todo o Ocidente. A primeira agressão, direta e crudelíssima, foi aos Estados Unidos. Exigiu, em nome do seu país, o Sr. Chiao Kuan-Hua que os ESTADOS UNIDOS RETIREM SUAS

TROPAS DE FORMOSA E ADVERTIU QUE O POVO CHINÊS ESTÁ DISPOSTO A RETOMAR A ILHA E NADA PODERÁ DETÊ-LO. AFIRMOU QUE PEQUIM NÃO PARTICIPARÁ DE CONFERÊNCIAS SOBRE DESARMAMENTO, QUE NÃO PASSAM DE ARTIFÍCIOS PARA CONSERVAR O MONOPÓLIO DAS ARMAS NUCLEARES. E MAIS — EXIGIU A IMEDIATA RETIRADA DOS SOLDADOS NORTE-AMERICANOS DO VIETNÃ, LAOS, CAMBOJA E COREIA DO SUL. ACUSOU TAMBÉM ISRAEL DE AGREDIR OS PAÍSES ÁRABES, ANUNCIANDO TOTAL APOIO DE PEQUIM AOS POVOS PALESTINOS. E DISSE QUE A REVOLUÇÃO COMUNISTA É HOJE UMA TENDÊNCIA IRREVERSÍVEL DA HISTÓRIA.

14 Imaginem que antes de dizer o que se leu acima, a representação chinesa ouviu 57 discursos de boas-vindas. Idiotas de ambos os sexos e de todos os idiomas esperavam que a admissão da China Vermelha se caracterizaria por uma moderação velhaca. Pelo menos, isso. Pois bem. No seu primeiríssimo pronunciamento, a China ameaça o mundo não comunista com a revolução mundial e, como se isso não bastasse, com a guerra nuclear. Não se precisa ser nenhum idiota da objetividade para perceber que está mais do que insinuada a hipótese, sim, do fim do mundo. Eu diria concluindo, que prefiro a guerra nuclear, à paz covarde, à paz indigna, à paz inumana.

O Globo, 18/11/1971

67. Ninguém torce pelo Flamengo

1 O que me espanta é que não haja, em todo o Machado de Assis, uma única referência à escarradeira. Aí está um lapso romanesco indesculpável. Por que não a citar se, na época, era obrigatória em todas as salas, em todas as alcovas, em todos os corredores e, até, nas varandas? Os autores mencionavam as cadeiras, os sofás, os tapetes, as cortinas, os vasos. E nenhuma palavra sobre as escarradeiras. Eram de todos os tipos. Umas de louça, com flores desenhadas em relevo; outras subiam por um caule fino e vinham desabrochar em lírio. Os personagens do Machado, ou de Alencar, passavam por elas e as usavam. E por que então os escritores se fingiam de cegos?

2 Mas não foi a escarradeira a única esquecida pela ficção de Machado e de tantos outros. Mais grave foi a nenhuma referência à fome. Era como se ela não existisse. Não há nenhuma fome em Machado, nenhuma fome em Alencar, a fome parece indigna do velho romance brasileiro. Pode-se dizer que só anos e anos depois é que o ficcionista patrício, depois de muito olhar e muito matutar, concluiu: — "Parece que há fome."

3 A consciência da fome data, se não me engano, de 30. O que foi o adultério, o que foi o sexo, o que foi Freud para passadas gerações — é a fome para novas. Uns fazem da fome o seu assunto e outros, como D. Helder, o seu ganha-pão. A coisa se tornou tão obsessiva que um turista que por aqui passasse, e lesse certos romances, havia de anotar no seu caderninho: — "No Brasil, todos passam fome, até o Walter Moreira Salles."

4 Por outro lado, certos aspectos da nossa realidade surpreendem e confundem os menos atilados. Outro dia, fui ver um fabuloso clássico no Estádio Mário Filho. Devia ser um Flamengo x Vasco ou um Fla-Flu. Agora me lembro, inclusive da data: — foi um Flamengo x Vasco de 1º de Maio. Quando saí da Praça da Bandeira, tomei um impacto. Nunca vira, em toda a minha vida, tantos automóveis. Foi como se eu começasse a viver, digamos assim, um delírio, um pesadelo de carros.

5 Ah, não pensem que exagero. Carros na rua, na calçada; outros trepavam nos muros, nas árvores, subiam pelas paredes. O amigo, que me dava carona, explodiu: — "Cada brasileiro tem um automóvel." Inclusive os *Retirantes* de Portinari, os flagelados da todas as fomes. Quis me parecer que são inseparáveis: — o brasileiro e o seu automóvel.

6 Tenho outro amigo que é vizinho da PUC. Todos os dias, ao descer para a cidade, ele para um momento e olha maravilhado. A PUC é um eterno Flamengo x Vasco. Os fuscas inundam tudo. Tal qual os grandes clássicos, sobem pelas paredes como lagartixas profissionais, penduram-se nas árvores, escorrem dos telhados. Alguém dirá: — "São as classes dominantes." Teremos, então, de admitir que, na Guanabara, só existem as "classes dominantes".

7 Aí está uma fantasia a um só tempo paranoica e fascinante. Seríamos todos ou, mais precisamente, 110 milhões, as "classes dominantes". Foi essa, também, a impressão que nos deu uma das últimas passeatas. Aconteceu, nessa ocasião, algo de inédito e comovente. Pela primeira vez, uma passeata sentou-se. Via de regra, uma passeata anda ou, na pior das hipóteses, corre, ou, na hipótese épica, reage. Desta feita, não. Aquele rio humano, aquele caudal amazônico sentou-se, gloriosamente. Pensava-se que ia tomar o Poder. As instituições rilharam os dentes do mais santo horror. E, súbito, a Violência sentou-se, o Ódio sentou-se, as Reivindicações sentaram-se.

8 Vamos imaginar que o turista já citado estivesse presente. Cem mil pessoas sentadas. E, então, ele começou a achar todo mundo branco, alvo, louro, como se isso aqui fosse a Suécia tropical. Intrigado, foi perguntando, a uns e outros: — "E o preto? E os pretos?" Nada. Depois de meia hora de buscas frenéticas, o turista esbarrou na seguinte e deslavada evidência: — entre os cem mil manifestantes não havia um vago e mísero preto. O homem se daria por satisfeito se visse um crioulão, um desses crioulões plásticos, lustrosos, ornamentais, que torcem pelo Flamengo. Depois de novas e ingentes pesquisas, reconheceu, lisamente: — lá não comparecera um único torcedor do Flamengo. E, então, o turista puxou o caderninho e anotou: — "Na Guanabara, ninguém torce pelo Flamengo."

9 Mas não era bem isso que eu queria dizer. O que eu queria dizer é que, ao terminar o desfile, os manifestantes trataram de ir para casa. E cada qual tomou seu carro. Ninguém recorreu ao táxi. Só vi automóveis particulares, como no Estádio Mário Filho e como na PUC. Tive uma sensação absurda e, repito, uma imagem alucinatória do Brasil. Comecei a achar, novamente, que somos todos a "classes dominantes", menos o crioulo, menos o torcedor do Flamengo. E aquela massa de carros, a caminho da zona sul, parecia profetizar o Brasil potencializado.

10 Diga-se de passagem que a referida passeata ensinou-me outras verdades. Ensinou-me, por exemplo, esta: — assim como a antiga ficção esqueceu a escarradeira e a fome, a nova esquece o fusca. Vale a pena repetir: — o brasileiro é um centauro de homem e de carro.

11 Mas os idiotas da objetividade, que me leem — se é que me leem — poderão objetar — "Se somos as 'classes dominantes' por que estamos indignados?" Realmente, há muita indignação. Não se dá um passo sem esbarrar, sem tropeçar nos indignados de ambos os sexos. Ou indignados, ou deprimidos, ou francamente neuróticos. Ontem, fui apresentado a um paulista. Vastos bigodões, duas rosetas nas faces, cara inescrutável. Estávamos num grupo. Os outros, cariocas, eram extrovertidos ululantes; só o paulista não pingava uma palavra. Não falava, nem ria. Já no fim da conversa, houve uma pausa. E, então, disse o bandeirante: — "Pior do que um dia de chuva em São Paulo, só um dia de sol em São Paulo."

12 É uma piada cruel, sim, uma piada ressentida, de paulista contra paulista. Eu disse "cruel" e estou quase enfatizando: — crudelíssima. Graça feroz. Cabe então a pergunta: — e por que, de repente, o paulista está contra o sol paulista, contra a chuva paulista, contra o azul paulista, contra o luar paulista? Essa irritação meteorológica, ou paisagística, sei lá, deve ter seu motivo secreto, inconfesso. A propósito, lembro-me de um almoço do Dr. Sobral Pinto com três ou quatro americanos. Ao vê-los, o Dr. Sobral ficou com os brios mais eriçados do que as cerdas bravas do javali. Sem pensar duas vezes, começou a falar mal dos Estados Unidos. Imediatamente, os americanos passaram a falar mal dos Estados Unidos. Na sua euforia destrutiva, meteram tanto o pau que, logo, as posições se inverteram. E o Dr. Sobral passou a defender os Estados Unidos. Se me perguntarem por que, eu direi, de maneira sucinta e inapelável: — "É o desenvolvimento." Eis a verdade: — "O desenvolvimento é triste." Outro dia, eu próprio vi um americano vociferar contra a pátria. E era tal a sua ferocidade que parecia estar assassinando um terceiro Kennedy. O paulista da piada talvez seja parecido. O milionário, dono de fábricas, tem uns três ou quatro palácios; sua amante gasta como uma esposa. Não pode desejar mais nada, porque teve tudo e conhece o tédio dos prazeres possuídos. E seu povo é o mais desenvolvido do Brasil. Baixa nele a angústia, sim, a mortal angústia do desenvolvimento.

O Globo, 3/9/1968

68. Era o Bonsucesso sem Nordeste e com esquadra

1 O que atrapalha o brasileiro é o próprio brasileiro. Não sei se repararam. Cada um de nós é um Narciso às avessas e, repito, um Narciso que cospe na própria imagem. Aqui mesmo, nesta coluna, perguntei umas vinte vezes: — "Será que nos faltam motivos pessoais e históricos para autoestima?"

2 Repito: — que Brasil formidável seria o Brasil, se o brasileiro gostasse do brasileiro. Na quinta-feira passada, houve, no Estádio Mário Filho, a batalha Brasil x Inglaterra. Era a primeira vez em que os ingleses jogavam, aqui, como campeões do mundo. Na página de esporte, já dei a minha opinião. Acho que o escrete inglês é o Bonsucesso sem subdesenvolvimento, o Bonsucesso sem salário-mínimo, o Bonsucesso com saúde de vaca premiada, o Bonsucesso com Lord Nelson.

3 E se o Bonsucesso não está na frente — é porque lhe falta a esquadra inglesa. No mais, seu tipo de jogo, sua retranca, suas correrias — têm uma semelhança escandalosa com o futebol europeu em geral e o inglês em particular. Mas falei em Narciso. Ora, sempre que o Brasil joga, o brasileiro vai espiar no escrete a própria imagem. O escrete nos representa, o escrete é a pátria em calções e chuteiras, a dar botinadas em todas as direções.

4 Quinta-feira, cheguei mais cedo ao estádio. E, já no hall dos elevadores, vejo a massa de grã-finas. O que as fascinava não era o escrete, mas Pelé. Num jogo Botafogo x Santos, há muito tempo, dizia-me uma capa de *Manchete* — "Com Pelé, eu me casava." Falei em grã-finas e vamos incorporá-las às elites. Sim, as elites estavam lá. Só gente importante. E, nas arquibancadas e gerais, estava o povo, o tal que potencializa a sua torcida com palavrões, conhecidos uns, inéditos outros.

5 O meu primeiro impacto foi o Hino Nacional. Todo mundo ficou de pé, enquanto a banda executava Francisco Manuel. E foi um escândalo, lá onde eu estava, quando as arquibancadas e gerais começaram a cantar. Perto de mim, vários colegas faziam espanto: — "O Hino Nacional?" Um outro veio cochichar-me: — "Sabe que eu estou com vergonha?" O sujeito não entendia que o brasileiro pudesse cantar o próprio hino. Um outro perguntou ao Marcelo Soares de Moura: — "O que é que deu no povo?"

6 Era, sim, de assombrar. Sempre digo que, no ex-Maracanã, vaia-se até minuto de silêncio. E, de repente, o homem de arquibancada fazia o que jamais fizera. Minto. Em 50, também o estádio cantou o Hino Nacional. Mas quando o Uruguai empatou o jogo, e depois, fez o segundo gol, todos emudecemos. Houve um silêncio de rebentar os tímpanos. A dor de 50 sangra até hoje. Apesar de 58, de 62, ainda temos na carne e na alma uma ferida em flor. Eu pensei que, depois de 50, nunca mais o ex-Maracanã cantasse o Hino Nacional. Mas, contra a Inglaterra, o homem do povo teve uma brusca nostalgia do Brasil.

7 Começa o jogo. O que ele temia, nos ingleses, era a saúde de vaca premiada. A Inglaterra sempre comeu a sua torradinha com geleia. Há poucos dias, fui a uma festa; e vi, lá, uma inglesa salubérrima. Tinha um decote bem alimentado, só comparável ao de Elizabeth Taylor. Era esta saúde que eu queria para os nossos craques. Mas, como ia dizendo: — com dez minutos de jogo, morria a admiração que, aliás, nunca tive pelo futebol inglês. Eis a pergunta que me fazia: — "Quem é que joga assim?"

8 Penso, penso, até que me baixou uma luz: — era o Bonsucesso. O time leopoldinense leva qualquer um à loucura. Como a Inglaterra, Bonsucesso defende-se com onze. E, simplesmente, a bola quer passar e não sabe como. Ardia-se todo um espantoso bloqueio de botinadas. Bem sei que o Bonsucesso nunca levantou um campeonato mundial e explico: — a Inglaterra não tem o Nordeste, não tem D. Hélder, não tem a mortalidade infantil, nem tem hidrofobia. Ao passo que a equipe leopoldinense carrega esse lastro hediondo.

9 E, no Estádio Mário Filho, observei que o povo torcia pelos brasileiros e as elites pelos ingleses. Por exemplo: — coincidiu que me sentasse atrás de um colega paulista. Não sei se posso inseri-lo nas elites. Mas vá lá. E o confrade de São Paulo torceu, noventa minutos, contra o Brasil. Diga-se, de passagem, que vários colegas cariocas também morrem de amores pelo futebol inglês. E se os nossos adversários faziam uma jogada pífia, uma jogada chocha, havia um deslumbramento total. Sujeitos gemiam: — "Como jogam! como jogam!" Ainda bem que, perto de mim, estava o Salim Simão; e este era o único patriota, num raio de cem metros. Dava berros medonhos: — "Não jogam nada! São uns pernas de pau!" Mais adiante, a irmã do Salim Simão empunhava uma bandeirinha brasileira. Entrou e saiu com a bandeirinha brasileira. Deus a abençoe.

10 Mas eu falava do colega paulista. Segundo ele, os ingleses eram os donos do jogo e os brasileiros não viam bola. Quando alguém falou no pênalti perdido, o paulistano exultou: — "O Brasil nem sabe bater pênalti!" Mas o ódio do rapaz era o Tostão. Outro ódio, o Saldanha, e o terceiro ódio, o próprio Brasil. Estrebuchava: — "Tostão tem que ser barrado. Não é jogador de escrete!" Fazia uma pausa e continuava: — "O Saldanha não tira o Tostão, porque é teimoso!"

11 Vejam vocês: — a Inglaterra não tem um jogador que chegue aos pés de Tostão. É um virtuoso e um estilista. Não mete o pé, o seu *foul* é o que há de mais inocente. Foi a maior figura da partida. Os ingleses simplesmente não acreditam no seu gol. E, realmente, foi um lance meio alucinatório. Se vocês estavam lá, viram. Tostão entrou na área inimiga. Enfrenta uma selva de botinadas. É um jogador pequeno e leve; se o compararmos à saúde brutal dos ingleses, chega a parecer uma sílfide. Levou cotoveladas, marradas, rapas, etc., etc. Por fim, o ceifaram. E, deitado, fez o gol impossível.

12 Certa vez, o Carlos Drummond escreveu numa dedicatória: — "A Marques Rebelo — sem palavras." Claro que o poeta fez isso por charme ou, na pior das hipóteses, preguiça verbal. No caso do jogo, realmente não há palavras para o gol de Tostão. Os ingleses saíram negando um gol que está acima de toda a sua experiência imperial. E os brasileiros fizeram outras jogadas maravilhosas. De certa feita, numa bola alta, saltaram Jairzinho e um inglês. Esperava-se que o inglês cabeceasse. Pois bem. Jairzinho tornou-se leve, incorpóreo, alado. Subiu muito mais alto. E deu de cabeça a Tostão.

13 Nos dois gols brasileiros, o colega paulista, branco, nem se mexeu. Disse: — "Não é justo, não é justo!" E ainda repetiu quase chorando: — "Vitória imerecida!" Mas preciso falar do maravilhoso olé. Quando os brasileiros meteram os ingleses na roda, por cinco minutos crudelíssimos, houve no Estádio Mário Filho uma euforia gigantesca, sim, uma euforia jamais concebida. Só as elites fizeram boquinha de nojo, achando aquilo "antiesportivo". Mas o povo uivava: — "Olé, olé!" Ninguém queria prender a bola e para que prender a bola? No segundo tempo, constatei, com divertido horror, que a saúde de vaca premiada é outra fraude. Os campeões do mundo tinham as pernas bambas e arquejavam na dispneia pré-agônica. Os nossos jogadores é que acabaram o jogo com um fôlego de búfalos. Ali, o olé foi uma explosão cruel e lírica.

14 Mais tarde, em casa, vejo o videoteipe. E ouço dois outros colegas paulistas. Passaram o jogo inteiro fazendo hinos à Inglaterra e arrasando o Brasil. Tostão não era de nada e devia ser substituído. E quando o craque mineiro fez o gol deitado, quase dormindo, era de se esperar que os confrades ousassem a seguinte autocrítica: — "Meus senhores e minhas senhoras: — o nosso caso ou é de obtusidade córnea ou de má-fé cínica, ou de ambas. Vamos mudar de profissão." Vi também, ainda no Estádio Mário Filho, depois do jogo, o João Saldanha passar debaixo de formidável ovação. E mais: um crioulo sem um dente, que arrancara a camisa. Plástico, lustroso, ornamental, uivava na rampa. O olé o vingara de velhas e santas humilhações.

O Globo, 16/6/1969

69. Notas sobre o erotismo internacional

1 Se não me engano, quarta-feira. Foi, sim, quarta-feira, escrevi sobre as épocas débeis mentais. Ao chamá-las assim não insinuei, é claro, nenhuma novidade, não fiz nenhuma descoberta. As épocas são mais inteligentes ou menos inteligentes, mais nobres ou menos nobres, românticas ou cínicas, suicidas ou homicidas, perversas ou heroicas, etc., etc.

2 Concluía eu, na minha "Confissão", que nos coube por fatalidade uma das épocas débeis mentais e das mais espantosas da História. Há uma debilidade mental difusa, volatilizada, atmosférica. Nós a respiramos. Isso aqui e em todos os idiomas. É um fenômeno internacional tão nítido, tão profundo, que não cabe nenhuma dúvida, não cabe nenhum sofisma.

3 E acontece, então, esta coisa nunca vista: todos agem e reagem como imbecis. Não que o sejam, absolutamente. Muitos são inteligentes, sábios, clarividentes; e têm um nobilíssimo caráter, e uma fina sensibilidade, e uma alma de superior qualidade. Mas num mundo de débeis mentais, temos de imitá-los. Não sei se me entendem. Mas para viver, para sobreviver, para coexistir com os demais, o sujeito precisa ir ao fundo do quintal e lá enterrar todo o seu íntimo tesouro. Hei de escrever, um dia, sobre a *nova classe dos falsos cretinos*.

4 Como podemos caracterizar o *falso cretino*? Por exemplo: — o ex--grande poeta. Quando seu primeiro livro apareceu, foi um abalo crítico. Imaginem se, por aqui, aparecesse um novo Gogol ou, melhor dizendo, um novo Pushkin. Foi mais ou menos esta a sensação do país. Nos mais obscuros botecos de Caxias, os pau-d'água cochichavam: — "Parece que há aí um rapaz de talento, o Gullar!" Uma sólida unanimidade o apontava, na rua, como o nosso *poeta nacional*.

5 (Eu não ia dizer-lhe o nome: mas escapou-me.) Todavia, foi a glória literária mais fugaz que se conhece. De repente, poemas horrendos começaram a sair tendo, por baixo, o nome de Ferreira Gullar. Seria um homônimo? Um sósia? Um impostor? Alguém que usava seu nome, já que não podia usar o seu talento? Não, era o próprio. Mas como? Como? Eu explico: — ou ele se fingia de subliterato ou os idiotas solidários iam caçá-lo a pauladas.

6 E o bom Ferreira ofereceu, ao país, a cena de sua imolação poética. Seus vizinhos o viram, à meia-noite, a hora que apavora, enterrando seu talento como um sapo de macumba. Fez mal? Fez bem? Direi apenas que se prestou a tal sacrifício — para não morrer de fome. Outro dia, num dos botecos literários do Leblon, alguém o recebeu assim: — "Grande poeta!" Gullar espetou o dedo na cara do imprudente: — "'Grande poeta' é você!" O outro, lívido, teve que ir vomitar atrás das portas.

7 Agora vem o mais grave. Vimos um caso pessoal. E se eu disser que também há jornais que se fingem de idiotas e chegam a babar fisicamente na gravata? Domingo, saiu num dos mais austeros jornais do país, o *Poste Jornal*, um editorial que no passado assombraria a nação. Quem o redigiu, não é um qualquer, mas um dos estilistas da casa. Imaginem vocês que comecei no jornalismo ainda na época do *artigo de fundo*. Seu autor era sempre um Patrocínio, um Quintino, um Rui, um Alcino, um Medeiros, um Gil Vidal, um Paulo Barreto.

8 E o *grande jornalista* não punha uma vírgula, em seu texto, sem pensar duzentas vezes. Ele podia gemer: — "Dura profissão de estilista!" Por se tratar de uma matéria sagrada, que podia tanto salvar, como perder o jornal, o articulista não opinava, nunca, jamais, em hipótese nenhuma. Um artigo de fundo não dizia nada, nem queria dizer nada. Repetindo: — o artigo de fundo era o ópio do leitor.

9 Hoje, porém, porque vivemos numa época débil mental, o *artigo de fundo*, que chamamos de editorial, opina, e da maneira mais desvairada. E, domingo, fui ler no *Poste Jornal* uma matéria admirável. Seu título: — "Guerra Santa."

10 Na minha lancinante boa-fé, imagino que o jornal vai gastar seu espaço, seu papel, sua tinta — para não dizer absolutamente nada. Pois me enganei. E das duas uma: — quem o fez, ou está com os vencimentos atrasados, ou abomina o diretor. Terceira hipótese: — quer ser despedido para receber a indenização. Começa por uma ironia, ao dizer que o líder do Governo *apontou à execração pública o monstro, que é o erotismo internacional*.

11 E, então, põe-se a defender o erotismo. Meu Deus, a quanto leva a falta de assunto. Evidentemente, não tenho nada a objetar contra um velho conhecido nosso, como é o erotismo. Já o conhecemos de outra datas e de outras encarnações. Todavia, a partir do momento em que o homem se transformou em um ser *histórico*, o erotismo passou a sofrer uns tantos ou quantos constrangimentos, limites, etc., etc. Por exemplo: — passa uma senhora, mãe de oito filhos; ou, se não a senhora, uma adolescente. Vamos dar-lhe uma idade: — 17 anos.

12 Se abolirmos os tais constrangimentos, os tais limites, que disciplinam o erotismo, acontecerá o diabo. Nada impedirá o dito erotismo de agarrar a adolescente pelos cabelos e arrastá-la para o terreno baldio. Poderão objetar: — "Nem oito, nem oitenta." Se a ironia do jornal está certa, ninguém vai sequer protestar, nem socorrer, já que não há limites para as nossas expansões eróticas. E nas entrelinhas da "Guerra Santa", o que se lê, se é que as palavras têm um valor preciso, o que se lê é quase a reabilitação do crime sexual.

13 O que é crime sexual senão o erotismo em sua plena liberdade e irresponsabilidade? Mas quem escreveu "Guerra Santa" tem um gênio polêmico insuperável. Para esmagar o deputado Padilha, diz o editorial que da *pequena e civilizada Escandinávia ao Estados Unidos* o erotismo é tão livre como entre os cães errantes e os gatos de telhado. Bem sei que o homem ainda não é cachorro nem gato. Ainda não, mas está fazendo tudo para sê-lo.

14 Mas o artigo diz outra coisa, que não me lembro. Ah, já sei. Diz que, sendo a Escandinávia e os Estados Unidos civilizados e desenvolvidos, devemos imitá-los. Meu Deus, devemos também assassinar Lincoln, os Kennedy, Luther King? Linchar não é o desenvolvimento? Não é a civilização? Devemos beber o sangue uns dos outros. E digo eu: — tão civilizada e tão desenvolvida é a Suécia que, lá, passou uma lei — permitindo o ato sexual em público. Ouçam o resto, ouçam o resto. Segundo o jornal "existe mesmo, na Dinamarca, um *navio erótico*".

15 E o editorial, de olho rútilo e salivação intensa, acha isso perfeito. Aqui começa o espanto do leitor que, sem aviso prévio, sem impropriedade para menores, descobre que "Guerra Santa" é o que chamaríamos de *prosa afrodisíaca*. Quanto ao navio erótico, como era? Nada mais óbvio, é o amor coletivo. O puro e simples casal é de um anacronismo insuportável. Por que apenas um homem e uma mulher? Por que essa escassez numérica? No seu arroubo promocional, o artigo chega a parecer matéria paga da companhia de navegação. E vai mais longe: — convida o brasileiro a embarcar no *navio erótico*.

16 Não vou mais tomar o tempo do leitor. Trocando em miúdos, tudo que o *Poste Jornal* propõe, com o peso de sua austeridade; é o fim do bem ou mal. Devemos exterminá-los. Começando pelo sexo, que não pode sofrer nenhum constrangimento obscurantista. Devemos amar na rua, como os cães ou, no mato, como as cabras. Em suma: — trata-se de um artigo para se ler de quatro.

17 Está claro que o *Poste Jornal* não pensa assim. Mas se finge de idiota, é porque são cada vez em maior número os idiotas sexuais.

O Globo, 23/5/1970

70. A morte, essa velha senhora

1 Não estarei insinuando nenhuma novidade se disser que em nossa época tudo se sabe. No passado, a nossa virtude ou nossa abjeção era enterrada no mistério de quatro paredes. Por exemplo: — a família. No bom tempo a família tinha intimidades invioláveis. Fazia-se o diabo dentro de um lar, com a prévia certeza de um sigilo total.

2 Com os novos tempos, porém, as coisas mudaram. A máxima potência dos nossos dias é a INFORMAÇÃO. As quatro paredes sumiram até o último vestígio. Vocês entendem? É como se a gente vivesse, amasse e morresse na via pública, como um cachorro vadio. Nunca houve alcova para cães. E o pior é que nós também perdemos a nossa. Vocês sabem, certamente, o que acontece na Índia. Há sujeitos que nunca tiveram um teto, uma mesa, uma cama. Perguntarão os idiotas da objetividade: — "E onde moram?" Não moram, eis tudo, e nunca moraram. Ou por outra: — vamos imaginar que uma cidade da Índia tenha uma escada pública. E então o sujeito reside num dos degraus. Com a mulher e com os filhos que vai fazendo.

3 Os idiotas da objetividade poderão insistir: — "E comem?" Talvez nem isso. Mas repito: — fazem os filhos, o que, para os miseráveis, não deixa de ser uma compensação reparadora. Mal comparando, é o que acontece com todo mundo. Estamos tão indefesos, tão expostos, como se residíssemos também num degrau. Comemos o bife que falta aos desgraçados da Índia. Mas os nossos atos, sentimentos, fragilidades, toda a nossa vida perdeu aquela película protetora de mistério e pudor.

4 O banho. Não há nada mais íntimo, mais pessoal, mais exclusivo do que o nosso banho. Mas aí é que está: — não é mais nosso. Outro dia a Sra. Jacqueline estava tomando banho, de sol, de água ou lá o que fosse. O banho de cada qual, repito, devia ser de propriedade de cada qual. Mas logo se viu que Jacqueline Onassis não tinha a exclusividade do próprio banho. A INFORMAÇÃO tirou oitenta fotos de sua nudez.

5 Muitos acham o seguinte: — assim como o fotógrafo viu a Jacqueline, assim Jacqueline viu o fotógrafo. Muitos vão além nas suas especulações, e sustentam que foi Onassis quem chamou e remunerou o fotógrafo. Mas deixemos de hipóteses delirantes. Como bons idiotas da objetividade, vamos nos cingir aos fatos, isto é, às fotos. Milhões de pessoas viram o banho de Jacqueline. Sua nudez ampliada apareceu em todos os jornais e revistas. Os que tecem fantasias sobre as fotos dizem que elas não são instantâneos, mas poses.

6 Agora explico por que Jacqueline apareceu nesta crônica: — porque eu queria falar do seu marido. Aristóteles Sócrates Onassis. Qual é a imagem de Onassis para o mundo? A do *grego de ouro*. Vamos admitir que tanto sua história como sua lenda fascinam. Seguindo os dados fornecidos pela INFORMAÇÃO, sabemos que, na adolescência, em Buenos Aires, ele conheceu misérias abjetas. Muitas vezes pôs-se de cócoras em cima do meio-fio para beber, a mãos ambas, as águas das sarjetas.

7 Mas esse homem teve um lance de gênio: — imaginou fazer sua fortuna com tocos de cigarros. É absurdo e, ao mesmo tempo, admirável. Imaginem o jovem Aristóteles Sócrates Onassis caçando guimbas, ainda molhadas muitas vezes de saliva anônima. O que é o princípio de sua fortuna? Uma espantosa pirâmide de guimbas. Depois veio o casamento rico. E nunca mais ele parou.

8 Chamá-lo de aventureiro não é uma definição cabível. Aventureiro mas tem quadros de Picasso no seu iate. Houve um episódio que vale a pena contar. Um dia seus assessores para pintura compraram um galo de Picasso. Onassis olhou o galo e perguntou: — "Bom?" Resposta: — "Formidável." Disse: — "Ponham no galinheiro." Os outros, aterrados, ponderaram que se tratava de uma obra-prima. Onassis começou a perder a paciência: — "Não é galo? Então ponham no galinheiro." O que foi feito.

9 Claro que rapidamente se tornou uma personalidade internacional. Sua cara aparecia nas revistas, tanto quanto o decote de Elizabeth Taylor. Homem que via o dinheiro acima de tudo, pode dizer que pagou, um a um, os seus prazeres. Não podia perder tempo em conquistas. As mulheres de sua vida vinham submissas, e eram pagas antes da primeira carícia.

10 Sempre preferia a mulher mercenária. Se não me engano, foi o próprio Onassis que disse: — *O dinheiro compra amor verdadeiro.* O casamento com Jacqueline foi o seu grande momento. Mas o que ele viu em Jacqueline não foi a mulher. Só o interessava a promoção mundial. Era a viúva de um Presidente dos Estados Unidos. Casou-se também com a Casa Branca, com a Corte Suprema, Dallas, e tudo que define os Estados Unidos como a maior nação do mundo.

11 A viuvez é uma vocação que nem todas têm e muito menos Jacqueline. Estava no automóvel aberto, ao lado de John. Ele sorria, quando veio a bala e arrancou-lhe o queixo forte, histórico, vital dos Kennedy.

E se o irmão de John e Bob for eleito, depois de Nixon, o queixo da família será eleitor irresistível. Mas voltando a Jacqueline: em Dallas, viu tombar, no seu colo, a cabeça ensanguentada do marido. O que ela sentiu foi medo. Largou a cabeça do marido e apareceu, de gatinhas, na capota do carro. O mundo, atônito, viu aquela viuvez sem lágrimas. Não chorou em momento nenhum. Portanto, não era viúva vocacional como as sicilianas.

12 Casando-se com a viuvez presidencial, Onassis acertou sem querer. Jacqueline era muito mais Onassis do que Kennedy. Uniu-se ao grego por dinheiro. Dirão os idiotas da objetividade: — "Mas era milionária." Queria ser ainda mais. E Onassis paga cada momento da mulher. Ela só dorme depois de beber um tipo de champanhe incomparável, de uma embriaguez leve, tão leve como a euforia de anjo. Pagando à viúva presidencial, ele se vinga de velhas humilhações jamais cicatrizadas.

13 Mas esse homem será apenas dinheiro? Não, não. Tem, por vezes, nostalgias profundas. Junta-se aos seus criados gregos que o adoram como a um deus. E, então, na sua ilha, fazem misteriosas danças rituais, iluminadas aos fogos do sexo. Por toda a ilha, há uma voluptuosidade difusa, volatizada, atmosférica. Todos a absorvem pela respiração.

14 Mas voltemos ao dinheiro, que é tão cruelmente obsessivo na vida do Onassis. Tinha um filho, único filho homem, que seria seu herdeiro absoluto. Ele queria para o filho um casamento rico. O rapaz conhecia a filha de um armador riquíssimo. Porque era rica também, Onassis a preferia. Exigia que o filho tivesse as duas fortunas fabulosas. Pai e filho estavam estremecidos. O jovem, com 22 anos, amava uma moça de 38. "É muito mais velha do que tu", dizia Onassis. Respondia: — "Pai, tu não és 26 anos mais velho do que Jacqueline?"

15 E, então, há o desastre de avião. Quando apanharam o rapaz, ele estava tecnicamente morto. Levam o agonizante para o hospital. Onassis corre para os médicos: — "Peçam toda a minha fortuna. Pagarei pela vida do meu filho o que quiserem." Era o dinheiro, sempre o dinheiro, que dá a esse homem taciturno uma sensação de onipotência. Pouco antes, o filho dissera, com sereno fatalismo: — "Meu pai vai me sobreviver." Sabia que a morte amadurecia, silenciosamente, na sua carne e na sua alma. Quando Onassis sentiu que tudo era inútil, disse apenas: — "Deixem meu filho morrer."

16 Na ilha, os criados gregos tentaram, com suas danças e seus cantos, salvar o jovem senhor. Mas o velho Onassis, que comprava tudo, quis comprar a morte e perdeu.

O Globo, 1/2/1973

71. Marxismo e asma

1 Já lhes falei do meu amigo marxista. Sempre o encontro com a bombinha da asma. Ele próprio declara, com tenebroso humor, que se não fosse a bombinha estaria morto e enterrado desde a Primeira Batalha do Marne. Dizem seus amigos que seu marxismo e todo o seu horror à ordem capitalista são de fundo asmático.

2 Anteontem procurou-me, irritadíssimo. Chama-me para um canto: — "Preciso falar contigo." Arquejava, e teve que usar a bomba.[24] Fez tanto suspense que perguntei, interessado: — "Mas o que é que há?" Olhou para os lados e então, ainda ofegante, disse: — "Aquele teu artigo está de um reacionarismo!" — pausa, e repetiu, de olho rútilo e lábio trêmulo: — "De um reacionarismo, rapaz!"

3 Até hoje não sei se a sua irritação era mesmo irritação ou deslumbramento. Ainda perguntei: — "Meu artigo?" Ah, sou um autor sujeito a

---

24 Crônica publicada originalmente no jornal *O Globo* de 1/4/1968 e no livro *O óbvio ululante*. Na edição de 20/10/1970, Nelson fez diversas modificações. A principal delas foi a inserção do primeiro parágrafo e a substituição do personagem. No texto de 1968, o "amigo marxista" era Carlos Heitor Cony.

lapsos fatais. Quantas vezes me esqueço do que escrevi há meia hora? Foi ele quem me alumiou a memória: — "O artigo da fome!" Era verdade. Eu escrevera recentemente artigo sobre a fome de 1917, 18, 19.

4 É de caso pensado que ponho as datas. E, com efeito, a fome muda o seu comportamento de época para época. Nos anos citados ela não tinha o apelo, o patético, a promoção dos nossos dias. Bem me lembro dos meus seis, sete anos. De vez em quando vinha gente bater na nossa porta: — "Um pedaço de pão! Um pedaço de pão!" Eis a palavra e a imagem: — pão. Há uns quarenta anos que não vejo ninguém pedir pão a ninguém.

5 Outro dia ocorreu um episódio que me parece singularmente ilustrativo. Uma santa senhora deu pão a um mendigo. O sujeito apanhou o pão e o olhou, esbugalhado, como se não entendesse a esmola. E súbito deu-lhe uma ira, um ódio. Agrediu a senhora, deu-lhe uma surra de pão. A vítima pôs a boca no mundo. Com um rapa fulminante, o mendigo a derrubou; e, por cima da senhora, queria enfiar-lhe o pão pela goela abaixo.

6 Assim se comporta a fome da nossa época. Vive do ódio. Outrora, não. Na "Confissão" que provocou o divertido horror do marxista asmático eu escrevia, justamente, sobre os famintos da minha infância. Ah, naquele tempo tínhamos por aqui uma fome sem raiva, sem agressividade, dócil, mansa e como que consentida.

7 Um dia houve um enterro em Aldeia Campista. Salvo engano, o morto era um "Seu" Ferreira, português rico, dono de um armazém. Quatro cavalos de crepe e penacho puxavam o carro fúnebre. Na hora certa o enterro vai partir. E então acontece o seguinte: — O cocheiro desmaia, simplesmente desmaia (caiu-lhe a cartola).

8 Corre-corre no portão. Dois ou três agarram o homem; dão-lhe tapinhas na cara. Finalmente, abre os olhos; arquejante, geme: "Quero comer, quero comer." E fazia o apelo por entre lágrimas. Foi carregado para o interior da casa enlutada. Lá dentro alguém improvisa um prato fundo de feijão com arroz. O cocheiro começa a comer. Súbito para e, de boca cheia, pergunta: — "Tem uma pimentinha?"

9 Aquele homem não comia há dois dias. E não faltou à funerária. Lá estava, de cartola, fazendo o enterro de luxo. E, não fosse derrubado pela inanição, chegaria ao cemitério. Eis o que eu queria dizer: — era uma fome sem Ministério do Trabalho, sem greve, sem reivindicações salariais. Ainda garoto, tivemos uma cozinheira que tinha um filho por ano, matematicamente. Chamava-se Hortênsia. Era uma fecundidade radiante. Dizia, na cozinha, esplêndida de vaidade: — "Tenho os meus filhos em pé."

10 E assim chegou aos nove, dez, onze filhos. A fome levou nove. Exatamente nove filhos. Os mais resistentes morriam aos cinco, seis anos. Pois a mãe os enterrava sem pena, nem ressentimentos. Ter os filhos e perdê-los era a sua rotina. Ela própria não odiava a fome, e repito: — não havia desespero, nem tristeza, na sua fome.

11 Muitos anos depois, vou a Caxias e a encontro lá. Já se tinham incorporado à vida brasileira os direitos trabalhistas. Falava-se, na época, que o novo salário-mínimo seria de seis mil cruzeiros antigos. A minha ex-cozinheira, já alquebrada, já avó, ralhava com o genro: — "Seis contos é demais. Onde já se viu? Seis contos é abuso."

12 Claro que o marxista queria que eu apresentasse uma cozinheira retórica como "La Pasionaria". E, como não a descrevi derrubando bastilhas e decapitando marias antonietas, o leninista me chamava de reacionário. Curioso é que ele escreve bem. Se deixasse de fazer concessões às esquerdas, seria capaz de obra-prima. Também a asma o prejudica literariamente.

13 O Brasil da minha infância não tinha assalto por isso mesmo: — porque a fome não assaltava e digo mais — a fome ainda não assaltava. O assaltante não quer comer. Mata e fere para ter o supérfluo. Dirá alguém que estou falsificando a verdade. Mas insisto em que só a fome literária do Zola arromba padarias, e só ela pendura o padeiro num pedaço de pau.

14 Hoje, há uma fúria. Quantos vivem da fome? Por exemplo: D. Hélder. Sempre teve gênio promocional e nunca foi um obscuro. Mas faltava ao D. Hélder anterior o dramatismo, a potência, a fama do D. Hélder da fome. A fome tem-no feito. Podíamos apresentar a fome como a autora de D. Hélder. Ele precisava ter, por fundo, a mortalidade infantil. Mas coisa curiosa! Os grandes indignados da fome não são as suas vítimas, mas os que não a têm. Sim, são os bem alimentados que vociferam e dão patadas.

15 Ainda ontem, uma grã-fina batia o telefone para mim. Reclamava de uma "Confissão" que tratava, justamente, da fome da Índia. E a excelente senhora agrediu-me como se eu fosse o culpado, da fome do Nordeste, da Índia, Paquistão, Biafra, e de todas as misérias passadas, presentes e futuras.

16 Perguntou-me: — "Você acha que a Índia gosta de passar fome? Acha que a Índia gosta de ver as cinzas do próprio cadáver no rio? Sua literatura sobre a fome é desumana." Eu poderia responder-lhe: — "Meu anjo, por que é que você não asfalta uma favela com seu colar de quinhentos milhões antigos?" Mas sou um tímido e um delicado. E conversei longamente no telefone.

17 Disse-lhe eu o óbvio total: — a fome é o mais antigo hábito dos hábitos humanos. Ora, um hábito não dói, não faz ninguém sofrer. Por exemplo: — a Índia. Há seis mil anos que o cadáver é atirado no rio. E o cadáver já não se espanta mais. Lá, milhões de sujeitos não moram. E bebem, a mãos ambas, a água da sarjeta. Do outro lado da linha, a grã-fina esperneava: — "Isso é blague. Não brinque com coisas sérias." Por fim, como ela tomava a verdade por piada, disse-lhe: — "As vítimas da fome sofrem menos. Quem se descabela, e soluça, e quer chupar a

carótida das classes dominantes, são a senhora, D. Hélder e o Dr. Alceu."
Ao ouvir falar no Tristão, pulou: — "Você quer negar a bondade do Alceu?" Com a humildade de um torpe que fala de um santo, desejei que o Mestre tivesse milhares de boas ações, inclusive do Banco do Brasil, do Vale do Rio Doce, Petrobras, e outras. A grã-fina perdeu a paciência. Bateu com o telefone.[25]

O Globo, 6/3/1972

---

[25] No texto de 1968, a crônica terminava neste ponto, dizendo para a grã-fina: "Quem se escabela, e soluça, e quer chupar a carótida das classes dominantes, somos eu, a senhora, D. Hélder e o meu doce Hélio Pellegrino."

72. A Semana do Exército

1 Já falei, várias vezes, do palácio do Alto da Boa Vista. No seu jardim sem uma flor, que Burle Marx fez, há uma estátua de mulher nua (nas noites frias a estátua morre gelada). Há uns três ou quatro dias, a dona do palácio bate o telefone para mim. É uma jovem milionária, casada com um velho milionário. E por aí se vê como o dinheiro atrai o dinheiro.

2 O mundo estaria superiormente organizado se a rica se casasse com o pobre e o pobre com a rica. Digamos que o Onassis tivesse o gosto da Loteria Esportiva, que só escolhe lavadeiras. E que a Jacqueline Kennedy escolhesse, não uma lavadeira, claro, mas um lavador de para-lamas. Seria uma solução perfeita. De vez em quando começo a imaginar Jacqueline apaixonada por um chofer de lotação.

3 Aí está: — chofer de lotação. Dirão vocês que não existem mais lotações. Mas, bolas, estamos aqui fazendo ficção. Não sei se vocês se lembram. Mas o chofer de lotação era um tipo admirável. Arregaçava as calças cáqui até os joelhos e saía por aí decepando postes, árvores, obeliscos. Incomparável mundo, repito, em que Jacqueline Kennedy fosse para o tanque e a lavadeira para as ilhas de Onassis.

4 Deixemos de lado a fantasia e passemos para os fatos sólidos. Disse eu que a grã-fina do Alto da Boa Vista me telefonara. Se me perguntarem se é bonita, feia, simpática ou antipática, não saberei dizê-lo. A grã-fina em julgamento não é uma cara, um corpo, um olhar, um sorriso, um gesto. Quando falo a seu respeito estou pensando no seu palácio, no seu jardim, nos seus mil e quinhentos decotes, nos seus dois mil sapatos, nas suas joias. Há um quadro de Degas, de Monet, nas suas paredes; ou um galo de Picasso? Se o galo de Picasso não estiver no galinheiro, também o galo é levado em conta. Resumindo: — são todos esses valores, e mais os tapetes, que a fazem e a embelezam. Mas se a isolarmos de tudo isso ela se transforma numa bruxa de disco infantil.

5 Mas como ia dizendo: — telefonou-me e fez o convite. Avisou: — "Vem porque convidei também uma comunista." Ora, meu anticomunismo começou aos onze anos. Garoto de calças curtas, conheci uma meia dúzia e tomei-me de um horror que, meio século depois, é o mesmo. Ou por outra: — não é o mesmo, é muito maior. Quis fugir do convite, mas ela não abria mão da minha presença: — "Brigo com você."

6 Sou, como sempre digo, um pobre nato, um pobre vocacional. Tudo me ofende e me humilha no palácio do Alto da Boa Vista, desde a casaca do mordomo ao galo de Picasso. Passei o dia todo pensando com um pavor sagrado da inteligência de salão. Às sete da noite decidi: — "Não vou." Mas houve uma coincidência diabólica: — mal tomei a decisão, bate o telefone. Era a grã-fina: — "Nelson, vou te falar sério, hein? Se você não vier, corto relações contigo. Está avisado." Tive que ir.

7 Não fui dos primeiros a chegar. Assim que me viu, inclina-se o mordomo de filme policial inglês e sussurra: — "O nosso time está bom." E eu: — "Vamos ver, vamos ver." A anfitriã vinha radiante: — "Ah, Nelson, Nelson! Gosto de você pra (seguiu-se o palavrão)." Imediatamente, verifiquei que aquela reunião era um viveiro de palavrões. A grã-fina levou-me pela mão: — "Vou te apresentar a minha amiga." A comunista era uma dessas figuras que dariam muito bem no uniforme do Exército da Salvação. A dona da casa fez a apresentação: — "Aqui, Nelson Rodrigues, o maior reacionário do *País*." A comunista olha-me de alto a baixo, com uma boquinha de nojo: — "Ah, é o senhor?"

8 Vozes pedem: — "Repete o que a senhora está dizendo." Estão todos muito risonhos e cada qual com o seu copo de uísque. A outra, com um olhar que me varou fisicamente, começou: — "Eu estava dizendo que o Exército Brasileiro nunca fez nada." Pausa. Estão esperando minha palavra. O olho da socialista está cravado em mim. Pergunto: — "A senhora acha que." Interrompeu-me: "Acho não. São os fatos, são os fatos." Quero continuar: — "Mas a senhora não ignora que." Fez um gesto: — "Nada de sofismas." Sou paciente: — "Posso falar?"

9 Novamente tomou-me a palavra: — "Já sei o que o senhor vai dizer. Vai falar em Pistoia? Ora, ora! Eram reservistas, além do mais reservistas." Atalhei rápido: — "E os reservistas não são do Exército? Não são também o Exército?" Exaltou-se: — "Não. Os reservistas são os nossos filhos." Já toda uma plateia — com 90% de bêbados de ambos os sexos — nos cercava. Queria saber: — "A senhora tem filhos?" Fuzilou: — "Não, e por quê? Faz diferença? Pai, mãe, filhos, avó, são definições sexuais." Aparteio: — "A senhora está repetindo o que disse, aqui, uma americana que era rigorosamente uma débil mental." Vira-se, com o olho rútilo: — "Está me chamando de débil mental?" Trato de amaciar: — "Estou chamando a outra, a outra. A americana é que é débil mental."

10 A dona da casa intervém: — "Ele não teve nenhuma intenção de ofender." A comunista: — "Muito bem. Olha aqui, eu quero fatos, percebeu? Quando o senhor chegou, eu estava dizendo que há uma Semana aí do Exército. Por que, se o Exército não fez nada?" Alguém disse: — "Não precisamos de Exército." Reconheço: — "Estou vendo que a senhora não viu, jamais, o quadro de Pedro Américo." Empertigou-se: — "O que é que o senhor quer dizer com isso?" E eu: — "Minha senhora, quem fez a nossa Independência, e a sua, estava de esporas e penacho. Entendeu, minha senhora? A senhora já usou esporas e penacho? Dê graças a Deus às esporas e graças a Deus aos penachos."

11 A comunista: — "O senhor é um reacionário." Não paramos aí. Discutimos duas horas. Disse-lhe que, enquanto os dragões soltavam o grito do Ipiranga, ela, a comunista, devia estar ali, no Alto da Boa Vista, fazendo aquele mesmo comício. Retrucou, furiosa: — "Suas piadas são velhas!" É muito simples dizer que o Exército não fez nada. Por que não dizer, inversamente, que na hora da decisão o Exército sempre fez tudo? A falsa "passionária" exigia — "Quero os fatos." Estendia a mão, como se eu pudesse tirar os fatos do bolso e doá-los aos menos favorecidos. Digo esportivamente: — "Não se exalte, não se exalte."

12 Sapateou, possessa, esganiçando-se: — "Quem é que está exaltada! Ou está me chamando de histérica?" Confesso, mansamente: — "A senhora não é a histérica. O histérico sou eu." Mas vou dizendo as minhas verdades. Se não fossem os dragões, as esporas e os penachos, nós seríamos aqueles moleques de Debret que vendiam água à aristocracia do tempo. E a República? Perguntei-lhe: — "Já ouviu falar em Deodoro? Da estação, já ouviu? Não sei se a estação é antes ou depois de Realengo." Havia um certo silêncio desconfortável. Um grã-fino, que é revolucionário quando lúcido, e reacionário quando bebe, engrolava as palavras: — "Dá-lhe duro, Nelson, dá-lhe duro!" Eu queria saber se ela vira, alguma vez, a estátua de Deodoro. Estava fardada ou de fraque? E, não sendo jóquei, estava montado por quê? Porque era soldado. Ou não?

13 Em 1922, quem eram os 18 do Forte? Havia um civil, Otávio Correia, que, numa adesão súbita e suicida, juntou-se para morrer com os jovens oficiais. Tudo que iria acontecer depois começava ali. Realmente, os que saíam do Forte e caminharam do Posto Seis à Hilário Gouveia, não iam ganhar de ninguém, nem esperavam nenhuma vitória. Mas esse arremesso fatalista de uns poucos deflagrou todo o processo brasileiro. Depois de

22, veio 24. O General Isidoro Dias Lopes era general? É mesmo: — era general. Seria possível o movimento de 30 se excluíssemos os militares? E mais: — 35. A resistência contra os comunistas em 35 etc. etc., etc. E agora fazia-se a Revolução que as esquerdas não souberam fazer.

14 As esquerdas tiveram tudo: — poder, dinheiro, armas. Não fizeram nada. Minto: — fizeram o caos. E os socialistas que andam por aí têm apenas a vocação e a nostalgia do caos. A comunista rilhava os dentes: — "É preciso ser contra tudo." Insisto, com a maior doçura: — "Portanto, se os fatos querem dizer alguma coisa, a senhora deve comemorar também a Semana do Exército Brasileiro." A cara da mulher não era mais cara e sim máscara do ódio. Sim, do seu lábio pendia a baba elástica e bovina da ira. Perguntou, rouca: — "O senhor confessa que está com isso que está aí?" Perdi um pouco a paciência: — "Prefiro estar com isso, como a senhora diz do que estar com os crimes do seu Socialismo." Relembrei que, de uma vez só, Stalin matara de fome punitiva doze milhões de camponeses. E o Pacto Germano-Soviético? E os processos de Moscou? E as anexações brutalíssimas? E a invasão da Tchecoslováquia e da Hungria? E os povos degradados e reduzidos à passividade escrava? E os intelectuais internados nos hospícios? O que devemos ao socialismo é isto: — a antipessoa, o anti-homem.

O Globo, 24/8/1971

73. Nada mais antigo do que o passado recente

1 Sou o colunista que se repete com um límpido impudor. Não tenho o menor escrúpulo em usar duzentas, trezentas vezes a mesma metáfora. Eis o que me pergunto: — por que não insistir na imagem bem-sucedida? Certa vez, vou passando pela porta do cinema Rex. Súbito, ouço o grito triunfal: — "Óbvio ululante!" Viro-me e vejo, na outra calçada, um lavador de automóvel. Passando a estopa no para-lama, berra, outra vez: — "Óbvio ululante!" Faço-lhe um gesto amigo. E o outro pergunta: — "A pronúncia está certa?"

2 Atravessei a rua para cumprimentar o meu leitor. Dei-lhe a minha palavra: — "A pronúncia está certíssima." E o outro, feliz, abria o admirável riso de um dente só. No pequeno episódio está todo o milagre da repetição. Tenho promovido tão tenazmente o "óbvio" que ele se tornou íntimo de toda uma população. Sim, fala-se do "óbvio" como se ele fosse um amigo, um parente ou jogador do Flamengo.

3 Aprendi que as coisas ditas uma vez e só uma vez, morrem inéditas. Claro que os eternos descontentes, que sempre os há, protestam: — "Você já escreveu isso." E, um dia, uma senhora bateu o telefone para mim: — "O senhor escreveu, hoje, a 'Confissão' de ontem." Disse-lhe: — "Boa piada, boa piada." Rimos ambos e ela já se despedia alegremente: — "Desculpe a brincadeira."

4 A leitora tinha razão a meu respeito, porque não nego as minhas repetições. E, além disso, sem o querer, ela definira toda uma época jornalística. Não sei se repararam que só sai o jornal da véspera e nunca do próprio dia. São fatos da véspera, figuras da véspera, a morte da véspera, a batalha da véspera. O fato do dia não existe ou só existe para o rádio e para as TVs.

5 Um paralelo entre duas épocas jornalísticas ensina que, no passado, a notícia e o fato eram simultâneos. O atropelado acabava de estrebuchar na página do jornal. E assim o marido que matava a mulher e a mulher que matava o marido. Tudo tinha a tensão, a magia, o dramatismo da própria vida. Mas como, hoje, só há o jornal da véspera, cria-se uma distância entre nós e a notícia, entre nós e o fato, entre nós e a calamidade pública ou privada. Servem-nos a informação envelhecida.

6 Outro dia, um colega veio para mim, aflitíssimo: — "Não sei o que é que eu tenho, não sei." Pergunto: — "Dor de cabeça?" Não, não. E explica: — "Estou me sentindo velho, velho." Ofereci-lhe um comprimido como se ele pudesse curar a súbita velhice com aspirina. Até que percebi toda a verdade: — era uma velhice profissional e repito: nós, jornalistas, é que estamos mais obsoletos, mais fora de moda do que o charleston, do que o tango, do que Benjamin Costallat.

7 Dirão vocês que, apesar dos pesares, o jornal da véspera ainda comove. Não, não. Essa margem de tempo que vai da véspera ao dia seguinte, impede qualquer apelo emocional. Ainda ontem, li uma notícia que, normalmente, seria de um impacto muito firme e muito puro. Imaginem que o Piauí terá sua universidade. Anuncia-se, ao mesmo tempo, que foi criada a Comissão de Desenvolvimento que atuará na bacia de Boa Esperança.

8 Vivo eu a escrever, nesta coluna, sobre a solidão do Piauí. Nenhum Estado mais dramático. Há quem diga que o Piauí é tão só, na comunidade brasileira, tão só como um Robinson Crusoé sem radinho de pilha. Parece que, afinal, cessa a sua incomunicabilidade. Há quem se lembre do Piauí. E eu pergunto: — quem se lembrou do Piauí, quem? Se há um milagre, quem foi o autor do milagre?

9 Imaginei: — "Um piauiense." Claro. Milagres no Piauí, ou em favor do Piauí, exigem a autoria de um piauiense. Pode parecer que é exagero. Absolutamente. Os homens públicos só costumam fazer o que rende promocionalmente. Ajudar o Piauí, dar-lhe a mão, desenvolvê-lo, industrializá-lo — não promove ninguém. Não se conhece uma palavra de D. Hélder sobre o Piauí. Ao passo que a seca, por exemplo, é plástica, literária, retórica, jornalística. E há sempre alguém disposto a fazer nome com a seca. Outro: — o Amazonas. Sim, o Amazonas já comove o Brasil.

10 Falamos muito do Nordeste. Ótimo. Mas o que chamamos "Nordeste" é um saco ou pacote, onde enfiamos várias misérias. Chega a ser uma impiedade. Dentro do saco ou do pacote, ninguém é ninguém, os Estados perdem a identidade, nada tem nome. E ocorre esta coisa a um só tempo hedionda e patusca: — enquanto resolvemos os problemas do Nordeste, não cuidamos dos flagelados de cada qual. Afinal de contas, o Piauí não quer ser Norte, não quer ser Nordeste e pede ao resto do Brasil que o deixe ser apenas e definitivamente o Piauí.

11 Volto à universidade que vai ser instalada em Teresina, suponho. Li a notícia num jornal que, como todos os seus colegas, nunca é do dia, sempre da véspera. Comecei a especular. Telefonei para vários confrades e acabei descobrindo o autor do milagre. É o Velloso, ou por extenso: —

João Paulo dos Reis Velloso. Como não podia deixar de ser, trata-se de um piauiense radical. O leitor há de querer saber quem é Velloso, quais são seus títulos, méritos, obras. Vamos lá.

12 A história pública do nosso Velloso começa em Roberto Campos. Antes de assumir o Ministério, no Governo de Castelo, Roberto Campos tratou de fazer uma equipe seletíssima. E estava procurando nomes, quando alguém foi sussurrar-lhe: — "Parece que tem aí um pau de arara interessante, um tal de Velloso." Roberto Campos deve ter perguntado: — "Que é que ele fez?" Resposta: "Foi o primeiro em Yale." O grande Ministro não perdeu tempo: — "Se foi o primeiro em Yale, manda." Assim Velloso, o piauiense, teve uma nomeação fulminante.

13 Vamos recuar no tempo. Como um pau de arara foi parar nos Estados Unidos? Arranjou, não sei como, uma bolsa de estudo. Ninguém mais desconhecido, ninguém mais anônimo. Só os familiares e os vizinhos é que diziam, esmagados de respeito: — "Uma cabeça, uma cabeça." É doce a vitória de um brasileiro e, ainda mais, piauiense, nos Estados Unidos. Com uns tostões contadinhos, foi um pau de arara perdido, desgarrado, numa apavorante selva humana. E começou a ser o primeiro e continuou o primeiro, até o fim.

14 Eis o que eu queria dizer: — foi nos Estados Unidos que teve do Piauí a visão mais nítida, exata, profunda. E criou, dentro da solidão americana, a utopia da universidade piauiense. Se quisesse, podia ter ficado por lá. Ah, os convites que recebeu. Dizia não, não e não. Seu destino era o Piauí. Voltou. Trabalhou com Roberto Campos e sempre pensando na universidade. Os outros tratam do Nordeste. E não ocorre a ninguém que chorar pelo Nordeste é uma boa maneira de não chorar por ninguém. Desde Yale que o nosso Velloso chora pelo Piauí. E a universidade, que finalmente vai sair, tem muito de sua obstinação dramática.

O Globo, 16/5/1969

74. Os mortos sem espelho

1 Já passei fome. Dirão vocês: — "Fome, em termos." Não, não. Fome de verdade. Lembro-me de uma vez, em 1934, ou 35, em que entrei num boteco. Pedi, febril — "Por obséquio, quer me dar um copo de água da bica." O garçom era um português. Sua cara tomou uma expressão de descontentamento cruel. Foi atender um outro que queria um maço de cigarros Olinda. Deixei passar um momento e insisti, com ardente humildade: — "Pode ser um copo de água?"

2 Quase recusou. Mas finalmente deu-me o copo. E olhava para mim com extrema malignidade. Ah, no tempo em que eu passava fome, as coisas não me ofendiam, as coisas não me humilhavam. Eu era adulto e tinha uma expressão de criança batida. Quem entrasse no boteco, e me visse, havia de pensar que eu estava bebendo. Engano. Eu não bebia, eu comia água. Lembro-me perfeitamente da hora. Oito e pouco da noite. E aquela era a minha primeira refeição.

3 Aprendi, então, que se pode *comer água*. E mais: — que a fome exclui a sede. Vocês entendem? Quem tem fome, não tem sede. Quando penso naquele tempo, começo a imaginar coisas pueris e terríveis: — "A sede não existe. Só existe a fome", etc., etc. Mas estou fazendo variações e não digo o essencial. O essencial é que, pouco depois do período da fome, arranjei emprego na *Vanguarda*. Ou por outra: — não era *Vanguarda*, mas *Rio-Jornal*.

4 Começava novembro. O Secretário me chama: — "Faz um artigo sobre Dia de Finados." E, então, resolvi escrever bem. Eu era exatamente o *literato*. Saiu-me um texto meio cruel, e do qual me arrependi. Dizia eu que não há ninguém mais narcisista do que o defunto. Ele está sempre bem-posto; é solene, hierático, como os mordomos que, hoje, vemos no filme policial inglês. Na minha euforia estilística resolvi contar um episódio de rara impiedade.

5 Eis o fato: — pouco antes, morrera um pastor protestante na minha rua. Morava a duas quadras da minha casa. De noite, desci do bonde e passei lá. Seria deselegante (vá lá o deselegante) não entrar. Tomei coragem, entrei e fui cumprimentando a viúva e demais parentes. E comigo entrou um bêbado, vejam vocês. O sujeito não conhecia ninguém ali. Mas vira o ajuntamento e resolvera entrar. E, então, aconteceu esta coisa inédita e abominável — ao vero defunto de gravatinha-borboleta, o pau-d'água começou a rir e continuou a rir, num crescendo espantoso.

6 Como bêbado, não devia ter som para as gargalhadas. Mas tinha. Seu riso atravessava a noite. Imediatamente, cães da vizinhança responderam. E esse alarido canino propagou-se de quintal em quintal, acordando os galos que, por sua vez, começaram a cantar fora de hora. Nos terrenos baldios, faunos e vampiros também esganiçavam o riso torpe. E só o morto, com a sua gravatinha-borboleta, permaneceu impassível. O bêbado não alterou em nada a correção de sua pose. Era mulato e, morto, tornara-se azul.

7 Contei tudo isso no artigo. Ao entregar a matéria, a minha vaidade autoral era indisfarçável. O Secretário explodiu: — "Você quer que eu publique essa droga? Está maluco? Dia de Finados é uma coisa séria, séria!" Virou-se para um outro: — "Faz um artigo sobre Dia de Finados", etc., etc. Naquele momento, tive vontade de chorar. Bem, contei tudo isso para voltar à Espanhola. Claro que, em 1918, isto aqui era outro Rio, o Rio dos lampiões, dos bondes e dos enterros residenciais. Se não existiam mais as carruagens de Dumas pai, ainda se podia passear nos tílburis machadianos. Botafogo era Machado de Assis puro.

8 E foi nesse Rio absurdo que a gripe desabou. Na fábula acima vimos que o defunto no seu narcisismo obsessivo foi ao requinte da gravatinha-borboleta. Mas a Espanhola matava, sem fazer nenhuma concessão à vaidade dos mortos. E o apavorante eram a solidão, o abandono e, sobretudo, a humilhação do cadáver.

9 Morrer na cama era um privilégio abusivo e aristocrático. O brasileiro morria nos lugares mais impróprios, inadequados: — na varanda, na janela, na calçada, na esquina, no botequim. Morria no meio de uma frase, de um gesto, de um sorriso, de um beijo. Normalmente, o agonizante entretém-se em imaginar a reação dos parentes, amigos e desafetos. Na Espanhola, não havia reação nenhuma. Muitos caíam, rente ao meio-fio, com a cara enfiada no ralo. E ficavam lá, estendidos, não como mortos, mas como bêbados. Nem um cachorro vinha lambê-los. Era como se o cadáver não tivesse ninguém, nem mãe, nem pai, nem amigo, nem vizinho, e nem, ao menos, inimigo.

10 O sujeito morria sem vela. Nós sabemos quem é e como é o brasileiro. Acontece aqui uma coisa misteriosíssima e linda. Se o brasileiro morre na rua atropelado, ou por outro motivo qualquer, surge, imediatamente, a seu lado uma vela. É automático. Não importa que seja na Presidente Vargas, no Mangue, na avenida Brasil. Ninguém sabe, e jamais saberá, quem pôs a vela, e que fósforo a acendeu. A chama trêmula, que nenhum vento apaga, torna a morte mais amiga, mais compadecida e mais feérica.

11 Pois essa estrela dos atropelados, estrela de esquina, de meio-fio, de asfalto, não ardeu pelos mortos da Espanhola. Eu, da minha janela, espiava os caminhões passando. E não entendia mais nada. Antes da gripe, achava a morte rigorosamente linda. Linda pelos cavalos, e pelas plumas negras, e pelos dourados, e pelas alças de prata. Lembro-me que, na primeira morte adulta que vi, cravou-se em mim a lembrança dos sapatos, inconsoláveis, tristíssimos sapatos. A Espanhola arrancou tudo, pisou nas dálias, estraçalhou as coroas.

12 Diz alguém que a cama é um móvel metafísico, onde o homem nasce, sonha, ama e morre. Em 1918, a esquina e o botequim, e a calçada, e o meio-fio seriam metafísicos também. Porque lá se morria a toda hora. Mas eis o que eu queria dizer: — vinha o caminhão da limpeza pública e ia recolhendo e empilhando os defuntos. Nem só os mortos eram assim apanhados no caminho. Muitos ainda viviam. Mas nem a família, nem os coveiros, ninguém tinha paciência, nem paciência nem amor. Ia alguém para o portão gritar para a carroça de lixo: — "Aqui tem um! aqui tem um!" E, então, a carroça ou o caminhão parava. O cadáver era atirado em cima dos outros. Ninguém chorando ninguém.

13 O homem da carroça não tinha melindres, nem pudores. Levava doentes ainda estrebuchando. No cemitério, tudo era possível. Os coveiros acabavam de matar, a pau e picareta, os agonizantes. Nada de túmulos exclusivos. Todo mundo era despejado em crateras, buracos hediondos. Por vezes, a vala era tão superficial que, de repente, um pé florescia na terra, ou emergia uma mão cheia de bichos.

14 Ninguém se lembraria de fazer uma missa do sétimo dia. O brasileiro é um homem de fé. Conheço patrícios que têm, ao mesmo tempo, três ou quatro religiões. Pois, na Espanhola, não acreditavam em nada. O sujeito mal tinha tempo de morrer. E eu, com seis anos, cada vez entendia menos aqueles enterros fulminantes, sem dourados, sem cavalos, sem penachos.

{ Os mortos sem espelho }

15 Por que a peste? Eu ouvi dizer que os culpados eram os mortos insepultos da guerra. O nome "Espanhola" era, de fato, um mistério. Lá em casa, todos caíram de cama, menos eu. Meu irmão Augusto, recém-nascido, era um pequenino esqueleto com um leve, diáfano, revestimento de pele. Mas não chorava, nem gemia. Houve uma noite, uma tarde, não sei, em que parecia agonizar. Mas, de repente, abriu os olhos, sorriu, numa euforia de anjo. E sobreviveu.

16 De repente, passou a gripe. Ninguém pensava nos mortos, atirados, nas valas, uns por cima dos outros. Lá estavam, humilhados e ofendidos, numa promiscuidade abjeta. A peste deixara nos sobreviventes, não o medo, não o espanto, não o ressentimento, mas o puro tédio da morte. A cidade estava cansada de morrer. Lembro-me de um vizinho perguntando: — "Quem não morreu na Espanhola?"

O Globo, 21/3/1970[26]

---

[26] Para compor a história da Gripe Espanhola, Nelson Rodrigues reaproveitou diversos parágrafos da crônica do *Correio da Manhã* de 9/3/1967, também publicada em *Memórias — A menina sem estrela*.

75. À sombra dos crioulões em flor

1 Se vocês querem conhecer um povo, examinem o seu comportamento na vitória e na derrota. Há poucos dias, o Brasil derrotou a Inglaterra, ali, no Estádio Mário Filho. Conviria comparar os dois comportamentos do Brasil e da Inglaterra vencida.

2 Comecemos por nós. Quinta-feira, o estádio Mário Filho estava abarrotado. Com algum exagero, diria eu que tinha gente até no lustre. Por conta do jogo, a cidade suspendeu todos os pecados. Ninguém matou, nem roubou, nem traiu. Que eu saiba, não houve um único e escasso assalto. Todas as classes, profissões, ideologias, raças, idades — juntaram-se no ex-Maracanã.

3 Houve o jogo e vencemos. A Inglaterra é campeã do mundo e perdeu. Bastaram dois minutos do verdadeiro futebol brasileiro. Em 120 segundos, liquidamos o inimigo. Vejam vocês: — a Inglaterra fazia a pose de melhor futebol da Terra. Os nossos jornais, ou afirmavam, ou, na pior das hipóteses, insinuavam que o futebol inglês era, sim, o melhor do mundo. Por um funesto lapso, o brasileiro já não se lembrava de que somos os bicampeões.

4 No vídeo, não havia a menor coincidência entre o que o locutor dizia e o que a imagem mostrava. Por exemplo: — Tostão foi, durante a partida, um estilista, da cabeça aos sapatos. Seus passes saíam, límpidos, exatos, macios. Deu um banho de bola nos ingleses. E a maioria dos locutores exigia, aos brados, a sua substituição. O rádio e a TV não faziam outra coisa senão soluçar elogios aos ingleses. Os visitantes tinham todos os méritos e os brasileiros todos os defeitos.

5 E, então, comecei a perceber que profissionais, torcedores e simples curiosos estavam lá por diferentes motivos. Uns queriam ver a caveira do Saldanha; outros, a caveira do Brasil; ainda outros, as duas caveiras — do Brasil e do Saldanha. Houve um momento em que me virei para o Marcelo Soares de Moura e cochichei-lhe: "Se o Brasil perder, vão enforcar o Saldanha como um ladrão de cavalos." O leitor há de perguntar: — "O Brasil é tão impopular no Brasil?" Realmente, o Brasil é muito impopular no Brasil.

6 Dirão vocês que, nas arquibancadas e gerais, o povo quis ajudar o escrete. O diabo é que o povo vaia sem querer, vaia automaticamente. Sim, o povo morreria de tédio e frustração, se não pudesse vaiar qualquer coisa, inclusive o minuto de silêncio. E, portanto, o povo, a um só tempo lírico e crudelíssimo, ora vaiava, ora aplaudia. Mas eu falo dos que nas perpétuas, tribunas e cativas torciam com o mais límpido, translúcido impudor, pelo inimigo. Eu falei com vários; e os sujeitos estrebuchavam de devoção: — "Como jogam! Como jogam!" Meu Deus, é um futebolzinho bem aplicado, laborioso, de uma disciplina tática feroz e uma base física medonha. E só.

7 Terminou o primeiro tempo com o marcador de 1 x 0, a favor da Inglaterra. O Brasil dera-se ao luxo de perder um pênalti. Na fila do café, um sujeito me agarra; diz: — "No segundo tempo, a Inglaterra vai melhorar e o Brasil vai abrir o bico." Entendi o raciocínio do fulano — como há por aqui Nordeste, o Amazonas, a mortalidade infantil, teríamos mais dez minutos de fôlego, se tanto.

8 Mas aconteceu exatamente o inverso: — a Inglaterra abriu o bico e o Brasil melhorou. Sim, no segundo tempo a Inglaterra não arriscou um mísero ataque. Agarrou-se a uma retranca ainda mais radical que a do primeiro tempo, para salvar o 1 x 0. Dois ou três idiotas da objetividade começaram a achar que até a saúde de vaca premiada é um mito insustentável. Os nossos bons adversários não tinham pernas. E a maioria dos locutores, principalmente os paulistas, continuava a exigir a retirada de Tostão. E no momento em que mais se exasperavam contra o maravilhoso jogador, Tostão é derrubado, deita-se na grama e faz o gol.

9 Foi um assombro. Em pé, o Tostão já é pequeno, pequeno e cabeçudo como um anão de Velasquez. E imaginem agora deitado. Os ingleses ficaram indignados e explico: — um gol como o de Tostão desafia toda uma complexa e astuta experiência imperial. Um minuto depois, ou dois minutos depois, Tostão dá três ou quatro cortes luminosíssimos e entrega a Jairzinho. Este põe lá dentro. Naquele momento, ruía toda a pose inglesa. Era a vitória, e pergunto: — como reagimos diante da vitória? Claro que o homem de arquibancada subiu pelas paredes como uma lagartixa profissional.

10 Mas pergunto: — e os outros? E os outros? A imprensa, que fez a imprensa? E o rádio? E a TV? Deviam estar virando cambalhotas elásticas, acrobáticas. A Inglaterra pode não ter futebol, mas tem o título. É campeã do mundo. Portanto, vencemos o título. Os grandes jornais não concederam ao feito brasileiro uma manchete de primeira página. O mais dramático é que quase toda a imprensa e o rádio e as TVs trataram de amesquinhar, humilhar, aviltar a vitória. Em São Paulo, as "Folhas" acharam os ingleses "os melhores". E, no Rio, a mesma coisa.

No subdesenvolvido, a imparcialidade não é uma posição crítica, mas uma sofisticação insuportável. Fingindo-se de justa, quase toda a crônica falada e escrita falsificou o jogo, isto é, descreve um jogo que não houve.

11 Vejam agora o comportamento dos ingleses. Ninguém faz um império sem um implacável cinismo. E os nossos adversários portaram-se com um admirável descaro. Vocês viram o que houve no Estádio Mário Filho. A Inglaterra foi, como escrevi ontem, um Bonsucesso. Dirão que estou fazendo um exagero caricatural. Mas se o Bonsucesso tivesse assassinado, a pauladas, Maria Stuart; se jogasse à sombra de Lord Nelson, Lady Hamilton e Dunquerque; e se morasse no Palácio de Buckingham — o Bonsucesso faria mais que os ingleses. Batidos, em dois minutos, submetidos a um olé inédito e ignominioso — faltou aos nossos adversários a nobilíssima humildade da autocrítica. O técnico e os jogadores tratam a derrota como se vitória fosse; esvaziam a humilhação de todo o dramatismo. Os brasileiros não são de nada. Tostão fez aquele gol espantoso. Deitado, enfiou a bola nas redes. Diante de tamanho feito, os ingleses deviam admitir, de vista baixa: — "Aprendemos mais esta." Nada disso, e pelo contrário, acham absurdo, indesculpável, que um jogador deitado faça um gol. E Pelé? Com o cinismo de grande povo, o inglês inverte magicamente tudo, em seu favor. Ao passo que o brasileiro, subdesenvolvido, inverte tudo, em seu prejuízo.

12 Felizmente, houve o olé. Foi talvez o momento mais alto do futebol brasileiro. A parte da crônica mais subdesenvolvida condenou o olé como antiesportivo e desrespeitoso. E outros pretendem que foi um recurso tático e, portanto, nada ofensivo. Apenas queríamos ganhar tempo e nunca desfeitear o adversário. É inútil mentir. Vamos retirar do olé os bons sentimentos, que não cabiam, nem existiram. Houve, sim, uma crueldade jucunda. Os ingleses, batidos, e lisamente batidos, tratam de aviltar o nosso triunfo. Dizem que Pelé foi feito pela publicidade como um refrigerante.

13 Eis o que eu queria observar: — fez bem o escrete brasileiro em tirar sua bela vingança. Não precisávamos ganhar tempo. Os ingleses é que, sem pernas, fisicamente gastos, teriam de fazer cera. Basta lembrar que, para coroamento do olé, quase saiu o terceiro gol, lindo, lindo, do crioulo. Se Pelé tivesse estourado as redes inglesas, havíamos de guardar seu gol numa caixinha de veludo, caixinha de pressão. Nunca se viu em tempo nenhum, em idioma nenhum, tão formidável explosão lírica e maligna. A seleção campeã do mundo foi posta na roda. Durante três, quatro ou cinco minutos, o adversário correu, em vão, atrás da bola. E os craques brasileiros trocavam passes irretocáveis. Ninguém descreverá, jamais, a alegria popular. O berro colossal inundou a cidade: — "Olé! Olé! Olé!" Saldanha mandava parar. Não queria que o inimigo crescesse na humilhação. Mas a loucura instalara-se no Estádio Mário Filho. Eram oitenta, cem mil pessoas, ébrias de olé. E, súbito, depois da crudelíssima exibição, Gérson estica uma comprida para Pelé. O crioulão dispara e quase, quase entra com bola e tudo. Depois do jogo, a multidão saiu em plena embriaguez. Muitos dias já se passaram. E ainda sentimos a ressaca triunfal do olé.

O Globo, 17/6/1969

76. E, de repente, viu a morte, cara a cara

1 Claro que o restaurante influi em nosso gesto, em nossa frase, em nossa inflexão, em nosso riso. Somos um no Antônio's, outro no Nino, ainda outro no Mário, ou no Bistro, Bec Fin, etc., etc. Mas há umas três ou quatro figuras que não mudam nunca. Entre estas eu incluo o Miguel Lins. Fomos, ontem, eu, ele e o Hélio Pellegrino ao Nino. E, lá, foi o mesmo Miguel Lins, sem uma vírgula a menos, sem uma vírgula a mais. Sim, era o extrovertido ululante de todos os dias e de todas as horas.

2 Percorre o menu, do primeiro ao último prato. Seu rosto tomou a expressão de descontentamento cruel de certas máscaras cesarianas. Geme: — "A gente gosta do que comeu em criança." Por aí se vê que o Miguel Lins resiste a esse mínimo de sofisticação que o bom restaurante injeta nos seus fregueses. Nada do que o Nino podia oferecer-lhe o fascinava. Em verdade, seu apetite sonhava com pratos nostálgicos de um tempo perdido. Veio o garçom e ele pergunta: — "Tem repolho?" O garçom, correto como um mordomo de filme policial, desilude-o: — "Repolho, não."

3 Insiste o Miguel: — "E abóbora, tem?" Nem abóbora. Fez outros pedidos que, para o Nino, eram escandalosamente utópicos. O garçom, com uma ironia muito tênue e compassiva, ia dizendo: — "Não tem." E, então, numa crudelíssima frustração, o Miguel Lins desistiu de todas as fantasias infantis de sua fome. Mas era claro que está enterrado, nele, como um sapo de macumba, um menino perene. O menino queria comer no Nino ensopadinho de abóbora com carne-seca.

4 E, finalmente, escolhido o seu prato, o famoso advogado começou: — "Imaginem vocês que..." Apanha uma azeitona e continua: — "A coisa mais admirável que eu vi na minha vida." Interrompeu para pedir ao garçom: — "Olha a cerveja, meu filho." E o outro, de passagem: — "Vem já." Miguel Lins falou em "coisa admirável", e eu pensei num entusiasmo paisagístico. Imaginei que se tratasse de Capri, ou talvez, de um poente do Leblon. Mas o Miguel explica: — "Foi um gesto do Paulo Albuquerque."

5 Ainda perguntei: — "Paulo Albuquerque, o cirurgião?" — Exatamente: Paulo Albuquerque, o cirurgião. Miguel Lins começou a história e não parou mais. E, de repente, o Hélio Pellegrino esqueceu o seu bife, eu, o picadinho, e o Miguel, o ensopadinho não sei de quê. Agora me lembro: — de vagem, ensopadinho de vagem. Primeiro, fizemos ali uma breve meditação sobre a morte.

6 O espantoso é que o homem, sendo perecível, não se julga perecível. Não sei se me entendem. O homem acredita na morte, mas não na "própria morte" (na minha infância, eu não acreditava nem na morte dos outros.) Todavia, há situações vitais que não admitem dúvida, nem sofisma. E o homem "sabe", de repente, sabe que "vai morrer". Está diante da própria morte. Não de outra qualquer, mas da "sua". Há os que perguntam: "Doutor, quanto tempo tenho de vida?" E o médico: — "Um mês, ou dois, ou três."

7 O tempo é o de menos. Sejam três meses, ou um ano, ou sessenta anos. O insuportável é que o homem fica sabendo a data, quase o dia, quase a hora, quase o minuto da sua morte. Houve um que disse ao médico: — "Eu não tenho três meses de vida." O médico não entende ou só entendeu quando o viu puxar o revólver. O clínico imagina: — "Vai me matar." Mas o doente virava a arma contra si mesmo. Já que não era a vítima, o clínico passou a outro problema. Pedia: — "Aqui não! Aqui não!" Mas o cliente introduz o cano na boca e puxa o gatilho. Assim devolveu os três meses que lhe dera o médico.

8 Mas os dois doentes que referi não tinham, como Paulo Albuquerque, uma forma física, pessoal, um alfaiate, um terno, um nome, etc., etc. Tudo aconteceu na altura de 1950, 51 ou 52. Miguel Lins viu a progressão fulminante da catástrofe. Foi testemunha auditiva e ocular de cada passo, gesto, olhar, palavra. Viu o olho de espanto dos amigos, parentes, colegas. Mas eis como tudo se passou.

9 Um dia, Paulo Albuquerque começou a sentir uma série de sintomas. Era médico e foi lúcido do primeiro ao último momento. Sem dizer nada a ninguém, tratou de fazer certos exames. Tinha o que, para outro, seria uma "suspeita terrível". Mas há naturezas para quem as coisas não são nunca "terríveis" (não digo que seja este o caso de Paulo Albuquerque). Vem o resultado dos exames: — câncer na laringe. Diga-se que a suspeita não fora nunca uma suspeita, mas uma certeza. Estava confirmada a certeza de Paulo Albuquerque.

10 Não há pudor, mistério, respeito que possa impedir uma notícia de câncer. Todos fazem segredo. Mas ela se transmite na simples aragem ou por outras palavras: — assume a forma atmosférica. Todos a respiram e todos ficam sabendo. Em 50, 51 ou 52, o médico não disse, a família não disse, nem os amigos, nem o próprio Paulo Albuquerque. Em meia hora, porém, o cochicho instalou-se na cidade: — "Câncer na laringe! Câncer na laringe!"

11 Paulo Albuquerque passou a ser o homem que "vai morrer". E era a morte datada. O condenado à cadeira elétrica tem um dia, uma hora, sim, uma data. Há, porém, a hipótese vital do indulto. E, enquanto Miguel Lins falava, imaginei que a ferida da laringe tivesse a cor da orquídea e da gangrena. Desde o primeiro momento aceitou a sua morte. Era um martírio espantosamente sem emoção. Um santo não seria mais sereno. Miguel Lins estava desesperado. Era como se Paulo Albuquerque morresse todos os dias e morresse cada vez mais.

12 Não havia esperança? Nenhuma. Muitos tinham vontade de perguntar-lhe: — "Você não sofre? Não tem pena de si mesmo? Ou medo?" Nem pena, nem medo. Havia entre ele e o câncer uma convivência quase terna. Ainda viajaria para os Estados Unidos; e, sem nenhuma ilusão, seria examinado pelo maior especialista norte-americano. Mas dizia, com seu lúcido fatalismo: — "Vou morrer lá." Falava em tom castamente informativo.

13 Numa peça de Sartre, há um rei, ou príncipe e, em suma, um homem que daria tudo por uma lágrima. Paulo Albuquerque não teve essa lágrima, nem a desejou. Antes do embarque, chamou parentes, amigos e disse-lhes: — "Quando eu morrer, quero ser cremado." Alguém insinuou: — "Não vai morrer." E ele, cortante: — "Quero ser cremado." Perguntava: — "Por que despesas com o transporte do corpo?" Dois, ou três amigos, tinham que sair; e iam chorar lá fora.

14 Quando o Paulo Albuquerque embarcou, Miguel Lins foi um dos que o levaram ao aeroporto. O morto ia maravilhosamente calmo: era talvez uma calma intensa, uma apaixonada serenidade. Partia como alguém que elaborou a própria morte, que a viveu como nenhum outro homem. E assim que o avião arrancou, Miguel Lins explodiu numa feroz crise de choro. Foi logo cercado, envolvido por umas velhas internacionais que acabavam de desembarcar de outro aparelho.

15 Na mesa do Nino, ontem, aliás, anteontem, eu e o Hélio perguntamos: — "E o resto? E o resto?" Antes de concluir, repetiu Miguel Lins que ninguém morreu com mais beleza do que Paulo Albuquerque. O amigo internou-se numa prodigiosa clínica americana. Um grande cirurgião, que era, se assim posso dizer, um virtuoso, um estilista da especialidade, ia fazer-lhe a inútil operação. Antes, porém, tratou de repetir os exames feitos no Brasil. E, finalmente, o grande cirurgião foi vê-lo no quarto. Trazia o resultado dos exames. Disse-lhe tudo: Não era câncer, nem ele ia morrer. Subitamente Paulo Albuquerque despertou entre os vivos.

O Globo, 24/3/1969

77. Quem extravasa ódio?

1 Em que consiste o "Paredão de Manchete"? É uma enquete. A revista escolhe uma vítima e chama uma série de personalidades. Faz-se o julgamento ou, melhor do que isso, a execução. As perguntas devem ser mortíferas como balas.

2 Quando o Zevi fez o convite, a minha modéstia estrebuchou. Aleguei que o "Paredão" exige os méritos especialíssimos que me faltam. Quem se lembraria de fuzilar um homem secundário como eu? Retrucou o Zevi: — "Você é muito discutido." Retifiquei: — "Fui discutido." E, de fato, eu era um ser polêmico. Imaginem vocês um centauro que fosse a metade cavalo e a outra metade também. Era esta a minha imagem para gregos e troianos. Detestado por uns, tarado para outros, mal-amado por todos.

3 Dirão vocês que exagero. Mas creiam que, durante vinte anos, fui eu o único autor obsceno do teatro brasileiro. Na estreia da minha peça *Anjo negro*, o *Diário da Noite* me chamou de *tarado*, no alto de página, em oito colunas. Nunca me esqueço de uma piedosa dama que, num sarau de grã-finos, disse, esbugalhada: — "Nelson Rodrigues é um necrófilo!" Houve, em derredor, um suspense pânico. Alguém perguntou: — "A senhora tem certeza?" Chamou o marido e fez-lhe a pergunta: — "O Nelson Rodrigues é o quê?" Veio a resposta: — "Necrófilo!"

4 Mas há pior e, repito, há pior. Em outro sarau, um sujeito explicava que *Nelson Rodrigues fazia a sesta num caixão de defunto*. Pensando bem, eu não era bem um autor controvertido. Havia em torno de minha pessoa, textos e atos, uma sólida e crudelíssima unanimidade.

5 De uma forma ou de outra, eu justificava, no passado, o "Paredão". Mas com a idade, as coisas foram melhorando. Sempre digo que o tempo é um perfeito amoral. Com o tempo, repito, um monstro como Nero vira um afetuoso, terno, familiar nome de cachorro. Propus ao Zevi: — "Arranja outro nome." Ele insistiu, quase zangado: — "É você, só serve você." Tenho comigo a velha pusilanimidade, sim, o velho medo de contrariar os amigos. Disse: "Vá lá, vá lá."

6 (E só uma coisa me deu um certo travo: — o nome de "Paredão" soa, para certas naturezas, como um vaticínio.) Fiquei esperando as perguntas com o mais risonho otimismo. O que eu preciso explicar é que, de uns tempos a esta parte, eu me sentia estimadíssimo. Já contei o caso do limpador de para-lamas? Se não contei, vamos lá. Vinha eu pela rua Álvaro Alvim. Todos a conhecem. Estreitinha como a rua do Ouvidor, permite os diálogos de uma calçada para outra calçada. E, súbito, ouço aquele berro: — "Óbvio ululante!"

7 Só podia ser comigo. Viro-me e vejo, na outra calçada, o lavador de automóvel. Passando a estopa no para-lama, fez-me a homenagem do seu berro e repetiu: — "Óbvio ululante!" Acenei-lhe com os dedos fraternalmente. E, então, ele perguntou, numa dúvida radiante — "Está certa a pronúncia?" Respondi como o J. Silvestre: — "Certa! Absolutamente certa!" Contei o episódio para mostrar como as ruas e em especial, as estreitas, são amorosas.

8 Bem. Mas o que eu queria, em suma, é que as perguntas de *Manchete* tivessem a doçura do lavador de para-lamas. Finalmente, veio trazer as perguntas um rapaz, Buarque de Holanda, talento das novas gerações. Eu tinha que ler e gravar as respostas na hora. Por coincidência, a primeira pergunta foi, justamente, a da Eneida. Li, a reli e vocês não imaginam o meu divertido horror.

9 Deus não me concedeu a sorte de ser amigo de infância de Eneida. Mas nas três ou quatro vezes em que lhe apertei a mão, houve, de parte a parte, um sorriso. Por esse sorriso e por esse aperto de mão, imaginei que usasse comigo o tom irresistível do lavador de automóvel.

10 "Você extravasa ódio. *Acha-se com isso realizado?*" Mas quem odeia e a quem? Por exemplo: — não odiarei você, nunca. Saiba que lhe quero bem, um grande bem. E tanto bem que vou dar-lhe um conselho: — cuide-se, Eneida, cuide-se. Veja se você não tem, dentro de si, uns três ou quatro ódios (e eu seria um deles). O que se pedia era uma pergunta e não um julgamento. Simplesmente, você fez o meu julgamento. Por que diz você que eu odeio? Por que eu digo que o Socialismo Totalitário faz do homem o anti-homem, da pessoa a antipessoa e assassina todas as liberdades? Mas isto não é um sentimento, mas uma constatação. Não preciso odiar a Rússia, a China e toda a Cortina de Ferro para admitir uma evidência objetiva e histórica. Chamo o Pacto Germano-Soviético de monstruosidade. Não estou odiando ninguém. Se eu falo dos expurgos, da invasão da Hungria e da Tchecoslováquia — isso é odiar? São os fatos, os fatos, os fatos. Também sou de uma exemplar veracidade quando digo que a sobrevivência do Socialismo Totalitário depende do Ódio do Estado, do Terror do Estado. E como eu não quero ser escravo, como o são os intelectuais socialistas — vem você e me chama de odiento. Ora, nós dois conhecemos aquilo que, em Psicologia, se chama Projeção. A pessoa projeta-nos outros sentimentos seus.

11 Mas não basta à Eneida acusar-me de ódio. Vai adiante e diz: — "Sendo um homem da extrema direita e, portanto, inimigo do povo." É a minha execução. Se eu sou *inimigo do povo*, que mereço do povo, senão o fuzilamento? O "Paredão" não é mais um charme de revista, mas uma execução física. O ódio que Eneida me atribui, e ela extravasa, acaba de me liquidar.

12 Eu teria muito que dizer, ainda, sobre o meu julgamento, mas vamos passar adiante. Depois de fuzilado pela excelente Eneida, que faria de mim Danuza Leão? Mas diz a minha vizinha, gorda e patusca: — "A gente vive aprendendo." Aprendi, com Danuza, que nós somos melhores do que pensamos. O fato é que ela me *tratou bem*. Achava, inclusive, que eu entendia de mulher. Portanto, ela me tem afeto; e eu sou daqueles que se vendem por um "bom-dia", um "oba", por um "olá". No dia em que um "Exmo. Sr." ou uma "Exma. Sra." do envelope for um ato de amor, um gesto de graça — o homem estará salvo.

13 Danuza quer saber se eu, que acredito num amor primeiro, único e último, se eu conheço algum. Resposta: — não há amor que não seja eterno. E os que acabam? Os que acabam não têm nada a ver com amor. Algum idiota da objetividade perguntará: "E a morte?" O amor continua para além da vida e para além da morte. Não importa que se ame errado: tampouco importa que a vida seja uma flora de equívocos. A simples esperança do amor eterno impede que o homem apodreça à nossa vista. E a mulher falhada, frustrada, morre esperando o amor que não veio.

14 O momento mais lancinante do "Paredão" ocorre com a pergunta do jovem ator Paulo José. Excelente menino. Mas diz o seguinte: — "As posições de D. Hélder, autenticamente cristãs, estão apoiadas no pensamento da Igreja de hoje." E continua: — "Estabelecendo confronto, pergunto: — qual é o outro pensamento da Igreja? Existe outra coisa que mereça ser lida ou vivida?"

15 Como posso descrever o meu escândalo profundo? Considero invencível um rapaz que chega à boca de cena e anuncia, de fronte alta: — "A Igreja começa e acaba em D. Hélder." Não lhe apareceu um parente, um contraparente que cochichasse: — "Além de D. Hélder, há pra mais de dois mil anos." Simplesmente, ele enxota os vinte séculos como quem afasta, com o lado do pé, uma barata seca. Rapaz fortemente atualizado, jamais desconfiou de que tivesse existido, alhures, um Cristo.

O Globo, 24/10/1970

78. Temos, no Rio, uma fabulosa mulher de papel

1 Eu diria que a grã-fina não tem nada a ver com a vida real. Há um ano, ano e pouco, passei no Antonio's. Era meia-noite, hora que, segundo Machado de Assis, apavora. Entro e ouço: — os palavrões gorgeavam como nunca. Vi, num canto, uma mesa para dois. Eu era um, mas sentei-me. Coincidiu que à mesa, ao lado, estivesse a grã-fina. Era um grupo de seis ou sete, todos grã-finos.

2 O Antonio's vivia, então, o seu grande momento. Todo mundo ia amar no Antonio's, odiar no Antonio's, trair no Antonio's. Não era um restaurante, mas uma pose. Ninguém o frequentava para comer ou beber, mas para posar. E, de vez em quando, aparecia lá, desgarrada, uma dessas velhas internacionais inimagináveis, fascinada pela história e lenda do Antonio's. E eu da minha mesa, não tirava a vista da grã-fina.

3 De repente ela solta uma gargalhada. No bom tempo, os fregueses do Antonio's, entre o sorriso sutil e a gargalhada vital, preferiam esta última. E os eternos descontentes, que sempre os há, e sarcásticos, diriam que a grã-fina ria como uma lavadeira. Já estou comendo um bom bife. E eis que vem o garçom, ou gerente. Agora me lembro — o gerente entrega ao marido da grã-fina um maço de papéis. A olho nu, fiz os meus cálculos: — seis meses de contas nababescas.

4 Imediatamente, meu prato, meu bife, minhas fritas tornaram-se secundários, irrelevantes. Só tive olhos e ouvidos para ver e ouvir o que estava acontecendo ao lado. E eu olhava como se a cena fosse um quadro de Goya. Imaginem se, de repente, entra no Antonio's um quadro de Goya. E se o quadro de Goya, devidamente autenticado, ocupasse a mesa mais próxima. Não seria mais agudo o meu prazer visual. Pena que não seja eu um descritivo para fixar, em todo o seu dramatismo, o que estava acontecendo.

5 E, então, com infinita paciência, um interesse quase lúbrico, o marido foi repassando, um por um, aqueles papéis. Não sei se me entendem. Eram papéis que, somados, dariam uma bobina de jornal. O grã-fino não tinha pressa e pelo contrário: — examinava as contas com ternura. E, de vez em quando, entre uma gargalhada e outra, a grã-fina olhava as notas com uma curiosidade a um só tempo furtiva e encantada.

6 Eram despesas feitas, noite após noite, através de seis meses, talvez um ano. E os papéis pareciam-me liricamente amarelados como flores secas de um amor fenecido. Durou duas horas a revisão. Em igual tempo, ele teria lido a metade do *Conde de Monte Cristo*. Já não me lembrava mais do meu prato, do meu bife, de minhas fritas. Eis o suspense que me torturava: — que faria ele quando acabasse de conferir o último papel? Instalou-se em mim a certeza fatal: — "Vai pagar."

7 Ao mesmo tempo começava, entre os companheiros do casal, um certo processo de angústia. Ninguém falava, nem ria. Estavam todos magnetizados por uma dívida do Rei Farouk. Nas mesas próximas, os palavrões tinham emudecido. O suspense contagiara todo o restaurante.

Evidentemente, o grã-fino não estaria conferindo as notas por simples curiosidade vadia. Finalmente, ao cabo de duas horas intermináveis, chegou ao fim. E, então, sem uma palavra, deu a papelada à mulher.

8 A cena repetiu-se. Continuava o suspense. Adiava-se o desfecho. E a grã-fina, com a mesma e delicada paciência do marido, examinou todas as contas, uma por uma. Eram antigos jantares, vinhos, ou por outra: — velhos uísques nostálgicos. Notas de duzentos contos, trezentos, quatrocentos ou quinhentos. A tensão dos presentes já era insuportável. O gerente, lá de longe, lambia o casal com a vista. E a grã-fina continuava, não tinha nenhuma urgência. De vez em quando, voltava atrás e reexaminava uma despesa talvez maior.

9 No fim de certo tempo, quem estava exausto era eu. Mas não sairia dali nunca, tão inarredável era a minha curiosidade. Queria ver o momento em que o grã-fino ia encher um cheque de cem milhões para pagar seis meses de despesas suntuárias. E, por fim, depois de outras duas horas, a grã-fina chegou ao último e miserável papel. Leu e releu com uma espécie de volúpia. E, em seguida, com um suspiro imperceptível como o hálito, devolveu a papelada ao marido.

10 Criou-se o terceiro e alucinante suspense: — e se tudo começasse de novo? E se o marido fosse ler a papelada outra vez? Não. Fez um gesto para o gerente. Lá veio o homem com sombrio élan. Naturalmente, esperava que o pagassem, claro. Está ao lado da mesa, firme, hierático, ereto como que ouvindo o Hino Nacional. É agora. O grã-fino pega a papelada e a passa ao gerente. Disse apenas: — "Traz a nota." Como um escorraçado, sai de cena o gerente. Pouco depois vem o garçom com a nota que o grã-fino visa sem olhar, com o tédio dos finais de noite. Era mais uma. E o casal e os companheiros se levantaram. Retiraram-se, por entre mesas e cadeiras, acenando em todas as direções.

11 Segundo Mao Tsé-tung, a bomba atômica é um "tigre de papel". Eu diria que a verdadeira grã-fina é também uma mulher de papel. É de papel ou são de papel os papagaios que o grã-finismo vai largando nos bancos. Mas comecei dizendo que a grã-fina nada tem a ver com a vida real. Pensem na cena do Antonio's. Não é um casal qualquer, mais o mais célebre, talvez, da cidade. Quando ela passa, há o cochicho universal: — "Olha Fulana! Olha Fulana!" Por toda parte, inspira paixões e suicídios. Suicídio, não. O homem se mata por amor e não por sexo. E o marido não tem como pagar o pileque de ambos.

12 Mora num palácio. Quem fez o seu jardim foi Burle Marx. Na hora do banho, o que jorra de uma bica de ouro é o efervescente leite de cabra. Não pensem numa banheira trivial. Banha-se numa piscina. E crocodilos ornamentais deslizam, no leite, sem marola. *Manchete* vai à sua casa, para fotografar um dos "mais belos interiores do Brasil". E o patético é que vive tal vida — sem um tostão.

13 Dirão os idiotas da objetividade que estou fazendo um exagero caricatural. Mas repito: — sem um tostão. Tem setecentos pares de sapatos e deve do primeiro ao último par. Vai devendo em todos os restaurantes. Nas suas paredes, as telas são de Cézanne, Claude Monet, Degas, Picasso e outros, e outros. Os idiotas da objetividade poderão insistir: — "E o dinheiro? E o dinheiro?" Mas eu adverti, na primeira frase desta confissão, que a grã-fina não tem nenhum compromisso com a vida real. Ela vive como se o mundo fosse um cósmico Antonio's, onde ela pudesse "espetar" o sapato, o vestido, os caprichos e o pileque.

14 Já disse, e aqui repito, que São Paulo não tem uma única grã-fina. E por que não a tem? Porque há dinheiro em São Paulo. E a mulher rica não precisa ser grã-fina. Ora, partindo do princípio de que o grã-finismo exige a comunidade pobre, escrevi, certa vez, que o Estado ideal para a grã-fina seria, entre outros, o Piauí. Disse-o e logo me arrependi. Os protestos choveram.

15 Verifiquei então, com desolado escândalo, que Piauí não quer ser pobre. Mas desde quando a pobreza foi vergonha? Não sei se contei, aqui, o caso daquele governante que entrou rico na Sicília pobre e saiu pobre da Sicília rica. A riqueza é que era sua humilhação total. Mas quando, sem um níquel, saiu do Poder, os sicilianos, em massa, atiravam-lhe rosas para que ele as pisasse. A nossa Assembleia Legislativa, pressurosa, deu-lhe o título de "Cidadão Carioca". E o Presidente De Gaulle, em pessoa, veio enfiar-lhe na lapela a Legião de Honra. E tudo por quê? Porque o ex-governante, tendo perdido tudo, passou a dever até o leite do caçula. Sua mulher acabou grã-fina.

16 Segundo deduzo, o Piauí não entendeu que lhe tenho profunda simpatia. Chamando-o de "pobre", tive a intenção óbvia de elogiá-lo. Era como se o estivesse gabando: — "Vejam como o Piauí é pobre", etc., etc. E, no entanto, vejam vocês: — pela primeira vez, desde que se inventou a cortesia, um elogio é injurioso. Ainda ontem, recebo de São Luís. Desculpem. São Luís é Maranhão. Eu queria dizer Teresina. Ou não é Teresina? É Teresina, sim. Mas como ia dizendo: — recebi um telegrama de lá, ofendidíssimo. Sim, um telegrama cujos brios estavam mais eriçados do que as cerdas bravas do javali. E o remetente exigia-me satisfações urgentes e totais. Excelente! Já vi que terei de recolher todos os elogios que lhe fiz.

O Globo, 22/3/1969

79. Degradação da vida e da morte

1 Certa vez, numa de minhas "Confissões", escrevi, por outras palavras, o seguinte: — "Na hipótese de uma guerra nuclear, acho que se perderia pouco, muito pouco." Eu disse isso e não sei, até hoje, se me arrependo de o ter dito. De vez em quando, fico a pensar no fim do mundo. Imaginemos: — não há mais vida humana, foi raspado, com palha de aço, todo e qualquer vestígio de vida humana. Não sobrou nem mesmo uma folha de alface, ou de avenca, ou de couve. Não há mais nada, nem micróbios. Não existiriam nem mesmo as estrelas, porque ninguém viveria para vê-las.

2 Pensem na terra de uma nudez mais árida que uma paisagem lunar. E eu pergunto se perderíamos alguma coisa, se tal acontecesse. Da minha parte, não sei o que responder. Hoje tudo se faz para degradar a vida e, pior, para degradar a morte. Alguém disse: — "Não vale a pena viver, nem vale a pena morrer." É como se ambas, a vida e a morte, perdessem o sentido.

3 Se me perguntarem por que estou dizendo tudo isso, responderei: — por causa dos antropófagos dos Andes. Como se sabe, lá caiu um avião e houve sobreviventes. Alguns destes morreram debaixo de uma avalancha de neve. E os outros, que fizeram os outros? Comeram os companheiros, comeram os amigos. Vejam como se conseguiu, num só lance, aviltar a vida e aviltar a morte. Conta um correspondente de Montevidéu que o pai de um dos mortos perguntou: — "Como morreu meu filho?" Ora, o rapaz tinha sido almoçado pelos amigos. Era uma pergunta sem resposta.

4 O copiloto do avião conseguira sobreviver ao choque. Muito ferido, porém, pediu que o matassem com o seu próprio revólver. Diz a notícia, de maneira sucinta, impessoal, inapelável: — *O que foi feito*. Se as palavras têm um valor preciso, temos aí um assassinato. E não foi só. Os outros sobreviventes não só mataram como ainda o comeram.

5 E mais: — resgatados, os antropófagos voltaram de avião para sua terra. No meio da viagem, um patrulheiro descobre em pleno voo que os sobreviventes ainda levavam carne humana. No seu espanto, perguntou; — "Por que vocês trazem isso?" Explicaram: — na hipótese de que faltasse comida no avião, eles teriam com que se alimentar.

6 Cabe, então, a pergunta: — todos comeram carne humana? Havia, entre os sobreviventes, um estudante de Medicina. E este, usando gilete, e com inexcedível virtuosismo cirúrgico, separou as melhores carnes e as piores. As melhores, macias, gostosas, eram as da nádega, da barriga, da perna, etc., etc. Mas o que todos fingem esquecer é que houve um, entre tantos, entre todos, que disse: — "Eu não faço isso! Prefiro morrer, mas não faço isso!" E não fez. Os outros tentaram convencê-lo. E quando ele, em estado de extrema fraqueza, arquejava na dispneia pré-agônica, quiseram forçá-lo. Mas só de ver a carne, cortada como no açougue, ele tinha náuseas medonhas. Seu último suspiro foi também um último *não*.

7 Lembra-me Salim Simão que, segundo um famoso biólogo, só um animal come o semelhante: — a hiena come a hiena. O leão chora o leão que morreu e não o come. Afirma o sábio citado que também o homem não come homem. "Mas há antropófagos", dirão os idiotas da objetividade. Realmente, há antropófagos que, por isso mesmo, porque o são, deixam de pertencer à condição humana. Mas reparem num detalhe desesperador: — aquele, que preferiu morrer a devorar o seu semelhante, não merece nenhum interesse jornalístico. A reportagem dedica-lhe, no máximo, três linhas frívolas e estritamente informativas. Por sua vez, o público ignora o belo gesto que preservou, até o fim, a condição humana. Era homem e morreu homem.

8 Talvez os piores não sejam os antropófagos. Estes poderão dizer nas entrevistas coletivas e na televisão: — "Nós estávamos nessas e nessas condições. Queríamos sobreviver." Ora, é uma explicação. Mas vamos e venhamos: — tudo tem explicação. Um célebre escritor arma a seguinte hipótese: — "Se um rato podre chega junto de mim e diz: — 'Cheiro mal por vários motivos, inclusive porque a natureza me deu o dom de cheirar mal; e, além disso, morri e estou podre.' Diz o escritor: — 'São bem sólidas e procedentes as razões do rato. Nem por isso, deixarei de varrê-lo.'" Os antropófagos têm as suas razões. Nem por isso deixam de ser hediondos.

9 Mas como eu ia dizendo: — o pior são os que não sofreram nada. Sim, os que estão aqui, bem comidos e bebidos, felizes da vida e que, limpando um imaginário pigarro, suspiram: — "Se eu estivesse lá, faria o mesmo." Fiz uma enquete com mocinhas jornalistas. Perguntei-lhes: — "Vocês fariam o mesmo?" Uma por uma, todas responderam, numa risonha unanimidade: — "Com fome acho que faria." Vocês ouviram? No Rio, bem alimentadas, se confessam dispostas a provar, em caso de necessidade, uma fatia de nádega humana, ou de coxa, ou da barriga da perna. Fui ouvir os homens da minha profissão. A mesma unanimidade. Eu queria argumentar: — "Mas houve um que preferiu morrer a comer o seu semelhante." Para esse que não se desumanizou, há o desprezo da seguinte definição: — "É um suicida." Perguntei: — "Suicida, e daí?" Uma coisa, acho maravilhosamente certa: — muitas vezes Deus prefere o suicida.

10 Como explicar essa unanimidade a favor dos antropófagos? Como explicar o alvoroço com que todos formam ao lado dos homens que comem homens? Até agora, até este minuto, não encontrei ninguém que dissesse: — "Eu preferia morrer a fazer isso." Os que falam assim não sabem que a vida pode ser o mais degradado dos bens. Ah, outra coisa que ia esquecendo: — havia um pacto de honra entre os antropófagos: — nenhum deles falaria. E por que, em seguida, passaram a dizer tudo, com a maior prolixidade, sem omissão das minúcias mais abjetas?

11 Na neve, saboreando as fatias de nádega humana, eles achavam que, comer a carne de cadáver, era uma imitação de Cristo. E o mais singular é que teólogos chilenos adotaram a mesma interpretação. Cristo fizera isso. Evidente que são teólogos de passeata. E não sei se os acuso de obtusidade córnea, ou de má-fé cínica, ou de ambas.

12 Há, em Dostoiévski, uma página que ninguém esquece. Está em *Os possessos*. É o caso de um rapaz, bonito, bem-amado por muitas e que, um dia, pede audiência ao Governador de uma província russa qualquer. No dia e hora marcados, ele comparece. O Governador era um velho petrificado na sua dignidade, quase sobre-humana. Só o Czar estava acima dele. Muito bem. Levado à presença do representante do Czar, o rapaz inclina-se, em reverência. E, ao inclinar-se, arranca com uma dentada a metade da orelha ao Governador. Tal foi a surpresa geral, que ninguém fez nada. A autoridade nem percebeu que estava com uma orelha pela metade. E o culpado pôde sair sem ser incomodado.

13 Quando a população soube, pensou em todas as hipóteses. Só uma hipótese não ocorreu a ninguém: — a da loucura. Sim, ninguém pensou: — "Se fez isso, é porque está louco." Ao resumir o episódio acima, aqui mesmo, há dois ou três anos, escrevi: — "Em nossa época, os comedores de orelhas são em muito maior número do que se pensa." Não deixa de ter semelhança com a página dotoievskiana a reação da opinião pública. Ninguém chama os antropófagos de antropófagos. Em sinal de respeito, os jornais só falam em *sobreviventes*.

14 Todo mundo é cego para o óbvio ululante. Ora, se a maioria, a quase unanimidade, está com os antropófagos, uma coisa é certa: — estamos realmente numa época de antropófagos. Se ninguém vê o horror como tal, se não se espanta e, pelo contrário, se solidariza, vamos tremer em cima dos sapatos. Somos muito mais do que simples *comedores de orelha*.

O Globo, 6/1/1973

80. Um senhor chamado Gilberto Freyre

1 Por mais estranho que pareça, eu tenho leitores. E, ontem, um deles me telefonou. Disse: — "Nelson Rodrigues?" E eu: — "Às suas ordens." O leitor começa: — "Tenho uma reclamação." Achei graça: — "Só uma?" O outro riu: — "Só uma. É o seguinte: — você não fala mais da aluna de Psicologia da PUC." — Achei graça, mas expliquei. Um colunista diário — disse eu — precisa ter um elenco numeroso e diversificado. Eu me tornaria ilegível se mostrasse, todos os dias, a mesma cara. Perguntei: — "Você não acha?"

2 O leitor reagiu: — "Depende." E continuou: — "A variedade é uma ilusão." Eis o seu ponto de vista: — "A meu ver, a aluna de Psicologia não deve sair de cena." Insinuo a dúvida: — "Quem sabe?" O leitor protestou, vivamente: — "Falo por mim e por todos os seus leitores." Segundo ele, a aluna de Psicologia é um momento da vida brasileira. No seu entusiasmo, repetia que não há tipo mais denso e fascinante. Ninguém pode resistir a uma figura feminina que é, ao mesmo tempo, desquitada, analisada, progressista e desiludida. Por fim, veio o apelo: "Você precisa escrever sobre a aluna de Psicologia."

3 Saí do telefone, impressionadíssimo. O leitor tinha sua razão. Realmente, ela ou é desquitada ou vai se desquitar; faz análise; gosta de ser desiludida. Muitos afirmam que é neurótica por imitação, pose, lazer, etc. Portanto, um tipo irresistível.

4 Mas eis a verdade: — eu tinha medo de me esterilizar fixando, repito, a mesma cara. Acontece que, à noite, passei no Antonino e, lá, houve uma coincidência. Ora, entendo que não há coincidência intranscendente. Não sei se me entendem. Mas o que se esconde, ou por outra, o que não se esconde por trás de qualquer coincidência, é o dedo de Deus. Deus fala pelas coincidências. E quem vejo eu, ao entrar no Antonino? A aluna de Psicologia da PUC.

5 Geralmente, ela me trata com uma compassiva ironia. Sem o dizer taxativamente, julga-me um ultrapassado, um obsoleto, um nostálgico. Mas quando entrei no Antonino, e me viu, levantou-se e veio, tropeçando, falar comigo. A olho nu, percebi tudo: — estava de pileque. Nada descreve a minha surpresa encantada. Levou-me para a sua mesa: "Senta, senta." Obedeci. E ela começou: — "Nelson, o que estão fazendo com o Gilberto Freyre é um crime. Você não acha um crime?" Eu achava.

6 Pergunto: — "Mas, escuta. Você gosta de Gilberto Freyre?" No seu fervor, estava quase chorando: — "Adoro." Ia perguntar-lhe — "Desde quando?" Calei-me. O pileque inflamou-a de ressentimento: — "Os jornais não publicam uma linha sobre Gilberto Freyre. É a maior cabeça do Brasil." Agarrou-se a mim: — "E ninguém protesta. Sabotam um grande homem. E ninguém protesta, ó Nelson!" Digo o óbvio: — "Realmente, ninguém protesta."

7 E, súbito, num repelão, interpela-me: — "E por que é que o Carlos Drummond não escreve nada?" Enfureceu-se contra mim como se eu fosse o próprio Carlos Drummond. Respondo: — "Meu anjo, se o Drummond não protesta, o problema é dele." Ela arquejava numa ira inútil: — "Tem uma coluna diária." E jamais lhe ocorrera dizer uma ou três palavras de vaga e inoperante simpatia. Ah, esquecia-me de referir que, sentado, a seu lado, estava a sua última paixão. Era um havaiano de praia, de peito largo e inexpugnável, cabeludo e, ainda por cima, barbado. De repente, o rapaz acordou do silêncio. Disse: — "Estou com brotoeja na barba." E o que o exasperava é que elas nascessem na noite fria. Pôs-se a coçá-las com sombrio élan. Viro-me para a aluna da PUC: — "Você, que é intelectual..."

8 Quase me agrediu: — "Não sou intelectual. Não quero ser intelectual." O silêncio contra Gilberto Freyre era, precisamente, um crime de intelectuais. E repetia, já enrolando a língua: — "Me xingue de tudo, menos de intelectual." Houve um momento em que me levantei da mesa para falar com um conhecido. Quando voltei, o namorado estava dizendo à aluna de Psicologia da PUC: — "Vai lá dentro e enfia o dedo na garganta." A menina saiu, foi varando as mesas e as cadeiras, com a cara atônita dos asfixiados. Ainda esperei uns quinze, vinte minutos. O havaiano do Leblon não falava, nem eu. Saí antes que ela voltasse.

9 Caminhei dentro da noite. Achava admirável que a aluna de Psicologia condensasse um crime da inteligência contra a inteligência. Pois bem. No dia seguinte, estou batendo estas notas quando o contínuo vem avisar: — "Tem uma moça lhe procurando." Vou atender. Era ela. Tinha a tristeza obtusa das ressacas. Trazia um canudo, amarrado com elástico. Foi sucinta: — "Trouxe um manifesto de intelectuais. Você assina?" A minha resposta foi a mais cordial possível: "Nem a tiro." Não entendeu: — "Como?"

10 Repito, e não sem doçura: — "Não assino nenhum manifesto de intelectuais. Não há hipótese." E pergunto: — "Você ontem não estava com horror dos intelectuais? Sim, dos intelectuais que sabotam Gilberto Freyre? Do dia para noite, mudou de opinião?" Zangou-se de verdade: — "Mudei de opinião, eu? Sempre achei que Gilberto Freyre é um fascista."

E continuou: — "Ninguém deve dar colher de chá a Gilberto Freyre. Ao reacionário, nem água." Simplesmente, não se lembrava de uma palavra de sua indignação ética da véspera. Levantou-se: — "Olha aqui. Você é outro reacionário. Até logo." Saiu, sem me apertar a mão.

11 Adorável criatura! Não sei se é de Brecht aquele personagem que bêbado era um e outro, sóbrio. Embriagado, era generoso, compassivo, nobre, capaz das mais perfeitas atitudes morais. E, lúcido, ninguém mais egoísta, mais insensível, ressentido, desumano. O que se faz com Gilberto Freyre, e sem nenhum disfarce, é realmente de uma vileza inverossímil.

12 A vida intelectual do Brasil parou. Ninguém faz nada. Os romancistas não fazem romance, os poetas não inventam uma metáfora, os dramaturgos não criam um personagem. Temos uma literatura que não escreve. Se aparecer um Dante, um Shakespeare, um Proust, ou sei lá, ninguém vai saber, porque não temos uma consciência crítica. Só há um sujeito, que é um grande artista, cuja potência criadora não tem outra igual no Brasil: Gilberto Freyre: — Não precisaria acrescentar uma linha a mais na sua obra excepcionalíssima. Perguntam: — e por quê?

13 Porque os intelectuais exigem dos intelectuais atestado de ideologia. Ou o artista é comunista, socialista, esquerdista, inocente útil, ou que outro nome tenha, e terá toda cobertura promocional. Mas se for um solitário, um independente, um original — não terá uma linha em jornal nenhum. Dirão vocês que a inteligência de esquerda não manda nada. De acordo. Não tem poder, mas o exerce. As redações estão infiltradas. E assim as rádios. E assim a televisão. É o que acontece com Gilberto Freyre. Qualquer notícia sobre o grande autor de *Casa-grande & senzala* vai para a cesta. Leiam os nossos jornais, as nossas revistas. Querem assassiná-lo pelo silêncio.

14 E assinaria um manifesto que dissesse assim, mais ou menos assim: — "Nós, intelectuais abaixo assinados, queremos denunciar um crime contra a inteligência na pessoa do sociólogo Gilberto Freyre, um dos maiores artistas da nossa língua. E o pior: — Nós, os intelectuais, é que levantamos um muro de silêncio entre Gilberto Freyre e o Brasil. E os que, são aqui, amigos da grande vítima, emudecem por covardia. Orai por nossa indignidade", etc., etc., etc.

O Globo, 2/7/1969

81. O maior berro do mundo

1 Não sei se repararam (e a gente não repara nas evidências mais ululantes). Mas ninguém ouve ninguém. Imaginemos a conversa de dois amigos. O que um diz entra por um ouvido e sai por outro. Dirão que exagero. Nem tanto, nem tanto. O que nós chamamos diálogo é, na maioria dos casos, um monólogo, cuja resposta é outro monólogo.

2 Por isso, a nossa vida é a busca desesperada de um ouvinte. Hoje, poucos sacerdotes nos concedem a graça de uma confissão. E um padre de passeata dizia-me enojado: — "Como é chata a confissão!" Pausa e completa: — "Que bobagem é a confissão!" Mas eis o que eu queria dizer: — o confessor fascinava por isso mesmo, porque era um ouvinte.

3 Outro exemplo: — o psicanalista. É um dos grandes homens do nosso tempo. Não damos um passo, na rua, sem esbarrar, sem tropeçar num sujeito que está na hora da análise. E todo mundo paga um milhão e quinhentos, dois milhões por mês. Milhares e milhares de famílias brasileiras vivem com muito menos. Mas o analista é um ouvinte, e pagamos ao ouvinte.

4 Há dias, encontrei um amigo. Não o via há muito tempo. Fiz-lhe uma festa imensa e não retribuída. Ele que, em outros tempos, era um extrovertido ululante, quase não falava. Aos pouquinhos, porém, contou-me que fazia análise. Perguntei-lhe: — "Tens melhorado?" Resposta: — "Piorado." Julguei ter ouvido mal: — "Melhorado?" E o outro: — "Piorado." E, então, numa curiosidade aguda, quis saber há quanto tempo fazia análise. Disse: — "Três anos." A alma caiu-me aos pés: — "Três anos e não melhoraste?"

5 Ele, então, disse tudo. Não ia ao analista para melhorar ou piorar. O que ele queria era um ouvinte. Durante 45 minutos por vez, um semelhante o escutava. O que meu amigo pagava não era o tratamento, mas o ouvinte. Disse mesmo: — "Não acredito naquilo. Mas tenho quem me ouça." Foi aí que subitamente compreendi tudo: — só o ouvinte é importante e o resto é paisagem. E quando ele se despediu, mais neurótico do que nunca (piora de quinze em quinze minutos), vim para o emprego, numa impressão ou depressão imensa.

6 Mas a vida é uma selva de surpresas. Imaginem vocês que, ontem, estou trabalhando, quando me chamam ao telefone. Era o amigo: — "Você sabe que eu sou o maior otário de todos os tempos?" E eu, já interessado: — "Por que otário?" A primeira hipótese que me ocorreu foi a de mulher. Não, não era mulher. Estrebuchava de indignação: — "Quase planto a mão no meu analista!"

7 Claro que meu interesse foi crescendo. Puxei por ele. E o meu amigo contou-me toda a história que, de fato, é singularíssima. Mas vamos por partes. O seu analista fica sempre de costas para o cliente. Por que de costas? Meu amigo nunca perguntou. De costas ou não, era um ouvinte. Durante três anos, só no primeiro dia tiveram um diálogo. Eis como começaram o meu amigo e o outro: — "Doutor, nunca pensei que um homem pudesse sofrer tanto." O analista não se perturbou: — "Sei, sei." Como estava de costas, o meu amigo não lhe via a cara.

8 Meu amigo contou-me ainda que esteve para se atirar de um 26º andar. Perguntou: — "E se eu me atirar?" Tinha mulher, tinha filhos. Mas o analista repetia: — "Veremos, veremos." O neurótico perguntou: — "E quando é que eu vou ficar bom?" O médico, de costas, respondeu: — "Depende." Mas o cliente teimou. Achava, na sua espessa ingenuidade, que qualquer angústia deve ter um prazo. O médico disse apenas: — "Veremos, veremos."

9 Não saía do "veremos, veremos". A partir de então, nunca mais o analista falou. O cliente não merecia jamais a esmola de uma palavra. No fim de três anos o neurótico disse, em casa, para a mulher: — "Acho que meu analista não ouve uma palavra do que eu digo." Aquilo começou a ficar obsessivo. Pensava: — "Estou falando para uma parede." Até que, um dia, resolveu tirar a limpo. Deitou-se e começou: — "Doutor, sabe que o senhor é uma boa besta?" Nenhuma reação. Insiste: — "Seu isso, seu aquilo." Esperou e nada. Passou os 45 minutos dizendo palavrões supremos. Impassível o analista. Quando acabou a sessão, o cliente queria dar tiros: — "Desgraçado! Você não ouve uma palavra do que digo!" O outro tinha uma cara de museu de cera. E o freguês: — "Eu devia partir-lhe a cara!" O outro inclinou-se: — "Vou providenciar, vou providenciar." Levou-o até a porta, com sua polidez gelada.

10 No telefone, o meu amigo devia espumar de ódio: — "Você compreende, Nelson? Durante três anos não ouviu uma palavra do que eu disse!" E isso parecia-lhe uma dessas provações só comparáveis às de Jó: — pagava um ouvinte que simplesmente não era ouvinte coisa nenhuma. Tentei apaziguá-lo: — "Calma, calma!" E disse-lhe que, afinal de contas, era um sujeito de sorte. Pulou: — "Sorte, ou?" Fui taxativo: — "Claro! Você não está vivo? Não sobreviveu?" Para convencê-lo,

{ O maior berro do mundo } 409

contei-lhe o caso de outro conhecido meu. No sexto mês de análise, atirara-se debaixo de um ônibus. Era no tempo dos chamados papa-filas. Atirara-se debaixo de um papa-fila. Paramos por aí. O neurótico despediu-se mais conformado.

11 Falei de um desconhecido. Mas tenho um caso de alguém que o leitor conhece, que todo mundo conhece. Refiro-me a meu *irmão íntimo*, o botafoguense Salim Simão. Se vocês nunca ouviram o seu nome, já ouviram o seu berreiro. E, de fato, trata-se do maior berro do Brasil. O cochicho não é para o excelente Simão. Certa vez, houve uma passagem bastante curiosa. Foi no Estádio Mário Filho. Jogavam Botafogo x Flamengo.

12 Compareceu toda a massa rubro-negra. E nós sabemos o que é a torcida do mais querido. Um dos maiores craques brasileiros dizia-me: — "Eu tenho medo da torcida do Flamengo!" Pausa, e repete: — "É uma torcida que dá medo!" Sim, dá medo a todo mundo, menos ao Salim. Este possui uma arma invencível, que é, justamente, o berro. Mas jogavam Flamengo x Botafogo, e a torcida do rubro-negro rompia no seu clamor: — "Mengo! Mengo!" E então, da tribuna de imprensa, retruca o Salim: — "Bota! Bota!"

13 Ocorreu o milagre acústico: — ouvia-se muito mais o berreiro solitário e formidável do Salim do que a massa coral rubro-negra. Por fim, houve outro milagre ainda mais considerável: — o Salim conseguiu emudecer a torcida adversária. Contei o episódio para dar uma ideia de sua incomparável potência vocal. Mas como ia dizendo: — se todos nós procuramos um ouvinte, muito mais o Salim. E se berra tanto é justamente para que todos o ouçam. Por outro lado, ele tem um privilégio que Deus nos negou: — se ninguém ouve ninguém, ao Salim todos ouvem. Não há surdez para o seu som.

14 Bem. Até o Salim precisou um dia do analista. Perguntou, aos berros: — "Qual é o maior analista que anda por aí?" Ele, o doce e truculento

Simão, tivera um acidente cardíaco. Viu a morte cara a cara. Alguém deu-lhe a sugestão: — "Vai ao psicanalista. É o jeito."

15 Por coincidência, foi o mesmo analista do amigo já citado. Chega o Salim. Olha para o homem que, segundo imaginava, seria o ouvinte profissional, o que tinha mais orelhas do que os demais. O analista começa a falar. Fala sem pontuação, como na lição bem decorada. Salim berra: — "E eu não falo nada?" O outro não para. Pergunta Salim: — "Eu não falo?" E o outro: — "Não ouvi." O clamor do Salim abala o edifício: — "Eu não falo?" O analista vai prosseguir no seu monólogo, quando meu amigo o agarra: — "Vai ouvir o que eu vou dizer. Cala a boca! O senhor está falando na minha infância. Cala a boca. Está falando na minha infância, mas chega. Quer saber se estou apaixonado por minha mãe? Estou! Ouviu bem? Estou. Minha mãe é a grande paixão de minha vida. Tem 83 anos. Está cada vez mais linda. Ava Gardner é pinto. Páreo pra minha mãe não há, nunca houve. Entendeu? Nasci apaixonado pela minha mãe. Té logo!" Saiu como um centauro, derrubando mesas e cadeiras. Todo o edifício tremeu de pânico. Cada andar ouvira a declaração ululante. Juntou gente na porta do analista. Abrem alas para o Salim passar. No consultório, o analista vira-se para a enfermeira aterrada. Diz, como na barbearia: — "O primeiro." Não ouvira o berro do Salim.

O Globo, 14/9/1971[27]

---

27 Crônica publicada em *O Globo* com o título de "História de analista".

82. O sono dos círios

1 "Eu te vingo", soluçou meu pai. Era o último a beijar o meu irmão Roberto. A família toda já se despedira: — os irmãos, as irmãs e minha mãe. Lembro-me que, de repente, um linotipista se arremessou; e beijou também o jovem morto. Então, alguém veio sussurrar: — "Doutor Mário, pode fechar? O caixão? Pode fechar?"

2 Meu pai veio. Não era a primeira vez em que o via chorando. Quando perdeu uma filhinha de oito meses, Dorinha, também rebentara em soluços. E houve um momento em que fui até a esquina do largo. Era na rua Inhangá, nos fundos do Copacabana Palace. E, de lá, eu ouvia o choro tremendo de meu pai. "Papai chora, também chora", eis o que eu pensava. Até então, eu não vira um adulto, homem feito, chorando. E me humilhou que os outros meninos vissem meu pai chorando.

3 Na morte de minha irmã Dorinha, eu tinha oito anos; e quando meu irmão Roberto morreu, já fizera quinze. Agora o choro do meu pai não me humilhava. Eu queria que ele chorasse e cada vez mais alto, mais forte, e que todos vissem Mário Rodrigues chorando. Pedi a Deus que ele se demorasse muito — mais que os outros beijando meu irmão. E, por fim, disse, cortando o choro: — "Eu te vingo." Que bem me fez, que bem ainda me faz, a fragilidade ferida do meu pai. Eu o via, ali, tão órfão do próprio filho.

4 Tenho comigo todas as sucessivas caras do meu pai na noite do velório. Alta madrugada, ele dizia para minha mãe: — "Estou com sono. Meu filho morreu. Não posso ter sono." Toda a cidade vinha abraçá-lo. Era uma procissão espantosa. Lembro-me de Paulo Magalhães. E sempre que aparecia mais um, meu pai repetia: — "Essa bala era para mim." Dizia isso, gritava isso. Era verdade. Roberto morrera, porque meu pai não estava. Nem meu pai, nem Mário Filho, que também foi procurado. Roberto era o terceiro na ordem de preferência. E se ele não estivesse, seria eu; se não fosse eu, seria outro irmão, ou irmã, alguém que fosse filho de Mário Rodrigues, que fosse amor de Mário Rodrigues.

5 "Eu te vingo, eu te vingo" era o que estava em mim. Um dos funcionários, se não me engano o gerente Faria Lemos, quis tirar o revólver do meu pai. Todo o mundo, ali, achava que meu pai ia acabar metendo uma bala na cabeça. Ele agrediu o funcionário e retomou o revólver. Naquele momento, fechavam o caixão. O enterro ia sair. O Vice-Presidente da República, Melo Viana, segurou uma das alças.

6 Uma babá trouxera, no colo, o filho mais velho de Roberto, Serginho (o hoje arquiteto Sérgio Rodrigues[28]). Mas preciso falar ainda de alguém. Quando o corpo do meu irmão veio para *Crítica*, eu era talvez o único da família que estava lá. Meu pai, meus irmãos viriam depois. Subi a escada do jornal e, ao entrar na redação, vi aquela senhora de preto, junto do caixão. Chorando, ela estava florindo o corpo de Roberto. Depois, soube que fora a primeira a chegar, que chegara antes do caixão; e já trazia não sei se braçadas de rosas ou dálias. Quando instalaram a câmara-ardente,

---

28 O arquiteto Sérgio Rodrigues faleceu em 2014, 47 anos depois da publicação desta crônica por Nelson Rodrigues (N.E.)

usara, primeiro, as suas flores e, depois, as outras. Beijara meu irmão; falara a seu ouvido. Quando chegaram minha mãe e minhas irmãs, ela recuou e ficou de longe, como se a simples presença de minha mãe a escorraçasse. Eu não parava; andava de um lado para outro; ia da redação para a oficina, e quando voltava, eu a via, no seu canto, taciturna, inescrutável, o rosto erguido, os lábios cerrados; sua dor tinha uma dignidade pétrea.

7 (Meu irmão Roberto, pintor, escultor, ilustrador, era um Rimbaud plástico. E não vi jamais, no romance, no cinema e na vida real, um homem tão bonito. A morte parecia ser a sua utopia, mais doce e mais funda. Roberto punha a própria cara nos amantes, suicidas, enforcados de suas ilustrações. Anos depois de sua morte, dizia-me Carmem Miranda: — "Seu irmão era lindo." Inspirou paixões absurdas.)

8 A senhora de preto só se aproximava do caixão quando as mulheres da família saíam, por um momento, para o gabinete de meu pai. E vinha ela; deixava correr as lágrimas não choradas; passava a mão no rosto de Roberto. Ainda a vejo pondo uma dália no seu peito como uma estrela. Ela teria seus quarenta e não sei quantos anos, beirando os cinquenta. Eu nunca a vira, em toda a minha vida, nunca. Mas era uma presença tão forte, tão obsessiva, que acabei perguntando a um repórter: — "Quem é? Aquela ali? Quem é?" Naquele exato momento, minha mãe e minha irmã voltavam. A senhora de preto fugiu para o seu canto.

9 Na sua veemência cochichada, o repórter disse tudo: — "Não conhece? A sem-vergonha da fulana?" Recuei o rosto como um agredido. O outro continuava, baixo e feroz: — "Fulana, a cafetina!" Segundo o repórter, era dona de pensão de mulheres, etc., etc. Disse mais: — "Tão cínica que vem pra cá. Nem respeita." Eu já sabia; larguei o repórter, que ainda rosnava, e continuei o meu itinerário, da redação para a oficina, da oficina para a redação.

10 Tudo o que o repórter me dissera me deixara ressentido contra o idiota. Até hoje, não sei quem era (nunca mais a vi). Mas estava chorando meu irmão; e o beijara. A própria palavra "cafetina" era um som leve, tênue, remoto, quase inaudível. E fosse ela, além de cafetina, leprosa, ah, poderia roçar os lábios de meu irmão com seu beijo ferido. Isso aconteceu nos últimos dias de 1929; meu irmão caiu — e a bala cravou-se na espinha no dia 26 de dezembro; e morreu, três dias depois. Portanto, 37 anos me separam de sua morte. A senhora de preto deve estar morta. Mas se estiver viva, velhíssima e viva, eis o que eu queria dizer: — ela foi, na sua ternura furtiva, nas suas flores humilhadas, um momento de bondade desesperadora. A última vez em que a vi, foi no cemitério, acompanhando o caixão. E imaginei que ela ia ficar, ali, abraçada a um túmulo, eternamente.

Correio da Manhã, 19/3/1967[29]

---

[29] Crônica também publicada em *Memórias — A menina sem estrela*.

83. O grito

1 Um dia, Lúcio Cardoso me disse: — "O assassinato de seu irmão Roberto está naquela cena assim, assim, de *Vestido de noiva*." Era verdade. Eu não sei se vocês se lembram de *Vestido de noiva*. Como todos os meus textos dramáticos, é uma meditação sobre o amor e sobre a morte. Mas tem uma técnica especialíssima de ações simultâneas, em tempos diferentes. E, além disso, há, no seu desdobramento, na sua estrutura, o rigor formal de um soneto antigo.

2 Já minhas outras peças são muito mais selvagens. Mas o que tocou Lúcio Cardoso foi uma cena, ainda no primeiro ato, cena de uma mulher matando um homem. E, segundo o romancista, eu estaria fazendo, ali, uma imitação da vida. Era Roberto que morria outra vez, assassinado outra vez. E confesso: — o meu teatro não seria como é, nem eu seria como sou, se eu não tivesse sofrido na carne e na alma, se não tivesse chorado até a última lágrima de paixão o assassinato de Roberto.

3 Comecei pelo dia seguinte. E não falei da véspera e da antevéspera. Quero dizer que Roberto sempre me parecera muito um suicida. Teve sempre um olhar, uma atmosfera, um halo de quem vai morrer cedo.

Vejam sua obra. Não sei se já escrevi que ele desenhava a própria cara nos bêbados, loucos e enforcados de sua ilustração. Lembro-me de uma ilustração: — um homem era esfaqueado; e a vítima era ele.

4 A vítima, a vítima. Era sempre ele que morria, assassinado pelos outros. E era sempre ele que pendia de uma forca; ou se deitava num caixão. Eu tive uma doce tia que, meses antes de morrer, unia, entrelaçava as mãos. A filha vinha corrigir o gesto fúnebre. Minha tia perguntava: — "Não é assim que se morre?" Eis o que eu queria dizer: — também Roberto ensaiou a própria morte.

5 Morrera antes, e muitas vezes, nas ilustrações, nos quadros, nas esculturas. E nunca, nunca, em momento nenhum, ele foi o que mata, ele foi o que fere. Era sempre o morto, sempre o ferido, e sempre o enforcado. Mas repito que jamais pensei no assassinato. Eu o via muito mais como o suicida (e era belo como o suicida).

6 Foi uma tragédia que quase destruiu minha família. Pensei, em certos momentos, que nenhum de nós sobreviveria; e que aquilo era o fim de cada um e de todos. Foi o fim de meu pai, que morria dois meses depois. A mesma bala que se cravou na espinha de Roberto, ah, matou o Velho Mário Rodrigues. Mas o que preciso dizer, aqui, é que eu me sentia mais ferido do que os outros.

7 Minha mãe quase enlouqueceu; meu pai morria, em seguida. E meus irmãos e minhas irmãs uivavam — digo "uivavam" — de desespero e de ódio. Todos nós tínhamos vergonha de estar vivos e Roberto morto. Mas só eu vira e ouvira. Só eu fora testemunha ocular e auditiva de tudo. De vez em quando, antes de dormir, começo a me lembrar. Vinte e seis de dezembro de 1929. E as coisas tomam uma nitidez desesperadora. A memória deixa de ser a intermediária entre mim e o fato, entre mim e as pessoas. Eu estou em relação física, direta, com Roberto, os outros, os móveis.

8 São duas da tarde ou pouco menos. É a redação da *Crítica*, na rua do Carmo. Ao lado, há uma serraria; e, em seguida, um restaurante, chamado Virosca ou coisa que o valha. Estamos eu, Roberto, o chofer Sebastião, que servia meu pai há anos e anos; o detetive Garcia, que ia muito lá, conversar fiado. Roberto acaba de tomar uma cajuada. Eu não me lembro do contínuo que fora buscar o refresco. E essa a única presença que me falta.

9 Ouço a voz perguntando, cordial, quase doce: — "Doutor Mário Rodrigues está?" Não ocorreu a nenhum de nós a mais leve, tênue, longínqua suspeita de nada. Como desconfiar de uma naturalidade total? O chofer Sebastião respondeu: — "Doutor Mário Rodrigues não está." Nova pergunta: — "E Mário Rodrigues Filho está?" "Também não." Continua, perfeita, irretocável, a naturalidade de maneiras e de tudo. Vejo os passos que vão até a sala da frente. É empurrada a porta de vaivém. Ninguém lá. Os passos voltam.

10 A voz pede (e há um vago sorriso): — "O senhor podia me dar um momento de atenção?" Roberto está do outro lado da mesa, sentado. Ergue-se: — "Pois não." Enquanto ele faz a volta, passando por mim e por Sebastião, os passos vão na frente, entram pela porta de vaivém. Roberto entra, em seguida. Ele tinha 23 anos. Era pai de duas crianças, Sérgio Roberto e de Maria Tereza. Sua mulher estava grávida (e Vera Maria seria a filha póstuma).

11 Enquanto Roberto caminhava para a sala, eu me dirigia para a escada. Ia ao café, na esquina da rua do Carmo com Sete de Setembro. Lá dentro, não houve tempo para uma palavra. Roberto levou o tiro ao entrar. Parei com o estampido. E veio, quase ao mesmo tempo, o grito. Não apenas o grito do ferido, mas o grito de quem morre. Não era a dor, era a morte. Ele sabia que ia morrer, eu também sabia.

12 Todos corremos. Na frente, de revólver na mão, ia o detetive Garcia. Atrás, Sebastião, eu me lembro, agora me lembro: — um bom crioulo, o Quintino, cego de um olho. Eis o que vi: Roberto caíra de joelhos; crispava as duas mãos na mão que o ferira. O detetive apontava o revólver. A voz estava dizendo: — "Vim matar Mário Rodrigues ou um dos filhos." Simplicidade, doçura. Matar Mário Rodrigues ou um dos filhos.

13 Naqueles cinco, seis minutos, acontecera tudo (e como, nesses momentos, a figura do criminoso é secundária, nula. Eu não me lembrei da ira; eu não pensei em também ferir ou em também matar. Só Roberto existia. Estava, ali, deitado, certo, certo, de que ia morrer. Pedia só para não ser tocado. Qualquer movimento era uma dor jamais concebida). Vinte e seis de dezembro de 1929. Nunca mais me libertei do seu grito. Foi o espanto de ver e de ouvir, foi esse espanto que os outros não sentiram na carne e na alma. E só eu, um dia, hei de morrer abraçado ao grito do meu irmão Roberto.

Correio da Manhã, 21/3/1967[30]

---

30 Crônica também publicada em *Memórias — A menina sem estrela*.

84. A cruz perdida

1 O espantoso no assassinato de Roberto é que não houve ódio. Ele não foi odiado em nenhum momento. Não foi o ódio que apertou o gatilho (era um revólver pequenino, sim, um revólver liliputiano, que mais parecia de brinquedo). Não houve ódio e nem irritação, repito, nem irritação. E estou ouvindo a voz: — "Doutor Mário Rodrigues está? Doutor Mário Rodrigues está?"

2 Estou ouvindo a voz e, pior, lembro-me até do perfume. Trinta e sete anos depois, eis-me aqui pensando: — "Matar sem paixão, sem nenhuma paixão, simplesmente matar e nada mais." Podia ser Mário Rodrigues, pai, ou um dos filhos, ou filha, ou minha mãe. (E a polidez, a quase humildade da pergunta: — "O senhor podia me dar um minuto de atenção?" Roberto ergue-se: — "Pois não." — faz a volta da mesa. Mas já contei isso.)

3 Outra presença daquela tarde: — Carlos Cavalcanti, hoje crítico de arte, professor, ensaísta. Mas como ia dizendo: — Roberto estava deitado no soalho. Vários telefones ligando para a Assistência. O pessoal da serraria, ao lado, subira; redação invadida. Naquele momento, o nosso gerente, que almoçava com meu pai, no Leblon, ligava para *Crítica*. Alguém berrou: — "Roberto levou um tiro!"

4 Como era jornal, a Assistência foi instantânea. O bom negro Quintino, com o seu olho vazado, dizia: — "Eu levo no colo! Deixa que eu levo no colo!" A maca estava ali. E volto ao meu espanto: — não existia a figura do criminoso; estava ali, e era como se não existisse. Roberto não teve um olhar para ela, ou uma palavra, nada.

5 (A rua do Carmo tinha então uma delegacia. Veio de lá um soldado.) Quintino curva-se para carregar Roberto. Meu irmão pede: — "Cuidado, cuidado." Eu tinha medo das brutais, inapeláveis hemorragias internas. E o crioulo Quintino levou Roberto nos braços e, com a ajuda de um e de outro, pôs o corpo na maca. Vozes dizendo: — "Sai da frente! Sai da frente!"

6 (Ah, o Quintino era um crioulão imenso. Com menos barriga, e nu, seria um plástico, elástico, lustroso escravo núbio de Hollywood. Sempre me impressionara, sempre. Desde menino que todo cego de um olho só me fascina. Eu achava que esse olho ferido era uma marca de funda, sofrida bondade.)

7 Lá foi Roberto de maca. Imediatamente depois, saía a criminosa, levada pelo soldado. E eu esperava alguém, o meu pai, ou um dos meus irmãos, para ir ao Pronto-Socorro. Súbito, entra na redação o contínuo Evaristo. Subira as escadas, atropelando quem subia e quem descia. Chegou lá em cima, espalhando rútilas patadas como um centauro. Veio para mim; atirou-me o berro triunfal: — "Mataram o Sousa Filho! Mataram o Sousa Filho!"

8 Na sua euforia, tinha um bolinho de espuma no canto do lábio. Quase o agredi. Berrei-lhe: — "Sua besta! Roberto levou um tiro! Não interessa Sousa Filho!" Evaristo era contínuo da noite. Viu morrer sua notícia; e sua cara tomou a expressão de um descontentamento cruel. Sem uma palavra, retirou-se para um canto. E, lá, num silêncio ressentido, ia tirando o paletó, humilhadíssimo. O paletó cheira a suor velho.

9 Era verdade. Quase no mesmo momento em que Roberto era ferido, Sousa Filho caía, pouco adiante, assassinado. Morreu, se não me engano, debaixo de uma cadeira ou mesa (não sei, ao certo; e talvez a mesa ou a cadeira seja uma alucinação da memória). E o que senti, ao receber a notícia dos crimes simultâneos, foi um despeito cruel. Eu queria que, naquele dia, não acontecesse nada; e que toda a cidade só falasse, e só vivesse a tragédia de *Crítica*. E a coincidência me deu uma ira impotente e absurda. Eu pensava, secretamente: — por que não matar Sousa Filho na véspera ou dois dias antes, ou no dia seguinte, ou três dias depois?

10 Entra meu pai. Fizera a viagem, do mais profundo Leblon até a rua do Carmo. O carro veio, pelo caminho, estourando todos os sinais. E meu pai entrara, mais gago do que nunca. Ah, meu pai. Eu o amava mais por ser gago e direi ainda: — desde menino, acho que o gago está certo e os outros errados. (Coisa curiosa! Tenho 54 anos e jamais encontrei uma mulher gaga.) Meu pai entrou na redação e começou a dizer o que iria repetir até morrer: — "Essa bala era para mim."

11 Esquecia-me de contar que quase fui na ambulância com Roberto. Mas um medo me travou: — se ele morresse na viagem? Se eu o visse morrer? Eu e ele sozinhos? Pedi que outro fosse no meu lugar. Faço a pergunta, sem lhe achar a resposta: — "Quem foi com Roberto, na Assistência?" Depois do meu pai, chegaram Milton e Mário. Chamei um e outro: — "Vamos, vamos." Apanhamos um táxi na esquina.

12 Havia uma dúvida no Pronto-Socorro: — opera já ou leva para uma casa de saúde? Meu pai deu a ordem pelo telefone: — "Opera já." Eu, Milton e Mário fomos para a varanda que se debruçava sobre o Campo de Santana. Parece incrível que se possa odiar uma paisagem. Pois sou, até hoje, um ressentido contra o Campo de Santana. Seus pavões foram expulsos. Mas olho, hoje, sem nenhuma bondade, seus gatos vadios e suas furtivas cotias.

13 Roberto fora operado; sobrevivera. E, então, o Pronto-Socorro se encheu de amigos. Um deles era Gondin da Fonseca. Agarrou Milton no corredor. E quando soube que era um tiro na barriga, explodiu em soluços: — "Ele vai morrer! Ele vai morrer!" Naquele tempo, bala na barriga era quase a morte certa. Alguém trouxe as últimas edições. Os jornais davam um destaque, sim, à tragédia de minha família. Mas as manchetes eram de Sousa Filho. E as letras garrafais no alto das primeiras páginas ofendiam e humilhavam a nossa desgraça.

14 Passei a noite em claro. De vez em quando, vinha para a varanda. Roberto passava bem. Perguntavam: — "Tem febre?" Não, não tinha febre; ou a febre era mínima. De qualquer lugar do hospital, eu ouvia os pavões estraçalhando no ar suas gargalhadas. E não só os pavões. Havia, no Campo de Santana, toda uma fauna triste e misteriosa de ruídos. Hoje, estou certo de que muito do que ouvi nas duas noites era pura alucinação auditiva. Na minha insônia, pensava: — "Se não fosse o assassinato de Sousa Filho, as manchetes seriam de Roberto." Essa fixação idiota, ou vil, estava encravada em mim.

15 Muitos e muitos anos depois, eu visitei o túmulo do meu irmão. Uma cruz pobre e, por baixo, no mármore frio, o nome — Roberto Rodrigues. Não me ajoelhei com vergonha de me ajoelhar. E pensei que não há nada que fazer pelo ser humano. Disse, de mim para mim: — "O homem já fracassou."

Correio da Manhã, 22/3/1967[31]

---

31 Crônica também publicada em *Memórias — A menina sem estrela*.

85. Memória nº 24

1 Não sei se escrevi que eu tinha quinze anos quando Roberto morreu. Engano, engano. Nasci em 1912, em agosto de 1912. Portanto, em dezembro de 1929 já completara dezessete anos. Dezessete e não quinze. Eis o que eu queria confessar: — o que me até dá um certo pânico do adolescente é a minha própria adolescência. Eu fora um menino tenso, patético e repito: — um menino que vivia de paroxismo em paroxismo.

2 Esse o menino, esse o garoto. E o menino e o garoto se transformaram em um péssimo adolescente. Aos seis anos de idade, ou sete, ou oito, eu teria vivido muito mais a morte, o espanto da morte. Bem me lembro que, na rua Alegre, guri de calça curta, imaginava: — "Se papai morrer, ou mamãe, ou um irmão, eu me mato." Pedia a Deus para morrer antes dos outros. Se um de nós tivesse de ficar cego, eu queria ser o cego, ou leproso, eu queria ser o leproso.

3 Eis o que me fascina no menino que fui: — o pequenino suicida. E acho lindo ainda hoje, esse amor pela morte que lateja no fundo de minha infância. Aí está por que não entendo os velhos que, hoje, adulam e chegam a lamber fisicamente, a juventude. Leio, no Dr. Alceu, que a juventude é uma das potências da nossa época. Sim, todos querem estar bem com os jovens.

4 Pelo amor de Deus, não me falem da Guarda Vermelha. Não é jovem, nunca foi jovem. Eis o óbvio ululante, que ninguém quer ver: — a Guarda Vermelha tem exatamente a idade de Mao Tsé-tung. Nada mais senil do que essa massa de adolescentes, a urrar de ódio apócrifo. Eis a palavra: — apócrifo.

5 Aos seis anos, eu era muito mais eu mesmo do que aos dezessete. E, por isso, uma das coisas mais vis que eu conheço é o que escreveu Jean-Paul Sartre sobre a própria infância. Seu livro *As palavras* é a cínica, a hedionda falsificação de um menino. Ou mais do que falsificação. É como se o adulto Sartre estuprasse o menino Jean-Paul, num terreno baldio.

6 Volto aos jovens. Eu os vejo montados, cavalgados por velhos e só por velhos. E suas palavras, seus ódios, seus punhos cerrados, seus palavrões — são apócrifos. (Ao mesmo tempo que falo assim, me dilacero de compaixão pelo adolescente que fui. Mas não me acho, não me sinto, não me reconheço aos dezessete anos. Só voltei a ser eu mesmo quase aos trinta.)

7 De repente, Roberto piorou. Febre, angústia. Ventre crescido. Meu pai estava na redação, otimista, dilacerado de esperança, quando teve a notícia, o Dr. Castro Araújo apareceu no seu gabinete. Foi vago, mas ainda assim alarmante. Falou numa alteração de temperatura. Sem uma palavra, meu pai apanhou o paletó. Saíram para o Pronto-Socorro. No caminho, Castro Araújo falou numa nova operação.

8 Estou vendo Castro Araújo, já de avental, lavando as mãos, os antebraços. Dr. Adail Figueiredo fizera a primeira intervenção. Castro Araújo, como médico da família, faria a segunda. Tudo se resumia em colocar o dreno. Mas nem Castro Araújo, nem Adail Figueiredo, ninguém no hospital acreditava em nada. A peritonite já se instalara e, naquela época, peritonite era a morte. Presentes, meu pai, minha mãe, meus irmãos.

9 Vejo uma enfermeira aplicando uma injeção de óleo canforado no braço do meu pai. Minha mãe chorava. E eu, então, febril de insônia, deitei-me numa cama e adormeci. Acordei quase ao amanhecer. Sento-me na cama, espantado. Entra meu pai; pergunta a alguém: — "Nelson já sabe que ele morreu?" Ouço o choro de minha mãe. Meu pai está junto da cama; repetiu, soluçando: — "Morreu, morreu."

10 Deitei-me, novamente; tremia tanto como se todas as malárias estivessem no meu sangue, assanhadíssimas. Eu queria chorar, como os outros; queria soluçar como meu pai. Roberto morrera há horas. Minha mãe levara minha irmã Dulce, a caçula, então com um mês e meio. E, ainda no hospital, dera de mamar à Dulcinha, cobrindo o seio com um pano.

11 Um médico veio ver-me; examinou meu pulso. Vira-se para a enfermeira: "Óleo canforado." E todos nós, um por um, tomamos óleo canforado. E eu não chorava. Comecei a pensar numa menina que morrera, de febre amarela, na rua Alegre. Eu era garotinho e ouvia tudo, lá de casa. A mãe da menina se esganiçava: "Minha filha não morreu! Minha filha não morreu!" Queria bater com a cabeça nas paredes; agredia os que a seguravam e mordeu a cara de uma comadre. Assim varou toda a madrugada e assim amanheceu: — era um ataque depois do outro. E, na hora de sair o enterro, quis deitar-se no pequenino caixão de anjo.

12 Eu vira, nos jornais, a fotografia de Sousa Filho no necrotério. Ainda tenho, na cabeça, a sua cara gorda e mais: — vejo também a pulseira de barbante, da qual pendia um cartão com a identidade e o número do cadáver. E essa pulseira, que põem em qualquer morto, como uma desfeita, uma humilhação — essa pulseira me dava cólera cega e inútil. Que fizessem isso com qualquer morto e não com meu irmão, não com um morto amado por mim.

13 (Quando, ao anoitecer do dia 26, Roberto acordara da anestesia, minha mãe estava a seu lado. Ele, ainda meio delirante, arqueja: — "Mamãe, mataram o seu filhinho." Os dois tinham um idioma só feito de diminutivos. Pouco depois, Roberto pedia para ver Dulcinha.)

14 Mas falei na menina da febre amarela e de sua mãe. Eu queria que minha dor tivesse igual demência. Queria estar gritando (e não queria ver Roberto no necrotério, com a pulseira do Sousa Filho). Lembro-me da volta para casa. Morávamos na rua Joaquim Nabuco, 62, se não me engano. Quando saíamos, em vários táxis, estava amanhecendo; e ainda não sumira a última estrela da noite.

15 Nunca vi uma manhã de uma beleza tão absurda, de um azul tão frenético, de uma luz tão inconcebível. E era como se a morte de Roberto estivesse abrindo os meus olhos para uma paisagem jamais sonhada. Foi, de repente, quando cheguei em casa, na rua Joaquim Nabuco, que comecei a chorar. Sofria finalmente como um menino, era de novo um menino e me sentia atravessado, e tão ferido, pelo grito do meu irmão. Roberto estava morto, mas ficara comigo seu grito, para sempre.

Correio da Manhã, 23/3/1967[32]

---

[32] Crônica também publicada em *Memórias — A menina sem estrela*.

86. Memória nº 25

1 O verdadeiro grito parece falso. Eu me lembro de uma certa manhã, há uns dez anos, ou doze, ou quinze, sei lá. E, súbito, alguém começou a gritar. Grito grosso, quase mugido. Sim, um sujeito mugia, um sujeito fazia uma paródia vacum. Eu batia à máquina e interrompi meu trabalho. E não entendia a molecagem, em pleno expediente e numa empresa séria.

2 Mas eu soube, em seguida, de tudo. Não era alguém imitando a dor da carne ferida. Não. Um operário, insone e exausto de horas extras, cochilara no serviço; e lá deixara as duas mãos, inocentes e também insones e também exaustas. A guilhotina caiu, guilhotina de papel. Foi um golpe só, exato, e tão macio, quase indolor. O rapaz não sentira nada. O grito veio antes da dor; e veio porque ele via os braços sem mãos. Lá estavam elas, lado a lado, unidas, como duas amigas, duas gêmeas.

3 E, depois, o rapaz subiu das oficinas para a gerência. Atrás, vinha um companheiro, carregando, numa almofada de algodão, as mãos amputadas. E o desgraçado gemia grosso (e eu continuava com a mesma e absurda sensação de um falso grito, de um falso gemido e de um falso soluço).

4 Contei o episódio para concluir: — a verdadeira dor representa muito mal. Tem esgares, uivos, patadas, arrancos, modulações inconcebíveis. E me lembro das caras, na morte de Roberto. A do meu pai, de minha mãe, de minhas irmãs. Eu diria também que a grande dor não se assoa. Eis a verdade: — não se assoa.

5 Digo isso e penso na minha vizinha, citada por mim não sei quantas vezes. A filha, de cinco anos, morrera de febre amarela. Era ainda o Rio dos lampiões e da febre amarela. A menina morreu e, durante meses, a mãe ainda chorava. Eu a vejo no meio de outras vizinhas. E o que me impressionou, a mim, o garoto, era a coriza, o pranto nasal. De vez em quando, alguém oferecia um lenço, que ela repelia, furiosa. Nunca se assoou, nunca, como se enxugar a coriza fosse uma desfeita à pequenina morta.

6 Não vi meu pai usar o lenço. O soluço do gráfico — sim, do gráfico sem mãos — lembrou-me o choro do meu pai. E, agora, estou pensando em mim mesmo. Vejo a família entrando em casa. Subimos todos para o quarto de meu pai. Eu pensava: — "Não quero que me falem da autópsia."

7 Autópsia. Eu vivera uma experiência de reportagem policial. E sabia do martírio de um cadáver, no necrotério. Velhos, moços, meninas, mocinhas, garotos são espantosamente despidos. Ficam tão nus. Nas minhas memórias falo muito da nudez humilhada. Citei a demente da rua Alegre, citei a Marilyn Monroe. Mas não há nudez mais humilhada, mais ofendida, mais ressentida do que a da autópsia. Ah, meu Deus, os nus violados do necrotério.

8 Também vira, nas fotografias dos jornais (*O Globo*, *A Noite*), Sousa Filho na mesa do necrotério. Não era mais o político, o deputado, o importante. Era apenas e tão somente o cadáver numerado. E me subia, de negras entranhas, uma náusea cruel contra a burocracia hedionda que despe os mortos e exige a autópsia. Fui, ao meio-dia, meio-dia e pouco, para a *Crítica*.

9 Eu precisava chorar e pensava: — "Chego lá e choro." E estava disposto a não ouvir uma palavra sobre a autópsia. Na porta, vejo um grupo de funcionários do jornal e, no meio, um repórter de polícia. Estava excitado, o olho rútilo. Alguém me trava o braço e sussurra: — "Meus pêsames." E o repórter estava dizendo, enquanto os outros ouviam: "Não puderam tirar a bala. Tiveram que serrar a espinha."

10 Deu-me um ódio cego, uma vontade de partir a boca que dizia aquilo. E, então, vim subindo os degraus. Era uma escada antiga, que velhas gerações tinham gasto. No meio, paro; encosto-me ao corrimão. Mãos batem-me nas costas. Vozes estão dizendo: — "Meu sentimento", "Meus pêsames". Um velho para. Abraçou-me: — "O nosso Roberto." E eu só pensava na nudez crucificada da autópsia.

11 O repórter vira tudo. Conhecia o médico-legista e cada funcionário do necrotério. Não saía de lá; e, mesmo em dia de folga, comparecia, por hábito e prazer de estar com os defuntos desconhecidos. Momentos depois, passei por ele. Dizia a um outro: — "Serraram a espinha." Fugi.

12 Hoje, a dor não justifica nem uma gravata preta. Ninguém põe luto. Ainda outro dia, eu ouvia uma mocinha: — "O sentimento não está na cor." Está. O sentimento está, sim, no terno chegado da tinturaria. E no vestido negro. Em 1929, minha família vestiu-se pesadamente de luto. Meu pai, minha mãe, todos os meus irmãos. Cheguei a pensar em nunca mais tirar o luto, nunca mais.

13 Quatro ou cinco dias depois da morte de Roberto, eu ia para a redação. E lá, apanhava a coleção de jornais. Queria ler tudo que saíra sobre a morte de Sousa Filho. Fora também assassinado, quase na mesma hora. Eu revia a sua fotografia no necrotério. Ficava olhando a cara gorda, com as pessoas em torno, posando. As manchetes, os títulos, todo o noticiário — davam-me uma satisfação maligna. Sousa Filho também andara no necrotério.

14 Comecei também a ler anúncios de missas. Abria um jornal e ia, direto, aos avisos fúnebres. Não se morria só na nossa família. Roberto estava no São João Batista; mas os outros estariam lá, mais cedo ou mais tarde. Sim, outros continuavam morrendo; a toda hora e em todos os idiomas, alguém morria. E os anúncios de missa eram, para mim, uma espécie de reparação.

15 Três anos depois, descobri o teatro. De repente, descobri o teatro. Fui ver, com uns outros, um *vaudeville*. Durante os três atos, houve, ali, uma loucura de gargalhadas. Só um espectador não ria: — eu. Depois da morte de Roberto, aprendera a quase não rir; o meu próprio riso me feria e envergonhava. E, no teatro, para não rir, eu comecei a pensar em Roberto e na nudez violada da autópsia. Mas no segundo ato, eu já achava que ninguém deve rir no teatro. Liguei as duas coisas: — teatro e martírio, teatro e desespero. No terceiro ato, ou no intervalo do segundo para o último, eu imaginei uma igreja. De repente, em tal igreja, o padre começa a engolir espadas, os coroinhas a plantar bananeiras, os santos a equilibrar laranjas no nariz como focas amestradas. Ao sair do *vaudeville*, eu levava, comigo, todo um projeto dramático definitivo. Acabava de tocar o mistério profundíssimo do teatro. Eis a verdade súbita que eu descobrira: — a peça para rir, com essa destinação específica, é tão obscena e idiota como o seria uma missa cômica.

Correio da Manhã, 24/3/1967[33]

---

[33] Crônica também publicada em *Memórias — A menina sem estrela*.

87. O paletó

1 Bem me lembro que, em janeiro de 1930, pensei muitas vezes naquela mãe de Aldeia Campista. Sim, a mãe da menina que morrera de febre amarela. Chamava-se D. Laura e era mulher de "Seu" Clementino. Ao lado, moravam três mocinhas, Odete, Nair e Dulce (estou escavando a memória e desenterrando nomes como velha prata). A menina morrera (de febre amarela, já disse); estava no caixão pequenino, de arminho, e vestida de anjo.

2 Vinte anos depois, um dos personagens de *Vestido de noiva*, diria, lânguida e nostálgica: — "Enterro de anjo é mais bonito que de gente grande." Esse personagem era Alaíde, a heroína da tragédia. Também se chamava Alaíde a filha mais velha de D. Laura e, portanto, irmã da menina morta. Eis o que eu queria dizer: — remontei, em *Vestido de noiva*, o velório de minha infância. E, por todo o meu teatro, há uma palpitação de sombras e de luzes. De texto em texto, a chama de um círio passa a outro círio, numa obsessão feérica que para sempre me persegue.

3 Ouço D. Laura gritando para o anjo de cera: — "Minha filha não morreu! Minha filha não morreu!" Não morrer e nunca morrer. Em

29, quando saí do cemitério, baixou em mim esta certeza: — Roberto não estava morto, Roberto não morrera, Roberto não era o morto que acabava de ser enterrado. E logo veio outra e furiosa certeza: — um dia, eu veria Roberto, eu me encontraria com Roberto e diria muitas vezes o seu nome, eternamente o seu nome.

4 Há poucos meses, fui, com o Hélio Pellegrino, de automóvel, à Barra da Tijuca. É diante do mar que gosto de tecer as minhas fantasias fúnebres. No meio do caminho, paramos o carro e descemos. Ficamos do alto, olhando, sem palavras.

5 E eu, então, comecei a pensar nos que morreram e nos que vão morrer. Um dia, despertaremos entre os mortos. Eu veria Roberto. E veria minha avó, mãe do meu pai. Minha avó sabia fazer aquarelas; tinha um álbum de versos; pintava em pratos. Eu me lembro de uma de suas figuras: — uma escrava, loura, de sandálias; outra: — uma morena de cântaro no ombro. E minha avó era linda. Dizem todos: — linda.

6 E morreu de parto, quando meu pai tinha oito anos de idade. Uma cesariana a teria salvo. Naquele tempo, porém, não se fazia cesariana no Brasil. Minha avó morreu e tão lúcida. As tias mais antigas contam a sua agonia. Gritou três dias e três noites. Morria, sabendo que morria. Primeiro, gritava: — "Não quero morrer." E, depois, exausta, não tinha mais forças para o grito. Mas repetia numa voz inaudível como o hálito: — "Não quero morrer."

7 Ao lado do Hélio Pellegrino, eu pensava, novamente, em Roberto. Poucos dias depois de sua morte, passei na avenida onde ele morava. Vi sua capa vazia; os chapéus; gravatas. E, de repente, me lembrei que, no Pronto-Socorro, eu o vira com um lenço na mão. Por que não pensei em furtar o seu lenço usado? Depois da morte, por que não escondi o seu lenço, não o limpo, mas o sujo? Também não pensara em roubar o pijama que ele despira para a segunda e inútil operação? Que pobre ou que parente de enfermeira ganhara o último pijama, o pijama embebido de sua agonia e de sua morte?

8 Quinze anos depois, estava eu no consultório de um tisiólogo: — Aloísio de Paula. Minha irmã, Stela, médica, me levara lá, por indicação do clínico Isaac Brown. Vejo Aloísio de Paula examinando a minha chapa, contra a luz: mostrava a lesão a Stela. Infiltração bem discreta. Por outras palavras: — era a tuberculose que tinha, então, o nome lindo, nupcial, de "peste branca". Mais uma semana e eu estava nos sanatorinhos de Campos do Jordão. Fiquei não num quarto particular, mas numa enfermaria de quinze ou vinte leitos.

9 Num instante, todo o sanatorinho dizia: — "Tem um jornalista aí." O jornalista era eu. Um dia, um dos internados, Osvaldo não sei de quê, avisou: — "Meu irmão chega amanhã." E chegou mesmo. Eu o vi entrar, carregado, já com a dispneia pré-agônica. Vinha para morrer e estava morrendo.

10 Ah, o irmão de Osvaldo tinha tantas cavernas que o fato de estrebuchar era um milagre respiratório. Eu me lembro de Osvaldo abrindo as malas e tirando as roupas, as camisas, as gravatas. Antes da doença, o moribundo era elegantíssimo. Setenta e duas horas depois, ele foi levado da enfermaria para o isolamento. Lá morreu, no mesmo dia. Não sei, não me lembro se teve ou não uma agonia de sangue.

11 Osvaldo foi enterrar o irmão e voltou, correndo, do cemitério. Eu o vejo chegar, com as ventas arregaladas. Arremessou-se para as roupas do morto e as possuiu, ali mesmo, à nossa vista. Atracava os paletós, as calças, as camisas, como um sátiro brutal; e dizia, arquejando de euforia: — "Foi Deus que mandou meu irmão para cá. Eu estava sem roupa. Andava de calça furada." Virou-se e mostrou os fundilhos. O remendo aparecia, deslavado. No dia seguinte, estava ele namorando com o guarda-roupa do irmão.

12 A cena de Campos do Jordão pôs diante de mim a morte de Roberto. Eu tinha, de novo, dezessete anos. Já disse e aqui repito que sou um ressentido contra a minha adolescência. Não me vejo, não me reconheço nos meus atos, sentimentos e paixões adolescentes. Em 29, 30, fui outro e não eu mesmo. Fiz coisas que não se pareciam nada comigo. Por exemplo: — herdei ternos e gravatas de Roberto. Quando acabou o luto, eu os vesti. E o chapéu era dele também. A roupa parecia feita sob medida para mim. Não tive pena, nem remorso de andar vestido de Roberto. Ou por outra: — talvez, no primeiro momento, tenha sentido uma certa angústia, mas tão rala, tão escassa.

13 A angústia veio quinze anos depois em Campos do Jordão. Por trás de Osvaldo estava eu, adolescente. Eu experimentando o paletó, eu escolhendo a gravata de Roberto. Metia a mão nos bolsos de Roberto e não me ocorria esta verdade doce, persuasiva e fatal: — eram os bolsos de Roberto. (Por que, ao menos, não guardara, para sempre, o lenço usado?)

14 Continuava, ali, diante do mar, com o Hélio Pellegrino. Depois o amigo me chama. Entrei no automóvel e pensando que era "outro", e não eu, que vestira os ternos de Roberto. Eu sabia mais do que nunca que, um dia, verei todos os mortos da família, inclusive minha avó que pintava, na louça, escravas de sandália. Mas onde, onde os verei? Talvez eu os encontre nas absurdas profundidades marinhas, onde as águas têm frio e sonham.

Correio da Manhã, 26/3/1967[34]

---

34 Crônica também publicada em *Memórias — A menina sem estrela*.

88. Memória nº 27

1 Conheci, na minha infância, o Brasil dos velhos. Hoje, não. Hoje, por toda a parte, o que se vê e o que se ouve é o alarido dos jovens. Não há velhos ou por outra: — ninguém quer ser velho. Sujeitos de setenta anos adulam a juventude. Ainda ontem, dizia-me um setuagenário: — "O jovem tem razão, sempre."

2 O ancião falava assim e tinha o olho rútilo e a salivação intensa. Achei graça ou, por outra, não achei graça nenhuma. Não me ocorreu uma palavra, uma objeção, nada. Num escândalo mudo, apenas ouvia. E, de repente, passa por nós um rapaz, um latagão eufórico, solidamente belo como um bárbaro. O velho pareceu lambê-lo com a vista. Saiu atrás, num deslumbramento alvar.

3 Confesso: — esse pequeno episódio deixou-me uma impressão profunda. Penso em certos velhos que fazem uma promoção frenética dos novos. Pergunto: — não há, em alguns casos, uma certa pederastia retardatária, utópica, idealizada? Não estou afirmando nada; insinuo tão somente um tema para a meditação dos outros.

4 Volto à minha infância. Na rua Alegre, não era ainda degradante ser velho. O sujeito podia ter, impunemente, setenta, oitenta anos. Conheci crioulos de cem anos. Ah, os veteranos da Guerra do Paraguai! Eram velhinhos ainda tesos. Estavam sempre mascando fumo de rolo e cuspiam negro. Eu com sete, oito anos, achava os velhos muito mais fascinantes do que os jovens. Um dos nossos vizinhos era um ancião hemiplégico. Até a doença me parecia linda.

5 E a rua, os bondes, as sacadas, tudo era uma paisagem de velhos. Quando penso no Brasil de minha infância, me lembro, sem querer, de Confúcio. Vocês conhecem a história. Um dia, em certo jardim, uma virgem sonhava. De repente, veio um raio de sol e focou-lhe o ventre. Assim nasceu Confúcio, filho de uma virgem com um raio de sol. Mas nasceu com noventa anos, já de sapatos e já de guarda-chuva.

6 Para mim, garoto de calça curta, acontecera algo parecido com Rui Barbosa. Era como se ele tivesse nascido com setenta anos, e já conselheiro, e já "Águia de Haia". E, hoje, me dá uma certa pena notar que não há mais, como outrora, os setuagenários natos.

7 Em 1919, ia muito, lá em casa, um amigo do meu pai, também jornalista. Chamava-se Nepomuceno e, se não me engano, trabalhava no *País* ou na *Gazeta de Notícias*. Era velhíssimo. Vocês conhecem o nosso contemporâneo Salim Simão. Só fala aos berros e o seu suspiro é ainda um berro. Quando entro no Estádio Mário Filho e não ouço o seu berreiro, me sinto um frustrado.

8 Nepomuceno era um Salim Simão das velhas gerações. Igualmente ululante, seu bom-dia era uma agressão. E quando aparecia, eu vinha para perto, como um pequeno magnetizado. E o Nepomuceno dizia uma coisa que marcou toda a minha vida. Ainda o vejo, no meio da sala, atirando patadas e bramando: "A opinião pública é louca! Louca!"

Isso dito, aos arrancos, me assombrava. E eu, meio acuado pelos berros, acreditava piamente na demência tão rumorosamente anunciada.

9 E para demonstrar a loucura da opinião pública, Nepomuceno falava da vacina obrigatória. Ouvi a mesma história umas cem vezes. Mais tarde, fui ler, nas velhas coleções da Biblioteca Nacional, o que acontecera na época. E, de fato, toda a cidade se levantara a favor da peste contra a vacina; a favor das ratazanas contra Oswaldo Cruz; a favor da varíola contra a saúde.

10 O que se disse de Oswaldo Cruz, nos lares, esquinas, botecos e retretas. Ninguém a seu favor e todos contra. Foi chamado de escroque, moleque, ladrão e analfabeto. Cada geração tem um "inimigo do povo" de feitio ibseniano. Oswaldo Cruz foi o da sua. E, até hoje, não se entende por que o povo não o caçou, no meio da rua, a pauladas, como uma ratazana prenha. O clamor popular não era bastante. Houve um levante armado. E tudo por quê? Porque a opinião pública, repito, estava com a peste e disposta a matar e a morrer pela peste.

11 Anos depois, morria Oswaldo Cruz de morte natural. Mentira. Não foi natural. Morreu assassinado pela unanimidade. E através dos anos, nunca mais me esqueci de Nepomuceno. Quando vejo o Salim, tenho vontade de dizer-lhe: — "Conheci um que berrava tanto quanto você." Mas o tempo passou e, hoje, posso dizer que tive várias e patéticas experiências pessoais com a opinião pública.

12 O assassinato do meu irmão Roberto. O julgamento coincidiu com o meu aniversário. Eu fazia, se não me engano, dezoito anos no dia 23 de agosto de 1930. Meses antes morrera meu pai; pode-se dizer que a mesma bala assassinara os dois. Meu Deus, não havia muito que discutir. Eis a questão: — podia alguém "matar Mário Rodrigues ou um dos seus filhos? Temos direito de matar o filho, ou a filha, ou a mulher do nosso inimigo?"

13 Não assisti ao julgamento. Fiquei, em casa, ouvindo pelo rádio. Eis a verdade: — a opinião pública achava que se podia matar um dos filhos de Mário Rodrigues; não diretamente o próprio Mário Rodrigues, mas um dos filhos e tanto podia ser Roberto como Mário, Mário como Milton, Stela como Nelson ou, até, a recém-nascida Dulcinha. Lembro-me de um jornal que resumia, no título, um Juízo Final: — "Justo atentado." E, em casa, antes de dormir, eu ficava pensando: — e a espinha serrada, por que não conseguiram extrair a bala? E o algodão nas narinas? E a filha ainda por nascer? E o meu pai morto?

14 O júri fez o que a opinião pública exigia. Eu estava, no meu canto, em casa, esperando o pior. E veio o resultado: — absolvição, por uma maioria de três votos, se não me engano, três votos. O locutor dava berros triunfais. E o resultado mereceu uma ovação formidável. Um clima de auditório de rádio, de TV e mais de rádio do que TV. Naquele momento, instalou-se em mim uma certeza, para sempre: — a opinião pública é uma doente mental. E pensei numa fuga impossível. Viver e morrer numa ilha selvagem, só habitada pelos ventos e pelo grito das gaivotas.

Correio da Manhã, 28/3/1967[35]

---

[35] Crônica também publicada em *Memórias — A menina sem estrela*.

89. A hediondez caça-níqueis

1 Eu sou, e já o confessei mil vezes, um obsessivo. Tanto que, certa vez, o Cláudio Mello e Sousa (e, se não foi este, terá sido o Otto Lara Resende) chamou-me de *flor de obsessão*. A coisa pegou. Outros amigos passaram a cumprimentar-me assim: — "Olá, *flor de obsessão*" ou "como vais, *flor de obsessão*", ou, ainda, "queres almoçar comigo, *flor de obsessão*"? Eu retribuía os cumprimentos e, quanto aos almoços, devo confessar: — sou um homem que aceita almoços com naturalidade e eu diria, até, com descaro.

2 Se eu fosse mais importante, e entrasse numa enciclopédia, gostaria que fosse assim, mais ou menos assim: — NELSON RODRIGUES — *Autor brasileiro, também conhecido por flor de obsessão, etc., etc.* Bem. Fiz esta rápida introdução para chegar aos antropófagos dos Andes. Um leitor, Élvio G. Amorim Netto, fez-me o obséquio de me mandar duas páginas da *Veja*, com fotografias dos sobreviventes e texto sobre a antropofagia. Em tempo, observo o seguinte: — parece-me uma impropriedade chamar *antropófagos confessos de sobreviventes*.

3 Numa das fotografias da *Veja* aparecem os homens. A legenda da revista fala em euforia. Um deles só falta atirar beijos, a mãos ambas, como faziam as garotas dos Pierrôs da Caverna. A chapa foi tirada minutos antes da revelação: — *nós comemos carne humana*. E *Veja* fala em lágrimas *depois da revelação*. Mas eles não sabiam que tinham comido bifes humanos? Se sabiam, por que estavam eufóricos antes? Na verdade, o certo, o correto, o obrigatório é que chorassem antes, durante e depois.

4 Pensando melhor, talvez a *euforia* seja a reação certa. Chorar por que, se não havia horror ou melhor dizendo, se ninguém reconhecia o horror como tal?! Os antropófagos receberam uma verdadeira consagração. Ninguém os acusou de nada. E pelo contrário: — o Arcebispo de Montevidéu falou à imprensa, e pra dizer o quê? Para elogiar a antropofagia. O que esse pobre homem da Igreja, ou, melhor dizendo, da anti-Igreja, o que esse anticatólico, anticristão, anti-homem declarou é que comer carne de gente nada tem de desumano. E tanto assim que ele elogiava os *antropófagos*.

5 Estará louco? Hoje já não se sabe mais quem é louco. Em recente "Confissão" escrevi que, em nossa época, o homem normal não é dessemelhante do insano. Ou os dois são loucos ou os dois são normais. Assim sendo, por que encerrar nos hospícios uma minoria privilegiada?

6 Os canibais não têm por que se arrepender ou por que chorar. Recebem, do seu país, do continente, do mundo, uma solidariedade geral e comovida. O Arcebispo e não sei quantos padres do Chile e do Uruguai acham os canibais inatacáveis. Já os antropófagos estão tirando partido financeiro do que fizeram. O argumento de todo mundo é de uma simplicidade total: — os sobreviventes estavam com fome. Se é fome, por que não comer os cadáveres mais à mão?

7 Um amigo propôs outro dia, num sarau de grã-finos, uma hipótese fascinante. Disse ele mais ou menos o seguinte: — mãe e filho estão perdidos na neve. Não há cadáveres à vista. A mãe ou o filho morre: — o sobrevivente deve comer o defunto ou a defunta? Dirão os paladinos dos antropófagos: — "Mãe e filho, não vale." Irrita-se o meu amigo: — "Não se trata de sobreviver? A sobrevivência não está acima de todos os valores da vida?"

8 Para o Arcebispo de Montevidéu (um católico progressista), *a sobrevivência está acima de tudo*. Para uma legião de padres chilenos, idem. Argumenta-se com a morte. Dizia-me outro dia uma grã-fina: — "Eram mortos." Durante dois mil anos reconheceu-se a dignidade da morte. Agora, não. Depois de aviltar a vida, estamos aviltando a morte. Chegaremos a um ponto em que não valerá a pena viver nem valerá a pena morrer.

9 Mas houve dois sobreviventes que não quiseram ser antropófagos. Era um casal. Marido e mulher foram tentados até o último momento. Os outros queriam que eles também comessem carne humana. Levaram para o casal bifes de nádega, de barriga da perna. E marido e mulher se torciam e destorciam em náuseas pavorosas. Se era para sobreviver como canibais, preferiam morrer. Mas a resistência do casal exasperava os outros como um castigo. Aquele homem e aquela mulher não cederam. E o último suspiro de um e outro não foi último suspiro, mas última náusea. Mas vejam como são as coisas. Tão pouco se falou sobre esse maravilhoso casal. Os jornais mal lhe concederam três linhas. Não apareceu nenhum arcebispo de Montevidéu para rezar por eles. Não e jamais. Reza-se pelos canibais. Mas falo, falo e não digo o essencial. Eis o essencial: — marido e mulher viveram, antes de morrer, um momento da consciência humana.

10 Não sei se entenderam. O silêncio que se faz sobre o casal tem um motivo concreto. Todos o evitam justamente por isso, porque marido e mulher eram um momento da consciência humana. Viviam pelos antropófagos, por todos nós; e viviam também por um psicanalista. Sim, um certo psicanalista que falou sobre a antropofagia nos Andes.

11 Quem é? Não sei. Não o conheço nem de vista, nem de nome, nem de lhe apertar a mão. Apenas sucede que eu tenho leitores, como Amorim Netto, que me mandam, em forma de impressos, momentos da vida e da morte. E o leitor, aliás leitora, enviou-me um recorte, que é uma joia da realidade atual. O psicanalista foi consultado sobre os canibais. Hoje, os analistas falam de tudo. Até, se for o caso de palpites, da Loteria Esportiva.

12 E o nosso homem acha perfeito que tenham comido bifes de companheiros, de amigos. Estavam com fome e pronto. Evidente que ele só vê instintos na sua frente. Jamais lhe passou pela cabeça que o homem só começa a ser homem depois dos instintos e contra os instintos. Até um cachorro morre pelo seu dono, apesar do seu instinto de conservação. Mas o psicanalista acha que o importante é o homem não se deixar morrer, seja qual for o motivo. Suas declarações mostram que o nosso mundo não está interessado na consciência humana. Por isso mesmo, como julga ele, psicanalista, o casal que se recusou a ser antropófago? Na sua opinião, ambos, marido e mulher, eram neuróticos. Ao passo que os canibais são exemplos de sanidade.

13 E, com isso, o bom homem abre uma nova e fantástica lista de neuróticos. Assim, o comandante de navio que, em vez de se pôr a salvo, por uma irreprimível manifestação instintiva de sobrevivência, o comandante, repito, é o último a sair; e se restar, a bordo, um último passageiro, morrerá com o seu barco e com o seu passageiro. Os outros neuróticos são os santos, os heróis, os mártires. O cientista que se dedica à ciência, e não aos próprios prazeres, é outro tanto neurótico.

14 O analista em apreço não é, realmente, um analista, mas um veterinário. Nada mais que um veterinário que vê o ser humano como se fosse um bezerro, um zebu, uma preá, uma zebra, cuja vida é um jogo de instintos.

15 Vamos esquecer o analista. Imaginem que, num dos meus últimos artigos, eu fazia esta observação: — os sobreviventes *só faltaram pendu-*

rar nos ganchos as postas dos semelhantes. Não, não faltaram. Segundo a reportagem de *Veja*, do teto do avião *pendiam pés e mãos humanos, que pingavam azeite.* Tal fato foi narrado por Cláudio Lucero, especialista chileno em salvamento nos Andes, que conseguiu chegar ao local do desastre. Os canibais fizeram um açougue de carne humana. E como um antropófago vai escrever um livro, e outros dão entrevistas pagas, vamos admitir que estamos diante de uma hediondez caça-níqueis.

O Globo, 17/1/1973

90. E o ator teve que brigar, fisicamente, com o Itamaraty

1 Se me perguntarem quais são as minhas relações com o Itamaraty, eu não saberia o que dizer. É que, durante vinte e poucos anos, o Palácio da rua Larga olhava, a mim e a minha obra, com o maior tédio e desprazer. Poderão perguntar quem era eu para merecer tão ilustre antipatia. Explico que tive, sim, a minha importância, quando uma sólida e enojada unanimidade me considerava "o único autor obsceno do teatro brasileiro".

2 E, assim, durante o vasto período, o Itamaraty não estaria disposto a mover uma palha em meu favor e em favor de minha tradução. Seu Departamento Cultural achava que eu, lá fora, seria uma humilhação para a nossa cultura. E o fato é que passei da juventude para a maturidade, e desta para a velhice, sem ter posto, jamais, os pés na "Casa de Rio Branco". E só entrei no Itamaraty, e só conheci a paz conventual dos seus corredores quando o Sr. Magalhães Pinto foi nomeado Ministro das Relações Exteriores.

3 E não só eu. Outras pessoas que, em outros tempos, seriam expulsas se lá aparecessem, outras pessoas, dizia eu, foram também convidadas. Por exemplo: — nunca o Itamaraty se lembrara do jogador de futebol. Pois um dia, o Sr. Magalhães Pinto chamou-nos, homens do futebol, craques, cronistas e paredros, para um almoço. E quem ficou ao lado do Ministro? Pelé, o sublime crioulão. E, assim, pela primeira vez, vimos os dois cisnes do Palácio. (Eram três, mas um, segundo imagino, morreu.)

4 Posteriormente, Magalhães chamou outros que também não eram fregueses daquele Ministério: — artistas de teatro, atletas amadores e outros, e outros, e outros. Eu ficava imaginando: — "Algo mudou." E era um escândalo que, de repente, o Itamaraty começasse a gostar dos estilistas, dos clássicos e das peladas, do povo, do basquete, da natação, do vôlei, do cinema e do teatro. Vocês não sabem de nada. Outrora, os nossos serviços diplomáticos faziam horrores.

5 Sim, os nossos consulados, as nossas embaixadas tinham um santo horror do brasileiro. Certa vez, um nosso cineasta andou correndo mundo. Parou na Suíça e quis ter notícias do Brasil. Era um patriota mordido de nostalgia. Foi, não me lembro, se à nossa Missão ou à própria Embaixada. Chegou lá e não encontrou um funcionário que falasse português. Todos, rigorosamente todos, só usavam o francês. O cineasta, desatinado, procurou um brasileiro e simplesmente não havia um brasileiro.

6 O nosso patrício reagiu com viril e crespa dignidade. Patrioticamente, recusou-se a falar francês que, aliás, não conhecia. Saiu da Embaixada e veio para a calçada. Sentou-se no meio-fio e começou a chorar. Mas há pior. Retiro-me ao episódio ocorrido na Embaixada na França. Desta vez, não era o cinema, era o teatro. Imaginem que a Companhia de Walmor Chagas e Cacilda Becker estava fazendo, e com o maior êxito de público e de crítica, uma excursão pela Europa. Quando chegou à França, Walmor achou que devia visitar o embaixador. E lá foi ele com a mais lancinante boa-fé.

7 O ator entra e o diplomata, por trás da mesa, no fundo da sala, ergue-se. Berra: — "Veio pedir favores?" E não parou mais. Esbugalhado, Walmor pergunta: — "Mas que é isso? Que é isso?" O outro fez a volta da mesa e veio falar-lhe, de dedo espetado: — "Vocês, de teatro, são vigaristas! Seu vigarista! Só sabem pedir dinheiro!" O ator começa a reagir: — "O senhor não tem o direito!" O embaixador dava pulos: — "Tenho todos os direitos! Pois não leva um tostão!" Apontava a porta: — "Retire-se! Rua, rua!"

8 E, então, o ator o segurou pela gola e o sacudia: "Agora você vai me ouvir!" O diplomata, muito menor, foi suspenso e pedalava o ar: — "Tira a mão! Tira a mão!" E Walmor: — "Vigarista é você! Você!" O outro, arquejava: — "Vai se arrepender!" O artista foi até o fim: — "Cala a boca ou te parto a cara!" Não sei se, de parte a parte, as palavras foram textualmente estas. Só sei que nunca dois brasileiros xingaram tanto um ao outro. E quando o representante do Itamaraty balbuciou, asfixiado: — "Vigarista", Walmor deu-lhe duas bofetadas, uma em cada face.

9 Sempre digo que o pior da bofetada é o som. Se fosse possível uma bofetada muda, não haveria ofensa, nem humilhação, nada. Agressor e vítima poderiam, em seguida, ir tomar cerveja no boteco mais próximo, em festiva confraternização. Mas o embaixador, ou seu substituto eventual, e, de qualquer forma, altíssimo funcionário, insultara, coletivamente o teatro nacional, desde João Caetano. E Walmor teve duas reações: — uma pessoal, outra de classe. Ambas as bofetadas saíram estaladíssimas.

10 O episódio parou aí. Ninguém prendeu o artista e ele pôde sair. Atirado na cadeira, o diplomata bufava de fúria impotente. Mas vejam vocês: — Walmor e Cacilda eram duas grandes figuras do teatro brasileiro. Mas convém fazer a ressalva: — o defeito de Walmor não foi a qualidade profissional, mas o simples fato de ser brasileiro. Não sei se agora será assim e espero que não. Naquele tempo, porém, os nossos consulados, as nossas embaixadas não podiam nem ouvir falar em brasileiro. Qualquer patrício que aparecesse, fosse cientista, pintor, arquiteto, veterinário, psiquiatra, contínuo, era olhado, de alto a baixo, como vigarista.

11 Fiz as reflexões acima porque, no momento, o terror instala-se no Itamaraty. Lá dentro se cochicha e cá fora se berra que a Casa de Rio Branco prepara um feroz expurgo nos seus quadros. Cabe então a pergunta: — e por quê? Por alguns motivos, inclusive "ociosidade". Bem. Até hoje, que se saiba, nenhum "ocioso" foi demitido de Ministério nenhum.

12 E se ociosidade é um defeito, que dizer de Copacabana? Todas as manhãs, vou, no meu táxi, do Forte ao Leme e dobro na Princesa Isabel, para a cidade. E sempre que olho a mais bela praia carioca, imagino: — "Hoje é domingo." Não há nada mais dominical do que Copacabana. Aqui mesmo, nesta coluna, já perguntei: — "Se o brasileiro não sai da praia, quem faz o Brasil?" Da igrejinha ao Forte Vigia, amontoam-se trezentas mil pessoas. E nessa massa de umbigos de ambos os sexos há de tudo: — diplomatas, estudantes, funcionários, bancários, engenheiros, datilógrafas, farmacêuticos, etc. No domingo Copacabana fica entupida; na segunda-feira há mais gente do que na véspera. E, assim, terça, quarta, quinta, sexta, sábado. Portanto, cada dia da semana é um novo domingo. Copacabana vive, por semana, sete domingos. E, de repente, todas as fúrias se descarregam nos ociosos do Itamaraty. Os cisnes de lá olham os que passam num mudo escândalo desolado. Mas ninguém quer demitir as trezentas mil ociosidades que se vão dourar, na praia, como havaianos de filme.

O Globo, 20/1/1969

91. O século XX acaba sem ter começado

1 Nunca se sabe se o Otto Lara Resende está no Brasil ou se está em Portugal. Durante dois ou três anos ele andou de Lisboa para o Rio, do Rio para Lisboa. E o curioso é que as duas capitais são três: Lisboa, Rio e Belo Horizonte. Ah, ele pode deixar de ser brasileiro, pode deixar de ser português. Mineiro, nunca.

2 Dirão vocês que o Otto é o autor da célebre frase: "O mineiro só é solidário no câncer." Como explicar que, amando Minas, ele ofenda Minas? Eis um falso mistério e, repito, um mistério de ideal transparência. Segundo D. Hélder, o homem odeia o que ama. Portanto, o Otto está de joelhos aos pés de Minas. Mas como ia dizendo, sempre que vinha ao Brasil não deixava de passar em Belo Horizonte. Agora vem o bonito, para não dizer o sublime: — ele atravessava todo um oceano para ver os pais.

3 E só voltava para Lisboa depois de tomar-lhes a bênção. Vejam vocês: — no momento em que ninguém acredita mais no "honrarás teu pai e tua mãe", o bom Otto se dá ao luxo de ser um filho perfeito, irretocável.

Deus o abençoe. Pois bem. Na época em que o próprio Otto não sabia se estava em Portugal ou se estava no Brasil, bati o telefone para a sua casa, ali na rua Tupi. Digo "Tupi", e é possível que seja "Peri".

4 Ligo e atende o Francisco. É pena que vocês não o conheçam. E para que vocês o conheçam, vou referir um episódio que me pareceu, e ainda me parece, uma joia rara do cotidiano. Um dia, o Otto acorda sem um tostão. Antes de escovar os dentes, foi vasculhar os bolsos. Nada. Diante do irremediável, ele podia ter-se dirigido à pia, para escovar os dentes. Não. Foi pedir dinheiro emprestado ao André. Aqui vou abrir um breve parêntese: André, filho do Otto, é belo como um Werther. No colégio, a professora dizia-lhe: "André, você é inteligente como um Presidente da República." E olhava o rapaz, esbugalhada, como se já o visse de casaca, Legião de Honra e tendo, por fundo, o Hino Nacional.

5 Voltemos ao Otto. Não sei o que mais admirar, na sua personalidade, se o filho, se o pai. Portanto, seria normal que, em retribuição, o André emprestasse. Acontece, porém, que o nosso Werther também não tinha um níquel. Vai Otto ao Bruno, seu segundo filho, que, segundo o próprio declarou, estava duro. Por uma dessas coincidências singulares e, ao mesmo tempo, burlescas — ninguém tinha um tostão em casa.

6 Súbito, ouve-se aquela voz: "Quanto é?" O Otto vira-se, aterrado. Estava diante do Francisco. Agora, um momento. Gosto de fazer a descrição física de meus personagens. No caso particular do Francisco, eu diria apenas que anda descalço. Tem a alma simples e profunda do homem da terra. Dizem que nós não temos camponeses e que o nosso camponês é o jardineiro. Nesse caso, é ele o único camponês da realidade brasileira. Em verdade, estamos fazendo a reforma agrária para o Francisco.

7 Continuemos a cena. Francisco repete singelamente: — "Quanto é?" Uma dúvida se insinua no espírito do Otto. Ia pedir pouco. Mas sentiu no Francisco o fervor da doação. Aumenta o lance: — "Vinte contos." E não tira os olhos daquela bondade descalça. Francisco pergunta: — "Só?" Era demais. O Otto já queria achar que todo mundo deve andar — sem sapatos. Respondeu: — "Chega, ó Francisco." O outro enfia a mão no bolso, conta e passa-lhe duas notas de dez. Curioso é que baixava a vista, como se tivesse vergonha do gesto tão solidário e tão irmão.

8 Mas onde é que eu estava mesmo? Ah, dizia que o Francisco atendeu o meu telefonema. Digo: — "Francisco, pode me chamar o Otto?" Daqui a pouco, ouço aquela voz inconfundível: — "Alô? Nelson?" Nunca o Otto fora tão Otto. Geralmente, as nossas conversas duram de três a cinco horas. E são sempre de fundo literário. Houve um momento em que o amigo extraiu, das entranhas, este gemido sem fim: — "É dura a nossa profissão de estilista." Suspiro: — "Também acho, também acho."

9 O nosso papo vai completando a sua terceira hora. E, súbito, balbucia o Otto: — "Meu Deus, meu Deus!" Está tremendo em cima dos sapatos. Pergunto: — "Que foi, rapaz?" E ele: — "Estou em Lisboa e não aqui. E, se estou em Lisboa, não posso estar conversando contigo!" Há, entre nós, uma desolada pausa. Por fim, digo-lhe: — "Apura direitinho se você está aqui ou em Lisboa." Depois de várias sindicâncias, constata, definitivamente, que está no Rio. Continuamos. E, de repente, não sei a troco de quê, falei em educação sexual e pílulas. Condenei uma e outra. Foi então que o Otto, que é um temibilíssimo sarcasta, me fulmina: — "Nelson, você é a própria Idade Média." Pergunto: "E por que Idade Média?" Começa a explicar. Sempre me achara parecido com alguém e não sabia quem. Até que naquele momento e, tardiamente, descobre a minha total semelhança com a Idade Média. Desta vez, zanguei-me: "Sou Idade Média com muita honra. E você que é século XIX?" Na minha ira, disse-lhe as últimas: — "O século XIX é muito anterior à Idade Média!"

10 A partir de então, sempre que cruza comigo, e eu com ele, chama-me de Idade Média e eu o chamo de século XIX. Pois bem. Fiz toda esta introdução para chegar ao Gilson Amado. Segundo li numa entrevista

{ O século XX acaba sem ter começado } **451**

desta figura admirável, ele acha, como o Otto, e pelos mesmos motivos do Otto, que eu sou a própria Idade Média. Não o diz concretamente, mas insinua. Tenho escrito que a educação sexual é a maior impostura da nossa época. Aí está o meu traço medieval. Quanto à pílula, ao meu ver, algo como a "Fera da Penha" e um milhão de vezes pior do que a "Fera da Penha".

11 Tanto o leitor como o Gilson hão de ver nas minhas palavras um exagero. Não há tal exagero. Resumindo, eu diria, com a maior objetividade, que a pílula mata mais. Entendem? Mata mais. É fantástico. Negam ao brasileiro o direito de nascer. Vejam o Amazonas: — não tem ninguém. Ou por outra: — tem menos gente do que Madureira. Imaginem só o belo efeito que fará a pílula no Amazonas. Existe uma ilha, na Sibéria, que é o deserto perfeito.

12 Nunca apareceu lá um micróbio. É o deserto despovoado até de micróbios. E, se distribuirmos a bendita pílula por todo o Amazonas, dia virá em que o desventurado Estado será igualzinho à tal ilha siberiana. Os únicos sobreviventes serão os jacarés. Como estamos radiantes com a pílula, verifica-se que o brasileiro nasce com a vocação do deserto, a vocação do terreno baldio. *Progressistas* que somos, estamos empenhados em dar o Amazonas aos jacarés.

13 Eu gosto muito do Gilson Amado. Primeiro, porque é um obsessivo, e todo grande homem tem de ser, obviamente, obsessivo. Não sei se me entendem. Mas o *grande homem* é a soma de suas ideias fixas. São elas que o potencializam. E nosso Gilson tem uma: — a educação das massas. E uma utopia que ele persegue com maravilhosa obstinação. Mas onde é que eu estava mesmo? Na educação sexual. Só me admira que esse homem, de prodigiosa lucidez crítica, ache que a educação sexual é uma das maravilhas do século xx. Primeiro, porque o século xx chega ao fim sem ter começado. Somos desgraçados prisioneiros do século xix.

14 Mas quero resumir aqui, para o próprio Gilson Amado, as minhas objeções contra a educação sexual. Antes de mais nada, ela desumaniza o homem e desumaniza o sexo. No dia em que o sujeito perder a infinita complexidade do amor, cairá automaticamente de quatro, para sempre. Sexo como tal, e estritamente sexo, vale para os gatos de telhado e os vira-latas de portão. Ao passo que no homem o sexo é amor. Envergonha-me estar repetindo o óbvio. O homem começou a própria desumanização quando separou o sexo do amor. Um dia farei um teste com o admirável Gilson Amado. Iremos para uma esquina. E ele verá que todos passam de cara amarrada, exalando a mesma e cava depressão. São as vítimas do sexo sem amor. Tão simples enxergar o óbvio ululante. Devia ser, não educação sexual, mas educação para o amor, simplesmente para o amor. E o homem talvez aprendesse a amar eternamente.

O Globo, 21/4/1970

92. O velho Machado teria escrito uma página divina sobre o novo Senado

1 Imaginem uma figura ajoelhada. A fé que se evola das mãos postas, dos lábios trêmulos, da cabeça pendida — a fé, dizia eu, é linda, sempre, sempre. Basta que ela se irradie de nossas profundezas. Mas não era bem isso que eu queria dizer. Eu ia falar do herói e do heroísmo.

2 Dirão vocês que não há mais heróis, ou por outra: — que o heroísmo não mais se individualiza e, pelo contrário, assume forma impessoal, coletiva, anônima. Na última guerra, o herói era uma cidade, ou um povo, sempre massas gigantescas. Em Varsóvia, até os edifícios, as esquinas, as ruínas, os templos eram heroicos. Se quiséssemos achar uma santa, ou santo, entre os escombros, perderíamos o nosso tempo e a nossa paciência. Teríamos de canonizar populações inteiras.

3 Todavia, há um defeito na massificação de tudo. O homem precisa dar uma cara, um corpo e, numa palavra, precisa individualizar o heroísmo, o martírio, a agonia. As multidões não choram. E o que frustra um pouco a nossa admiração é que, na Inglaterra, durante os bombardeios, o herói foi "o inglês" e não "um inglês". Se fosse um, apenas um, exatamente um, e não todos, absurdamente todos — a nossa admiração seria mil vezes mais profunda, e a nossa dor mil vezes mais inconsolável.

4 Imaginemos, por um momento, um único inglês, solitário e inexpugnável. Os outros, todos os outros, estão correndo, fisicamente, das V-2. E só um inglês, na sua infinita solidão, de braços cruzados, o rosto erguido, um sorriso de sacrifício nos lábios exangues — só esse inglês, dizia eu, receberia na cara as bombas nazistas. Eis o que eu queria dizer: — esse herói único, com uma cara, um nome, um endereço, teria mais apelo, mais manchete, mais retrato. Não se pode fotografar a epopeia de Varsóvia. Mas qualquer lambe-lambe, ali, do nosso Passeio Público, tiraria milhões de retratos da coragem individualizada.

5 Bem, fiz a reflexão acima a propósito do nosso querido Senado. Antes de prosseguir, preciso abrir um parêntese. Quando eu era garoto, a vida política para mim eram três ou quatro caras, ou seja: — as caras de Nilo, Bernardes, Rui e Irineu Machado. Pouco sabia eu de Câmara e de Senado. Até que, não sei onde, nem quando, ouvi que em Roma existira um cavalo senador. Já o nome fascinou meus oito anos casimirianos: — Incitatus. Eu imagino a cena: — aquele cavalo, relinchante, escouceante, frequentando as sessões do Senado Romano, legislando, aparteando; e, em seguida, tomando cafezinho e água gelada.

6 Vejam bem. A Câmara continuou, para mim, de todo secundária, irrelevante, intranscendente. Como levar a sério uma instituição que não tem um mísero cavalo? Ao passo que Incitatus vinha conferir ao Senado uma dignidade total. Anos depois, li Machado de Assis. Como se sabe, o mestre escreveu, sobre o "velho Senado", a página talvez mais bela de sua literatura. Confesso, porém, que, mais do que a evocação machadiana, fixei a figura do lncitatus — plástica, elástica, ornamental.

7 Vejam como uma impressão infantil pode perdurar até o fim dos tempos. E quando o Senado era no Monroe, e passava eu por lá, tinha uma espécie de alucinação auditiva e julgava ouvir o nosso Incitatus relinchando os seus discursos (e imaginava uma fauna excitada de taquígrafos não perdendo uma só palavra ou um só coice do ilustre parlamentar). Mas falo, falo, e não digo o essencial.

8 O essencial é a atitude que o Senado assumiu nos últimos acontecimentos. Disse "atitude" e convém pluralizar. De fato, o Senado assumiu duas atitudes. Vamos à primeira. Quando veio o Ato, os senadores se entreolharam; lia-se, em cada fisionomia, a pergunta muda: — "Que fazer?"

9 Ora, nós sabemos que o heroísmo é um momento. O herói perene e, repito, o herói do berço ao túmulo, sempre me pareceu uma rigorosa impossibilidade. Diria mesmo que, na maioria das pessoas, a coragem assume a forma bissexta. Uma vez na vida, outra na morte, vem um sopro heroico e o sujeito fica com os brios mais eriçados do que as cerdas bravas do javali. Nasce o herói quando o seu "momento de coragem" explode na ocasião exata.

10 Foi precisamente o que aconteceu. Coincidiu a coragem eventual do Senado com a promulgação do Ato. Vejam bem. Se a crise tivesse ocorrido antes ou depois, isto é, na véspera ou no dia seguinte, tudo passaria em branca nuvem. Mas a coragem é uma energia física e espiritual que precisa ser aplicada, sobretudo se há uma circunstância favorável. Havendo a coragem e, mais, o coadjuvante de indignação, restava passar às vias de fato.

11 E, no entanto, vejam vocês: — a coisa era menos simples do que parecia. O Legislativo é, sabidamente, um poder desarmado, que não dispõe nem de uma espingarda de rolha. Portanto, como usar a coragem, já que os senadores não podiam sair por aí bebendo o sangue do Ato? Depois de muito matutar, chegou-se à solução ideal: — um telegrama. E assim o heroísmo do Senado assumiu a forma telegráfica.

12 Não se perdeu tempo. Foi passado um telegrama ao Presidente da República. Pela fúria cívica de quem o redigiu e pela fúria cívica dos que o assinaram, imagino que os termos do protesto tenham sido diretos e crudelíssimos. E, se estivéssemos na velha Roma, imagino que o nobre Incitatus não faltaria com a solidariedade do seu relincho e do seu coice.

13 Lá se foi o telegrama. Mas ai de nós, ai de nós. Na vida pessoal, acontece, via de regra, o seguinte: — a coragem acaba, geralmente, ou no primeiro tapa que se dá, ou no primeiro tapa que se leva. Como as instituições não são melhores do que os homens, também elas têm suas fragilidades pânicas. Parece que o telegrama esgotou, realmente esgotou, todo o potencial cívico-heroico dos que o assinaram. Cada um dos manifestantes voltou à sólida e chata vida real.

14 Dirá alguém que uma das formas de heroísmo menos arriscadas é ainda o telegrama. Fosse como fosse, instalara-se o drama. Os senadores olhavam uns para os outros e, em todas as caras, havia um desses arrependimentos tardios e profundíssimos. Até que, de repente, alguém sugeriu a fórmula que os salvaria, a todos. O leitor, que é um convencional, há de imaginar, por certo, que a coragem estava no telegrama contra o Ato. Absolutamente. Corajoso foi o senador que propôs um novo telegrama a favor do mesmo Ato. E assinado pelos mesmos nomes? Exatamente. Pelos mesmos e outros mais que aderissem. Assim começou a se caçar, por todo o Brasil, mais senadores. O diabo é que, via de regra, o nosso senador é um ser extremamente turístico. Vários, que poderiam hipotecar a sua solidariedade ao segundo telegrama, estavam uns em Paris, outros em Londres, outros em Berlim. Corre que dois ou três foram, de clandestino, na *Apolo*. E se o Incitatus fosse da coudelaria Paula Machado, estaria, em Paris atropelando, à saída, as coristas de *Follies Bergères*.

O Globo, 28/12/1968

93. Moacir Padilha

1 Escrevi aqui mesmo, não sei quantas vezes: — Não se adia um olhar, um sorriso, uma frase. Há sempre uma palavra que não devemos calar. Somos perecíveis, mas esquecemos que somos perecíveis. Eis o que me pergunto: — Quantas coisas eu não disse a Moacir Padilha, o companheiro, o amigo, o *irmão íntimo*, internado segunda-feira de carnaval, em Petrópolis?

2 Estou fazendo um esforço de memória: — do diagnóstico à morte, quanto tempo passou? Não estou certo, mas talvez uns quatro meses. Quatro meses fulminantes. Eu o vi, escassamente, durante esse período, duas vezes. Nada pior, porém, do que a morte datada, que não admite uma dúvida, um suspense, uma esperança. O amigo morrendo, e sem saber que vai morrer e, sobretudo, não querendo saber que morria. "Daqui a vinte dias, acho que posso voltar ao trabalho." Nunca mais voltaria à redação. É verdade que, exausto, fez questão de escrever dois ou três editoriais. Hoje, olho a sua sala e dói fisicamente o brutal vazio de sua falta.

3 Mas, há uma inteligência da morte, assim como há uma bondade da morte. O que vai morrer já olha as coisas, as pessoas, com a doçura do último olhar. Eu diria que é a saudade antes do adeus. E ele não sabia. Os amigos sopravam: — "Tão inteligente, tão culto. Tem que saber." Há também uma inocência da morte. A morte amadurecia no seu coração atormentado e puro, e Moacir Padilha continuava fiel à vida e mais fiel à vida do que nunca. Escrevia morrendo, e com a prodigiosa lucidez da morte próxima.

4 Uma coisa, porém, é indiscutível: — certas criaturas morrem menos. Não sei se me entendem. Criaturas que não morrem de todo. Bato estas notas numa máquina que ele conhecia, numa mesa que ele conhecia. Estou entre companheiros que cruzavam, a toda hora, com Moacir Padilha. O patético é que não sinto a sua ausência como definitiva. Padilha tem como que a tensão, a atualidade, a magia da presença física.

5 Dirão vocês que isso se dá com qualquer morto recente. Nem todos. É preciso ser um Moacir Padilha. Ele continuará entre os amigos ou simples conhecidos. Muitos sentirão que um pouco de sua vida, e de sua personalidade sobrevive em forma difusa, volatilizada, atmosférica. Nós o respiramos. O que eu queria dizer é que Moacir Padilha está entre os mortos que não passam.

6 Eu só o conheci de *O Globo*. Ouvia falar: — Padilha, Padilha. Diziam-me: — "Roberto Marinho gosta muito do Padilha." E os seus companheiros, sem uma exceção, gostavam muito de Padilha. A vida numa redação é uma selva de foice. Quem quer que exerça um cargo de chefia está a um milímetro do ódio. Há uns vinte anos, tive um redator-chefe que viajava muito para São Paulo. E quando tomava o avião, os contínuos faziam macumbas tremendas. Mesmo os redatores, numa proporção de 90%, queriam que o aparelho batesse numa montanha, e não sobrasse nem uma obturação do abominável chefe.

7 De Moacir Padilha, o mínimo que se pode dizer é que não inspirou, jamais, uma simples irritação, uma vaga antipatia. Para o francês Jean-

-Paul Sartre, o inferno são os outros. Para Moacir Padilha, os outros eram amigos, ainda que desconhecidos. Muitas vezes, levou-me para casa no seu fusca. E havia, de parte a parte, uma confiança tão íntima, tão solidária, que não escondíamos nada um do outro. Apesar disso, eu não disse tudo. Certas confissões guardava para depois, sempre para depois.

8 Falou-me do seu pai, o ilustre Sr. Raimundo Padilha. Poucas figuras sofreram tanto, na Terra, como o Governador do Estado do Rio. Tudo o que se pode dizer ou escrever de mau sobre um homem, foi dito e escrito contra o Sr. Raimundo Padilha. E, desde garoto, toda a guerra feita por milhões contra um só aproximou mais pai e filho. Talvez o pai não soubesse da solidariedade que o unia a Moacir. Quem conheceu o morto de domingo sabe que ele tinha o gosto da solidão. Era uma espécie de pudor que por vezes o fazia fechar-se em si mesmo, como um cego.

9 Moacir sabia que, para seu pai, durante muitos anos, o inferno foram os outros, inclusive a imprensa, na sua quase unanimidade. Os insultos a Raimundo Padilha pareciam estar impressos, na carne e na alma de Moacir, como tatuagens hediondas. Tudo começou quando ele era ainda pré-adolescente. E continuou, ano após ano, até sua maturidade. Às vezes, eu me espantava de que um homem tão sensível tivesse resistido às humilhações.

10 Ao mesmo tempo, o sofrimento fez do grande morto um dos melhores homens da Terra. Hoje, é tão simples odiar o pai. Ainda outro dia, um rapaz varou o pai de balas, porque o pai, simplesmente, recusara o dinheiro do vício. Mas há um filho, digo eu, que amou o pai até morrer.

11 Paro um momento. Tão fácil escrever sobre a morte de um desconhecido. Mas diante de um homem, doce como um irmão, doce como um filho, não encontramos o tom exato, e nem temos a palavra precisa. O que me ocorre, neste momento, são trivialidades. Falta-me a verdade essencial. Como terminarei estas notas? Certa vez, o poeta Drummond escreveu uma dedicatória assim: — "A fulano — sem palavras." É o meu estado neste momento. A rigor, eu deveria escrever o nome de *Moacir Padilha*, por cima de três colunas, de alto a baixo, em branco. Já me ocorre, porém, um fecho para esta crônica. Outro poeta, Paul Valéry, teve, um dia, a ideia de fazer o próprio epitáfio. Escreveu assim: — "*Aqui jaz Paul Valéry, assassinado pelos outros.*" Eu penso nos que feriram, para sempre, Moacir. Sim, penso nos que chamaram seu pai de *espião nazista*, por palavras escritas ou faladas. Esses assassinaram o maravilhoso morto de domingo.

O Globo, 17/2/1972

94. Conversas brasileiras com o Presidente Médici

1 Continuo hoje as *minhas conversas brasileiras com o Presidente Médici*. E já me ocorre um escrúpulo convencional: — será muita falta de tato incluir no mesmo texto os nomes de D. Hélder e do Dr. Alceu? Mas se é escrúpulo convencional e eu próprio o caracterizei como convencional, vamos excluí-lo. E eu explico: — o Dr. Alceu acaba de escrever dois artigos sobre a visita do Presidente ao Nordeste.

2 Dois artigos, sendo possível um terceiro ou quarto. E um amigo, que os leu antes de mim, veio correndo, de braços abertos: — "Você leu o Tristão? Não leu o Tristão?" Realmente, ainda não tivera esse privilégio, esse prazer. E o amigo, triunfante: — "Mudou de tom! Mudou de tom!" Ali, o tom ou, pluralizando, os tons do Dr. Alceu! Foi com um tom que ele abençoou a guerra da Abissínia. E o mestre achava corretíssimo que a aviação fascista bombardeasse os negros descalços. Foi com outro tom que ele declamou: — "A *Revolução Russa* foi o maior acontecimento do século xx." Apenas o Dr. Alceu esqueceu um dado irrelevante, ou seja:

— um acontecimento ainda maior foi o gigantesco fracasso da mesma Revolução, etc., etc.

3 Voltemos aos dois artigos. O que o meu amigo chamava mudar de tom era tratar o Presidente com certa polidez, certa cerimônia, certa reverência. "Lê, que vale a pena", insistiu. E, realmente, já curioso, fui ler os escritos do Tristão. Levo muito em conta as pessoas que se deleitaram com o massacre dos abissínios, coitados, que morriam seminus e até nus. Muito bem: — li e reli e nada me descreve o meu divertido horror.

4 O primeiro artigo justificava a ilusão. Mas saiu o segundo. E a sensação que se tem ou, pelo menos, que eu tive, foi a de que o mestre escrevera aquilo debulhado em pranto. Mas por quem chorava ele? Pelo Nordeste? Pelas criancinhas que lá morrem de fome? Pelos adultos que também morrem de fome? Pelas populações que apodrecem em chagas? Não. O Dr. Alceu verte lágrimas por D. Hélder. E por que D. Hélder?

5 Será que o mestre viu D. Hélder, na beira da estrada, lambendo rapadura ou raspando alguma sarna bíblica? Absolutamente. Ainda outro dia, o bom Arcebispo fazia turismo na Praça de São Marcos. Os pombos de lá vinham comer milho na sua mão. Ou por outra: — os pombos foram substituídos por turistas americanos. Eram realmente os turistas americanos que iam caçar milho na mão do Arcebispo. O D. Hélder se diz pobre, paupérrimo. Mas nunca uma pobreza viajou tanto de primeira classe. Se é assim, por que tanto chora o Dr. Alceu?

6 Porque, segundo ele, tiraram a televisão e o jornal de D. Hélder. Mas que uso faria, o Arcebispo dos microfones e das primeiras páginas? Simplesmente ele pregaria, entre outras coisas, a *guerrilha urbana*. E como *guerrilha urbana* não é uma batalha de confete, ele estaria realmente pregando a matança de brasileiros por brasileiros. Eis o que diz dos jovens terroristas brasileiros: "Eu os amo, eu os amo!" Ama os ladrões de banco; ama os assassinos de inocentes. E mesmo assim não é verdade o que o

Dr. Alceu afirma. A entrevista em que o Arcebispo propõe aos nossos jovens o assalto e a carnificina saiu, na íntegra, por todo o Brasil. O país inteiro ouviu D. Hélder a soluçar: "Eu os amo, eu os amo!"

7 Mas o curioso, vejam vocês, é que o Dr. Alceu não consegue esconder a sua irritação contra o Presidente da República. E por quê? Porque o Nordeste, assunto do qual, segundo o mestre, D. Hélder é inventor e proprietário, mereceu um discurso do Presidente. Se bem o entendi, Tristão insinua que, antes de D. Hélder, ninguém jamais falara em Nordeste. Bem. Vamos pingar um ponto final para o Arcebispo e para o Alceu. (Que bom nome seria *Hélder* para sabonete de empregada ou xarope da Flora Medicinal.)

8 Passemos às "conversas brasileiras". O primeiro assunto foi justamente o Nordeste. Diz o Presidente Médici: — "É inútil descrever. Cada um de nós teria que ir lá para ver. Sem essa experiência pessoal, ninguém faz ideia nenhuma. É um horror que precisamos sentir. Andei de automóvel e saltei. Percorri a pé não sei quantos quilômetros. Via as caras. Perguntei a um rapaz: 'Conhece Pelé?' 'Não.' Mais adiante, a mesma pergunta: — 'Conhece Pelé?' 'Não senhor, não senhor.' Até que um respondeu: — 'Conheço o Rei Pelé.' Outras vezes eu fazia a estrada de automóvel. Digamos que eu visse três mil homens. Não consegui ver ninguém fumando. Uma população sem um toco de cigarro. Numa das vezes, fui olhar o que aquela gente comia. Feijão quase cru, com água sem sal e que mais parecia lama. Assim viviam dez, vinte, trinta, quarenta anos."

9 "Primeira consequência da Transamazônica é emprego para esses homens. São nossos patrícios e não parecem nossos semelhantes. Vão ganhar, vão comer. Homens, mulheres que não têm força para um gesto e que passam, imagino, vinte anos sem sorrir. Vamos humanizá-los com a Transamazônica. É possível que vários governadores estejam descontentes. Outros dirão: — 'Um dinheiro que podia ser aplicado no Sul.' Vai ser aplicado lá. Já temos o dinheiro e ninguém o desviará. Mas se alguém está amargo, ressentido, que vá ao Nordeste. Façam o que eu fiz. E experimentem um sentimento novo, que é o seguinte: — a vergonha de fumar, simplesmente fumar, na presença desses homens. E o espanto de que eles possam viver semelhante vida."

10 E o Presidente Médici lembra o gesto do Barão de Rio Branco, na Grande Seca de 1887. Rio Branco estava no exterior quando recebeu a notícia. Tratou de promover uma subscrição para os flagelados. E todo o Brasil se levantou. Continua o Presidente: — "Isso foi em 1887. Hoje, não vejo ninguém falar em subscrição. E a nossa solidariedade? A nossa compaixão será tão frívola e tão relapsa?"

11 "Bem sei que um Presidente pode fazer muito. E eu não quero outra coisa senão fazer muito. Outros disseram a mesma coisa e não cumpriram. Mas eu — e que Deus me perdoe de estar falando assim — eu não prometo para frustrar o meu povo. Por exemplo: — temos a loteria esportiva. Sabe o que vamos fazer com a parte destinada ao INPS? Vamos abrir ambulatórios pertinho das favelas, à sombra das favelas. Dirão: — 'Já existem ambulatórios.' Mas não é isso. O que se sabe ou, pelo menos, o que eu sei, é que, no fim, o chão dos ambulatórios está cheio de receitas. Vejam: — o médico dá uma receita que o pobre, cinco metros adiante, amassa e joga fora. Por que embolsar a receita, se o doente não tem um vintém para o remédio. Ah, não tem? Brevemente, irá buscar, nos ambulatórios, o remédio de graça. Tem uma dor de cabeça, apenas uma dor de cabeça? Levará o seu comprimido de graça, a sua injeção de graça. Ninguém dirá ao pobre: — 'Volte daqui a seis meses.' Isso não acontecerá. Se é pobre, mais uma razão para ser atendido depressa."

12 "Quero fazer tudo para que o bom brasileiro tenha o apoio do Brasil. Por exemplo: — o escrete. Por que o escrete maravilhou noventa milhões de brasileiros? Eis um mistério nada misterioso: — quem estava no México era o homem brasileiro. Os jogadores fizeram uma campanha maravilhosa, para uma plateia de quinhentos milhões de telespectadores.

Tudo isso pelo Brasil. Por isso, quando chegaram em Brasília, a Segurança me dizia: — 'Não mande abrir os portões.' Como não abrir os portões, se sou Presidente para abrir os portões. Só tenho medo da incomunicabilidade, sim, da solidão presidencial. Quer saber, Nelson, qual foi meu grande momento? Foi quando o povo entrou e me senti abraçado e abraçando o povo. Depois, o almoço com os craques. Eu dispunha de algum dinheiro e dei a cada um 25 milhões. Nem todos ganharam. Mas agora eu tenho o resto do dinheiro. E os outros vão ganhar: — o roupeiro, o massagista, todos, todos. Lutaram tanto e merecem tanto. Esses rapazes me fizeram um pedido, que vou atender. É sobre o Imposto de Renda. A profissão de jogador é curta. Conheço casos de jogadores que, acabado o futebol, morreram de fome. E farei o seguinte: — um Pelé faz futebol e tem outras atividades. Pagará pelas outras atividades e nada pela renda do futebol. E assim os outros. O Brasil não pode admitir que um homem como Garrincha, que nos deu tanta felicidade, morra de fome, numa esquina qualquer."

O Globo, 13/7/1970

95. O grande ausente

1 Ao dobrar a esquina da Sete com Avenida, quase esbarro, quase tropeço no Salim Simão. E escapou-me, então, sem que eu o premeditasse, o seguinte berro: — "Salve Onassis de tanga!" Vocês não imaginam a reação do Salim. Abriu-me o riso, um riso que tem mais dentes do que os demais risos. Com o olho vazado de luz, perguntou-me: — "Quer dizer que eu sou um Onassis de tanga?" E eu: — "Exatamente, Salim, exatamente."

2 A satisfação, que o abrasava, era tão evidente, que fiz uma descoberta. Ei-la: — o sucesso, ou insucesso de uma piada, pode selar uma amizade ou um ódio para sempre. No caso do Salim, eu acertara no centro da mosca. Lisonjeado de alto a baixo, da cabeça aos sapatos, começou a ter uma violenta dispneia emocional. Mas vejam vocês: — a piada não era piada, e sim a constatação de uma sólida evidência.

3 Imagino a curiosidade impaciente do leitor: — "Mas em que se parecem o Salim e o Onassis?" Vejamos. Por uma dessas alarmantes coincidências, ambos gostam do luxo, sim, das boas camisas, dos bons ternos, dos bons vinhos, dos bons quadros. Acreditem que o Salim nasceu expressamente para ter um iate como o do Onassis. E as ilhas? Ah, o Simão teria, não uma única "Scorpios", mas várias, dezenas, talvez centenas. E, todas as manhãs, quando ele despontasse, as ilhas, em alegre alvoroço, viriam lamber-lhe as chinelas de arminho.

4 Insistirá o leitor, com sua espessa ingenuidade: — se são tão parecidos, por que não vivem a mesma vida? Eis um mistério nada misterioso. O Salim é o Onassis — sem o dinheiro do Onassis. E o que falta para que a semelhança seja total? O marido de Jacqueline é o grego de ouro. Salim seria o grego de lata. Mas isso, como se vê, é um contraste puramente circunstancial e intranscendente.

5 Mas o Simão não é o único Onassis de tanga. Entre as minhas relações, há vários, inclusive o Alfredo C. Machado. Diga-se de passagem, a bem da justiça, que Machado tem mais e, repito, muito mais do que o Salim. Não me admiraria nada se ele me aparecesse, não como o *grego de lata,* mas como o *grego de ouro* maciço. Mas o Machado tem uma singularidade que falta ao Onassis e falta ao Salim. Refiro-me ao gênio de viagem.

6 É um homem que não está em lugar nenhum. Minto. O que eu queria dizer é o seguinte: — ele vive chegando e vive partindo. Um dia, explode no Cairo, no outro em Constantinopla, ou Istambul, ou Pequim, ou Tirol. Quando o procuramos sua telefonista responde, automaticamente: — "Viajou." É capaz de atravessar vários oceanos para ver um reles bangue-bangue, em Tóquio. Os amigos, varados de inveja, rosnam: — "Tens peito, ó Machado!"

7 Claro que um homem assim jamais perderia a Copa de 70. Imaginem que ele persegue o escrete, desde 58. Esteve na Suécia, no Chile e na Inglaterra. Voltou derrotado, em 66, mas não convencido. Desafiando as trágicas potências do destino, avisou aos amigos, conhecidos e familiares: — "A próxima é nossa." Falava, justamente, do caneco que iríamos conquistar, no México, para sempre.

8 Não estarei violentando a verdade se disser que, com seu lúcido e profético otimismo, ele foi o nosso primeiro tricampeão. Convém repetir: — tricampeão desde 66 e, pois, quando todo o futebol brasileiro exalava a mais feia e cava depressão da Terra. Embarcou para o México, uns quatro dias antes de Brasil x Tchecoslováquia. Falou comigo pelo telefone. Perguntei-lhe — "Vamos ganhar essa?" — Retruca: — "Rapaz, essa está no bolso." Quis testar-lhe a fé: — "E a Inglaterra?" Resposta: — "A Inglaterra é o Bonsucesso com Rainha!" Aquilo me comoveu; disse-lhe: — "Deus te ouça, Machado. Deus te ouça." Quase choramos.

9 O Machado larga o telefone e chispa para o aeroporto. O jato, na pista, já rosnava, furioso com a sua demora. Desembarcou no México como o mais dionisíaco dos torcedores. E o tempo foi passando. Houve a Copa e a vitória brasileira explodiu. Enlouquecemos, eis a verdade, enlouquecemos.

10 O Machado não veio imediatamente. Nunca faz uma viagem só, mas várias viagens, ao mesmo tempo. Saiu do México para os Estados Unidos, Istambul, Cingapura e Paris. Até que, ontem, por toda parte, encontrei o mesmo recado obsessivo: — "O Machado te procura! O Machado te procura!"

11 Com medo de que, quinze minutos depois, ele estivesse em Tóquio, tratei de achá-lo. E, quando nos encontramos, houve aquela efusão recíproca e total. Eu e o Machado a tratar, a administrar as nossas alegrias. A Copa foi, em nossas vidas, um momento de pura eternidade. Por que mudar de assunto, precisamente de um assunto que ainda nos embriaga? Conversamos horas sobre o escrete e a campanha.

12 Dizer quem foi a maior figura do Brasil e, portanto, da Copa, é quase uma impossibilidade. Havia, na seleção, uma antologia de gênios. Eis alguns: Clodoaldo, Gérson, Jairzinho, Pelé, Tostão e Rivelino. E, além disso, atuações que seriam, para muitos, uma surpresa: — Everaldo,

Brito. Quanto a Carlos Alberto, já se previa o seu rendimento. Mas, Brito e Everaldo agiram e reagiram como tremendos guerreiros. Pelo amor de Deus, não subestimem Félix. Foi, debaixo dos três paus, uma maravilha elástica.

13 O nosso escrete superou os outros em tudo. Em primeiro lugar, era mais homem. Depois de 50, diziam os argentinos e os uruguaios: — "O brasileiro é bom de bola, mas frouxo como homem." Pois o que se viu, no México, foi um brasileiro potencializado, com mais coragem, mais chama, mais paixão. Cada um dos nossos estaria disposto a morrer mil vezes para salvar ou para fazer um gol. O ímpeto suicida, com que disputávamos as bolas divididas, chegava a ser apavorante. E, ao mesmo tempo, esse espírito de guerra não tirava do nosso futebol o que ele tem de luminoso, alado, dionisíaco. Nos Estados Unidos, Machado lera, num dos jornais de lá, quase meia página de um jornalista americano sobre a Copa. O homem disse que o Brasil salvara o futebol que, na Europa, se transformara em antifutebol. E, de repente, todos viram, com os brasileiros, que um jogo pode e deve ter arte, beleza, sortilégio, gênio.

14 Para esse cronista americano (que pode ser inglês), o maior homem da Copa foi Gérson. Quando Gérson apanhava a bola, tudo parava, como se ele fosse o Deus da partida. Em vez de correr, andava. Os outros também começavam a andar. E Gérson prendia até o momento de esticar bolas em profundidade, perfeitas, irretocáveis. Perguntei, então, ao bom Machado: — "Quero saber quem, no Brasil, segundo você, foi o maior?" Resposta: — "Seria Gérson, se tivesse jogado todas as partidas. Como não jogou, escolho Pelé. O crioulo foi uma gigantesca figura. Lutava os noventa minutos como um louco. No jogo Brasil x Inglaterra houve um momento em que nos interessava prolongar uma interrupção. Um jogador inglês estava caído. E, então, Pelé, a pretexto de dar massagem no homem, não o deixava levantar-se. Massageou uma perna e, quando o adversário quis se pôr de pé, Pelé o puxou. O homem caiu sentado."

15 Continua Machado: — "Para se ter uma ideia do impacto que recebemos, vou contar um episódio. Quando o Brasil fez o terceiro gol, na finalíssima, alguém chorou atrás de mim. Era um pranto arrancado das entranhas. Viro-me e identifico quem chorava: era Serran, Ricardo Serran. A tal lágrima de esguicho, eu a vi, eu a conheci. Ricardo Serran a chorou, todos nós a choramos."

16 Conta Machado que, ao terminar o jogo, ele sentiu uma ausência desesperadora. Vira-se para Glória, sua mulher; pergunta-lhe: — "Sabe quem devia estar aqui?" Disse: — "Mário Filho." Machado achou que ninguém merecia tanto aquela vitória. Era o maior homem do nosso esporte, o maior homem de nossa crônica. Ao falar no seu nome, Machado e Glória sentiram como se Mário Filho estivesse ali, com toda a tensão, a magia, a luminosidade da presença física.

O Globo, 25/7/1970

96. Teatro e vida

1 Antes de entrar no assunto desta crônica, quero dizer duas palavras sobre um episódio recente e engraçadíssimo da vida teatral brasileira. Imaginem vocês que prestaram uma homenagem ao Ziembinski. Entre parênteses, Ziembinski merece todas as homenagens pelo que fez, da mesma maneira que não merece nada pelo que não fez. O caso é que, em cena aberta, uma atriz disse que eu tivera todas as glórias da peça *Vestido de noiva*. Isso era injusto — afirmou a moça, porque Ziembinski escrevera comigo a minha primeira tragédia carioca. No mais divertido horror, sou obrigado a declarar que isso é a mais deslavada mentira que já ouvi, na Terra. E o que me admira é que Ziembinski, presente, não negasse uma coautoria que não lhe cabe absolutamente. Ziembinski não concorreu com uma vírgula para o texto. Fez maravilhosamente o que lhe competia como diretor, e só. Antes que eu lhe fosse apresentado ou fosse informado de sua existência, *Vestido de noiva* fora lido e relido por todo mundo — Santa Rosa, Brutus Pedreira, Manuel Bandeira, José Lins do Rego, Carlos Drummond de Andrade, Clóvis Graciano, Augusto Frederico Schimidt e outros, e outros, e outros. Antes que Ziembinski a lesse, a peça teve uma apoteose crítica em quase todos os jornais.

2 Não sei se vocês lembram de um episódio que contei, aqui mesmo, tempos atrás. Se não se lembram, vamos lá. É o caso da minha vizinha, gorda e patusca como uma viúva machadiana. Um dia, ela cruza com uma amiga, dessas que gostam de chorar defuntos. A outra pergunta, radiante: — "Sabe quem morreu?" Toma um susto: — "Quem?" Era um dia quente. E a conhecida tinha, no pescoço, um colar de brotoejas.

3 Veio o nome: — "Fulana." E a minha amiga, trêmula de horror: — "Fulana?" Acontece que a fulana era essa coisa rara, preciosa entre todas as coisas, que se chama a amiga de infância. Não perdeu tempo. Já ia saindo; retrocede: — "Qual é o cemitério?" A outra deu o nome do cemitério avisando: — "Já foi pra capelinha." Minha vizinha nem se despediu. Apanha o primeiro táxi e diz: — "Me leva ao cemitério São Francisco Xavier."

4 Há dias sem nenhuma simplicidade, em que só acontecem coisas complicadas. O chofer cria o problema: — "Caju?" Responde com outra pergunta: — "São Francisco é Caju?" Houve um impasse. De um lado, a dúvida do chofer; de outro lado, a dúvida da passageira. Mas o profissional diz: — "Vou perguntar ao meu colega." Consulta outro chofer: — "Nossa amizade, o Cemitério São Francisco Xavier é o Caju?" A minha amiga já pensava mais no cemitério do que na defunta. O outro confirma: — "São Francisco Xavier é o Caju."

5 Começa a viagem. Todavia, dez minutos depois, a passageira geme: — "Estou na dúvida. Não sei se disseram São Francisco Xavier ou Catumbi. Será Catumbi?" O chofer foi um pouco malcriado: — "Se a senhora não sabe, sou eu que vou saber?" E, súbito, baixou-lhe a certeza: — "Agora me lembro. Foi São Francisco Xavier. Pode seguir."

6 Muito bem. A minha amiga chega, paga, mas não tinha pressa. Por uma singularidade de temperamento, não gostava de ver morto conhecido. Decide: — "Não olho." Vê homens fumando na porta de uma capelinha.

Entra aí, sem olhar para ninguém. Pede licença, senta-se na extremidade de um banco. Baixa a cabeça e fica rezando. Ou por outra: — finge que está rezando. De repente, começa a chorar, porque gostava realmente da falecida. Foi o pranto que a aliviou. Como gostava de chorar e chorava com relativa facilidade, continuou chorando.

7 De vez em quando, repetia para si mesma: — "Não olho." E não olhava. Passou lá seis horas. Tinha que ir embora porque não avisara à família. De mais a mais, a fome começava. Ao erguer-se, deu-lhe uma pena, uma vergonha, um remorso, sei lá, de partir sem um último olhar. Vacila ainda e, afinal, toma coragem. Vai espiar. Eis o que vê: — um homem. O morto era um homem, um crioulo de cara grande, ventas triunfais. Desatinada, pergunta ao mais próximo: — "Mas é homem? Não é minha amiga?"

8 Eis o fato: — não era aquela a capelinha, não era aquele o defunto, não era aquele o cemitério. Passara seis horas, ali, chorando o morto errado. E, agora, tinha quase que a certeza de que a outra dissera Catumbi. Saiu de lá, tropeçando nas coroas. Pois bem. Contei o episódio para chegar ao brasileiro.

9 Houve um tempo em que nem o Departamento de Pesquisas do *Jornal do Brasil* sabia quem era o brasileiro. Identificava-se um tirolês pela peninha do chapéu: — um "vietcongue de passeata", ou um pele-vermelha de filho de diligência. Mas se um sujeito se apresentava como brasileiro, as pessoas de bem respondiam: — "Não te conheço!" E muitos duvidavam que o Pão de Açúcar e o poente do Leblon fossem brasileiros. De repente, tudo mudou, e por que mudou? Mudou graças ao futebol, que tem sido o profeta do novo Brasil.

10 Desde o jogo com a Tchecoslováquia começou a popularidade do Brasil no Brasil. Hoje, o brasileiro é cumprimentado e recebido em casa de família, sem nenhum escrúpulo. O dono da casa já não precisa esconder a prata quando lá aparecemos. O Raul Brandão, o pintor das igrejas e das grã-finas, declarou-me, hoje, que ser brasileiro é ótimo.

11 Diga-se de passagem que, outrora, o brasileiro era brasileiro. Mas aconteceu a Copa de 66. Sofremos lá uma feia e vil derrota. E cada repórter que chegava da Inglaterra era um sotaque físico e espiritual. Mais tarde, viriam as passeatas e começamos a ser vietcongues, cubanos, chineses, búlgaros e russos, menos brasileiros. E assim nascia o anti-Brasil.

12 Pode ser espantoso, mas um fato tem o direito de ser espantoso. No plano do futebol, os cronistas de 66, que são os entendidos de futebol, não admitiam que o nosso craque fosse brasileiro. Exigia-se dos times e seleções do Brasil que renunciassem ao próprio gênio e assumissem os defeitos europeus. Ser inglês era o ideal de qualquer pau de arara. E assim como a minha amiga chorou o defunto errado, na capelinha errada, no cemitério errado — nós admiramos o inglês errado, a Inglaterra errada, o futebol errado.

13 Por que o escrete esbarrou numa resistência homicida? Porque ele, escrete, era a Pátria em calções e chuteiras. Quem estava ali era o homem brasileiro. E, por isso, no Morumbi, a seleção sofreu uma vaia de noventa minutos: — no Mário Filho, algo parecido. O que fizeram com Paulo César é inédito. Até hoje não sei como sobreviveu fisicamente, ele que foi crucificado em vaias.

14 Qualquer um sabe que um escrete tem de ser feito com paciência e amor. O nosso foi feito a caneladas. Mas o povo está isento. Ele vaiou, mas eram vaias induzidas. Os entendidos não queriam que se fizesse um escrete brasileiro, um escrete que jogasse como brasileiro.

15 E vocês sabem o que salvou a seleção? O vídeo, exatamente o vídeo. Os entendidos desfiguravam, falsificavam cada jogo. E a televisão denunciou a impostura. Sim, o homem de arquibancada percebeu que se queria acabar com o nosso futebol e com tudo que o enriquece e potencializa. Éramos os melhores do mundo e vinham os entendidos dizer-nos: — "Futebol é o inglês, ou alemão, ou lá o que seja. Nós estamos atrasados trinta anos."

16 Pois bem. Esse escrete sai, e quando subia o jato, pensei: — "Terminou o exílio da seleção." Para os nossos pelés, os nossos tostões, os nossos gérsons, os nossos rivelinos, e clodoaldos, o Brasil era, sim, o inconsolável exílio. Eu tinha certeza de que, no México, o craque brasileiro poderia ser brasileiro, profundamente brasileiro, apaixonadamente brasileiro. Vejamos o que fez ele na Copa. Ganhou todas as partidas e, repito, não teve uma derrota, um empate, um ponto perdido; não precisou de uma prorrogação; não teve a proteção de um juiz. Por exemplo: — disseram horrores de Félix. Mas a Itália, para fazer-nos um pobre, um melancólico gol de honra, teve que chutar para um arco vazio. Um amigo meu veio dizer-me: — "Não exagere, não exagere." Que exagero? Estou sendo da mais singela e exata objetividade.

17 Ganhamos esta Copa para sempre, e só de banho. Não de um banho qualquer. Vamos imaginar Paulina Bonaparte banhando-se numa piscina de mármore, com leite de cabra, bicas de ouro e crocodilos deslizando sem marola. Eis o que eu queria dizer: — jogando com o Brasil, os nossos adversários tomaram um banho de Paulina Bonaparte.

18 Dizíamos que os europeus tinham saúde de vaca premiada. Também é mentira. Nós é que somos as vacas premiadas, nós é que temos no pescoço uma fita com uma medalhinha cá embaixo. Seria impossível esse futebol mágico, elástico, acrobático, se não estivesse lá o homem brasileiro. O futebol não é futebol, como pensam os atletas de mil guizos. Todas as dimensões do brasileiro estão na mais pomposa finalíssima ou na mais franciscana pelada. Vejam Tostão. Fez o que não podia fazer. Teve um recentíssimo descolamento de retina e não podia estar entre os guerreiros. Mas jogou por altruísmo, creiam, jogou por amor. Os europeus costumam dar tiro de meta no olho do adversário. E Tostão aceitou o risco, com a trágica consciência do risco. Foi o mais belo gesto de amor. E Jairzinho? Marcou o gol e correu. E depois, caiu de joelhos e fez o sinal da cruz. Vieram os companheiros e todos se ajoelharam. Nunca um escrete ajoelhado teve, como o nosso, uma plateia de oitocentos milhões.

O Globo, 2/10/1972

97. Inimiga pessoal da mulher

1 Não sei se repararam, mas há qualquer coisa de alucinatório no Galeão. Os idiotas da objetividade dirão que se trata de um aeroporto, como outro qualquer. Engano. Há fatos e tipos que só acontecem no Galeão. Vamos supor: — acaba de descer um jato.

2 Ora, o jato entrou para a nossa rotina visual. Já o vimos, às centenas, aos milhares. Mas o importante no jato, não é o jato, e sim o seu elenco singularíssimo. Quando ele pousa, ainda saturado de infinito, estejam certos de que tudo é possível. Coloca-se a escadinha e abre-se a pequena porta. E, então, os passageiros começam a sair.

3 Descem rajás, mágicos, domadores, mímicos, profetas, bailarinos, e até brasileiros. Quanto aos brasileiros, já os conhecemos e passemos aos demais. Falei nas velhas internacionais que qualquer jato traz e qualquer jato leva? E, se duvidarem, até vampiros desembarcam dos prodigiosos aviões. Ou comedores de orelhas ou o índio que devora giletes.

4 Mas não falei de uma figura que é de uma singularidade ainda mais impressionante do que as citadas. Refiro-me à Sra. Betty Friedman, líder feminista norte-americana. Digo *líder feminina* e começam as minhas dúvidas. Sempre escrevo que ninguém enxerga o óbvio ou por outra: — só os profetas o enxergam. Pois é óbvio que a Sra. Friedman não tem nada a ver com a mulher. E pelo contrário: — é uma inimiga pessoal das mulheres.

5 Não sei se sabem, mas a mulher tem vários inimigos pessoais. Um deles, e dos mais cruéis, são os grandes costureiros. É claro que os pequenos também. Mas dou um destaque especial aos costureiros célebres, que inventam modas, que milhões de mulheres seguem, em todos os idiomas, com uma docilidade alvar. A única coisa que os movem, e os inspiram, é a intenção evidente e obsessiva de extinguir toda e qualquer feminilidade.

6 Imagino o escândalo do leitor: — "Mas por que, ora pinoia?" (*pinoia* é a gíria finada que acabo de exumar). Aí está um mistério nada misterioso. O autor dos vestidos vê a mulher como a rival que o há de perseguir, do Paraíso ao Juízo Final. E, por isso, o empenho com que trata de transformar a mulher numa figura cômica.

7 Como são desinteressantes as mulheres que se vestem bem. E o pior é que os costureiros, com diabólico engenho, atingem em cheio os seus objetivos. Realmente, nunca a mulher foi menos amada. Outro dia, remexendo nos meus velhos papéis, descobri uma crônica de dois anos atrás, em que eu próprio escrevia: — "Nunca a mulher foi tão pouco mulher, nunca o homem foi tão pouco homem." O raciocínio é simples: — se a mulher é menos mulher, o homem será menos homem.

8 Há, sim, de um sexo para outro, um tédio recíproco, que já não permite nenhum disfarce. Eu disse, certa vez, que a lua de mel começa depois da lua de mel. Hoje, diria que a lua de mel acaba antes da lua de mel. Por outras palavras: — não há mais a lua de mel.

9 O que a Sra. Friedman quer é, justamente, liquidar a mulher como tal. Se vocês espremerem tudo o que ela diz, ou escreve, descobrirão que a nossa ilustre visita pensa assim, mais ou menos assim: — *A mulher é um macho mal acabado, que precisa voltar à sua condição de macho.* Dirão vocês que estou abusando do direito de interpretar e fazendo um exagero caricatural. Pelo contrário: — estou sendo fidelíssimo ao sentido dos seus textos, de todas as entrevistas que concedeu, em todos os continentes.

10 Temos aqui no *O Globo* uma repórter adolescente e linda. Mas adolescente e linda pode parecer pouco para a reportagem. Acrescentarei que, além disso, é inteligentíssima. A Sra. Friedman recebeu a nossa imprensa em entrevista coletiva. Não sei se foi coletiva. Só sei que recebeu a nossa menina e disse o que lhe veio à cabeça, com uma audácia, com perdão da palavra, cínica.

11 Para a líder do antifeminismo, a mulher não tem nenhuma dessemelhança com o homem. Nenhuma? Nenhuma. Nem anatômica? Se ela não fez a ressalva, vamos concluir: — nem anatômica. E essa coisa misteriosa e irresistível que nós chamamos *feminilidade*? A entrevistada tem todas as respostas na ponta da língua, e não precisa nem pensar. Responde: — "A feminilidade não existe."

12 A Sra. Friedman é um ser todo feito de certezas. Jamais lhe ocorre uma única e escassa dúvida. Eis o que afirma: — a *feminilidade* é uma ilusão, ou uma impostura inventada por uma *sociedade de consumo*. Hoje, não há idiota que, aqui ou em qualquer idioma, não explique com a sociedade de consumo todos os mistérios do céu e da terra. Com a tal *feminilidade*, a mulher tem de comprar cílios postiços, maquilagem, vestidos, sapatos, *lingerie*, etc., etc.

13 Shakespeare, no seu *Hamlet*, diz, pela boca de Horácio, que "'há mais coisa entre o céu e a terra do que supõe a nossa vã filosofia". Mas Shakespeare não conhecia a sociedade de consumo que é, hoje, a chave de todas as dúvidas. A menina de *O Globo* não se conteve e disse: — "Pois eu me sinto muito feminina." Segundo presunção dos presentes, a entrevistada não gostou de ser contestada. Com surda irritação, retrucou: — "Você pensa que é *feminina*, mas não passa de uma vítima da *sociedade de consumo*."

14 E, durante toda a entrevista, a boa Sra. Friedman se limitou a fazer variações em torno da ideia fixa: — *a mulher tem de deixar de ser mulher*. E mais: — o homem é o macho perfeito e a mulher o *macho mal acabado*. O ideal é que, no fim de tudo, tenhamos dois machos.

15 A nossa menina não se intimidou. Disse mais: — "Pois eu sou boneca, e estou muito satisfeita de ser boneca, e não quero outra coisa senão ser boneca." No fim, os colegas e a própria Sra. Friedman queriam entrevistar a *boneca*.

16 A *boneca* voltou para a redação com um divertido horror. E o pior vocês não sabem. Quem está por trás da líder antifeminista? Quem prestigia e aplaude a sua cruzada contra a mulher, contra o casamento e contra a família? Uma série de progressistas da Igreja. Esses elementos a tratam a pires de leite como a uma úlcera.

17 Mas vejam vocês como vivemos numa época em que tudo se faz e tudo se diz. Há pouco tempo, ninguém teria a coragem de alçando a fronte, declarar: — "A feminilidade não existe." Diz mais que a mulher para viver dignamente precisa estar acima de *definições sexuais* como *mãe e esposa*. Para a pobre senhora a maternidade é um fato apenas físico, como se a mulher fosse uma gata vadia de telhado. Nem desconfia que sexo, para o ser humano, é amor. Há dez anos atrás, ela não diria isso. E se o dissesse a família trataria de, piedosamente, amarrá-la num pé de mesa; e ela teria de beber água, de gatinhas; numa cuia de queijo Palmira. Hoje, porém, pode sair por aí a dizer, pela Europa, América, Oceania, etc., etc. afirmando que a mulher é mulher não porque o seja, não porque

Deus a fez, não porque a natureza tivesse raspado a sua barba antes de apresentá-la ao homem. A mulher é mulher — afirma a Sra. Friedman — porque a *sociedade de consumo* assim o quis. Entendem? Não Deus ou a natureza, mas a *sociedade de consumo*.

18 Mas, e os sacerdotes que estão metidos com a santa senhora e a promovendo? Meu Deus, no mundo em geral e no Brasil em particular só um vendaval de patetas está varrendo tudo. A Sra. Friedman só seria viável, não numa sociedade de consumo, mas num sinistro mundo de idiotas.

O Globo, 17/4/1971

98. A Perimetral Norte

1 Um dia, estou tomando sopa, honrada sopa, quando me ocorre o seguinte: — há quarenta e tantos anos, eu não pensava no Piauí. Vocês entendem? O Piauí é nosso, é nosso sangue, é nossa terra, e há brasileiros que nascem, vivem, envelhecem e morrem sem pensar no Piauí. Se eu fosse único, teria este consolo: — "Sou o único." Mas eis a questão: — não sou o único. Assim como eu, milhões não pensam no Piauí. Nunca vi ninguém começar uma conversa assim: — "Que acham vocês do Piauí?" Ninguém acha, eis a verdade, ninguém acha.

2 Por outro lado, os piauienses que estão no Rio não se confessam piauienses. Quando eu soube que o Castelinho, do *Jornal do Brasil*, era piauiense, tremi em cima dos sapatos. Reagi: — "Não é possível!" Se o fosse, eu, que sou seu amigo, seu admirador, eu saberia. Vim a saber que era e nada descreve o meu divertido horror. Mas se o era, por que não veio à boca de cena, declarar, de fronte alta: — "Meus senhores e minhas senhoras, eu sou piauiense!" Nós, seus amigos e admiradores, teríamos aplaudido o Castelinho, de pé, como um final de ato.

3 Mas disse eu que ninguém se confessa piauiense nato e já me ocorre uma exceção: — Ministro Reis Velloso, o jovem sábio. Pensando bem, e sem querer injustiçar ninguém, João Paulo dos Reis Velloso é o único piauiense que pensa no seu Estado, e lhe tem amor, e luta por ele, e cuida dos seus interesses. Não nego que existem outros, mas afirmo que não os conheço. Ou eles se escondem ou eu é que sou um solitário irremediável.

4 Outro Estado que não ficava a dever nada ao do Piauí: — o do Amazonas. Vejam qualquer mapa do Brasil. É um elefante geográfico. Impossível não se ver o Amazonas no mapa. Mas era o que acontecia. Por um cínico e deslavado milagre ótico, o sujeito não via nada. E, então, milhões de brasileiros iam do berço ao túmulo sem pensar uma única e escassa vez no Amazonas. Era um abandono tão cruel, tão brutal quanto o do Piauí. Eu ouvia todo mundo falar em esquimó, em patagônio, em pele-vermelha, em tirolês, em mandarim. E não via ninguém aparecer, tirar um pigarro e declarar enfático: — "Eu sou amazonense." Eu tinha quarenta anos, quando fui apresentado ao Áureo Nonato, rapaz que anda metido em teatro. Quando ele se disse amazonense, ainda quis resistir: — "Não é possível." Ele não gostou: — "Por que não é possível?" Desconversei. Mas a verdade é que se declarasse: — "Sou mandarim" — eu me espantaria menos. Mandarim eu conhecia, quanto mais não fosse, os de carnaval.

5 Antes que o Amazonas se tornasse um assunto geral, com a Transamazônica, eu tive uma conversa com o meu amigo Euciro Pereira. Ele se incorporara a uma turma do Projeto Rondon e andara por lá. Na volta, veio conversar comigo. E o que ele me contou sobre o Amazonas foi de fascinar. Vou dar uma imagem para explicar o que é aquele mundo. Imaginemos o seguinte: — uma massa de elefantes em disparada. O seu rumor povoa de medo a solidão. E, súbito, um deles desgarra dos outros. Está monstruosamente só. E, sempre só e cada vez mais só, tenta construir seu destino individual. Vai pisando tudo e assassinando tudo. E só para quando morre. No fim, não é mais o homicida, mas o suicida.

6 Também sozinho constrói sua morte. Matou e agora se mata. Eu não sabia que assim como um elefante desgarra do seu povo, há rios que têm amor, desgarram do seu leito. Foi isso que me sugeriu, por outras palavras, o meu amigo Euciro Pereira. Mas como eu ia dizendo: — até bem pouco tempo, não se falava no Amazonas e vamos e venhamos: — por que falar do que não se sabe. O sujeito que no Leblon ou no Antonino declama sobre o Amazonas é, na melhor das hipóteses, um cínico. Teríamos que ir lá, fisicamente, teríamos que apalpar, farejar aquela imensa e florestal Sibéria. O Amazonas não é um mundo, são vários mundos. E, no entanto, vejam vocês: — vários mundos que têm, ao todo, uma população menor do que Madureira.

7 E, súbito, muda o destino do Amazonas. Ele se torna assunto, notícia, manchete, fotografia. Sua presença inunda os jornais, as revistas, a televisão. Seu pôr de sol é página dupla. Agora mesmo, o Ministro Mário Andreazza deu início à construção da Perimetral Norte. Curiosa a figura desse gaúcho. Diga-se, de passagem, que eu não sei se será próprio chamá-lo de gaúcho, apenas gaúcho. Sei que cada um de nós é mineiro, paulista, pernambucano, ou cearense. Mas a obra de Andreazza cobre, na verdade, todo Brasil. Ele faz tanto por todos os Estados. Varou o país inteiro com seus caminhos. Atravessa floresta, rios. Sua história e sua lenda estão ligadas ao desenvolvimento brasileiro.

8 Esse homem não está em lugar nenhum ou por outra: — está sempre chegando e sempre partindo. É visto na Guanabara, meia hora depois em São Paulo, ou uma hora depois no Paraná e, num mesmo dia, no Rio Grande do Sul e no Norte. Toda a sua figura tem a solidez do bárbaro. A cara forte, de ventas triunfais; e mão pesada; anda em rútilas passadas. Quem se interna pelo Brasil há de estar sempre pensando: — "Andreazza andou por aqui." E, realmente, andou por lá.

9 Não sei se essa geração de praia, de uísque, de boteco ideológico, compreende um homem, cuja loucura é trabalhar e nunca parar. Outro dia, alguém me perguntou: — "Será um possesso?" Exatamente, é um possesso. Olhem a Ponte Rio-Niterói. Mora junto da ponte, quase debaixo da ponte. Precisa estar perto. É voluptuoso, um lúbrico da própria obra. Inspeciona os trabalhos como quem faz um jogo amoroso. Tem o olhar úmido da posse. De tarde, quando sobe, na linha do horizonte, a primeira estrela da noite — ele fica horas, olhando a ponte e com que estremecido amor.

10 Rio-Niterói devia ser um canto de cisne para qualquer outro. Não para esse bárbaro, cuja ambição não é bem o poder, mas o trabalho. Enquanto o deixarem fazer, simplesmente fazer, ele será o mais feliz e realizado dos brasileiros. Cada um de nós está sempre a um milímetro da depressão, a um milímetro da euforia. Aderna para um lado ou para outro, segundo estímulos eventuais. Mas Andreazza é um brasileiro que não conhece o tédio. Só conhece a euforia de sua obra. Ele sabe que não há nada de efêmero no que faz. Trabalha para sempre. Por exemplo: — a Perimetral Norte, que é um gigantesco desafio, faz-se para sempre.

11 Eis o que estou lendo no discurso de Andreazza, feito, na presença do Presidente Médici: — *"A região abrange 1.400.000 km², correspondente a 15% do Território Nacional ou seja, estende-se por uma área igual a dos Estados do Rio Grande do Sul, Santa Catarina, Paraná, São Paulo e Minas Gerais"* — Vejam bem: — o que era o mais colossal terreno baldio do mundo, incorpora-se ao processo do nosso desenvolvimento.

12 Meu espaço está chegando ao fim. Mas eu não queria concluir sem dizer que homens como Andreazza, e obras como a Perimetral Norte, profetizam um Brasil maior que a Rússia e maior que os Estados Unidos. Um dia o mundo ouvirá do Brasil a grande Palavra Nova.

O Globo, 30/7/1973

99. A lagartixa na maionese

1 Qualquer cidade tem, na sua História e na sua Lenda, certos bares, certos cafés, certos restaurantes. As gerações parnasianas iam para a Colombo. O freguês entrava e via a mesa dos bilacs, dos paulas ney, dos emílio de meneses e outros. E o autor do soneto da moda punha-se de perfil, enquanto o burguês obeso o lambia com a vista. Era a época da boêmia, tísica e romântica.

2 Não vou à Colombo há uns catorze anos. Mas suponho que continue exalando, nos seus espelhos, lâmpadas, mesinhas e pias, toda a *belle époque*. E o que mais me fascina naquela casa de chá é a pequena orquestra, nostálgica e espectral. Não conheço nada mais delicioso do que comer ou beber com um fundo de violinos delirantes. Outro milagre: — o sujeito entra na Colombo, esbarra no princípio do século. Horrível.

3 Já não sei por que estou dizendo tudo isso. Ah, já sei. Eu imaginava um paralelo entre os velhos cafés e restaurantes e os atuais. O Rio do passado não conheceu esta coisa abominável que é a boate. Nunca me esqueço de certa experiência pessoal do Palhares, o canalha. Imaginem vocês que, anos atrás, o torpe indivíduo resolveu ir a uma boate. Consultou um e outro e acabou escolhendo o Sacha's.

4 Hoje, o Sacha's não é mais o Sacha's. Naquele tempo, porém, ainda era o Sacha's. E o Palhares, que morava, então, no Grajaú, juntou um dinheiro, escolheu o melhor táxi e atravessou a cidade. Esquecia-me de falar na companhia: — levou uma "assistente social" que o canalha achava quase uma Ava Gardner. Muito bem. Já o preço da bandeirada o deprimiu. Pensou, amargo: — "Abri falência." Mas era um sábado e o Palhares não aprendera ainda que o sábado é uma ilusão.

5 Muito bem. Entra no Sacha's e já não gostou da penumbra. A "assistente social" diz, baixo: — "Escuro aqui." No seu monólogo interior, o canalha concluiu: — "Mais negócio um cinema." A menina pede não sei o que ao Palhares, se não me engano, um escalopinho. Um processo de angústia instala-se no pulha. A menina, inquieta, suspira: — "Não se enxerga a comida." Finalmente, são servidos. Começaram a comer. Diz o Palhares, com surda irritação: — "Gosto de comer vendo o que estou comendo." Súbito, estaca. Eis o que está pensando: — "Se veio uma lagartixa no prato, como a lagartixa."

6 Ao vê-lo parar, a "assistente social" pergunta: — "Não vai comer?" E ele, desatinado: — "Vou, vou." Toma coragem e tenta sacrifício. Mas está acuado por uma lagartixa imaginária. Imagina: — "Se engulo esse troço, ponho tudo pra fora." Começa a suar frio. E, súbito, cruza o garfo e a faca. A garota não tira a vista do canalha. Ele tece as fantasias mais hediondas: — "E se eu já comi a lagartixa?" Foi esta hipótese que o derrotou. Levantou-se, numa dessas náuseas brutais. A companheira pergunta: — "Está sentindo alguma coisa?"

7 Arremessou-se. Saiu atropelando senhoras, garçons, bandejas. Pisou uma grã-fina que o xingou: — "Cavalo!" Alucinado, o canalha não para.

E sua visão interior projeta uma fritada de lagartixas, em cores, com uma impressão de *Manchete*. Viu uma porta. Graças, graças. Detrás da porta, vomitou, vomitou a hipótese da lagartixa. Foi um caso sério.

8 Depois, afogado no próprio suor, volta para a mesa. Senta-se, com arrepios mortais. Segura o garçom que vem passando. Diz, súplice: — "Me leva esse escalopinho daqui!" E o outro: — "Um momento." Puxou-o: — "Um momento, vírgula. Leva isso, agora, já!" Arquejante, vira-se para a menina: — "Vamos embora." A "assistente" resiste: — "E a sobremesa?" Perdeu a paciência: — "Vamos embora ou te deixo aqui. E você paga."

9 Considero perfeita a fábula da lagartixa. Assim é a boate: — lugar de convivência impossível, do tédio obrigatório, da incomunicabilidade brutal. Somos cegos, surdos e mudos, uns para os outros. Chamei a Colombo de "casa de chá", o que é um admirável nome evocativo. Não seria surpresa se, de repente, entrassem na Colombo o Kaiser, Clemenceau, Mata Hari, o Marechal Foch e D'Annunzio. O leitor médio, que é um simples, talvez não saiba que, na Europa, por toda a *belle époque*, era uma honra ser amante do D'Annunzio.

10 Encerro aqui o meu breve devaneio sobre a Colombo, nossa última "casa de chá". (E nem me venham dizer que é confeitaria, restaurante, etc., etc. Casa de chá.) O que eu queria dizer é que nada é mais importante, no Rio moderno, do que o "restaurante da moda". O Antonio's, por exemplo, foi um momento inefável da alma carioca. Lá, meses a fio, as nossas esquerdas iam babar seus pileques e modular seus palavrões; e lá, também, os nossos grã-finos iam comer e beber sem pagar.

11 E há o Nino, outros e outros. Na Tijuca, a coqueluche é o Cartum. Na Gávea, o Papo de Anjo. Mas eu gostaria de saber por que um certo restaurante, em certo momento, fascina toda uma cidade. Uma noite, num desses restaurantes obsessivos, fatais, um pau-d'água perguntou ao garçom: — "Por que é que vocês não põem aí uma cozinheira de casa de família?" Eu estava numa mesa próxima e ouvi toda a conversa. Fiquei maravilhado. Era uma sugestão de uma sagacidade rara. Não sei se repararam que o "restaurante de luxo" é onde se come mal, e se bebe pior e se gasta como o Rei da Arábia Saudita. E o pau-d'água, com a fixação do pau-d'água, insistia: — "Comida de casa de família! De casa de família, suburbana."

12 E como eu ia dizendo: — sempre quis entender o mistério dos sucessos. Até que, sábado, o Carlinhos Nasser e o Vadinho Dolabella me convidaram para jantar no Antonino. Ora, o já citado leitor médio, que é homem do sanduíche de salaminho, do pastel fulminante, da empada que matou o guarda — o leitor médio, dizia eu, talvez nem saiba que exista o Antonino. Existe. Devo dizer que o Antonino já nasceu "na moda". Antes de servir o primeiro bife, estava feito. O leitor há de perguntar: — "E por quê?" Vejamos.

13 Lá fui eu, com Carlinhos Nasser e o Vadinho Dolabella, para o já famosíssimo Antonino. Estarreceu-me a massa. Não se via uma mesa vaga, ou por outra: — disputava-se cada mesa, a palavrões. A freguesia tinha a abundância numérica de um elenco de Cecil B. de Mille. Sim, um sábado do Antonino é irreal, alucinatório. Até que, finalmente, cavamos uma mesa. Todo mundo importante estava ali: — ministros, altos funcionários, grã-finos, banqueiros, o diabo. Coincidiu que eu me sentasse ao lado do "milionário paulista". Vi quando o garçom apresentou a conta. A mulher do "milionário paulista" perguntou, baixo e sôfrega: — "Quanto é?" O marido respondeu, de olho rútilo: — "Hum milhão". Ao ouvir a quantia, a boa senhora teve um frêmito no decote. E todos, na mesa, se entreolharam, felizes, realizados. Foi aí que percebi tudo: — o mágico, ou patético, ou poético do "restaurante da moda" está nos preços delirantes.

14 Saem o "milionário paulista" e comitiva e, logo, ocupa a mesa vaga um casal célebre de grã-finos. Ela, capa de *Manchete*, musa obrigatória das colunas sociais; ele, jogador de golfe, etc., etc. Ficaram na mesa, e não comeram, nem beberam nada. Minto. Comeram azeitonas e rabanetes. Mas ambos exalavam um tédio insuportável. De vez em quando, o grã-fino alongava para a caixa o seu olhar plangente, pungente, lancinante. Outras vezes, pegava um caroço de azeitona já comida e o roía. Às quatro da manhã, a mulher o cutuca:

— "Vai." Lá foi ele, elegantíssimo, na direção da caixa. Alguém enfia-lhe na mão um envelope. Havia tal atmosfera na cena, que perguntei ao Carlinhos Nasser: — "O que é aquilo?" Resposta: "Cachê." Os restaurantes de luxo subvencionam certas presenças promocionais. Aqueles dois ganhavam, mas só podiam comer azeitona e rabanete.

O Globo, 23/4/1974

100. O jovem sábio

1 Explicando o meu horror às viagens, disse eu certa vez à estagiária de calcanhar sujo: — "A partir do Méier, começo a ter saudades do Brasil." Era uma verdade que eu oferecia em forma de piada. Todo mundo achou graça, inclusive o Adolfo Bloch, que achou engraçadíssima.

2 Mas eu não mentia, nem exagerava. E nem preciso ir ao Méier, que é tão longe. Aqui mesmo, no centro da cidade, recebi um convite, à queima-roupa, para visitar os Estados Unidos. O Governo americano pagava tudo. Em plena Esplanada do Castelo, comecei a ter saudades do Brasil. Para a minha desventura, era um convite de insuportável obstinação. Em pânico, mas disfarçando o pânico, disse eu: — "Vou pensar."

3 Durante seis meses o convite me perseguiu da maneira mais obsessiva e implacável. Já não atendia mais telefone, nem abria mais envelopes. Finalmente, derrotei o convite pelo cansaço físico. Mas como me custa convencer os outros de que sou um homem da minha rua, do meu bairro, da minha cidade. E vamos e venhamos: — viajar por que e a troco de quê?

4 Quem sai do seu país sofre um desgaste brutal. E, não raro, o processo desse desgaste é irreversível. Afinal de contas, cada um de nós está inserido num conjunto de relações. Eu existo porque tenho uma rua, um bairro, uma cidade, vizinhos, amigos, parentes. Se de repente me privo de tudo isso, eis o que acontece: — deixo de ser eu mesmo, perco a minha identidade, não existo. O Otto Lara Resende esteve na Suécia. E lá passou por uma experiência alucinatória.

5 Ninguém o olhava, ninguém o via, ninguém o cumprimentava. Assim vagava ele, por entre desconhecidos, sem que alguém o gratificasse com um "oba", um "olá", um sorriso. Ele começou a achar que não precisava usar as portas. Sentia-se tão leve, tão diáfano, tão espectral, que poderia talvez atravessar as paredes docemente. Teve que voltar correndo. Quando desembarcou de volta, no Galeão, o primeiro que o viu abriu-lhe os braços, berrando: — "Otto, meu amor!" E só então ele reassume o seu nome, a sua pessoa, o seu terno e o seu salário.

6 Por aí vocês percebem que nada me fará sair do Brasil. Mas, se não gosto de outras terras, também abomino as outras línguas. Certo autor, cujo nome não me lembro, aconselhava a seus leitores: — "Fale mal dos outros idiomas, gloriosamente mal." Levo mais longe o meu radicalismo: — não falo senão em português, não escrevo senão em português. Eu era garoto dos meus sete, oito anos. E não entendia que um inglês falasse em inglês, um francês em francês, um alemão em alemão.

7 Por que é que eu estou dizendo tudo isso? Porque estive ontem na Embaixada dos Estados Unidos. O meu *irmão íntimo* Stans Murad, um dos maiores cardiologistas da América Latina, ia receber o título de *fellow* do *American College of Cardiology*. Éramos cinco pessoas: — além de Murad e senhora, D. Yolanda Costa e Silva, Dr. Coutinho e eu. Sou um fascinado por todo cerimonial. Compareci com o meu melhor terno, a melhor gravata, a melhor camisa. Por conta da solenidade, chamei sábado um barbeiro e disse: — "Faz um cabelo à casamento."

8 Tenho a emoção fácil. E, como sou um amigo radical, acho que o Dr. Stans Murad merece tudo. Eu estava ali e tão solidário como se o diplomado fosse eu. Mas o leitor há de querer saber o que é *fellow* do *American College of Cardiology*. Não pensem que qualquer um merece este título. Antes de ser admitido como membro da sociedade há um processo de seleção rigorosíssimo. O falso valor não passa. E se, finalmente, o nome é aprovado, e conferido o título, estejamos certos de que se trata de alguém de primeiríssimo plano na cardiologia do seu país.

9 Quem fez a entrega do título ao Dr. Stans Murad foi o próprio Embaixador dos Estados Unidos. Falou em inglês e Murad respondeu em inglês também. O curioso foi o espanto das pessoas que participaram da cerimônia. "Como é moço", diziam. E D. Yolanda Costa e Silva falou em menino.

10 Foi normal a surpresa dos americanos presentes. Geralmente são os médicos em final de carreira que se tornam membros de *American College of Cardiology*. É raro, raríssimo, o caso de um jovem sábio entre velhos sábios. Depois da solenidade, e ainda no elevador, cochicho para meu *irmão íntimo*: — "Murad, você vai arranjar mais uma boa meia dúzia de inimigos." E de fato suporta-se com muito desprazer a glória alheia e, sobretudo, a glória de quem tem a metade da vida pela frente.

11 Mas como se explica a ascensão fulminante de Stans Murad? Na maioria dos casos, o sucesso tem a progressão de uma lenta, venosa, dilacerada conquista. No caso de Murad, pode-se dizer que ele cresceu pela abundância e evidência dos seus méritos. Em primeiro lugar, é um homem que não brinca nem com a doença, nem com o doente, nem com a morte. Se todos tivessem a sua ardente seriedade, estejam certos de que morreríamos muito menos.

12 Um dia, uma estagiária pediu-me para dar um conselho ao jovem. Respondi sem pensar: — "Amar o próximo como a si mesmo." Murad consegue realizar algo parecido: — ELE AMA O DOENTE COMO A SI MESMO. O doente não é um freguês da Casa da Banha. O fato de estar doente confere ao homem uma nova e decisiva dimensão. E o nosso Stans é profundamente irmão de cada doente.

13 Por outro lado, é cardiologista. E sabemos todos que a nossa época deve ser considerada muito mais cardiológica do que afrodisíaca. Admito que, em outras especialidades, o médico possa sorrir, contar anedotas, achar graça nas coisas. Mas o cardiologista está lidando hora a hora, dia a dia, com a morte. E, por isso, é um homem em permanente tensão. De vez em quando, Murad tem que apelar para um Isordil sublingual. Seu cliente pode apagar na metade de um sorriso, apagar na metade de uma frase. E o que Murad sabe (e já nasceu sabendo) é que não se faz concessões à morte. O cardiologista que se ausenta, que some sábado e domingo, está brincando, sim, brincando com a morte.

14 O nosso Stans não fará isso. Aqui começa o abismo que o separa de tantos outros colegas: — a medicina é um ato de amor e mais ainda a cardiologia. Uma vez, foi ele, às pressas, atender a um chamado. Três ou quatro da manhã. Chega e olha. Aquele desconhecido, que jamais vira, torna-se um súbito irmão. O enfartado está com o olho enorme do medo. Diz: — "Doutor, eu tenho uma garotinha. Não posso morrer, doutor." Mas a simples presença física do médico já transfigura o doente. Segura o braço do médico: — "Não saia, doutor." Murad diz as coisas obrigatórias: — "Você não vai morrer. Mas relaxe. É preciso relaxar."

15 Se vocês querem saber se o pai da garotinha morreu, eis a resposta: — não morreu. E o pior é que o doente não queria que o Dr. Murad saísse do quarto. O médico trata de convencê-lo: — "Assim como tenho você, tenho outros." O doente diz: — "Tem outros, eu sei." E o nosso Stans: — "Mas eu volto." Não está mentindo. Voltar será sempre um outro ato de amor.

16 Perguntará um médico, se é que tenho médicos entre os meus leitores: — "Mas o médico não pode ir ao um cinema, a um teatro, não pode passear, não pode viajar?" Bem. Se querem a minha opinião: — não pode. Dirão que é cruel, desumano, irracional. De acordo. Mas não pode. Por isso, é que vivo a escrever: — "O verdadeiro médico tem muito de santo." São Francisco de Assis dizia: — "Nosso irmão, o corpo." O coração é o corpo e é a alma. E sempre que um enfarte não mata, estejamos certos de que houve mais uma Ressurreição de Lázaro.

17 Assim é a vida do cardiologista: — a história de muitas ressurreições de Lázaro. E por que ama o doente como a si mesmo, o jovem sábio Stans Murad mereceu, ontem, que o Embaixador dos Estados Unidos lhe entregasse o título de *fellow* do *American College of Cardiology*.

O Globo, 20/10/1971

101. Adeus à sordidez

1 Escrevendo sobre *Love Story*, disse eu que era um filme para qualquer gosto, idade ou sexo. Qualquer um, desde a grã-fina à favelada, do ministro ao veterinário, do sábio ao assaltante de chofer, do arquiteto ao lavador de automóveis — todos, todos tinham que aprender com a bela história de amor.

2 Todavia, fiz uma exceção: — o *crítico de cinema*. A meu ver, o crítico de cinema não devia nem passar pela esquina do Veneza. Cabe então a pergunta: — e por quê? É fácil explicar. Imaginemos um protético. Onde acaba o protético começa o homem. Vocês entendem? O protético vai a *Love Story*, e o homem que existe por trás do profissional chora todas as lágrimas.

3 Mas o crítico de cinema não teria nenhuma semelhança com os demais espectadores. Onde acaba o crítico de cinema continua o crítico de cinema. A crítica cinematográfica devia ser uma pequena porção da mente. É o que sucede com todo mundo, menos, repito, com o crítico especializado. Nele toda a mente está escravizada a uma função secundária, irrelevante, intranscendente.

4 É o caso do Sr. Eli Azevedo ou Azeredo, talvez Azeredo. Estou quase certo de que é Azeredo. Foi ver *Love Story* e, para merecer o salário que lhe dá o Dr. Brito, escreveu uma crônica. Não lhe passa pela cabeça a hipótese de que um filme possa ser mais que um filme, uma experiência de vida, uma forte, crispada, inesquecível experiência de vida. Já me pediram para dizer, precisamente, o que era essa história de amor. Seria um grande filme, um bom filme, um filme razoável ou um péssimo filme?

5 Respondi que mais, muito mais do que bom, interessante ou ruim, era vital. No argumento estão unidos o amor e a morte. É, como no caso de *Tristão e Isolda*, apenas uma história de amor e de morte. Devia bastar para o Sr. Eli Azevedo (que talvez seja Azeredo). Mas pergunto: — é tão pouco o amor? tão pouco a morte? Para ele tanto faz o efêmero, tanto faz o eterno. Todos nós choramos, menos o Sr. Eli de Azeredo, pois o crítico de cinema não chora.

6 O filme é um sucesso espantoso, o maior de toda a história do cinema. Tem uma bilheteria delirante. Uma *esquerdinha* foi vê-lo. Na saída, deu sua opinião, com boquinha de nojo: — "Reacionário." Porque trata de amor e de morte, é reacionário. Se fosse uma antologia de perversões sexuais, as mais hediondas, não seria reacionário. Mas apresenta um casal, e apenas um casal. E então é reacionário. Mas se nos mostrasse os trezentos mil jovens que, na ilha de Wight, fizeram uma gigantesca bacanal, seria progressista.

7 E o pior do filme, para as esquerdas e para a crítica cinematográfica, é que *Love Story*, tanto na tela como no romance, marca o nosso encontro com essa coisa terrificante que é — a *normalidade*. Os perversos não aparecem. No teatro e no cinema modernos os personagens latem, e, se não latem, amam como os cachorros. Tem sido assim na ficção como na vida real.

8 Bergson, se fosse vivo, diria que esta é *a mais afrodisíaca das épocas*. Mas vejamos: — será tanto assim? No Parlamento sueco é proposto que o ato amoroso possa ser realizado em público. Nada do sigilo, nada da solidão que a nossa vida sexual exigia no passado. Hoje ninguém se admire se fizerem no ex-Maracanã o ato sexual como a preliminar do Fla-Flu. No Mário Filho? Exatamente, no Mário Filho.

9 Na Dinamarca inventou-se o *show erótico* em domicílio. O leitor, na sua espessa ingenuidade, perguntará: — "Mas o que vem a ser isso?" É o seguinte: — três moças e dois rapazes. Batem na porta de uma casa de família. Digo rigorosamente *de família*. Parecem vendedores de geladeiras. A dona da casa aparece; eles propõem fazer, para distração daquela família, uma série de demonstrações sexuais. Os moradores ou apenas assistem ou participarão, se o quiserem. Se na casa houver um cachorrinho, também entrará no show erótico. E se, em vez de um cachorro, for um papagaio, melhor ainda.

10 *Love Story* é apenas história de amor. Mas faz o mesmo, exatamente o mesmo sucesso em toda a parte e em todos os idiomas. Se for projetada num boteco de Cingapura, para marginais e paus-d'água, fará chorar todos os traficantes de tóxicos. Na capital da Guatemala teve um público maior do que a população. Porque, obviamente, cada um dos habitantes voltou dez vezes, vinte, trinta, cinquenta vezes. Segundo a *esquerdinha*, que acusou o filme de reacionário, o que explica o êxito é o subdesenvolvimento. Nos Estados Unidos, a produção pagou-se em 48 horas. Em Londres, Paris, Berlim, a mesma coisa. Os puros e os corruptos, os angélicos e os satânicos, recebem o mesmo impacto. Menos as esquerdas, fechadas, incomunicáveis na sua alienação.

11 E o livro? Quem tem os direitos para o Brasil? Eis o nome: Alfredo C. Machado. É meu amigo ou, mais do que isso, meu *irmão íntimo*. Se me perguntarem o que faz ele, direi de maneira sucinta: — "Viaja." Um dia, falei com o Machado às dez da manhã. Às duas da tarde, telefono. Informam: — "Está em Tóquio." Em outra ocasião, perguntei-lhe: — "Por que é que você viaja tanto?" e ainda insinuei: — "Você viaja como

D. Hélder." Respondeu-me: — "Com o meu dinheiro!" Portanto, é um homem que ora está partindo, ora está chegando. Mas quando eu soube que comprara *Love Story*, percebi tudo.

12 Ele viaja tanto, em busca de best-sellers inéditos. Às vezes, o autor ainda não escreveu a primeira linha; outras vezes, ainda não pingou o ponto final. Mas o Machado compra o livro ainda no ventre. Há ocasiões em que o autor protesta: — "Nem escrevi a primeira frase. É um projeto, um vago projeto." E Machado: — "Compro o projeto." E assim, antes de sair *Love Story*, já comprara os direitos para todo o Brasil. Quando soube que só havia, do princípio ao fim, um casal, não se perturbou: — "Melhor, melhor." Com seu faro de best-seller, sabe que começou o cansaço, começou o tédio da sordidez. E se *Love Story* é um adeus à sordidez, venderá muito mais.

13 Mas o Machado não é crítico de cinema, nem crítico literário. Leu o romance e viu o filme *debulhado em lágrimas* (como outrora se dizia). Ontem, encontrei-me com o "Marinheiro Sueco". Perguntei-lhe: — "Já foste chorar?" Ele não entendeu. Fui mais preciso: — "Viste o *Love Story*?" E ele: — "Ainda não." Finge um pigarro e diz: — "O José Lino achou uma droga."

14 O José Lino Grünewald é, como o "Marinheiro Sueco", outro *irmão íntimo* que Deus me deu. Um dos homens mais inteligentes do Brasil. Mas tem compromissos com os intelectuais. Tudo o que ele diz contra *Love Story* é, não uma opinião, mas uma pose. Ele adorou o filme. Quando a mocinha morreu, dava soluços de se ouvir na fila da seguinte sessão. Mas que diriam os irmãos Campos, se ele, publicamente, confessasse as suas lágrimas? Se o Haroldo lhe perguntasse: — "Choraste, Zé Lino?" Diria, de fronte erguida: — "Eu não choro!"

15 Mas chora às escondidas, dará urros, se não houver testemunha à vista. Diz ao "Marinheiro Sueco": — "Não passa nem pela esquina." Mas já reviu *Love Story* quatro vezes; e, nas quatro, foi esguichar suas lágrimas, num terreno baldio, na presença apenas da cabra vadia.

16 Mas voltando ao Sr. Ely (com y ou i?) Azevedo. Este não se emocionará nunca, porque é o crítico de cinema. Tanto se lhe dá, como se lhe deu que a jovem amorosa morra ou não morra de leucemia. "Problema dela", pensará o crítico. E nem desconfia que, no cinema, como no romance, no teatro, como na novela, o problema do personagem é muito mais do espectador ou leitor do que do personagem. O personagem apenas finge, ao passo que o espectador sofre o impacto, o espectador *vive* a morte da heroína, até as duas últimas lágrimas de paixão e de vida. E eis o dilema: — ou o sujeito é crítico ou inteligente. Por isso, acho quase uma monstruosidade o caso único do Sr. Antônio Moniz Viana, que consegue ser, ao mesmo tempo, crítico de cinema e inteligente.

17 Talvez seja uma ilusão minha, não sei. A meu ver, porém, *Love Story* marca a morte de uma época e o nascimento de outra. Uma simples história de amor, por ser de amor, e não por ser um bom filme ou ruim, desperta no homem uma brutal nostalgia de si mesmo. O processo de nossa desumanização parou e mais do que isso: — começa a regredir. E, um dia, o homem voltará a ser homem, nada mais do que homem, profundamente e eternamente homem. Dia em que meu *irmão íntimo* José Lino Grünewald irá para a esquina da Miguel Lemos berrar — "Chorei, chorei."

O Globo, 17/7/1971

102. E, de repente, todos perceberam o óbvio ululante: – era uma catástrofe idiota

1 (Anteontem, no Estádio Mário Filho, depois da derrota do Fluminense e antes da vitória do Santos, o Carlinhos Niemeyer veio para mim, de braços abertos, aos berros. Ou por outra: — antes dos berros, cochichou: — "Nelson, preciso falar contigo." Eu estava conversando com o Marcelo Soares de Moura, o Francisco Pedro do Couto e o Salim Simão. E se Niemeyer me arrancava do grupo, imaginei: — devia ser um assunto confidencial. O diabo é que, no bom Niemeyer, a confidência é um comício. Levou-me para um canto e começou a deblaterar contra um vil ato da Censura. Vejamos o caso: — o *Canal 100* filmou flagrantes da noite de autógrafos do meu livro *O óbvio ululante*. Lá foi, para a Censura, o belo jornal cinematográfico. Um dos censores, com sua fina percepção para o obsceno, achou que *O óbvio ululante* devia ser um palavrão inédito. Um outro, mais erudito, insinuou a hipótese de "publicidade". O certo é que cortaram o título do meu livro. Mas vejam vocês: — ao mesmo tempo que se mutila um jornal brasileiro, a Censura não tira uma vírgula de *Atualidades Francesas*, jornal estrangeiro, este sim, que faz, de fio a pavio, propaganda confessa, propaganda deslavada. Portanto, entendo que o ato da Censura contra um livro brasileiro, um autor brasileiro, um produtor brasileiro, foi de uma límpida e, repito, de uma cristalina indignidade.)

2 Mais uma vez, vou falar da "ascensão dos idiotas". É um assunto que me fascina. O idiota é a grande e obsessiva figura do século xx. Meses atrás, houve, como todos sabem, a nova "Revolução Francesa". Por ora, o que me interessa é a "velha", dos dantons, dos robespierres, das marias antonietas e dos napoleões.

3 Graças ao Dumas pai, eu e o José Lino Grünewald somos íntimos da primeira Revolução Francesa. A segunda, dos estudantes, tem um defeito indesculpável: — falta-lhe sangue e, insisto, o sangue não jorra como a água dos tritões de chafariz. E, como não houve cabeças cortadas, nem o Terror, o mundo já bocejava no quarto ou quinto dia da baderna. Eu e o Grünewald diríamos, com base em Dumas pai, que a segunda Revolução Francesa não teve nada de Revolução Francesa. Outro amigo, o pintor Raul Brandão, dizia-me, na época: — "Como é chata a greve." Dava uma opinião pictórica. E, de fato, só tem valor plástico, a greve metralhada, com operários emborcados na sarjeta. Nada mais insípido do que a greve consentida, abençoada, unânime. Imaginem, imaginem: — a própria polícia foi grevista também.

4 Podíamos sugerir ao público: — "Não leiam as manchetes. Leiam o velho Dumas." Faltou, sim, às manchetes o frêmito, a tensão, o horror das *Memórias de um médico*. Na "jovem revolução", ninguém matou, ninguém morreu. A princípio, o que assustou o mundo foi o suspense, foi o mistério. Ninguém entendia que, de repente, a França parasse. Primeiro, os estudantes e depois, o resto. Nunca houve tamanha greve. Até os papa-defuntos, até os coveiros cruzaram os braços. Ninguém morria por falta de quem o enterrasse.

{ E, de repente, todos perceberam o óbvio ululante: – era uma catástrofe idiota }

5 E, então, fora da França, todo mundo fez a pergunta, sem lhe achar a resposta: — "Por quê?" Nem as notícias, nem as interpretações explicavam nada e por uma razão muito simples: — o inexplicável é inexplicável. Imaginou-se que os estudantes queriam o Poder, e que os operários também queriam o Poder. Eram milhares de estudantes e milhões de operários. Portanto, os jovens e os grevistas tinham o que se poderia chamar de *onipotência numérica*. Eram milhões, e eu e o Paulo de Castro imaginamos que a História lhes daria o Poder imediato e absoluto.

6 Engano. Os dez ou doze milhões de franceses não queriam o Poder. Vocês entendem? Lá estava o Poder, diante deles, como um fruto próximo, fácil, indefeso. Bastava o gesto de colhê-lo. Eram milhões e ninguém se dispôs a tal gesto. E nem se sentia, ao menos, o vago, surdo, informulado desejo do Poder. Os estudantes viravam carros e arrancavam paralelepípedos; os operários sequestravam os gerentes e não os devolviam. Mas já no terceiro dia a "jovem revolução" corria o perigo de ser um movimento idiota. É certo que as greves assumiam uma dimensão de catástrofe. Mas também pode haver a catástrofe idiota.

7 Catástrofe idiota. Deixei escapar a palavra exata: — idiota. Tenho escrito, com obsessiva monotonia, sobre o maior tema da nossa época. Falei, dez vezes, sobre a ascensão do idiota. No passado, eram os "melhores" que faziam os usos, os costumes, os valores, as ideias, os sentimentos, etc., etc. Perguntará alguém: — "E que fazia o idiota?" Resposta: — fazia filhos.

8 Mas vejam: — o idiota como tal se comportava. Sim, na rua, passava rente às paredes, gaguejante de humildade. Sabia-se idiota e estava ciente da própria inépcia. Só os "melhores" sentiam, pensavam, e só eles tinham as grandes esposas, as lindas amantes e "os mais belos interiores" para *Manchete* fotografar. E quando um deles morria, logo os idiotas tratavam de chorar, velar e florir o gênio.

9 E, de repente, tudo mudou. Após milênios de passividade abjeta, o idiota descobriu a própria superioridade numérica. Multidões, jamais concebidas, começaram a rosnar. Eram eles, os idiotas. Os "melhores" se juntaram em pequenas minorias, acuadas, batidas, apavoradas. O imbecil, que falava baixinho, passou a esbravejar; ele, que apenas fazia filhos, deu para pensar. Pela primeira vez, o idiota é artista plástico, é cientista, sociólogo, romancista, cineasta, dramaturgo, Prêmio Nobel, sacerdote. Aprende, sabe, ensina.

10 Em nossa época, ninguém faz nada, ninguém é nada, sem o apoio dos cretinos de ambos os sexos. Sem esse apoio, o sujeito não existe, simplesmente não existe. E, para sobreviver, o intelectual, o santo ou o herói precisa de fingir-se idiota. O próprio líder deixou de ser uma seleção. Hoje, os cretinos exigem a liderança de outro cretino.

11 Eis o que eu queria dizer: — o mundo custou a perceber o óbvio ululante, isto é, que a "jovem revolução" da França foi uma obra de idiotas. Eram milhões de sujeitos implicados no movimento. E não saiu um único e escasso líder; não ficou um nome, uma cara, um gesto. Aí está um dado patético. Não há nada mais impessoal do que o idiota e nada mais idiota do que a unanimidade. Os milhões da França exprimiam apenas a "onipotência numérica" dos imbecis.

12 O que mais espanta, em tudo isso, é o papel da inteligência. Sim, como age, como reage a inteligência. O homem comum pensa que o intelectual pensa. Ilusão. A inteligência não pensa mais. Vive a lamber as botas dos idiotas como uma cadelinha amestrada. Isso aqui, como lá fora. Nunca me esqueço de uma fotografia que saiu, em todas as primeiras páginas, durante a nova Revolução Francesa. Aparecia Jean-Paul Sartre ao lado dos grevistas. Estava, ali, fingindo-se de idiota para sobreviver.

O Globo, 23/11/1968

103. Bochechas e papadas

1 Não me lembro se já lhes contei que me tornei amigo da grã-fina das narinas de cadáver. Como se sabe, eu a vi pela primeira vez no Estádio Mário Filho, num jogo do Santos. Era, portanto, noite de Pelé. Na fila do elevador, catuquei o Marcelo Soares de Moura: — "Olha aquela ali." O Marcelo olha e pergunta: — "A gorducha?" E, com efeito, pouco, pouco adiante ia uma senhora gorda e patusca como uma viúva machadiana.

2 Tive que esclarecer: — "A gorda, **não**. A alta, rapaz. De cabelos negros." E disse mais: — "Ó rapaz! Aquela **grã-fina**, ali, de narinas de cadáver!" Só então o meu amigo a identificou: — "Já vi, já vi." E ficou impressionadíssimo com as narinas fatais. **Por** coincidência, subimos no mesmo elevador. Ao lado das narinas, ia o **marido**. Esse sim, era um gordo total. Mas notem bem: — gordo satisfeito de o ser, feliz das próprias banhas.

3 Saltamos todos no sexto andar. A preliminar ainda não terminara. E então, no seu jeito lânguido, meio alado, a grã-fina das narinas vira-se para o marido: — "Quem é a bola? Quem é a bola?" E por onde o casal passava todo mundo voltava-se para ver os dois, lado a lado: — as narinas da mulher e a obesidade do marido. Desde então, e sempre que Pelé joga, eu a encontro no hall do ex-Maracanã. Numa das vezes, junto das roletas, eu a vi e ouvi, pedindo ao Abelardo França, uma carona para outro casal de grã-finos.

4 E assim foi correndo o tempo. Até que, uma noite, o próprio Abelardo França me puxa: — "Conhece, Nelson, a fulana?" Era ela e era ele. Fui assim apresentado às narinas e à obesidade. Inclinei-me: — "Muito prazer." E ela: — "O senhor na televisão parece mais velho." No fim do jogo o marido veio falar comigo: — "Amanhã vai haver reunião lá em casa. Contamos com a sua presença." Deu-me o endereço e prometi que não faltaria.

5 É curiosa a progressão fulminante de certas amizades. Fui à reunião e, uma semana depois, éramos íntimos. Sempre que conversava comigo, ou pelo telefone ou pessoalmente, a bela senhora fazia-me toda a sorte de confidência. E insistia obsessivamente num ponto: — "Amo o meu marido." Mudava de assunto e, com pouco mais, repetia: — "Sabe que eu amo o meu marido?" Repisava, como se eu ou ela mesma duvidasse. Por sua vez, o marido dizia muito: — "Minha mulher me adora, minha mulher é louca por mim, fui o primeiro namorado de minha mulher", etc., etc.

6 Até que há novo encontro no hall do Estádio Mário Filho. E deu-me a notícia, à queima-roupa: — "Vou fazer psicanálise." Deixo passar um momento e pergunto: — "Você está precisando de psicanálise?" Explicou que era um dinheiro tirado do Imposto de Renda. E, de mais a mais, seria um passatempo. Sentindo, porém, a minha perplexidade, indagou: — "Qual é a dúvida?"

7 Tomei coragem: — "Segundo o Otto Lara Resende, não se deve mexer na alma." E fui mais longe, ao observar que a análise é um risco de vida, uma janela aberta para o infinito. Tudo se torna maravilhosamente possível. Eu conhecia uma menina, delícia de garota, que com três meses de análise queria matar; em seguida, quis morrer. E uma noite ia despejando água quente no ouvido do marido, etc., etc. Segura de si, respondeu a grã-fina: — "Não há esse perigo." E acrescentou: — "Amo o meu marido."

8 Calei-me. Coincidiu que durante um mês e meio, ou dois, eu não visse mais o casal. E uma noite entro na redação, e quem vejo eu, sentado à minha espera? O marido das narinas, obeso como um Nero de Cecil B. de Mille. Ergueu-se ao ver-me. Eu o saúdo assim: — "A que devo essa honra?" E ele, exalando feia e cava depressão: — "Precisamos conversar." Chamo um contínuo: — "Vê se arranja um cafezinho. Capricha."

9 Começa o marido: — "Estou vivendo um drama. Um drama. Um drama, Nelson." Pergunta: — "Está me achando mais magro?" Olhei-o demoradamente. Estava mais gordo, o desgraçado. Mas dei-lhe a resposta que ele queria ouvir: — "Está. Mais magro, sim." Apertou a minha mão, comovido: — "Obrigado, obrigado." E continua: — "Você é testemunha da minha felicidade matrimonial. Eu não era feliz? Fala. Era ou não era?" Disse: — "Claro!" Riu, amargo: — "Pois agora minha mulher só falta me dar bola de cachorro!"

10 O meu espanto foi imenso: — "Mas não é possível! Fulana? Tem paciência, mas não acredito!" Pôs-se de pé. Andou de um lado para outro; sentou-se. Recomeça: — "Dez anos de felicidade! Nelson, por essa luz: — nunca eu disse a minha mulher — *não me amola, não me chateia*!" Ergueu-se novamente, inchou o peito: — "Eu amo minha mulher! Amo! E ela, que também me amava, passou a me odiar!"

11 Como eu perguntasse: — "Por quê?" — ele explodiu: — "A análise! A análise!" Na sua amargura medonha, gemeu: — "Tem razão o Otto Lara Resende. Na alma, não se mexe!" E, pouco depois, tomando o cafezinho, requentado, contou-me a história. Tudo começara com a seguinte pergunta do analista: — "A senhora já descascou alguma laranja?" Teve de confessar a verdade: — "Nunca." A satisfação do analista foi profunda e sinistra: "Não disse? Isso explica tudo. Se a senhora não descascou sequer uma laranja, a senhora não vive, não começou a viver, entende? A senhora não saiu de sua pré-história." A cliente pergunta atônita: — "Quer dizer que eu não existo?" Foi taxativo: — "Se a senhora nunca descascou uma laranja, não existe, claro! Vida é tarefa! O que nós chamamos Joana D'Arc é uma tarefa. Se ela a cumpriu, então existe. O que não acontece com a senhora, que nunca descascou uma laranja!" A grã-fina tomou a coisa ao pé da letra. Descascaria as laranjas. O analista teve de explicar que a laranja, no caso, era simbólica: "A senhora tem que se realizar."

12 Agora a grã-fina das narinas de cadáver só pensava na própria realização. E pior: — graças à análise, descobrira que o marido era gordo. Um dia, na volta da análise, acusou o marido de ter, não só duas bochechas, mas várias; não só uma papada, mas duas ou três. Durante dez anos, jamais lhe fizera a mínima objeção à barriga. E ela o preferia, justamente, por ser gordo. Depois da análise, sempre que o via, começava: — "Gordo sua nas mãos. Sai de perto de mim." Ainda por cima, tinha-lhe nojo.

13 Por fim, o marido levanta-se: — "Nelson, pelo amor de Deus: — arranja-me outro analista. Um analista que diga o contrário do que esse diz. Senão, das duas uma: — ou ela me mata ou eu a mato." Prometi-lhe que faria o possível. Pois bem. Vejam vocês como a vida é tecida de coincidências. No dia seguinte, encontro um amigo de infância — o Miranda. Não o via há anos e houve, de parte a parte, a maior efusão. E, súbito, diz o Miranda: — "Sabe que sou psicanalista?" E eu: — "Ora viva!" Mas o outro pisca o olho: "Psicanalista de senhoras." Desta vez, fui eu que não entendi: — "Só de senhoras?" Ele ria: — "Não existe o ginecologista que só trata, obviamente, de senhoras? Pois é. Sou analista de senhoras." Não resisto à curiosidade: "E estás faturando?" Responde, iluminado: — "Horrores!"

14 Tomei nota do endereço do Miranda. Expliquei-lhe o caso: — "Eu tenho uma amiga, que nunca leu um livro. Apesar de grã-fina, lê o *Grande*

Hotel, no máximo. E o analista quer que ela se realize. Você entende? Quer que ela seja uma Joana D'Arc, uma Madame Carie, uma George Sand." Ele fez um gesto largo: — "Manda pra mim. Eu resolvo." E assim nos despedimos.

15 Dois dias depois, tive que ir a São Paulo. Lá, passei duas semanas. Na tarde em que voltei, liguei para o escritório do marido das narinas: — "Como é? Como vai a situação em casa?" Disse tudo: — "Resolvi a parada. Fulana saiu do analista. Voltou a me amar." Respirou fundo: — "Estamos numa lua de mel que só vendo." Quero saber: — "Como foi isso?" Contou-me um milagre: — saíra um dia, com a mulher, na Mercedes. E a mulher fecha um ônibus, ou um ônibus fechou a mulher. O fato é que o motorista esbravejou: — "Vai lavar um tanque!" Foi só. A mulher nada dissera. Fez o resto da viagem numa calma intensa, numa apaixonada serenidade. Acontece que, durante o dia, o marido precisou passar em casa. Pergunta à criada se a fulana está, estava. E ele descobriu a mulher no tanque, simplesmente no tanque, ensaboando roupa. O marido, no telefone, delira: — "O chofer estava com a razão." O berro do motorista tocara uma verdade essencial e secretíssima. Era grã-fina, milionária, o diabo. Mas só se realizava no tanque.

O Globo, 29/8/1970[36]

---

[36] Crônica publicada em *O Globo* com o título de "O suave milagre".

104. Este mundo sem nenhum amor

1 Se me perguntarem quando comecei a ser Nelson Rodrigues, eu direi: — exatamente aos sete anos de idade. Eu fazia o terceiro ano primário na Escola Prudente de Morais. Vamos ver se me lembro de alguns nomes. A diretora era D. Honorina. Se não me engano, a professora do quinto ano chamava-se Odete, D. Odete. Tenho certeza: era Odete, sim. E a minha professora, D. Amália.

2 Eu me vejo na aula. Como sempre digo, era pequenino e cabeçudo como um anão de Velasquez. No fim do ano, quando deram a nota dos exames, com aprovação de todos, D. Amália começou a chorar. Beijou todos os alunos e me beijou. D. Honorina, presente, dizia: — "Boba, chorando." Aos seis, sete, oito, nove anos, eu me apaixonava por todas as professoras. Mas não é isso que queria contar. Queria contar que, um dia, houve um concurso de composição na minha classe.

3 Geralmente, tínhamos de escrever sobre estampas de vaca ou de galinha com pintinhos. Naquele dia, porém, D. Amália avisou: — "Vocês vão fazer uma história. Imaginem uma história." Cada qual fez a sua. O julgamento durou dois dias. Veio o resultado, com dois premiados: — eu e outro menino. O meu rival descrevia o passeio de um rajá no seu elefante favorito.

4 E eu? Bem. Na minha história, uma mulher traía o marido. A composição começava assim: — "A madrugada raiava sanguínea e fresca." Era um plágio cínico e deslavado. Eu fora ao soneto célebre e o saqueara. A imagem era de Raimundo Correia e a história minha. No fim, o marido descobria tudo e esfaqueava a mulher. O prêmio ao rajá e respectivo elefante era uma concessão ao convencional. No meu caso, foi com um certo escrúpulo e pânico que a professora dera o prêmio à carnificina.

5 Direi, a bem da verdade, que a minha historinha causou um horror deliciado. Outras professoras vinham, na porta, espiar o feliz autor. Eu era, para todos os efeitos, um pequeno monstro. Sim, foi esse meu primeiro escândalo. Eis o que eu queria dizer: — a minha composição insinuava o futuro dramaturgo. Aos treze anos, substituí as calças curtas pelas compridas para ser jornalista. O secretário perguntara: — "Você quer ser o quê?" A opção foi fulminante: — "Repórter de polícia."

6 Hoje, como o homem é um impotente do sentimento, ninguém mata ninguém e ninguém morre por ninguém. O gesto suicida ou homicida não se inclui mais entre os nossos usos e costumes. Minto. Ainda se mata por amor e ainda se morre por amor, na primeira página da *Luta Democrática*. Naquele tempo, porém, o crime passional era uma moda obsessiva. E o repórter de polícia reinava na redação.

7 Comecei fazendo atropelamentos. Nada descreve a volúpia estilística com que escrevia: — "Fulano de tal, branco, solteiro, de 27 anos presumíveis", etc., etc. A vítima nunca era atropelada, mas "colhida". E o fecho de ouro era este: — "O Comissário Barros, do Distrito X, registrou a ocorrência." No décimo dia de trabalho, descobri que o atropelado podia ter a "cor parda". E, então, os brancos desapareceram nas minhas notas. Todos passaram a ter uma cor que nunca existiu.

8 Nos meus primeiros anos de jornal, o "grande homem" de redação era o repórter de polícia. Eu o via como um ser diferente dos demais. Certa vez, houve um desastre de trem. Sessenta mortos. Quase todos os corpos sofreram mutilações hediondas. Entramos no necrotério. Lá ia eu, transido, atrás do repórter de polícia. Imaginem um braço de manequim, uma cabeça de manequim, uma perna de manequim. Era como se o desastre tivesse desmembrado sessenta manequins. Só não fugi de vergonha. Vi algo que parecia uma bola de gude murcha: — era um olho. E o repórter pisava os mortos, com divertida naturalidade. Era um dia chuvoso e ele estava de capa. De repente, eu o vejo tirar uma tangerina do bolso da capa. Descascou-a e pôs-se a chupá-la. No chão, estava estendido um cadáver de mulher — sem cabeça. (E nem sei se estou sendo vítima de uma fantasia da memória.) Ele chupava a tangerina e cuspia os caroços em cima da morta.

9 Foi aí que eu vi toda a verdade. O repórter de polícia me fascinava porque não se espantava, não se horrorizava, nem se compadecia. Momentos depois, começaram a despir as vítimas. Não há nada mais humilhado, mais ofendido, mais ressentido do que a nudez do necrotério. Contei que o repórter atirou as cascas da tangerina num balde de gazes ensanguentadas? E como me viu, muito pálido, riu, feroz: — "Seja homem."

10 Em nossos dias, o repórter de polícia, estritamente de polícia, é uma figura sem função e sem destino. Há profissionais que fazem todos os assuntos, inclusive o grande crime, o grande desastre. O atropelamento é condenado ao lixo do noticiário. O brasileiro pode morrer debaixo de um automóvel e nenhum jornal dirá o seu nome, idade, domicílio. E se for preto, não terá a "cor parda" dos bons tempos.

11 Vejam vocês: — a minha iniciação jornalística marcou-me para sempre. Ainda agora quero crer que nós, de jornal, não temos o comportamento emocional das outras pessoas. É como se vivêssemos, com um tédio frívolo e profissional, as grandes paixões e dores humanas. E, no entanto, passei ontem por uma experiência rara e, diria mesmo, inédita.

12 Eis o caso: — estou fazendo a crônica de esporte, quando bate o telefone. O contínuo foi lá dentro; a secretária está fazendo provas na PUC; e eu atendo. Era uma voz feminina. Devia ser uma leitora. Voz rouca, mas juvenil. A princípio, pensei que a moça estivesse rindo. Não era riso, era choro. Disse: — "Queria falar com Nelson Rodrigues." E eu: — "É ele." O que parecia riso, tornou-se choro inconfundível. Perguntou: — "Posso lhe fazer uma pergunta imbecil?"

13 Se uma menina, chorando, quer saber se pode fazer uma pergunta imbecil, tenho que aceitar e responder à pergunta imbecil. Antes, porém, e sempre chorando, foi dizendo: — "Eu tenho vergonha de fazer uma pergunta tão imbecil. Mas me pagam quatrocentos contos pela reportagem. Minha irmã está doente. E eu preciso do dinheiro. Você me desculpe."

14 Desculpei-a. E, por minha vez, pergunto: — "Qual é a pergunta?" Não foi exatamente isso. Chamei-a de meu anjo: — "Meu anjo, qual é a pergunta?" Gemeu: — "Que coisa horrorosa, meu Deus!" Por fim, tomou coragem: — "A pergunta é." Pausa e diz: — "A mulher fria é doente?" Ela dramatizara tanto que eu esperava o pior. A menina exasperou-se no telefone: — "Não é imbecil? Olha. Se tu quiseres, pode dizer que é imbecil." E como usasse muito o tratamento de "tu", não me admirei nada que, entre lágrimas, se declarasse gaúcha.

15 Sou dos poucos que ainda se espantam. E o que me espantou é que alguém, do *métier*, ainda chorasse. Imaginei que tudo aquilo fosse a sensibilidade de quem tem uma semana de profissão. Perguntei-lhe chamando-a novamente de meu anjo: — "Meu anjo, quanto tempo tem você de jornal?" Agora ria e chorava: — "Seis anos." Como diz a minha vizinha gorda e patusca, seis anos não são seis dias. Portanto, não era inexperiência, mas temperamento, maneira de ser. Devia ter uma estrutura doce. Minha resposta foi que. Qual foi mesmo? Disse que a mulher fria não é doente. E, não só não é doente, mas está certa. É fria, porque todos vivemos num mundo sem amor.

O Globo, 29/1/1970

105. O nu mata o passado

1 É sempre proveitoso um paralelo entre o velho jornalismo e o novo. A dessemelhança começa no terno. Ah, vocês não imaginam como se vestiam bem o antigo jornalista, o antigo revisor, o antigo linotipista. Em nossos dias, o linotipista pode funcionar de peito nu e bermudas. Mas nas gerações românticas, os usos, os costumes, os valores eram outros.

2 (Se estou dizendo o óbvio, paciência.) O homem do linotipo batia no seu teclado de fraque, bengala, polainas. E o revisor? Em muitos casos, a revisão era um pátio de milagres. O sujeito morria de fome e era um flagelado como Jó. Ninguém imagina o repertório de doenças. Uns tinham sarna, outros tuberculose, outros asma, ainda outros malária. E havia uma fauna tristíssima de tosses. Lembro-me de uma vez, nos meus primeiros tempos de jornal, em que chamaram a Assistência.

3 Era um revisor com hemoptise. O sangue jorrava como a água da boca dos tritões de chafariz. Mas era um pátio de milagres bem-vestidos e repito: — um pátio de milagres sempre de gravata, colete e polainas. E não raro o revisor que morria de fome usava monóculo. Se assim acontecia na revisão, nas oficinas, muito mais na redação. Mesmo um simples repórter de polícia jamais trabalhou sem gravata.

4 Já não falo do diretor de jornal. Um Quintino Bocaiúva era uma figura ereta, hierárquica, enfática, que ninguém podia esquecer. Saía da redação como uma estátua que volta ao seu monumento. As gerações de hoje não podem imaginar as maneiras, a polidez, a correção, a cerimônia das velhas redações. Até os contínuos pareciam ministros.

5 Note-se que no passado o jornal era o seu diretor. O que fascinava o leitor, era um Quintino, um Zé do Patrocínio, um Alcindo Guanabara, um Edmundo Bittencourt, um Irineu Marinho, um Gil Vidal, um Mário Rodrigues. Sem o grande nome não havia o grande jornal. O resto era paisagem. Por isso mesmo, cada redação tinha uma meia dúzia de gatos pingados. Hoje, não. Hoje, uma simples cobertura exige uma massa. Vão cinco fotógrafos, quinze repórteres, dez estagiárias, uma frota de camionetas.

6 Sim, tudo mudou. Antes de mais nada houve o que eu chamaria de aviltamento de maneiras. Outro dia, um amigo meu passou num dos nossos maiores jornais. Voltou horrorizado. Vira uma redação de *hippies*. No seu desolado escândalo, dizia e repetia: — "Se o grande jornal é assim, imaginem os outros." Vira, em primeiro lugar, redatores descalços. Quis duvidar: — "Descalço mesmo?" Jurou: — "Quero que Deus me cegue se minto!"

7 Um outro escrevia com um mico no ombro. E o meu amigo não entendia o mico. E uns três ou quatro tinham a cara do Satan, o assassino da bela Sharon. Num canto, uma estagiária catava lêndeas na cabeleira de um companheiro. E eis que, de súbito, uma ratazana prenha dá uma corridinha e para. Passou um cronista, cujo aroma era pior que o da praia de Ramos. E as estagiárias vagavam por entre as mesas e cadeiras, leves, ágeis, incorpóreas como sílfides.

8 E me perguntava o amigo: — "São esses caras que pensam por nós, que falam por nós, que sentem por nós?" Tive que explicar-lhe que está rompendo na imprensa carioca a inteligência *hippie*. Ele reagiu, irado: — "Então, não leio mais jornal. Me recuso a ler jornal." E o que o apavorava era o rapaz descalço que, de mico no ombro, criava opinião e fazia a "Revolução Cultural". Meu amigo explode: — "É por essas e outras que tenho horror do intelectual brasileiro!"

9 Bem. Eis aí um horror que na maioria dos casos me parece perfeitamente correto. O leitor, que é um simples, um ingênuo e, mesmo, um alienado, tem do nosso intelectual uma imagem inteiramente inexata. Vale a pena contar a história da inteligência brasileira, desde as passeatas. Por exemplo: — o romancista. Quem é o romancista? Deve ser o que faz romance. Nem sempre ou, melhor dizendo, quase nunca.

10 Só as gerações românticas é que exigiam do romancista o ato literário puro. O autor tinha que ser o autor mesmo. Ninguém aceitaria um Dumas Filho sem *A dama das camélias* ou um Dickens sem *David Copperfield*, ou um Victor Hugo sem *Os miseráveis*. Mas os tempos rolaram e eis que a nossa época inventou o "intelectual de passeata". Perguntará o leitor: — "E o que faz o 'intelectual de passeata'?" Hoje não faz nada. Mas houve um tempo em que fazia exatamente passeata.

11 Vamos voltar às passeatas. Pode ser fantástico, mas é prodigiosamente exato. Imaginemos um Dante. Se vivesse em nossos dias, estaria dispensado de fazer a *Divina comédia*. Bastaria que desfilasse da Cinelândia à Candelária. Beatriz, da sacada, atiraria uma lista telefônica na sua cabeça. E Dante seria, para todos os efeitos, sem uma linha, o formidável "poeta de passeata". O que eu quero dizer é que os intelectuais que marcharam são estilistas sem uma frase, poetas sem uma metáfora, romancistas sem um personagem, cineastas sem um filme. Não escrevem, não pensam, não imaginam — simplesmente passearam. Um dos tais é um arquiteto que não projetou um galinheiro. Não importa. Estava na passeata.

12 Deus sabe que não estou exagerando, nem fazendo caricatura. Há, sim, um "intelectual de passeata", como há um "padre de passeata", ou uma "atriz de passeata". A atriz também está desobrigada de ser uma Duse, ou uma Sarah Bernhardt. Marchou da Cinelândia à Candelária. Berrou: — "Vietnã, Vietnã, Vietnã!" E isso vale mais do que cem representações da *Ré misteriosa*.

13 Valeria a pena ver o que se esconde (ou nem se esconde) por trás das velhas marchas, das assembleias, das maiorias, etc., etc. Quando ouço um escritor vociferando sobre o Vietnã, já sei: — está se vingando de sua impotência criadora. Os atos políticos, as posições ideológicas como que o justificam e absolvem de uma brutal esterilidade literária.

14 E assim ninguém faz as coisas simples e profundas do seu *métier*. Um Gilberto Freyre é um escândalo em nossa literatura. É o grande artista que jamais abandona a sua formidável solidão criadora. Faz sua obra, apenas sua obra. Esta é a sua maravilhosa obstinação. Nunca se aviltou em passeatas. Gilberto Freyre o puro autor, o mais autor dos nossos autores. Outro: — Guimarães Rosa. O mundo, para ele, era sua obra. Punha uma frase bem-sucedida acima de todo o Sudeste Asiático. Dirá um "intelectual de passeata" que isso é monstruoso. Monstruoso coisa nenhuma. Gilberto Freyre tem toda uma obra miguelangesca sobre o Brasil e seu povo. Também Guimarães Rosa só tratou do Brasil, só tratou de nós.

15 Do mesmo modo, a minha amiga Fernanda Montenegro só existe, para mim, como *A dama das camélias*. Quero vê-la morrer todas as noites e duas vezes aos sábados e domingos, outras duas vezes nas quintas-feiras, com vesperal a preços reduzidos. É assim, como atriz, agonizando em cena, que ela merece todos os urros e todas as *corbeilles* de nossa admiração.

16 Sim, é raro encontrar alguém que queira ser, limpa e estritamente, ator, poeta, romancista, arquiteto, cineasta, artista plástico. Para que perder tempo fazendo a *Casa-grande & senzala*, ou *Sobrados e mucambos*, se basta andar nas passeatas? Dirão vocês que não há mais passeatas. Exato. Mas elas explicam a "inteligência *hippie*" que só agora explode na nossa imprensa. Começou num dos nossos maiores jornais, que já está ocupado por uma delirante rapaziada. Lá, o busto do fundador ganhou uma túnica loura. Vejam como é simples ser intelectual. O sujeito não toma banho, não escova os dentes, passa a usar uma barba e uma cabeleira do assassino de Sharon. Vai para a redação descalço. Coça a cabeça com os dez dedos. Ou, então, senta-se na sala da diretoria e raspa, com gilete, a própria santa. Ótima ideia é escrever com um mico no ombro. Gaba-se de ter piolhos do tamanho de uma lagartixa. Segundo me informam, uma das figuras da "inteligência *hippie*" já se despiu em plena redação para redigir o editorial. Ao vê-lo corajosamente nu, no seu trabalho — a diretoria aumentou-lhe o ordenado. Era a morte do passado.

O Globo, 22/1/1970

106. História da bofetada

1 De vez em quando, vem Hollywood e lança uma nova e apaixonante versão de *Moby Dick*. E, então, plateias de todo mundo, de Cingapura a Londres, de Paris a Istambul, reveem a história prodigiosa da baleia-branca. Bem me lembro da última vez em que a vi. E, de quando em quando, sonho com a cena final, de uma beleza desesperadora.

2 Como se sabe, o comandante mutilado perseguia *Moby Dick*, por todos os mares, com a demência do seu ódio. A baleia alva de sol e de lua, era o sonho de sua carne e de sua alma. Não a esquecia nunca, porque o ódio é, sabemos, muito mais fiel do que o amor. Até que, um dia, os dois se encontram. Tudo aconteceu numa progressão fulminante de catástrofe.

3 Eu estava na plateia, crispado na plateia, quando o arpão fere *Moby Dick*. A baleia se torce, e retorce, em estertores deslumbrantes. Quando cai, cava ela mesma o seu abismo de espumas delirantes. O capitão possesso abre a boca, mas o grito morre no fundo do ser. E, súbito, é arrastado também pelas cordas do arpão. A última imagem do filme mostra o mutilado cravado no dorso da fera. E lá está o olho de *Moby Dick*, enorme de espanto e mistério.

4 Eis o que eu queria dizer: — o olho da baleia encantada levou-me de volta a Aldeia Campista. Era, de novo, a minha infância profunda. Como se sabe, qualquer rua tem a diversidade de um elenco de circo. Há de tudo nos seus portões, janelas, quartos, salas, alcovas e varandas. Assim era a rua Alegre. Tinha adúlteras, suicidas, funcionários, arquitetos, santos e canalhas. Como se não bastassem os já citados, morava lá, também, um bandeirinha de futebol.

5 E o olho cruel de *Moby Dick* lembrou-me, justamente, o bandeirinha. Ah, como era fascinante o velho futebol. Por exemplo: — o bandeirinha antigo. Hoje, a função está profissionalizada. E ele deixou de ser um marginal dos clássicos e das peladas. Na sua vida, alternam o apito e a bandeira. Naquele tempo, não. Ainda não começara a sua ascensão social e econômica.

6 No fundo da rua, quase esquina de Maxwell, morava um rapaz admirável. Digo admirável porque era bom pai, bom marido, bom filho, bom vizinho. De mais a mais, tinha o gênio do cumprimento. Tirava o chapéu até para desconhecido, até para inimigo. Pois bem. E o nosso herói cultivava uma utopia na vida, uma desesperada utopia: — ser bandeirinha de futebol.

7 Por que escolhera uma função tão humilde, tão irrelevante, só comparável à dos gandulas? Ninguém sabe. Só uma resposta vinda do Alto poderia desvendar o mistério de tamanha vocação. Alta madrugada, ele acordava, banhado em suor; agarrava a mulher e a sacudia: — "Fulana, ainda hei de ser bandeirinha!" Dizia isso de fronte alta como um fanático, como um vidente.

8 Mas o tempo ia passando e nada. Lá estava a função à sua espera e ninguém o convocava. Pediu a todos os paredros da época. E quem o visse tão empenhado, havia de imaginar que o homem estava cavando algum Ministério. O sonho já contagiara a mulher, filhos, criadas, vizinhos, demais parentes e fornecedores. Perguntavam: — "Quando é o grande dia?" Exalando frustração e impotência, gemia: — "Sei lá, sei lá."

9 Um dia, entra em casa, aos berros, atropelando mesas e cadeiras. Anunciou: "Domingo, domingo!" Era tal a sua exaltação que o fazem sentar-se, dão-lhe água da moringa. Por coincidência, eu estava lá, brincando com o filho do casal. E, ainda ofegante, contou tudo: — ia ser bandeirinha, no domingo seguinte, e no jogo Mangueira x Vila. A mulher fizera promessas, simpatia, o diabo. E, agora, atendida nas suas preces, desatou a chorar. Depois, abaixou-se e enxugou a coriza na própria saia.

10 Note-se que o jogo Mangueira x Vila deflagrava na época, ódios shakespearianos. E o patético da partida valorizava e dramatizava a estreia do bandeirinha. A feliz esposa, transida de vaidade, era invejada pelas irmãs, cunhadas e vizinhas. E eu me lembro do rapaz; chegando do emprego, olhado por toda uma rua. Domingo, bem cedinho, lá estava eu na casa do bandeirinha. Ele passava alvaiade no sapato de tênis. Fiquei, de longe, olhando o dono da casa, e o lambendo com a vista.

11 Comigo presente, houve o almoço às dez e meia da manhã. Lembro-me que, comendo um ensopadinho de abóbora, dizia o herói: — "Faço questão que meu filho veja!" O garoto, meu amigo, de sete anos, baixou a vista no prato. E a mulher, encantada, tinha a graça plena da lua de mel. Mais bonito foi quando saímos, todos, com o homem na frente. Lá fui também. Toda a família o acompanhava. Transfigurado, o bandeirinha dava adeus para as sacadas.

12 Não sei se disse que a mulher do bandeira era magrinha. Pelo contrário ou melhor: — talvez não fosse propriamente gorda, mas tinha cadeiras abundantes. Era época em que uma senhora, para atravessar uma porta, tinha que se pôr de perfil. Ao lado do marido, porém, ela parecia mais leve, miúda, de quadris menos pesados e menos fecundos. Lembro-me do momento em que chegamos ao campo apinhado.

13 Enchente no campo, bandeiras, bombas, e o clamor de duas torcidas homicidas. Mulheres de leque, homens de ventarola. Ficamos numa extremidade do campo, unidos, solidários, crispados. E começa o jogo. Ao meu lado, o garoto gritava: — "Papai, papai!" No atual Mário Filho, há uma distância infinita, milenar, entre a multidão e o jogo, entre a multidão e o craque. Outrora, o torcedor estava cara a cara com o jogo, com os times, juiz e bandeirinhas. E quando o nosso bandeirinha veio apanhar a bola, junto à cerca, levou uma cusparada na testa (devia ser na face e foi na testa). Mas não sabíamos que era pouco.

14 O martírio veio depois. Eu me lembro de tudo. Começou a lavrar o ódio entre os dois times. E, súbito, o nosso bandeirinha erra numa marcação. O resto aconteceu juntinho de nós. Um latagão, não sei se do Mangueira, do Vila, veio correndo. Vi a mão aberta e, logo, a bofetada. A bofetada passaria. Pior foi o som. Se não fosse o som, não existiria ofensa, vergonha, dano moral. Uma bofetada muda não humilha ninguém. E, de repente, foi tudo silêncio. Só se ouvia a bofetada. Não me esquecerei nunca, nunca, do olho do bandeirinha. Era o mesmo olho de espanto que eu vi, quarenta anos depois, na baleia ferida. Assim olham as baleias agonizantes, assim olham os bandeirinhas esbofeteados.

Correio da Manhã, 27/5/1967

107. Fazer ou não fazer psicanálise de grupo

1 Vocês, que não conhecem os bastidores de jornal, não imaginam o que seja uma estagiária. Nos bons tempos de Quintino Bocaiúva, Alcindo Guanabara, Edmundo Bittencourt, Gil Vidal, Irineu Marinho, Mário Rodrigues, o jornalista era jornalista. Mas rolaram as gerações. E hoje irrompe na imprensa uma figura surpreendente e, direi mesmo, irreal: — a jornalista que não é jornalista.

2 Os idiotas da objetividade hão de objetar: — "Isso é paradoxo." Realmente, custa a crer que um jornalista possa não ser, ao mesmo tempo, jornalista. É o que se dá, exatamente, com a estagiária. Antigamente, chamava-se o míope de caixa-d'óculos. Digamos que a estagiária use óculos. Terá dezoito, dezenove, vinte e poucos anos. Geralmente, suas canelas são finas, diáfanas, algo assim como as de Olívia Palito. Costuma fazer ioga.

3 Por que a estagiária faz ioga não sei e confesso: também gostaria de saber. A sua história quase sempre é a seguinte: — um dia, resolve fazer na PUC o curso de jornalismo. Para mim, não há fato, ou ato, intranscendente. Se a galinha pula a cerca do vizinho, estejam certos de que não foi por acaso ou gratuitamente. Há uma transcendência que, muitas vezes, não percebemos, por miopia (o pior cego é o míope).

4 Se uma moça entra no curso de jornalismo da PUC é que algo está acontecendo ou vai acontecer. Um dia, andei sondando a vida de três estagiárias, minhas companheiras. Uma era desquitada, outra ia se desquitar, a terceira estava com o desquite quase homologado. O dado estatístico impressiona: — cem por cento de desiludidas.

5 Mas como ia dizendo: — a estagiária entra na redação, pode passar lá duzentos anos e jamais será jornalista. Mas age e reage como se o fosse. Se vocês querem mesmo saber como é uma estagiária, vou contar um episódio patético. Hoje, um jornal que se preze tem, no mínimo, cinco secretários, outros cinco subsecretários, cinco chefes de reportagem, etc., etc. E há um tipo sinistro que, pago para ter ideias, nunca as tem. Pois bem. Um dos secretários chama a estagiária e diz: — "Faz uma enquete sobre o alargamento da avenida Atlântica."

6 A estagiária apanha o telefone, liga para o primeiro da lista, que era o arquiteto da moda. Disca e atende uma voz de mulher que ou está chorando ou resfriada. Começa a estagiária: — "É do Jornal Fulano. Eu queria falar com o Dr. Sicrano." Diz a voz chorosa (ou resfriada): — "Ele está doente." E a estagiária: — "Então, a senhora quer perguntar o que é que ele acha do alargamento da avenida Atlântica?"

7 A outra responde: — "Quem está falando é a filha dele. Meu pai acaba de ter um enfarte." Diz a estagiária: — "A senhora podia perguntar o que é que ele acha do alargamento da avenida Atlântica?" Já não há mais dúvida: é choro mesmo. Chorando, responde a filha: — "A senhora não entendeu. Meu pai teve um enfarte. O Pró-Cardíaco está aqui." A estagiária concorda: "Sei, sei." Quando a outra acaba, torna: — "É só uma perguntinha. O seguinte: — ele é contra ou a favor do alargamento da avenida Atlântica?" A outra explode: — "Com licença." Bate o telefone.

8 O diálogo alucinatório podia terminar aí, e a estagiária devia passar para o seguinte da lista. Mas como é impaciente, tolerante, disca novamente. Ocupado. Continua discando. Ocupado. Uma estagiária não desiste. Continua discando. Finalmente, consegue a ligação. É agora uma voz masculina. Há um alarido infernal na casa. A estagiária imagina que seja a novela. Mas o homem está dizendo: — "Alô? Alô?" Recomeça tudo: — "Aqui está falando do Jornal Fulano. O senhor podia perguntar ao Dr. Sicrano." A voz interrompe: "O Dr. Sicrano acaba de falecer."

9 O leitor há de imaginar que a estagiária deu-se por satisfeita. Ainda não: "Então, o senhor quer perguntar se ele é contra ou a favor do alargamento da avenida Atlântica?" Por esse pequeno exemplo, pode-se imaginar a força de uma estagiária. Há coisas que só ela diz e só ela faz. Ah, quando entra na redação, com suas canelas, sua ioga, sua psicanálise. Exatamente: psicanálise de grupo! Era o dado que, por um desses lapsos fatais, ia-me escapando. Mas é preciso explicar que, antes, a estagiária fazia análise individual. Durante todo um ano interminável, ia a seu analista três vezes por semana. E acontecia uma coisa curiosa: — piorava de quinze em quinze minutos. No fim de três meses de tratamento, o pai da menina foi bater na porta do analista: — "Doutor, sabe qual é a última de minha filha?" Fez o suspense e disse, de olho rútilo e lábio trêmulo: — "Quer se matar!" Chorava: — "Minha filha quer se matar!"

10 Um analista não se espanta. Se lhe cair uma bomba atômica na cabeça, dirá, com a maior naturalidade e sem ponto de exclamação: — "Morri." Eis o que respondeu ao pai desatinado: — "Faz parte, faz parte." O velho não entendeu: — "Como faz parte?" Enojado de tanta ignorância, o analista diz com o maior tédio: — "É normalíssimo." De boca aberta, o pai ouve o resto. O outro reafirma: — "Bom sinal, bom sinal!" E explicou, por outras palavras, que o tratamento analítico mexe na alma; e a alma, assim provocada, dá arrancos triunfais de cachorro atropelado. Aquilo era demais para um pai de filha única. Esbravejou: — "Eu moro num apartamento de cobertura, num décimo andar. E o senhor chama de 'bom sinal' minha filha atirar-se de um décimo andar?"

11 O médico passou-lhe um pito: — "De mais a mais, devo lealdade aos meus clientes. Estou falando demais." Desta vez, o velho perdeu a paciência: — "O senhor acha que eu lhe pago um milhão e seiscentos por mês para o senhor matar minha filha?" Retruca o analista, com alegre crueldade: — "Faz bem em pagar porque o senhor é o culpado! Sua filha deve agradecer ao senhor!" O velho saiu de lá vencido e convencido, exalando uma feia e cava depressão. Realmente, a estagiária não podia ver uma caixa de fósforos. Imediatamente, vinham-lhe ideias de atear fogo às vestes, como as antigas namoradas suburbanas.

12 O pai, amargurado, foi dizer, para a vizinhança, que acreditava mais na homeopatia do que na análise. Até que, um dia, o analista avisa: — "Vou dar um pulo a Berlim. Volto daqui a um mês." Sublinhou, porém: — "Mas você continua pagando, senão perde a vez." Enquanto o analista viajava, uma tia levou a estagiária a um psiquiatra. Este receitou umas pastilhas. Os resultados foram instantâneos e prodigiosos: — foi uma ressurreição não inferior à de Lázaro. Quando o turista voltou, viu, pela frente, uma outra criatura, a explodir de alegria de viver. Furioso, interpelou-a: — "Que é que você fez? Tenho doentes de oito, de dez anos, que nunca melhoraram. O que é que você andou fazendo? E que dirão meus colegas se souberem que uma cliente minha melhorou?" E, realmente, sentia-se um fracassado diante da ressurreição tão comprometedora.

13 E, súbito, aconteceu algo que não estava nos cálculos de ninguém. Uma colega da estagiária estava fazendo "psicanálise de grupo", disse: — "Bacaninha!" A princípio a estagiária reagiu. Achou, mal comparando, que a psicanálise de grupo era como se o cliente fizesse de seus atos íntimos uma preliminar de Fla-Flu. Mas a outra a convenceu: — "Sai cada fofoca, menina!" E além disso, se os neuróticos quisessem podiam levar pastéis, guaranás, biscoitos de polvilho, como num piquenique. "Gozadíssimo!" Havia também um argumento considerável: — era mais barato.

14 Já fascinada, a estagiária acabou indo. Achou a análise coletiva muito mais excitante. O grupo era um elenco shakespeariano. Havia, até, uma mãe que levava o seu primeiro filhinho e o amamentava. Logo na primeira vez, o garoto, de dois meses e meio, chorava sem parar. "Dor de barriguinha", foi a interpretação do analista. Ele próprio ensinou uma simpatia que era infalível no seu caçula, realmente, aplicada a simpatia, o garotinho parou, instantaneamente. Mas nem tudo teve essa amenidade refrescante. Houve um momento em que um dos analisados disse a um outro: — "Isso, que você está dizendo, é uma fantasia homossexual!" O outro achou-se ultrajado: — "Quebro-lhe a cara!" Reação — "Quebra, se é homem!" O ultrajado virou a mão no Fulano. Ninguém se mexeu. A análise em grupo ensina o cliente a não se espantar. O garotinho continuou a ser amamentado no peito farto. A única que se maravilhou com a batalha corporal foi a estagiária. O analista, com sua cara de museu de cera, nem piscava.

O Globo, 9/12/1969

108. O brasileiro, esse imperialista

1 O sujeito que bebe atravessa um estado alcoólico que não é ainda o pileque. Digamos que ele tenha tomado uns três uísques. Bem sei que há pessoas sem nenhuma resistência. Tenho um amigo que se embriaga até com o licor do bombom. Normalmente, porém, os três uísques não derrubam ninguém, e repito: — é comum que, com três uísques, o sujeito adquira uma aura interessantíssima.

2 Certa vez, numa conversa de grã-finas, uma delas perguntou a outra: — "Você gosta do seu marido?" Resposta: — "Gosto, depois do terceiro uísque." E explicou que, sóbrio, castamente sóbrio, o marido tinha a aridez de três desertos. Precisava beber naquela exata medida. E, então, tornava-se mais interessante, mais denso, mais amoroso e lúcido. Em casa, quando o via bocejar de tédio cruel, a própria esposa preparava, uma por uma, as três doses. Se ele queria uma quarta, ela negava: — "Chegou!"

3 Por que é mesmo que eu estou dizendo isso? Já sei. Tenho um amigo que está exatamente nesse caso. Ou por outra: — esse amigo é o marido da grã-fina, ou seja, o tal que, sem os três uísques, não é nada, não é ninguém. E, ontem, ele bateu o telefone para mim. Começou: — "Preciso falar contigo." E eu: — "Quando?" Foi taxativo: — "Agora." Era meio-dia. Justamente, eu estava saindo para o almoço. Fez o apelo: — "Almoça comigo." Digo: — "Está bem." Combinamos que seria no Nino. Uma hora.

4 Minha impontualidade é uma virtude: — chego antes. Às dez para uma, estava lá. Entro e vejo o Fulano na mesa do Lolô Bernardes e do Aloísio Sales. Aproximo-me. Abraço o Lolô e o Aloísio. O Fulano já está de pé. Pede licença e me leva. Sinto a sua angústia. Finge naturalidade: — "Que papelão do Fluminense!" Paro, ressentido: — "Você me chamou para falar contra o Fluminense?"

5 Disse: — "Estou brincando." Ocupamos uma mesa dos fundos. Vem o garçom. Antes de escolher, digo: — "Traz Lindoia." O garçom inclinou-se para o Fulano: — "O senhor toma alguma coisa?" Vacila: — "Lindoia também." Mas logo muda de opinião: — "Traz uísque." Quando o outro sai, meu amigo segura o meu braço: — "A situação lá em casa não está boa." Pausa. Pergunto: — "Mas o que é que há?" Suspira: — "Minha mulher está me tratando como nunca me tratou." Não entendo: — "Mal?" Geme: — "Bem."

6 Voltava o garçom, com a Lindoia e o uísque. Meu amigo bufa: — "Deixa a garrafa aí." Espera que o garçom sirva e se afaste. Diz patético: — "Eu não acredito em mulher que trata bem o marido." Protesto: — "Meu anjo, isso é uma frase." Pulou: — "Frase? Você diz frase? Escuta, deixa eu falar. Não me interrompe, bolas!" Digo: "Fala." Mas vinha o garçom, com água tônica. Deixa que o garçom se vá. Recomeça, numa melancolia brutal: — "Eu tenho uma vasta experiência de esposa amável. Fora de brincadeira. Quando a esposa trata o marido assim, e faz charme para o marido, abra o olho." Bebe uísque, lambe os beiços e continua: — "Eu tenho um caso na família. Ouve que essa vale a pena. Tive uma tia que era uma víbora. Morreu, coitada. Mas uma víbora em último grau. Só faltava dar bola de cachorro ao marido."

7 Contou-me toda a história da tia. A família, os amigos, os conhecidos, diziam da vítima: — "Um santo." Imaginem que ela vociferava horrores e ele baixava a cabeça e não dizia nada. Uma vez, a criada o vira chorando, atrás da porta. Os eternos descontentes, que sempre os há, é que insinuavam a dúvida sarcástica: — "Ou é santo ou é sem-vergonha." Até que, um dia, a esposa muda. Ainda na véspera, o humilhara na frente de estranhos, dizendo: — "Sai daí com o teu beijo." Tudo porque o marido, que acabara de chegar, quis beijá-la, de leve, na face. E, no dia seguinte, foi ela que, inversamente, reclamou: — "Você não me beija?" O pobre-diabo tremeu em cima dos sapatos. Disse, trôpego: — "Oh, querida!" Desvairado, foi espalhar para todo mundo: — "Fulana me pediu um beijo!"

8 Durante uma semana, marido e mulher pareciam dois namorados. Em caso de dúvida, ela dizia: — "Benzinho, quem manda é você." Ele, que tinha coceiras alérgicas, melhorou de pele, e engordou dois quilos. Uma noite, a ex-víbora virou-se para o marido: — "Coração, quer me fazer um favor?" Ele gemeu, iluminado: — "Já fiz o favor." E ela, de olhos baixos: — "É o seguinte: — Você quer comprar um túmulo para nós dois?" Apanhou as mãos do marido e beijou uma e outra com estremecido amor. No dia seguinte, a mulher some. Numa época em que ninguém foge, ela fugira com um ourives, um ourives de quinta classe.

9 Agora, no Nino, meu amigo tinha um riso terrível: — "Você entendeu? Na véspera, queria ser enterrada com o marido. No dia seguinte, foge com um ourives." O que ele queria dizer, por outras palavras, é que a mulher só trata bem por sentimento de culpa. A fidelidade tem que ser neurótica. Faço graça: — "Você não pensa assim. Isso é uma pose." Fulano já bebera uma dose de uísque; e estava na metade da segunda. Foi veemente: — "Palavra de honra! Olha aqui. Minha tia morreu. Passou até fome com o ourives. Pois bem. Eu juro pela alma de minha tia.

Estou dizendo o que sinto, penso e sei. Acho que a mulher fiel tem de ser intratável." Acaba a segunda dose e prepara a terceira.

10 De repente, levanta-se: — "Vou ali, um instantinho, falar um negócio com o Aloísio Sales." Foi, levando o copo. Penso no que me dizia a mulher: — "Gosto do meu marido, depois do terceiro uísque." O meu amigo passou dois minutos com o Aloísio. E, lá mesmo, acabou de beber a terceira dose. Voltou com uma euforia, uma luminosidade que o transfiguravam. Perguntou-me, à queima-roupa: — "E a América Latina, hein? Olha. Sem lugar-comum diz o que é que você acha da América Latina."

11 Repito: — "O que é que eu acho da América Latina?" Antes que respondesse, ele tomou-me a palavra: — "Não fala. Já sei o que você vai dizer." Não parou mais. Pensava eu que o Brasil mora na América Latina? Eis aí um espantoso erro geográfico. O Brasil não é América Latina, não tem nada com América Latina. Faço uma risonha objeção: — "Não exageremos, não exageremos." Na sua tensão dionisíaca, disse: — "A América Latina é uma orla do Brasil. Se não existisse o Brasil, o Piauí, o Rio Grande do Norte e a Paraíba seriam importantíssimos países sul-americanos. Outro grande do continente seria Madureira."

12 Por conta da terceira dose, afirmou que não via razões históricas que justificassem uma radical solidariedade brasileira. Por quê? Ele desafiava, na sua ferocidade jucunda: — "Responde." Quando eu ia abrir a boca, cassou-me novamente a palavra: — "Se Bolívar e San Martín baixarem numa sessão espírita, e se alguém perguntar pelo Brasil, vão responder que nunca em tal ouviram falar." Como eu aludisse a "interesses comuns", "interesses criados", o meu amigo dava gargalhadas dentro do Nino. Contou-me que os muros de vários países latinos-americanos são pichados com "morras" ao *imperialismo brasileño*.

13 Sempre rindo, disse mais: — "O Brasil quer ajudar, colaborar, doar aos outros países do continente? Deve fazer o seguinte: — primeiro desenvolver-se; e quando tiver tanto dinheiro como os Estados Unidos, deve mandar alguém percorrer a nossa orla. E o nosso representante há de desfilar por entre cusparadas." Por fim, eu não falava e só ouvia, enquanto ele repisava suas verdades fanáticas. "O Brasil é brasileiro e não latino-americano." Na saída vira-se para mim: — "Espera aí que eu vou telefonar para minha mulher. Um minutinho." Atracou-se ao telefone: — "Como vai essa coisinha linda? Sabe que eu te amo, sabe? Um beijo. Não ouvi. Ah, quer ouvir o barulhinho?" Fez o som do beijo. Desligou e veio ao meu encontro. Era um prodigioso ser atravessado de luz.

O Globo, 19/12/1972[37]

---

[37] Crônica publicada em *O Globo* com o título de "A América Latina, essa desconhecida".

109. Era um pesadelo com cem mil defuntos

1 De vez em quando precisamos dar uma volta ao passado. E, sábado último, lá fui eu remexer velhos jornais e revistas. Por coincidência, apanhei o número de *Manchete* referente à passeata dos Cem Mil. E, mais uma vez, constatei como é antigo e, repito, como é profundo o passado recente. Aquela *Manchete* e, mais, aquela passeata pareciam espectrais como o Baile da Ilha Fiscal. Convido o leitor para o passeio retrospectivo.

2 Tive a sensação, por um momento, de que estávamos exumando um Brasil anterior à vacina obrigatória. E não admiraria nada se, de repente, aparecesse, lá, uma reportagem sobre o naufrágio da *Barca Sétima* ou o assassinato de Euclides da Cunha. E, então, comecei a repassar as fotografias dos Cem Mil. O bom de *Manchete* é a impressão perfeita, irretocável. Tudo é espantosamente nítido.

3 Como se sabe, convém não confiar muito na memória. Todos nós somos vítimas de falsas lembranças. Sim, a memória tem suas alucinações. Felizmente, lá estavam o texto e a imagem. O texto pode ser meio delirante. E vamos admitir que quem o redigiu não fosse nenhum modelo de isenção e de objetividade. Mas a fotografia não costuma mentir. Não sei se estavam presentes os Cem Mil. Talvez os Cem Mil fossem, digamos, a metade e, portanto, Cinquenta Mil. De qualquer forma, eis uma massa bastante apreciável.

4 E eu passei uma hora examinando o material fotográfico. Não sei se vocês se lembram. Mas escrevi, na época, várias "Confissões" a respeito. Parecia-me, e ainda me parece, que era um acontecimento inédito, nada intranscendente. Até aquela data, só o futebol conseguiu juntar cinquenta mil brasileiros. Mas no caso dos Cem Mil (que eram cinquenta mil) não havia nenhum clássico, nenhuma pelada. Ninguém estava, ali, para ver um Vasco x Flamengo, ou um Fla-Flu. A passeata transcorreu sem uma única e escassa botinada.

5 Cada qual levava no bolso a sua ideologia, que era a mesma em todos os bolsos. Na época, escrevi que não se encontrava, entre os Cem Mil, ou cinquenta, ou até vinte e cinco, nenhum preto. Eu estive lá espiando. Fui testemunha auditiva e ocular da marcha. Como sou uma "flor de obsessão", não me saía da cabeça a ausência do negro. Se eu descobrisse um — não dois ou três — mas um, somente um, já me daria por muito satisfeito. De mais a mais, Jean-Paul Sartre, quando por aqui andou, indagara, irritado: — "E os negros? Onde estão os negros?" Era a pergunta que eu me fazia, diante dos cem mil, sem lhe achar a resposta.

6 E outra observação, que me deu o que pensar: — os Cem Mil tinham uma saúde dentária de anúncio dentifrício. Objetará alguém que muitos estariam de boca fechada. Absolutamente. Estava todo mundo de boca aberta (como no dentista) e gritando: — "Participação! Participação! Participação!" E outros ainda: — "Vietnã! Vietnã! Vietnã!" E a marcha de cem mil sujeitos sem uma cárie, sem um desdentado, assumia a forma de um pesadelo dentário.

7 O fato é que, no dia seguinte, falando com o meu amigo Guilherme da Silveira Filho, fazia eu um escândalo amargo: — "Nem um preto, Silveirinha! Nem um desdentado! Nem um favelado! Nem um torcedor do Flamengo! Nem um assaltante de chofer." Por fim, arranquei das minhas entranhas este gemido final: — "E o povo? Onde está o povo?" O povo era a ausência total. Não havia uma cara de povo, um paletó de povo, uma calça de povo, um sapato de povo. Conheci um sujeito, de sola furada, que chamava o próprio sapato de "derrota". Não vi um sujeito, entre os Cem Mil, com o sapato "derrotado".

8 Corri para escrever minha "Confissão", dando contas ao leitor do meu escândalo. E mais: — os manifestantes não disseram, em nenhum momento, o nome do Brasil. Era como se, ali, ninguém fosse brasileiro. Mas estou falando, falando e esquecia-me do grau de momento da passeata. Foi quando ouviu-se a grande voz: — "Estamos cansados. Vamos sentar." Confesso que olhei em torno, num divertido horror. Não admiraria nada se os sentados começassem a tirar sanduíches do bolso, pasteizinhos, mães-bentas, e outros destampassem marmitas. Por um triz a passeata não virou um alegre piquenique.

9 Disse eu que vim escrever a "Confissão". E, súbito, baixou-me uma luz e vi tudo. Não havia um preto, ou um torcedor rubro-negro, ou um desdentado, porque aquilo era uma passeata das classes dominantes. A coisa era tão antipopular que não apareceu nem um batedor de carteira. Onde há povo, são obrigatórias uma série de figuras: o vendedor de laranjas, de mate, de chicabon, de mariola. Quando o povo sentasse, acabaria a passeata e começaria o piquenique. Palavra de honra, eu ficaria radiante se, de repente, aparecesse uma mãe plebeia. Sim, uma santa crioula, que tirasse o seio negro e generoso e desse de mamar ao criloulinho sôfrego.

10 Não tinha a mãe plebeia. Em compensação, vi duas grã-finas que ficaram em pé. Um cineasta que lá estivesse havia de notar o valor plástico da coisa: — duas em pé e os Cem Mil, ou "Cinquenta mil", ou "Vinte e cinco mil" sentados. O leitor há de perguntar por que uma e outra não fizeram como os demais. Explico: uma, porque estava vestida à *Saint-Laurent*, e outra porque tinha uma saia tão apertada, que não dava jeito.

11 Escrevi as minhas impressões sobre a marcha das classes dominantes. Disse eu que um turista, que visse aquilo, havia de anotar no seu caderninho: — "Deu a louca nas classes dominantes do Brasil." Saiu a "Confissão" e ao relê-la, já impressa, ocorreu-me uma dúvida: — "Será que não havia mesmo um preto? Quem sabe se eu não vira direito?" Daí a curiosidade com que espiei as fotografias de *Manchete*. Era um serviço fotográfico completo: — não faltava ninguém. Cada um dos Cem Mil estava, lá, fazendo a sua pose. E, de fato, não descobri um preto, um pardo.

12 Procurei também a mãe plebeia. Nas festas populares, como o carnaval, por exemplo, as escadarias do Municipal e da Biblioteca são tomadas pelo povo. Quando há a passarela do Municipal, a multidão senta-se, lateralmente. E, ano após ano, nunca faltou a mãe crioula que puxa o seio e dá seu leite abundantíssimo ao filho voraz. Constatei, fotograficamente, a ausência da mãe do povo. Portanto, era, realmente, a passeata das classes dominantes.

13 Quando acabei de ver e rever o velho número de *Manchete*, não restava uma mísera dúvida. E, então, por um momento, fiquei tecendo, no meu canto, uma série de fantasias, algumas das quais sinistramente divertidas. Imaginei se, de repente, desabasse uma bomba atômica sobre os manifestantes. Passa um avião e atira a bomba no momento em que, obedientes à Palavra de Ordem, os Cem Mil sentaram-se. E, então, todos morreriam, confortavelmente sentados, alguns abanando-se com a *Revista do Rádio*. Cem mil defuntos. Mas poderiam ser cem mil defuntos irrelevantes, secundários. Não neste caso. Neste caso, as vítimas seriam as chamadas classes dominantes. Eis o Brasil sem elas, as classes dominantes. E, então, sim, os favelados, os negros, os torcedores do Flamengo, os desdentados, as mães plebeias, os paus-d'água anônimos — seriam donos de tudo. E cada qual teria, em seu automóvel, uma cascata artificial, com filhote de jacaré.

O Globo, 11/2/1969

110. O canalha nº 3

1 Já disse, e repeti não sei quantas vezes, que me iniciei no jornalismo aos treze anos. Na idade em que muitos tomavam carona de bonde, e outros raspavam pernas de passarinho a canivete, tornei-me profissional. Ainda hoje me perguntam, no espanto da precocidade: "Treze anos?" Respondo, na minha vaidade feliz: — "Comecei na profissão de calças curtas." Bem. De calças curtas, nem tanto. Mas quase.

2 Eis o que eu queria dizer: — naquela época, fazíamos, todos, jornalismo subdesenvolvido. O sujeito que apanhava, na caixa, um vale de cinco, dez mil-réis, para comer ou para beber, estufava o tórax, arredondava a barriga, como um nababo. Assim era a velha imprensa, famélica, não raro fétida, mas romântica. Hoje, não. O jornal desenvolvido é um fato sólido, um fato que podemos apalpar, fisicamente.

3 Meses atrás, o Cláudio Mello e Sousa passou por mim, tumultuosamente, como um centauro. Chamei-o: — "Vem cá, rapaz!" Retrocedeu. Perguntei: — "Que pressa é essa?" E ele: — "Vou a Roma." Dizia isso com uma naturalidade não isenta de tédio. Para Roma como, outrora, o repórter ia, ali, ao Largo do Machado. O jornal o escalara para entrevistar não sei quem. E o Cláudio, abarrotado de dólares, ou liras, sei lá, estava com o pé no avião.

4. No antigo jornalismo, cena como a descrita era inviável. Roma só existia para o diretor. Outra figura inexequível, na imprensa subdesenvolvida, seria o Otto Lara Resende. Em capítulo recente, descrevi a viagem do colega e amigo à Noruega. O Otto andou por lá e voltou furioso. Vagando por Oslo, e farto de tanto desenvolvimento, começou a ter saudades, até da nossa mortalidade infantil. Era o tédio em dólar.

5 Mas como eu ia dizendo: — ao começar a minha carreira, conheci um tipo profissional fascinante. Refiro-me ao revisor. Hoje, ele anda por aí, de fronte alta, bem-vestido, bem calçado. Ainda ontem, um revisor deu-me carona no seu Aero Willys suntuário. Em 1925, esse mesmo andaria de taioba, se tanto. Bem me lembro da primeira vez em que entrei numa revisão.

6 A redação sempre foi lírica, mesmo nas etapas mais sofridas da história jornalística. Sim, o redator tinha uma estrutura prodigiosamente doce e cálida. A revisão, nunca, e repito: — a revisão era um pátio de milagres de ressentidos, frustrados, humilhados, deformados. Era um pessoal que se retorcia em danações impotentes.

7 E, de repente, descobri uma rútila exceção. Era um rapaz até bonito, de um bigodinho bem aparado, um olho claro e meigo e uma permanente euforia de anjo. Usava muito terno branco, uma calça de vinco antológico e gravatas lindas. Os outros, todos os outros, eram portadores de não sei que lesões da alma, não sei que úlceras do sentimento. Ele, não. Tão fino, tão delicado e melífluo, que lembrava a afetação de um marquês de rancho, desses que usam peruca e sapatos de fivela. Até hoje não se sabe quem estava por trás de sua elegância, de sua nutrição e dos seus cosméticos. Seu ordenado de revisor não justificava nem suas boas roupas, nem seus bons sentimentos.

8 E aqui vem a surpresa: — era um canalha ou para ser numericamente exato: — o terceiro canalha que conheci na vida real. Já me referi, com abundância, aos dois primeiros. O canalha nº 1 foi o funcionário dos Correios e Telégrafos; o canalha nº 2, o que espiou o banho das meninas. O revisor seria o canalha nº 3. Aprendi, no *métier* jornalístico, dramático, ou simplesmente vital, que o pulha costuma ter uma fluorescente aura de simpatia.

9 Poderão perguntar: — que atos, ou palavras, ou sentimentos definiram o canalha nº 3. Como tal, vamos aos fatos. Um dia, fizeram no jornal um time de futebol. Em dez minutos, arranjamos titulares para cada posição. Entre parênteses, eu, filho do diretor, fui escalado na meia-direita. A dúvida era o goleiro. Como se sabe, o goleiro há de ser, eternamente, uma figura vital. Todos podem errar, menos ele. Foi aí que, num rompante dramático, o canalha nº 3 apresentou-se como "a solução".

10 Segundo o próprio, era ele um goleiro nato e, mais do que isso, hereditário. Já o seu pai fora, na posição, uma autêntica bastilha. E o canalha nº 3 afirmava os seus méritos com um descaro tão radiante que ninguém duvidou. Lembro-me do nosso primeiro treino em conjunto. Curioso! Havia entre o nosso jogo e o nosso salário, uma relação nítida e taxativa. Era um futebol triste, lívido, depressivo. Vejo um córner batido por um repórter de polícia. Chutou como se a pelada fosse uma ópera e como se ele encarnasse o Alfredo da *Traviata*.

11 Só havia em campo um ser dionisíaco: — o revisor. Foi, debaixo dos três paus, uma maravilha elástica. Defendeu tudo. Numa das vezes, fiquei com o élan dos meus treze anos (já fizera quatorze), fiquei sozinho, vejam bem, cara a cara com o canalha nº 3. Enchi o pé. A bola subiu e se enfiou na última gaveta. E todos vimos o goleiro tornar-se leve, alado, incorpóreo. Com a ponta dos dedos, transformou em *corner* o gol infalível.

12 No fim, quase o carregamos na bandeja. Todavia, era apenas um treino. No domingo seguinte, houve um jogo de verdade contra não sei que time. Resumindo, direi que apanhamos de 10 x 5. O revisor engolira, exatamente, dez frangos. No último gol, a bola ia saindo; o cínico curvou-se, apanhou a mãos ambas a redonda e a pôs nas redes como no basquete.

13 No nosso vestiário, havia um espanto de catástrofe. Eis senão quando o canalha nº 3 começa a berrar: — "Me quebrem a cara! Me quebrem a cara! Eu sou um venal!" Dava murros no próprio peito: — "Eu me vendi!" Antes de tomar o primeiro tapa, levou uma cusparada na cara. Sem enxugar, na face, a saliva alheia, insistia: — "Mereço mais! Mereço mais!" E só sossegou quando apanhou a surra. Debaixo dos pescoções, ainda pedia: — "Mais! Mais!"

14 Passou. No outro domingo, há o segundo jogo. Chamam o canalha nº 3. Disseram: — "Se você papar algum frango, já sabe: — depois do jogo, tu levas outra surra!" O revisor olha para os lados, toma coragem e arrisca: — "Tem que ser depois do jogo? Não podia ser agora? Vocês não podiam bater antes do jogo?" E teimava de olho rútilo e lábio trêmulo: — "Eu quero antes, antes!" Crispava as mãos, no apelo. Tudo aconteceu numa progressão fulminante: — houve um primeiro tapa e, logo, por imitação, outros e outros. Depois do espancamento, entramos em campo. O goleiro caminhava, de fronte alta e olho incandescente, como um profeta. Agarrou tudo, fez defesas impossíveis. E só então descobri, com secreto deslumbramento, que estava, ali, o perfeito, irretocável canalha nº 3.

Correio da Manhã, 25/5/1967

111. A eternidade do canastrão

1 A peça que acabo de escrever, *Anti-Nelson Rodrigues*, faz-me sentir todo o mistério e todo o charme do teatro. Eu tinha em mim, latente em mim, uma doce, uma inconsolável nostalgia do palco. Agora mesmo, ao bater estas notas, estou pensando — sabem em quem? No velho Jouvet. Se não me engano, foi ele que escreveu: — "Não há teatro sem sucesso." Isso dito em francês pode parecer uma dessas verdades inapeláveis e eternas. Reparem como o sujeito que fala em francês e pensa em francês toma ares de gênio e de infalibilidade. Ao passo que o nosso estilista precisa travar uma luta corporal com a própria língua.

2 Mas traduzam Jouvet e vejam como a aparente verdade é, apenas, uma bobagem insuportável. Imaginem vocês uma arte que depende, não do autor, não da poesia plástica e verbal, não do ator, não da atriz, não de sua tensão dionisíaca, mas do bilheteiro. Se é assim, está errada toda a admiração que, através dos tempos, temos dedicado a Sófocles, Shakespeare, Ibsen e outros. O maior dramaturgo de todos os tempos seria o bilheteiro e o melhor texto o *borderaux*.

3 Pode-se dizer, inversamente, que todo sucesso é suspeito e, repito, na melhor das hipóteses, suspeito. É possível o caso de que a grande peça tenha êxito. Mas acreditem que o público e a crítica gostam, por engano, gostam dos defeitos e não dos méritos do original.

4 Eu diria que a eternidade do teatro está, não no autor, não no ator, não no cenógrafo, não no bilheteiro. Resumindo: — está no *canastrão*. Eis aí a figura que sobreviverá sempre e, sobrevivendo, garante a sobrevivência do teatro. Pelo amor de Deus, não me atribuam nenhuma intenção de paradoxo. Estou dizendo simplesmente o óbvio. O chamado *grande ator* não chega ao coração do público. É sóbrio demais, lúcido demais, erudito demais.

5 Sua inteligência fria, digo gelada, nada concede à emoção. Se, em pleno quinto ato, desabar-lhe a bomba atômica na cabeça, ele dirá, em tom castamente informativo: — "Morri" — e não lhe acrescentará um ponto de exclamação. E não comparecerá ao próprio velório. Isso é bonito, bem sei, e de um gosto perfeito, irretocável. Mas acontece que o espectador entra no teatro atrás da emoção. E para isso ele paga.

6 Já o *canastrão* faz-se entender, e explico: — porque o espectador também é canastrão. Os idiotas da objetividade poderão objetar que há espectador inteligente. Retifico: — não como espectador. Apanhem o sujeito mais inteligente e o ponham na plateia. Imediatamente, ele passará a rugir como as duzentas senhoras gordas que assistem à peça, comendo pipocas. O sujeito que se mete no meio de trezentos idiotas será um deles.

7 Aí está o milagre da multidão, ainda que seja pequena. Há um fulminante nivelamento intelectual por baixo. E súbito o gênio surpreende-se a admirar o canastrão e a chorar com suas patadas. No velho teatro era terrível. O bom-dia do *canastrão* era uma agressão. Já entrava atropelando mesas, cadeiras e colegas como um centauro truculento.

8 A voz do *grande ator* não consegue atravessar o limite que separa o palco da plateia. A senhora da primeira fila não ouve, nem se interessa por uma palavra, gesto, inflexão de *Sir* Laurence Olivier. Ele sorri divinamente. Mas a plateia preferiria que escoiceasse em cena, derrubando, se possível, o cenário. Um simples cochicho do canastrão é ensurdecedor. Sua frase sobe às torrinhas. Perguntará o leitor: — "E qual é o nível de um *canastrão?*"

9 Vou contar um episódio da geração romântica do nosso teatro. Era uma *grande atriz*. Um dia a musa vai à Quinta da Boa Vista. Corria o ano de 1930. E a *grande atriz* (canastrona das mais ilustres) olha para o Museu Nacional e pergunta: — "D. Pedro II ainda mora ali?" Um colega informa: — "Mudou-se." E, por que ainda não acreditava na Proclamação da República, a prima-dona representava como ninguém. No quinto ato da *Dama das camélias* sua dispneia atravessava a baía e era captada em Niterói.

10 Hoje, certa senhora que não é bem do teatro, mas da TV, tem insônias por causa do Camboja. Em passadas gerações, a mesma senhora, se ouvisse falar em Camboja, perguntaria: — "Joga em que time?" Mas tudo evoluiu, e parte do teatro sabe que D. Pedro II já se mudou, talvez para um apartamento com cascata artificial e filhote de jacaré.

11 Fiz toda a digressão acima para chegar ao meu amigo Jorge Dória, cujo nome na vida real é Jorge Pires Ferreira. Como Dória é um ator já tarimbado de teatro e de cinema, como Pires Ferreira é funcionário. Mas até aí nada demais. O que importa é dizer como eu o conheci. Anos atrás, fui vê-lo no palco. Era um canastrão incomparável.

12 Como se sabe, nem todo mundo nasce na data certa. De vez em quando, conhecemos uma mulher ou um homem da *belle époque*. Fui apresentado, há dias, a uma grã-fina que era uma alma do século XVII. O Jorge Dória, desde o primeiro momento, pareceu-me um galã de cinema mudo, inclusive com as olheiras do cinema mudo. Lembro-me bem de nossa primeira conversa. Tive vontade de perguntar-lhe: — "Como vai a nossa Francesca Bertini, ou Dorothy Dalton, ou o William Farnum?" Mas insisto: — era um canastrão admirável. E, como o canastrão me fascina, eu não perdia nenhuma de suas peças. Ao vê-lo em palco, eu dizia para mim mesmo, deliciado: — "Como representa mal! Como é antigo!" Aí está dita a palavra: — *antigo*. Era a sensação de antiguidade que me comovia. E sempre que o pano baixava sobre o seu quinto ato, eu tinha que me conter para não berrar: — "À cena o canastrão! À cena o canastrão!"

13 Mas a vida acaba nos afastando de nossos afetos, desafetos, admirações. Passei anos sem vê-lo, nem no palco, nem na vida real. Mas sempre que, eventualmente, falava nele, minhas palavras vinham repassadas de respeito: — "É um belo canastrão! Dos maiores do nosso teatro!" Até que, um dia, eu estava sem o que fazer. Dispunha de umas horas e fui espiá-lo numa peça francesa ou americana. Aliás, não era peça, era filme e brasileiro. Se não me engano, *O trem pagador*, dirigido por Roberto Farias. Imaginei que com o tempo, o *métier*, a variedade de tipos, ele devia ser um canastrão mais amadurecido, e, portanto, mais canastrão.

14 Jorge Dória fazia justamente o delegado que prende o Tião Medonho. Qual não foi a minha surpresa e, mesmo, decepção, ao vê-lo na tela, transfigurado. Era agora um súbito *grande ator*. Do antigo e admirável canastrão, o que restava era o perfil, as olheiras, o mesmo número de sapato. No mais, representava como se fosse outra pessoa e outro ator. Ninguém muda assim de repente. Um Rimbaud já nasce Rimbaud. Na plateia eu quebrava a cabeça e gemia interiormente: — "Não é possível, não pode ser!"

15 Na primeira oportunidade fui assisti-lo no teatro. Não me lembro da peça. Dória era outro, sim. "Que fim levou o canastrão?" Era a pergunta que eu fazia, sem lhe achar a resposta. Caso parecido eu só conhecia um e de ficção. Num romance de Zola, *Teresa Raquin*, havia um pintor que estava entre os piores. Um dia, apaixona-se e torna-se amante da mulher de um amigo. E, não contente de tomar a mulher do amigo, ainda o mata.

Se a memória não me é infiel, afogou o outro. Imediatamente começa um brutal remorso. Em pesadelos, via o amigo, com os olhos brancos e a boca obscena dos afogados. Do dia para a noite, transformou-se num Picasso anterior a Picasso. Um pintor que melhorava de quinze em quinze minutos, melhorava até dormindo.

16 No caso do Dória, que eu saiba, não houve crime. O único afogado é o canastrão. Um dia, não me contive. Fui ver o funcionário. Ele ia saindo. Agarro-o sôfrego: — "Pelo amor de Deus, Dória, você me deve uma explicação. Eu conheci você um canastrão daqueles. E como é que agora você me aparece como um grande ator? Milagre?" Abriu-me a alma e disse tudo. Havia, sim, um milagre. E, como um mágico que explica seus truques, contou-me tudo.

17 Eis a história, que não sei se comoverá o leitor, mas que a mim comoveu e muito. Ele, Dória, passara não sei quantos anos de casado sem ter filhos. Quando via uma mulher grávida no meio da rua, a frustração começava a doer. Tinha aquilo na cabeça. E, realmente, era uma provação só comparável às de Jó. Olhava-se no espelho, perguntando: — "Por quê? Por quê?" Até que lá um dia entra em casa e recebe a notícia como uma punhalada: — ia ser pai. No mesmo momento, sentiu-se atravessado de luz como um santo de vitral. A partir daquele instante, foi outro no teatro e na vida. Faz o charme da modéstia: — "Não sei se sou grande ator. Mas se melhorei, aí está a explicação."

18 O garoto, já taludinho, é uma figura salubérrima. Disse-lhe várias coisas, ou seja: — que a eternidade do teatro depende muito mais do canastrão do que do grande ator. E era lamentável para os nossos palcos, já tão pobres de valores, perder um canastrão e ganhar um grande ator. O Dória bateu-me nas costas, achando, por certo, que eu estava fazendo frases. Mas seu olhar vazava luz.

O Globo, 17/12/1973

112. O filhote do Demônio

1 Neste final de século, o homem está passando por uma experiência inédita. Não sei se me entendem. O que quero dizer é que, pela primeira vez, conhecemos uma época idiota. Imagino o digno espanto de um excelente burguês que, por acaso, esteja lendo estas notas: — "O que é época idiota? Isso não existe, nunca existiu." Ora, ora. Porque nunca existiu é que eu falei em experiência inédita.

2 Que idade terá o homem? Eu poderia arriscar um número delirante: — um bilhão de anos. Mas vamos calcular por baixo: — quarenta mil anos. Há quarenta mil anos, o homem é homem. Antes, o homem era um sólido quadrúpede e urrava no bosque. Continuemos: — desde que o homem se tornou um ser histórico, a população da Terra assim se dividiu: — de um lado, uns dez sujeitos, que podemos chamar de *superiores*; de outro lado, milhares de outros sujeitos, que podemos chamar de *idiotas*.

3 O equilíbrio do mundo ia depender da submissão dos idiotas aos superiores. E, para a nossa felicidade, foi exatamente o que aconteceu. Só os *superiores* pensavam, sentiam, agiam. Só eles tinham vida política. Perguntará o leitor, num desolado escândalo: — "E os idiotas não faziam nada?" Faziam os filhos, o que era, como se vê, um papel nobilíssimo, que iria assegurar a continuidade da espécie.

4 E assim o mundo pôde ser organizado superiormente. Jamais os idiotas tentaram contestar os *melhores*. Vocês percebem? O idiota era o primeiro a saber-se idiota e como tal se comportava. Até que, de repente, o idiota transborda dos seus estreitos limites. Qualquer débil mental (de babar na gravata) discute Cristo, nega Cristo; um radioator dizia-me: — "Não acredito na natureza, acredito na ciência." Outro dia, num sarau de grã-finos, um deles fazia um comício: — "Precisamos acabar com a arte!" Alguém pergunta: — "E os artistas?" Respondeu: — "Precisamos acabar com os artistas!"

5 Por toda parte sentimos que são os idiotas que mandam, que influem, que decidem. Isso aqui e em qualquer outro país, ou idioma. Mas não vou esgotar aqui um tema, que exigiria um ensaio de oitocentas páginas (daí para mais). O que importa notar é que estão acontecendo coisas no mundo, que são possíveis porque vivemos na mais idiota das épocas.

6 Por exemplo: — há um tipo mais nítido, translúcido, perfeito de idiota do que a Sra. Betty Friedman? Aliás, digo *idiota* sem intenção restritiva, com a mais singela e imaculada objetividade. A Sra. Friedman esteve por aqui. Mereceu a cobertura da nossa imprensa, assim como merece cobertura da imprensa mundial. E que disse ela? Disse coisas assim: — *"Mãe é uma definição sexual."* Esposa outra definição sexual; noiva, namorada, amante, mais outras definições estritamente sexuais. Para a santa e horrenda senhora, não há a menor diferença entre a mãe de cada um e qualquer cachorra prenha. Nunca lhe passou pela mente a ideia de que pudesse existir na relação entre homem e mulher qualquer coisa parecida com amor.

7 Nos Estados Unidos, o país mais moderno do mundo, a Sra. Betty Friedman é levada a sério. Tem discípulas, seguidoras fanáticas. Em outro tempo, em qualquer outro tempo, ela havia de ser enjaulada e teria de beber água, de gatinhas, numa cuia de queijo palmira. E não se pense que é um caso isolado. Ainda agora, os telegramas dão conta de que há, nos Estados Unidos, um movimento de libertação feminina. Seu nome: — *Women's Lib*. É uma espécie de *Ku Klux Klan* não racista, mas sexual. Constituída só de mulheres, o movimento propôs ou, melhor dizendo, exige ódio ao homem. Este é o grande inimigo e precisa ser exterminado.

8 Vejam vocês. A mulher que odeia, não um homem determinado, mas todos os homens, já deixa de ser mulher. Convém olhar com a maior suspeita a sua feminilidade. E outra coisa: — libertar o quê e de quem? Os Estados Unidos são uma selva feroz de direitos femininos. Admito que na Arábia Saudita a liberdade ainda possa ser uma reivindicação da mulher. Mas as norte-americanas têm tudo e se não têm mais é porque lhes faltam virtudes para tanto. Agora mesmo, houve o caso de Angela Davis. Cúmplice de crimes de morte, fanática que tem a obsessão do sangue — foi processada e, submetida a julgamento, viu-se absolvida e consagrada. Saiu do tribunal dizendo horrores da justiça americana e dos Estados Unidos. Dias depois, desembarcava em Moscou, onde foi saudada como *patriota russa*.

9 E o pior vocês não sabem. O pior é que o Movimento de Libertação Feminina bate muito na tecla da liberdade sexual. Imagino o pânico do leitor: — "Mas elas já não a têm?" Outro dia, fui convidado para jantar numa casa de tradicional família. No meio da conversa, o dono da casa fez a seguinte revelação: — encontrara pílulas na bolsa da filha de treze anos (por sinal, filha única). Houve um sussurro deliciado na mesa. E, então, os presentes concordaram em que a atual geração é melhor do que todas as anteriores, desde o Paraíso. A mãe da garota, radiante, disse: — "Eu aprendo com a minha filha. A minha filha me ensina coisas que nem eu nem meu marido sabíamos."

10 A propósito, ainda, da liberdade sexual, eu gostaria de lembrar a entrevista que D. Hélder concedeu, anos atrás. Como se sabe, D. Hélder é sempre um ator atrás da plateia. E a TV deu-lhe uma audiência de seiscentas mil pessoas. A folhas tantas da entrevista, o locutor faz a sua voz mais melíflua, mas açucarada: — "D. Hélder, tem aqui um telespectador pedindo a sua opinião sobre o amor livre." Suspense. Oitocentos mil espectadores se entreolham. Que diria aquele sábio que também era um santo? (Eu disse *santo*. Mas alguns espíritos estreitamente positivos acham o Arcebispo Vermelho um filhote do demônio.)

11 Eis o que respondeu D. Hélder Câmara, naquela noite inesquecível. Dando pulinhos, disse: — "Pra que falar de amor livre, se o Nordeste passa fome?" Houve um tumulto entre os telespectadores, que não sei se foi de deslumbramento ou de frustração. Pois bem. Desta vez, a habilidade do Arcebispo Vermelho saiu-lhe pela culatra. Falava-se de fome. Ele podia ter dito: — "*O amor livre é a fome do amor.*"

12 Deixemos o filhote do demônio. Vejamos: — *O amor livre é a fome do amor.* Parece um vago e suspeito jogo de palavras. Vamos devagar. Se me permitem a ênfase, direi que qualquer mulher nasceu para um só homem, qualquer homem nasceu para uma só mulher. Quando, por sua desventura, o homem e a mulher separaram o sexo do amor, começou o martírio de ambos. A vida sexual abundante, e sem amor, é, sim, a fome do amor.

13 Os idiotas entendem, por amor livre, experiências sexuais sucessivas e intermináveis. Outro dia na redação tive um momento livre. Fiquei rabiscando uma lauda com definições delirantes. Uma delas foi esta: — O inferno é o sexo sem amor. Mas prefiro talvez esta: — *A pior forma de solidão é o sexo sem amor.*

14 E como é espantosamente falso esse movimento de libertação para as mulheres. Ninguém vê o óbvio ululante, ou seja: — que a mulher precisa depender do homem. Todo o seu equilíbrio interior repousa nessa dependência. "E a liberdade?" — perguntarão vocês. Bem: — nada frustra mais a mulher do que a liberdade que ela não pediu, que não quer e que não a realiza.

O Globo, 20/9/1972

113. Foi um pesadelo humorístico

1 Nada mais XIX do que o século XX. Como é óbvio, não falo da semelhança física e repito: — fisicamente, faltam-nos quadris. Outrora, uma cocote, para atravessar as portas, tinha que se pôr de perfil. A única originalidade do século XX é a praia e esta suprimiu da figura feminina as cadeiras abundantíssimas e quase intransportáveis. Há quem afirme que, hoje, os homens têm os flancos mais exuberantes do que as mulheres. Não diria tanto.

2 O que eu queria notar, e não sei se me entenderam, é que há, por toda parte, uma série de sintomas trágicos. O que é *progressismo* e o *progressista* senão monstros genuínos, indubitáveis, inalienáveis do século XIX? Não há nada mais século XIX do que o Dr. Alceu. É um autor de cem anos atrás escrevendo para leitores de cem anos atrás. Não fossem as medidas masculinas dos quadris femininos, eu diria que o século XX ainda não começou.

3 E, realmente, não começou. Daqui a trezentos, ou quatrocentos, ou quinhentos anos, os historiadores não saberão onde acaba o século XIX e onde começa o século XX. É possível que eles concluam, como aqui insinuo, que não houve o século XX. Não sei se há outros casos de épocas que por um lapso misterioso e fatal da história não nasceram. Como explicar esses períodos falhados, sem nenhuma vitalidade histórica e criadora? Não sei, ninguém sabe.

4 Poderão perguntar em que coincidem o século XIX e o nosso. Vamos por partes. O grande acontecimento do século XIX foi a ascensão espantosa e fulminante do idiota. Até então, o idiota era apenas o idiota e como tal se comportava. Não vejam em minhas palavras nenhum exagero caricatural. E o primeiro a saber-se idiota era o próprio idiota. Não tinha ilusões. Julgando-se um inepto nato e hereditário, jamais se atreveu a mover uma palha, ou tirar uma cadeira do lugar. Em cinquenta mil, ou cem, ou duzentos anos, nunca um idiota ousou questionar os valores da vida. Simplesmente, não pensava. Os "melhores" pensavam por ele, sentiam por ele, decidiam por ele.

5 Foi o século XIX que fez do idiota um ser histórico. E, então, aquele sujeito que, há quinhentos mil anos, limitava-se a babar na gravata, aquele sujeito, dizia eu, passou a existir socialmente, economicamente, politicamente, culturalmente, etc., etc. Houve, em toda parte, a explosão triunfal de idiotas. Muitos estranham a violência da nossa época. Eis um mistério nada misterioso. É o ódio do idiota, sempre humilhado, sempre ofendido, sempre frustrado e que agora reage com toda a potência do seu ressentimento.

6 Deve-se a Marx o formidável despertar dos idiotas. Estes descobrem que são em maior número e sentem a embriaguez da impotência numérica. Bertrand Russel diz, por outras palavras, que sem o ódio não existiriam nem Marx, nem marxistas. Mas a vitalidade do marxismo depende dos idiotas.

7 Só agora é que, de repente, percebo que estou usando uma ênfase e uma gesticulação impróprias para uma coluna de amenidades. E queria, apenas, era falar, não do século XIX, mas do idiota como um novo tipo histórico. Vamos lá.

8 Imaginem vocês que, ontem, encontrei um velho conhecido meu. Posso dizer, sem nenhuma intenção restritiva, que é um dos mais admiráveis patetas dos novos tempos. Digamos que se chama Edgard. Acontece-se que o Edgard era noivo de uma menina linda, linda. Os amigos, ralados de despeito, rosnavam: — "Boa pra burro, a noiva do Edgard!" Ao vê-lo, perguntei-lhe: — "Como vai o casamento?" Virou-se, ofendido: — "Que casamento?" E eu: — "O teu, rapaz!" Bufou: — "Desmanchamos." No meu espanto, explodi: — "Desmancharam? Não acredito! E por quê?" Tinha apanhado um cigarro e catava os fósforos. Disse apenas: — "Vigarista." Recuei, como um agredido: — "Vigarista, Fulana?" Fiz, ali, um escândalo: — "Uma menina que é um doce. Espera lá. Essa não." Olhou-me de alto a baixo: — "Você não sabe de nada. Fala por falar. Escapei da boa." Arrastei-o para o bar próximo: — "Você vai me contar isso direitinho. Faço questão. Quero saber."

9 Ocupamos uma mesa dos fundos. Comecei: — "Por que vigarista?" E ele: — "Usava pulseira." Pausa. Esperei o resto, mas não tinha resto. Aquilo começou a me irritar: — "E daí?" Encarou-me: — "Achas pouco?" Claro que eu achava pouco. Desta vez o homem zangou-se: — "Queres me fazer de palhaço?" A discussão começou a ficar alucinatória. Fui teimoso: — "Rapaz, eu te pedi um fato concreto. Você disse que a menina usava pulseira. Quero saber o que é que ela fez." O outro ergueu-se: — "O que é que ela fez? Você pergunta o que é que ela fez?" Continua aos berros: — "Usava pulseira. E não basta?" Eu já não estava entendendo mais nada. Foi além: — "Mulher que usa pulseira não presta. Comigo, não casa! Uma vigarista! Vigarista, sim, senhor!"

10 Eu não disse nada. Ou por outra. Disse apenas: — "Agora entendi." Edgard espumava. Tomei um copo de Lindoia gelada. Ele, furioso com as pulseiras, não quis nada. Saímos. Lá fora, despedi-me do ódio. O que eu queria dizer é que o idiota leva para a política, para a ideologia, para as decisões históricas, essa mesma generosa e salubérrima irracionalidade. Larguei o idiota e vim, impressionadíssimo, para a redação. Horas depois, recebo um telefonema de uma aluna de Psicologia da PUC. Entre parênteses, mora num apartamento suntuário, ali, na avenida Vieira Souto. Fez-me o convite: — "O Padre Fulano vem fazer uma conferência. Conto com você." E eu, ressabiado: — "Mas é padre mesmo ou de passeata?" Passou-me um pito: — "Só tem graça padre de passeata. Vai falar do amor e do marxismo." Prometi que ia e fui.

11 O padre chegou depois de mim. Era uma figura esplêndida, de nuca forte, vital. O pescoço grosso tinha qualquer coisa de vacum. Sanguíneo, o cabelo rente, à escovinha. Foi envolvido pelas senhoras; e a anfitrioa perguntava. — "Toma o quê?" Com uma voz cálida, abaritonada, pediu: — "Uísque." E acrescentou: — "Puro." Era maciço como um lutador de *catch*. Alguém me disse, baixinho, que, certa vez, num dia quente, dera a extrema-unção de bermudas e chupando chicabon. Depois do caso das pulseiras, eu já queria acreditar em tudo. Houve um momento em que a dona da casa chamou-o. Uma voz me soprou: — "O cara vai receber o cachê." E, de fato, eu a vi passar-lhe um envelope, como nos batizados. O meu informante piscou-me o olho: — "O negócio, aqui, é adiantado."

12 Improvisara-se um teatrinho. O palco era um estrado, com uma mesa frágil. O "padre de passeata" começou a falar. E que dizia ele? Dizia que Cristo só tem uma salvação: — o marxismo. Com sua voz espantosa de Paul Robeson, afirmava: — "Ou Cristo fica com Marx ou fecha." Repetia: — "Fecha!" E, para provar que fechava, deu um pavoroso murro na mesa. Aconteceu esta coisa: — a mesa desfez-se. Imediatamente, os donos da casa se arremessaram inconsoláveis: — "Desculpe, desculpe." A plateia estava horrorizada com o péssimo comportamento da mesa. O sacerdote teve um rompante feroz: — "Uma mesa que quebra!" E explodiu: — "Da próxima, quero uma mesa de macho!" Falou mais dois ou três minutos. E, súbito, aponta para a plateia e diz, com um riso terrível: — "Homem que usa bigode, bigodões, é chifrudo!" A plateia pôs-se de pé e aplaudiu. O padre passava o lenço no pescoço alagado. Até os bigodudos batiam palmas. Quando a plateia sentou-se, o sacerdote esperou um momento e disse, feroz: — "Boa noite." Era o adeus. Retirou-se, em largas e furiosas passadas. O anfitrião, indignado, veio brigar com a mulher: — "Eu disse para não pagar adiantado. Não falou nem dez minutos!"

O Globo, 21/5/1969

114. As palavras corrompidas

1 Onde é que eu estava? Exatamente no Cartum, comendo ensopadinho de abóbora com carne-seca. Foi o Miguel Lins quem me abriu os olhos para esta verdade inapelável e eterna: — "O homem só gosta do que comeu em criança." Era o meu caso. Aquele ensopadinho de abóbora com carne-seca marcara toda a minha infância. Não sei se me entendem. Mas é um desses pratos nostálgicos e irresistíveis. Enquanto como, sou arrebatado por um desses movimentos proustianos, por um desses processos regressivos e fatais.

2 E volto a Pernambuco, ao Recife, etc., etc. Eis que aparece a estagiária de calcanhar sujo, interrompendo todo o fluxo de memória. Estou sozinho na mesa. E ela, com livros, cadernos debaixo do braço, senta-se, feliz. Não sei se sabem, mas a estagiária tem o segredo das intimidades fulminantes. Rouba-me uma azeitona e indaga: — "Melhorou? Está bom? Cor ótima." Faz as perguntas e ela própria responde. "Quais são as novidades?" Lá se vai outra azeitona.

3 É feia como convém à mulher da nossa época. Não estarei insinuando nenhuma novidade se disser que a mulher bonita passou. Como é antiga uma Ava Gardner, antiga como o primeiro espartilho de Cleópatra. Não tenhamos ilusões: — a beleza frustra todas as experiências amorosas da célebre atriz. Continua só e cada vez mais só.

4 Dizia eu que a estagiária perguntava pelas novidades. Respondo: — "Tudo velho." E contou-me que ia passando, de ônibus, quando me vira entrando no Cartum. Saltara muito adiante para voltar. Andava me procurando há mais de uma semana. Disse: — "Você vai me dar uma entrevista."

5 Apesar da minha paciência, pergunto: — "Mas aqui?" E ela, risonha: — "É uma perguntinha só." Digo: — "Qual é a perguntinha?" Tira da bolsa o lápis, abre um caderno e começa: — "Que me diz você do palavrão?" Pausa. Nada descreve o meu divertido horror: — "Palavrão?"

6 Não quero exagerar, mas já falei umas cinquenta vezes sobre o palavrão. Rapazes e meninas de jornais, revistas, rádio, televisão me perseguem, obsessivamente. Esse tema devia estar murcho como laranja chupada. Pelo contrário. Há sempre alguém que me atropela e quer saber qual a minha opinião, etc., etc.

7 Faço uma exigência: — "Você só vai publicar o que eu disser, textualmente. Toma nota de tudo, direitinho. Está combinado?" Resposta: — "Claro. E não mudo nada. Pode deixar." Nova pausa. Começo: — "Põe aí." E continuo: — "Todas as palavras são rigorosamente lindas. Nós que as corrompemos."

8 Ela não entendeu: — "Mas todas as palavras são lindas? E *barriga*? Você acha que *barriga* é uma palavra linda?" Sou paciente: — "Acho." A estagiária insiste: — "Você não pode estar sendo sincero. Não é possível." O garçom do Cartum inclina-se: — "Sobremesa?" E eu: — "O que é que tem?" Pergunta: — "Doce ou fruta?" A estagiária apanha, de uma só vez, as duas últimas azeitonas. Tardiamente, percebo a sua voracidade: — "Quer uma sobremesa?" Disse fulminante: — "Aceito." "Fome", penso, deduzindo o óbvio.

9 Passa os olhos na relação das sobremesas. Vacila: — "Não sei se mil folhas ou bomba. Me traz bomba." O garçom é um minucioso: — "De creme ou chocolate?" Decide: — "Uma de cada, sim?" Vejo no seu lábio uma orla de suor. Pergunto: — "Você é daqui?" Responde, com uma alegria que a torna menos feia: — "De Santa Catarina." Sua história começou a me fascinar: — "Tem parente no Rio?" Não, não tem. Mora no quarto de uma colega, mas sem comida.

10 Quando o garçom encosta, com a bandeja de doce, tenho a ideia. — "Por que é que você não come antes uns salgadinhos?" Seu olho está cravado em mim. Repete sem desfitar-me: — "Salgadinho?" E eu: — "É bom sal antes do doce." Tem vergonha de concordar. Viro-me para o garçom — "Traz uns salgadinhos." Quando chegou o prato, ela não teve nenhum pudor da própria fome. Não falou mais. Também fiquei calado.

11 Meu silêncio queria dizer respeito por uma fome autêntica. Depois de comer os salgadinhos e as duas bombas, uma de creme e outra de chocolate, respira fundo. O garçom está perguntando: — "Posso levar?" Sorriu-lhe, agradecida. E só então volta a ser a estagiária. Releu, em voz alta, as minhas declarações: — "Todas as palavras são rigorosamente lindas. Nós é que as corrompemos."

12 Pergunta: — "E que mais?" Recomeço: — "É o que acontece com o palavrão. Conseguimos corromper o palavrão." Ela não entendeu direito. Quis saber se o palavrão também é corruptível. Disse-lhe: — "Mas claro." Argumentei com o nosso passado. Antigamente o palavrão não tinha nenhuma gratuidade e repito: — o palavrão exigia certas provações existenciais. Na minha adolescência, morreu uma menina na vizinhança. Foi por volta de 1925.

13 E, então, aconteceu o seguinte: — a mãe era uma senhora de modos perfeitos, irretocáveis. Olhando-a, pensei muitas vezes: — "Não acredito que aquela senhora espirre." E o marido vivia gabando: — "Uma santa, uma santa." Pois bem. Súbito a filhinha morre. Primeiro a mãe não quis acreditar: — "Não morreu, não está morta!" Continuava com a pequena defunta no colo, como se a mimasse. O marido, e os vizinhos, já não sabiam o que fazer.

14 Até que uma vizinha, muito religiosa, disse: — "Deus sabe o que faz." Foi aquilo que a enfureceu. Passou o corpo da menina para os braços do pai. Caminha circularmente, repetindo: — "Sabe o que faz, sabe o que faz, sabe o que faz." Vira-se para a vizinha e se esganiça em palavrões, inclusive alguns que os homens presentes não conheciam. Durante todo o velório, recebia os pêsames com palavrões. Era a boca mais limpa, imaculada da Terra. Mas ninguém se espantou, e pelo contrário: — todos se inclinavam diante de uma dor assim obscena e terrível.

15 A estagiária tomava nota de tudo. O que eu quis dizer é que o brasileiro só usava o palavrão por uma necessidade vital irresistível. Hoje é que as mulheres dizem palavrão como quem respira. Contei à estagiária um fato, do qual eu próprio fui testemunha visual e auditiva. Foi ali, no Teatro Ginástico, durante a representação de uma peça americana. Não havia ainda, como agora, esse gosto, essa obsessão, essa volúpia do reles, do ordinário, do vil.

16 No segundo ato explode o único e escasso palavrão do texto. Mas ele foi tão bem usado, no momento tão próprio, e teve tal justificação dramática e psicológica, que não chocou ninguém. E pelo contrário: — a plateia, de pé, aplaudiu o som torpe. Foi uma apoteose. Só faltaram carregar o palavrão na bandeja e de maçã na boca, como um leitão assado.

17 A estagiária parou de tomar nota um momento para perguntar: — "Quer dizer que o palavrão é a nossa vítima?" Puxei um cigarro, isto é, não puxei o cigarro porque a medicina, através do Dr. Stans Murad, me impede de fumar. Onde é que eu estava? Agora me lembro. A menina perguntou se o palavrão é nossa vítima, e eu confirmei. A entrevista estava feita, e assim nos despedimos. Tomei ainda um sorvete no Cartum, depois vim para a cidade. Não concluirei esta crônica sem dizer que um dia farei um ensaio imenso sobre o *palavrão degradado*.

O Globo, 18/12/1971

115. Saiu baratíssima a *Apolo 8*

1 Entro na redação e vejo uma estagiária. Vocês, que não conhecem os subterrâneos de jornal, não imaginam como uma redação é povoada de seres misteriosíssimos. Procurem visualizar uma paisagem submarina. Há peixes azuis, escamas cintilantes, águas jamais sonhadas. De vez em quando, sai de uma caverna um monstro de movimentos lerdos, pacientes, etc. E passa um peixe sem olhos, que emana uma luz própria.

2 Eis o que eu queria dizer: — quando entrei, pela primeira vez, numa redação, acabava de fazer dez anos. Com a trágica inocência das calças curtas, tive a sensação de que entrava numa outra realidade. As pessoas, as mesas, as cadeiras e, até, as palavras, tinham um halo intenso e lívido. Era, sim, uma paisagem tão fascinante e espectral como se redatores, mesas, cadeiras e contínuos fossem também submarinos.

3 Com o tempo, houve uma progressiva acomodação óptica entre mim e os vários jornais onde trabalhei. E as coisas passaram a ter a luz exata. Sempre restou em mim, porém, um mínimo do deslumbramento inicial. Até hoje, os seres da redação ainda me parecem de um certo dramatismo e têm não sei que toque alucinatório. Estou pensando em Gide e no seu gemido adolescente: — "Eu não sou como os outros! Eu não sou como os outros!" Nós, de jornal, também estamos meio-tom acima da rígida normalidade.

4 E, ontem, ao entrar na redação, e ao ver a estagiária, imaginei que também ela é um ser admirável. Sua dessemelhança do resto da redação é escandalosa. Por exemplo: — meu caso. Trabalho na imprensa desde os treze anos. Depois de 43 anos de atividade, tenho uma euforia profissional bem escassa, ou melhor dizendo: — a minha euforia profissional é tão pungente e plangente como seria a dos barqueiros do Volga, dos remadores de *Ben-Hur*. Ao passo que a estagiária, com seu delicioso odor da PUC, desliza por entre as mesas e as cadeiras com a leveza irreal, a agilidade incorpórea das sílfides.

5 Mas o que me assombra, na estagiária, não é a sua graça pessoal, mais discutível, menos discutível, segundo cada caso. O que me assombra são as suas perguntas, e repito: — são as perguntas que tornam a estagiária um ser tão misterioso e absurdo como certas imagens de aquário. O leitor há de imaginar que exagero. Nem tanto, nem tanto. Mas uma dessas meninas irreais de redação é bem capaz de atropelar um presidente, um rajá, um gângster, um santo ou, simplesmente, uma dessas velhas internacionais, que embarcam em todos os aeroportos. E perguntar: — "Que me diz o senhor, ou a senhora, de Jesus Cristo, do Nada Absoluto, do Todo Universal ou da pílula?"

6 Mas como ia dizendo: — chego à redação e vejo a estagiária. Ao primeiro olhar, percebo o seu resfriado. Podia estar batendo à máquina, mas não. Apanha na gaveta um guardanapo de papel e enxuga a coriza inestancável. E o gesto se repete muitas vezes. A menina assoa-se com uma delicada feminilidade. E aquilo começa a me interessar. Sempre achei que devíamos prezar mais, e dar mais atenção, aos pequenos atos e, repito, aos atos irrelevantes, de uma infinita modéstia. Por outro lado, impressionou-me o sujeito que, um dia, não sei quando, nem onde, ou em que idioma, inventou o lenço de papel. E, súbito, a estagiária percebe que estou acompanhando o seu problema nasal. Sorri para mim: — "Olá." Assoou-se, mais uma vez, e jogou na cesta o papel amarrotado.

7 Estava, justamente, à minha espera e queria falar comigo. Pergunto: — "Qual é o drama?" Ela explica, numa satisfação absurda: — "Gripe braba!" Foi apanhar papel, não para a coriza, mas para tomar notas. Não perdeu tempo. Foi direta ao assunto: — "Deus está superado?" A princípio não liguei as duas coisas, isto é, a pergunta à minha confissão de ontem. Não sei se vocês me leram. Mas contei, na minha última crônica, que domingo passado, em Belo Horizonte, um jovem padre fez esta declaração: — "Depois da *Apolo 8* não se pode mais acreditar num Deus superado."

8 A Igreja transbordava de católicos. E ninguém insinuou o mais vago protesto, nem se ouviu um platônico muxoxo. Pelo contrário. Os presentes se entreolhavam como se dissessem: "É mesmo! É mesmo!" O jovem "padre de passeata" sentiu o sucesso e o agarrou pelos cabelos. Com a *Apolo 8* morrera um Deus e nascera outro Deus. De um momento para outro os valores da véspera se tornaram caducos, senis, gagás ou que outro nome tenha. O sacerdote estava propondo, como réplica à *Apolo 8*, um *Deus 8*. E quando viesse a *Apolo 9*, a Igreja providenciaria um *Deus 9*. O nosso "padre de passeata" era nítido e era profundo: — "A Igreja não pode ficar insensível à tecnologia!"

9 E, justamente, a estagiária queria minha opinião a respeito. Eu ia responder, quando ela se ergueu: — "Volto já, volto já." Ia apanhar outro papelzinho para se assoar. Por motivos que não alcanço, estava felicíssima com a própria coriza. Enquanto ia e vinha, eu estava pensando no padre de Belo Horizonte. Fez, sim, um sucesso de tenor italiano. Os fiéis só faltavam pedir bis, como na ópera.

10 E ninguém se lembrou da gafe horrenda do comandante da *Apolo 8*. A quase quatrocentos mil quilômetros da Terra, ele se lembrou, não do novo Deus, que a tecnologia estava inaugurando naquele momento. O astronauta, protestante, pedia ao Deus obsoleto e mais fora de moda do que o *charleston* ou o cabelo à *la garçonne*.

11 Volto à estagiária. Esquecida da primeira pergunta, fez uma outra: — "Pra que serve a tecnologia?" Digo, cauteloso: — "Depende." A estagiária não me deixou prosseguir. Achou que o "depende" era uma resposta total e de uma clarividente originalidade. Passou a outra pergunta: — "Você acha que a batina é dispensável?" Na passagem do ano o Otto Lara Resende dissera: — "Eu só acredito em padre de batina!" Era isso, justamente, que eu ia repetir. Mas já a estagiária se levantava. Ia, outra vez, enxugar a coriza. Apanhou na bolsa, ou numa caixa, mais um lenço de papel. De lá, rindo, dizia: — "Caso sério, caso sério." Assoava-se com radiante impudor.

12 O que me assombrava, na menina, era a sua alegre coriza. Das sete da manhã até aquele momento já gastara uns mil e quinhentos lenços de papel. Novamente ela esquecia a pergunta anterior. Fez outra: "Você não achou muito cara a *Apolo 8*?" Fui quase agressivo: — "Baratíssima!" Protestou: — "Mais de um bilhão de dólares!" E, então, com paciência, tentei explicar-lhe o meu ponto de vista. O comandante da nave rezara a 380 mil quilômetros da Terra. A simples oração justificava qualquer orçamento. Eu bem sabia que a Apolo 8 fizera dez voltas em torno da Lua. Isso foi o de menos. O importante era o gesto de amor, ou seja, a oração. Se, lá em cima, alguém pediu por nós, pediu pelo amor entre os homens, e pediu que cada qual gostasse do próximo como de si mesmo, a *Apolo 8* está salva e os milhões de dólares são um preço de liquidação da avenida Passos. Se a tecnologia ajuda o homem a gostar do próximo como de si mesmo, vale a pena a tecnologia. E enquanto o homem não amar o outro para sempre, continuaremos pré-históricos. Nenhum de nós é histórico, nenhum de nós. E o pior é o deus de Belo Horizonte — deus numerado como a cápsula e como o cadáver de necrotério.

O Globo, 4/1/1969

116. Jovens e velhos

1 Às vezes, eu quero pensar que o *jovem* é uma figura antiga, obsoleta, espectral. Outras vezes, acontecem coisas que provam exatamente o contrário. O *jovem* está vivo, talvez mais vivo do que nunca. Ontem, dizia-me um amigo: — "Meu filho toma droga! Você entende? Droga!"

2 Ele falava, como se o filho fosse o único num mundo imaculado. Sabe, mas esquece, que no mesmo momento, no mundo inteiro, outros filhos, outros sobrinhos, outros netos, também tomam drogas e se autodestroem.

3 Tive, com esse meu amigo (que fala em meter uma bala na cabeça), tive uma conversa de quatro horas. Ele perguntava: — "O que é que há? Eu não entendo mais nada!" Agarrou-me num apelo: — "Por quê?" E perguntava: — "Onde está o defeito?"

4 Nunca falei tanto. Comecei dizendo: — "O defeito do jovem é o velho." Ou pluralizando: — são os velhos que, no momento, em toda parte e em qualquer idioma, corrompem os jovens. Antigamente, a velhice era de uma cerimônia, de um pudor, de uma correção admiráveis. Há todo um folclore sobre os nostálgicos, espectrais velhinhos da porta da

Colombo. Mas não fazem mal a ninguém. Apenas olham as meninas, e com que ternura infeliz e antiga.

5 Acho até que o Departamento de Turismo devia preservá-los. Falo dos que erguem a cínica bandeira da imaturidade. Nem se pense que a idealização da imaturidade começa nos jornais, nas universidades, nas rádios, nas TVs, nos sermões. Não. Começa em casa.

6 O moço começa a ter razão na altura da primeira chupeta e quase no berçário. Eu gostaria de saber qual teria sido o primeiro pai, ou mãe, ou tia, ou avó, ou cunhada, que inaugurou o Poder Jovem. O Poder Jovem é, portanto, anterior a si mesmo. Começa a exercitar a sua ferocidade muito antes, ainda na infância profunda. Há por aí toda uma geração de pequeninos possessos. São garotinhos de quatro, cinco anos, de uma intensa malignidade. Um dia a família achou que a criança está certa quando mete a mão na cara da mãe, do pai, tia ou avó.

7 Outro dia, eu próprio vi uma cena admirável. Uma garotinha de cinco anos foi impedida de fazer não sei o quê. Como uma pequenina fera, investiu contra o pai, às caneladas. Desatinada, a mãe vai apanhar a menina e a carrega no colo. E, então, acontece isto: — a filha mete-lhe a mão na cara. Sempre digo que precisamos tirar o som da bofetada. Uma bofetada muda seria menos ultrajante. Mas a bofetada da garotinha estalou na cara materna. (Até hoje, não entendi como aquele pingo de gente foi capaz de bater com uma violência adulta.)

8 Fiquei olhando. Mas o episódio familiar não parou aí. A mãe, agarrada à filhinha, soluçava: — "Coitadinha Coitadinha!" Tias se arremessavam. A menina passou de colo em colo. Numa das vezes, chutou o seio de uma tia; e meteu a mão na cara da seguinte; e, na imediata, cuspiu na boca. Foi um horror.

9 Eis o que eu queria dizer: — imagino que a origem do Poder Jovem estará numa bofetada consentida, de filha em mãe, ou de filho em pai.

Hoje, o adolescente tem uma sensação de onipotência. O homem maduro tem, por vezes, um olhar estrábico de pavor. Sim, o homem maduro traz o medo no coração. Se alguém gritar: — "Olha o rapa!" — uma dona de casa ou pai de família sairá correndo e pulando os muros da covardia.

10 O jovem, não e nunca. Vejam um rapaz chegando a qualquer lugar. Entra e olha, com luminoso descaro. Cada gesto forte extroverte toda uma certeza de poder. Sente-se nele uma coragem irresponsável e brutal. Nenhum medo, nenhuma dúvida, nenhuma interrogação. É um prodigioso ser, feito de certezas.

11 Mas eis o que importa repetir: — o jovem não tem culpa nenhuma. Fizeram-no assim. Vítima de um processo de desumanização, ele é vítima também dos velhos. Numa antiga crônica, referi a um episódio que considero magistral. A coisa se passou com o Padre Ávila. Certo rapaz, se não me engano aluno da PUC, cometeu uma vileza atroz com um amigo. O Padre Ávila (espírito altamente compreensivo) foi sondá-lo. Perguntou-lhe: — "Você não acha isso uma deslealdade?" O adolescente pergunta: — "E é preciso ser leal?" O bom sacerdote perdeu noites sem saber direito o que aquilo significava. E nem lhe ocorreu que, por trás do moço, explicando aquela e outras deslealdades, estaria um velho conhecido nosso — o pulha.

12 Ora, o ser humano não anda de quatro, nem está no bosque urrando à Lua. E por quê? Resposta: — porque somos responsáveis. É a responsabilidade o nosso mistério e a nossa salvação. Os velhos começam por suprimir os limites morais da juventude. O nosso Padre Ávila apreciou a canalhice do aluno ou conhecido com um espanto muito leve, quase imperceptível. Se fosse um quarentão, havia de se arremessar para a janela, aos berros de: — "Aqui del Rei! Aqui del Rei!" E chamaria a radiopatrulha. Ou ele próprio, na base da velha moral, daria ao pulha umas bengaladas saudabilíssimas.

13 Portanto, são os velhos, sacerdotes, psicólogos, professores, artistas, sociólogos, que dão total cobertura à imaturidade. Os jovens são o certo, o direito, o histórico, o infalível. Um outro amigo, velho como eu, dizia-me: — "A juventude sabe mais do que nós." Outro exemplo: — o Dr. Alceu. É um sábio católico. Não há dúvida. Ou, pelo menos, muitos acreditam na sua autoridade moral e o leem, como a um santo.

14 Quando o leio, fico imaginando: — "Se eu fosse jovem, depois de ler isso, sairia por aí decapitando velhinhas como um Raskolnikov." Até hoje, não sei bem que ideia faz da juventude o nosso Tristão de Athayde. Ou está esquecido de que o jovem participa da nossa miserável, infeliz e, tantas vezes, abjeta condição humana? O jovem é, permita-me o mestre lembrar-lhe, o ser humano, com suas fragilidades, os seus méritos, as suas tentações e a inevitável, obrigatória dimensão do canalha. O moço tem os defeitos de qualquer um de nós e mais este: — a imaturidade. Eu sei que o Dr. Alceu, de uns tempos para cá, tem feito a promoção da imaturidade como se esta fosse sabonete ou refrigerante. E o nosso Tristão, como o Carlinhos de Oliveira, inverte os papéis: — a maturidade é que passa a ser uma deficiência humilhante.

15 Meu amigo ouviu, ouviu, mas não se convenceu. Disse e repetiu: — "Palavras, palavras, palavras." Respira fundo: — "Meu filho está me assassinando. Todos os dias, eu me sinto assassinado pelo meu filho." Não havia mais nada a dizer. E assim me despedi do assassinado.

O Globo, 6/3/1971[38]

---

[38] Os parágrafos de 6 a 14 foram reaproveitados da crônica publicada em *O Globo* de 3/6/1968 e incluída, com o título de "A bofetada", na seleção feita pelo autor para *A cabra vadia*.

117. O milionário não sabe comer

1 De vez em quando penso que 1927 é um ano que nunca existiu. Pois foi em 1927 que ocorreu um episódio realmente curioso. Minha família estava procurando um novo jardineiro. E um dia apareceu um, mandado não sei por quem. Era um português para substituir outro português. Um velho, ainda rijo, com o olho espantosamente azul. Minha mãe combinou: — "O senhor começa sábado."

2 Começar no sábado. O velho ficou um instante mudo, meio alado. Vira-se e fala: — "O sábado é uma ilusão." E assim se despediu. Mas aquilo ficou cravado em mim, para sempre. Já me aconteceu, não sei quantas vezes, repetir no meio de uma conversa: — "O sábado é uma ilusão." Os presentes acham uma graça infinita. E ninguém imagina que é um eco nostálgico e obsessivo.

3 Em certo sábado, fomos jantar no Nino, eu e o casal Celso Bulhões da Fonseca. Entramos e o *maître* começa por me chamar de "doutor". Escolho uma mesa dos fundos. Ah, o Nino é, se assim posso dizer, um viveiro de risos. As pessoas vão lá, não para comer ou beber, mas para rir. Ou por outra: — as mulheres riem mais do que os homens. Perto de nós havia uma mesa de aniversário, com uns dez casais. E era uma fauna esganiçada de gargalhadas femininas. Eis o que me perguntava: — por que não riem em casa, que é mais barato?

4 Na nossa mesa, o Celso falava do Flamengo. Pôs o Dario nas nuvens. Dizia que, desta vez, o Flamengo arranjou o maior ataque do Brasil. Mas um amigo disse-lhe: — "O Flamengo é uma ilusão." Imediatamente houve em mim todo um movimento regressivo, uma volta proustiana ao jardineiro. Em seguida deixei escapar a frase antiga: — "O sábado é uma ilusão."

5 "O sábado e o Flamengo são uma ilusão." Continuou a conversa. Mas em mim, Dario e o jardineiro eram as imagens justapostas. Enquanto o Celso entoava hinos ao Flamengo, eu pensava que a nossa vida é a soma de ilusões fatais. Houve um momento em que deixamos de lado o futebol para escolher a bebida e a comida. De repente instalou-se na mesa a seguinte e desesperadora certeza: — no restaurante caro todos comem errado e todos bebem errado.

6 Não sei se me entendem. Lembro-me de que, certa vez, fui almoçar no mesmo Nino com o Miguel Lins. Ele começa a fazer pedidos: — "Tem isso?" Não tinha. "E isso?" Também não tinha. Fez mais dez tentativas. E, de repente, o Miguel Lins solta este comentário de uma melancolia brutal: — "O homem só gosta do que comeu em criança."

7 Estava no Nino e passava fome no Nino. Era, sim, uma fome de menino. E a nossa mesa começou a ficar triste. Vira-se para mim, para o garçom e geme: — "Não sei o que é que eu vou comer." Começou a roer azeitona. Olha o rabanete. Vá lá, o rabanete. Por fim, levanta-se: — "Volto já." Reapareceu com um saco de pipocas. Fiz um alegre escândalo: — "Pipoca, Miguel'?" Riu, feliz, realizado. O menino que está enterrado no adulto Miguel Lins devorava as pipocas.

8 Eis o que eu queria dizer: — como são ilusórios os nossos prazeres de mesa. Outro dia, dizia-me um milionário paulista: — "Você gosta de comer?" Acho graça: — "Gosto." Ele dramatizou ao infinito: — "Eu abomino. A pior hora para mim é a do almoço e do jantar." Faz uma pausa e suspira: — "Bebo para não comer. O diabo é que também não gosto de beber."

9 Gostaria de levar o milionário paulista a uma folclórica cervejaria. Vocês se lembram, decerto, onde era. Ficava na Praça Onze, ao lado do já falecido Cine Rio Branco, embaixo da Banda Portugal. As tardes de domingo, na cervejaria, eram célebres. Iam para lá portugueses salubérrimos. E a grande força da casa estava nos siris, quase vivos. Siris com cerveja preta. Imaginem o Nino, o Antonino, o Antonio's servindo siris em bacias, siris em baldes. Mas, note-se: é fundamental beber, ao mesmo tempo, cerveja preta, de preferência a "barriguda".

10 Mas na cervejaria (que já morreu) aprendia-se muito. Por exemplo: — aprendia-se que precisamos comer com ferocidade. Nas mesas abastadas há uma polidez, uma cerimônia, uma discrição. Lembro-me de minha babá. Uma preta de ventas triunfais. Visualizem a cena: — ela enchendo de feijão e farinha o prato fundo. Nada de garfo, nada de colher. Mete a mão no prato, faz uma bola de feijão com farinha, vai comendo, com uma maravilhosa voracidade. Enche a boca e seus olhos vidram. Eu também queria comer com a mão, mas vinha a tirania educacional: — "Não come com a mão. Segura o garfo."

11 O pobre pode suprimir os intermediários entre ele e o prato, que são o garfo, a faca, a colher, etc., etc. Mas como eu ia dizendo: — na cervejaria sentimos como a mesa do rico é, realmente, uma ilusão. Um dia, entrei lá, com a minha curiosidade fascinada. Sentei-me perto de um português esplêndido. Aos seus pés, estava a bacia de siris. Em cima da mesa, a cerveja preta. O bom luso mete a mão e traz um siri enorme, quase uma tartaruga vermelha. E mais: — o siri tinha as pernas cabeludas.

O milionário come em francês. Mas não conhece uma figura admirável como o siri de pernas cabeludas. E o português foi comendo, com uma voluptuosidade que o transfigurava. As pernas eram cabeludas. Não importa. Vi, certa vez, em plena rua Santa Luzia, um camelô comer giletes. "Absurdo", dirão. De acordo. Absurdo. Pois ele as comia, para vender suas canetas-tinteiro. O freguês da cervejaria, ao trucidar as pernas de siri, parecia devorar giletes.

12 Ah, vocês não viram, como eu vi, um dos aniversários do Walter Clark, o gênio da televisão. À meia-noite foi servido o jantar. Uma toalha da Espanha, ou da Bélgica. Os pratos mais sofisticados do mundo. E, súbito, alguém disse a alguém: — "Tem ensopadinho de abóbora com carne-seca." A notícia explodiu. E, então, foi uma corrida à travessa do ensopadinho. Miguel estava lá, e arremessou-se. As senhoras atropelavam os homens. Uma travessa foi devorada. Veio outra, mais outra. Todos repetiam. Uma moça triste, que faz psicanálise há cinco anos, com pioras constantes, estava no terceiro prato do ensopadinho. O Miguel Lins não precisou sair pela cidade, caçando pipocas. Realizou a sua fome nostálgica.

13 Pode parecer que esteja exagerando. Nunca. Um dia, os nossos jornais publicaram um telegrama de Las Vegas. Lá ia ser inaugurado um restaurante fabuloso. Mas os ricos estão comendo mal e cada vez pior. A mesa das classes dominantes não tem voluptuosidade. As elites vão almoçar, jantar, ou cear, com um profundo tédio. E, então, os donos do novo restaurante tiveram a ideia de fazer uma piscina. Nada de biquíni, pois o sexo é uma ilusão esgotada. O que se imaginou foi uma piscina de piranhas. Exatamente: — de piranhas. Um porco seria atirado na piscina. Antes de comer, e como estímulo, os fregueses veriam a carnificina das piranhas, um excitante, um afrodisíaco visual de primeira ordem. E depois, os espectadores, com o despertar de não sei que ferocidade arcaicas, vão para a mesa. O porco foi devorado, inclusive os olhos alumiados de pavor. É possível que a freguesia peça bis como na ópera. Será, então, lançado um segundo porco, ou mesmo um cachorro, sei lá. Há ainda uma hipótese que os proprietários cultivam secretamente, ou seja: — de que um pau-d'água internacional caia na piscina. Estejam certos de que as piranhas não deixarão sobreviver nem os sapatos.

14 Volto ao meu jantar com o casal Celso Bulhões da Fonseca. No fim, pergunto baixo, ao garçom: — "Quanto é que pagou a mesa do aniversário?" Disse: — "Seis milhões antigos." E os dez casais, já de saída, ainda riam. Ah, o Nino cobra alto as gargalhadas.

O Globo, 16/7/1969

118. É a única solidão do Brasil

1 Certa vez, estou em casa, quando bate o telefone. Atendo: — era o paulista. Fiz-lhe uma festa imensa: — "Como vai? Há quanto tempo!" E, de fato, não nos víamos há uns três anos. Ou mais. Quatro ou cinco anos. Sou um desses brasileiros que vão pouco a São Paulo. Em 55 anos de vida, passei por lá três ou quatro vezes. Só. E não sei se por culpa minha ou de São Paulo ou de ambos. Creio que de ambos.

2 Um dia, fui a São Paulo, de automóvel, ver um jogo. Se não me engano, Brasil x Tchecoslováquia. Exatamente, Brasil x Tchecoslováquia. E ele foi comigo ao Pacaembu. Torcíamos juntos ou por outra: — só me lembro da minha torcida. A dele apagou-se completamente na minha memória. Do Pacaembu, saímos para jantar. Jantamos. E já me pergunto: — será que jantamos mesmo? Sei lá. Passamos a noite juntos. Ele não arredava o pé de mim. Fazia um frio tão feroz — era junho — que, em dado momento, tive vontade de chorar, sentado no meio-fio.

3 O homem foi para mim uma espécie, digamos, de irmão súbito. Não consegui pagar uma caixa de fósforo. Ele subvencionou tudo. E fez questão de me levar à estação. Desembarquei no Rio e me saturei, até os sapatos, de vida carioca. Passou-se o tempo e, de vez em quando, me lembrava do paulista. Via, com a maior nitidez, a sua cara, o terno, a camisa, e nada mais. Lembrava-me, sim, do seu pigarro. Mas não me ficara de nossa convivência uma palavra, uma frase, um "boa noite", um "adeus". Cheguei a pensar que, na minha passagem por São Paulo, ou eu era surdo ou ele mudo. Mas, claro, que se tratava de uma ilusão auditiva. Até uma múmia acompanhada há de falar coisas, dizer frases, soltar palavrões, etc., etc. E eu só me lembrava de um único e escasso pigarro.

4 Mas enfim estava ele no Rio. Ótimo, ótimo. Eu ia vê-lo e, mais do que isso, ia ouvi-lo. No telefone, combinamos um jantar. Exagerei, patético: — "Você não imagina a minha alegria." Quis saber: — "Quanto tempo vai passar aqui?" Resposta: — "Dois dias." Ao sair do telefone, juntei ao pigarro mais umas quinze palavras. Vejam bem: — quinze palavras e um pigarro tinham, para mim, quase que a abundância de uma ópera.

5 Vou encurtar, porque não quero tomar o tempo do leitor. Jantamos, nesse dia, almoçamos e jantamos no dia seguinte, fomos ao teatro e ainda ceamos na sua última madrugada de Rio. De manhã, compareci ao aeroporto. Perguntei-lhe: — "Até quando?" Teve um sorriso inescrutável e não disse uma palavra. Por fim, tomou o avião e partiu. Vim embora e aqui começa a minha trágica perplexidade: — eu voltava à mesma situação. O outro era um paulista fino, inteligente, um homem de sensibilidade, de imaginação. Há momentos em que o mais incomunicável dos homens tem que fazer uma confidência. Ou faz uma confidência ou morre.

6 E ele, nos seus dois dias de Rio, não fizera nenhuma confidência. A princípio, ainda tentei forçar aquela barreira de silêncio. Mas senti que era inútil e calei-me também. E, então, aconteceu esta coisa vagamente alucinatória: — éramos dois silêncios que andavam um atrás do outro; dois silêncios que comiam, bebiam, fumávamos, entreolhavam. Deu-me, por vezes, a vontade de ouvir-lhe o som do pigarro. Se não tinha o que dizer, podia dar-me a esmola auditiva de um pigarro. Por imitação inconsciente, eu ia me tornando paulista também.

7 Saí do aeroporto numa melancolia hedionda. E a primeira buzina que ouvi deu-me uma desesperada euforia. Pensei: — "Ao menos, as buzinas falam!" Entrei na redação e fui adiantar serviço. Passei dez minutos diante da máquina. Mas não me ocorria absolutamente nada. O papel estava na máquina, branco, virginal. Acabei decidindo: — "Vou escrever sobre o Kaiser." Mas quando comecei a bater as teclas, saiu-me esta frase: — "A pior forma de solidão é a companhia de um paulista." Reli, honestamente espantado. A coisa nascera sem nenhuma elaboração prévia. Continuei a escrever. Expliquei a verdade, isto é, que a frase escapara-me, sem querer. E fiz toda uma crônica sobre o Kaiser.

8 Dias depois, encontrei-me, na casa do Pitanguy, com a Sra. Clô Prado. Falou da minha frase com uma ternura agradecida: — "Como é verdadeiro o que você diz! Como é exato! Como é perfeito!" Nessa mesma noite, e ainda na casa do Pitanguy, um dos convidados achou que eu escrevera, numa simples frase, uma verdade estadual inapelável e eterna. Já no fim da madrugada, uma terceira pessoa me levou para os fundos da casa. Pitanguy tem uma piscina. E foi perto da piscina, que conversamos.

9 Era ainda a frase. O convidado começou por dizer que o paulista é a única solidão do Brasil. E aí está sua formidável superioridade sobre todos os outros brasileiros. E o que explica a epopeia industrial de São Paulo é a solidão. Realmente, o paulista é capaz de viver, amar, envelhecer sem fazer jamais uma confidência, nem ao médium depois de morto. Os demais brasileiros são extrovertidos ululantes, está certo. Mas não fazem o Brasil. O único que faz o Brasil é o paulista. O autor do Brasil é São Paulo. Fiz-lhe a pergunta: — "O senhor é paulista?" Era.

10 Todos os autores têm suas três ou quatro frases bem-sucedidas. Não sei se me entendem. São frases que adquirem vida própria e que duram mais do que o autor, mais do que o estilo do autor, mais do que as obras completas do autor. Imaginem que a da solidão paulista ainda me rende bons dividendos. Ontem, por exemplo. O telefone me chama. Vou lá. Era uma voz fininha de criança que baixa em centro espírita. Veio a pergunta: "Seu Nelson!" E eu: — "Pois não."

11 Começou dizendo que era paulista. Começo a ficar inquieto. Continua: — "Vim lhe falar sobre aquilo que o senhor escreveu." Eu não digo nada ou, melhor, digo: — "Ah, sim, sim." Evidentemente, era a frase. Pergunto: — "A senhora concorda ou não?" E a voz de anjo defunto: — "Foi a maior verdade que o senhor já disse na sua vida. O senhor é paulista?" Quase pedi desculpas de ser pernambucano. Conversamos uma hora ou mais. Disse a idade: — oitenta. Era paulista há oitenta anos. Casada desde os quinze, vivera com o marido, outro paulista, 65 anos. Ele era fazendeiro, não sei onde. E passavam dias, semanas, meses de silêncio total. Muitas vezes, ela já não se lembrava como era a voz do marido e chegava a esquecer a própria. E a velhinha me perguntou: — "O senhor acredita, se eu lhe disser, que enterrei meu marido na semana passada?" Acreditei. Em mais de meio século de coabitação, nem lhe conhecera o gemido, o simples gemido. Um ficava escutando o silêncio do outro. Ele agonizara sem gemer. E, depois, lá foi ela para a capelinha. Floriu, velou e chorou um desconhecido.

O Globo, 7/8/1968[39]

---

[39] Crônica publicada em *A cabra vadia*, com o título de "O paulista".

119. Censura

1 Lembro-me de uma crônica que li não sei onde, nem sei quando. Escapa-me também o nome do autor. Se não me engano, era brasileiro. Não, não era brasileiro. E o assunto era a influência da distância nas leis da emoção. Vejamos o que dizia o cronista. Dizia que um atropelamento de cachorro na nossa porta, pelo fato de ser nossa porta teria mais apelo emocional do que Hiroshima.

2 Sabemos que, em Hiroshima, morreu um mundo e nasceu outro. A criança de lá passou a ser cancerosa antes do parto. Mas há entre nós e Hiroshima, entre nós e Nagasaki, toda uma distância infinita, espectral. Sem contar, além da distância geográfica, a distância auditiva da língua. Ao passo que o cachorro é atropelado nas nossas barbas traumatizadas. E mais: — nós o conhecíamos de vista, de cumprimento. Na época própria, víamos o brioso vira-latas atropelar as cachorras locais. Em várias oportunidades, ele lambera as nossas botas.

3 E, além disso, vimos tudo. Vimos quando o automóvel o pisou. Vimos também os arrancos triunfais do cachorro atropelado. E, portanto, essa proximidade valorizou o fato, confere ao fato, uma densidade insuportável. A morte do simples vira-latas dá-nos uma relação direta com a catástrofe. Ao passo que Hiroshima, ou o Vietnã, tem, como catástrofe, o defeito da distância.

4 Não sei se estou dizendo o óbvio. Não importa. Toda a História humana ensina que só os profetas enxergam o óbvio. Seja como for, achei a crônica citada de uma sagacidade deliciosa. Muito tempo depois, sinto, na própria carne e na própria alma, a influência da distância nas leis da emoção. Imaginem que recebo de Natal este súbito e inapelável telegrama: — "Sua peça *Toda nudez* quase pronta; elenco ensaiando, artistas unidos grupo vencedor Festival Paschoal, Censura proíbe em todo Território Nacional. Que podemos fazer? Abraços, etc., etc."

5 Este o telegrama. A princípio, a proibição me pareceu espantosamente irreal. *Toda nudez será castigada* foi levada no Rio, em São Paulo e no Rio Grande do Sul. Não sofreu o corte de uma vírgula. Ao terminar o ensaio geral, os seus três censores, inclusive Ayres de Andrade, aplaudiram de pé, o texto e o espetáculo. E por quê, e a troco de que, de repente, vem a Censura e impõe uma interdição bestial?

6 Só vejo duas hipóteses: — ou é má-fé cínica, ou obtusidade córnea, ou ambas. Ora, eu sou o sujeito mais próximo de mim mesmo e de minha obra. E a coisa repercutiu brutalmente em mim. Se me perguntarem qual foi a minha primeira reação, eu diria: — a vergonha de ser brasileiro. Tive, sim, uma vergonha total e como que o arrependimento de ter nascido aqui.

7 Estou, porém, diante do fato consumado. O telegrama faz a pergunta, sem lhe achar a resposta: — "Que faremos?" Sim, que faremos? Agora, vou ficar esperando um manifesto, uma passeata e uma greve. Tenho vinte e tantos anos de vida autoral e sofri seis interdições (cinco peças e um romance). Por uma singular coincidência, nas seis oportunidades, não mereci a solidariedade de ninguém. Álvaro Lins, em plena atividade crítica, limitou-se a dizer: — "Nelson Rodrigues deixou de ser um problema literário. É um caso de polícia." Dr. Alceu hipotecou a sua veemente solidariedade à polícia. No fundo, os nossos intelectuais achavam que eu era mesmo obsceno e que devia ser mesmo interditado.

8 Mas as coisas mudaram. E se as coisas não mudaram, mudou o Dr. Alceu. E espero um artigo do Dr. Alceu. Todo santo dia, hei de comprar o *Jornal do Brasil*. Quero ver no nosso Tristão de Athayde, com a sua nobilíssima indignação, fulminar o crime contra a inteligência. E também penso na classe teatral, que é a minha. Vocês não são de teatro, nem sabem nada. Mas a classe teatral é um comício nato. Nas suas assembleias, há iras sublimes. Pois eu gostaria de ver as indignações da classe teatral salvando a minha peça.

9 Recentemente, entrei numa greve dos meus colegas. Levei-lhes a minha comovida solidariedade. E mais: — sentei-me na escadaria do Theatro Municipal. Embora não visse em tal ato nenhum heroísmo, sentei-me com os outros. Estavam todos indignados; hipotequei-lhes a minha indignação. O motivo da greve era também a interdição de uma peça, ou duas, não me lembro mais.

10 Em seguida, houve uma nova greve. Por que, já não sei. A minha solidariedade tem um automatismo inexorável. Juntei-me aos colegas. Todos os teatros deviam cerrar suas portas. E só um permaneceu escandalosamente aberto: — o da Sra. Eva Todor. Imediatamente, despachou-se um piquete aguerrido. A atriz estava no palco representando e ganhando o pão. Impediram-na de representar e de ganhar o pão.

11 Vejam vocês como há, de autor para autor, dessemelhanças irritantes de sorte. A classe trata os outros a pires de leite. E eu, mais interditado do que qualquer um, sempre estive em crudelíssima solidão. Alguém dirá que falo assim por despeito, por ressentimento. Não nego. Sou despeitado e sou ressentido. Mas tenho atenuantes. Nas minhas seis interdições, ninguém impediu a Sra. Eva Todor de trabalhar. Quero crer que chegou o grande momento. Interditaram *Toda nudez será castigada*. É hora, pois, de mandar a Sra. Eva Todor devolver o dinheiro das entradas.

12 Realmente, mais que uma assembleia da classe, mais do que uma greve, estou interessado numa passeata. Sim, um desfile contra a interdição de *Toda nudez será castigada*. Há, em qualquer brasileiro, uma alma de cachorro de batalhão. Passa o batalhão e o cachorro vai atrás. Do mesmo modo, o brasileiro adere a qualquer passeata. Aí está um traço do caráter nacional.

13 Mas já não sei se quero mesmo a passeata. Em passado recente, houve um desfile patético. Cem, duzentos cartazes dando morras ao imperialismo. O diabo é que, em vez de morte, estava lá escrito *muerte*. Imaginei se há a passeata em favor da minha peça. Cem, duzentos cartazes dando "morras" à Censura em castelhano. Em tal caso, eu teria também vergonha de ser brasileiro.

O Globo, 13/5/1968[40]

---

40   Crônica publicada em *A cabra vadia*, com o título de "O cachorro atropelado".

120. Marido de esposa "simpática"

1 Tive, há tempos, uma experiência considerável. Foi assim: — saíra eu para a redação com um assunto e repito: um assunto tão preciso e concreto que eu quase podia apalpá-lo, farejá-lo, ouvi-lo. No meio do caminho, porém, tenho um lapso funesto. De repente, o assunto sumiu. Eu não me lembrava de nada. Fechei os olhos e fiz a pergunta, sem lhe achar a resposta: — "Sobre que ou sobre quem ia eu escrever?" A cabeça estava fechada.

2 Tive a falha de memória quando ia passando pelo túnel Santa Bábara. Começou um processo de angústia. Fiz uma revisão de todas as figuras e problemas possíveis e imagináveis. Seria o Kaiser? Gosto muito de falar de Guilherme II. Mas não era o Kaiser. Ou seria, digamos, Sarah Bernhardt? Não, não era a diva sublime. Seria Mata Hari, a espiã de um seio só? Vem aí um filme de seus amores, seus pecados. Mas, positivamente, não era Mata Hari.

3 Quando o táxi saiu em Catumbi, agarrei-me à seguinte esperança: — "Daqui a pouco me lembro." A angústia, porém, instalara-se, dentro de mim, inarredável. O tempo ia passando e nada. Era patético e era burlesco. Senão vejamos: — um colunista sai de casa. Tem o assunto na mão e, se a fechasse, havia de senti-lo, fisicamente. E, súbito, o assunto escapa, some até o último vestígio.

4 Chego. Pago o táxi. Imagino: — "E se eu inventasse outro assunto?" Por um momento o Vietnã foi uma tentação quase insuportável. Todavia, depois da curra da Tchecoslováquia, o Vietnã sofre, de quinze em quinze minutos, um desgaste inexorável.

5 Entro na redação. Tiro o paletó. Sento-me diante da máquina. Mas não me lembro do assunto. Seria a primeira audição do *Danúbio azul* no Baile da Ilha Fiscal? A propósito do lapso, estou me lembrando de um que ainda me parece admirável. O caso se passou com o editorialista de um dos nossos maiores jornais. Estava batendo o que, outrora, se chamava artigo de fundo. E como a frase ia saindo perfeita, irretocável, ele tremia de vaidade estilística. Até que, de repente, precisou escrever a palavra cachorro. Foi aí que cometeu a imprudência de acender o cigarro. Fumava um mata-rato desses que apagam no meio. Acendeu o cigarro, deu duas tragadas e o encostou no cinzeiro. Quis então continuar. Mas a fluência estancara. E pior: — uma dúvida o ralava: — "Como se escreve cachorro?"

6 Claro que sabia como se escreve cachorro. Quem não sabe como se escreve cachorro? Para se fortalecer disse, baixinho: — "Sei escrever cachorro, sim, senhor." Sabia, mas não se lembrava. E é inútil lutar contra um lapso, argumentar contra um lapso. Suando frio, teve que admitir a evidência concreta: — por uma dessas inibições emocionais e inapeláveis, sentia-se incapaz de escrever cachorro. E a primeira dúvida gerou uma segunda, uma terceira e uma quarta. Decide: — "Vou me levantar, vou à janela, vou espiar a noite." E assim fez. Debruçado na janela, fumando o mata-rato, tentava pôr em ordem as ideias. Rilhava os dentes: — "Cachorro se escreve com ch ou com x?" Lembrou-se de que havia um "h".

Mas esse "h" foi a única luz em suas trevas mentais. Pensou em se atirar do décimo andar, o que era melhor do que cair das nuvens. Teve que retificar às pressas: — muito menor e infinitamente menos perigoso era cair das nuvens. Por fim, quando já ia rasgar o editorial em pedacinhos, ocorreu-lhe uma solução que talvez resolvesse o impasse — escrever cão, em vez de cachorro. Depressa, antes que explodisse outro lapso, bateu, arquejando: — cão. E, eufórico, só faltou lamber a palavra. Mas releu, com medo de ter escrito *cão* com cedilha.

7 Como se vê, um impasse emocional muito parecido e também humilhante como o meu. Como se explica que um brasileiro saia de casa. Traz o seu assunto. Muito bem. E do portão para o meio-fio, é fulminado por um lapso obtuso e crudelíssimo. O assunto voa e não volta. Mas como o editorialista citado, eu teria que arranjar uma solução. A dele foi a de substituir cachorro por cão. Depois de muito matutar, eis o que resolvi: — enquanto o assunto não voltasse, eu iria falando de outra coisa ou, como diz uma velha gíria de redação — enchendo linguiça. Bem. Podia escrever sobre o que nos fez a BBC. Vocês já a conhecem, de vista, de cumprimento, ou de referência. Não há nada mais enfático do que a BBC. Seu bom-dia é uma pose; tudo que ela faz, ou diz, ou opina, é outra pose. Em suma: — essa emissora estatal, que todo mundo conhece, é uma sucessão de poses. Apenas a BBC podia ter um mínimo de honestidade, de compostura, de correção ética.

8 Que fez a BBC com o Brasil ou, mais exatamente, contra o Brasil? Vamos aos fatos. Quis fazer uma reportagem sobre a realidade brasileira. Veio de lá, um dos seus repórteres mais categorizados. O rapaz desembarcou aqui e, como era da BBC, e a representava, foi recebido com todas às homenagens. "A casa é sua", disseram-lhe. Durante seis meses, ou sete, sei lá, viajou pelo Brasil. Todas as portas abertas. O inglês olhava por debaixo das cadeiras, das mesas; espiava pelos buracos das fechaduras. E varou o país inteiro, batendo fotografias, e tomando notas. Parecia uma doce figura, de ótimas intenções.

9 Por fim, voltou para sua terra. Pouco depois a BBC apresentava, em meia hora de programa, o trabalho do seu enviado. Não se pode imaginar serviço jornalístico mais indigno. Sabem o que é São Paulo para esse bandido da Informação? Uma terra inundada de prostitutas. Nada de epopeia industrial. Nada sobre o seu formidável esforço criador. Ao mesmo tempo o Brasil, São Paulo, inclusive, é a pátria de uma crudelíssima discriminação racial. Vocês pensam que um Apolo negro, como Pelé, teria vez no futebol brasileiro? Negro, no Brasil, vive em condições abjetas. Perseguido, humilhado e, não raro, linchado pelos brancos.

10 Não sabemos o que mais admirar no representante da BBC, se a sua má-fé cínica, ou sua obtusidade córnea, ou ambas. Meia hora de calúnia contra o Brasil. Passaram *slides* que visam a provar que, em Pernambuco, os negros não têm direito de sair à rua. Apareceram várias ruas do Recife. Diz o sujeito: — "Estão vendo? Não há negros." Mostra outras fotografias, insistindo na pergunta: — "E os negros? Onde estão os negros?" O que importa é o descaro monumental. É a Inglaterra que fala, ela, sim, a racista, profunda e ferozmente racista. Por que não apresenta, na mesma BBC, *slides* de suas próprias ruas, avenidas e praças de onde os negros foram enxotados? Imaginem a Inglaterra que não recebe africano de cor.

11 Paro, mesmo porque a indignidade da BBC merece muito mais do que o espaço de que eventualmente disponho. Mais tarde, pretendo desenvolver o tema. Volto ao meu lapso. Continuei sem achar o assunto perdido. Bato ao acaso esta frase: — "O pior defeito de uma esposa é uma virtude: — a simpatia." O autor da frase foi um marido desesperado. Veio à redação, sentou-se e disse à queima-roupa: — "Vou me separar." Faço um escândalo: — "Da Fulana?" E ele: — "Claro. Da minha mulher." Aterrado, balbucio: — "E as crianças?" Geme: — "Ficam com a avó, sei lá. Eu não aguento mais." Quero comovê-lo: — "Tua mulher é tão simpática!"

12 Ao me ouvir falar em simpatia, pulou: — "Aí está: — simpatia. É o que ela tem. Simpatia." Baixa a voz e pergunta: — "Na esposa, a simpatia é um defeito. Ou não vê que é um defeito?" Percebi que a simples palavra dava-lhe náuseas. Pôs-se de pé e falou alto: — "É simpática. Reconheço." Num súbito e brutal rompante, foi além: — "Preferia que fosse boa. Entende? Boa!" Uma víbora, uma lacraia de ralo entupido, mas boa. Dizia boa rilhando os dentes. Já a redação parara de trabalhar. Ninguém tirava a vista do marido da simpática. O meu amigo percebeu o espanto geral. Crispado de vergonha, estendeu-me a mão. E em voz baixa, faz comentário amargo: — "Todo mundo chuta a própria mulher com um pé nas costas. E fica espantadíssimo com a separação alheia."

13 Fiz toda uma meditação sobre a simpatia insuportável de certas mulheres. Só no fim é que me lembrei do assunto. Eu ia escrever sobre um espantoso programa de televisão. Fora um debate veemente sobre educação sexual. Falaram psicólogos, jornalistas, sociólogos, sacerdotes, pais de família. Um padre de passeata berrava: — "Abaixo o amor e viva o sexo. Amor é literatura. Sexo é vida. O sexo não precisa de amor pra nada." Para, arquejante. Arranca um lenço e enxuga a testa alagada. Desliguei.

O Globo, 20/12/1971

121. A bandeira humilhada e ofendida

1 Boa parte dos meus leitores já ouviu falar em Ezra Pound. Outra boa parte dos meus leitores nunca ouviu falar em Ezra Pound. Mas se uns sabem e outros não, é justo que forneça alguns dados biográficos do grande homem. Se perguntarmos aos comunistas quem é Ezra Pound, dirão eles, furiosos: — "Colaborou com os fascistas." Exato, Ezra Pound colaborou com os fascistas.

2 Mas, já não sei se esse feio crime será tão feio e tão crime. E a Rússia que assinou o Pacto Germano-Soviético? Que ajudou, com exemplar lealdade, o esforço de guerra nazista? E que dividiu a Polônia com Hitler?, etc., etc. Portanto, qualquer um pode acusar Ezra Pound, menos o comunista. Mas, como ia dizendo: — Ezra Pound, em plena guerra, fazia a feroz apologia de Mussolini e vociferava horrores de Roosevelt. Era tão antiamericano como hoje o são os comunistas.

3 Muito bem. E, um dia, os norte-americanos invadiram a Itália e prenderam Ezra Pound. Que idade teria? Morreu com noventa e quebrados.

E era tão feroz o seu apetite vital que podia ter chegado aos cem. Entre parênteses, desconfio que o nosso Pound nasceu com noventa anos feitos e já de sapatos, e já de guarda-chuva. Preso o traidor, criou-se um problema atroz.

4 Queriam os comunistas que o matassem a pauladas como uma ratazana obesa. Mas, os generais americanos não sabiam o que fazer. Ezra Pound era um dos maiores poetas do mundo e o gênio crítico do século. O que os Estados Unidos queriam evitar era um novo Garcia Lorca ainda maior. Tratava-se de um fascista e traidor que era, ao mesmo tempo, poeta, crítico, coautor de *Ulisses*, mestre de várias gerações literárias, etc., etc.

5 Bem pensado, se a Rússia fora aliada de Hitler e, depois, aliada dos aliados, o nosso Ezra Pound podia se dar ao luxo de ser fascista. Mas havia a perplexidade. Consultada, Washington não soube também o que pensar. Fuzila, não fuzila, não fuzilaram. Mas era preciso dar uma satisfação ao mundo. E, então, descobriu-se o pretexto da clemência: — Ezra Pound estava louco.

6 Como fuzilar um louco varrido? Levado para os Estados Unidos, o poeta, o crítico, o mestre de Joyce, de Eliot, foi instalado num hospício de grã-finos. Uma alcova da Maria Antonieta. No salão de visitas, havia até cascata artificial, com filhote de jacaré. Começaram a chegar jovens poetas de todos os países, de todos os idiomas. Queriam vê-lo e ouvi-lo. E o bom velho, mais lúcido do que nunca, dava-se ainda ao luxo de elogiar Mussolini e insultar Roosevelt.

7 Falei de Pound para mostrar como a justiça americana foi cínica e foi sábia. Cínica, porque montou toda a impostura da doença mental; e sábia, porque não fuzilou um gênio. Um gênio não move uma palha, não ameaça, nem influi. Ninguém morre por um gênio, ninguém mata por um gênio.

8 Mas se ele fosse um idiota e, repito, se fosse um pateta, seria de toda conveniência fuzilá-lo. Um gênio não convence ninguém, o idiota sim. Ponham um pateta na esquina e deem um caixote ao pateta. Ele trepa no caixote e fala. Imediatamente, outros idiotas vão brotar do asfalto, dos ralos e dos botecos. São milhares ou milhões. Se me permitem uma imagem banal, direi que o idiota é uma "força da natureza". Ele chove, relampeja, venta e troveja.

9 Claro que nem sempre foi assim. Durante quarenta mil anos, o pateta sabia-se pateta e como tal se comportava. Os melhores pensavam por ele, sentiam por ele, decidiam por ele. Mas em nosso tempo, e só em nosso tempo, os idiotas descobrem que são em maior número. E, então, investido da onipotência numérica, quer derrubar tudo. Diz o bom Dr. Alceu que o grande acontecimento do século foi a Revolução Russa. Errou. Houve e continua uma outra muito maior, sim, muito mais profunda: — a "Revolução dos Idiotas".

10 Em recente "Confissão", falei de uma peça mundialmente famosa. Se vocês não se lembram, vamos lá. Passo por cima do texto, que é de uma qualidade abjeta. O que realmente importa, acontece, se não me engano, no último ato. Agora me lembro: — no último ato, sim. Em dado momento, um ator vem à boca de cena e anuncia: — "Meus senhores e minhas senhoras, vamos tirar a roupa." E todo o elenco se despe. Vêm dos bastidores o contrarregra, o eletricista, a costureira e também se despem. O último a aparecer foi o bilheteiro, que vai logo tirando a roupa.

11 A plateia pensa que não há mais nada a fazer. Mas há. E, súbito, a heroína, embora a peça não tenha heroína, começa a gritar: — "A bandeira! A bandeira!" E, então, o contrarregra sai de cena e, ao voltar, traz, nada mais, nada menos, do que a bandeira americana. O espectador começa a imaginar que aquele é um impudor patriótico. A heroína toma a bandeira do contrarregra. A plateia, esbugalhada, espera. E, então, a heroína faz um uso obsceno da bandeira de sua pátria. Baixa o pano.

12 Resta perguntar: — o que se esconde ou, por outra, o que não se esconde por trás de tal peça e de tal elenco? É um velho conhecido nosso: — o idiota. Podia-se esperar o protesto, ou, se não o protesto, a náusea de alguém. Nos Estados Unidos ninguém protesta e ninguém tem náusea. Lá o Governo não disse nada, o Congresso não disse nada, a Corte Suprema não disse nada, o Pentágono também não disse nada.

13 Isso nos Estados Unidos. Vamos ver aqui. Há tempos, vi e ouvi a entrevista de um "padre de passeata". Era um janota. No tempo do Eça, dizia-se "janota", em 1920 era "almofadinha". Posso dizer que o "padre de passeata" era um centauro de ambos (só na passeata é que ele vestia a batina, com medo da polícia). E o sacerdote melífluo, açucarado, disse e repetiu: — "Eu não julgo ninguém! Eu não julgo ninguém!"

14 Um padre que não julga ninguém. E, se não julga ninguém, com um frívolo piparote, derruba qualquer vida moral. Dizia isso com uma doçura total. Imaginem os equívocos do bom homem. Se não julga ninguém, Cristo, Barrabás, Zé da Ilha, tudo dá no mesmo. Bem se percebia que o "padre de passeata" passara quarenta mil anos calado. E, agora, com a Revolução dos Idiotas, tem opiniões ferozes. Acha Moisés gagá, Santo Tomás de Aquino gagá, e Cristo. Bem. Para ele, Cristo é um Guevara sem pólvora.

15 Lembro-me agora de certo pronunciamento de D. Hélder. Nós sabemos que ser padre é imitar Cristo e desejar que os outros façam a mesma imitação de Cristo. O Arcebispo de Olinda e Recife não pensa assim. Em passado recente, declarou que devíamos imitar, não Jesus mas os Beatles. Um desses rapazes quis fazer sua noite de núpcias para as câmeras e microfones da televisão. Aí está o exemplo nobilíssimo para os nossos jovens, de ambos os sexos. Mas não quero concluir sem falar da Superiora das irmãzinhas da Imaculada Conceição (o que me aterra é o diminutivo tão pungente, tão plangente de irmãzinha). Foi noticiado que sessenta irmãzinhas viriam aprender, na Socila, os modos e gingas dos manequins. A Superiora, que é um espírito dos mais avançados, nega. Nada disso. As freiras não precisam da Socila. Quanto à roupa, diz: — "Cada qual se veste como quer." Aí é que a excelente senhora se engana. Ninguém se veste como quer. Por exemplo: — um índio. Um índio tem que moralizar sua nudez enrolando um barbante acima do umbigo. Com o barbante, ele se sente de sobrecasaca e Legião de Honra. Afinal de contas, ou o barbante do selvagem, ou o nosso sapato, a nossa gravata, o nosso paletó — são sinais exteriores de uma dignidade que não podemos perder. A única que se veste ou se despe como quer e quando quer é a atriz — que, nos Estados Unidos, fez uso hediondo da bandeira americana.

O Globo, 10/7/1969

122. Meditação sobre o impudor

1 De vez em quando, alguém me chama de *flor de obsessão*. Não protesto, e explico: — não faço nenhum mistério dos meus defeitos. Eu os tenho e os prezo (estou usando os pronomes como o Otto Lara Resende em sua fase lisboeta). Sou um obsessivo. E, aliás, que seria de mim, que seria de nós, se não fossem três ou quatro ideias fixas? Repito: — não há santo, herói, gênio ou pulha sem ideias fixas.

2 Só os imbecis não as têm. Não sei por que estou dizendo isto. Ah, já sei. É o seguinte: — recebo carta de uma leitora. Leio e releio e sinto a irritação feminina. E, justamente, a leitora me atribui a ideia fixa do umbigo. Em seguida, acrescenta: — "Isso é mórbido ou o senhor não desconfia que isso é mórbido?" Corretíssima a observação. Realmente, jamais neguei a cota de morbidez que Deus me deu.

3 A minha morbidez. Ela me persegue e, repito, ela me atropela desde os três anos de idade. Eu ainda usava camisinha pagã acima do umbigo. E, um dia, na rua Alegre, apareceram quatro cegos e um guia. Juntaram-se na esquina, na calçada da farmácia, e tocaram violino. Três anos. Quando os cegos partiram, caí de cama. Debaixo dos lençóis, tiritava de tristeza, como de malária. A partir de então, sou um fascinado pelos cegos.

4 Ainda na infância, eu fechava os olhos e, dentro de minhas próprias trevas, me imaginava cego. Claro que tudo isso é morbidez. Eis o que eu queria dizer à minha leitora: — infelizmente, não tenho nem a saúde física, nem a saúde mental de uma vaca premiada. Na sua irritação, ela continua: — "Bem se vê que o senhor é um velho." E, de fato, sou tão velho como o Antônio Houaiss.

5 Almocei, há tempos, com o já referido Antônio Houaiss, o Francisco Pedro do Couto e o José Lino Grünewald. Vejam como Grünewald é um nome naval, sim, o nome de um primeiro-tenente morto no afundamento do *Bismarck*. Durante o almoço, o Antônio Houaiss batia na tecla fatal: — "A minha geração é a do Nelson." E dizia ao José Lino e ao Couto: — "Vocês que são brotos." E, pouco a pouco, eu e o próprio Houaiss íamos ficando lívidos de idade, amarelos de velhice, espectrais como a primeira Batalha do Marne ou como o fuzilamento de Mata Hari.

6 Muito tempo depois, recebo a carta da leitora. Lá está a mesma e crudelíssima acusação de velhice. Cabe então a pergunta: — e por que me chama de velho? Resposta: — porque ainda me impressionam os umbigos do biquíni, do sarongue dos bailes. E, sem querer, a leitora toca num dos mistérios mais patéticos da nossa época. Os jovens não estão interessados em nudez feminina. Essa rapaziada dourada de sol, esses latagões plásticos, elásticos, solidamente belos como havaianos, não desejam como as gerações anteriores. Só os velhos é que ainda se voltam na rua, ou na praia, para ver as belas formas. Quem o diz é a leitora.

7 Mas o melhor está do meio para o fim. De repente, percebo a origem da carta e da irritação. A leitora defendia alguém. Eis o caso: — num domingo de Copacabana, irrompeu um umbigo especialíssimo. Uma lindíssima senhora e, se não me engano, embaixatriz, foi fotografada de biquíni. Mais tarde, os colunistas sociais falavam do umbigo diplomático. A imprensa rendia suas homenagens à beleza. Mas a leitora via, nas fotografias e legendas, uma inconfidência visual, quase um ultraje. Parece-lhe que não estamos longe do jornalismo de escândalos ou, para usar a cor exata, marrom.

8 Vejam vocês como os papéis se invertem. Nos últimos carnavais, a TV tem sido chamada de obscena, porque pôs no vídeo a nudez coletiva, geral, ululante. Eis o que me pergunto: — queriam o quê? Que as câmeras e os microfones vestissem os nus, calafetassem os umbigos, enfiassem espartilhos nos quadris? Lembro-me de que o *Jornal do Brasil*, há não muito tempo, deitou um judicioso editorial afirmando que, depois da praia, a nudez perdera todo o mistério e todo o suspense. Era assim no Brasil e em todo o mundo. Portanto, segundo o velho órgão, não há nada que objetar ao impudor eugênico, salubérrimo e "pra frente" da praia. E, todavia, o mesmo *Jornal do Brasil* e no mesmo editorial, condena a televisão que devia ter tapado os quadris, umbigos da praia, etc., etc.

9 Do mesmo modo, o caso da leitora e da embaixatriz. Que uma bela senhora ponha um sarongue assim e vá ao baile, ou enfie um biquíni e vá à praia, é um fato intranscendente, normalíssimo. Mas, se um cronista deixa escapar uma referência ao umbigo do Itamaraty, vem o mundo abaixo. E por que, meu Deus do Céu? Imoral é a TV e não os nus frenéticos que vêm posar para as câmeras. Antigamente, havia, em torno de um beijo, todo um sigilo, toda uma solidão. Lembro-me de uns namorados, na minha infância, que iam para debaixo da escada. E, nos bailes recentes, os casais caçavam as câmeras e se beijavam para milhões de telespectadores.

10 Em todos os carnavais, é a mesma coisa. Refiro-me aos nus arrependidos. Na última Quarta-Feira de Cinzas, cruzei, ao chegar em casa, com uma menina da vizinhança. Fora, nos quatro dias, um dos umbigos mais insistentes da televisão. Em qualquer canal, lá estavam ela, a menina, e ele, o umbigo. E, no entanto, enterrado o carnaval, eu via a menina passar, rente à parede, de cabeça baixa, na sua vergonha tardia e crispada.

11 A minha leitora, que assume a irada defesa da embaixatriz, também é outro nu arrependido. Diz, a folhas tantas: — "Eu também brinquei o carnaval e vou à praia, como todo mundo." E levando mais longe a sinceridade, confessa: — "Vesti o meu sarongue e não me arrependo." Mentira. Está arrependida, e insisto: — é um dos umbigos arrependidos da cidade.

12 É linda, embora inútil, essa vergonha póstuma. Também as famílias olham com horror o nudismo carnavalesco. Fui a um jantar e lá as senhoras diziam: — "Não eram meninas de família. Eram bandidas." Perdão: — vamos dizer a casta e singela verdade: — os nus saíam dos lares. Já escrevi isto e repito, porque é meio vil trapacear com o nosso próprio impudor. Se a cidade se despiu, deve ter o notabilíssimo cinismo de o proclamar.

13 Mas vamos crer que não houve nus em lugar nenhum. Não adianta. Para nós não há saída. Por que ter pudor no carnaval e não na praia? Aí está o biquíni, que é a forma mais desesperada da nudez. Como é triste o nu que ninguém pediu, que ninguém quer ver, que não fascina ninguém. O biquíni vai comprar Pepsi-Cola e o crioulo da carrocinha tem o maior tédio visual pela plástica nada misteriosa. E aí começa a expiação da nudez sem amor: — a inconsolável solidão da mulher.

O Globo, 19/5/1972[41]

---

41 Republicação da crônica do jornal *O Globo* de 28/3/1968, incluída também na seleção feita pelo autor para *A cabra vadia*, com o título de "Flor de obsessão".

123. A nudez mais humilhada e mais ofendida

1 Vocês leram *Ana Christie*? Se a mesma pergunta for feita num sarau de grã-finos, todos dirão, efusivamente: — "Li, sim, como não? *Ana Christie*! Perfeitamente, perfeitamente." Falta-nos a nobilíssima coragem para confessar, de fronte alta, olho rútilo: — "Eu não leio nada. Só me interessa manchete de jornal", etc., etc.

2 O justo, o correto, o exemplar é que assumíssemos a nossa ignorância e a confessássemos, lisamente. Há coisas, porém, que o brasileiro só cochicha para o médium depois de morto. Portanto, já sei que os meus leitores, se é que os tenho, não conhecem *Ana Christie*, nem de cumprimento, de vista ou de referência. É um drama de Eugene O'Neill, o pai do teatro norte-americano. *Ana Christie* é uma das obras menos bem-sucedidas do formidável poeta dramático.

3 Mas tem um começo digno dos maiores trágicos. Imaginem vocês um pai que manda a filha garota, dos seus doze anos, estudar não sei onde. Abre-se o pano dez anos depois. A filha vai chegar. E o pai, delirante, sai, de porta em porta. Põe a filha nas nuvens. Formou-se na melhor universidade, foi sempre a primeira, só tirava as notas máximas. Nas suas cartas, a garota dizia sempre: — "Quero que o senhor tenha orgulho de mim." Portanto, toda a cidadezinha está em festa para recebê-la.

4 E desce a moça do trem. Ao primeiro olhar, sentiu-se toda a verdade. Qualquer um veria, pelo vestido, pela pintura, pelos modos, que pertencia à mais antiga das profissões. As pessoas que acompanhavam o velho, retiraram-se, lentamente, uma por uma. Eis o que eu queria dizer: — se a peça sustentasse essa qualidade dramática, seria perfeita. O diabo é que Eugene O'Neill parte para uma série de soluções piegas. Repito, porém, que a cena inicial é uma obra-prima.

5 Dito isto, passo da ficção para a vida real. Imaginem vocês que, ontem, vejo entrar pela redação uma loura de estarrecer. Ao primeiro olhar, todos nós percebemos que, como *Ana Christie*, pertencia à mais antiga das profissões. Fisicamente tinha uma beleza antiga, obsoleta, de uma inatualidade espectral. Os seus quadris e sua boca em coração lembravam, sabem quem? A falecida Jean Harlow. Seu perfume contaminou todas as mesas, cadeiras e pessoas. Com a cabeleira loura e incandescente, dirigiu-se à mesa de polícia.

6 Conhecia um dos nossos repórteres. Logo, juntaram-se uns seis ou sete em torno da recém-chegada. Agora me lembro de seu nome, também antigo, também obsoleto, também espectral: — Arlete. Tornou-se súbita amiga de infância dos trezentos funcionários da redação. Movia-se, respirava, ria, cruzava as pernas, fumava, como quem tem um *métier* de seis mil anos. Começou deslumbrando os contínuos.

7 Com pouco mais, o repórter de polícia que a conhecia, veio debruçar-se na minha mesa; disse: — "A Arlete quer falar contigo." Não entendi: — "E o que é que eu tenho com o peixe?" Em meia dúzia de palavras, resumiu a biografia da visitante. A Arlete fazia, sim, o amor mercenário. Mas, segundo o companheiro, era o que, para além da praça Saens Peña, se chama de "boa gente". Mão aberta, sustentava uma família de dezessete pessoas, etc., etc.

8 Ao apertar a minha mão, esganiçou o riso: — "Doutor Nelson eu só gosto de homem que me bate." Virou-se e desafiou a redação: "Gosto de apanhar, porque sou normal." Os contínuos iam e vinham fascinados. Mas a máquina me esperava e pergunto: "Qual é o drama?" Ela explica: — "O senhor não repare, mas só sei falar gritando." E realmente, não fez outra coisa senão berrar. Eis o seu primeiro berro: — "Vim botar um *anúncio* no seu jornal."

9 Estou pensando que é matéria paga. Nada disso. O que ela queria era uma reportagem, notícia ou sei lá. Como eu continuasse de pé, pergunta: — "O senhor não toma nota?" E eu: — "Depende." Ela começa: — "Doutor Nelson, o senhor falou na tal da nudoterapia. Mas esse troço já existe no Brasil. O Palhares está por fora." O espantado sou eu: — "Existe como? No Brasil, não. Só agora está começando nos Estados Unidos." Protestou: — "Quero morrer leprosa, se estou mentindo. Eu fui ontem a uma sessão de nudoterapia."

10 Os contínuos já não trabalhavam mais. Não perdiam uma palavra. E a Arlete foi contando tudo. Quando lhe falaram na psicanálise em grupo, com todo mundo nu, quis duvidar. Diga-se de passagem que lia romances água com açúcar, e não perdia uma *Seleções*. E mais — relera cem vezes *A história da filosofia*, de Will Durant. De todos os filósofos, o que mais a impressionara, não sei por que, fora Spinoza. Mas o fato é que não quis acreditar na nudoterapia. Confessou também que queria ler Marcuse. Suspirou: — "Dizem que é legal."

11 Contou como tudo acontecera: — uma colega a chamou: — "Te levo, vamos." O preço era quinhentos contos por vez. Arlete aceitou o desafio: "Topo." No dia seguinte, lá foram as duas. Não quero tomar o tempo do leitor: — direi apenas que entraram num salão escuro. Os clientes davam trombadas uns nos outros. Vozes masculinas e femininas pediam: — "Desculpe, desculpe." Arlete pergunta: — "Vai ser no escuro?" E a companheira: "A luz vem já." De repente, aparece a enfermeira com uma lanterna de ladrão de filme: — "Queiram se despir."

12 A própria enfermeira indicava os boxes, onde os clientes iam tirar a roupa. Avisou: — "A analista vem já." E, depois, sempre com a lanterna, conduziu os doze clientes para as cadeiras em semicírculo. Uma voz masculina protesta: — "Está frio pra burro. Podiam fechar esse refrigerado." Arlete estava achando ótima a escuridão. Esbarrando uns nos outros, os clientes sentaram-se. Risinhos. A enfermeira prometia que, quando a analista chegasse, ia desligar o refrigerado.

13 A colega cochicha para Arlete: — "Chegou a doutora." E, então, a luz vai-se fazendo, em resistência. Um homem diz para a mulher: — "Você tem que se descontrair, meu bem." E insistia: — "Descontração absoluta." Havia um foco especial para a analista. Todas a viram: — era pequenina, gorducha ou, como diria textualmente Arlete: — gordota.

14 Ninguém mais descontraída na Terra. Num filme francês, faria uma perfeita *Bola de sebo*, de Maupassant. E tinha óculos como a professora de Pittigrilli, que foi o encanto nostálgico de passadas gerações. Com a sua admirável naturalidade, ela sorria. Era uma joia de simpatia. Em cima de uma mesinha, estava um maço de cigarros. Tirou um e fez o alegre espanto: — "Deixei lá dentro o isqueiro." E pediu fósforo a um dos clientes. Levantou-se um gordo, foi ao seu box buscar o isqueiro. Voltou. Não tinha cara, só tinha testa. A testa veio acender o cigarro da "bolinha de sebo."

15 Volta a testa para a sua cadeira. Tinha barriga também. A analista vira-se para Arlete: — "Você vem pela primeira vez? E é prostituta, não é?" Arlete não sabe o que dizer, o que pensar. A gordota acrescenta, risonhamente: — "Mas não se constranja. SER PROSTITUTA é uma profissão como outra qualquer."

16 Arlete olha em torno. Cruza os braços sobre o peito. Na sua nudez acuada, começa a berrar: — "Nunca me despi na frente de todo mundo. Apaga essa luz! Apaga esta luz!" A analista não se espanta, nada a espantaria. Tão compreensiva que, se lhe oferecessem um ensopadinho de abóbora com ratazana, acharia ótimo. Arlete ergue-se, recua com a cadeira. Sim, a cadeira tapa sua nudez como uma folha de parreira. Veste-se, aos soluços, e foge.

17 Eram doze clientes, sem ela, entre homens e mulheres. Pois sentira-se despida para uma assistência de Fla-Flu. Em plena redação, chorava outra vez, para deslumbramento dos contínuos. Pertencia à mais antiga das profissões e sua nudez era um hábito mercenário, um *métier* de seis mil anos. E, agora, assoando-se com papel Yes, queria que eu botasse um "anúncio" contra a nudoterapia. Um repórter queria saber: — "É assim uma espécie de *Último tango em Paris*?" Disse: — "Lá não tem vitrola." E, num rompante, soluçou: — "São uns indecentes! Uns indecentes!"

O Globo, 29/12/1969

124. Inteligência invertebrada

1 De vez em quando entro na redação e vou dizendo, de passagem: — "Dura a nossa profissão de estilista!" Alguns acham graça e outros amarram a cara. Todavia, se pensarmos bem, veremos que nem uns nem outros têm razão. Pergunto: — por que rir ou zangar-se com uma piada que nem piada é? Trata-se de uma verdade, nada mais que verdade. Realmente, vivemos a mais antiliterária das épocas. E mais: — não só a época é antiliterária. A própria literatura também o é.

2 Os idiotas da objetividade hão de rosnar: — "Que negócio é esse de literatura antiliterária?" Parece incrível, mas aí está outra verdade límpida, exata, inapelável. Onde encontrar uma Karenina? Uma Bovary? Conhecem algum Cervantes? Um dia, Sartre esteve na África. Na volta, deu uma entrevista. Perguntou um dos rapazes da reportagem: — "Que diz o senhor da literatura africana?" Vejam a resposta do moedeiro falso: — "Toda literatura africana não vale a fome de uma criancinha negra."

3 Vamos imaginar se, em vez de Sartre, fosse Flaubert. Que diria Flaubert? Para Flaubert, mil vezes mais importante do que qualquer mortalidade infantil ou adulta é uma frase bem-sucedida. Se perguntassem a Proust: — "Entre a humanidade e a literatura, quem deve morrer?" Resposta proustiana: — "Que pereça a humanidade e viva a literatura."

4 Portanto, os estilistas, se é que ainda existem, estão condenados a falar sozinhos. Por outro lado, os escritores, em sua maioria absoluta, estão degradando a inteligência em todos os países, em todos os idiomas. É meio insultante chamar um escritor de escritor. Outro dia, num sarau de escritores chamaram um romancista de romancista. O ofendido saltou: — "Romancista é você!"

5 Diz o PC russo: — "No tempo do Czar, Tolstói era o único escritor de Tula. Hoje, Tula tem para mais de seis mil escritores." É verdade. Cabe, todavia, um reparo: — "É que os seis mil escritores contemporâneos não são dignos nem de amarrar os sapatos de Tolstói." Recentemente, descobriu-se que tínhamos uma massa de escritores. Falo das passeatas. Lembro do espantoso desfile dos Cem Mil. Eu e o Raul Brandão passamos pela Cinelândia, na hora em que se organizava a marcha. Paramos diante da seguinte tabuleta: — INTELECTUAIS.

6 Nada descreve o nosso deslumbrado horror. Eis o que víamos: — trinta mil sujeitos. O Raul Brandão interrogou um deles: — "Tudo aqui é intelectual?" Resposta enfática: — "Tudo intelectual." Voltou o Raul Brandão: — "Nelson, são todos intelectuais." Ali, numa estimativa muito por baixo, poderíamos imaginar a presença de uns dez mil romancistas, de seis mil poetas, de cinco mil ensaístas, etc., etc.

7 Uma literatura tão numerosa deu-me a vaidade de ser brasileiro. Mas nos dias que se seguiram, comecei a procurar nos jornais, revistas, livrarias, um sinal correspondente a tamanha abundância numérica. Percorri, livraria por livraria, perguntando: — "Tem saído muito romance brasileiro, muita poesia brasileira, muito ensaio brasileiro?" O balconista dizia-me com seu torpe realismo: — "Não tem saído nada." Recuei como um agredido: — "Mas não é possível. Temos trinta mil escritores e eles não fazem nada." Realmente, não faziam nada. A nossa literatura não escreve.

8 Dirão os idiotas da objetividade: — "Alguma coisa fazem." Na Espanha, quando um sujeito é uma nulidade total, dizem: — "Faça filhos." E, pensando bem, o sujeito assim estaria justificando o fato de ter nascido. Mas os nossos intelectuais nem isso. Ou por outra: — fazem algo, fazem pose socialista.

9 Daí o meu assombro quando o *Jornal da Tarde* faz-me três perguntas que, como escritor, devia eu responder. Se os meus companheiros me acham escritor, prestam-me uma homenagem. Mas a homenagem é, ao mesmo tempo, comprometedora. Pois uma sólida maioria de escritores nada mais faz senão degradar a inteligência. Mas vejamos a primeira pergunta: — COMO VOCÊ DEFINE O ESTILO EM LITERATURA? Começam aqui as minhas dúvidas, que considero muito procedentes. Primeiro, teríamos de estabelecer se existe literatura. Outro dia um autor mineiro declarou que a literatura fora substituída pelo jornal. Dirá o meu amigo Otto Lara Resende que seu conterrâneo estava fazendo ironia. Nesse caso, ponha nas suas frases a tabuleta de IRONIA, quando for o caso, ou a tabuleta de SÉRIO, quando for outro o caso.

10 Afinal, respondi aos meus amigos do *Jornal da Tarde*, mas com sinistro constrangimento. Por que, é o que pergunto, estamos vendo o aviltamento da literatura em toda parte? Reparem como não há mais o *grande escritor*. Se compararmos o que se faz agora com o que faziam Shakespeare, Dante, Ibsen, Sófocles, vamos tremer do mais divertido horror. Qualquer um sabe que romance, poesia, teatro, cinema, pintura, etc., etc. vivem da obra-prima. São as obras-primas que carregam, nas costas, todas as mediocridades, todas as falsificações, todas as ignomínias artísticas.

11 Vale a pena perguntar: — há quanto tempo não aparece uma obra-prima? Queremos uma *Guerra e paz*, um Proust do nosso tempo e, no teatro, alguém que possa ser proclamado um Shakespeare ou, menos, um Ibsen do nosso tempo. Não há nada parecido e um paralelo que se tentasse, seria humilhante para todos nós. A Rússia tem uma literatura inferior à do Paraguai. Partiu de Tolstói, Dostoiévski, Gogol, Pushkin, para o zero. Poderão perguntar: — "E O *Don Silencioso*?" Este não vale e explico: — quando veio a revolução comunista, o autor de *O Don Silencioso* era um espírito formado ainda no regime czarista. Também Gorki, inferior, bem inferior aos grandes escritores anteriores à revolução, era outro inteiramente realizado antes de 17.

12 Eis o que eu queria dizer: — o socialismo vermelho em lugar nenhum permite o grande artista, o grande escritor, ou um romance que tenha o rigor do ato literário puro. Pode-se dizer que, em toda parte, mesmo nos países não socialistas, a maioria dos escritores sofre, a distância, a influência totalitária. Graças ao socialismo há o que se pode chamar de intelectual *invertebrado*. Poderão objetar: — "Mas, ao menos, o proletariado ganha com isso." Nunca. O que instala, nos países comunistas, é uma ditadura do proletariado contra o proletariado e o resto. E então, estamos vendo algo inédito na história do homem: — a castração espiritual de povos inteiros. É a desumanização galopante do homem. O ser humano que tinha resistido a todas as tiranias, ainda as mais perversas o ser humano, repito, foi transformado no anti-homem, na antipessoa.

13 O que se dá com Angela Davis justifica uma meditação. Com a maior isenção e objetividade, direi que se trata de uma celerada. Cúmplice de assassinos, foi absolvida na sua pátria (a justiça americana é de um obtuso antiamericanismo). Infelizmente, tomou um jato e desembarcou em Moscou. Lá, foi recebida como uma *patriota russa*. Em seguida, veio para o Chile — pobre país, em que até as grã-finas passam fome. Recebeu outro título de *patriota chilena*. É uma stalinista. Sabe que a Rússia encarcera no hospício seus intelectuais, que condena seus poetas por serem poetas. É *patriota cubana*, sabendo que, em Cuba, segundo o insuspeitíssimo Sartre, os intelectuais são esmagados, destruídos como ratos. Claro está que este final de século não admite a obra-prima e vê na literatura um ócio abjeto.

O Globo, 11/10/1972

125. O grande inimigo do escrete: – o "entendido"

1 Por que o Brasil não gosta do Brasil e por que nos falta um mínimo de autoestima? É a pergunta que me faço, sem lhe achar resposta. Dirão vocês que exagero e que não é tanto assim, que diabo. Responderei que é tanto assim ou pior. Vocês se lembram da Passeata dos Cem Mil?, a famosíssima Passeata dos Cem Mil?

2 Os meus leitores, se é que os tenho, já repararam que eu a cito muito. Posso dizer que é uma das minhas referências mais obsessivas. E por quê? Quem quiser entender as nossas elites e o seu fracasso, encontrará nos Cem Mil um dado essencial. Não havia, ali, um único e escasso preto. E nem operário, nem favelado, e nem torcedor do Flamengo, e nem barnabé, e nem pé-rapado, nem cabeça de bagre. Eram os filhos da grande burguesia, os pais da grande burguesia, as mães da grande burguesia. Portanto, as elites.

3 E sabem por que e para que se reunia tanta gente? Para não falar no Brasil, em hipótese nenhuma. O Brasil foi o nome e foi o assunto riscado. Falou-se em China, falou-se em Rússia, ou em Cuba, ou no Vietnã. Mas não houve uma palavra, nem por acaso, nem por distração, sobre o Brasil. Picharam o nosso Municipal com um nome único: — Cuba. Do Brasil, nada? Nada.

4 As elites passavam gritando: — "Vietnã, Vietnã, Vietnã!" E, quanto ao Brasil, os Cem Mil faziam um silêncio ensurdecedor. Tanto vociferaram o nome de Vietnã, de Cuba e China, que minha vontade foi replicar-lhes: — "Rua do Ouvidor, rua do Ouvidor, rua do Ouvidor!" Simplesmente, o Brasil não existe para as nossas elites. Foi essa a única verdade que trouxe, em seu ventre, a Passeata dos Cem Mil.

5 Estou apresentando um exemplo e poderia citar muitos outros. Vamos ficar por aqui. Há um momento, todavia, em que todos se lembram do Brasil, em que cem milhões de brasileiros descobrem o Brasil. Aí está o milagre do escrete. Fora as esquerdas, que acham o futebol o ópio do povo, fora as esquerdas, dizia eu, todos os outros brasileiros se juntam em torno da seleção. É, então, um pretexto, uma razão de autoestima. E cada vitória compensa o povo de velhas frustrações, jamais cicatrizadas.

6 Não sei se contei o caso de certo amigo meu. É o que se chama um boa-vida. Sua mesa tem vinhos raros e translúcidos. Um dia, ocorreu-lhe um capricho voluptuoso e tomou um banho de leite de cabra. Perguntei-lhe: — "Que tal?" Respondeu: — "Assim, assim." Duas vezes por ano, dá uma volta pela Europa. Pois bem. É esse amigo que me confessa: — "Só me sinto brasileiro quando o escrete ganha." Fora disso, passa anos sem se lembrar do Pão de Açúcar ou sem pensar na Vista Chinesa, recanto ideal para matar turista argentino.

7 Domingo, ele bateu o telefone para mim. No seu desvario, berrava: — "Ganhamos da Inglaterra!" Chorava: — "Como é bom ser brasileiro!" E, durante toda a Copa, será um brasileiro de esporas e penacho. Também a grã-fina das narinas de cadáver me ligou. Soluçava: — "Brasil! Brasil!

Brasil!" Mais tarde, eu a vi, patética, enrolada na bandeira brasileira. Parecia Joana D'Arc da seleção.

8 O meu assunto de hoje é, justamente, o escrete que está maravilhando o mundo. Tem sua história, tem sua lenda. Antes de mais nada, não pensem que se improvisa um escrete da noite para o dia. Não. É todo um secreto, um misterioso, um profundo trabalho de gerações. Até que, um dia, há o milagre: — juntam-se, então, no mesmo time, um Pelé e um Gérson, um Rivelino, um Jairzinho.

9 Vocês viram o nosso gol contra a Inglaterra. Foi uma obra-prima. Começou em Tostão que passou a Paulo César. Paulo César novamente a Tostão. Este trabalha a bola. A área inglesa era uma ferocíssima selva de botinadas. Cada milímetro estava ocupado. Tostão dribla um inglês e mais outro inglês, um terceiro inglês. E vinham outros, e mais outros, e outros mais. Tostão vira-se e entrega a Pelé. Três adversários envolvem o sublime crioulo. Este, rápido, empurra para Jairzinho, enganando todo mundo. E grita: — "Vai!"

10 Era um gol que não podia ser feito porque a muralha de cabeças estava lá, inultrapassável. Mas tudo teve a solução fulminante do talento. A bola deslizou para Jairzinho. No seu banco, Ramsey, o técnico inglês, parecia certo de que seus jogadores iam frustrar o ímpeto e o virtuosismo dos nossos.

11 Não sei se vocês sabem, mas esse Ramsey é um caso de imodéstia delirante. Declarara à imprensa internacional: — "A Inglaterra vai ganhar, porque o Brasil não tem defesa. Félix, Brito e Piazza são *horrorosos*." Vejam a polidez, a cerimônia, a reverência desse cavalheiro. Os rapazes da imprensa perguntaram: — "E Pelé?" Achou graça: — "Ora, Pelé." E disse que tinha meios e modos de apagar o Rei. O que Ramsey queria dizer, por outras palavras, é que os brasileiros *não são de nada*.

12 Volto ao passe de Pelé. A bola está no pé de Jairzinho. Esquecia-me de contar uma outra do mesmo Ramsey. Ele também declarou que os "*negros brasileiros rebolam muito.*" Não disse *rebolam*, mas ponham aí uma palavra equivalente. Pois bem: — eis o fato: — Jairzinho arranca. A bola sabe quando vai ser gol e se ajeita para o gol. E Jairzinho, que era a saúde em campo, ainda ultrapassou um inglês; e encheu o pé. Era o gol de uma das mais belas, mais perfeitas, irretocáveis vitórias brasileiras de todos os tempos.

13 O próprio Ramsey, apesar de sua máscara de ferro, dizia, depois do jogo, que, na altura do gol brasileiro, a defesa inglesa estava entregue às baratas. O certo, o lógico é que, depois do gol, as coisas acontecessem numa progressão fulminante de catástrofe. Mas diz o Ramsey: — "Os brasileiros recuaram, para defender o 1 x 0. O que seria de nós se eles não recuassem?"

14 Mas não tem sido fácil a vida do escrete. Por exemplo: — Paulo César sofreu uma experiência inédita: — uma vaia de noventa minutos. Isso corresponde a um linchamento. Só não entendo, até hoje, como ele conseguiu sobreviver. Nem se pense que foi ele o único. Mas não vamos amaldiçoar as vaias ao escrete. Elas o fizeram, elas o virilizaram. A jornada brasileira no México é uma vingança contra as vaias.

15 E o que a seleção e, antes da seleção, o que sofreu o futebol brasileiro nas mãos dos *entendidos*. Tenho que abrir, neste momento, um tópico especial. O que é o *entendido*? Veremos se posso caracterizá-lo. É o cronista que esteve, em 66, na Inglaterra, e voltou com a seguinte descoberta: — o futebol europeu em geral, e o inglês em particular, eram muito melhores do que o nosso. Estávamos atrasados de quarenta anos para mais. Quanto à velocidade, era uma invenção europeia. Os brasileiros andavam de velocípede, os europeus a jato. O entendido afirmava mais: — os times de lá não deixavam jogar. Essa foi genial. Imaginem vocês um time jogando e o adversário assistindo, como numa frisa de teatro. Por outro lado, o preparo físico dos europeus era esmagador. Como se não bastasse tudo o mais, ainda descobriu o *entendido* — o futebol moderno não é bonito, não quer ser bonito e escorraçou o *belo e artístico* de suas cogitações. Bonito e artístico é o futebol subdesenvolvido do Brasil e outros.

16 O jogo Brasil x Inglaterra desmontou vários mitos. A tal velocidade não existe. Os ingleses tinham períodos enormes em que preferiam o velocípede ao jato. A saúde de vaca premiada é nossa e não deles. Não há no time adversário um jogador com a furiosa plenitude de um Jairzinho ou de um Pelé. Uma mentira a história de que os europeus não deixam jogar. E como não deixam, se Tostão comeu três, Pelé enganou mais três e Jairzinho ultrapassou mais um, antes de fazer o gol? O pau de arara de ouro, Clodoaldo, corre mais do que todo o escrete inglês junto. E vem o *entendido* e declara, solene, enfático, hierárquico: — "Nós não somos os melhores." Pois os lorpas, os pascácios, acreditam. Basta Brasil x Tchecoslováquia, ou Brasil x Inglaterra que tudo não passa de uma impostura inédita. Vou concluir: — o *entendido* só não se torna abominável porque o ridículo o salva.

O Globo, 10/6/1970

126. Nunca foi tão vivo o "padre de passeata"

1 Houve tempo em que a "entrevista imaginária" foi a moda ou, como diziam as velhas gerações, a *coqueluche* da cidade. Hoje, a coqueluche não existe mais, nem como tosse, nem como gíria. A própria tosse deixou de figurar entre os nossos usos, os nossos costumes. O único brasileiro que ainda ouço tossir é o João Saldanha.

2 Não sei se vocês se lembram do meu ponto de vista. Baseado em toda a minha experiência jornalística, sustento que nada mais falso, nada mais apócrifo, nada mais cínico do que a entrevista verdadeira. Por outras palavras, a entrevista verdadeira é uma sucessão de poses e de máscaras. Ao passo que a "entrevista imaginária", pelo fato de ser imaginária e irresponsável, não mente jamais. E o leitor fica sabendo de tudo o que o entrevistado pensa, sente e não diz, nem a muque.

3 O momento ideal das "entrevistas imaginárias" foi o das passeatas. Lembro-me de uma grã-fina que bateu o telefone para mim. Pergunta: — "Mulher também dá entrevista imaginária?" Respondo: — "Depende da mulher. Se for uma Paulina Bonaparte, ou uma Rainha de Sabá, ou uma Maria Quitéria, dá-se um jeito. A senhora é uma das mencionadas?" Suspirou: — "Nem tanto, nem tanto." Dou-lhe mais uma chance: — "O que é que a senhora fez, disse ou pensou de notável?" Outra e desolada pausa. Tornei: — "A senhora teve, em toda a sua vida, uma ideia, uma única ideia? Não digo duas. Uma, basta uma. Teve essa ideia?"

4 Se ela dissesse: — "Tive, sim, tive uma ideia" — eu faria a "entrevista imaginária". Todavia, seu silêncio foi, mais uma vez, comprometedor. Perdi a paciência: — "A senhora é o que, afinal de contas?" Deu-me então a réplica fulminante: — "Eu sou capa de *Manchete*." Era o tempo em que *Manchete* punha grã-finas na capa. Digo-lhe: — "Melhorou, melhorou." E ela, aflita: — "O senhor vai me entrevistar quando? Hoje? Pode ser hoje?" Tenho de pôr-lhe freios na impaciência: — "A senhora entra na fila. Quando chegar a sua vez, nós chamamos."

5 Isso foi há um ano, um ano e meio, sei lá. Imaginem que bate o telefone. Desta feita era um padre. Sou de uma geração que ainda beijava mão de padre. Mas vivemos uma tal crise de fé que insinuei uma dúvida: — "Padre mesmo? O senhor tem certeza? Jura?" Jurou. E fuzilou-me com esta confissão à queima-roupa: — "Sou padre, mas ex-católico."

6 Pergunto: — "Padre e ex-católico?" Enojado de tanta incompreensão, disse toda a verdade: — "Sou padre de passeata. Entendeu agora? Padre de passeata." Protestei: — "Como 'padre de passeata', se não há mais passeata?" O outro explicou-me tudo: — "O padre de passeata existia antes da passeata e continua existindo depois da passeata. É favor não me confundir com padres de missa, nem de altar, nem de extrema-unção."

7 Em suma: — ele queria me conceder uma "entrevista imaginária". Quando lhe disse para entrar na fila protestou: — "Já vi que o senhor só entrevista empistolado. Nunca entrei em fila, nem entro." Pausa e continua: — "Fique sabendo que vou fazer o que ninguém fez jamais."

Do outro lado da linha, o sacerdote ventava fogo por todas as narinas. Perguntei-lhe: — "O que é que o senhor fará que ninguém fez?" Fez suspense: — "Eu direi, hoje, à meia-noite, no terreno baldio. Exijo a cabra."

8 Não sei se vocês se lembram. Mas todas as minhas "entrevistas imaginárias" pedem terreno baldio e a presença de uma cabra vadia. É muito plástico. Enquanto o entrevistado diz suas verdades, a cabra mastiga a paisagem. Para dar atmosfera ao fato, tudo começa à meia-noite, a hora que apavora. E a verdade é que o diabo do padre conseguira mexer com a curiosidade. Aquilo não me saía da cabeça: — "Vou fazer o que ninguém fez."

9 Mas como ia dizendo: — à meia-noite em ponto, entra o "padre de passeata". Entra e vai logo me passando um pito: — "Como? Você não convocou a imprensa nacional e estrangeira?" Sinto a minha gafe: — "Desculpe, desculpe." Ele bateu o pé: — "Na pior das hipóteses, quero a reportagem de *O Dia* e da *Luta Democrática*." Houve um corre-corre no terreno baldio. O contrarregra providenciou um repórter de *O Dia* e da *Luta*. Todavia, o sacerdote estava insatisfeito: — "E as sacadas?" Novamente, o contrarregra providenciou várias sacadas apinhadíssimas e ululantes. Do alto, começou a chover papel picado na cabeça do sacerdote. O contrarregra comandava, debaixo: — "Agora lista telefônica, cinzeiro!" E as sacadas arremessavam os catálogos e os cinzeiros. Só então o padre se deu por satisfeito.

10 O repórter da *Luta Democrática* pede licença para fazer uma pergunta. Era a seguinte: — "Padre, é verdade que o senhor brigou com o Sobrenatural?" O sacerdote achou uma graça infinita: — "Meu amigo, não me faça rir. Eu tenho asma. Já começou um chiado aqui dentro." A reportagem insistiu: — "O senhor não brigou com o Sobrenatural?" O padre deu um murro na mesa. Mas não havia mesa e o contrarregra foi buscar uma. E então o "padre de passeata" pôde dar o murro. E disse: — "Eu não briguei com o Sobrenatural, simplesmente porque não brigo com o que não existe."

11 O repórter da *Luta*, em sua fé inestancável, cultiva cinco religiões. Inflamou-se: — "O Sobrenatural existe, sim, senhor. Quando meu caçula está com dor de barriguinha, uso uma simpatia fulminante. Portanto, o Sobrenatural existe." O padre reagiu, durão: — "Rapaz, deixa de ser burro. Olha que eu sou da linha de D. Hélder. E D. Hélder, que não sabe a letra do Hino Nacional, sabe muito menos a letra de qualquer 'Ave-Maria', de qualquer 'Padre-Nosso'. Queres ver como eu provo que o Sobrenatural nunca existiu?"

12 A turba gritou: — "Provas, provas, provas!" Soara para o "padre de passeata" a hora de fazer o que, antes dele, ninguém jamais fizera. Um silêncio amortalhou o terreno baldio. Os faunos e as ninfas que servem, lá, de atração turística, nem piavam. Gafanhotos e sapos se benziam. Enquanto isso, o sacerdote puxa um relógio do bolso: — "Se Deus existe, dou-lhe um minuto, pra me fulminar. Isso aqui é cronômetro de cavalo de corrida. Vou contar sessenta segundos." Insinuei timidamente a minha objeção: — "Mas Antero de Quental fez isso." O "padre de passeata" arrasou-me com um desses sarcasmos medonhos: — "Antero de Quental não sabia de nada. No tempo dele, não tinha nem chicabon. Sossega o periquito."

13 O sacerdote começou a contar o tempo. O lambe-lambe do terreno baldio fotografou-o de frente, de perfil, de três quartos. Só se ouvia a voz do sacerdote: — "Trinta segundos, trinta um, trinta e dois." Os presentes olhavam para o alto, na esperança do raio que havia de rachá-lo. E nada da cólera divina. Na altura do quadragésimo segundo, houve um relâmpago. O padre ria, insolentíssimo: — "Relâmpago de curto-circuito." Trovejou. E ele, cada vez mais satânico: — "Trovão de orquestra." Os ventos arrastavam-se inconsoláveis. E como insistissem os trovões e os relâmpagos, o sacerdote, em seu cósmico sarcasmo, desafiava: — "Tudo isso é mau tempo de quinto ato de *Rigoletto*!"

14 Esgotara-se o prazo. O Sobrenatural, humilhadíssimo, teve que recolher seus raios, trovões e tempestades de estúdio. A plateia de pé, berrava "bravos", "bravíssimo", como na ópera. O padre agradecia, unindo as duas mãos no alto, como os pugilistas. E, súbito, o bom homem tem um espasmo de narcisismo. Grita: — "Ninguém quer autógrafo? Eu dou autógrafos! Vai querer? Dou-lhe uma, dou-lhe duas, dou-lhe três!"

O Globo, 21/2/1974

127. As duas realidades

1 Tempos atrás, Adolfo Bloch foi viajar. Andou por Londres, Paris, Roma. Esteve na Praça de São Marcos. E lá, vira-se para não sei quem e pergunta: — "E os pombos? Onde estão os pombos?" Apontaram: — "Olha ali." Protesta: — "Não são pombos, são turistas americanos." Só então soube que os turistas americanos estavam, ali, substituindo os pombos. Que faz o grande Adolfo? Atira o milho que trazia nos bolsos. Foi lindo ver o açodamento com que os turistas americanos bicavam o milho pelo chão.

2 Mas o homem de *Manchete* conhecia tudo aquilo de cor. Já no tédio do turismo convencional, teve uma luminosíssima ideia: — "Vou a Moscou." Três ou quatro dias depois, estava na fila do túmulo de Lênin. Entre parênteses, Lênin morreu quando devia morrer. Nem um minuto antes, nem um minuto depois, mas na hora certa. Vivesse mais quinze minutos e seria um outro Trotski. Mas já estou me desviando do assunto e passo adiante.

3 Onde é que eu estava mesmo? Já sei. Dizia que o grande Bloch foi a Moscou. Com meia hora da Rússia, baixou-lhe uma inconsolável nostalgia do Brasil. Andou cochichando para um dos acompanhantes: — "Como isso é chato! Como isso é chato!" E, assim que pôde, veio para o Brasil. Desembarcou, aqui, no Galeão, e foi assaltado por amigos, conhecidos e parentes. Todos perguntaram: — "Que tal? Que tal?" Percebeu o seguinte: — o sujeito que vai à Rússia, e pelo fato de ter ido, adquire uma dimensão especialíssima. Fez então suspense, fez mistério. Só falou no seu apartamento de mármore. Depois de um imaginário pigarro, improvisou esta síntese fulminante: — "Os russos já comem três pepinos por dia." Os presentes se entreolharam, num deslumbrante horror: — "Três pepinos" (se não se diz *deslumbrado horror*, desculpem.)

4 Vale a pena lembrar que: — quando para aqui veio, da própria Rússia, não sei se Adolfo teria um pepino para lamber. Fugia de uma fome para outra fome. No tempo em que eu morava na rua Alegre, ele ia morar na Pereira Nunes. Nem sempre, naquele tempo, tínhamos esse pepino. Hoje, as varandas de seu apartamento pendem sobre a piscina do Copacabana Palace.

5 Quando Adolfo acabou de falar, Pascoal Carlos Magno, que, num canto, ouvia tudo, abriu a boca: — "Hoje, o russo come três pepinos. No tempo do Czar, comia um." E, assim, segundo o Adolfo de um lado e o Pascoal de outro, o papel do socialismo foi acrescentar, ao prato do povo, mais dois pepinos.

6 Tanto Pascoal como Adolfo tiveram que ir a Moscou, para falar sobre pepinos. Muito melhor fez o Otto Lara Resende. Nunca esteve na Rússia. Pois bem. E, um dia, num sarau de grã-finos, um decote pediu-lhe uma frase sobre o mundo soviético. O meu amigo não respondeu imediatamente. Fez um suspense e, por fim, disse: — "A Rússia é o Piauí com rampa de mísseis." Vocês entendem? Ninguém precisa ir à Rússia. Basta ler a frase da Rússia. Os sujeitos que vão lá não percebem que aquilo não passa de um Piauí, naturalmente ampliado (tamanho "família"), *com a rampa de mísseis.*

7 Aliás, a frase do Otto só tem um defeito: — é injusta com o Piauí. O seu autor admite uma certa semelhança do nosso brioso Estado com a União Soviética. Tanto que ele seria igual à Rússia se também tivesse os "mísseis". Acontece que o Piauí nunca estuprou a integridade do piauiense, nunca o transformou na antipessoa. Lá, a pessoa humana é a pessoa humana. Ao passo que a Rússia desumanizou o russo.

8 Se me perguntarem por que estou dizendo tudo isso, explico: — por causa do campeonato mundial de xadrez. Disputaram o título o soviético Bóris Spassky, campeão do mundo, e o americano Bobby Fischer, o desafiante. Pela primeira vez, um jogo que o homem comum não entende, e considera chato, fascinou o mundo. No Brasil, em todas as esquinas e botecos, discutiu-se a sensacional competição.

9 Eu disse sensacional, e por que sensacional? Não éramos analfabetos em xadrez? Éramos. Não continuamos analfabetos? Continuamos. E, então, por que os dois jogadores adquiriram uma súbita e espetacular popularidade? Por que a partida de xadrez, mais que uma partida de xadrez, era o confronto de duas realidades. Não sei se me compreendem. Eis o que eu quero dizer: — o comportamento dos contendores exprimia aquelas realidades.

10 De um lado, o burocrata soviético; de outro, o americano, vivendo a sua liberdade, até as últimas consequências. Resumindo: — socialismo e democracia. Vejam bem: — não o cotejo de socialismo e capitalismo, mas socialismo e democracia. Bobby Fischer fez o que quis e como quis. Inventou um comportamento que não foi jamais do jogador de xadrez e, muito menos, em plena decisão do um campeonato mundial. Fischer agia e reagia como se aquilo fosse uma reles pelada. No primeiro dia, perdeu a partida porque não compareceu, simplesmente não compareceu. Meteu-se com uma pequena, foi ao cinema com a pequena e, quando se lembrou, tinha passado da hora. Vira-se para a garota, às gargalhadas: — "Imagine, perdi a hora!" A pequena riu também e emendaram o cinema com um jantar.

11 Compareceu à segunda partida, embora atrasado, e ainda atrasado, e ainda de ressaca. Ao chegar (e apesar da ressaca), riu da cara do adversário. Eu falei em duas realidades, de uma brutal dessemelhança. Acontece que a *realidade soviética* não ri, não acha graça, não faz piada. Bóris Spassky usou, para todas as partidas, a mesma cara sinistra. Fischer deu-se ao luxo de perder o primeiro jogo.

12 Não só Spassky era sinistro, como também seus assessores. O que o americano andou fazendo não é normal. Houve dias, em que só faltou virar cambalhotas plásticas, elásticas, ornamentais. E começou o massacre do russo.

No pavor de qualquer originalidade, nem Spassky, nem seus assessores, queriam nada com a imaginação. De vez em quando, o americano parava: — "Vou-me embora." Todos se arremessavam: — "Embora por quê?" Um dia, ele reclamava contra o barulho. No dia seguinte, contra o silêncio. Nada descreve o que a TV sofreu na sua mão.

13 Os lances do americano eram cada vez mais livres. E, pouco a pouco, o nosso Bóris e seus assessores iam sendo dominados psicologicamente pelo inimigo. Na Rússia, já se dizia que Fischer hipnotizava Spassky. A superioridade do americano sempre foi humilhante. Eu disse que a esposa do soviético veio correndo injetar-lhe um pouco de otimismo? Veio. Mas tudo inútil. O inevitável aconteceu. Spassky só teve uma solução: — correr fisicamente da luta. Sumiu. O juiz esperou mais do que devia. E, finalmente, declarou Bobby Fischer o novo campeão do mundo.

14 Os jornais russos estão xingando Fischer de *débil mental*. Não há, porém, nenhum mistério na derrota cômica. Venceu o homem livre, por ser livre, e perdeu o escravo, por ser escravo. É possível que Spassky esteja correndo e continue correndo até a consumação dos séculos.

O Globo, 4/9/1972

128. A morte da crítica literária

1 Hoje no Brasil não há mais a crítica literária. Eu não incorreria em nenhum exagero se dissesse que aí está um gênero morto e enterrado como um sapo de macumba. Se me permitem, direi mais o seguinte: — não há crítica literária e, pior, nem literatura. Imagino o desolado escândalo do leitor: — "Quer dizer que o Brasil não tem escritores?"

2 Exatamente: — não tem escritores. Diz a imprensa cubana que o nosso Governo assassinou seis milhões de intelectuais e índios. Ora, mesmo admitindo-se que os índios sejam em maior número, podemos deduzir que, no meio dos seis milhões de mortos, estariam uns quinhentos mil poetas, outro tanto de romancistas, outro tanto de dramaturgos, outro tanto de críticos, etc., etc. Por outro lado, convém não esquecer os sobreviventes, que dariam para lotar o Mário Filho em noite de Fla-Flu ou de Flamengo x Vasco.

3 Cabe, então, a pergunta: — "Pode ser o Brasil um país sem escritores se, outro dia, foram fuzilados dois milhões e quinhentos mil poetas, romancistas, dramaturgos e outros?" E, no entanto, é esta a verdade a um só tempo sinistra e burlesca. Um turista que me leia há de concluir: — "Não eram então intelectuais os intelectuais exterminados como ratazanas?" Realmente, os intelectuais não eram intelectuais.

4 Todavia, pensando melhor, talvez esteja eu apresentando uma verdade exagerada, violentada. Mais exato seria dizer que temos, sim, folhetinistas de pulso. E o que sucede é que eles não escrevem. Vocês conhecem aqui, por estas bandas, algum Tolstói, algum Flaubert, algum Dickens, algum Joyce, algum Proust? Por mais que nos custe admitir a evidência deprimente, não conhecemos nenhum dos citados, nem nada que se lhes pareça.

5 Se são escritores e não fazem literatura, que fazem? Certo crítico aconselhava aos subliteratos: — "Não façam literatura, façam família." E, se os subliteratos já tinham família, retrucava: — "Façam outra." Em nosso tempo os meios anticoncepcionais estão à disposição de qualquer um, na primeira farmácia. Em verdade, os nossos autores faziam, em vez de filhos, poses socialistas.

6 Houve o tempo das passeatas. Uma maneira fácil de ser intelectual sem ler uma linha, sem escrever uma linha: — era marchar nas passeatas. O sujeito não precisava fabricar sua *Guerra e paz*, sua *Divina comédia*. Bastava-lhe ir da Cinelândia à Candelária. E o romancista se sentia compensado de sua esterilidade romanesca. E o poeta voltava para casa certo de que era um Dante.

7 Pode-se dizer que foi a politização que liquidou a literatura no Brasil. Mas há pior: — não só vivemos num país sem literatura como, ainda por cima, vivemos num mundo sem literatura. Passou, em todos os idiomas, a época do *grande romance*, da *grande peça*, da *grande poesia*. Hoje, quando se quer definir o reles, o idiota, o alienado, diz-se: — "Isso é literatura!"

8 E se é literatura não vale nada e só merece nosso tédio e nojo. Entretanto, no bom tempo acontecia o contrário. Tudo era literatura. Sim, tudo era pretexto de frase. E tudo induzia à metáfora. Durante anos e anos os brasileiros assim se cumprimentavam: — "Olá, poeta", "Como vais, poeta?" E muitos batiam, chamando a vítima de poeta.

9 Por exemplo: — os jornais não chamavam a tuberculose de tuberculose. Davam-lhe o nome diáfano, nupcial, de *peste branca*. Por aí se vê como as gerações românticas levavam em conta o som. Quando assassinaram dois estudantes ali no Largo de São Francisco, a manchete foi esta: — "Primavera de sangue." Como era uma época literária, em que inclusive o Governo era literário, uma metáfora derrubou o Chefe de Polícia e vários Ministros.

10 Mas eu falei em tuberculose, e a simples palavra vai mudar o sentido desta crônica. Passo da literatura para a saúde. Hoje, a antiga *peste branca* tornou-se irrelevante, intranscendente, como um pigarro. Mas houve um tempo em que a tuberculose era como que a mais horrenda das pestes. Em cada rua da cidade tínhamos dois, três tuberculosos. Agora, o brasileiro não tosse. Ou, melhor, dizendo: — o único que ainda tosse é o João Saldanha. Mas antigamente, como se tossia, como se expectorava. No cinema era espantoso. Bastava apagar a luz. E toda a plateia começava a tossir. Era um coro absurdo de bronquites, asmas e até coqueluches. Outros se assoavam com pavoroso ronco. E o repertório de pigarros era variadíssimo.

11 Não sei como até agora os especialistas não se lembraram de incluir na história literária a época pulmonar. Época em que, para um poeta, era humilhante não morrer tuberculoso, aos 21 anos. Lembro-me daquele parnasiano que se apaixonou, e note-se: — a bem-amada era casada, mãe de não sei quantos filhos. Todos os dias o poeta mandava um soneto, que a destinatária devolvia, não sei se depois de ler ou sem ler. Uma tarde, os dois se encontraram. Foi sublime. Com palpitações, falta de ar, disse a santa senhora: — "Eu não traio." Tempos depois, o poeta teve uma hemoptise e encheu meio balde de sangue vivo. A heroína soube e correu para o moribundo. Sua virtude resistira a 365 sonetos. Mas não resistiu à hemoptise.

12 Mas o tempo passou. Outro dia, num sarau de grã-finos, uma velha senhora falou em *peste branca*. Houve uma perplexidade geral. Um dos decotes presentes ainda perguntou: — "*Peste branca?* Não conheço." Tivemos uma época pulmonar. E não sei se vivemos hoje a época cardiológica ou do câncer. Tenho conversado muito com o Dr. Stans Murad, jovem cardiologista que considero o maior do Brasil. Todavia, o medo do enfarte não é só meu, mas de todos. O que assombra no enfarte é a hipótese da morte fulminante. Lembro-me de um vizinho que morreu no meio de uma frase. Estava bem-disposto, uma aparência ótima e vivia dizendo, com uma certeza jucunda e profética: — "Hei de chegar ao ano dois mil." O enfarte o fulminou. Não chegou nem ao ano dois mil, nem ao fim da frase.

13 Na redação, sábado último, alguém perguntou: — "Qual é pior? O enfarte ou o câncer?" Uns acharam que a morosidade do câncer era menos cruel do que a morte súbita do enfarte. O pavor do câncer está no seu mistério. Fala-se muito na influência do fumo no câncer do pulmão, por exemplo. Ninguém se lembra que os fumantes são em muito maior número. Se levarmos em conta o argumento numérico, temos de concluir que todas as doenças atacam, de preferência os fumantes. Em cem gripados, oitenta fumam. Está assim provada a influência do fumo na gripe, etc., etc.

14 Mas não quero que me acusem de literatura. Tentarei ser mais objetivo. Saiu, há tempos, um telegrama anunciando que os Estados Unidos vão gastar nove bilhões de dólares em pesquisas sobre o câncer. Nove bilhões em pesquisas. Outro telegrama informa: — "A Sociedade Norte--Americana de Câncer calcula que 349 mil pessoas morrerão este ano de câncer nos Estados Unidos." Isso sem contar outros milhares que serão atingidos com possibilidades de escapar.

15 As duas notícias me feriram de assombro. Liguei para o Dr. Moacir Santos Silva e convidei o grande médico para jantar comigo. Conversamos três horas sobre o flagelo. Dr. Moacir está em dia com tudo que se faz, no mundo, para curar ou evitar o câncer. A primeira coisa que ele, médico, faz questão de acentuar e repetir é esta: — "Nós superestimamos a força do inimigo. O CÂNCER É CURÁVEL ENQUANTO EXISTIR UM DIAGNÓSTICO PRECOCE."

16 Vamos pensar cinco minutos no problema. Sabemos que, nos Estados Unidos, país que pode destinar uma verba de nove bilhões de dólares na simples pesquisa, 345 mil pessoas vão morrer de câncer no corrente ano. Vietnã matou muito menos, a Coreia matou muito menos. E o Brasil? No Brasil, surgem, por ano, duzentos mil novos casos de câncer. Esta cifra tende a aumentar, de ano para ano.

17 Que fazer, já que, até agora, se fez tão pouco? O mal que nos causa o câncer é pior do que o de uma Coreia, do que um Vietnã. As novas gerações não sabem o que foi, aqui, a Espanhola, em 1918. Era uma peste que, na sua fulminante progressão de catástrofe, matava todo mundo. Anos depois, um velho tio me perguntava, enrolando um cigarro de palha: — "Quem não morreu na Espanhola?" Morreu todo mundo e, quase dizia, inclusive os sobreviventes.

18 O câncer é uma espécie de Espanhola, mil vezes mais trágica. O que se deve fazer, imediatamente, é dar maior força, profundidade, dinamismo à Campanha Nacional Contra o Câncer. E é preciso aprender, com os Estados Unidos, o óbvio ululante: — câncer é verba. Médicos temos, e de qualidade mundial, como Moacir Santos Silva. O que nos falta, repito, é verba.

O Globo, 18/1/1972[42]

---

[42] Crônica publicada em *O Globo* com o título de "A peste".

129. História de mulher

1 Há uns seis ou sete anos, houve uma festa na casa de minha mãe. Éramos, então, onze filhos; acrescentem-se os netos, os bisnetos da dona da casa; juntem-se os sobrinhos, os filhos dos sobrinhos: — e teremos, só com a família, uma massa tremenda. Esquecia-me de dizer que minha mãe fazia anos. Pois bem: — no dia seguinte, uma das convidadas, senhora das mais estimáveis, ligava em todas as direções: — "O Nelson Rodrigues estava bêbado, tão bêbado, que babava na gravata!"

2 A dama só faltou dizer que eu era um bêbado hereditário como o Dâmaso de *Os Maias*. Logo uns três ou quatro correram para mim, num afetuoso pânico: — "Que foi isso? Deste vexame!" Um falou de cirrose e insistiu: — "Abre o olho, abre o olho!" Fiz, em vão, os meus protestos de inocência alcoólica; ninguém acreditou. E, por muitos dias, semanas e meses, a senhora continuou vendendo, de porta em porta, a minha imagem de pau-d'água. A promoção foi tão persuasiva e eficaz que, certa vez, um bêbado anônimo tropeçou nas próprias pernas e desabou. Muitos acharam que era eu que estava, ali, rente ao meio-fio, com a cara enfiada no ralo.

3 No fim, eu já não desmentia e, até, confirmava para uns e outros, com descaro total: — "Eu sou um Edgard Allan Poe!" Mas a pura e chata verdade é bem outra: — nunca bebi, a não ser água da bica, exatamente da bica. Há uma cena que já se repetiu mil vezes. Eu entro num restaurante, numa festa de aniversário, de casamento e até de batizado. Por exemplo: — na festa dos anos de minha mãe. De cinco em cinco minutos, passa o garçom com a bandeja. Se é salgadinho, não faço cerimônia. Um salgadinho deflagra, em mim, o apelo de velhas fomes. Mas se é bebida, refugo. O garçom oferece, com generosa abundância, guaraná, coca-cola, uísque ou champanhe.

4 Lembro-me do momento em que correu o champanhe. O garçom parou na minha frente. A bandeja tinha uma taça solitária, a última. E o homem queria impingir-me aquilo. Fiz com a cabeça que não. Teimou: — "Champanhe, champanhe?" Respondi: — "Água natural." Não acreditou: — "Mineral?" E eu, já farto: — "Da bica! Da bica, rapaz!" A perplexidade parou o seu olhar. Não entende, eis a verdade, não entende. Começo a ser didático: — "Água da bica. Não sabe o que é água da bica? Aquela que sai da torneira?" Ele não sabia e ninguém sabe. A água da bica está cada vez mais irreal.

5 Mas é verdade: — nasci em 1912. E, através das gerações, não tenho feito outra coisa senão beber água da bica. Não vejam nas minhas palavras nenhuma vaidade. "Ser sóbrio" não é glória para mim. Estou com Hélio Pellegrino que afirma: — "O grande defeito do Nelson é não beber." Sou — ouso dizê-lo — um sóbrio nato. Sóbrio por vocação, destino e desgraça. (Saiu-me quase um verso.) E gostaria de não o ser, como diria o Otto Lara Resende que agora fala como português.

6 Ah, o sóbrio, o sóbrio! Em certos momentos, a lucidez é uma expiação. A senhora já referida me viu bêbado de babar na gravata. (Como "babar na gravata" é uma figura forte, que ninguém esquece!) Ah, quando ouço os ruídos da alma, gostaria de ser um espesso pau-d'água. Gostaria de ser essa cara abjeta, de cujo lábio pende a saliva elástica e bovina. Bebe-se para não se ouvir as vozes que estão enterradas em nós, enterradas, sim, como sapos de macumba. Mas ai de mim! Sou um sóbrio que se criou num meio de sóbrios. Falei mais acima em "bêbado hereditário". Posso dizer que não há, em minha família, um único e escasso bêbado.

7 Por certo, é um Narciso o memorialista que declara, com nobilíssima vaidade: — "Não tenho um parente bêbado." Digo isso e arrepio carreira: — há, sim, em minha família há um bêbado indubitável. É o meu tio Chico. Foi ele, o velho Chico, que me ensinou o horror à bebida e ao alcoólatra. Há momentos em que eu gostaria de beber. E quando os ruídos da alma começam a me acuar. E só não bebo porque o Chico, a memória do Chico, não deixa.

8 Meu tio Chico casou-se com minha tia Yayá. Era o tempo machadiano em que as pessoas se chamavam Yayá. (Depois, viria o tempo das Odetes.) Na minha infância, a cidade era uma paisagem; de Odetes. Hoje, as últimas Odetes residem para lá da Praça Saens Peña. Realmente, o parentesco direto era de Yayá, tia de minha mãe. Vejo o Chico na nossa casa, rua Alegre, Aldeia Campista. Está sozinho na sala. Até dormindo, seus pesadelos eram de bêbado. Minha tia Yayá estava na cozinha, fazendo café forte.

9 Eu entro e paro. Tenho seis anos. Da porta entreaberta, fico olhando o tio bêbado; e estou fascinado. Chico me vê. Sem tirar os olhos de mim, tira uma caixa de fósforos. Risca o primeiro e fica olhando a chama. E, depois, diz: — "Vem cá, vem cá." Imagino que ele quer queimar os meus dois olhos. Pede, rouco: — "Vem, vem." Sua cara é a própria máscara do demônio. E, então, fujo. Ali, o horror do bêbado me feriu para sempre.

10 Quando minha tia Yayá veio com o café forte, Chico não estava lá. E, então, vi a dor feroz de minha tia. Largou a xícara em cima de um móvel e soluçava alto, forte, de se ouvir no fim da rua. Eu não dizia nada, mas fiquei, perto, em adoração. Fui um menino deslumbrado pelo choro dos adultos. (Vi, muitas vezes, o Chico beber o café forte dos bêbados. Ele derramou o café no pires e bebia pelo pires, como um santo.) Minha mãe apareceu; olhou; diz na sua compaixão ressentida: — "Chico."

11 Daí a pouco, vem alguém gritando: — "Seu Chico está brigando!" Minha tia sai, correndo; eu, pequenininho, vou atrás. As brigas de Chico assombravam Aldeia Campista. Era já um velho, sim, quebrado pela idade. Mas o álcool inventava não sei que potencialidades hediondas. E o Chico batia na polícia. Os soldados tiravam o sabre. Com a cara cortada, Chico tomava o sabre. Brigava até com polícia montada. Naquele dia, eu vi um cavalo capotar. E o Chico pisou o focinho do cavalo. Aquele bêbado foi o único homem que me deu a sensação da onipotência.

12 E, de repente, tia Yayá aparece. Há o puro milagre. Chico deixa de ser o bicho devorado pela nostalgia do sangue. Com todos os seus ódios pacificados, vem ele, atrás dela, de cabeça baixa, como um menino manso. Em casa, ela diz: — "Dorme, dorme." Jamais, em momento nenhum, minha tia Yayá condenou a abjeção do ser amado.

13 Escrevi que vem desse tio antigo o meu horror ao bêbado. Mas ele me ensinou também uma série de coisas lindas. Por exemplo: — o amor. Chico me ensinou a amar. Embriagou-se em cada minuto da lua de mel. Bebeu antes, durante e depois. Yayá costurava para o casal não morrer de fome. Mas eu, menino, queria amar e ser amado como esse alcoólatra enlouquecido. E como minha tia Yayá deve ser invejada, com esse bêbado aceso, dia e noite, em sua solidão de mulher.

O Globo, 26/11/1969[43]

---

[43] Crônica publicada em *O Globo* com o título de "A história do triste amor".

130. Meu pai

1 "Mário Rodrigues era um passional", disse Carlos Lacerda, acrescentando: — "E morreu de paixão." Conversávamos na casa do José Magalhães Lins, que fazia anos. Fomos uns vinte ou trinta amigos abraçar o aniversariante e comer-lhe a feijoada inexcedível. O curioso é que, ao comer a feijoada, eu me sentia abissínio e até agora me pergunto: — por que abissínio?

2 Cheguei lá, graças à fraterna carona do Otto Lara Resende. E todos, ali, eram meus amigos, desde o Almeida Braga, o doce Braga, até o Miguel Lins, o Armando Nogueira, o Celso Bulhões, o Adolfo Bloch. (Ah, o velho Adolfo da *Manchete*, com o seu perfil de Nero.) Eis o que eu queria dizer: — antes do almoço, Carlos Lacerda começou a falar de Mário Rodrigues, o jornalista que fascinara a sua infância.

3 Ora, meu pai é, na minha vida, uma figura obsessiva. Eu não seria o que sou, não teria escrito uma frase, uma linha, uma peça, se não fosse seu filho. Estou todo embebido de sua violência e de sua fragilidade. Ainda agora, eu o vejo, na cama, com a face escavada pela agonia. Eu me lembro de sua última noite. Da esquina, já se ouvia a sua dispneia.

4 Morreu há 37 anos. Eu direi tanto tempo depois: — Mário Rodrigues foi o maior jornalista brasileiro, de todos os tempos. Desde os sete anos, eu lia os seus artigos e me crispava de beleza. Ainda hoje, eu os releio: — e eles preservam através das gerações, o verbo fremente de justiça e de procela. E, no entanto, ninguém fala de Mário Rodrigues. Nas histórias jornalísticas, o seu nome não aparece. Há um silêncio repito: — um vil silêncio.

5 Eu diria que o silêncio iníquo é também a glória. No almoço de ontem, Carlos Lacerda lembrou um episódio, que o feriu de espanto, quase de medo. Foi, se bem me lembro, em 1925. Carlos era então um menino de calças curtas e eu também um menino de calças curtas. Ele entra na rua 13 de Maio e vê um espetáculo, desses que ninguém esquece. Sim, a rua 13 de Maio estava transformada num súbito pátio de milagres.

6 E, então, aconteceu uma cena muito parecida com um pesadelo: — mutilados largavam as muletas, ou as erguiam, para aclamar um homem: — Mário Rodrigues. Mas, que fizera este homem para que, de repente, os aleijados, os cancerosos, os tísicos se prostrassem diante de sua imagem como de um santo?

7 O pátio de milagres não se instalara por acaso, debaixo de nossas sacadas. Meu pai premeditara tudo; ele chamaria pelo jornal, os pobres da cidade. E por quê? Imaginem vocês que meu pai fazia, na ocasião, uma campanha feroz contra o Governo de Pernambuco.

8 O governador era, então, Sérgio Loreto. E Mário Rodrigues não escrevia uma linha sem paixão. Hoje, o profissional de imprensa pode ser um péssimo jornalista, mas é sempre um exímio datilógrafo. Naquele tempo, não. Meu pai jamais bateu no teclado de uma máquina. Escreveu milhares de artigos e tudo à pena. Eu o vejo na mesa enchendo tiras e tiras de papel almaço. E era, sempre, um Zola.

9 Mesmo escrevendo sobre um cano furado, tinha, sim, as iras de um Zola. Dizia horrores de Sérgio Loreto e de sua administração. Primeiro, foi ameaçado. A polícia pernambucana ainda se nutria de ódios shakespearianos. E eu não me esqueci, nunca, do caso de Trajano Chacon.

10 Durante toda a minha infância, eu ouvira falar de Trajano Chacon. Era um jornalista pernambucano "sem papas na língua", como se dizia. Desafiou a onipotência de um poderoso local. Uma noite, foi cercado por quatro ou cinco sujeitos. E o mataram, ali mesmo, num canto de rua. O pior é que não foi à faca nem a tiro, nem à navalha. Os assassinos usaram cano de chumbo. Eu me lembro de alguém contando, lá em casa, o crime. Era um velho, que fazia o cigarro de palha e explicava: — "Trajano estava morto e ainda batiam. Os ossos ficaram que nem mingau."

11 Durante a campanha contra Sérgio Loreto, eu só pensava em Trajano Chacon. E se viessem capangas do Recife? E se matassem meu pai a cano de chumbo? Nas minhas fantasias infantis, eu imaginava as ruas, as esquinas dizendo: — "Mataram Mário Rodrigues!" E meu pai teria um enterro como nunca se viu no Rio de Janeiro. Quando passasse o carro de penacho o povo havia de chorar em cima do meio-fio.

12 Mas o Governo de Pernambuco não queria matar meu pai. Mandou um conhecido perguntar: — "Quanto você quer?" Era um Geraldo não me lembro de quê. Meu pai pensa, pensa e começa: — "Bem. Depende. Eu paro se..." E acabou pedindo uma quantia que, para a época, era astronômica. O intermediário toma um susto; objetou que "os outros" eram muito mais baratos. Mostrou recibos de altas figuras da imprensa. Meu pai encerrou a discussão: — "Ou isso ou nada." O sujeito saiu, prometendo uma resposta para o dia seguinte.

13 O Fulano não voltou. Quem apareceu foi Sousa Filho, esse sim amigo de meu pai. Fechou o negócio. E meu pai recebia, em seguida, o dinheiro. Não precisaria escrever nada a favor; apenas não seria contra.

E, com efeito, não houve na época, um silêncio tão bem remunerado. No dia seguinte, *A Manhã* abre, em festa, as suas manchetes, contando todo o processo do suborno; e, ainda, nos cabeçalhos garrafais, meu pai anunciava que ia distribuir o dinheiro, até o último tostão, entre os pobres do Rio de Janeiro.

14 Daí o pátio de milagres que, em 1925, assombrou o menino Carlos Lacerda. Alguém que passasse, por lá, e visse aquela massa apavorante, havia de imaginar que éramos uma população de mutilados, de entrevados, de cancerosos. Quando meu pai surgiu, lá em cima, ergueu-se da multidão um gemido grosso, vacum. Eu estava também na sacada. E quando o dinheiro começou a ser distribuído, começou um lúgubre alarido. Foi dado, como já disse, até o último tostão. Eu vi seres incríveis que, em vida, apodreciam em chagas. No fim, meu pai tirava dinheiro do próprio bolso e dizia: — "Dá, vai dando."

15 E assim, ao cair da noite, desfez-se o pátio de milagres embaixo das sacadas de *A Manhã*. Meu pai desceu, então; o Ford, de bigodes, o esperava, na porta. Na calçada, parou, um momento, olhando a rua. E, então, alguém, agachado na treva, pula sobre meu pai. Eu me lembro apenas de um olho que era uma chaga. Tudo aconteceu tão depressa. Uma cara baixou e beijou a mão do meu pai. Depois, eu vi a sombra fugir, rente à parede. Não sei por que, mas quando penso nesse beijo ferido, acredito mais em mim mesmo e nos outros.

Correio da Manhã, 13/4/1967

Índice

ALBUQUERQUE, Paulo, 266, 383, 384, 385, 386
ALENCAR, José de, 339
AMADO, Gilberto, 169, 251
AMADO, Gilson, 451,452
AMÉRICO, Pedro, 121, 215, 303, 365
ANDRADE, Carlos Drummond de, 48, 82, 157, 170, 201, 346,403, 460,472
ASSIS, Machado de, 15, 30, 157, 293, 311, 326, 339, 374, 392, 454, 455
AUTRAN, Paulo, 51

BALZAC, Honoré de, 32
BANDEIRA, Manuel, 48,161,162,163,164,169,170,175, 315, 472
BARÃO DE RIO BRANCO (José Maria da Silva Paranhos Júnior), 465
BARBOSA, Rui, 437
BARRETO, Luís Carlos, 52
BARRETO, Paulo, 350
BECKER, Cacilda, 117, 118, 446
BLOCH, Adolfo, 492, 619, 632
BORBA, José César, 165, 172, 176, 177, 179
BRANCO, Carlos Castello, 51, 218, 219, 332, 483
BRANDÃO, Raul, 32, 237, 475, 503, 605

BRECHT, Bertold, 183, 405
BUARQUE, Chico, 389
BULHÕES DA FONSECA, Celso, 49, 51, 572, 576

CALDAS, Sílvio, 262, 263
CALLADO, Antonio, 177
CÂMARA, D. Hélder, 16, 199, 283, 314, 325, 340, 345, 361, 362, 370, 390, 391, 449, 462, 463, 464, 500, 551, 552, 593, 617
CAMPOS, Paulo Mendes, 218
CAMPOS, Roberto, 85, 87, 121, 332, 371
CARDOSO, Lúcio, 416
CASTRO, Moacir Werneck de, 85
CASTRO, Paulo de, 504
CELESTINO, Vicente, 79
CHAGAS, Walmor, 446
CHATEAUBRIAND, Freddy, 179
CLARK, Walter, 523, 24, 25, 275, 575
COELHO NETO, Henrique Maximiano, 114, 115, 116
CORÇÃO, Gustavo, 193, 194
COUTO, Francisco Pedro do, 77, 135, 197, 199, 227, 303, 305, 306, 502, 596
CRUZ LIMA, Carlos, 66, 75
CRUZ LIMA, Lúcia, 49, 65, 66, 67, 152, 153, 154

CRUZ, Oswaldo, 438
CUNHA, Euclides da, 535

DELFIM NETTO, Antonio, 55, 56, 57
DICKENS, Charles, 144, 518, 624
DÓRIA, Jorge, 546, 547, 548

FERNANDES, Millôr, 179
FLAUBERT, Gustave, 260, 605, 624
FRANCIS, Paulo, 293
FREITAS, Geraldo de, 179
FREYRE, Gilberto, 20, 48, 121, 201, 203, 204, 205, 315, 402, 403, 404, 405, 406, 519
FRIEDMAN, Betty, 479, 480, 481, 482, 550
FRÓES, Leopoldo, 169

GÉRSON, 381, 469, 479, 611
GODARD, Jean-Luc, 294
GONÇALVES, Martim, 258
GOULART, João, 111
GRÜNEWALD, José Lino, 500, 501, 503, 596
GUANABARA, Alcindo, 178, 261, 262, 517, 525
GUIMARÃES ROSA, João, 177, 178, 519
GULLAR, Ferreira, 349

HOUAISS, Antônio, 596

IBSEN, Henrik, 159, 258, 544, 606, 607

JAIRZINHO, 277, 346, 379, 469, 477, 611, 612, 613
JOUVET, Louis, 165, 181, 256, 544

KAFKA, Franz, 293, 294, 295

LACERDA, Carlos, 632, 633, 635
LEAL, Lea, 275, 276
LEÃO, Danuza, 51, 390
LIMA, Alceu Amoroso, 16, 35, 36, 37, 38, 39, 47, 124, 127, 199, 210, 315, 325, 328, 335, 362, 425, 462, 463, 464, 554, 571, 583, 592
LINS, Álvaro, 162, 169, 173, 175, 177, 582
LINS, Miguel, 71, 72, 382, 383, 384, 385, 386, 559, 573, 575, 632

MACHADO, Alfredo, 22, 468, 469, 470, 471, 499, 500
MARINHO, Irineu, 222, 223, 234, 261, 517, 525
MARINHO, Roberto, 94, 172, 173, 179, 223, 224, 232, 233, 234, 261, 459
MARQUES REBELO (Eddy Dias da Cruz), 221, 375
MARX, Burle, 363, 395
MAYER, Rodolfo, 45
MÉDICI, Emílio Garrastazu, 16, 111, 112, 113, 123, 212, 213, 214, 216, 462, 464, 465, 486
MELLO E SOUSA, Cláudio, 227, 255, 440, 540
MESQUITA, Júlio de, 287, 288

MIRANDA, Carmem, 414
MORAES, Vinicius de, 26
MOURA, Marcelo Soares de, 77, 192, 196, 227, 331, 332, 344, 378, 502, 506
MURAD, Stans, 73, 75, 77, 78, 123, 264, 265, 266, 267, 268, 493, 494, 495, 463, 626

NASSER, Carlinhos, 490, 491
NASSER, David, 179
NERUDA, Pablo, 242, 443, 244
NIEMEYER, Carlinhos, 275, 276, 277, 502
NOGUEIRA, Armando, 632

OLIVEIRA, Carlinhos de, 571
OLIVEIRA, Franklin de, 179

PADILHA, Moacir, 287, 458, 459, 460, 461
PADRE ÁVILA, 570
PAULO JOSÉ (ator), 390
PEDREIRA, Brutus, 165, 472
PELÉ (Edson Arantes do Nascimento), 113, 277, 344, 380, 381, 446, 464, 466, 469, 470, 506, 588, 611, 612, 613
PELLEGRINO, Hélio, 26, 50, 52, 218, 219, 220, 227, 255, 256, 257, 362, 382, 383, 433, 435, 629
PERRY, Carlos, 168, 169, 174
PONGETTI, Henrique, 164, 168, 171
POUND, Ezra, 590, 591

PROUST, Marcel, 21, 84, 164, 405, 605, 607, 624
QUEIRÓS, Eça de, 18, 19, 20, 329, 593
QUEIROZ, Raquel de, 316

REGO, José Lins do, 472
RESENDE, Otto Lara, 26, 27, 79, 148, 177, 218, 227, 311, 440, 449, 493, 507, 508, 541, 567, 595, 606, 620, 629, 632
RIVELINO, 469, 611
ROCHA, Glauber, 49, 51, 52
RODRIGUES, Ana Maria (sobrinha), 152, 153, 155
RODRIGUES, Augusto (irmão), 154, 325, 376
RODRIGUES, Augusto (primo), 154, 325
RODRIGUES, Augusto (tio), 61
RODRIGUES, Daniela (filha), 66, 67
RODRIGUES, Dorinha (irmã), 412
RODRIGUES, Dulce (irmã), 45, 426, 427
RODRIGUES, Helena (irmã), 154, 172, 173
RODRIGUES, Joffre (filho), 26, 47, 154
RODRIGUES, Joffre (irmão), 60, 227, 234
RODRIGUES, Maria Natália (cunhada), 152, 153, 154, 155
RODRIGUES, Maria Esther (mãe), 59, 60, 61, 62, 64, 65, 143, 144, 162, 224, 227, 309, 412, 413,

414, 417, 420, 424, 426, 429, 430, 572, 628, 629, 630, 631
RODRIGUES, Mário (pai), 14, 59, 60, 61, 62, 65, 222, 250, 261, 412, 413, 414, 417, 418, 419, 420, 421, 422, 425, 426, 429, 430, 433, 437, 438, 439, 517, 525, 526, 632, 633, 634, 635
RODRIGUES, Mário Filho (irmão), 65, 88, 89, 90, 91, 94, 152, 165, 224, 225, 232, 413, 418, 439, 471
RODRIGUES, Mário Júlio (sobrinho), 154
RODRIGUES, Milton (irmão), 61, 65, 422, 423, 439
RODRIGUES, Nelson (filho), 154, 214
RODRIGUES, Paulo (irmão), 152, 154, 155, 156, 157
RODRIGUES, Paulo Roberto (sobrinho), 152, 154, 155
RODRIGUES, Roberto (irmão), 61, 65, 226, 412, 413, 414, 416, 417, 418, 419, 420, 421, 422, 423, 424, 425, 426, 427, 429, 430, 431, 433, 435, 438, 439
RODRIGUES, Sérgio (sobrinho), 413
RODRIGUES, Stela (irmã), 77, 88, 92, 154, 267, 434, 439
ROSA, Abadie Faria, 164, 165

SALDANHA, João, 345, 346, 347, 378, 381, 614, 625
SALLES, Walter Moreira, 120, 121, 340
SAMPAIO, Djalma, 161
SANTA ROSA, 48, 165, 316, 472
SARTRE, Jean-Paul, 82, 385, 425, 462, 505, 536, 604, 605, 608
SCASSA, José Maria, 153, 238, 296
SCHMIDT, Augusto Frederico, 48, 164, 165, 170
SILVEIRA FILHO, Guilherme da, 56, 119, 537
SIMÃO, Salim, 22, 23, 24, 25, 135, 226, 227, 228, 229, 230, 231, 232, 233, 234, 238, 239, 266, 274, 345, 399, 410, 411, 437, 467, 468, 502

TODOR, Eva, 583, 584
TORTURRA, Francisco, 154, 276, 277
TOSTÃO, 305, 345, 346, 347, 378, 379, 380, 469, 476, 611, 613

VARGAS, Getúlio, 65, 86, 93, 111, 178, 212
VELLOSO, João Paulo dos Reis, 311, 331, 332, 333, 371, 484
VIANNA FILHO, Oduvaldo, 160

WELLES, Orson, 293, 294

ZIEMBINSKI, Zbigniew, 165, 166, 167, 168, 169, 172, 173, 174, 258, 472

Direção editorial
DANIELE CAJUEIRO

Editora responsável
JANAÍNA SENNA

Produção editorial
ADRIANA TORRES
MARIANA BARD
ANDRÉ MARINHO
JÚLIA RIBEIRO

Revisão
MARIANNA TEIXEIRA SOARES
PEDRO STAITE

Projeto gráfico e diagramação
FILIGRANA

Este livro foi impresso em 2021
para a Editora Nova Fronteira.